Susanne Mischke
Mordskind
Die Eisheilige

Zu diesem Buch

Mustermutter Doris ist mit der Erziehung ihres fünfjährigen Sohns Max überfordert: Der Kleine ist ein Satansbraten, ein »Mordskind«, böse und destruktiv. Als er eines Tages spurlos verschwindet, gerät die Kleinstadt in Aufruhr, denn es ist der zweite Fall in kurzer Zeit. Doris versucht ein teuflisches Intrigennetz zu spinnen, und im Ort beginnt eine wahre Hexenjagd. – Die »kalte Sophie« in Susanne Mischkes Roman »Die Eisheilige« ist nicht nur eine talentierte Tierpräparatorin und Schneiderin, sondern steht auch im Ruf, den Tod unliebsamer Mitmenschen herbeiwünschen zu können. Kein Wunder, daß sie sich in der Nachbarschaft bald größter Beliebtheit erfreut. Nur ihr Mann Rudolf ist sich neuerdings seines Lebens nicht mehr ganz so sicher ... Meisterhaft verbindet Susanne Mischke in ihren Büchern die Spannung des Kriminalromans mit der Satire des Gesellschaftsstückes – abgründig und hinreißend boshaft.

Susanne Mischke, geboren 1960 in Kempten, lebt als freie Journalistin, Schriftstellerin und Schauspielerin in der Nähe von Darmstadt. Von ihr erschienen außerdem die Romane »Stadtluft«, »Schneeköniginnen«, »Der Mondscheinliebhaber« und zuletzt »Wer nicht hören will, muß fühlen«.

Susanne Mischke
Mordskind
Die Eisheilige

Zwei Romane in einem Band

Piper München Zürich

Von Susanne Mischke liegen in der Serie Piper außerdem vor:
Stadtluft (1858)
Mordskind (2631)
Der Mondscheinliebhaber (2828)
Die Eisheilige (3053)
Schneeköniginnen (3445)

Taschenbuchsonderausgabe
Juli 2001
© 1996 und 1998 Piper Verlag GmbH, München
Umschlag: Büro Hamburg
Stefanie Oberbeck, Isabel Bünermann
Foto Umschlagvorderseite: Massimo Listri, Florenz
Foto Umschlagrückseite: Holger André
Satz: Uwe Steffen, München, und Friedrich Pustet, Regensburg
Druck und Bindung: Clausen & Bosse, Leck
Printed in Germany   ISBN 3-492-23346-5

Mordskind

Normalität ist der Nährboden für das Chaos.
Lisa Fitz

Der Fremde

Stadtkurier   *Montag, 3. Oktober 1994*

Noch immer keine heiße Spur

(sz) – Seit nunmehr zwei Wochen wird der sechsjährige Benjamin Neugebauer vermißt. Trotz intensivster Suchaktionen, unter Einsatz von Hubschraubern und Hundestaffeln, konnte das Kind bis heute nicht gefunden werden. Auch Recherchen im familiären und sozialen Umfeld des Kindes und seiner alleinerziehenden Mutter ergaben bisher keinen Hinweis auf seinen Verbleib. Die Annahme, daß der Sechsjährige einem Gewaltverbrechen zum Opfer gefallen ist, scheint sich allmählich zu bestätigen.

Wie berichtet, verließ der Junge am Montag, dem 19. September, gegen vierzehn Uhr die Wohnung seiner Mutter mit unbekanntem Ziel und kehrte am Abend nicht zurück.

Hauptkommissar Bruno Jäckle von der Kripo Maria Bronn sowie die Ermittlungsbeamten der Sonderkommission des Landeskriminalamts München gaben zu, noch keine heiße Spur zu haben.

Der achtunddreißigjährige deutschstämmige Russe, der zwei Tage nach dem Verschwinden des Kindes festgenommen worden war, befindet sich mittlerweile wieder auf freiem Fuß. Obwohl sich der Mann, wie Zeugen bestätigten, auffallend oft in der Nähe von Schulen, Kindergärten und Spielplätzen aufgehalten hat, konnten ihm die ermittelnden Beamten keine Schuld im Zusammenhang mit dem Verschwinden des kleinen Benjamin nachweisen.

Die Bürger unserer Stadt sind äußerst beunruhigt. Es stellt sich die Frage, was Kommissar Bruno Jäckle und seine Beamten zu tun gedenken, um die Sicherheit unserer Kinder zu gewährleisten.

Die alte Bosenkowa hatte Mühe mit der leicht ansteigenden Straße, die hinaus zur Neubausiedlung führte. »Schuldenhügel« hieß die Ansammlung schmucker Eigenheime am Ziegeleiberg im Volksmund. Aber der Volksmund war ihr nicht geläufig, denn es gab wenige Menschen, die mit ihr sprachen, und wenn, dann sicher nicht über Baufinanzierungen.

So ganz paßte sie nicht hierher. Sie trug schwarze, abgetragene Kleidung in mehreren Lagen übereinander, wollene Strümpfe schlotterten um ihre kurzen Vogelbeine. Ein bizarr deformierter Hut und ein schleppender Gang verliehen der Gestalt etwas Hexenhaftes. Sie lebte nicht hier. Ihre Wohnung lag im sechsten Stock eines der wenigen Hochhäuser der Stadt, anfangs lediglich häßlicher, inzwischen verkommener Bausünden aus den sechziger Jahren. Die Bosenkowa, die vom Leben noch nie viel erwartet hatte, war glücklich über ihr komfortables Zuhause. Es gab warmes Wasser, Zentralheizung und sogar ein Telefon. Ein eigenes Telefon. Nie wäre ihr der Gedanke gekommen, sich über schlecht schließende Fenster, die schimmelnde Schlafzimmerwand oder den verdreckten, ewig kaputten Aufzug zu beklagen. Nein, sie war sogar recht zufrieden. Die Rente ihres Mannes, der in einem Dorf nahe bei Minsk begraben lag, reichte, wenn auch knapp, ihr Asthma wurde regelmäßig ärztlich behandelt und war zumindest nicht schlimmer geworden, und Kolja hatte Arbeit gefunden. Er war Aushilfsgärtner beim Städtischen Friedhof. Kolja liebte Pflanzen, schon immer.

Beunruhigend war nur, daß sie ihn dort, auf dem Friedhof, nicht angetroffen hatte. Auch nicht im Gewächshaus und nicht in der Kirche des heiligen Michael, wo er manchmal ausruhte.

Blieben noch die Spielplätze. Der neue, saubere, mit den hellen Holzgeräten und dem dichten grünen Rasen lag völlig verlassen da, denn heute war ein kühler Tag. Nur vor den grauen Wohnblocks hinter dem Bahnhof sah man ein paar dunkelhaarige Kinder. Sie kickten mit einer leeren Bierdose zwischen den verrosteten Eisengeräten, die auf dem umzäunten schlammigen Gelände standen.

Die Alte war rasch an ihnen vorbeigegangen. Dunkelhaarige Kinder interessierten Kolja nicht.

Auf ihrem Weg durch die Otto-Schimmel-Straße mußte sie ein paarmal stehenbleiben. Ihr Atem ging flach und rasselnd, die erschlafften Lider drückten schwer auf ihre Augen, wie feuchter Teig. Aber nun hatte sie es fast bis zum Ende geschafft. Vorbei an Reihenhäusern mit einheitlichen Eingangstüren und blühenden Vorgärten, zuletzt ein Garagenhof mit einem Basketballkorb. Auch hier war heute kein Kind zu sehen. Hinter einem Zaun aus naturbelassenem Fichtenholz nickten ihr drei Sonnenblumen zu. Sie hielten Wache vor einem einzeln stehenden, pastellblau gestrichenen Haus mit blendendweißen Fensterläden. Auf dem Wiesenstück zwischen Zaun und Haus wuchsen Spätsommerblumen in bunter Mischung, eine zusammengeklappte Wäschespinne stach in den Himmel, ein Klammersäckchen aus Leinen schwang im Wind hin und her. Die alte Frau blieb gerne vor diesem Haus stehen. Wäre sie gewandter in der Sprache gewesen, hätte sie mit einem Wort ausdrücken können, warum: Es war sein Bilderbuchcharakter. Sie freute sich an den gehäkelten Spitzengardinen hinter den Sprossenfenstern und betrachtete jedes Mal die fröhlichen Motive aus Glas und Buntpapier, die hinter den Scheiben baumelten. Auf dem Treppenabsatz stand ein grünes Kinderfahrrad, darüber, an der Tür, hingen ein Blumenkranz aus Stroh und ein ovales Schild aus gebranntem Ton: *Willkommen bei Doris + Jürgen + Max Körner.* Das Schild sagte ihr nicht viel, sie hatte nie richtig lesen gelernt. Aber sie wußte, daß das Fahrrad einem blonden Jungen gehörte, der aussah wie ihr Kolja, früher, vor vielen Jahren. Es gab nur ein einziges verblaßtes Bild von ihm. Doch Koljas Junge hatte genauso ausgesehen, und von dem gab es Bilder, viele sogar, und bunte.

Dienstags und freitags konnte man vor diesem Haus den Duft von frischgebackenem Brot riechen, fast die ganze Straße roch dann danach. Aber heute war Montag. Langsam ging sie weiter. Eine mollige Frau im leichten Pelzmantel, sie mußte gerade aus der Kapelle gekommen sein, schob einen rosafarbenen Kinderwagen vor sich her, das Kind bis zum Hals eingehüllt in Lammfell. Die Bosenkowa hatte diesen Wagen schon öfter vor einem der Reihenhäuser stehen sehen, an denen sie eben vorbeigegangen war. Das hohle Klopfen der Absätze beschleunigte sich auf Höhe der Bosenkowa. Die mollige Frau sprach mit ihrem Baby über das Essen. Genauer gesagt erzählte sie etwas von kriminellem Russenpack, das man durchfüttern müsse.

Wie sauber hier alles war, bemerkte die Bosenkowa. Sogar die Luft war besser als unten in der Stadt, obwohl es auch dort nicht viel gab, was den weißblauen Himmel nachhaltig verunreinigt hätte. Keine Fabrikschlote, kaum Industrie, die große Ziegelei am Rande der Siedlung stand leer. Nirgends Müll, die Gehsteige waren sauber gefegt. Bis auf das sehr lange Stück schräg vor ihr. Das war voller Laub. Gelbliche Blätter von einem hohen Baum, dessen Namen sie nicht kannte. Weiter oben lag ein Teppich aus Nadeln unter einer ebenso hochgewachsenen Lärche. Ein gutes Stück vom Zaun entfernt schimmerten graue Mauern geheimnisvoll durch das Laub. Das Haus war viel älter als die anderen hier, hoch gebaut, mit Vorsprüngen, Winkeln und Erkern. Obwohl es offensichtlich lange vor den anderen dagewesen war, wirkte seine Anwesenheit nun unpassend, beinahe anmaßend. Der Garten war riesig, fast schon ein Park, aber nicht so gepflegt wie die kleineren Gärten. Weit hinten, am anderen Ende des Grundstücks, lag ein kleiner See, den man von hier aus nicht sehen konnte, wegen des dichten Gebüsches am Ufer.

Das große Haus besaß als einziges keine richtige Autogarage, nur einen Holzschuppen. Die Bosenkowa, der auf ihren täglichen Wanderungen kaum etwas entging, wußte, was da drin war: ein Motorrad.

Sie musterte den Garten hinter dem hohen eisernen Tor, dessen rostige Stäbe von einer wilden Rose umflochten wurden, und wackelte im Weitergehen mißbilligend mit dem Kopf. Eine Schande, dachte sie, wie das Grundstück verkommt.

Hinter der Schimmel-Villa, wie die Einheimischen das Haus nannten, hörte der geteerte Gehsteig auf. Danach kam nur noch die kleine Marienkapelle. Sie stand seit zweihundert Jahren auf einem eigens für sie aufgeschütteten Hügel. Die Bosenkowa betrat den kühlen weißgekalkten Innenraum, kniete schwer atmend auf der vordersten Holzbank nieder und brabbelte leise, rhythmische Wörter in einer Sprache, die hier niemand verstand. Am Himmel teilten sich die Wolken, und durch das bleiverglaste Mosaikfenster an der Rückwand fiel ein goldener Streifen Nachmittagssonne auf den Altar mit der marmorblassen Maria, die ein nacktes Jesuskind auf dem Arm hielt.

Die Kapelle, die Gebete, sie waren nur der äußere Anlaß für Lisaweta Bosenkowas beschwerlichen Weg aus der Stadt. Keine Mutter gesteht sich gerne ein, daß sie ihrem erwachsenen Sohn nachspioniert.

Nach einer Weile stand sie steifgliedrig auf, ging um die Kapelle und betrachtete die Aussicht. Fahle Äcker und Wiesen, Kühe wie braune Punkte in der Landschaft, nicht weit von hier ein einzelner stattlicher Bauernhof. In der Ferne dösten ein paar Dörfer, rechts der kleine Wald mit dem stillen schwarzen See, an dessen Ufer die Villa lag. Links unten die Ziegelei mit ihren blinden Fensterhöhlen, sie sollte demnächst abgerissen werden. Dahinter dehnten sich die Schrebergärten. Es waren ungewöhnlich große, unterschiedlich genutzte Grundstücke: Anbauflächen für Gemüse, Wiesen mit soldatisch aufgereihten Obstbäumen, Kartoffeläcker und eine kleine Hühnerzucht. Dazwischen lagen einige Streifen Land brach; Unkraut überwucherte halbverfallene Gartenhäuschen, Büsche, dürrbraunes Gras und hohe, gelbblühende Nachtkerzen bildeten schier undurchdringliche Oasen der Wildnis, einst von der fleißigen Nachkriegsgeneration auf neunundneunzig Jahre gepachtet, dann von den Erben vernachlässigt oder vergessen.

Ob er wieder in diesem leerstehenden Bauwagen war, den er sich zurechtgezimmert hatte? Inzwischen konnte man beinahe sagen, daß er auf dieser verwilderten Parzelle wohnte. Immer seltener kam er zu ihr nach Hause.

Ihre Augen waren noch immer sehr gut, und sie entdeckte die Stelle, wo die Dachpappe seiner Behausung schwarz durchschimmerte. Nein, dorthin würde sie nicht gehen. Es war ihr zu weit und der Weg viel zu holprig, und Kolja wäre sehr gekränkt, wenn er merkte, daß sie ihm nachging. Lieber wollte sie umkehren und auf dem Heimweg noch am Spielplatz der Siedlung, gleich neben dem Kindergarten, vorbeischauen. Wenn er da auch nicht ist, dann ist es gut, dachte sie, dann ist er in seinem Wagen oder am See.

Auf dem Spielplatz war es windig, Tropfen funkelten im nassen Laub, das Holz der Bank troff vor Nässe. Es hatte erst vor einer Stunde aufgehört zu regnen, und ab und zu kam jetzt die Sonne durch. Wie einsame Vögel hockten die beiden Frauen auf der schmalen Kante der Lehne. Wenige Meter entfernt spielten zwei kleine Jungen, aber nicht miteinander.

Für die Jahreszeit zu kühl, hatte der Wetterbericht gemeldet. Paula fröstelte. Auch Doris hatte die Schultern hochgezogen, obwohl es ihre Idee gewesen war, hierher zu kommen.

»Du siehst heute irgendwie zerknittert aus«, sagte sie zu Paula, »gab's Ärger in der Redaktion? Hat dich dein Kollege Schulze wieder Teilzeitemanze genannt?«

»Das auch.« Ein Lächeln verflüchtigte sich auf Paulas schmalem Gesicht, ehe es richtig existiert hatte. »Hast du übrigens heute seinen tollen Artikel gelesen? Den dezenten Hinweis auf die *alleinerziehende* Mutter und den *deutschstämmigen* Russen? Aber der Clou war das mit dem Jäckle und der Sicherheit unserer Kinder.«

»So ganz unrecht hat er ja nicht«, räumte Doris vorsichtig ein. »Ich jedenfalls lasse Max nicht mehr alleine raus.«

»Darum geht's doch gar nicht«, erklärte Paula ungeduldig. »Der Kerl sollte einen neutralen Bericht abfassen und nicht Volkes Stimme wiedergeben. Wenn er doch bloß endlich zur *Bild*-Zeitung ginge! Der Jäckle, der wird wieder stinksauer sein.« Paula verdrehte die Augen, dann seufzte sie: »Aber was soll's. Über so was rege ich mich ja schon lange nicht mehr auf.«

»Dann ist es wohl wegen der Frau vom Jugendamt.«

Paula sah ihre Freundin verwundert von der Seite an.

»In der Siedlung haben die Fenster Augen und die Zaunlatten Ohren«, erklärte Doris auf ihre stumme Frage, »hast du das vergessen?«

»Wie könnte ich.« Paulas etwas zu großer Mund preßte sich zusammen, dann sagte sie: »Ja, sie war schon wieder da.«

»Was will sie denn andauernd von dir?«

»Wenn ich das wüßte. Vor einem halben Jahr, kurz nach der Scheidung, kam sie zum ersten Mal. Sie hat das Haus inspiziert wie ein Rauschgifthund und gefragt, warum Simon nicht getauft sei. Es sei ihre Pflicht, hat sie gesagt, bei geschiedenen und ledigen Müttern müsse das Jugendamt nach dem Rechten sehen. Nur Verheiratete dürfen mit ihren Kindern anstellen, was sie wollen. Danach habe ich nichts mehr gehört, anscheinend hatte sie es doch gefunden, das Rechte. Und jetzt, auf einmal, steht sie schon das zweite Mal innerhalb eines Monats vor der Tür.« Eine

steile Falte bohrte sich zwischen ihre dunkelgrauen Augen.
»Routinekontrolle, behauptet sie.«

»Klaus?« orakelte Doris.

»Unwahrscheinlich. Er hat seit Monaten keinerlei Kontakt zu Simon. Er interessiert ihn nicht, seit er den Prozeß verloren hat. Es sei denn, er will mich ärgern, aber eigentlich haben wir diese Spielchen ja längst hinter uns.«

»Du mußt aufpassen«, meinte Doris, »Leute vom Jugendamt haben einen ziemlichen Einfluß vor Gericht.«

Paula durchpflügte ihr streichholzkurzes Haar mit einer nervösen Bewegung und sah zu Simon hinüber. Eine riesige schwarze Krähe ließ sich auf dem Baum neben dem Sandkasten nieder. Sie werden jedes Jahr größer, dachte Paula, und fühlte einen Kloß in der Kehle.

»Das Dumme ist«, sagte sie mit belegter Stimme, »das letzte Mal kam sie abends um acht, und ich war nicht da. Die kleine Katharina Lampert war babysitten. Sie ist doch erst vierzehn und sieht aus wie zwölf. Müssen Babysitter nicht mindestens sechzehn sein?«

»Keine Ahnung«, gestand Doris, und leise fügte sie hinzu: »Zu Max kommt sowieso niemand.«

Paula sagte nichts dazu. Sie beobachtete die beiden Jungen. Simon grub ein Loch in den nassen Sand. Ein kleines Grab, durchzuckte es Paula, ein Vogelgrab. Ärgerlich fuhr sie sich mit der Hand über die Stirn, als könne sie damit ihre Gedanken wegscheuchen. Verdammt, warum muß ich ständig solches Zeug denken? Es ist ein Loch im Sand, nichts anderes. Ein ganz normales Loch!

Max stand auf den dicken unteren Ästen einer Buche, weißblonde Locken umrahmten sein rundes, rosiges Gesicht mit den vergißmeinnichtblauen Augen. Wie eine Putte, dachte Paula, eine kleine, fette Putte, ausgeschnitten aus einer Haferbreipackung.

Max, er war in Wirklichkeit nicht dick, lediglich von kerniger Statur, kletterte höher und warf kleine Äste nach

Simon, die der Wind von ihrem Ziel wegtrieb. Die Krähe erhob sich schreiend.

»Pch! Pch!« Max streckte den Arm in ihre Richtung und sandte ihr ein paar Schußgeräusche hinterher. Sein dunkelroter Anorak verschmolz nun beinahe mit dem blutroten Laub, man konnte ihn auf den ersten Blick kaum finden. War er nicht schon ziemlich weit oben? Es schien Paula an der Zeit für ein paar warnende mütterliche Worte. Sie sah Doris an, aber die hatte den Kopf gesenkt und drehte nachdenklich ihr meerblaues Halstuch in den Händen. Ihre Augen waren ebenso blau und leer.

»Wenn man nur wüßte, was der Schönhaar nicht paßt«, sagte Doris schließlich in die Stille hinein, und Paula wunderte sich, daß Doris den Namen dieser Person kannte. »Simon ist doch ein ausgesprochen liebes Kind. Und du bist eine gute Mutter. Auf deine Art.«

»Auf meine Art?«

»Ich meine, du bist vielleicht nicht gerade die Vorzeigemutter aus dem *Eltern*-Heft.«

»Die wollte ich auch nie sein«, sagte Paula mit Überzeugung. »Auch wenn man mir das übelnimmt.« Sie wußte sehr wohl, daß die anderen Mütter über sie tratschten.

»Du bist eben nicht der Typ für die Kleinstadt«, lenkte Doris ein. »Welche dieser Mütter geht schon mit ihrem Kind allein in ein Feinschmeckerlokal, noch dazu am Abend? Und welche von denen bringt ihr Kind mit dem Motorrad in den Kindergarten?«

»Es sind die seltenen Gelegenheiten, bei denen Simon freiwillig stillsitzt.« Paula lächelte über sich selbst. Das Motorradfahren hatte Doris einmal als Paulas ›etwas kindischen Versuch, trotz Mutterschaft nicht als angepaßt zu gelten‹, bezeichnet. Auf gewisse Weise hatte Doris sogar recht damit. Paulas Bestrebungen, ihre Abneigung gegenüber allem Kleinbürgerlichen auszudrücken, nahmen manchmal reichlich groteske Formen an.

Doris wies mit einer vagen Kopfbewegung in Richtung Ziegeleiberg: »Die Leute in der Siedlung finden das anstößig.«

»Willst du damit andeuten, daß mir unsere lieben Nachbarn die Schönhaar auf den Hals gehetzt haben?« fragte Paula und richtete sich wachsam auf.

Doris hob die Hände. »Nein, nein! Das nicht. Weißt du, ich glaube nicht, daß sie dich hassen. Du bist ihnen bloß ein bißchen, nun ja, unheimlich.«

»Die mir auch«, sagte Paula.

»Natürlich ist auch eine große Portion Neid dabei. Sieh dir doch diese Schuhkartons an, für die sie mühsam jede Mark zusammenkratzen. Und dann dein Haus«, Doris korrigierte sich, »vielmehr, dein *Anwesen*.«

»Der Haken dabei ist nur: Es gehört mir nicht.«

»Außerdem«, fuhr Doris unbeirrt fort, »verstehst du es glänzend, dich unbeliebt zu machen. Schau, Paula, diese braven Leute gehen zweimal im Jahr ins Bauerntheater, amüsieren sich den ganzen Abend schenkelklopfend, und dann kommst du daher und schreibst eine zynische Kritik darüber. Auch wenn das meist berechtigt ist«, fügte sie schnell hinzu.

Paula verteidigte sich: »Ich empfinde eben eine gewisse Verantwortung, gerade dem gutgläubigen Publikum gegenüber. Ich will nicht so ein mieser Opportunist werden wie der Schulze. Wenn ich Scheiße geboten kriege, dann schreibe ich das auch. Ich benutze natürlich ein paar Fremdwörter dafür.«

»Apropos Fremdwörter«, in Doris' Augen blitzte es boshaft auf, »ich wette, die Hälfte deiner Leser weiß nicht mal, was *Feuilleton* bedeutet.«

»Das hast jetzt du gesagt!« Paula grinste. Mit Doris konnte man wunderbar über die Nachbarschaft lästern. Was Paula jedoch nicht verstand, war, daß Doris trotzdem eifrig bestrebt war, bei ebendiesen Leuten beliebt zu sein.

Seit fünf Jahren wohnten sie beide einander gegenüber, Doris und ihr Mann Jürgen waren wenige Monate nach Paula und Klaus »aufs Land« nach Maria Bronn gezogen. Anfangs verband die beiden Frauen das Gefühl, Fremdkörper in einem Netz sozialer Inzucht zu sein. Später, im Gegensatz zu Paula hatte sich Doris schnell an die Verhältnisse angepaßt, wurde eine enge Freundschaft daraus.

»Und dein größtes Manko«, nahm Doris den Faden wieder auf, »du hast kein Auto und keinen Mann. Am meisten verübeln sie es dir, daß du letzteres ganz offensichtlich nicht als Defizit empfindest.«

»Gut gesagt. Hätte glatt von mir sein können.«

Während sie mit Doris sprach, sah Paula Max zu, wie er auf einem dicken Seitenast der Buche balancierte. Er hielt sich an den Zweigen über ihm. Es waren dünne Zweige, so dünn, daß sie ihn im Falle eines Sturzes kaum halten würden. Und dieser Fall wurde immer wahrscheinlicher. Vermutlich war Max entgangen, daß der Ast, auf dem er stand, keine Blätter an seinen Zweigen trug. Er war durch und durch morsch. Mit wachsendem Interesse verfolgte Paula die Kletterpartie, die in etwa fünf Meter Höhe auf feuchtglänzender Rinde stattfand.

»Sag mal«, hakte Doris nach, »vermißt du ihn wirklich nie?«

»Wen? Klaus? Nein. So wie er sich bei der Scheidung benommen hat. Weißt du nicht mehr?«

»Doch, doch«, sagte Doris rasch.

»Er wollte mich für verrückt hinstellen, nur weil ich...«

»Paula«, beschwichtigte Doris, »laß gut sein. Das ist jetzt vorbei und überstanden.«

»Ja, du hast recht«, murmelte Paula. Zwei rote Flecken brannten auf ihren blassen Wangen.

»Ich meinte nicht, ob du Klaus vermißt, sondern überhaupt einen Mann.«

»Aber klar«, gestand Paula rundheraus, »manchmal vermisse ich schon die starke männliche Hand. Wenn eine riesige Spinne in der Badewanne sitzt, die Mülltonnen rauszukarren sind, das Klo verstopft ist, oder die Dachrinne...«

»Paula, du bist einfach furchtbar!« unterbrach Doris sie kopfschüttelnd.

Dazu schwieg Paula, denn es gab Interessanteres. Ihr Blick tastete sich durch das Laub, zu Max. Er schien zu schwanken. Paula hielt den Atem an. Was ist eigentlich mit Doris, fragte sie sich. Wann schlägt endlich ihr Mutterinstinkt Alarm?

Aber Doris zwirbelte gedankenverloren ihren Schal und fixierte ihre Schuhe auf der Bank. Sie waren flach, und die abgerundeten Spitzen gaben ihrem ohnehin kleinen Fuß ein kindliches Aussehen. Sie waren aus dem einzigen Bioladen der Stadt, Doris war dort die beste Kundin. Vielleicht, spekulierte Paula, kam ihr strahlender Teint doch von den fleckigen Äpfeln und dem matschigschweren Vollkornbrot. Doris war fünfunddreißig und hatte noch keine einzige nennenswerte Falte im Gesicht. Wenn man ihr Glauben schenken durfte, hatte sie seit ihrem sechzehnten Lebensjahr keinen Bissen Fleisch mehr zu sich genommen. Zunächst weniger aus Überzeugung – ihr Biotrip begann erst mit der Schwangerschaft –, sondern um ihre Eltern zu brüskieren, denn ihnen gehörte eine der größten deutschen Fleischgroßhandlungen.

Der rote Anorak bewegte sich langsam auf das dünnere Ende des Astes zu. Das Holz gab einen leisen, ächzenden Ton von sich. Doris hörte ihn offenbar nicht. Warum laufe ich nicht hin und hole ihn da runter? Der Gedanke streifte Paula nur flüchtig und blieb ohne Folgen. Die Darbietung war zu erregend, ein Nervenkitzel, wie bei einem Seiltänzer ohne Netz. Fällt er nicht, ist man zwar von seiner Kunst beeindruckt, aber tief im Inneren doch enttäuscht.

Der Wind fuhr energisch über den Platz, Paula schlug den Kragen ihrer Lederjacke hoch. Sie sah forschend zu

Doris. Konnte ein fauliges Blatt auf einer nassen Bank so interessant sein, daß man völlig selbstvergessen darauf starrt?

Max versuchte sich umzudrehen, der Ast bog sich weit nach unten, Paula sah es aus den Augenwinkeln. Die Knöchel ihrer Hände färbten sich weiß. Soviel sie durch die Blätter erkennen konnte, ging Max in die Knie, robbte auf allen Vieren zurück und richtete sich dann wieder auf. Das tote Holz stöhnte unter seinem Gewicht.

Jedes andere Kind hätte spätestens jetzt nach seiner Mutter gerufen. Max nicht. Max würde eher wie eine madige Frucht vom Baum fallen, dessen war sich Paula sicher. Sie zwang sich, in eine andere Richtung zu sehen, während sie auf das Geräusch von splitterndem Holz und das Aufschlagen eines Körpers wartete.

Schritte scharrten über den Kiesweg, Doris und Paula fuhren gleichzeitig herum, als wären sie bei etwas Verbotenem überrascht worden. Eine schwarzgekleidete Frau näherte sich langsam. Paula nickte ihr zu, daraufhin begann die Alte etwas in ihrer Sprache zu schreien. Sie fuchtelte und deutete mit ihrer gichtverkrümmten Hand auf den Baum, ihre Gewänder flatterten auf und ab wie Krähenflügel.

Doris' Augen richteten sich auf die Stelle im dichten Laub, wo Max wie ein umgedrehter Käfer am Ast hing.

»Wollen wir bei mir noch einen Tee zusammen trinken, auf den Schrecken?« Die Worte kamen nur widerstrebend aus ihrem Mund. Paula hatte Max nicht gerne in ihrem Haus, weil nach seinen Besuchen meistens irgend etwas repariert oder gereinigt werden mußte. Aber die Reihe war an ihr, diesmal fiel ihr keine Ausflucht ein. Was sie befürchtet hatte, geschah: Doris nahm an.

»Ich finde«, sagte Paula, als sie an dem weißlackierten Tisch in der geräumigen Küche saßen und sie den Tee aufgoß, »wir sollten sie wieder allein draußen spielen lassen. Von mir aus bei uns im Garten. Du siehst ja, selbst wenn wir dabei sind, kann was passieren.«

»Ich weiß nicht«, widersprach Doris dieser etwas verqueren Argumentation, »es ist ein Unterschied, ob ein Kind vom Baum fällt...«

»Beinahe vom Baum fällt«, korrigierte Paula.

»Ja«, nickte Doris, »beinahe. Zum Glück ist diese Alte aufgetaucht.« Sie lachte ein wenig gekünstelt. »Vor lauter Quatschen habe ich gar nicht gesehen, was er da im Baum treibt. Ich bin wirklich eine Rabenmutter!«

Rabenmutter, sezierte die wortverliebte Paula sogleich den Begriff, waren Raben – wie hieß denn nur die weibliche Form? Räbin? –, waren Räbinnen also schlechte Mütter?

»Was?« fragte Doris.

Wie, was? Hatte sie ihren letzten Gedanken etwa laut ausgesprochen, ohne es zu merken?

»Es ist ja nichts passiert«, sagte Paula. Sie stand auf, um Tassen aus dem altmodischen Küchenschrank zu holen. »Wir können sie doch nicht ewig auf Schritt und Tritt beaufsichtigen.« Außerdem hasse ich diese Spielplatz-Nachmittage, grollte sie im stillen.

»Ewig nicht. Aber solange der Kerl frei herumläuft, der den kleinen Benjamin...« Doris biß sich auf die Lippen. Sie blickte Paula besorgt an. »Unsere beiden sind einfach noch zu klein. Sie würden garantiert mit jemandem mitgehen oder in ein Auto steigen, wenn der Kerl es nur raffiniert genug anstellt. Besonders dein Simon«, fügte sie hinzu, »er ist so lieb und vertrauensselig. Der spricht doch mit jedem. Das ist ja gerade so nett an ihm, aber in diesem Fall nicht ungefährlich.«

Paula pendelte mit dem Tee-Ei in der Kanne. »Ich möchte sein Vertrauen auch nicht unnötig durch irgendwelche Schauergeschichten zerstören. Er wird früh genug von selbst dahinterkommen, wie es um die Menschheit bestellt ist.«

»Dann kann es zu spät sein«, antwortete Doris mit dramatischem Tonfall. »So wie für den kleinen Benjamin. Mein Gott, diesen Kerl aus den Schrebergärten, den habe ich selbst schon an unserem Spielplatz gesehen. Wenn man sich vorstellt...« Sie verstummte, ein vielsagendes Schweigen lastete im Raum.

»Er ist harmlos. Er steht manchmal nachts vor Häusern herum und schaut den Leuten in die Fenster, weiter nichts«, wandte Paula ein. »Bei mir ist er öfter.«

»Was?«

»Er mag wohl diesen Garten.«

»Hast du das dem Jäckle gesagt?«

»Nein, warum denn? Er steht doch nur da und schaut.«

»Na, ich weiß nicht... ich hätte Angst.«

»Leute mit kleinen Ticks sind mir sympathisch.« Weil sie mir ähnlich sind, setzte Paula in Gedanken hinzu und war sich ziemlich sicher, daß Doris das gleiche dachte.

»Er steht auch auf Spielplätzen rum und schaut«, bemerkte Doris giftig, »womöglich hat sein kleiner Tick den Benjamin das Leben gekostet.«

»Es gab nicht den geringsten Beweis. Nur das Gerede der Leute. Dieses dumme, hysterische Geschwätz, mit dem sie jeden kaputtmachen, der nicht in ihr Bild von einer ordentlichen Welt paßt! Ich glaube jedenfalls nicht, daß er was damit zu tun hat. Die Leute suchen bloß krampfhaft nach einem Sündenbock.«

»Die arme Mutter«, seufzte Doris. »Obwohl die familiären Verhältnisse ja nicht die besten sein sollen. Die Frau hat den Jungen ziemlich oft sich selbst überlassen. Er und seine Geschwister wurden vernachlässigt, sagen die Nachbarn.«

»Selbstverständlich kann so etwas bloß Asozialen passieren.« Paulas Ton fiel bissiger aus als gewollt.

»Nein, aber...«

»Doris«, ereiferte sich Paula, »die Frau mußte ganztags arbeiten. Sie hat drei Kinder und einen Exmann, der keinen Unterhalt zahlt.« Paula hatte allmählich genug von der Geschichte. In der Redaktion war sie Thema Nummer eins, bei den Müttern ging die Angst um wie eine ansteckende Krankheit. Nun hatte das Virus offensichtlich auch die eher besonnene Doris infiziert. Paula war froh, als Simon kam und ihr Gespräch unterbrach.

»Kann ich Max meinen Schnuffi zeigen?«

»Aber der schläft doch jetzt.« Paula verteidigte die natürlichen Bedürfnisse des Goldhamsters. Schnuffi war die jüngste Errungenschaft. Irgendein Tier braucht ein Kind, hatte Paula sich von den Mustermüttern sagen lassen.

»Aber er ist wach. Er hat gerade was gefressen!« Simon war schon am Käfig, der nun den Platz auf dem Küchenschrank einnahm, wo bisher der Brotkasten gestanden hatte. Max beobachtete, wie Simon das weißbraune Tier in die Hand nahm. Die Schnurrhaare vibrierten ängstlich um die kleine rosa Schnauze.

Max zerrte an Simons Arm. »Ich will ihn auch mal!«

»Lieber nicht«, meinte Simon mit sachverständiger Miene, »er ist noch nicht so zahm.«

»Aber ich will ihn mal!« Max stampfte mit dem Fuß auf den Boden.

»Du darfst ihn mal streicheln.« Max strich dem Hamster über den Kopf, was diesen wohl erschreckte, denn er ließ ein leises Fauchen hören.

»Siehst du«, sagte Simon triumphierend, »er will nur zu mir. Er ist nämlich mein Freund.«

»Ich bin dein Freund. Der Hamster ist blöd.«

»Ist er nicht! Du bist blöd!«

»Blöder Hamster, blöder Hamster...«

»Max!« rief Doris. »Bitte, nicht so laut. Paula und ich möchten uns gerne unterhalten.«

»Simon, bring ihn wieder in den Käfig«, ordnete Paula an, »und dann spielt am besten in deinem Zimmer.« Simon murmelte etwas, das nach Protest klang, aber er gehorchte. Zum Öffnen des Deckels benötigte er beide Hände, und so setzte er Schnuffi für einen Moment auf den Küchenschrank. Den nutzte Max. Blitzschnell schloß sich seine kräftige Hand um den Hamster. Der gab einen pfeifenden Laut von sich.

»He, laß ihn los, du drückst ihn zu fest!« schrie Simon.

»Laß ihn los!« befahl Paula scharf.

»Blöder Hamster, ich bin dein Freund«, sagte Max, verzog das Gesicht zu einer beleidigten Grimasse, der Hamster machte ein schnarrendes Geräusch, dann quollen ihm schmatzend die Gedärme aus dem After. Simon stand wie versteinert und riß in ungläubigem Entsetzen den Mund auf, ebenso Paula.

Auf den spitzen Schrei seiner Mutter hin ließ Max den Hamster auf den Küchenboden fallen, ein Klumpen aus Fell und Eingeweiden, dessen Vorderbeine noch in einem letzten Reflex zuckten. Ein kleines Rinnsal hellrotes, fast wäßriges Blut sickerte über die rauhen Holzdielen. Paula wußte, daß sie diesen Anblick nie wieder vergessen würde. Simon auch nicht. Sie verlor die Beherrschung und packte Max, der ruhig dastand, am Arm, drehte ihn zu sich herum und schlug ihm zweimal mit dem Handrücken ins Gesicht. Seine Unterlippe platzte auf und begann zu bluten.

Doris sprang auf. »Paula, nicht! Du tust ihm weh! Es war sicher nicht Absicht.«

Paula stieß Max angeekelt von sich. »Schaff ihn raus«, flüsterte sie heiser, »raus mit ihm! Ich will ihn nie wieder hier sehen. Das ist kein Kind, das ist ein Monster!«

Hektisch raffte Doris ihre Sachen zusammen und schob Max vor sich her, der sich das Blut demonstrativ übers ganze Gesicht schmierte und herzerweichend vor sich hin wimmerte. Paula bugsierte den inzwischen laut heulenden Simon aus der Küche und hörte, wie die Haustür zufiel. Am ganzen Körper bebend lehnte sich Paula gegen die Wand. Dann stürzte sie ins Klo und erbrach sich.

Der Anfang war wie immer. Ihr Gesicht war eine schmerzende Masse, das fremd aussah in dem trüben Spiegel, der im langen, schmalen Flur ihrer elterlichen Wohnung hing. Die Ränder ihrer Lippen zerflossen rot, wie eine aufgeplatzte Frucht, sie schmeckte die zähe Süße des eigenen Blutes in ihrem Mund, während da drinnen, in der Küche, der Lärm andauerte. Stahlrohrstühle klapperten auf Linoleum, dazwischen Schreie und ein Geräusch, als klatsche man ein nasses Wäschestück gegen eine Wand. Sie zuckte jedes Mal zusammen, spürte den Laut mit jeder Faser ihres Körpers, ihre Ohren summten. Nach dem letzten Klatschen verstummte auch das Kreischen abrupt, und Paula fühlte sich elend und schuldig, ohne zu wissen, weshalb. Als alles ruhig war, saß ein Mann ohne Gesicht, der trotzdem ihr Vater war, vor einer stockfleckigen Tapete mit blassen Rosen zwischen schneckenförmigen Ornamenten, im Hintergrund glänzte ein schwarzes Klavier, obwohl es in jenem kahlen Raum nie ein Klavier gegeben hatte, lediglich im Speisesaal der Anstalt hatte eines gestanden. Sie atmete die Mischung aus Schweiß, Urin, Salmiak und aufgewärmtem Kaffee, ein pelziges Gefühl umgab sie wie eine Pfirsichhaut. Da war der Strick, der aus der Decke wuchs, einer weißen Zimmerdecke, höher als der Himmel. In einem anderen Raum, er hatte keine Wände, lag ihr Vater auf einem seidenen Kissen. Er wirkte mickrig, in seinem Hochzeitsanzug, mit gräßlich rosig geschminktem Gesicht. »So sieht er nicht aus«, rief Paula und zeigte auf die blauen, aufgeschwollenen Lippen. Neben ihr standen ihre Brüder. Thomas, der Jüngere, und Bernd, der immerzu das Wort »Leichengift« flüsterte. Wie stets an dieser Stelle erschien ihre Mutter, die einen Rosenkranz in ihren Händen hielt und zu ihr sagte: »Du brauchst ihm nicht nachzuweinen, Paula, er hat uns alle ins Unglück gestürzt.« Diese Worte sagte sie jedesmal. Selbst Alpträume erliegen gewissen Gewohnheiten, auch wenn Angst und Ekel dadurch nicht an Intensität verloren.

Was danach kam, war neu. Paula merkte, daß etwas sie verfolgte. Etwas Rotes, Gnomenhaftes, es ging eine unheimliche, nicht genau definierbare Gefahr davon aus. Es hatte das Wesen von Max. Sie lief auf wattigem Untergrund, wie Moder, sie sank ein, das Rot kam näher, seine Form löste sich auf, es wurde größer, tiefer, dichter, drohte sie von allen Seiten zu ersticken. Nackte rosa Krallen griffen nach ihr, und Simon sagte: »Du mußt es totmachen, Mama.« Es hatte auf einmal das Gesicht von Max, Paula griff danach, spürte Widerstand, endlich greifbaren Widerstand, in einer Umgebung, in der alles andere wolkenhaft war. Es ging plötzlich ganz leicht, sie mußte gar nichts tun, mußte es nur töten wollen.

Dann war alles leer um sie, nur noch der Kadaver des Hamsters lag da, zuckend auf dem Küchenboden, daneben sein Gedärm, wie ein Knäuel ineinander verschlungener Regenwürmer. Nein, jetzt war es ein gelber Vogel, der da auf rauhen Holzplanken lag, und endlich kam eine kalte Schwärze und verschlang alles, das rote, gnomenhafte Wesen, den Vogel, einfach alles, und Doris stand in Paulas Küche, in einem blauen Kleid mit Fransen. Sie war wunderschön und sagte: »Los, beeil dich, Paula, wir müssen zur Premiere, wir müssen uns noch schminken.« Sie kam näher, lächelte, dann sagte sie: »Wie du aussiehst, Paula! Schnell, geh dich waschen, wir kommen sonst zu spät.« Paula lief ins Bad, das Wasser rauschte hinter dem Plastikvorhang, sie wartete davor, es dauerte immer eine Weile, bis es die richtige Temperatur erreicht hatte. Sie hörte Simon rufen: »Mama! Mama? Bist du das, Mama?«

Plötzlich zuckten grellweiße Lichtblitze auf, ätzten in die Augen, Paula taumelte gegen die Wanne und sank auf den Fußboden. Die weißen Fliesen reflektierten das Neonlicht.

Es dauerte ein paar Sekunden, ehe sie wach war, und ein paar weitere, ehe sie begriff. Simon stand in seinem rosa Schlafanzug vor ihr und rieb sich die Augen. »Mama? Ist jetzt Früh? Ist heute Kindergarten?«

Paula atmete erleichtert durch. Sie stand auf und stellte die Dusche ab. Ihr Geräusch hatte ihn wohl geweckt, sein Zimmer lag neben dem Bad. Sie nahm ihn in den Arm und brachte ihn zurück in sein Bett. »Es ist alles gut, mein Schatz, schlaf weiter. Mama hat nur schlecht geträumt.« Simon schlüpfte in sein Bett und gähnte: »Gut, daß noch nicht Morgen ist. Ich bin nämlich noch nicht fertig mit Schlafen.« Paula deckte ihn zu und gab ihm einen Kuß auf sein weiches, glattes Haar.

»Mama?«

»Was ist?«

»Ich will keinen Hamster mehr. Ich will lieber einen Hund.«

Paula seufzte. »Darüber reden wir noch. Jetzt schlaf wieder. Gute Nacht.«

»Gute Nacht.«

Aus Erfahrung wußte Paula, daß sie jetzt nicht sofort wieder einschlafen konnte. Sie schlüpfte in ihren abgewetzten Männerbademantel, schlich barfuß in die Küche und setzte Wasser auf. Eine Kerze warf lange Schatten. In solchen Nächten ertrug sie kein elektrisches Licht. Während sie mechanisch die gewohnten Handgriffe verrichtete, bemühte sie sich, nicht auf den tellergroßen Blutfleck vor dem Küchenschrank zu treten, der sich feucht und schwärzlich schimmernd in die Holzdielen gefressen hatte.

Fröstelnd, die heiße Teetasse umklammernd, stand sie wenig später vor dem Fenster. Draußen war es sternklar, und als sich ihre Augen an das Dunkel gewöhnt hatten, konnte sie ohne große Mühe den Mann erkennen, der unter dem Haselnußstrauch stand und dessen bleiches Gesicht reglos auf sie gerichtet war.

In den folgenden Tagen gingen sich Paula und Doris aus dem Weg. Zwar hatte sich Paula am nächsten Vormittag telefonisch bei Doris für ihr unbeherrschtes Benehmen entschuldigt und gesagt, sie hätte das mit dem Monster nicht so gemeint, aber ein Schatten lag auf ihrer Freundschaft. Paula brachte Simon die ganze Woche über wieder selbst in den Kindergarten. In der letzten Zeit hatte das Doris für sie übernommen.

Paula erklärte Doris so diplomatisch wie möglich, Simon wolle im Moment nicht mit Max im Auto fahren und auch nicht mit ihm spielen. Das war nicht gelogen. Simon setzte das Ereignis noch immer zu, er träumte nachts schlecht, wachte auf und weinte, so daß Paula ihn zu sich in ihr Bett nahm, was sie sonst nur tat, wenn er krank war. Auch Paulas Traum kehrte einige Male wieder. In der irren Hoffnung, sich selbst betrügen zu können, schloß Paula ihre Schlafzimmertür zu und versteckte den Schlüssel auf dem Kleiderschrank. Doch die Maßnahme erwies sich als überflüssig, sie erwachte jetzt jedes Mal, kurz bevor Doris im blauen Kleid die Szene betrat.

Einmal klingelte Max, vermutlich ohne Wissen seiner Mutter, an Paulas Tür, um Simon zum Spielen zu holen. Simon versteckte sich in seinem »Nest«. Das Nest befand sich direkt vor seinem Zimmerfenster, im dichten Astwerk eines gewaltigen Knöterichs, dessen hemmungslosem Wachstum seit dem Tod des alten Schimmel vor acht Jahren niemand mehr energisch genug Einhalt geboten hatte. Die Pflanze maß annähernd zwei Meter im Durchmesser und umschlang die Vorder- und die Seitenfront des Hauses wie ein Lindwurm. Paula hatte das Gewächs ursprüng-

lich entfernen lassen wollen, schon deshalb, weil es lästig
war, im Sommer etwa alle zwei Wochen die oberen Fenster freischneiden zu müssen. Mit den trockenen Zweigen
hätte man bestimmt einen Winter lang den Kamin be-
heizen können. Andererseits bildete das kunstvoll in sich
verflochtene Dickicht eine ideale Heimstätte für zahlreiche
Vogelnester, ein paar winzige braune Mäuse und einen Sie-
benschläfer. Das hatte Simon auf die Idee gebracht, sich
dort ebenfalls ein Nest einzurichten, trotz der Verbote
Paulas, die fürchtete, die abgestorbenen Äste im Innern der
Pflanze könnten seinem Gewicht eines Tages nicht mehr
standhalten. Doch Simon suchte weiterhin sein Nest auf,
wenn er Kummer oder Streit mit Paula hatte. Oder sich vor
etwas fürchtete.

Im Moment schien also etwas Distanz zu Max dringend
angeraten. Aber Paula vermißte Doris schon bald, und auf
längere Sicht hatte sie nicht die Absicht, die Freundschaft
wegen eines toten Hamsters und eines mißratenen Görs
aufzugeben.

Paula hatte wenige Freunde und noch weniger Freundinnen. Sie war kein sehr umgänglicher Typ. Die seltenen
Freundschaften, die sie bisher geschlossen hatte, waren nach
diversen Umzügen eingeschlafen oder bestanden nur noch
aus gelegentlichen Telefonaten und Weihnachtskarten. Die
Bekannten aus den gemeinsamen Jahren mit Klaus hatten
sich nach der Trennung ihm zugewandt, da er zweifellos der
bessere Unterhalter war, besonders wenn er seine publi-
kumswirksam aufbereiteten Stories aus der Anwaltspraxis
zum besten gab.

Am Montag, eine Woche nach dem Vorfall, tat Paula
den ersten Schritt und lud Doris zu ihrer Geburtstagsfeier
am Donnerstagabend ein. Nichts Großartiges. Nur ein Essen für ein paar Kollegen aus der Redaktion und zwei, drei
Leute aus Paulas Theatergruppe, der Doris seit drei Jahren
ebenfalls angehörte.

Nicht ohne gewisse Hintergedanken hatte Paula das Essen auf halb neun angesetzt, ziemlich spät also, damit Doris nicht etwa auf den Gedanken verfallen könnte, Max mitzubringen. Doris nahm die Einladung freudig an und verlor kein Wort über Max.

Der Nachmittag versprach trocken, wenn auch nicht sonnig zu bleiben. Paula und Simon bewaffneten sich mit diversen Gartengeräten, um sich vor Einbruch des Winters noch einmal der Wildnis rund um das alte Haus zu stellen. Simon erhielt den Auftrag, verwelkte Stengel aus dem Kräuterbeet hinter dem Haus zu rupfen, und machte sich mit wichtiger Miene ans Werk. Paula schnitt gerade lustlos an einer Heckenrose neben dem Eingangstor herum, als sie über den Gartenzaun hinweg von jener alten Frau angesprochen wurde, der Max seine Errettung von dem morschen Ast und der Hamster seinen frühen Tod verdankte. Sie trug dieselbe schwarze Kleidung wie neulich, auch den seltsamen Hut, und sah Paula aus wachen, dunklen Äuglein an. In holprigem Deutsch, mit einem strengen Akzent, beklagte sie den Zustand des Gartens, der zweifellos verwahrlost war, auch wenn Doris ihn euphemistisch »verwunschen« nannte.

»Mei Junge kann des wieder richtig mache«, erklärte sie eifrig, und ehe Paula etwas sagen konnte, winkte sie und rief mit ihrer dünnen Altweiberstimme etwas in ihrer Sprache. Russisch. Der »Junge«, ein recht kräftiges Mannsbild, stand urplötzlich hinter der Alten, die ihm gerade bis zur Brust reichte. Er hielt die Hände auf dem Rücken gefaltet, offensichtlich fühlte er sich nicht ganz wohl bei der Sache. Paula vermied es, ihn zu auffällig anzustarren. Sein Haar war filzig und falb, aber die Wangen glänzten frisch rasiert. Sehr oft schien er sich nicht zu rasieren, ein frischer Schnitt zog sich über den linken Wangenknochen. Seine Augen changierten zwischen Eisgrau und Grün. Kühle Augen, die viel sahen und wenig preisgaben. Der schmale Mund schien stets zu einem spöttischen Lächeln anzusetzen, das aber niemals zustande kam. Der Begriff »Nachtschatten-gewächs« ging Paula durch den Kopf. Tatsächlich sah er aus, als schliefe er zu wenig. Er mochte in ihrem Alter sein, vielleicht auch jünger. Hose und Jacke aus gutem Stoff saßen korrekt, waren aber an den Kanten und Nähten abgestoßen, die Kleidung von einem, dem es mal besser gegangen war und der nun bemüht war, gewisse Standards zu erhalten. Bei einem seiner braunen Halbschuhe hatte sich die Sohle ein wenig gelöst, so daß es aussah, als ob der Schuh Paula angrinste.

»Sie sind Gärtner?«

Er schüttelte den Kopf, eine winzige, verhaltene Bewegung nur, und trat einen Schritt auf Paula zu.

»Nicht wirklich«, sagte er, und Paula wagte nicht zu fragen, was er denn wirklich sei.

»Arbeitet auf'm Friedhof«, erklärte die Mutter, »verdient nit viel Geld damit.«

Paula zögerte. Die Alte hatte schon recht. Bald würden Massen an Laub das ohnehin schüttere Grün des schattigen Rasens ersticken, die Sträucher könnten einen Schnitt dringend gebrauchen, und sie, Paula, hatte weder Zeit noch Lust, diese Arbeit in Angriff zu nehmen. Allerdings war Paulas finanzielle Lage weniger üppig, als es nach außen hin den Anschein haben mochte. Mit ihrem Verdienst bei der Zeitung und den Unterhaltszahlungen von Klaus an Simon kam sie gerade so zurecht, an Personal war nicht zu denken. Andererseits würde Tante Lilli sicher etwas dazu beisteuern, ein Wort von Paula würde genügen. ›Wenn irgend was mit dem Haus ist, sag's mir nur, Paulakind. Laß alles machen, was nötig ist, ich zahle das.‹ Der wahre Grund für Paulas Zögern war ein anderer.

Die alte Frau las Paulas geheime Gedanken. »Is' wegen der Polizei? Der hat nix gemacht, ich weiß des.«

30

Paula gab sich einen Ruck und wandte sich direkt an ihn: »Es ist mir egal, was Sie… ich meine, Sie können gerne meinen Garten in Ordnung bringen.«

Sämtliche Runzeln im Gesicht der Alten zogen sich in die Waagerechte, der Mann sah Paula für einen kurzen Moment mit einer schier unhöflichen Direktheit an, dann kündigte sich so etwas wie ein Lächeln in seinen Augen an. Der Grund dafür war Simon, der angelaufen kam und die Besucher unverhohlen neugierig musterte. Er nickte dem Kind freundlich zu und sprach dann wenige Worte auf russisch mit seiner Mutter. Von Geld war noch keine Rede gewesen. Paula schnitt das Thema von sich aus an und bot ihm fünfzehn Mark Stundenlohn für die Gartenarbeit, was er sofort annahm. Sie hatte das Gefühl, daß er auch weniger akzeptiert hätte. Die beiden wandten sich zum Gehen.

»Da ist noch was.« Paula hatte es leise gesagt und nur zu ihm. Er drehte sich um, sie befanden sich außer Hörweite der Mutter.

»Ja?«

Paula straffte die Schultern und sah ihm in die Augen. »Sie warnen mich vorher, wenn Sie nachts um mein Haus schleichen. Damit ich mich nicht wieder so erschrecke.«

Drei Tage später, es war Donnerstag, der 13. Oktober, werkelten Paula und Simon in der Küche. Noch mehr als die Gartenarbeit liebte Simon es, mit seiner Mutter zu kochen. Sie wurden durch einen Anruf unterbrochen, dem Paula insgeheim schon den ganzen Tag entgegengehofft hatte.

»Ich wette eine Flasche Mouton-Rothschild, du hast heute morgen im Spiegel nachgesehen, ob du ein paar Falten mehr findest«, kratzte es an Paulas Ohr. Wo sich bei anderen Menschen die Stimmbänder befanden, saß bei Tante Lilli eine Schiffsschraube.

»Tante Lilli! Wo bist du?«

31

»In München, in meiner bescheidenen Unterkunft.« So nannte sie ihr Hundertzwanzig-Quadratmeter-Penthouse mit Blick auf den Englischen Garten. »Ich konnte es bei den alten Tatterichen in Florida nicht länger aushalten. Die reden nur von Geld und Krankheiten.«

»Tatteriche? Tante Lilli, du gehst selbst auf die Siebzig zu.«

»Na und? Und du bist seit heute vierzig. Gratuliere«, sagte sie boshaft. »Ich weiß noch gut, wie ich an meinem Vierzigsten vor dem Spiegel stand und nach Falten suchte«, sie lachte ihr kraftvolles, dröhnendes Lachen, »ich fand genug für zwei! Schließlich habe ich gelebt. Wie ist es bei dir?«

Paula seufzte. »Ich wußte nicht, daß ich so berechenbar bin. Wenn du schon in München bist, dann kannst du heute abend gleich zu meiner kleinen Feier kommen. Setz dich eine Stunde in den Zug und übernachte hier. Es gibt Bœuf-à-la-mode. Dein Rezept.«

»Vergiß das Lorbeerblatt nicht. Nein, danke, du hast sicher viel junges Volk eingeladen, da will ich nicht stören.«

»Komm mir nicht so. Du würdest sie alle in die Tasche stecken, sie wären hingerissen von dir.« Paula bemühte sich um einen leichten Ton, damit Lilli nicht merken sollte, wieviel ihr an ihrem Kommen lag.

»Lieber nicht«, wich Lilli aus. »Diese Fliegerei strengt eine alte Frau doch sehr an.«

»Fishing for compliments, was?«

»Ein andermal, Paulakind, versprochen. Was macht Simon?«

»Schneidet Karotten«, sagte Paula. Sie war ein wenig enttäuscht.

»Nicht zu viele davon, sonst wird's zu süßlich. Übrigens, man liest nichts Gutes in der Zeitung über meine alte Heimat.«

»Nein«, stöhnte Paula, »bitte du nicht auch noch! Die ganze Stadt leidet schon an kollektivem Verfolgungswahn.«

Paula konnte Lillis sarkastisches Lächeln vor sich sehen, als sie ihre Tante sagen hörte: »Das kann ich mir denken. Solche Ereignisse wirken wie ein Tritt in einen Ameisenhaufen. Sie bringen als erstes ihre Brut in Sicherheit.«

»Das Alter schärft deine Bosheit«, revanchierte sich Paula für die Sache mit dem Spiegel. »Aber selbst du kannst dir nicht vorstellen, was ich mir in letzter Zeit für Grausamkeiten anhören muß. Lauter gerechte Strafen für den Täter, mal vorausgesetzt, es gibt überhaupt einen. Praktizierende Christen, die noch kürzlich leidenschaftlich für die Beibehaltung des Schulgebets und des Kruzifixes gestritten haben, schreien jetzt nach Wiedereinführung der Todesstrafe.«

»Ich weiß, ich habe die Leserbriefe schon studiert.«

Paula fand es rührend von Lilli, daß sie den *Stadtkurier* abonniert hatte, um nur ja keinen ihrer Artikel zu versäumen.

»Das waren die Harmlosen. Aus den nicht veröffentlichten könnte man ein Horrordrehbuch machen. Die Inquisition war ein Kinderspiel gegen die Phantasien des gesunden Volksempfindens. Aber noch viel schlimmer ist dieses Betroffenheitsgesülze.« Es tat Paula gut, sich einmal Luft machen zu können. Lilli war der einzige Mensch, mit dem sie in dieser Weise über die Geschehnisse reden konnte. Bei Doris, für die Muttersein der Lebensinhalt schlechthin war, stieß sie damit auf blankes Unverständnis.

»Das mußt du verstehen, Paula«, erklärte Lilli, »das ist nur die geheime Erleichterung darüber, daß es nicht das eigene Kind getroffen hat. Trotzdem, paß auf deinen Jungen auf, Paula. Er ist ein Mensch, wie es nur ganz wenige gibt. Wenn er lächelt, würde sogar der Südpol schmelzen.«

»Er ist nicht immer nur lieb. Er hat durchaus seine Launen«, wehrte Paula ab.

»Die hast du auch. Und ich erst! Ist mit dem Haus alles in Ordnung?«

»Ja. Ich habe seit drei Tagen einen Gärtner.«

»Macht er wirklich den Garten, oder ist er dein Liebhaber?«

»Er macht nur den Garten, für den Rest reicht das Geld nicht. Das ist eine komische Geschichte, ich erzähle sie dir, wenn du mal kommst. Jetzt muß ich zurück an den Herd.«

»Wo die Weiber hingehören«, ergänzte Tante Lilli und legte auf. Sie hätte es nie zugelassen, daß man sie eine Emanze nannte, aber sie war die aufrechteste und zugleich die angenehmste, die Paula je gekannt hatte.

Gegen halb neun kamen die ersten Gäste: Karlheinz Weigand, Chef der Lokalredaktion des *Stadtkuriers*, und seine Frau Inge. Inge war eine ruhige, freundliche Frau, die sich voller Begeisterung von einer neuen Diät in die andere stürzte, deren Körper aber dennoch einem Nachfüllpack für Flüssigwaschmittel ähnelte. Sie überreichte Paula das Geschenk der Redaktion. Paula hoffte, daß es sich diesmal wenigstens für den Flohmarkt eignen würde, Sperrmüll stapelte sich bereits genug auf dem Dachboden. Sie bedankte sich artig und stopfte die mitgebrachten Blumen seufzend in eine Vase. Schnittblumen, insbesondere Gerbera an Drähten, konnte sie genauso gut leiden wie singende Geburtstagskarten. Noch während die Weigands den festlich gedeckten Tisch bewunderten, trafen Barbara und Hermann Ullrich ein, und gleich hinter ihnen schlüpfte Doris durch die Tür.

Barbara, im kleinen Schwarzen, begrüßte Paula überschwenglich. Wie stets bei ihren seltenen Besuchen fand sie bewundernde Worte für das Haus. Die Ullrichs wohnten im Westen der Stadt, wo ›das Kapital hockte‹, wie Paula zu lästern pflegte. Wäre Lillis Vater, der alte Schimmel, weniger stur und exzentrisch gewesen – »Ich wohne bei meiner

Fabrik und nirgendwoanders!« –, hätte sich die Schimmel-Villa nahtlos zwischen die dortigen Prachtbauten mit ihren großzügigen Gärten und dem alten Baumbestand eingereiht, anstatt hier, auf der proletarisch-mittelständischen Seite der Stadt ›fehl am Platze zu sein, wie eine seltene Rose zwischen Primeln und Stiefmütterchen‹, wie sich Barbara Ullrich auszudrücken pflegte.

Hermann Ullrich war zum ersten Mal zu Besuch. Interessiert blickte er sich um. »Sieh nur, Schatz, was für wunderbare Bodenfliesen«, rief Barbara, als sie sich aus ihrem Modellmantel schälte, der eine frappante Ähnlichkeit mit einer karierten Pferdedecke aufwies. Sie überprüfte ihr Make-up in dem großen rautenförmigen Jugendstil-Spiegel mit dem Goldrahmen, während Hermann ihren Mantel in Empfang nahm und Paula drei weiße Lilien reichte, die in einer Schärpe aus lila Seidenpapier arrangiert waren.

»Seit wir unsere Terrasse neu gepflastert haben, habe ich einen Blick für Bodenfliesen«, erläuterte Barbara. »Ich habe die Steine in Italien ausgesucht, schon im Frühjahr, und wißt ihr, wann sie gekommen sind? Vor drei Wochen! Als der Sommer vorbei war. Mein Hermann hat sie eigenhändig verlegt, weil natürlich auf die Schnelle kein Handwerker zu bekommen war, sie haben ja nie Zeit, wenn man sie braucht.« Sie tätschelte ihrem Hermann die Wange, offensichtlich stolz auf seine handwerklichen Fähigkeiten.

»Sie sind entsprechend holprig«, murmelte er verlegen. »Aber Barbara wollte unbedingt…« Angelockt vom Begrüßungsgeschnatter, kam Simon im Schlafanzug die Treppe herunter.

»Was ist denn hier los?« krähte er, hocherfreut über die ungewohnte Menschenansammlung.

»Ah, mein kleiner Räuber«, flötete Doris, die bis jetzt noch kaum zu Wort gekommen war, mit jener piepsigen

Kinderstimme, die Paula so zuwider war, »sooo lange habe ich dich nicht gesehen.«

»Und jetzt wieder ab ins Bett mit dir«, sagte Paula zu Simon.

»Was denn, er darf nicht mitessen?« fragte Doris mit übertriebenem Entsetzen und sah Paula anklagend an.

»Er hat schon gegessen«, entgegnete Paula kurz angebunden und parierte den Blick, indem sie fragte: »Was macht denn Max? Hast du einen Babysitter für ihn gefunden?« Es mochte ein Zufall sein, doch nach dieser Frage war es ein, zwei Sekunden still in der Diele, als schienen alle auf eine Antwort zu warten.

»Er schläft schon«, antwortete Doris knapp.

Bei Paula blitzte flüchtig der Gedanke auf, daß sie gar keinen Babysitter hatte, und Barbara erging es wohl ähnlich, denn ihr vielsagender Blick begegnete dem Paulas, ehe Simon die Stille unterbrach: »He, was ist denn das? Ist das von einem Piratenschatz?« Er streckte die Hand nach Barbara Ullrichs kupfernem Ohrring aus, der Form und Größe eines chinesischen Essensgongs hatte.

»Simon!« mahnte Paula. Auf einmal wurde ihr bewußt, daß sie und ihre Gäste bereits ungehörig lange in der Diele herumstanden. Doris hielt noch immer ihr kleines Geschenk in der Hand, sicher hatte sie wieder ein Seidentuch bemalt, Hermann Ullrich hatte den Mantel seiner Frau kurzerhand selbst an die Garderobe gehängt und bewunderte nun, mangels einer anderen Beschäftigung, das Schlüsselkästchen aus Mahagoni, das neben dem Spiegel hing. Es besaß filigrane Einlegearbeiten aus Elfenbein und Schlüsselhaken aus Goldmessing in Form von Elefantenrüsseln, niemand wußte genau, aus welchen dunklen Kanälen Tante Lilli dieses Kleinod gefischt hatte. Barbara war in die Hocke gegangen und inspizierte fachmännisch die Bodenfliesen, die der alte Schimmel beim Abriß einer Kirche für ein Spottgeld erworben hatte, zu Zeiten, als man es mit dem Denkmalschutz noch nicht so genau nahm, und Simon nutzte diese Gelegenheit, um ihren Ohrring staunend durch die Finger gleiten zu lassen. Während der ganzen Zeit warteten die Weigands alleine am gedeckten Tisch. Was bin ich bloß für eine miserable Gastgeberin, sagte sich Paula und forderte ihre Gäste auf hereinzukommen. »Simon, bring bitte die Blumen in die Küche, und dann ab nach oben mit dir!«

Etwas verlegen nahm Paula Doris' Glückwünsche und das kunstvoll verpackte, selbstbemalte Schächtelchen entgegen. Kaum hatte Doris die Hände frei, umarmte sie Simon, der prompt verlangte, von ihr ins Bett gebracht zu werden, wofür Paula dankbar war, denn so konnte sie endlich ihren Pflichten als Hausherrin nachkommen. Wäre doch Lilli hier, dachte sie mit einem Anflug von Panik, sie managt eine Garnison Gäste mit dem kleinen Finger, während ich schon bei fünf Leuten versage.

Doris und Simon arrangierten die Lilien in der Glasvase, dann verschwanden sie unter Kichern und Gewisper nach oben.

»Was für ein pfiffiges Kerlchen«, meinte Barbara, »wo hat er nur diesen Charme her?«

Paula überhörte die letzte Bemerkung zugunsten der ersten, die für Barbara einem Sprung über den eigenen Schatten gleichkam. Barbara und Hermann hatten einen Sohn gehabt, der am Down-Syndrom litt und etwa in Simons jetzigem Alter gestorben war. Das war sechs Jahre her, und seitdem ging Barbara Kindern aus dem Weg, widmete sich statt dessen mit fast religiöser Hingabe der Theaterarbeit.

Paula entschuldigte sich kurz und traf die nötigen Essensvorbereitungen, die nur durch die Ankunft des letzten Gastes, Siggi Fuchs, unterbrochen wurden. Er küßte Paula übertrieben stürmisch und überreichte ihr ein Geschenk, das sich nach Buch anfühlte.

»Sicher erzählt Doris deinem Sohn eine neue Geschichte«, meinte Barbara eine halbe Stunde später, als ihr Mann und Weigand bereits hungrig nach der Tür schielten. »Ich habe ihr neues Buch *Der dicke Hamster Benjamin* schon dreimal verschenkt, die Kinder meiner Schwester sind ganz wild drauf. Diese süßen Zeichnungen! Sie ist wirklich begabt.«

»Ja, das ist sie«, bestätigte Paula und sah ein wenig gereizt zur Uhr. Man hätte eigentlich längst mit der Vorspeise beginnen können. Die Entenleber wurde in der Backröhre bestimmt nicht zarter, und der Feldsalat fing sicher schon an, zusammenzufallen, um dann matschig wie Froschlaich auf dem Teller zu liegen. Es dauerte jedoch weitere verkrampfte zehn Minuten, ehe Doris wieder erschien. »Tut mir leid«, sagte sie mit schuldbewußtem Augenaufschlag, »er wickelt mich jedes Mal um den Finger. Noch eine Geschichte, und noch eine...«

Paula sagte nichts dazu und beeilte sich, die Teller zu holen.

»Du siehst gut aus«, hörte sie im Hinausgehen Siggi Fuchs sagen. Meinte er sie? Nein, er sprach mit Doris, und zweifellos hatte er recht. Ihr dunkelblondes Haar war in weichen Locken um ihr dezent, aber perfekt geschminktes Gesicht arrangiert, die eleganten Augenbrauen, um deren Schwung Paula sie oft beneidete, waren frisch gefärbt, die Wimpern lang und blauschwarz, eine neue azurblaue Seidenweste ließ ihre Augen im selben Ton leuchten. Der hauchzarte Mandelduft eines Parfums, dessen Namen sie seit Jahren geheimhielt, umgab sie. Paula selbst war wenig Zeit geblieben, sich herzurichten. Mit der hastig aufgetragenen Wimperntusche und dem dunkelroten Lippenstift war ihr das eigene Gesicht jedoch bereits fremd genug, und mit ihrem kurzen Haar ließ sich nicht viel mehr anstellen, außer es zu waschen, damit es nicht allzusehr nach Küche roch.

Doris dagegen hatte das ganz große Programm durchgezogen, bemerkte Paula anerkennend, und sie wußte auch zu schätzen, daß dieser Aufwand ihr galt, denn offensichtlich nahm Doris die Einladung als Geste der Aussöhnung. Paula hatte nicht viel übrig für Frauen, die sich nur für Männer zurechtmachten.

»Ich hoffe, es schmeckt euch«, lächelte sie wenig später bei Tisch, froh, daß die Speisen nicht die befürchteten Schäden erlitten hatten. Sie hob ihr volles Glas. Doris prostete ihr zu. »Auf dich. Und auf Simon.«

Zwei Stunden danach lehnte sich Paula entspannt auf ihrem Stuhl zurück. Ihre Kochkünste hatten überzeugt, das war Tante Lillis französischer Einfluß. Hermann Ullrich entkorkte gerade die vierte Flasche Bordeaux, ebenfalls eine Empfehlung von Lilli, der unbestrittenen Expertin.

Daß Hermann seine Frau Barbara hierher begleitet hatte, wunderte Paula, denn Dr. Hermann Ullrich war ein vielbeschäftigter Mann, ein »Gschaftlhuber«, wie man hierzulande sagte. Er leitete die größte Steuerkanzlei am Ort, war Vorstand im Rotary-Club, in diversen anderen Vereinigungen aktiv, und seine Mitgliedschaft im Kulturausschuß des Stadtrates hatte sich günstig auf die Finanzdecke des Bachgassen-Theaters ausgewirkt. Seit einigen Jahren durfte die rührige Amateurtruppe, inzwischen das kulturelle Aushängeschild der Stadt, das ehemalige Stadttheater in der Bachgasse ganzjährig benutzen. Die Stadt brauchte das alte, strenggenommen baufällige Haus in der Altstadt nicht mehr, seit sich der Bürgermeister mit einer modernen Kulturhalle sein Denkmal gesetzt hatte. Dementsprechend war es ungeschriebenes Gesetz, daß Barbara stets die weibliche Hauptrolle spielte, was wiederum mindestens drei ausverkaufte Vorstellungen allein durch ihre und Hermanns Anhängerschaft garantierte.

Anfangs, vor etwa fünf Jahren, war Paula höchst skeptisch von Barbara beäugt worden, die bei jeder weiblichen Person über dreißig den Dolch im Gewande vermutete. Immerhin war Paula Nichte und Ziehtochter von Lilli Schimmel, die in den sechziger und siebziger Jahren eine bedeutende Bühnenschauspielerin gewesen war. Da Paula jedoch aus Zeitgründen nur Anspruch auf kleine Rollen erhob, bestand inzwischen sogar so etwas wie ein Vertrauensverhältnis zwischen Barbara und ihr. Das hatte durchaus Vorteile für sie. Kaum jemand kannte die Strukturen dieser Stadt besser als Barbara Ullrich, und dank ihr erfuhr Paula oft lange vor ihrem Kollegen Schulze oder ihrem Chef Weigand, welche Neuigkeiten und Skandälchen in der Gerüchteküche von Maria Bronn brodelten und welches Süppchen der Stadtrat gerade kochte.

Mit Barbara und Doris war das anders. Sie umkreisten sich zu Beginn jeder Saison wie zwei Boxer im Ring, und so konnte Barbara sich auch jetzt nicht verkneifen, zu fragen, was sie natürlich schon längst wußte: »Doris, stimmt es, daß dein Mann zur Zeit auf, wie sagt man... na, eben im Ausland ist?«

Doris antwortete betont liebenswürdig: »Das stimmt. Er leitet ein Projekt in Saudi-Arabien.«

»Puh!« Barbara schüttelte so heftig den Kopf, daß ihr Ohrschmuck in gefährliche Schwingungen geriet. »Da wäre ich auch nicht mitgegangen. Du mit deinem blonden Haar hättest sicher verschleiert auf die Straße gehen müssen. Hast du denn eine Möglichkeit für Max, ich meine, eine Betreuung, für die nächste Theatersaison?«

Max, dachte Paula, schon wieder Max. Sie goß sich Wein nach. Es war bereits das dritte oder vierte Glas, sie mußte langsam aufpassen.

»... werde nicht wegkönnen«, hörte sie Doris antworten, worauf Barbara tirilierte: »Das finde ich aber sehr schade, wo du doch wirklich gute Ansätze hast.«

»Stimmt«, mischte sich jetzt Karlheinz Weigand ein, »in diesem Kriminalstück vor zwei Jahren waren Sie fabelhaft, als durchgedrehtes Hausmädchen. So real und lebensecht! Auch kleine Rollen haben es in sich.«

Barbaras Mund wurde zum Strich, Doris bedankte sich. Sie versprühte schon den ganzen Abend eine heitere Gelassenheit, nicht einmal Barbara konnte sie aus der Reserve locken.

Innerlich seufzte Paula. Sie mochte ihren Chef, aber mußte er denn unbedingt den ganzen Abend mit Doris flirten, so daß seine Inge bereits angesäuert wie Brotteig war? Und jetzt vergrätzte er auch noch Barbara.

Aber Doris war seit Jürgens Abreise zu besagtem Projekt, die in diesem Sommer ziemlich überraschend, um nicht zu sagen überstürzt stattgefunden hatte, streng auf ihren Ruf als treue Gattin bedacht. Diplomatisch tat sie, als würde sie Weigands Avancen nicht bemerken, und verstrickte statt dessen seine Frau in eine Fachsimpelei über fleischlose Gerichte. Zu Paulas großer Verblüffung war Doris heute vom Glauben abgefallen und hatte zwei ordentliche Scheiben Rinderbraten mit sichtlichem Genuß verspeist.

Paulas schon leicht bordeauxgetrübter Blick begegnete dem von Siggi Fuchs. Er war der Mann, der sich von Jahr zu Jahr breitschlagen ließ, den Haufen mehr oder weniger eitler Selbstdarsteller so weit zu disziplinieren, daß am Ende eine recht brauchbare Theatervorstellung herauskam. Siggi grinste. Hervorstechendstes Merkmal an ihm war sein dünn gezwirbelter schwarzer Schnauzbart, der aussah, als klebten ihm zwei Vanillestangen unter der Nase. Er war ohne weibliche Begleitung gekommen.

»Schon Ideen für das neue Stück?« erkundigte sich Paula leise.

»Ideen schon, aber«, sein spitzes Kinn deutete auf Barbara, »noch nicht der Generalin vorgetragen. Aber wie wär's, wenn du mal einen Vorschlag machst? Schließlich hast du doch Theaterwissenschaften studiert.«

Paula wehrte ab. »Einmal und nie wieder. Denk an das Ionesco-Stück.«

»Es war eine unserer besten Inszenierungen.«

»O ja. Besonders die letzte Vorstellung, vor dem Hausmeister, den zwei Mannen der freiwilligen Feuerwehr und der achtköpfigen Delegation des Altersheims, von der die Hälfte schlief. Ständig wurde ich hinterher angesprochen«, ihre Stimme schwoll an, »das nächste Mal spielt ihr aber wieder was Nettes, nicht so modernes Zeug.«

»Ignoranten«, winkte Siggi ab. »Provinzpack.«

»Und ich erinnere mich auch noch gut an den Anschiß der Generalin«, setzte Paula hinzu, »vom Nervenzusammenbruch unseres Kassenwarts will ich lieber gar nicht reden.«

»Übrigens«, sagte Barbara betont beiläufig, »Vito ist wieder da. Er will kommende Saison mitspielen.«

»Was für ein Segen«, entfuhr es Paula.

»Ich weiß, du magst ihn nicht, aber du weißt auch, wir haben einen chronischen Mangel an jungen Männern«, sagte Barbara anklagend, als wäre es die Aufgabe der jüngeren Frauen, spielwillige Altersgenossen zu rekrutieren. »Wir können nicht wählerisch sein. In dem Kriminalstück war er doch gar nicht schlecht. Nicht wahr, Doris?« Aber von Doris war keine Schützenhilfe zu erwarten. Wie sie Paula einmal anvertraut hatte, konnte sie diesen Schnösel mit seinem unerträglichen Machogehabe ebenfalls nicht ausstehen, sie verstand es lediglich besser als Paula, ihre Abneigung zu verbergen. Außerdem war sie im Moment unterwegs, um eine neue Flasche Wein zu holen. Paula war ihr dankbar dafür, sie selbst hatte die leeren Gläser nicht rechtzeitig bemerkt. Da Doris schon einige Minuten fort war, vermutete Paula, daß sie schnell rübergelaufen war, um nach Max zu sehen.

Vito war Barbaras Entdeckung, sie hatte ihn auf irgendeinem Barhocker aufgelesen. Angeblich war Vito Student, doch die Spekulationen, womit er seinen großspurigen Lebensstil wohl finanzierte, gaben immer wieder ein beliebtes Lästerthema her. Barbara glaubte blind seinen Prahlereien, er sei nebenbei Musiker und Fotomodell, Siggi Fuchs und einige andere plädierten für Drogenhandel und Zuhälterei, und Paula fand, er hätte durchaus das Zeug zum Pornodarsteller.

Ohne die Frage gehört zu haben, erschien Doris in der Tür und fragte nach dem Korkenzieher.

»Hier«, Hermann Ullrich erhob sich. »Paula, darf ich mal telefonieren?«

»Aber sicher. Im Flur.«

Hermann, dem vermutlich das Engagement seiner Frau für diesen Schönling auf die Nerven ging, murmelte etwas von »muß mal bei der Rotarier-Sitzung nachfragen, wie weit sie sind und ob sie mich brauchen«, und Barbara fing prompt an zu stöhnen. »Es ist ein Graus mit ihm! Dabei hat er mir heute hoch und heilig versprochen hierzubleiben. Ich kann mich nicht mehr erinnern, wann wir beide den letzten gemütlichen Abend hatten.«

»Ich schon«, grinste Hermann, »vor drei Wochen, als du übers Wochenende in der Schönheitsfarm warst.«

Doris trug die leeren Gläser hinaus. Sie bewegte sich sicher und selbstverständlich, fast so, als wäre sie die Gastgeberin. Um wenigstens den Schein zu wahren, folgte ihr Paula auf wackeligen Beinen in die Küche, wo Doris bereits mit dem Korkenzieher hantierte. Paula stand ein wenig deplaziert in ihrer eigenen Küche herum, während Doris den Wein in frische Gläser goß und leise sagte: »Paula, was hast du dir denn dabei gedacht, diesen Mann bei dir anzustellen?«

Paulas Zellen arbeiteten nicht mehr ganz so rasch wie sonst. »Welchen Mann?«

43

»Na, diesen Russen, diesen Mordverdächtigen, der seit neuestem bei dir im Garten arbeitet. Die ganze Siedlung spricht schon darüber.«

»Laß sie doch«, erwiderte Paula aufmüpfig, »wenn sie sonst nichts zum Reden haben.«

»Na, ich weiß nicht«, zweifelte Doris. »Ob du da nicht ein bißchen zu sehr mit dem Feuer spielst?«

»Ach was. Der Kerl ist harmlos, wirklich. Die Alte, die deinen Max vom Baum geholt hat, ist seine Mutter.«

»Auch Jack the Ripper hatte eine Mutter.«

»Die zwei können das bißchen Geld gut gebrauchen. Und er kann arbeiten, das habe ich gesehen.«

»Mein Gott, Paula!« Doris schüttelte den Kopf, und ihre Augen blickten vorwurfsvoll. »Du bist eine hoffnungslose Sozialromantikerin. Irgendwann wirst du das einmal bereuen.«

Paula wollte eine scharfe Antwort geben, als Hermann Ullrich die Küche betrat und sich verlegen räusperte: »Ich muß mich leider verabschieden, Paula. Es war köstlich, vielen herzlichen Dank. Ich muß mal kurz weg. Die sind wieder nicht in der Lage, ohne mich über eine vernünftige Aufteilung der Spendengelder abzustimmen. Barbara nimmt sich ein Taxi oder fährt mit Siggi. Nochmals vielen Dank.«

Wahrscheinlich hingen ihm bloß die ewigen Theateranekdoten, die man nun zu erzählen begonnen hatte, zum Hals raus, dachte Paula, als sie ihn zur Tür brachte.

Doris stellte die vollen Gläser auf den Tisch. »Ich habe den Chianti aufgemacht, Paula, der Bordeaux wird auf die Dauer zu schwer.«

»Danke«, murmelte Paula, »aber ich wollte eigentlich lieber Wasser.«

»Ein Glas geht schon noch«, antwortete Doris und lächelte ihr aufmunternd zu. Die kleine Diskussion von eben schien völlig vergessen.

»Genau«, ertönte Siggi mit schwerfälligem Zungen-
schlag, »wer Wasser trinkt, der hat was zu verbergen«, er
unterdrückte nachlässig einen Rülpser, »hat schon der alte
Baudelaire gewußt. Und der verstand was vom Saufen.
›Berauscht euch ohne Unterlaß…‹ Wie ging's weiter?« Barbara warf ihm einen abfälligen Blick zu und wandte sich
mit einer Armbewegung, die den ganzen Raum umfaßte,
an Paula: »Sind das alles Tante Lillis Sachen?«

»Das meiste«, gestand Paula und erinnerte sich, wie
Klaus ihr einmal vorgeworfen hatte, sie habe überhaupt
keinen eigenen Stil und stülpe sich Lillis Leben über wie
einen Hut, der ein paar Nummern zu groß für sie sei. »Sie
hat sie aus Frankreich mitgebracht, nach dem Tod ihres
Mannes, Maurice. Die Möbel von ihrem Vater hat sie alle
verkauft. War lauter so düsteres, schweres Zeug aus deut-
scher Eiche. Paßte zu ihm.«

»Eine tolle Frau, deine Tante«, gestand Barbara mit un-
verhohlener Bewunderung, »und noch so agil. Ich habe sie
neulich gesehen, sie sieht noch wahnsinnig gut aus. Sag,
stimmt es wirklich, daß der alte Schimmel fast vierzig Jahre
lang kein Wort mehr mit Lilli gesprochen hat, bloß weil sie
Schauspielerin geworden ist?«

Paula staunte immer wieder, wie hartnäckig diese alte
Geschichte immer noch herumgeisterte. Kein Zweifel,
Tante Lilli war eine lebende Legende, zumindest hier. Im-
merhin war das Entstehen der Ziegeleisiedlung erst mög-
lich gewesen, nachdem Lilli den Grund um die stillgelegte
Fabrik günstig an die Stadt verkauft hatte.

Doch manchmal war es gar nicht einfach, im Schatten
einer Legende zu leben. Paula nickte: »Stimmt. Kein Wort,
kein Brief, bis zu seinem Tod. Nicht einmal, nachdem ihre
Mutter gestorben war. Sie hat Lilli heimlich unterstützt,
die ersten Jahre.«

»Aber wenigstens hat sie ihn beerbt«, bemerkte Siggi
trocken.

»Schade, daß sie nach dem Tod ihres Mannes nicht mehr lange hier gewohnt hat«, meinte Barbara.

»Sie ist ein Großstadtmensch.«

»Und du, Paula«, mischte sich Siggi Fuchs wieder ein, »spielst du hier die Gralshüterin, ja?«

»Sig-gi!« mahnte Barbara.

»So ungefähr«, bestätigte Paula. Die anderen wußten nicht, daß es damals hauptsächlich Klaus gewesen war, der sie gedrängt hatte, Lillis großzügiges Angebot anzunehmen. Um in einem solchen »Landsitz«, wie er es nannte, zu leben, noch dazu mietfrei, nahm er gerne die einstündige Autofahrt nach München in Kauf. Er hatte immer schon einen ausgeprägten Hang zur Sparsamkeit besessen. Paula könne doch ebensogut für den hiesigen *Stadtkurier* schreiben, anstatt bei der *Süddeutschen* eine kleine Nummer unter vielen zu sein, fand er. Doch Paula erging es wie Lilli, nach ein paar Monaten hatte sie eigentlich genug vom Landleben. Aber dann wurde sie völlig unerwartet schwanger, und alles wurde anders.

»Für Simon ist es hier besser als in der stinkigen Großstadt«, wiederholte Paula ihre damaligen Worte. Dasselbe hatte auch Klaus behauptet und war seinerseits immer öfter und länger in der stinkigen Großstadt geblieben, besonders am Abend. Inzwischen war es so, daß Paula hier gar nicht mehr weg *konnte*. Zum einen waren es finanzielle Zwänge. Woher sollte sie die Miete für eine Stadtwohnung nehmen? Außerdem würde sie nirgends so leicht eine Teilzeitstelle als Redakteurin finden. Aber am meisten zählte, daß Paula sich ihrer Tante gegenüber verpflichtet fühlte. Lilli würde es bestimmt nicht schätzen, fremde Leute in ihrem Elternhaus, zwischen ihren Möbeln, für die sie in ihrer Münchner Wohnung keinen Platz fand, zu wissen.

Irgendwie hatte Siggi schon recht, sie war eine Gralshüterin. Paula merkte, wie sie abwesend vor sich hin sin-

nierte, während sich Siggi und Barbara zunächst über die
Vorzüge und Nachteile der Provinz stritten, um sich anschließend in eine Diskussion über Brecht-Stücke zu ver-
keilen, und Weigand einen leisen Disput mit seiner Frau
führte, die nicht sehr glücklich aussah. Doris lauschte amüsiert, wie Siggi und Barbara zunehmend aneinandergerie-
ten. Paula nahm noch einen Schluck Chianti, hörte mal
hier und mal da zu, ohne den Sinn der Worte zu erfassen,
sie fühlte sich schwerelos. Nach und nach klinkte sie sich
aus der Unterhaltung aus, denn die Gesichter am Tisch waren auf einmal nur noch helle Scheiben, wie Lampen hinter Milchglas, während ihr das eigene Gesicht maskenhaft
aus der Fensterscheibe entgegenblickte.

In der Hektik der Vorbereitungen hatte Paula es, wie
fast jeden Abend, versäumt, die Gardinen ordentlich zuzuziehen, und so wurde ihr Wohnzimmer zur belebten
Bühne für ein einsames Publikum.

Gleichsam mit der feuchten Erde verwachsen, stand
eine einzelne Silhouette vor dem mondlosen Nachthimmel, und gierige Augen blickten aus dem Dunkel ins
Licht, während der erste Frost die feuchtglänzenden Blätter erstarren ließ.

Paula schreckte hoch. Noch während sie erwachte, wußte
sie, daß sie wieder von Max geträumt hatte. Denselben
Traum wie in den letzten Tagen, diesmal noch deutlicher,
fast schon real. Was sie nicht gleich wußte, war, wo sie sich
befand. Jedenfalls nicht in ihrem Schlafzimmer. Zögernd
richtete sie sich auf, ihr Nacken schmerzte. Sie lag auf
einem Sofa. Ihrem Sofa. Asche glimmte im Kamin, die
Luft roch abgestanden. Das Zimmer kam ihr fremd vor,
vielleicht, weil sie noch nie darin aufgewacht war. Leere
Flaschen auf und unter dem Tisch, Gläser zwischen
schmutzigen Stoffservietten und bizarr erstarrtem Kerzen-
wachs. Ihre Armbanduhr zeigte zehn vor acht. Sie trug

noch das weinrote, schmal geschnittene Kleid von gestern abend. Weinrot. Wein. Paula stöhnte leise. Dieser elende Rotwein, sie hatte eindeutig zuviel davon erwischt. Wie kam sie auf das Sofa? Hatten die anderen etwas gemerkt und... lieber Himmel, Simon! Sie rappelte sich hoch. Sogar die Schuhe hatte sie noch an, die schwarzen Pumps von gestern. Man kann Gäste schließlich nicht in Hauslatschen empfangen. Aber weshalb hingen Erde und Lärchennadeln an den Sohlen? Sie streifte die Schuhe ab, ihr Kopf drohte zu zerspringen, als sie, für ihren Zustand viel zu rasch, die Treppe hochlief. Auf halbem Weg nach oben hörte sie Musik und Stimmen. Sie atmete erleichtert auf. Simon, dachte sie, du lieber kleiner Kerl. Simon wußte, daß seine Mutter meistens länger schlief als er, deshalb hörte er nach dem Aufwachen erst einmal ein, zwei Kassetten, um danach zögerlich ihr Schlafzimmer zu betreten. Paula wankte ins Bad und duschte lange. Filmriß, dachte sie, als sie kurz danach im Spiegel die bläulichen Schatten unter ihren Augen sah, die leicht konvex gebogene Nase stach noch schärfer als sonst aus dem Gesicht hervor, die Falten um die Mundwinkel schienen sich über Nacht ein ganzes Stück tiefer eingegraben zu haben.

Doppeltes Hupen ertönte von der Straße. Das Zeichen diente bisher dazu, Simon anzuzeigen, daß er mit in den Kindergarten fahren konnte. Die letzte Woche natürlich ausgenommen. Hatte sie etwa gestern, in ihrem Dusel, mit Doris etwas anderes vereinbart? Ein unbehagliches Gefühl, nicht zu wissen, was in den letzten Stunden vorgefallen war. Paula öffnete das Fenster, ein Badehandtuch um den Körper geknotet, die feuchte Luft legte sich auf ihre Haut wie kalte Finger. Es begann eben wieder zu regnen. Sie rief Doris, die die Scheibe ihres Käfers herunterkurbelte, zu: »Wir haben verschlafen!« Wie fürchterlich sich ihre Stimme anhörte. Die Stimme einer Säuferin. Ekelhaft.

»Hab's mir beinahe gedacht«, antwortete Doris, auch ihr Ton war etwas angegriffen. »Ich muß mich beeilen. Termin bei Silvano.«

Gerne hätte Paula sie nach den Vorfällen des Abends gefragt. Ob sie sich in irgendeiner Weise daneben benommen und ob Doris sie auf das Sofa verfrachtet hatte. Aber man posaunte solche peinlichen Fragen nicht lautstark in den Morgen hinaus, noch dazu, wo eben der Postbote im Anmarsch war.

»Viel Vergnügen«, krächzte sie und faßte sich an die schmerzende Stirn. Ein gemütlicher Vormittag mit Kaffee und Klatsch, während einem Silvanos zarte Hände den Kopf kraulten, das war sicher das Beste, was man sich an so einem trüben Vormittag antun konnte, dachte Paula sehnsüchtig. Ja, es war gar keine dumme Idee, nach einer Feier zum Friseur zu gehen statt vorher.

Doris startete rasselnd den Käfer, durch die leicht angelaufene hintere Scheibe erkannte Paula den blonden Haarwuschel von Max über seinem roten Regenmantel. Für eine Sekunde kehrte der nächtliche Hirnspuk zurück, ehe er unaufhaltsam verrann, wie Wasser aus einem Sieb. Schaudernd schloß sie das Fenster.

Nach einem eiligen Frühstück brach sie mit Simon auf. Beim Hinausgehen bemerkte Paula, daß die Haustür nicht verschlossen war. Es war eine altertümliche Tür mit einer Messingklinke und ohne Schnappschloß. Sie tadelte sich im stillen für ihren Leichtsinn. Jeder hätte in der Nacht hier aus und ein gehen können.

Mit einem seltsamen Gefühl schob sie die verdreckten schwarzen Pumps in eine Ecke, zog die Tür hinter sich zu und schloß sorgfältig ab, als könne sie damit etwas wiedergutmachen.

Sie wuchtete eben das Motorrad aus dem Schuppen, als sich der Mann näherte. Er trug einen dunkelblauen Arbeitskittel über seinem Anzug und nickte ihr zu. Seit zwei

Tagen werkelte er auf dem Grundstück herum, man wußte nie genau, wann er kam oder ging, er tauchte auf und verschwand, wie ein Gespenst. Allerdings leistete das Gespenst gute Arbeit.

»Guten Morgen«, sagte Paula.

»Guten Morgen«, echote Simon.

»Morgen. Ich bräuchte den Schlüssel«, sagte er, »zum Schuppen. Damit ich die Jeräte wegsperren kann, wenn ich fertig bin.« Nun, da er erstmals einen längeren Satz mit ihr sprach, klang ein schwacher, aber seltsam vertrauter Akzent durch. Paula kam es vor, als ob der Mann leicht berlinerte, er schien sich jedoch anzustrengen, das zu vertuschen.

Paula erinnerte sich schlagartig an die gestrige Unterredung mit Doris. Ihre Hand zitterte ein wenig, als sie ihm den Schlüssel reichte. Seine Hände waren schmalfingrig und nahezu fleischlos, durch die Arbeit waren sie rissig geworden, Dreck saß tief in den Poren.

»Sie können den Schlüssel durch den Briefschlitz in der Haustür werfen«, sagte sie und registrierte verärgert, daß sie dieser Mensch verunsicherte.

»Geht's Ihnen gut?« fragte er. Eine ganz nüchtern gestellte Frage, aber irgendwie respektlos, geradezu ungehörig, außerdem sah er sie dabei bohrend an. Unwillkürlich zuckte Paula zusammen.

»Äh... ja, danke.«

»Ich schneide heute das Gebüsch am Seeufer. Zum Laubkehren komm' ich wieder. In zwei, drei Wochen, wenn alles unten liegt.«

»Ja«, stimmte Paula zu, »das ist gut. Also dann... Komm jetzt, Simon, es wird Zeit.« Eine überflüssige Aufforderung, denn Simon stand schon die ganze Zeit abwartend neben ihr.

»Soll ich den Steg reparieren?«

»Was?«

»Den Steg. Da, am Seeufer. Die Pfosten sind kaputt, er hängt schief.« Er deutete auf Simon. »Ist gefährlich, für Kinder.«

»Sie mögen wohl Kinder«, fragte Paula und merkte, wie ihr im selben Moment die Röte ins Gesicht schoß. Er antwortete nicht, sondern lächelte, zum ersten Mal lächelte er, es war ein leises, spöttisches Lächeln, das Paula noch mehr irritierte.

Sie schob ihr Motorrad ein paar Schritte weiter, dann drehte sie sich zu ihm um. »Wenn Sie sich das zutrauen, ja, das wäre nicht schlecht. Simon, setz deinen Helm auf.« Ohne zu antworten verschwand er grußlos im Innern des Schuppens.

Sie sah auf die Uhr. Schon fünf nach neun, jetzt aber flott. Sie stoppte am Beginn des ungeteerten Weges, der zwischen Sport- und Spielplatz zum Hintereingang des Kindergartens führte. Der Weg war eine Abkürzung für Fußgänger aus Richtung Ziegeleiberg, und er würde Paula zwei Ampeln ersparen.

Sie hob Simon vom Motorrad. »Simon, würdest du den Rest bitte alleine gehen? Du kannst das doch schon, oder? Die Jutta hilft dir beim Ausziehen. Nur ausnahmsweise, weil ich heute so spät dran bin, hm?«

Zögernd nahm Simon seinen Helm ab. Er nickte. Sie sah ihm an, daß er lieber von ihr hingebracht worden wäre.

»Nur heute, mein Schatz, okay?« Wenn er nein sagt, bringe ich ihn hin, dachte Paula in einem plötzlichen Anfall von Reue. Himmel, er ist doch erst vier!

»Okay«, sagte Simon und streckte ihr seinen Helm hin. Sein Kuß durch das geöffnete Visier landete auf ihrer Nase. Dann sah Paula zu, wie seine schmächtige Gestalt langsam hinter den Büschen, die den Weg säumten, verschwand. Er wirkte plötzlich so klein und verloren, am liebsten wäre sie ihm nachgerannt. Unsinn, sagte sie sich, die paar Meter schafft er schon, und ich muß jetzt los. Alle wissen, daß ich gestern gefeiert habe, da will ich mir keine Schwachheiten rausnehmen. Sie startete die Kawa und fühlte sich elend.

Hauptkommissar Bruno Jäckle schielte schon den ganzen Vormittag ahnungsvoll auf die blaßgelbe Tür seines Büros, von der die Farbe blätterte. Bei jedem Anklopfen schreckte er auf. Jetzt, durchfuhr es ihn dann, jetzt ist es soweit. Am liebsten hätte er diesen Tag freigenommen. Zum Angeln. Obwohl, in letzter Zeit bissen die Forellen am Grundsee fast gar nicht mehr. Es wäre auch nicht schlecht gewesen, mal einfach nur daheim zu bleiben, die Bude aufzuräumen, die Platten zu sortieren, vielleicht ein neues Stück einzuüben. Aber dann wären sie womöglich am Abend in seine Wohnung eingedrungen. Außerdem ging das nicht, weil der Hofer auf Kur war. Kur! Mit knapp über dreißig. So was erlaubten sich die jungen Beamten heutzutage. Schon fast halb eins. Bis jetzt war es ruhig gewesen, so wie meistens. Lediglich zwei Fahrräder wurden gestohlen gemeldet und eine Ladendiebin vernommen, sie hatte im Drogeriemarkt einen Nasenhaarschneider klauen wollen. Einen Nasenhaarschneider! Jäckle schüttelte den Kopf.

Auch der Bericht der Nachtschicht, Kreitmaier und Schaffrath waren auf Streife gewesen, gab nicht viel her. Eine Rauferei mit Sachbeschädigung in der Disco, versuchter Einbruch in eine Apotheke, die Alarmanlage war rechtzeitig losgegangen, ein Patient war aus der »Schwarzwaldklinik« entwichen. So nannte man inoffiziell die nahe gelegene Psychiatrische Klinik Waldfrieden. Den wirren alten Patienten hatten Bauarbeiter heute morgen in der Kiesgrube, die einmal zur Ziegelei gehört hatte, aufgegriffen, halb erfroren.

Er konnte beinahe ungestört liegengebliebenen Bürokram aufarbeiten, eine fast schon verdächtige Ruhe war das. Andererseits, in den vergangenen Tagen hatte es für dieses kleine Kaff und für seinen Geschmack schon genug Aufregung gegeben. Schon wieder mußte er an das verschwundene Kind denken. Die Sache schwärte, wie eine schlecht heilende Wunde. Ein Kind, ganze sechs Jahre alt.

Er versenkte den Kopf in eine Akte, ohne wirklich zu lesen. Ganz flüchtig streifte ihn ein Gedanke. Hatten sie es vielleicht in all dem Durcheinander gar nicht bemerkt? Möglich, aber unwahrscheinlich, sagte er sich sofort. Er wußte die Zeichen zu deuten. Die Gebhard tat so betont gleichgültig und trug dabei ihren Faltenrock, das gute Stück für den Ernstfall. Nein, er würde heute garantiert nicht ungeschoren davonkommen. Vielleicht hatten sie Erbarmen mit ihm? Aber nein, Gnade kannten die nicht, nicht in solchen Fällen. Er seufzte und packte die Akte ins Regal, dessen staubige Böden sich wie eine Hängematte durchbogen.

Zum Glück waren diese lästigen Wichtigtuer aus München seit zwei Tagen wieder weg. Sondereinheit, vom Präsidium geschickt, um die Aufklärung des Verschwindens von Benjamin Neugebauer voranzutreiben. Einen Mordswirbel hatten sie veranstaltet, eine Show für die Presse hingelegt und sich jeden Morgen mit ihm und dem Hofer zum Brainstorming versammelt. Danach zogen sie los und stellten den Leuten haargenau die gleichen Fragen, die er und Hofer längst gestellt hatten. Mit dem Unterschied, daß sich die Leute den fremden Beamten gegenüber noch zugeknöpfter gaben, als sie ohnehin schon waren. Nach zwei Tagen schleppten sie so einen armen Teufel an, der hinter der Ziegeleisiedlung in einem Bauwagen hauste. Angeblich habe er sich in der letzten Zeit verdächtig benommen. Jäckle kannte ihn, ein Pole, Russe oder so was Ähnliches. Ein harmloser Spanner, der sich, zugegeben, schon mal auf Spielplätzen rumtrieb, aber mehr war da nicht, das mußten auch die beiden Klugscheißer am Ende einsehen und den Kerl wieder laufen lassen. Und er, Jäckle, durfte dieses

Vorgehen vor den braven, verschreckten Bürgern der Stadt vertreten, die fiebernd nach einem Täter lechzten. Erst gestern hatte ihn eine Mutter aus der Siedlung beschimpft, er würde die Sicherheit ihrer Kinder aufs Spiel setzen, wenn er solche Kerle frei herumlaufen ließe. Das klang verdammt nach dem Artikel von diesem Schulze, diesem Arschloch. Was wollten sie eigentlich? Soldaten mit Maschinengewehren vor jede Schule, jeden Kindergarten? Schließlich war dies eine bayerische Kleinstadt und nicht Sarajevo!

Jäckle seufzte erneut. Die Herren Experten war man fürs erste los, jetzt war das wieder sein Fall, und niemand war auch nur einen Schritt weitergekommen. Täglich rief ihn Staatsanwalt Monz an. Nein, dachte Jäckle wieder, so etwas hätte wirklich nicht passieren müssen, wo es hier doch sonst beinahe friedlich... Schritte auf dem Flur! Jetzt war es soweit. Würden sie ihn holen, oder würden sie es hier erledigen?

Die Tür sprang auf, kaum daß geklopft worden war, und in einer dichten Traube schoben sie sich herein, allen voran Monz im schwarzen Anzug, als ob er es nicht bis zu seiner Beerdigung abwarten könnte. Undurchdringlich war der Ausdruck auf den Gesichtern. Langsam griff Jäckle in die Schublade, streichelte seine Dienstwaffe und genehmigte sich einen kleinen Tagtraum. Er stellte sich vor, wie er sie herausnehmen und abdrücken würde. Monz zuerst, mitten in die Brust. Sein Blut würde die schneeweiße Bluse der Gebhard besudeln, sie wäre die nächste, nie mehr müßte er den Anblick eines Faltenrocks zu Birkenstocksandalen ertragen. Den Rest würde er blind abfeuern, irgendwen würde er bestimmt treffen, das Büro war ja nicht groß. Ein fröhliches Massaker zur Mittagszeit, endlich einmal kein »Mahlzeit«-Geblöke auf dem Flur.

Grimmig lächelnd zog er die Hand aus der Schublade und hängte sich seine schwarze Krawatte um. Er war bei

Gott kein brutaler Mensch, aber er haßte, haßte, haßte dieses fünfundzwanzigjährige Dienstjubiläum!

Es dauerte, bis sich alle in sein schäbiges Büro gequetscht hatten. Anwärter Wurmseher balancierte ein Tablett mit Gläsern, Monz verging sich am Korken einer Sektflasche, eine Durchschnittsmarke, aber Jäckle mochte Sekt sowieso nicht, die Gebhard brach fast zusammen unter einem monströsen Geschenkkorb mit allerlei Fressalien, von denen er garantiert die Hälfte wegen seines erhöhten Harnsäurespiegels nicht essen durfte. Er hielt einigermaßen streng Diät, seit ihn der Arzt gewarnt hatte, mit Gichtfingern könne er das Trompetespielen vergessen. Was würde dann aus seiner Band, die jeden Freitag im Löwenkeller jazzte?

Der Dienststellenleiter, Dr. A. C. Freudenberg, fing an, eine Rede zu halten, und Jäckle war beinahe dankbar, als die Tür nochmals aufsprang und eine Frau im Rahmen erschien, die wie ein gehetztes Tier in die Runde starrte.

Auch Paulas Vormittag in der Redaktion verlief einigermaßen ereignislos. Ihr Schreibtisch stand in einer meistens recht ruhigen Ecke des hellen Großraumbüros mit seinen labyrinthisch angeordneten Stellwänden. Ein Glück, denn ihr Kopf brauchte heute nichts so sehr wie Ruhe und Stille. Um ein Uhr schluckte sie gerade das zweite Aspirin, als das Telefon klingelte.

»Jäckle hier. Komm mal rasch rüber zu uns.«

»Verdammt, Jäckle. Wie oft soll ich dir noch sagen, daß ich für die Kultur in diesem Kaff zuständig bin. Ich komm' doch auch nicht mit meinen Parkzetteln zu dir. Verbrechen macht der Schulze.«

»Der Schulze ist ein Arschloch, aber darum geht's jetzt nicht. Ich brauche dich...«

Die letzten Worte waren nicht zu verstehen gewesen,

weil in diesem Moment ein Hubschrauber dicht über das Gebäude flog.

»Was?« rief sie durch den Lärm, »was soll ich?«

»Es ist schon wieder ein Kind verschwunden.«

Sie fühlte, wie eine Klaue nach ihrem Magen griff. Simon!

Hinterher schämte sie sich, denn die Klaue hatte sofort locker gelassen, als sie Jäckle trotz des Ratterns über ihr deutlich sagen hörte: »Sein Name ist Max. Max Körner.«

Feindschaften

Der Wind und der Frost der letzten Nacht hatten die Büsche und Bäume kahler werden lassen, und so waren die Männer am Seeufer gut vom Wohnzimmer aus zu erkennen.

Bruno Jäckle, das lange Elend, wie Paula ihn für sich nannte, stand neben dem Steg, in seinem hausbackenen grauen Lodenmantel, und sprach mit einem untersetzten Herrn im modischen Trenchcoat: Staatsanwalt Monz. Daneben unterhielten sich ein junger Mann mit Pferdeschwänzchen und ein ziemlich dicker, älterer. Das waren die Beamten vom Landeskriminalamt. Der Rest, es mochten so an die zehn Personen sein, ausschließlich Männer, vermittelten ein Bild professioneller Routine. Gerätschaften wurden herangeschleppt, Taucheranzüge angelegt, einer sprach lebhaft gestikulierend in ein Funkgerät. Etwas abseits wartete ein uniformierter Polizist mit einem Schäferhund. Der Hund saß still, aufmerksam hielt er den Kopf hoch, die Ohren aufgestellt, die Nase witternd in die Luft gereckt, stolz auf das Lob, das er für seine Arbeit erhalten hatte. Noch ein wenig weiter weg klammerte sich Jürgen Körner an einen Baumstamm. Irgendwann in der Nacht war er eingetroffen, nachdem die Suche nach seinem Sohn am Tag zuvor erfolglos geblieben war. Er war blaß und hatte Ringe unter den Augen. Hätte er nicht eigentlich braungebrannt sein müssen, überlegte Paula. Sicher hält er sich meistens in klimatisierten Büros auf. Außerdem, war das im Moment nicht völlig unwichtig?

Doris trat neben Paula ans Fenster. Eben brach die Nachmittagssonne durch die tiefhängenden Wolken, stumm beobachteten sie, wie die drei Taucher der Wasserwacht umständlich ihre Vorbereitungen trafen, dann endlich einzeln den wackeligen Steg betraten und in das stahlgraue Wasser des Grundsees glitten.

Simon saß währenddessen beleidigt in seinem Zimmer auf der Fensterbank. Er wäre gerne bei diesem großen Hund da draußen geblieben. Es mußte ein sehr kluger Hund sein. Ein Polizeihund, hatte der Polizist, der gar kein richtiger war, weil er keine Polizeiuniform trug, gesagt. Auf sein Bellen und Winseln hin waren diese vielen Männer gekommen, um nach Max zu suchen. Simon hätte gerne gesehen, wie man Max aus dem Wasser zog. Aber alle, der falsche Polizist, seine Mutter und Doris, hatten ihn in sein Zimmer geschickt. Wenigstens konnte er vom Fenster aus den Männern zusehen, daran hatten sie wohl nicht gedacht.

Die Taucher blieben lange unter Wasser. Doris hatte den Kopf gegen die Scheibe gelehnt und trommelte mit den Fingern dagegen. Das Getrommel zerrte an Paulas Nerven, aber sie konnte ihr doch unmöglich sagen, sie solle damit aufhören. Doch nicht in ihrer schrecklichen Situation. Im Gegenteil, Paula war froh, daß Doris sich so tapfer und ruhig verhielt. Die verzweifelte Hysterie des Vortags war jetzt einer gewissen Dumpfheit gewichen, vermutlich ausgelöst durch Schlafmangel und Beruhigungstabletten.

»Ich mache uns Tee«, sagte Paula und floh vor dem Geräusch in die Küche, wo sie angewidert zum Fenster hinausschaute. Ein hartnäckiges Rudel Reporter lauerte zwischen Doris' Haus und ihrem Eingangstor, erstmals, seit Paula die Villa bewohnte, war es abgeschlossen. Uniformierte Polizisten paßten auf, daß niemand das Gelände betrat.

Es tat Paula gut, irgend was mit den Händen zu tun, es unterbrach wenigstens für Augenblicke das Karussell ihrer wirren Gedanken und Grübeleien, und sie brauchte um einiges länger als sonst für die Zubereitung von zwei Tassen Tee.

»Mein Gott«, stöhnte Doris, als Paula mit dem Tablett erschien, »wie lange das dauert.« Ihr Blick war nach draußen gerichtet. Bereits gestern abend hatte der Hund an dieser Stelle, an der jetzt die Männer herumstanden, Laut gegeben, aber wegen der Dunkelheit konnte nicht mehr allzuviel unternommen werden. Heute morgen waren zuerst die Beamten von der Spurensicherung erschienen, und es dauerte ein paar Stunden, ehe endlich Feuerwehr und Wasserwacht an die Arbeit gehen konnten.

Der Tee in Doris' unberührter Tasse war bereits kalt geworden, als zwei der Taucher aus dem Wasser stiegen. An ihren Gesten war zu erkennen, daß sie nichts entdeckt hatten.

»Wo ist der dritte?« fragte Doris.

»Wahrscheinlich am Auslauf«, meinte Paula. »Dort ist so ein Rechen, oder ein Gitter, was weiß ich. Damit kein Treibholz den Bach verstopft. Es kommt also nichts«, sie schluckte, »aus dem See raus. Die Strömung treibt alles auf den Auslauf zu. Hat mir der Jäckle erklärt.«

»Der Jäckle«, schnaubte Doris. Gestern hatte er Doris ein paar unangenehme Fragen gestellt, was sie ihm sehr übel genommen hatte, obwohl man ihr von allen Seiten bestätigte, daß dies nun mal zur Routine gehöre. Verschwand ein Kind, zählten die Eltern automatisch zum Kreis der Verdächtigen. So sei das leider, heutzutage, hatte Staatsanwalt Monz mit sichtlichem Bedauern erklärt. Es käme immer wieder vor, daß Eltern versuchten, Kindestötungen als Fremdvergehen zu tarnen.

»Der Jäckle soll lieber diesen Kerl, den du in deinem Garten beschäftigt hast, verhören«, sagte Doris schneidend.

»Das hat er die halbe Nacht getan«, erwiderte Paula leise.

Doris drehte sich abrupt zu Paula um und starrte ihr mit weit aufgerissenen Augen ins Gesicht. »Ich weiß, daß ihm etwas Gräßliches zugestoßen ist« flüsterte sie. »Ich spüre das. Max ist tot.«

»Aber nein, Doris, ich glaube nicht...«

»Aber nein, Doris«, äffte sie Paula mit widerlichem Tonfall nach, und ein irres, meckerndes Lachen brach aus ihr heraus, wie Paula es noch nie bei ihr gehört hatte; sie umklammerte Paulas Schultern, ihre rosa Fingernägel krallten sich schmerzhaft in Paulas Fleisch, als sie schrie: »Ha! Du glaubst nicht! Du und dein Sozialtick, du bist womöglich schuld, daß Max...«

In diesem Moment ging die Tür auf, und Bruno Jäckle betrat das Zimmer, hinter ihm Jürgen Körner. Doris ließ Paula auf der Stelle los, sank kraftlos auf das Sofa und blickte stumpfsinnig vor sich hin, während Paula hilflos vor ihr stand und sich so elend fühlte wie nie zuvor in ihrem Leben.

Jäckle räusperte sich.

»Entschuldige«, flüsterte Doris und wischte sich die Augenwinkel. »Das wollte ich nicht sagen.«

»Fehlanzeige«, sagte Jäckle zu niemand Bestimmtem. »Sie werden es aber noch an anderen Stellen versuchen, wenn's sein muß, den ganzen Tag.«

Doris stand auf und ging zu Jürgen, der mit einer in langen Jahren einstudierten Geste den Arm um sie legte. »Vielleicht hat sich der Hund getäuscht«, sagte Doris. Sie sah abwechselnd Jürgen und Paula an, ihre Augen hatten einen hohlen Glanz, wie Glasmurmeln. »Vielleicht ist Max entführt worden. Ich meine, wir sind zwar keine Millionäre, aber ich hatte in letzter Zeit doch viel Presse, wegen meines Kinderbuchs. Vielleicht denkt deswegen einer, ich sei reich.« Sie sah Jürgen so erwartungsvoll an, daß die-

60

ser nur bestätigend nicken konnte. »Hat denn immer noch niemand angerufen?«

Jäckle schüttelte den Kopf. Drüben, im Haus der Körners, bewachten Kommissar Hofer, der eiligst von seiner Kur an seinen Arbeitsplatz zurückgeeilt war, und der junge Wurmseher das Telefon. Doch das war nur ein Vorwand, Jäckle glaubte nicht an eine Entführung. Kindesentführer pflegten sich rasch zu melden, bevor der ganze Polizeiapparat in Gang gesetzt war. Vielmehr hatten die zwei den Auftrag, das Haus auf dezente Weise genauestens zu untersuchen. Vom Keller bis zum Dach. Gerade Keller und Dach. Schränke, Tiefkühltruhen und Blumenbeete.

Der dritte Taucher stieg soeben aus dem Wasser, sein Anzug glänzte vor Nässe.

»Schau«, rief Doris, und es klang unnatürlich fröhlich und lebhaft, »der hat auch nichts entdeckt. Es gibt noch Hoffnung, daß er lebt.«

Das Wort Hoffnung war es, das Paula erneut erschauern ließ. Hoffnung hieß, daß da auch das Gegenteil war und daß die Wahrscheinlichkeit, daß dieses Gegenteil zutraf, die größere war.

Bruno Jäckle gähnte. Ein anstrengendes Wochenende lag hinter ihm, mit nichts als Frust. Die »Golden Lion Basement Gang« hatte am Freitagabend ohne ihn spielen müssen, und die Ermittlungsergebnisse waren bislang recht mager. Nichts Brauchbares von der Spurensicherung, keinerlei vernünftige Zeugenaussagen. Der einzige – wieder einmal – festgenommene Verdächtige schwieg sich aus, bald würde man ihn laufen lassen müssen. Hätte er einen guten oder wenigstens einen teuren Anwalt, wäre er jetzt schon frei. Die Durchsuchung des Bauwagens und der Wohnung seiner Mutter hatte rein gar nichts ergeben, auch nicht die Befragungen der gesamten Nachbarschaft. Außer natürlich, daß sie alle den »Ruß'«, wie sie ihn nannten, für zweifelsfrei schuldig hielten. Es gab sogar einige, die ihn an dem Morgen beim Kindergarten gesehen haben wollten, doch bei genauerem Nachfragen verhedderten sie sich in Widersprüche.

Wie viele noch? schrie ihm die Schlagzeile eines Boulevardblattes von seinem Schreibtisch entgegen. Der Hofer hatte es ihm hingelegt. Neben seinem verkrusteten Kaffeebecher sah er das verschwommene Foto eines Mannes zwischen zwei uniformierten Polizisten und die Bildunterschrift:

Ist das die Bestie von Maria Bronn?

Den Rest konnte man sich schenken. Angeekelt versenkte er das Exemplar im Papierkorb. Die Montagsausgabe des *Stadtkuriers* hielt sich eher zurück. **Ermittlungen laufen auf Hochtouren**, hieß es dort wahrheitsgemäß in fetten Lettern, und der Bericht fuhr fort:

(wg) – Der Fall des vermißten fünfjährigen Max Körner aus der Ziegeleisiedlung gibt noch immer Rätsel auf. Das Kind stieg, wie eine Zeugin bestätigte, am Freitagmorgen kurz nach acht Uhr aus dem Auto seiner Mutter. Es nahm von dort den Fußweg, der zwischen Sport- und Spielplatz zur Rückseite des St.-Michaels-Kindergartens führt. Fest steht, daß Max Körner nie dort ankam. Laut Hauptkommissar Bruno Jäckle ist es »sehr seltsam«, daß niemand das Kind auf seinem kurzen Weg gesehen hat oder sonst eine auffällige Beobachtung machte. Zwei fünfjährige Mädchen wollen einen Mann mit dunklem Anzug auf dem Spielplatz bemerkt haben. Jäckle hält diese Angaben aufgrund der jüngsten Ereignisse jedoch nicht unbedingt für zuverlässig, man verfolgt aber gegenwärtig jede Spur. Ein Verdächtiger wurde in Untersuchungshaft genommen. Der Mann war bereits nach dem immer noch ungeklärten Verschwinden des sechsjährigen Benjamin Neugebauer von der Polizei verhört worden. Zum fraglichen Zeitpunkt, am Morgen des 14. Oktober, arbeitete der Mann in einem Garten in der Ziegeleisiedlung. Obwohl diese Tatsache auf einen möglichen Zusammenhang mit dem Verschwinden Max Körners hinweist, ist Bruno Jäckle nach wie vor skeptisch. »Wir ermitteln weiter«, war alles, was er und die

Beamten einer Sonderabteilung des Landeskriminalamtes zu dem Fall verlauten ließen. Es besteht die Vermutung, daß das Kind gar nicht die Absicht hatte, in den Kindergarten zu gehen, sondern sich von seinem Weg entfernte und beim unbeaufsichtigten Spielen in den Grundsee gefallen sein könnte. Ein Polizeihund nahm dort, am Ufer, seine Spur auf. Trotz aufwendiger Suche konnte jedoch bislang kein Leichnam gefunden werden. Wahrscheinlicher ist, daß Max Körner einem Gewaltverbrechen zum Opfer fiel. Die wichtigste Frage für die ermittelnden Beamten lautet zum gegenwärtigen Zeitpunkt: Kommt für die Fälle Benjamin Neugebauer und Max Körner derselbe Täter in Frage, oder ist diese Serie nur ein schrecklicher Zufall?

Dem war nicht viel hinzuzufügen. Außer, daß Paula Nickel ihre Nachbarin Doris Körner und den Jungen beim Wegfahren beobachtet hatte. Dieselbe Person, in deren Garten dieser Russe gearbeitet hatte. Auch der Postbote hatte Max im Auto gesehen, mit ihm hatte die Körner sogar ein paar Worte gewechselt. Die wichtigste Zeugin aber hatte sich erst am Sonntagmorgen gemeldet. Sie hatte Max aus dem Auto steigen sehen. Es war das Mädchen, das am Abend zuvor bei ihm Babysitten war. Nachdenklich schüttelte Jäckle den Kopf und ließ die Zeitung sinken. Der Artikel war von Lokalchef Weigand selbst geschrieben worden, Gott sei Dank. Dieser Schnösel Schulze hätte sein Machwerk garantiert wieder mit Phrasen wie »Was gedenkt die örtliche Polizei zum Schutze unserer Kinder zu unternehmen?« gekrönt.

Jäckle hielt es in seinem Büro nicht länger aus. Er stieg in seinen klapprigen Fiat, ein Sondermodell, grellorange mit schwarzem Dach, das vor zehn Jahren sicher einmal der letzte Schrei gewesen war. Inzwischen war es nur noch das Letzte, wie sein Kollege Hofer zu bemerken nicht müde wurde. Es war nicht nur das häßlichste Auto der Stadt, es war obendrein geschwätzig: »Check control« hauchte eine sinnliche weibliche Stimme, als er den Motor startete. »Alle Funktionen in Ordnung. Gute Fahrt.« Irgendein Witzbold unter den zahlreichen Vorbesitzern hatte einen Bordcomputer installieren lassen, der mit zunehmendem Alter immer spinnerter wurde.

»Waschwasserstand kontrollieren«, mahnte die Stimme, als er den Motor auf dem Parkplatz des Kindergartens abwürgte.

Er umrundete das Gelände von Kindergarten und Schule, bis er an der Stelle ankam, wo Max zum letzten Mal gesehen worden war. Von drei gegenüberliegenden Reihenhäusern aus konnte man die ersten paar Meter des Fußwegs beobachten. Die Leute waren schon befragt worden, umsonst. Wer hatte morgens um acht schon Zeit, müßig aus dem Fenster zu schauen?

Jäckle schritt langsam zwischen den Büschen hindurch. Jetzt, mitten am Vormittag, war es hier ruhig, nur eine Frau auf einem Fahrrad begegnete ihm. Der Kerl konnte hier gewartet haben, schon seit dem Morgen. Womöglich war er schon im Dunkeln hergekommen. Wo würde er warten? Bestimmt nicht mitten auf dem Weg. Auch nicht auf dem Sportplatz, wo ihn jeder sehen konnte. Jäckle ließ seine Blicke über das Gebüsch schweifen, das den Weg säumte. Er kannte die Namen der Gewächse nicht. Einige hatten grüne, andere rote Blätter, ein paar waren dornig, an etlichen hingen rote Beeren. Der Boden war voll von ihnen, die meisten zertreten. An Bosenkows Schuhen hatte man diese Beeren ebenfalls gefunden. Er leugnete nicht, auf dem Spielplatz gewesen zu sein. Nur nicht an diesem Morgen. Außerdem gab es auch im Garten von Paula Nickel diese Beeren. Die Spurensicherer vom LKA waren sehr gründlich vorgegangen, bis heute morgen war das Gelände abgesperrt gewesen. Sie hatten nach Fußspuren geforscht, die Abfallbehälter durchwühlt, Kippen akribisch aufgesammelt, jeden Zweig nach Haaren oder Textilfasern abgesucht. Die Auswertung ihrer mageren Funde dauerte noch an.

Jäckle zweifelte nicht an den Fähigkeiten seiner Münchner Kollegen. Was er hier tat, war nicht so ohne weiteres zu erklären. Er versuchte, ein Gefühl für den Ort zu bekommen, zu erspüren, was vorgefallen sein könnte. Es war eine Sache des Instinkts, weniger des Verstandes. Da lief ein schmaler Trampelpfad durch das Gebüsch, eine Abkürzung zum Spielplatz. Zweige waren abgerissen worden, im Boden Eindrücke von Fahrradreifen. Jäckle stellte sich in die Mitte des Wegstücks und sah sich um. War es hier? Hatte er hier gestanden und die Kinder beobachtet, die den Weg entlangkamen? Vielleicht schon seit Tagen, bis endlich das richtige Kind kam, ein kleiner Junge, blond? Jäckle strich langsam auf dem Spielplatz umher, doch das unbestimmte Gefühl, auf das er wartete, wollte sich nicht einstellen.

Am Freitagmorgen war der Boden leicht gefroren gewesen, es gab also keine frischen Fußabdrücke. Hatte der Kerl das gewußt? War er so intelligent, oder war der Zufall auf seiner Seite? Jäckle setzte sich auf die Bank und ging, wie schon zigmal in den letzten drei Tagen, die Tatsachen durch: Zwischen der Ankunft von Max beim Fußweg, laut der Mutter und der Zeugin etwa um zehn nach acht, und der Begegnung der Nickel mit Bosenkow in ihrem Garten lag etwa eine dreiviertel Stunde. Zu Fuß brauchte man jedoch höchstens fünfzehn Minuten für diese Strecke. Aber wie ist er mit dem Kind hier weggekommen? Er wäre doch gesehen worden, garantiert, selbst dann, wenn er in der Nähe ein Auto geparkt hätte, ein gemietetes oder gestohlenes. Um zehn nach acht an einem Freitagmorgen war alle Welt unterwegs, zur Arbeit, zur Schule, zum Kindergarten, zum Einkaufen. Und zum Friseur.

Nein, man konnte der Mutter keinen Vorwurf machen, es war nichts dabei. Viele Kinder gingen diesen schmalen Weg tagtäglich alleine. Verdammt, fluchte Jäckle vor sich hin, sie wußten den Ort, sie wußten den ziemlich genauen Zeitpunkt, es war doch fast nicht möglich, daß niemand etwas bemerkt hatte, daß es keinerlei Spuren gab? Was, wenn Max Körner gar nicht diesen Weg genommen hatte? Vielleicht hatte er gewartet, bis seine Mutter abgefahren war, um dann den Vormittag in der Gegend herumzustreunen? Wenn dies der Fall war, und inzwischen neigte Jäckle eher zu dieser Ansicht, dann machte es die Sache ebenso schwierig wie den Fall Benjamin Neugebauer.

Jäckle verknotete seine langen Finger im Nacken und blickte zum Himmel. Benjamin Neugebauer und Max Körner. Zwei blonde Jungen, fast gleich alt. Aber damit hörten die Gemeinsamkeiten auch schon auf. Benjamin wohnte in den heruntergekommenen Blocks hinter dem Bahnhof. Er hatte zwei Geschwister, jedes von einem anderen Vater, und eine Mutter, die von den Hausbewohnern als »Schlampe« tituliert worden war. Er war sehr selbständig für sein Alter, war gewohnt, die Nachmittage allein zu verbringen. Ein Schlüsselkind, wie seine älteren Schwestern, die mit der Aufgabe, auf den Jungen aufzupassen, hoffnungslos überfordert waren. Und da war Max Körner. Einziges Wunschkind aus einer heilen Familie. Nicht ganz so heil, naja, Krisen gab es überall. Ein kleiner Teufel, sagten die Nachbarn. Erst vor wenigen Wochen hatte es auf diesem Spielplatz ein Drama gegeben. Ein Mädchen hatte Max' Sandschaufel benutzt, ohne ihn zu fragen. Max hatte ihr dafür das Ohr durchgebissen.

Einige Mütter hatten die Ansicht durchblicken lassen, Max hätte öfter Prügel bekommen müssen. Zu ihrem Bedauern hatte er, soweit bekannt war, gar keine bekommen. »Eine so liebe, wenn Sie mich fragen, eine zu liebe Frau, die Frau Körner.«

Doris Körner. Was wußte er über sie? Eine hübsche, kluge, durch und durch integre Frau, die Eltern Neureiche aus der Gegend von Augsburg. Die Körners lebten seit gut fünf Jahren hier. Aufs Land gezogen, als sie schwanger war. Eine vorbildliche Mutter, die Kinderbücher schrieb und selbst illustrierte. Jäckle hatte sie durchgesehen. Es waren die Art Bücher, die eine lustig-freche, unbeschwerte Kinder-Kunstwelt beschrieben, wie Mütter sie gerne sehen würden und wie sie im richtigen Leben nicht existierte. Deshalb verkauften sich die Bücher auch so gut.

Doris Körner wurde geschätzt, während ihr Sohn Max gefürchtet, vielleicht sogar gehaßt wurde, resümierte Jäckle. Lag darin vielleicht das Motiv? Konnte es jemand getan haben, dessen Anwesenheit an jenem Freitagmorgen ganz selbstverständlich schien und deshalb niemandem auffiel? Weil es sich um eine Mutter handelte?

Noch eine Sache stieß Jäckle seit Tagen auf, wie ein schwer verdauliches Abo-Essen im »Goldenen Löwen«. Warum ließ die Körner ihr sonst so wohlbehütetes Bürschchen an diesem Morgen alleine den Fußweg gehen, obwohl sie das sonst nie tat? Sicher, da war dieser Friseurtermin, aber trotzdem, irgend etwas stimmte da nicht, das spürte Jäckle auf einmal ganz deutlich. Es war nichts Konkretes, mehr so ein Druck, irgendwo zwischen Herz und Magen. Das Dumme war, Staatsanwalt Monz interessierte sich nicht für Jäckles Magengrimmen. Monz wollte einen Täter, und zwar so rasch wie möglich.

Am Montagmorgen hielt Paula es für das Beste, den Alltag so schnell wie möglich wieder einkehren zu lassen, schon wegen Simon. Sie brachte ihn mit dem Motorrad zum Kindergarten, zur gleichen Zeit wie am Freitagmorgen. Drei Tage nur, und doch schien dieser Freitag eine Ewigkeit her zu sein.

Paula stemmte sich gegen die schwere Doppelglastür, sie betraten den Garderobenraum, in dem es säuerlich nach muffiger Kleidung und Kinderfußschweiß roch. Es war still, stiller als gewöhnlich. Die meisten Kinder waren schon da, und doch schienen sie nicht so aufgedreht wie sonst. Oder bildete sie sich das nur ein? Eilig zog sie die Schleife seiner Hausschuhe fest und brachte Simon zur Tür des Gruppenraums. Etwas Beklemmendes schwebte im Raum, Gespräche erstarben, als Paula mit Simon vorbeiging, sie spürte die Blicke der Frauen im Rücken, wie Berührungen. Auch Simon schien die Veränderung wahrzunehmen, seine kleine Hand drückte fest die ihrige, und er tappte brav neben ihr her. An anderen Tagen riß er sich los und raste den Gang entlang.

Simons Kindergärtnerin hieß Jutta Kropp. Sie war dick, grauhaarig und ledig, eine Kindergärtnerin vom alten Schlag, die sich von den Kindern noch mit »Tante« anreden ließ. Sie begrüßte Simon an der Tür mit wehmütigem Lächeln. Fast mitleidig strich sie ihm übers Haar. Zu Paula sagte sie nichts außer einem sehr knappen Gruß.

Paula achtete nicht darauf, sie küßte Simon zum Abschied und wandte sich um. Seltsamerweise war der Korridor heute voller Leute, genauer gesagt Mütter, kaum Kinder. Paula blieb stehen, denn zwei Frauen in den üblichen ausgeleierten Jogginganzügen und mit zerdrückter Dauerwelle standen im Weg. Müssen Jogginganzüge eigentlich grundsätzlich lila–giftgrün–leuchtorange–neonpink sein, fragte sich Paula nebenbei. Öfter schon hatte sie dem Phänomen nachstudiert, weshalb sich Hausfrauen morgens derart gehen ließen. War es Absicht, um sich rein äußerlich von denen abzuheben, die ordentlich gekleidet und frisiert zur Arbeit gehen mußten?

Die zwei Jogginganzüge sprachen, wie sollte es anders sein, über das Ereignis und machten keinerlei Anstalten, Paula auszuweichen.

»'tschuldigung.« Paula drückte sich an den beiden vorbei. Sie wären nicht einen Zentimeter zur Seite gerückt, und obwohl Paula mit ihrer Lederjacke bereits an der Wand entlangschabte, ließ es sich nicht vermeiden, daß sie eine der Frauen anrempelte. Paula entschuldigte sich nochmals, aber dann fuhr sie herum. Hatte die eine nicht gerade eben »Miststück« gesagt? Die Frau, Paula kannte ihr Gesicht, aber nicht den Namen, sah ihr geradewegs in die Augen. Allmählich wurde Paula klar, daß das gehäufte Auftreten der Mütter an diesem Morgen kein Zufall war. Wie eine Schlechtwetterfront ballten sie sich am Ende des Flurs, es war ein bedrohlicher Aufzug, als warteten sie auf etwas Bestimmtes.

»Daß die sich hertraut, wo sie doch den Max auf dem Gewissen hat«, zischte die frisch erblondete Annemarie Brettschneider, die Max schon einmal vor Doris als »echten Teufelsbraten« bezeichnet hatte, und hinter ihren Brillengläsern blitzte es vor Empörung. Paula reagierte unklug. Sie blieb stehen und sah die Brettschneider an.

»Was meinen Sie damit?« fragte sie mit fester Stimme, obwohl sie es nur zu genau wußte.

Die Brettschneider warf sich in die Brust. »Sie haben doch diesen Pollacken bei sich arbeiten lassen. Wenn Sie ihren Garten schon nicht selber in Ordnung halten können, dann suchen Sie sich doch wenigstens einen anständigen Menschen dafür.« Ihre Stimme hallte blechern durch den Flur mit den Herbstbildern aus gepreßten Blättern, das goldene Kreuz im Ausschnitt ihres babyblauen Acrylpullovers, der ihren kurzen, kompakten Körper stramm wie eine Wursthaut einschnürte, bebte im Rhythmus ihrer Erregung. Sie wohnte mit ihrem Mann, der vierjährigen Tochter Christina und einem Baby nur ein paar Hausnummern von Paula entfernt, in einem von diesen unverschämt winzigen Reihenhäuschen, mit einem handtuchgroßen Garten davor.

»Der Mann ist aus Rußland«, sagte Paula so ruhig sie konnte, »und es ist keinesfalls erwiesen...«

»Ein Sittenstrolch ist er, ein Kindsmörder!« Das war Ilona Seibt, Jungbäuerin. Paula konnte den Hof von ihrem

Schlafzimmerfenster aus sehen. Drei Jahre hintereinander war sie Maikönigin gewesen, die hübscheste, die man je hatte, und mit zwanzig heiratete sie den größten Bauern am Ort. Drei Jahre hintereinander gebar sie Kinder, von einem Ehemann, der seiner Familie im Suff ebenso regelmäßig wie nachdrücklich klarmachte, wer Herr im Hause war, wodurch vom einstigen Maiköniginnen-Liebreiz nicht mehr viel übrig war. Wider besseres Wissen versuchte es Paula mit Sachlichkeit: »Man sollte keine voreiligen Schlüsse ziehen. Die Beweisaufnahme dauert...«

»Beweisaufnahme«, höhnte Sabine Aschenbach, eine zierliche Rothaarige, die eben mit ihrer Tochter Lena zu der Ansammlung gestoßen war. Lena war, wie stets, herausgeputzt wie eine Barbiepuppe, mit blaßrosa Schleifchen im Blondhaar und blaßrosa lackierten Fingernägelchen. Frau Aschenbach nähte die Kleidchen für sich und ihre Tochter stets aus dem gleichen Stoff, pink oder lila, so daß Mutter und Kind herumliefen wie zwei Bonbons. »Das gescheite Geschwätz nützt dem Max jetzt auch nichts mehr.«

»Der liebe Gott wird sie schon noch dafür strafen«, verkündete die Brettschneider mit wissendem Ausdruck, »dafür, daß sie uns dieses Gesindel angeschleppt hat.«

»Ich glaube kaum, daß den lieben Gott mein Gärtner interessiert«, entgegnete Paula gereizt. Sie versuchte zügig, aber nicht zu schnell, davonzugehen. Eine stämmige Dunkelhaarige, Paula kannte sie nur vom Sehen, blieb mit einem Kinderwagen demonstrativ mitten im Weg stehen, so daß Paula schon wieder eng gegen die Wand gedrückt um sie herumgehen mußte. Warum nur waren sie heute alle gleichzeitig hier? Hatten sie sich abgesprochen, um sie vor ihr Tribunal zu stellen? Die Stimmen der Frauen überschlugen sich jetzt, vermischten sich, verfolgten sie: »... arme Frau Körner, wie fühlt man sich, wenn man schuld am Tod... so ein hübscher Bub, und jetzt so ein grausames Ende... verdient es gar nicht, so ein nettes Kind

zu haben... der arme Bub, nicht einmal getauft ist er!...
hockt in ihrer protzigen Villa und zieht das Geschmeiß her!
Kein Wunder, daß der Mann davongelaufen ist... doch in
die Großstadt ziehen, da gehören solche hin... früher hätte
man so was mit der Mistgabel fortgejagt...«

Trotzig blickte Paula in die bekannten Gesichter und
erschrak. Fanatischer Glanz lauerte in den Augen, die
Münder waren zu schmalen Strichen verkniffen, Nasenflügel blähten sich angriffslustig. Eines wurde Paula in diesem Moment völlig klar: Diese Frauen haßten sie, und das
nicht erst seit Freitag. Der Grund war einfach zu erraten:
Für sie war Paula, die von Elisabeth Schimmels Gnaden in
dieser prächtigen Villa lebte, ein ständiger Stachel im
Fleisch. Ein provozierendes Ärgernis, das sie tagtäglich vor
Augen hatten, sogar schon morgens, wenn sie die Zeitung
aufblätterten. Deshalb schlugen Paulas Artikeln beim geringsten Anlaß Wellen der Empörung entgegen, während
man Schulze, Weigand und den anderen so manches nach-
sah.

Paula begriff: Max' Verschwinden war nur der
berühmte Tropfen im übervollen Faß aus Neid und Miß-
gunst, und sie selbst hatte durchaus ihren Teil beigetragen,
das Faß zu füllen. Ihr wurde schwindlig. Die Gesichter
verwandelten sich in eine einzige rosige Masse mit tausend
Augen und klaffenden schwarzen Mundhöhlen. Sie ging
schneller. Noch nie war der Flur so lang gewesen. Etwas
Nasses traf Paula im Gesicht, um ein Haar hätte sie aufgeschrien. Aber den Triumph wollte sie ihnen nicht gönnen. Mit dem Ärmel ihrer Jacke wischte sie die Spucke so
gut es ging weg. Endlich, die Tür. Sie riß so heftig am
Griff, daß sie krachend gegen die Wand schlug und der
Verputz herabrieselte. Ihr Blick fiel dabei auf den hölzernen Heiland, der über dem Türstock hing und seine ent-
fesselten Schäflein stumm anlitt.

Teils befriedigt, teil verärgert, las Frau Schönhaar den Artikel des *Stadtkuriers* bereits zum dritten Mal, genauer gesagt, den Satz: **Zum fraglichen Zeitpunkt, am Morgen des 14. Oktober, arbeitete der Mann in einem Garten in der Ziegeleisiedlung.**

Befriedigt, weil sie seit gestern wußte, in wessen Garten der Mann gearbeitet hatte – ihre Cousine Erna Schlich wohnte in der Ziegeleisiedlung, und die wiederum erfuhr alles Wissenswerte von ihrer Nachbarin, einer gewissen Brettschneider –, verärgert, weil die Zeitung diesen Namen verschwieg. »Die Nickel«, murmelte sie vor sich hin, denn noch war sie allein, »der wird ihre Arroganz noch vergehen.« Sie rollte mit ihrem Bürostuhl zum Aktenschrank und griff sich den Ordner. Sie brauchte nicht danach zu suchen, sie wußte, er stand zwischen »Netzer« und »Niederhofer«. Isolde Schönhaar, das Sprichwort »nomen est omen« wurde durch ihre fedrige, schlammfarbene Haartracht auf geradezu zynische Weise widerlegt, blätterte in den Gerichtsakten, obwohl sie deren Inhalt ziemlich gut kannte: Paula Matt, ledige Nickel, geboren am 13. Oktober 1954 in Berlin, Beruf Journalistin, heiratete im April 1990, kurz vor der Geburt ihres Sohnes Simon, den Kindsvater und Lebensgefährten Klaus Matt.

»Die Beziehung befand sich bereits vor der Geburt des gemeinsamen Kindes in einem fortgeschrittenen Stadium der Entfremdung, so daß der Zerrüttungsprozeß dadurch lediglich hinausgezögert wurde. Das Paar trennt sich in gegenseitigem Einvernehmen usw...«, lautete die Erklärung des gemeinsamen Anwalts. Schließlich, nach längerer Trennungszeit, die Scheidung vor einem halben Jahr. Allerdings ging es da nicht mehr ganz so einvernehmlich zu. Der Vater, Anwalt für Wirtschaftsrecht, klagte entgegen der Absprache das Sorgerecht für den Sohn ein. Grund: Der »labile seelische Zustand« der Mutter, Verdacht auf Schizophrenie. Seine Ehefrau würde schlafwandeln und dabei auch vor Gewalttätigkeiten nicht zurückschrecken, an welche sie im Wachzustand keinerlei Erinnerung hätte. So hätte sie beispielsweise eines Nachts ihren Gatten mit einem metallenen Gegenstand attackiert und wie mit einem Messer auf ihn eingestochen. Daß der Gegenstand lediglich ein silberner Schuhlöffel war, bezeichneten der Vater und sein Anwalt als »puren Zufall«.

Die Nickel hatte inzwischen eine eigene Anwältin, und die legte dem Gericht das Gutachten einer recht namhaften Psychologin vor: Das Schlafwandeln ihrer Klientin sei ein Verhalten, welches nur bei extremen seelischen Belastungen, wie zum Beispiel einer Trennung, auftrete. Im übrigen sei Schlafwandeln ein weit verbreitetes und absolut harmloses Volksleiden, welches vorwiegend bei Frauen in Krisensituationen auftritt und sogar bei einem Drittel aller Mädchen in der Pubertät. Paula Nickel habe sich inzwischen freiwillig in ambulante psychotherapeutische Behandlung begeben und sei erfolgreich therapiert worden. Frau Dr. Ulrike Seiber-Koch entließ ihre Klientin als eine absolut gesunde, fest im Leben stehende junge Frau und Mutter, der die Erziehung ihres Sohnes ohne weiteres anvertraut werden könne. Ein schizophrenes Verhalten sei bei ihr niemals aufgetreten und auch in Zukunft nicht zu befürchten.

Der Familienrichter schloß sich dieser Meinung an, das Sorgerecht ging an Paula Matt, die sich jetzt wieder Nickel nannte. Sie verzichtete auf Unterhalt von ihrem Exmann für sich selbst, erhielt lediglich einen Betrag von achthundert Mark monatlich für das Kind. Der Vater verzichtete auf sein Besuchsrecht mit dem Argument, er wolle kein Alle-zwei-Wochen-Geschenk-Onkel sein. Paula Nickel bewohnte weiterhin mietfrei das Haus ihrer Tante und Pflegemutter Elisabeth Lévidat, geborene Schimmel, die vermutlich auch das psychologische Gefälligkeitsgutachten bezahlt hatte.

Entgegen dem ersten Anschein sorgte sich der Vater aber dennoch um seinen Sohn. Vor kurzem hatte er Isolde Schönhaar persönlich gebeten, doch hin und wieder unangemeldet nach dem Wohlbefinden seines Kindes zu sehen. Frau Schönhaar war der dringenden Bitte dieses charmanten Mannes bereitwillig nachgekommen, denn Frauen wie Paula Nickel waren ihr gehörig zuwider und konnten sich ihrer bevorzugten Aufmerksamkeit sicher sein.

Bei ihrem ersten Besuch, in diesem Sommer, hatte sie das Haus zum ersten Mal von innen gesehen. Nein, das war kein Haus, das war eine Villa, ein kleiner Palast mit luftigen, großzügigen Räumen, die trotz der Renovierung, oder gerade deswegen, noch immer den Charme des vorigen Jahrhunderts ausstrahlten. Dazu ein Garten, der schon eher ein Park war. Und das alles war ein Geschenk für diese pseudointellektuelle Zicke, die noch dazu boshafte Artikel schrieb.

Ganz hinten in der Akte befand sich ein solcher, obwohl Zeitungsberichte über Konzerte des Jugendorchesters der Stadtkapelle eigentlich nichts bei den Sorgerechtsfällen zu suchen hatten. Mit Leuchtstift war folgende Zeile hervorgehoben:

Daß sich der junge Pianist Herbert Schlich ein paarmal in der Tonart vergriff, störte das Bild des ansonsten qualitativ hochwertigen Konzertes empfindlich.

Der Artikel stellte zweifellos eine böswillige, völlig ungerechtfertigte Kritik am künstlerischen Schaffen des Sohnes ihrer Cousine dar. Herbert Schlich war ein schüchterner, aber begabter Junge, der ihr sehr am Herzen lag. Die Behauptung, Herbert hätte sich in der Tonart vergriffen, war eine pure Verleumdung. Der Sänger, dieser Trottel, der hatte viel zu hoch gesungen und der Klarinettist falsch dazu gespielt! Herbert hatte, im Gegenteil, sogar versucht, die Sache zu retten, so wie sich eine gute Tänzerin den ungelenken Schritten ihres unmusikalischen Partners anpaßt,

um das Bild der Harmonie nach außen hin aufrechtzu-
erhalten. Aber davon hatte die Nickel ja keine Ahnung!
Der empörte Leserbrief, den sie damals geschrieben hatte,
wurde zwar gedruckt, nützte jedoch nichts. Herbert flog
zum Beginn der Ferien aus dem Jugendorchester.

»Es ist Zeit«, verkündete sie grimmig einem unsichtbaren Publikum, »wieder einmal einen Besuch bei der
Nickel zu machen.«

Sie klappte die Akte zu und sah in ihren Terminkalender. Zum ersten Mal seit wer weiß wie vielen Tagen
lächelte Isolde Schönhaar.

Ein Glück, daß sie sich drinnen zusammengerottet haben,
überlegte Paula mit einem Anflug von Galgenhumor, als
die Tür des Kindergartens hinter ihr zuschlug. Sonst würden sie mir jetzt in ihrem selbstgerechten Zorn garantiert
ein paar Steine hinterherwerfen. Statt dessen hatte jemand
ihr Motorrad umgeworfen. Heiße Wut stieg in ihr auf. Alleine würde sie es nicht schaffen, die schwere Maschine
aufzurichten. Sie versuchte es trotzdem, sie zerrte und
stemmte, Tränen begannen ihr über die Wangen zu laufen,
es war ihr egal, es tat sogar ganz gut.

Eine Hand legte sich auf ihre Schulter. »Warten Sie, ich
helfe Ihnen.« Es war Frau Lampert, die Mutter von Katharina, eine resolute Frau, ausgelastet mit drei Kindern
und einem arbeitslosen Mann.

»Danke«, keuchte Paula erleichtert und überrascht zugleich.

»Schnell«, sagte Frau Lampert, als fürchtete sie, dabei
gesehen zu werden, und Paula konnte ihr das nicht einmal
verdenken. Sie war ja nun eine Unperson, ein Paria.

Zu zweit bekamen sie die Kawa wieder auf die Räder.

»Ich... vielen Dank«, stammelte Paula, und selten hatte
sie diese Worte so ehrlich gemeint. »Ach, Frau Lampert...«

Widerwillig blieb die Frau stehen.

»Es könnte sein, daß ich morgen abend weg muß. Könnten Sie die Katharina fragen, ob...«

»Katharina geht nicht mehr babysitten«, unterbrach Frau Lampert ruhig und bestimmt.

»Oh«, sagte Paula enttäuscht.

»Das mit dem Max...« Frau Lampert hob bedauernd die Schultern.

»Ich verstehe. Vielleicht in ein paar Wochen wieder.« Aber die Lampert schob bereits ihren Kinderwagen weiter und schubste eilig das größere Kind vor sich her.

Paula fuhr nach Hause, rief bei Weigand an und entschuldigte sich für diesen Tag mit Kopfschmerzen. Das war noch nicht einmal gelogen. Weigand zeigte Verständnis. »Ist ja kein Wunder. Wie geht es Doris?«

»Wie wohl?«

»Meinst du«, fing Weigand an, und es war dieser Ton, dem meist der Auftrag für die Lesung eines begnadeten Mundartlyrikers oder für ein Konzert der landkreisweit gefürchteten Feuerwehrkapelle folgte, »ich meine... wenn sie wieder einigermaßen hergestellt ist, meinst du, du könntest sie für ein Exklusivinterview gewinnen? Schließlich kennt ihr zwei euch doch gut, ihr redet doch sicher sowieso irgendwann miteinander darüber, oder nicht? Es interessiert die Leser, was in einer Mutter vorgeht, die...«

»Das ist ja widerlich«, brüllte Paula, »das hätte ich nicht von dir erwartet. Ich bin doch nicht der Schulze!« Sie knallte den Hörer auf die Gabel und vergrub das Gesicht in den Händen. Ein Alptraum, dachte sie, das alles ist bloß ein Alptraum. Wenn's doch bloß ein Alptraum wäre, damit kenne ich mich wenigstens aus.

Später fuhr sie zum Einkaufen in den großen Supermarkt ans nördliche Ende der Stadt, wo ein kleines Industriegebiet in die Landschaft hinauswucherte. Normalerweise mied Paula diese seelenlose Konsumhalle, sie haßte die penetrant riechende Fleischabteilung, das plastikverpackte Einheitsobst, das Musikgesäusel und die Sonderangebote aus dem Lautsprecher, doch heute war sie dankbar für die unpersönliche Atmosphäre. Zwar standen auch hier Frauen beisammen und tuschelten über »das Furchtbare«, aber sie wurde von niemandem angesprochen und offensichtlich auch nicht erkannt.

Sie verschwendete den Vormittag an einige liegengebliebene Hausarbeiten und holte Simon gegen ein Uhr vom Kindergarten ab. Simon war eines der wenigen Kinder, die ihr Mittagessen im Kindergarten einnahmen und bis zwei Uhr bleiben mußten. Paula plagte sich deswegen öfter mit Schuldgefühlen herum, aber anders ging es einfach nicht. Oft genug mußte sie es schlucken, daß ihre Artikel rüde verstümmelt oder auf den nächsten Tag verschoben wurden, um einem wahnsinnig dringenden Beitrag vom Schulze oder einer protzigen Todesanzeige Platz zu machen. Ebensooft war Simon das allerletzte Kind, das beim Verlassen des Kindergartens über die Eimer der Putzfrauen stolperte und seine kleinen Fußspuren auf dem feuchten Flur hinterließ.

Ein Uhr schien ihr an diesem besonderen Tag eine günstige Zeit, um Simon abzuholen. Spät genug, um den Zwölf-Uhr-Müttern zu entwischen, zu früh, um auf eine Abholerin der Zwei-Uhr-Kinder zu treffen. Die Rechnung ging auf, Flur und Garderobe waren leer.

»Mama, was ist ein Russenflittchen?« fragte Simon, als Paula ihm in den Anorak half, und im selben Atemzug: »Ist der Max jetzt im Himmel, bei meinem Schnuffi?«

»Vielleicht«, stieß Paula hervor.

»Mama«, rief Simon hell entsetzt, »kann er ihm da wieder was tun?«

Paula schüttelte den Kopf. »Nein. Max tut niemandem mehr was.«

Sie kamen ohne Zwischenfälle zu Hause an. Der Gehweg vor dem Haus war noch immer sauber gefegt, sauberer als sonst jedenfalls, die Sträucher gestutzt, das Schnittholz lag gesägt und nach dicken und dünnen Ästen sortiert auf einem Stapel neben dem Schuppen, nächstes Jahr würde es gutes Anfeuerholz abgeben. Beinahe ordentlich, dachte Paula. Nur eine Sache störte das Bild ganz empfindlich: die tote Ratte, die, ähnlich dem Gekreuzigten über dem Kindergarteneingang, an die Schuppentür genagelt war.

Die tote Ratte vom Schuppen zu entfernen war nicht gerade eine Tätigkeit, die Paulas Laune gut bekam. Dazu fing der Schmerz in ihrem Kopf schon wieder an zu pochen. Es kostete sie große Anstrengung, für Simon und sich ein Mittagessen zu bereiten, das aus Resten vom Sonntag und einem grünen Salat bestand. Simon aß nicht viel, und Paula räumte seufzend die Teller ab.

»Simon«, bat sie, »würdest du eine Stunde leise in deinem Zimmer spielen? Mir ist heute nicht gut, ich möchte mich gerne ein bißchen hinlegen.«

Simon murrte: »Ich will aber raus.«

»Das kannst du später auch noch. Bitte.«

»Nein, ich will jetzt.«

»Wenn du draußen bist, kann ich mich nicht hinlegen.«

»Warum nicht?«

»Weil ich ab und zu nach dir sehen muß, außerdem kommst du sowieso alle fünf Minuten rein und willst was anderes. Geh jetzt in dein Zimmer, und wir gehen nachher zusammen raus.«

Peng! Die Tür flog zu, sie hörte ihn die Treppe hinauftrampeln, lauter als nötig. Paula folgte leise und legte sich in ihrem Zimmer aufs Bett. Schon die Berührung des kühlen Leinens auf den Schläfen war eine Wohltat. Nur ein bißchen Schlaf, dachte sie sehnsüchtig, dann geht es wieder. Aber es ging nicht. Simon heulte in seinem Zimmer. Nicht sehr laut, aber es war unmöglich, dabei einzuschlafen. Paula lief hinüber, versuchte ihm geduldig zu erklären, daß er doch nur eine kleine Weile warten sollte.

»Du kannst Kassetten hören, es stört mich nicht. Nur hör bitte auf zu weinen. Du hast keinen Grund dazu.«

»Aber mir ist langweilig!« Paula holte tief Luft.

»Möchtest du Fernsehen?« fragte sie resigniert.

»Au ja.«

Sie ging ins Wohnzimmer und legte ihm die Videokassette vom *Dschungelbuch* ein. Ihr war jetzt jedes Mittel recht, nur um ein wenig Schlaf zu bekommen. Sie ging wieder nach oben, schloß die Augen und döste ziemlich rasch ein. Mitten in einem bewegten Traum, in dem die Mütter von heute morgen eine Rolle spielten, wurde die Tür mit lautem Krach aufgestoßen, und jemand stupste Paula an. Sie öffnete mühsam die Augen. Simon.

»Was ist denn?«

»Kann ich was Süßes haben?« fragte er in aller Unschuld. Paula sah auf die Uhr. Sie hatte gerade mal zwanzig Minuten geschlafen.

»Deswegen weckst du mich? *Nein!* Es gibt jetzt nichts Süßes!«

»Aber ich habe Hunger.«

»Dann hättest du eben mittags vernünftig essen sollen.« Simon fing erneut an zu weinen, Paula riß der Geduldsfaden. »Verdammt noch mal«, brüllte sie, »kannst du nicht ein einziges Mal ein Nein akzeptieren? Muß denn immer gleich ein großes Theater gemacht werden?«

Simon heulte nun erst recht los. Paula sah ein, daß an Schlaf nicht mehr zu denken war. Voller Zorn stand sie auf. Sie unterdrückte das heftige Bedürfnis, ihm eine Ohrfeige zu geben. Statt dessen lief sie die Treppe hinunter, ging zum Küchenschrank, wo die Süßigkeiten unter Verschluß lagerten, holte den Schlüssel vom Schrank und zog die gesamte Schublade heraus. Mit der Schublade unter dem Arm durchmaß sie das Haus, zur Tür hinaus, um die Ecke,

wo die Mülltonnen standen. Gummibärchen, Frucht-
gummi, Schokolinsen, Kartoffelchips und Nußpralinen,
ausnahmslos alles landete im Schlund der großen, grauen
Mülltonne. Simon beobachtete das Tun seiner Mutter mit
schreckgeweiteten Augen.

»So! Weg mit dem ganzen Dreck«, zischte Paula wütend. »Und mit Fernsehen ist jetzt auch Schluß. Wenn du
nicht ausnahmsweise mal ein winziges bißchen Rücksicht
auf mich nehmen kannst, dann mag ich auch nicht mehr!«
Verstört rannte Simon in sein Zimmer. Paula blieb im Garten. Sie mußte sich Luft machen, etwas Abstand gewinnen,
also lief sie weg vom Haus, weg von Simons Geheul, das
durch das Kippfenster im ersten Stock nach außen drang.
Sie saß eine Weile am Seeufer, bis sich ihr Unmut gelegt
hatte und Zweifel und Reue in ihr aufstiegen. Sie war nicht
nett zu Simon gewesen, das sah sie ein, aber war es denn
wirklich so viel verlangt, einmal ein Stündchen in Ruhe
gelassen zu werden? Simon war ansonsten ein umgäng-
liches, unkompliziertes Kind, doch er hatte einen Fehler:
Er wollte stets beschäftigt werden. Paula hatte sich manchmal bei Doris beklagt: »Du kannst mit Simon alles machen,
wirklich alles – nur nicht nichts.«

Sie ging langsam zurück zum Haus. Sie würde sich bei
ihm entschuldigen, ihm versuchen zu erklären, warum
sie ihn so angeschrien hatte. Tief atmete sie den warmen
Duft des gefallenen Laubes ein, ihr Kopfschmerz hatte
sich schon beinahe verflüchtigt. Jemand hatte eine leere
Schnapsflasche über den Zaun auf ihr Grundstück geworfen. Paula hob sie auf und näherte sich dem Haus.
Sie horchte. Simons Geheul hatte aufgehört. Als sie um
die Ecke bog, sah sie auch, weshalb: Da saß ihr Sohn
vor der umgekippten, halb entleerten Mülltonne und
klaubte, immer noch ab und zu aufschluchzend, Gummibärchen und Schokolinsen aus dem Müll der vergangenen
Woche.

»Simon!« rief Paula, erneut aufgebracht. Sie wollte eben zu ihm laufen und ihn schimpfend aus dem Abfallhaufen ziehen, da löste sich eine Gestalt aus dem Schatten des weit offen stehenden Hauseingangs. Die Frau ging auf Simon zu und stellte ihn auf die Beine, wobei sie ihm mit einer unbeholfenen Geste des Trostes über die naßgeweinte Wange strich. Wie in Zeitlupe drehte sie sich dann zu Paula um, ihr Blick wanderte von deren ungekämmtem Haar über ihr erschrockenes, vom Schlafmangel ausgehöhltes Gesicht bis zu ihren verkrampften Händen und blieb schließlich mit einem wissenden Ausdruck an der leeren Schnapsflasche hängen.

Lilli steuerte den Alfa langsam durch die Stadt. Es war früher Nachmittag, kaum Verkehr, und Lilli nutzte das, um mit knapp achtzig durch ihren Heimatort zu rauschen, wobei sie gleichzeitig die Szenerie betrachtete: putzige Fachwerkhäuser am Marktplatz, schöner restauriert, als sie jemals gewesen waren, allen voran das historische Gasthaus »Zum goldenen Löwen«. Vor der schnitzereiverzierten Eichentür lockte ein Schild: »Heute fangfrische Bachforellen mit Petersilkartoffeln, DM 12,80.« Am Ende des Platzes die barocke Zwiebelturmkirche, davor die Polizeiwache mit ihrem schweren, respekteinflößenden Portal, ihr gegenüber das Redaktionsgebäude des *Stadtkuriers* und dahinter das neue Rathaus, ein Zehn-Millionen-Bau aus Stahl und Glas und zukunftsweisender Architektur, in das demnächst alle Ämter einziehen sollten, die jetzt noch über verschiedene Gebäude der Stadt verteilt waren. Gleich hinter der Altstadt lag der mickrige Bahnhof, der beinahe jede Stunde durch einen haltenden Zug aus seinem Schlummer gerissen wurde. In gebührendem Abstand zum schmucken Kern des Städtchens standen die grauen, alten Wohnblocks, vor deren Fenster tagaus, tagein schrillbunte Wäschestücke flatterten, am Stadtrand ragten drei Betonplatten-Hochhäuser plump gegen den Horizont.

Lilli hätte gerne noch eine Kleinigkeit für Simon besorgt, aber es war zwei Uhr, und sämtliche Geschäfte waren geschlossen. Was für ein Kaff, dachte Lilli. Allmählich kamen ihr Zweifel, ob es richtig gewesen war, Paula das Haus zu überlassen und sie damit an diesen Ort zu binden. Sicher, da war auch noch die bequeme Stelle bei der Lokalzeitung, und für den kleinen Simon schien die beschauliche Umgebung bestens geeignet. Trotzdem wuchs dieses leise Unbehagen in ihr von Mal zu Mal.

Wenig später rüttelte Lilli an dem eisernen Gartentor. Es war abgeschlossen, das erschien ihr seltsam. Sie ließ ihr Gepäck im Wagen, umrundete das Gelände auf einem Trampelpfad, der unterhalb der Kapelle durch hohes Gras führte, und benutzte die versteckte kleine Pforte auf der Hinterseite des Gartens. Leicht belustigt registrierte sie den geschorenen Rasen, die ausgeholzten Sträucher und die penibel aufgeschichteten Laubhäufchen. Das Werk des neuen Gärtners, schau an. Es sah gar nicht mehr wie Paulas Garten aus. Eine laue Windbö trug Stimmen von der Haustür zu ihr her, und ein Impuls gebot ihr, stehenzubleiben, versteckt hinter einer üppig wuchernden Kletterrose, deren Blüten sich in langsamem Sterben zu kräuseln begannen. Lilli wehrte einen Rosenzweig ab, der ihr ins Gesicht hing, und machte dabei eine äußerst beunruhigende Entdeckung: Blattläuse! Blattläuse in dichten, schwärzlichen Dolden, als hätte man die Zweige in Mohn getaucht. Ich bin durchaus nicht abergläubisch, dachte Lilli, aber in dem Jahr, als Maurice starb, hatten die Rosen auch so viele Läuse.

»... hege ich begründete Zweifel, ob das Kind in geordneten Verhältnissen lebt«, riß sie eine unangenehme Frauenstimme aus ihren botanisch-weltanschaulichen Betrachtungen.

»Wollen Sie mir nicht sagen, wer Sie geschickt hat«, hörte sie Paula fragen. Ihre Stimme klang zittrig, wie unter eiserner Beherrschung. »Steckt mein Exmann dahinter? Was will er denn noch?«

»Darüber kann ich keine Auskunft geben«, antwortete die Frau, und ihr Zögern hatte für Lillis sensible Ohren einen winzigen Moment zu lange gedauert. Sie trat aus der Deckung der Rosen heraus. Nah an die warme, efeuberankte Backsteinmauer ihres Elternhauses gepreßt, pirschte sie sich näher ans Geschehen heran.

»Was werfen Sie mir denn konkret vor?« wollte Paula wissen.

»Nun, es sind mehrere Faktoren«, antwortete die Schönhaar wolkig, »Ihr ganzes Verhalten läßt auf mangelnde Aufmerksamkeit ihrem Kind gegenüber schließen. Dieses Haus zum Beispiel, finden Sie diese Einrichtung kindgerecht? Kinder wollen helle, freundliche Möbel. Und sehen Sie sich den Garten an, da steht nicht einmal eine Schaukel.«

»Simon wollte noch nie eine.«

»Dann dieses Motorrad. Denken Sie, daß das ein geeignetes Transportmittel für ein Kleinkind ist?«

»Wir nehmen es nur für kurze Strecken, ansonsten fahren wir mit dem Zug.«

»Und heute komme ich hierher und finde Ihr Kind, wie es weinend und hungrig im Unrat wühlt, während Sie sich irgendwo da draußen betrinken.« Anklagend deutete sie auf die Flasche, die wie ein Grenzstein zwischen den Kontrahentinnen lag.

»Jetzt reicht es«, fuhr Paula die Frau an. »So war es nicht, und Sie wissen das ganz genau. Ich werde mir das nicht gefallen lassen, noch gibt es Gesetze.«

Auf dieses Stichwort schien die andere nur gewartet zu haben. Sie überschritt den Grenzstein und trat nahe an Paula heran. »Gesetze«, wiederholte sie gedehnt, »sicher gibt es die. Aber was glauben Sie wohl, wem ein Familienrichter mehr glaubt? Einer Jugendamtsleiterin mit fünfzehn Jahren Berufserfahrung oder einer Mutter, die schon mal im Verdacht stand, nicht ganz normal zu sein, hm? Hat sich nicht Ihr Vater in einer Irrenanstalt erhängt? Das Leiden liegt offenbar in Ihrer Familie...«

»Das ist nicht wahr! Dafür haben Sie keine Beweise!« schrie Paula, jetzt völlig außer sich.

Die Schönhaar schüttelte überlegen den Kopf. »Ich brauche keine Beweise. Es genügt mein Eindruck. Und der ist nicht der Beste. Haben Sie nicht diesen Menschen bei sich beschäftigt, der jetzt unter Mordverdacht steht? Ist das Ihrer Ansicht nach der richtige Umgang für ein Kind, ist es das, was Sie unter Fürsorge verstehen?«

Paula rang nach Luft. Irgendwo im Haus rief Simon nach ihr. »Sie... Sie boshaftes Weibsstück«, keuchte Paula, jetzt am Rande ihrer Beherrschung angelangt, »scheren Sie sich zum Teufel!«

»Ja, tun Sie das besser«, sagte Lilli, die erkannt hatte, daß es höchste Zeit war, ihren Beobachtungsposten aufzugeben und einzuschreiten. Ihr Ton war leise und ruhig, aber zwanzig Jahre Bühnenerfahrung bewirkten, daß man sie bis in den letzten Winkel des Gartens deutlich verstand. Paula und die Schönhaar drehten sich gleichzeitig erschrocken um.

Lilli schritt mit betonter Langsamkeit auf die Schönhaar zu, wobei sie sie mit ihren eisblauen Augen festnagelte, der Blick drückte tiefe Verachtung aus. Paula beobachtete sie fasziniert und rätselte dabei, welche ihrer zahlreichen Rollen wohl gerade an der Reihe war. Die Verwandlung der Schönhaar jedenfalls war höchst bemerkenswert. Sie zuckte zusammen, als sei sie geschlagen worden, der Ausdruck der Häme wich augenblicklich aus ihrem Gesicht, sie stierte Lilli an, als sei sie ein Gespenst. Ihre Lider flatterten, der ansonsten gelbliche Teint färbte sich an unregelmäßigen Stellen pinkfarben.

84

»Worauf warten Sie noch«, sagte Lilli kalt, und sogar Paula wurde es für einen Moment unbehaglich. Eine unbestimmte Autorität ging von dieser zierlichen Person aus, der man sich nicht so leicht entziehen konnte.

Isolde Schönhaars Abgang hatte etwas Hündisches. Sie mied Lillis Blick, als könnte der sie zu Stein verwandeln. »Sie hören noch von mir«, sagte sie trotzig zu Paula, »verlassen Sie sich darauf.«

Paula, die sich in diesen wenigen Augenblicken wieder gefangen hatte, antwortete freundlich: »Das Tor ist zu. Sie müssen schon den Hintereingang nehmen. Durch den sind Sie doch auch hereingeschlichen, oder?«

Beide sahen zu, wie die Schönhaar in ihren altjüngferlichen Pumps über den frisch gemähten Rasen stocherte und hinter den Magnolien verschwand. »Du hast ihr das Leben gerettet«, seufzte Paula grenzenlos erleichtert. »Ich hätte sie sonst...«

»Das habe ich bemerkt.« Lilli zog anklagend die rechte Augenbraue hoch. »Du warst mal wieder dabei, die Contenance zu verlieren!«

»Ach, Tante Lilli«, Paula legte den Arm um ihre Tante und atmete den rauchigen Duft ihres Parfums ein, »ich bin ein bißchen mit den Nerven runter.«

»Ich fürchte nur, die sind wir noch nicht endgültig los. Dummheit und Haß, das ist eine gefährliche Mischung. Aber in einem Punkt muß ich der Frau recht geben: die Sache mit dem Motorrad.«

»Ich kann mir nicht beides leisten und will es auch nicht«, antwortete Paula bestimmt. Das Motorrad war eines der wenigen Dinge, bei denen sie bis jetzt den Rat ihrer Tante übergangen hatte. »Außerdem kann ich jederzeit den Wagen von Doris haben.«

»Abhängigkeit von Fremden ist immer schlecht«, entgegnete Lilli.

Lächelnd zog sie ein Schlüsselbund aus der Tasche und

85

klimperte damit aufreizend vor Paulas Nase herum: »Ich habe ein Geschenk für dich, nachträglich zum Vierzigsten. Es parkt vor dem Tor.«

Zwei Wochen waren seither vergangen, als es nachmittags, zur besten Kaffeekränzchenzeit, an der Tür klingelte. Paula öffnete dem Besucher. »Wird das eine Zeugenvernehmung oder ein Kaffeeklatsch?«

Bruno Jäckle reichte ihr ein Paket von der Bäckerei und fuhr sich verlegen durch sein braunes Haar, in dem eine lange zurückliegende Ehescheidung und der Berufsalltag etliche graue Spuren hinterlassen hatten.

»Teils, teils«, gestand Jäckle. »Aber du kannst schon mal Kaffee kochen. Falls du das kannst. Wo ist Simon?«

»Bei den Seibts«, antwortete Paula. »Sie haben junge Katzen oder so was.« Glücklicherweise war Simon vom gerechten Volkszorn verschont geblieben und wurde nun, da man nicht mehr die Begleitung von Max zu befürchten hatte, auffallend häufig zu anderen Kindern aus der Siedlung eingeladen, wenn auch unter der unausgesprochenen Bedingung, daß er seine Mutter zu Hause ließ.

»Ich mache den Kaffee«, tönte es aus der Küche. Jäckles ernstes Gesicht hellte sich auf, als er Lilli kommen sah. In einem Anfall burlesker Galanterie krümmte er seine hagere Gestalt, so daß er aussah wie ein Fragezeichen.

»Madame…«, er erinnerte sich nicht an ihren französischen Nachnamen, denn jeder im Ort sprach sie mit ihrem Mädchennamen Schimmel an, »es freut mich, Sie hier zu sehen«, strahlte er und küßte ihr beinahe formvollendet die Hand.

»Nennen Sie mich Lilli«, anwortete Lilli generös.

»Es ist eigenartig«, stichelte Paula, »bei Lilli werden sogar Leute zu Kavalieren, die sich sonst wie die Axt im Walde benehmen.«

»So was mache ich auch nur bei Damen«, konterte Jäckle. Diese Paula Nickel verunsicherte ihn, und wie immer in solchen Fällen, von denen es zum Glück nicht viele gab, verbarg er sein Gefühl hinter möglichst rauhen Umgangsformen.

Jäckle zog seinen Mantel aus und betrat das Wohnzimmer. Der Raum wirkte groß und hell und war sparsam möbliert.

»Sehr schön«, sagte er, obwohl er das alles schon kannte, doch beim letzten Besuch hier wären Komplimente über die Einrichtung sicherlich fehl am Platze gewesen.

»Französischer Nußbaum«, erklärte Lilli, die seinem Blick gefolgt war, »das meiste gehörte meinem Mann.« Die Farbe von Paulas Haar, fuhr es Jäckle unpassenderweise durch den Kopf. Auf dem Boden und an den cremefarbenen Wänden befanden sich Teppiche, die aus der ganzen Welt zu stammen schienen und trotzdem untereinander harmonierten, dazwischen ein paar moderne Bilder und Keramiken, mit denen er zwar wenig anzufangen wußte, die aber immerhin einen interessanten Kontrast zu den Antiquitäten bildeten. Es gab wenige Pflanzen, was Jäckle sehr gefiel, er konnte Zimmer, die Dschungeln glichen, nicht ausstehen. Lediglich ein paar duftige Farne waren wirkungsvoll plaziert, so daß die milde Spätnachmittagssonne ungehindert durch die weißen Sprossenfenster hereinströmen konnte und das helle Ahornparkett matt und edel aufglänzen ließ. Nicht schlecht, dachte er beeindruckt, wobei er annahm, daß das eher Lillis als Paulas Handschrift war.

»Bitte, nehmen Sie doch Platz«, unterbrach Lilli seine Betrachtungen, und er gehorchte artig.

»Tja«, seufzte er, als Paula den mitgebrachten Kuchen auspackte, »es gibt leider überhaupt nicht viel Neues, und das trotz eines riesigen Ermittlungsaufwands. Außer, daß wir unserem Hauptverdächtigen nichts, aber auch gar nichts nachweisen können und wir ihn morgen wieder laufen lassen müssen.«

»Armer Jäckle«, streute Paula etwas Salz in die Wunde, »ein zerknitterter Mantel macht eben leider noch keinen Colombo.«

»Paula!« Tante Lilli wandte sich an den Gast. »Sie müssen schon entschuldigen, Herr Jäckle...«

»Bruno.«

»Bruno. Ich dachte, ich hätte ihr in all den Jahren etwas Benimm beigebracht, aber Sie sehen ja...«

Jäckle grinste und begann sich wohl zu fühlen. Die Anwesenheit von Lilli, diesem schillernden Exemplar aus einer aussterbenden Klasse wahrhaft großer Damen, bewirkte seltsamerweise, daß er mit Paula unverkrampfter als sonst umgehen konnte.

»Ich glaube nicht, daß er's war«, sagte Paula ernsthaft, während Lilli sich um den Kaffee und die Verteilung der Tortenstücke kümmerte.

»Ananassahne oder Nußcreme, Monsieur Bruno?«

Jäckle hob die Schultern. »Ich weiß es nicht. Nußcreme, bitte.«

»Woher kann er eigentlich so gut deutsch?« erkundigte sich Paula.

Jäckle lachte kurz auf. »Du wirst staunen. Zu DDR-Zeiten war er Korrespondent für eine russische Zeitung, in Ost-Berlin. Stand den damaligen Regierungskreisen recht nahe, wie es so schön heißt.«

»Ein Journalist?« fragte Paula ehrlich verwundert.

»Ja«, grinste Jäckle, »eine verwandte Seele, sozusagen. Als es dort keine Regierung mehr gab, war er seinen Job los und mußte zurück. Zu der Zeit hatte er eine deutsche Freundin und ein Kind mit ihr. In seinem Bauwagen haben wir Bilder gefunden. Zuerst dachten wir, es sei Max. Aber es waren Fotos von seinem Sohn.«

»Was ist aus ihm geworden? Und aus der Frau?« Paulas

Sinn für Fair play sagte ihr, daß es feige von ihr war, Jäckle als Informationsquelle zu mißbrauchen, nur weil sie selber in Gegenwart dieses Mannes zu gehemmt war, um auch nur die harmloseste Frage zu stellen.

Aber Jäckle gab bereitwillig Auskunft: »Er und seine Mutter besannen sich auf ihre deutschen Vorfahren. Aber es dauerte zu lange, bis seine Ausreise bewilligt war. Als die zwei endlich hier waren, war die Frau mit ihrem Kind weg. Das hat ihn völlig aus der Bahn geworfen – Alkohol, naja, das übliche.« Er seufzte. »Deshalb geht er auf Spielplätze, vielleicht sucht er da eine Erinnerung an seinen Sohn. So ungefähr haben wir das aus ihm rausgequetscht. Er redet nicht gerne. Komisch ist schon, daß Max seinem Sohn so ähnlich sieht. Aber ein Beweis ist das nicht.«

»Er kann es doch gar nicht gewesen sein«, ergriff Paula Partei. »Er war hier. Er hat hier gearbeitet. Man bringt doch nicht während der Gartenarbeit so nebenbei mal ein Kind um!«

»Warum ist es dir so wichtig, daß er's nicht war?« fragte Jäckle zurück.

»Es ist ganz einfach unlogisch«, wehrte Paula ab. »Das alles sind doch nur wilde Verdächtigungen der Leute. Wer für die anders ist, der ist von vornherein suspekt. Wäre ja auch die bequemste Lösung: Schafft das Gesindel weg, dann sind unsere Kinder sicher.«

»Mal angenommen, der Mann ist unschuldig«, mischte sich jetzt Lilli ein, »wer war's dann?«

Jäckle zuckte wieder mit den Schultern, und Paula fuhr fast übereifrig fort: »Wenn du meine Theorie hören willst: Ich könnte mir bei Max gut vorstellen, daß er gar nicht in den Kindergarten gegangen ist, sondern sich irgendwo herumgetrieben hat. Am See vielleicht, da waren Max und Simon immer gerne. Zwar nie allein, das haben wir ihnen strengstens verboten. Andererseits… Max und ein Verbot akzeptieren! Er könnte durchaus die Gelegenheit wahrgenommen haben, zum See gegangen sein und… ich meine, Max konnte noch nicht schwimmen.«

»Warum haben wir ihn dann nicht gefunden?«

»Es sind schon Leute im Grundsee verschwunden«, bestätigte Lilli. »Als ich noch klein war, ist ein Kind beim Baden ertrunken, man fand es nie mehr. Und einmal nachts ein Betrunkener. Am Ende glaubte man, er sei gar nicht im See, aber dann ist er nach Wochen doch noch aufgetaucht, fragt nicht, wie er aussah.« Sie schüttelte sich, ein unechter Schauder. Lilli schätzte solche Geschichten über die Maßen.

»Zucker?« fragte sie jetzt liebenswürdig lächelnd.

»Vier Stück bitte.« Jäckle ruderte in seiner Tasse und wiegte bedächtig den Kopf hin und her. »Schon möglich, daß Max zum See gegangen ist. Dort könnte er seinem Mörder begegnet sein. Und wer wohnt in der Nähe vom See?«

»Ich«, hörte Paula sich sagen.

»Unsinn. Ich meine, in diesem Bauwagen!« Jäckle sah Paula herausfordernd an, aber die antwortete nicht. »Dein Gärtner hat kein Alibi für den ganzen Tag.«

»Warum laßt ihr ihn dann wieder laufen?«

»Weil wir keine Beweise haben.«

»Vielleicht wollte Max aber auch auf große Abenteuertour gehen«, überlegte Paula. »Jedes Kind macht doch mal so etwas. Nicht gerade mit fünf Jahren, aber Max war ziemlich gewieft für sein Alter. Womöglich ist er per Anhalter gefahren. Bei dem muß man alles in Betracht ziehen.«

»Du mochtest ihn nicht, stimmt's?« fragte Jäckle.

»Nicht besonders«, gab Paula zu. »Er hat Doris das Leben ganz schön schwer gemacht. Dabei sah er so niedlich aus. Wenigstens fanden das viele Leute. Bis sie ihn dann näher kennenlernten, also, ich hätte ihn manchmal am liebsten…«

»Ja?«

»Nichts.«

»Du brauchst dich nicht zu genieren, ich weiß inzwischen einiges über Max«, erklärte Jäckle, »zum Beispiel was über durchgebissene Ohren...«

Er machte eine Kunstpause. Paula dachte an den Hamster, aber sie schwieg.

»... und einen Sechsjährigen hat er vom Klettergerüst gestoßen, daß er sich den Arm gebrochen hat.«

»Ja, er war schon ein aufgewecktes Kerlchen.« Paula fiel auf, daß von Max mehr und mehr in der Vergangenheitsform gesprochen wurde, als wäre sein Tod bereits eine erwiesene Tatsache.

»Die Leiterin eures Kindergartens hat Doris seinen Ausschluß aus dem Kindergarten angedroht, falls noch die geringste Kleinigkeit passiert. Der Elternbeirat drängte darauf, weil die Erzieherinnen sich nicht mehr in der Lage sahen, für die Sicherheit der anderen Kinder zu garantieren. Hast du das gewußt?«

Paula schüttelte den Kopf. »Schau an, und jetzt triefen sie alle vor Mitgefühl.«

»So sind die Menschen«, sagte Jäckle nüchtern und ließ sich von Lilli ein zweites Stück Nußtorte auf den Teller laden.

»Wann war das? Das mit dem Kindergartenausschluß«, fragte Paula.

»Eine Woche, bevor er verschwand. Hat dir das Doris nicht erzählt? Ich denke, ihr seid so dicke Freundinnen?«

»Nein, sie... in dieser Woche haben wir uns nicht so oft getroffen. Sie hätte es mir schon noch gesagt.«

»Was kannst du mir über den Vater sagen?«

»Jürgen? Du hast ihn doch kennengelernt.«

»Du kennst ihn länger«, gab Jäckle stur zurück.

»Der typische Durchschnittsmann. Durchschnittlich attraktiv, durchschnittliches Einkommen, pures Mittelmaß.

Bei ihm könnte ich mir äußerstenfalls eine Handlung im Affekt vorstellen. Aber er war doch in Saudi-Arabien. Der hat sich doch ganz elegant abgesetzt.«

»Saudi-Arabien?« wiederholte Jäckle, so als höre er zum ersten Mal von der Existenz dieses Staates.

»Ja. Ölscheichs und so.« Paula sah ihn an, als sei er ein bißchen schwer von Begriff. »Er ist Softwarespezialist fürs Bauwesen, er leitet dort ein Projekt.«

»Moment mal«, Jäckle rutschte auf die Kante seines Stuhls, »hat Doris dir das erzählt?«

»Nicht nur mir. Allen. Wieso, stimmt es etwa nicht?«

»Nicht die Bohne. Er hat sie verlassen und lebt allein in München. Sag bloß, du hast das nicht gewußt!«

»Nein«, gestand Paula schockiert. »Ist das sicher?«

»Na klar. Er arbeitet bei diesem unaussprechlichen japanischen Elektrokonzern und war an dem bewußten Freitag den ganzen Tag in einem Meeting, bis wir ihn dort anriefen.«

»Das... das ist unglaublich! Wieso hat sie das allen verschwiegen?« Für einen Moment war Paula, als hätte ihr jemand einen Hieb versetzt.

»Das ist allerdings komisch«, sagte Jäckle, »aber ich bezweifle, daß das etwas mit dem Verschwinden von Max zu tun hat. Wahrscheinlich wollte sie nur nicht öffentlich zugeben, verlassen worden zu sein. Es soll Frauen geben, die betrachten so etwas als Schande.« Er grinste Paula an.

»Genau. Sie hat sich geschämt«, bestätigte Tante Lilli, »Doris ist eine Frau, für die Äußerlichkeiten sehr wichtig sind.«

Paula wußte, daß ihre Tante nicht allzuviel von Doris hielt. »Ist mir zu freundlich zu jedem«, hatte sie schon vor Jahren ihr endgültiges Urteil gefällt.

»Ja, aber mir hätte sie es doch sagen können«, grollte Paula noch immer, »ich bin doch ihre Freundin. Es ärgert mich, daß sie mich für eine Klatschtante hält!«

»Jetzt beruhige dich«, besänftigte Lilli, »du bist da anders, du kannst das nicht verstehen. Sie wird ihre Gründe gehabt haben.« Sie wandte sich wieder an Bruno Jäckle. »Sonst haben Sie keinen Verdacht?«

Er schüttelte bedächtig den Kopf.

»Was ist mit diesem anderen Kind? Benjamin...«

»Auch nichts. Es ist immer noch unklar, ob die beiden Fälle miteinander zu tun haben. Möglich wäre es durchaus, weil sie sich ähnlich sahen. Ein Sexualtäter sucht sich meistens Opfer vom selben Typ.«

»Es muß doch kein Sexualtäter sein«, widersprach Paula heftig, »es kann doch einer sein, der... der einfach Kinder nicht ausstehen kann.«

»Prima. Das schränkt den Kreis der Verdächtigen ganz erheblich ein.«

»Die Zeit...«, dachte Lilli laut nach, aber Jäckle beachtete es nicht, denn er hatte ebenfalls zu sinnieren begonnen: »Dieser Fall ist schon eigenartig. Die kleine Lampert ist die Babysitterin und gleichzeitig die wichtigste Zeugin, die Max zuletzt sah. Du, Paula, bist ebenfalls Zeugin, und in deinem Garten hat dieser Bosenkow gearbeitet. Auf gewisse Weise hängt alles zusammen, ich weiß nur noch nicht wie.«

»Was willst du damit andeuten?« Eine mißtrauische Falte, geformt wie ein Komma, erschien zwischen ihren Augen.

»Nichts«, sagte Jäckle, »ehrlich nichts. Es sind mir nur zu viele Parallelen bei dieser Sache.«

»Was wirst du jetzt tun?«

»Abwarten. Auf jeden Fall abwarten. Schließlich ist das ja gar nicht mein Fall, sondern der meiner Kollegen vom Landeskriminalamt. Ich bin nur zur Unterstützung da. Das heißt, ich mache die Drecksarbeit, und die kommen am Ende groß raus.«

»Oha! Ich wußte gar nicht, daß du auch eitel bist.«

»Eitel? Ach wo.« Er leerte seinen Kaffee mit einem Schluck und erhob sich. »Ich muß wieder los. Der Kaffee war köstlich. Wie lange sind Sie noch hier?« fragte er Lilli, auf einen weiteren Handkuß verzichtend.

»Nur noch ein paar Tage«, sagte Lilli. »Nach allem, was so passiert ist, haben mich Neugier und Besorgnis hergetrieben. Aber ich denke, bald wird hier wieder die Normalität einkehren.« Mit Normalität meinte Lilli, daß Paula wieder selbst einkaufen ging und ihren Sohn in den Kindergarten brachte, Dinge, die ihre Tante während der letzten zwei Wochen für sie erledigt hatte.

Paula begleitete Jäckle zum Tor, das jetzt nicht mehr verriegelt war. Die Reporter waren längst verschwunden, erstes Anzeichen der von Lilli vorausgesagten Normalität. Die Entlassung Bosenkows wird die Volksseele erneut zum Kochen bringen, dachte sie im stillen.

»Schönes Auto«, sagte Jäckle und deutete auf den offenen Alfa, hinter dem sein Fiat noch eine Nuance häßlicher wirkte, falls das überhaupt möglich war. »Verdient man bei der Zeitung so gut?«

»Geburtstagsgeschenk von Lilli«, gestand Paula verlegen. Er pfiff anerkennend. »Sapperlott! So eine Tante bräuchte ich auch.«

»Es hat alles Vor- und Nachteile«, erklärte Paula. Lillis Geschenk hatte sie überrumpelt. Wenn es schon ein Auto sein mußte, hätte sie viel lieber ein unauffälligeres gehabt, aber wie sollte sie Lilli das beibringen, ohne sie zu kränken?

Jäckle wies hinter sich, auf das blaue Haus. »Wie nimmt sie's denn so?«

»Schwer zu sagen. Nach außen hin gefaßt. Jürgen ist ja noch bei ihr, ich sehe sie deshalb nicht so oft. Aber soweit ich weiß, fährt er morgen wieder zurück.«

»Nach Saudi-Arabien.«

»Sehr komisch.«

»Du wirst dich ein bißchen um sie kümmern?«

»Spricht jetzt der fürsorgliche Mitmensch oder der Kriminaler aus dir?«

»Beides«, grinste Jäckle, »ich bin eine gespaltene Persönlichkeit, aber wer ist das nicht? Dich könnte ich mir gut vorstellen, wie du nachts als Vampir durch deinen verwunschenen Garten schleichst.«

Darüber konnte Paula nicht lachen. Sie verabschiedete sich knapp und ging zurück ins Haus.

»Ein netter Mensch«, sagte Lilli. »Ich kenne seinen Vater, diesen Heimatschriftsteller. Das Komische ist, sein Vater, der Schriftsteller, ist so ein richtig männlicher, vierschrötiger Typ. Könnte in jedem Western den Sheriff spielen.« Sie rollte die Augen und schnalzte genießerisch mit der Zunge. »Zumindest zu meiner Zeit, ich habe ihn schon eine Weile nicht mehr gesehen, etwa dreißig Jahre. Aber sein Sohn, der Polizist«, sie lachte kurz auf, »ich finde, der sieht aus wie ein jüdischer Talmudstudent, der ein bißchen zu lang geraten ist.«

»Das werde ich ihm gelegentlich sagen«, drohte Paula. »Aber kannst du mir mal verraten, was der heute hier wollte? Am Telefon faselte er was von neu aufgetauchten Fragen. Der ist doch jetzt genauso schlau wie vorher.«

»Das weiß man nicht. Außerdem, du gefällst ihm eben, das sieht doch ein Blinder.«

Paula bestritt das mit einer wegwerfenden Handbewegung. »Typisch Lilli, du siehst überall verliebte Männer.«

»Vom Wein und von Männern verstehe ich was, glaub mir, Kind«, sagte Lilli bestimmt. »Und der Jäckle, der weiß mehr, als er zugibt.«

»Was ist, wenn ihm wegen seiner Eitelkeit noch der Mörder durch die Lappen geht?«

»Lappen? Diese Ausdrucksweise! Nein, das wird nicht passieren. Ich glaube, daß er hier lebt, sozusagen mitten unter uns. Nur, die Sache mit der Zeit...« Sie unterbrach sich. »Ach, übrigens, die Familie dieser Katharina Lampert – sind die wohlhabend?«

»Die? Ganz im Gegenteil. Sie haben eine Nummer zu groß gebaut und stecken bis zum Hals in Schulden. Der Vater ist arbeitslos.«

»Seltsam.«

»Wieso seltsam? Die ganze Siedlung lebt doch auf Pump. Vielleicht mögen sie mich deswegen nicht, ich bin als einzige hier hypothekenfrei.«

»Und Doris.«

»Ja, die auch. Ihre Eltern haben ihr das Haus gekauft.«

»Trotzdem seltsam. Erst gestern habe ich das Mädchen gesehen. Auf einem nagelneuen Fahrrad.«

»Ich habe nicht gesagt, daß sie am Verhungern sind. Dafür geht sie ja babysitten.«

»Das war ein Mountainbike für gute zweitausend Mark.«

»Seit wann kennst du dich mit Mountainbikes aus?« fragte Paula ein bißchen herablassend.

»Seit ich selbst eines besitze«, lautete die stolze Antwort. »Es ist zufällig das gleiche Modell wie Katharinas.«

»Habe ich richtig gehört? Du fährst mit einem Fahrrad im Dreck herum?« Paula sah ihre Tante entgeistert an, dann mußte sie lächeln. »Wie heißt er?«

»Also bitte! Muß denn immer ein Mann hinter einem neuen Hobby stecken?« ereiferte sich Lilli künstlich.

»Bei dir schon. Und jetzt raus damit!«

»Ich bin eine unabhängige, vermögende Frau. Ich darf mir doch wohl noch einen Kavalier zulegen, wann es mir paßt?«

»Natürlich. Ich will es ja bloß wissen.«

»Er heißt Arthur, aber dafür kann er nichts.«

»Wieviel Jahre ist er jünger als du?«

»Knappe zehn.«

»Du läßt nach.«

»Dafür sieht er wirklich noch gut aus. Was sollte ich denn mit einem Greis anfangen?«

»Stimmt, der wäre nach einer Woche reif für die Kiste. Aber was wolltest du eigentlich mit dieser Fahrradgeschichte andeuten?«

»Ach, gar nichts«, Lilli leerte ihre Tasse, stand auf und trug ihr Gedeck in Richtung Küche. Unter der Tür drehte sie sich noch einmal um. »Dieser Max war schon ein ziemliches Biest, nicht wahr? Ich habe ihn bloß ein paarmal gesehen, aber das hat mir gereicht. Wie wurde denn Doris damit fertig?«

»Sie hat ihn dauernd verteidigt. Er hätte eben ein aufbrausendes Temperament. Sie fand immer Gründe, ihn zu entschuldigen. Am Anfang waren's die Zähne, dann die Trotzphase, zuletzt die Abwesenheit des Vaters.« Paula zuckte die Schultern und seufzte: »Sie war... sie ist schließlich seine Mutter, sie liebt ihn halt, trotz allem.«

»So?« bemerkte Lilli spitz. »Du hast über das Phänomen Mutterliebe schon ganz anders gedacht.«

Paula wurde unbehaglich zumute. Was Lilli sagte, stimmte. »Wenn Max meiner wäre, ich glaube, ich würde ihn eines Tages einfach im Supermarkt stehen lassen«, hatte Paula einmal voller Überzeugung gesagt, dabei jedoch niemals ernsthaft überlegt, wie sie mit einem Kind wie Max tatsächlich fertig geworden wäre. Zum Glück war das nicht nötig. Simon zu lieben war einfach. In seinen großen, hellgrauen Augen lauerte ein spitzbübischer Charme, mit dem er schon als Baby die Menschen in seinen Bann gezogen hatte. Von sämtlichen Seiten wurde Paula bestätigt, daß sie ein außergewöhnlich liebenswertes Kind habe, bis letztendlich auch sie selbst akzeptierte, daß er möglicherweise eine Spur netter als der Durchschnitt war. Ein »Vorzeigekind« nannte Paula ihn manchmal skeptisch, denn zu Hause suchte er, wie alle Kinder, oft und gerne den Konflikt mit ihr.

Paula folgte Lilli in die Küche und hakte nochmals nach: »Selbst wenn Katharina aus irgendeinem Grund lügen sollte, dann gibt es immerhin noch weitere Zeugen, und zwar mich und den Postboten. Das hast du wohl vergessen?«

»Habe ich nicht«, erwiderte Lilli streng. »Denk mal nach. Du hast Max im Auto gesehen, als sie wegfuhren. Gut. Was hast du von ihm gesehen?«

»Na, die Haare, sein Gesicht und den Regenmantel.«

»Sein Gesicht? Hast du das deutlich gesehen? Auf die Entfernung?«

»Was weiß ich? Mein Gott, ich wußte doch nicht, daß das mal so wichtig sein könnte! Ich war an dem Morgen selber nicht so gut drauf, ich hatte am Abend vorher ein, zwei Gläser zuviel. Außerdem waren die Scheiben angelaufen.«

»Die Scheiben waren angelaufen?« bohrte Lilli mit der Hartnäckigkeit eines Bluthundes auf einer heißen Fährte. »Wieso eigentlich?«

»Weil Käferscheiben bei feuchter Witterung grundsätzlich anlaufen. Es war naßkalt an dem Morgen.«

»Sie hat doch eine Garage.«

»Sie ist eben manchmal zu faul, den Wagen abends reinzustellen, oder sie hat's vergessen. Sag mal«, eiferte sich Paula, »weißt du eigentlich, was du da sagst? Du verdächtigst meine beste Freundin...«

»Ich habe niemanden verdächtigt«, widersprach Lilli, »ich sage lediglich, der Zeitpunkt stimmt nicht. Nicht unbedingt. Was immer Max passiert ist, es kann auch schon einige Stunden vorher geschehen sein. In der Nacht.«

»Das ist doch nicht dein Ernst!«

»Womöglich stimmt es, daß du und der Postbote Max gesehen habt. Aber war er auch am Leben?«

»Warum sollte Doris so etwas tun?«

»Um sich mit dem Friseurbesuch ein Alibi zu verschaffen, natürlich.«

»Du denkst doch nicht wirklich, Doris würde ihr eigenes…« Paula hielt inne und schnappte nach Luft.

»Wäre doch möglich, oder? So ein Wonneproppen, wie der war. Vielleicht schützt sie aber auch jemanden.«

Die leere Tasse glitt Paula aus der Hand und fiel klirrend auf den Unterteller, der sofort in zwei Teile zerbrach.

»Aber Kind«, sagte Lilli kopfschüttelnd, »das gute Porzellan! Wir sollten aufhören mit dem Gerede, deine Nerven sind zur Zeit wirklich nicht die besten.«

Jürgen Körner verließ Maria Bronn am selben Sonntag wie Tante Lilli, die angab, es ziehe sie wieder in die Großstadt und zu ihrem Fahrradkavalier.

Gerne hätte Paula in diesen Tagen einmal mit Jürgen allein gesprochen, besonders nach Jäckles Besuch, aber Doris folgte ihm wie ein Schatten. Ob Jürgen über ihre Lügengeschichte Bescheid wußte? Ob er wohl schon wieder eine Freundin hat? Männer halten es doch selten lang alleine aus, grübelte Paula. Oder wird er zurückkommen, jetzt, wo Max fort ist?

Paula hatte gerade Simon ins Bett gebracht und überlegte, ob sie Doris zu sich einladen sollte, als es zweimal kurz an der Tür klingelte. Doris.

»Ich dachte, jetzt, wo wir beide wieder alleine sind, komme ich mal rüber«, begrüßte sie Paula. Die beiden musterten sich genauer als sonst. Doris sah unverändert hübsch aus, nur ihre Augen waren stumpfer, hatten etwas von ihrem Leuchten eingebüßt. Der kürzere Haarschnitt stand ihr gut, bildete den perfekten Rahmen für ihr makelloses Puppengesicht, in dem alles irgendwie weich und rund war.

Paula mußte in diesem Moment an Vera, die Redaktionssekretärin, denken. Diese Woche war sie, die praktizierende Blondine, ohne Vorwarnung als Rothaarige in die Redaktion gerauscht und hatte behauptet, sie sei nun ein völlig neuer Mensch. »Eine andere Frisur ist wie ein Befreiungsschlag. Damit fängt beinahe ein neues Leben an«, erklärte sie Paula, wobei sie sich ein »sollten Sie auch mal versuchen, Frau Nickel« nicht verkneifen konnte.

Für Doris hat damit auch ein neues Leben angefangen, dachte Paula. Eines ohne Max.

»Schläft Simon schon?« erkundigte sich Doris.

»Ja«, schwindelte Paula. Sie war sich nicht sicher, ob Doris deswegen froh oder enttäuscht war. In letzter Zeit hatte es eher so ausgesehen, als würde sie die Gesellschaft von Kindern meiden, was durchaus verständlich gewesen wäre. »Willst du ein Glas Wein? Oder lieber Tee?«

»Wein«, sagte Doris. »Wenn du gerade einen offen hast.«

»Ich... ich trinke keinen«, erklärte Paula. »Er bekommt mir zur Zeit nicht besonders gut.«

»Aber ich darf doch?« fragte Doris und inspizierte schon das Flaschenregal neben der Küchentür. Während Doris mit geübten Fingern den Korkenzieher handhabte, überlegte Paula, ob sie von Jürgen sprechen sollte. Sie entschied sich, es zu lassen. Vielleicht würde Doris selbst davon anfangen.

Paula schnitt ein unverfängliches Thema an: »Wann fangen denn die Theaterproben wieder an? Du wirst doch mitmachen, ich meine, jetzt, wo...« Sie biß sich verlegen auf die Lippen. Himmel, schon wieder eine Stolperfalle. Warum waren ganz normale Unterhaltungen plötzlich so schwierig?

»Ich denke schon«, antwortete Doris. »Im Januar, soviel ich weiß.« Doris trug ihr Weinglas ins Wohnzimmer und setzte sich in Tante Lillis Lieblingssessel, der eigentlich Paulas Stammplatz war, wenn Lilli nicht da war. »Bin gespannt, was sich Barbara diesmal ausgesucht hat. Hoffentlich kommt sie nicht auf die Idee, an der Seite von Vito die Julia spielen zu wollen.«

»Vito.« Paula spuckte den Namen aus wie eine Fischgräte. »Er heißt Friedhelm Becker und färbt sich seine öligen Dauerwellen schwarz.«

»Aber wir brauchen ihn. Es sei denn, du sorgst für Ersatz.«

»Wenn ich jemals einen sympathischen jungen Mann aufreißen sollte, dann schleppe ich ihn ganz bestimmt nicht ins Theater, wo die kleinen geilen Hühnchen auf ihn lauern.« Mit »Hühnchen« waren die jährlich wechselnden jungen Mädchen gemeint, die sich der Theatergruppe voller Hoffnungen und Illusionen anschlossen, um sich dann beim Probenraumputzen, Kulissenbauen, Plakatkleben oder auf dem Liegesitz von Vitos Cabrio wiederzufinden, ehe sie vielleicht ein kleines Nebenröllchen spielen durften.

»Das sind ja ganz neue Töne«, stellte Doris fest. »Aber du hast recht. Ich finde, ein Liebhaber könnte dir nicht schaden.«

»Warum? Werde ich schon verschroben und wunderlich?«

»Das warst du schon immer«, sagte Doris und lächelte. »Schade übrigens, daß ich Tante Lilli nicht öfter sehen konnte. Sie ist immer so erfrischend.«

»Allerdings. Stell dir vor, jetzt hat sie einen Liebhaber der...« Mountainbike fährt, wollte sie sagen, aber irgend etwas hielt sie im letzten Augenblick zurück.

»Der was...?« fragte Doris.

»Der nur zehn Jahre jünger ist als sie«, rettete sich Paula ein wenig plump. »Ich meine... sie bessert sich. Sein Vorgänger hatte gerade das Abitur hinter sich.«

»Deine Tante ist schon in Ordnung«, sagte Doris. »Wie alt warst du eigentlich, als du zu ihr kamst?«

Paula war sicher, Doris diese Geschichte schon mal erzählt zu haben, aber offenbar suchte auch Doris nach unbelastetem Gesprächsstoff.

»Dreizehn. Tante Lilli war damals mein großes Vorbild, vielleicht, weil sie das totale Gegenteil zu meiner Mutter war. Meine Mutter trug Kleiderschürzen, roch nach Kohlsuppe, sammelte Rabattmarken und ging dreimal die Woche in die Kirche. Lilli roch nach französischem Parfum, trug hochhackige Schuhe, sammelte Liebhaber, und mit den Kirchgängen hapert es heute noch. Sie und meine Mutter waren Cousinen, so um fünf Ecken. Tante Lilli besuchte uns nach dem Tod meines Vaters in Berlin und merkte wohl, daß meine Mutter mit mir und meinen zwei Brüdern überfordert war. Wohl vor allem mit mir. Lilli schlug ihr vor, mich für eine Zeitlang zu sich zu nehmen. Ich war überglücklich, von zu Hause wegzukommen, vor allen Dingen von meinem ekelhaften Bruder Bernd, diesem Hohlkopf. So viel zur Geschwisterliebe«, seufzte Paula.

»Hat dich deine Mutter denn so einfach hergegeben?« fragte Doris.

Paula fand das Wort ›hergegeben‹ etwas unpassend, aber sie antwortete: »Ich denke schon. Wir hatten nie ein besonders inniges Verhältnis, ich war immer ein Papakind, ich liebte ihn sehr, trotz...«

»Trotz was?«

»Ach, nichts. Anfangs sollte es ja nur für ein halbes Jahr oder höchstens ein Jahr sein.«

»Danach wolltest du bestimmt nicht mehr zurück.«

»Natürlich nicht. Meine Mutter hat das Arrangement von sich aus von Jahr zu Jahr verlängert. Als ich fünfzehn war, hat Lilli ihren Maurice geheiratet – übrigens der einzige Mann in ihrem Leben, der älter war als sie –, und wir sind zu ihm nach Frankreich gezogen, in die Nähe von Paris. Ich habe ab und zu brav nach Berlin geschrieben, aber wenn ich meine Familie wirklich mal besuchte, kam ich mir vor wie eine entfernte Verwandte.«

»Lilli muß dich sehr geliebt haben. Ich meine, was sie alles für dich getan hat, obwohl du gar nicht ihre richtige Tochter bist.«

Paula zögerte mit der Antwort. Es hatte eine Zeit gegeben, als rebellische Studentin, da hatte Paula Lilli beinahe gehaßt, für die Dankbarkeit, die diese nie von ihr verlangt hatte. Inzwischen war sie abgeklärter, hatte eingesehen, daß es keinen Grund gab, Lilli zu hassen, im Gegenteil.

»Sie tut noch immer eine Menge für mich. Nicht nur finanziell. Aber wir waren nie wie Mutter und Tochter, eher wie... Verbündete.«

»Und dieser Maurice?«

»Ein ganz ruhiger Mann. Das Gegenstück zu Lilli. Er war Musiker, spielte Cello. Er mochte mich sehr und wollte immer, daß ich Schauspielerin werde, so wie seine angebetete Lilli. Aber Lilli sagte, ich solle werden, was ich will, und Schauspielerin wäre das letzte, was sie mir empfehlen würde.«

»Siehst du deine Mutter noch manchmal?«

»Kaum. Wir sind uns fremd geworden. Aber ich glaube nicht, daß sie darunter leidet. Sie hat ja meine Brüder, ihre erzlangweiligen Schwiegertöchter und ihre Enkelinnen. Ich würde da sowieso nicht hineinpassen. Es ist, als ob ich mir im nachhinein die Familie ausgesucht hätte, die ich gerne haben wollte und die zu mir paßt.«

»Ja«, seufzte Doris, »das ist schön, wenn man das kann.« Ein kurzes Schweigen trat ein. Paula erinnerte sich an das wenige, was Doris über ihr Elternhaus erzählt hatte: Der Fleischgroßhandel warf eine Menge Geld ab, stand jedoch immer im Ruch des Gewöhnlichen, zumal Doris' Vater tatsächlich wie ein Metzgermeister aussah. Deshalb umgab sich ihre Mutter vorzugsweise mit Akademikern und Künstlern. Doris bekam Klavier-, Zeichen-, Reit- und alle möglichen anderen Stunden, das einzige Kind sollte eine

Art höhere Tochter werden. Aber Doris floh vor diesen Zwängen in sogenannte »schlechte Gesellschaft«. Ein Jahr vor dem Abitur schmiß sie das Gymnasium, tauschte ihr rosa Mädchenzimmer im protzigen elterlichen Bungalow bei Augsburg gegen ein Loch in einer obskuren WG in München, von wo aus sie sich erst einmal in eine Orgie der Promiskuität stürzte. Sie begann eine Lehre als Arzthelferin, wurde rausgeschmissen, aus Gründen, über die sie schwieg, und jobbte herum, bis sie Jürgen kennenlernte. Mit ihm kam Doris von dem herunter, was ihr Vater als schiefe Bahn bezeichnete. Sie heiratete mit allem Drum und Dran und versöhnte sich mit ihren Eltern, was hieß, daß sie sie am Muttertag und zu Weihnachten besuchte. Doris stellte plötzlich fest, daß sie sich nichts so sehr wünschte wie eine eigene Familie, in der es heiter und liebevoll zuging. Aber es dauerte lange, bis sich Nachwuchs einstellte, und auch dann war Max nicht unbedingt der Enkel, den man seiner Mutter stolz präsentieren konnte. Als Doris sich in einem schwachen Moment bei ihrer Mutter über ihn beschwerte, meinte diese hämisch, Doris habe nur bekommen, was sie verdiene, und sie prophezeite, daß »du mit diesem Früchtchen ebensoviel Ärger haben wirst, wie wir mit dir hatten«.

Unvermittelt platzte Doris in Paulas Gedanken: »Du hast sicher gehört, daß Jürgen gar nicht in Saudi-Arabien ist.«

»Allerdings«, gab Paula zu, von der unerwarteten Offenheit überrascht. »Vom Jäckle. Er dachte, ich wüßte Bescheid.«

»Ihr habt über mich gesprochen?« fragte Doris lauernd.

Paula wurde verlegen. »Nicht viel«, sagte sie und sah die Freundin vorwurfsvoll an. »Offenbar weiß er sowieso mehr als ich.«

»Sei nicht beleidigt«, bat Doris, »ich wollte es dir erzählen, schon oft, aber dann...«, sie brach mit einer hilflosen Geste ab, Tränen glitzerten zwischen ihren Wimpern, Paula wußte nicht, was sie sagen sollte.

»Ich hatte keine Ahnung«, erklärte Doris mit erstickter Stimme. »Alles ging so schnell. Eines Abends, du warst gerade mit Lilli und Simon in Italien, da kam er heim und teilte mir mit, daß er es hier nicht mehr aushielte, weil Max...« Sie brach ab und schluchzte in ein riesiges Taschentuch, das sie wohl vorsorglich mitgebracht hatte. »Ich konnte es den Leuten einfach nicht erzählen, ich hatte Angst vor ihrem Klatsch, dem ganzen scheußlichen Gerede.« Sie richtete sich auf und sah Paula bekümmert an. »Meinst du, es sieht komisch aus, daß Jürgen jetzt schon wieder weg ist?«

»Verdammt noch mal!« rief Paula, »ist doch egal, wie das aussieht! Wichtig ist doch, wie du dich fühlst! Deine Ehe geht diese Bande doch einen Dreck an.«

»Ja, schon. Du hast ja recht«, lenkte Doris rasch ein.

Paula seufzte. »Irgendwann werden sie ganz sicher durch einen dummen Zufall draufkommen, und dann werden sie sich erst recht die Mäuler zerreißen. Ihr momentanes geheucheltes Mitleid hält sie garantiert nicht vom Tratschen ab.«

»Ich kann verstehen, daß du wütend auf die Leute hier bist«, sagte Doris. »Ich habe gehört, was im Kindergarten passiert ist.«

»Auch von der toten Ratte?«

Doris nickte. »Sie hatten einfach Angst. Erst Benjamin, dann Max...«

»Seltsame Art, Gefühle zu zeigen.«

»Du darfst sie nicht verurteilen«, besänftigte Doris, »es sind ganz normale Menschen. Wir müssen so oder so mit ihnen leben.«

»Ja, leider.«

Doris nippte an ihrem Weinglas. »Willst du wirklich keinen? Ich komme mir komisch vor, so alleine zu trinken.«

Paula verneinte. »Ich habe an meinem Geburtstag etwas zuviel erwischt.« Hätte sie den Geburtstag lieber nicht erwähnen sollen? Immerhin war das der Abend »davor« gewesen.

Aber Doris' Miene verriet nichts, als sie sagte: »Ja, du warst plötzlich ein bißchen abwesend. Aber ansonsten ein ganz artiges Mädchen, keine Sorge. Siggi und ich haben dich aufs Bett gepackt, und...«

»Aufs Bett? Nicht aufs Sofa?«

Doris dachte einen Moment nach. »Nein, aufs Bett. Mit Klamotten. Du bist die Treppe noch fast alleine raufgelaufen. Dann bin ich gegangen, zusammen mit Siggi. Den mußte ich allerdings gewaltsam mitschleppen, der wollte unbedingt bei dir sitzen bleiben und Händchen halten. Wir waren jedenfalls die letzten. Wieso fragst du? Bist du denn nicht im Bett aufgewacht?« fragte Doris, und im selben Atemzug: »Was macht eigentlich deine Schlafwandelei?«

Paula schrak heftig zusammen, wirre Bilder zuckten für einen Sekundenbruchteil durch ihr Hirn. »Nichts«, sagte sie dann schnell. »Gar nichts. Wieso?«

»Ach, nur so. Jürgen und ich sprachen neulich davon.«

»Jürgen und du?«

»Ja. Klaus hat doch damals regelmäßig bei Jürgen sein Herz ausgeschüttet.«

Paula seufzte. Sicher hatte Klaus auch die Schuhlöffel-Story zum Besten gegeben. Es entstand eine kleine, unangenehme Pause. Etwas wollte Paula unbedingt noch loswerden: »Doris«, sagte sie, »sag ehrlich, glaubst du auch, daß ich mit schuld bin, ich meine... wegen Max, weil ich diesen Mann bei mir arbeiten ließ?«

»Ach, Unsinn«, wehrte Doris ab, aber es klang nicht sehr überzeugend. »Er soll ja demnächst entlassen werden. Aus Mangel an Beweisen.«

»Wie... wie denkst du darüber?« fragte Paula zaghaft.

Doris schloß einen Moment die Augen und sagte dann: »Wer immer das getan hat, ich denke, er hat nicht gewußt, was er da tat.«

Paula fröstelte, obwohl im Kamin ein Feuer vor sich hin knisterte.

Am Montagmorgen in der Redaktion las Paula mit wachsender Empörung das jüngste Werk ihres Kollegen Schulze, in welchem er den »Müttern Maria Bronns« die Entlassung Kolja Bosenkows kundtat. Es klang, als hätte jemand ein wildes Raubtier im Stadtpark ausgesetzt, der Artikel wimmelte von Ausdrucksweisen wie »unschuldige Kinder« und »auf die Menschheit losgelassen«, ja, er genierte sich nicht einmal, erneut die »Bestie von Maria Bronn« zu bemühen. Um nicht zu explodieren, trat Paula ans Fenster ihres Büros, reckte die Arme in die Luft und ließ ihre verschränkten Finger knacken.

»Frühsport?« fragte Vera.

Paula ließ die Arme sinken. Veras rotgefärbtes Haar wuchs am Ansatz dunkelblond nach, was ihr den heimlichen Spitznamen »Streifenhörnchen« eingebracht hatte, es war der einzige halbwegs originelle Einfall vom Schulze seit Wochen.

»So ähnlich. Was gibt's?«

»Leider nichts Gutes. Der Herr Weigand hat eben angerufen.«

»Ist er noch nicht im Haus?«

»Darum geht es ja. Dieses Wochenende hatte er einen Unfall.«

»Einen Unfall? Nun sagen Sie schon, was passiert ist!« fuhr sie Paula unwirsch an. Vera zog eine Schnute und genoß ihren Informationsvorsprung. »Er ist vom Pferd gefallen. Komplizierter Beinbruch. Liegt noch im Krankenhaus. Der Ärmste wird wohl eine Zeitlang da bleiben müssen, das hat mir Frau Weigand anvertraut.« Sie sprach in feierlich gedämpftem Ton, als handelte es sich um ein heikles Staatsgeheimnis.

»Ach du Scheiße! Wie ist denn das passiert? Ist er etwa von der ›Bestie von Maria Bronn‹ angefallen worden?«

»Ist es nicht entsetzlich?« flüsterte Vera.

»Natürlich ist es das, wer soll denn die ganze Arbeit...?«

»Nein«, unterbrach Vera ungeduldig, »ich meine, das mit dem Russen. Daß der jetzt wieder frei rumläuft? Wozu zahlen wir eigentlich Steuern, wenn die Polizei nichts gegen solche... solches Gesindel unternimmt?«

»Schön gesagt. Sie sollten in die Politik gehen, Vera.«

Taub für jeglichen Zynismus, ließ Vera ihrem geballten Unmut freien Lauf: »Warum müssen überhaupt diese ganzen Russen zu uns kommen und uns auf der Tasche liegen?«

Paula lächelte falsch: »Genau! Wir Deutsche sollten doch viel lieber unter uns bleiben, gell, Frau Janoworski?«

Irritiert wollte Vera davontrippeln. Bei dieser Nickel wußte man nie, wann sie freundlich und wann sie boshaft war, im Zweifel immer letzteres. Aber dann fiel ihr der Grund ihres Hierseins wieder ein, und die nächsten Worte bereiteten ihr sichtlichen Widerwillen. »Herr Weigand bittet Sie, ihn bis auf weiteres zu vertreten.«

»Mich?« fragte Paula verwundert. »Warum nicht den Schulze?«

»Das müssen Sie schon den Chef selbst fragen«, meinte Vera kühl. Man sah ihr an, daß sie lieber den Schulze als Vertretung gesehen hätte, denn der machte ihr fadenscheinige Komplimente, auf die sie prompt hereinfiel.

Das hat mir noch gefehlt, dachte Paula. Was sollte sie mit Simon machen, wenn sie ab sofort reichlich Überstunden zu leisten hätte, und danach sah es im Moment aus. Verdammter Gaul! Sollte sie Weigand bitten, seine Vertretung dem Schulze zu übertragen? Ihr Blick fiel erneut auf seinen jüngsten Artikel, und alles in ihr sträubte sich gegen diese Idee.

»Na gut«, sagte sie seufzend zu Vera, »dann rufen Sie mal bitte die Mannschaft zusammen, zur Krisensitzung.«

»Wie Sie wünschen, Chefin.« Vera verzog die für die Tageszeit zu dramatisch geschminkten Lippen zu einem Lächeln und trug ihren aerobicgestählten Hintern davon.

Doris, überlegte Paula, ob ich Doris bitten soll, Simon vom Kindergarten abzuholen und für ein paar Stunden bei sich zu behalten? Früher wäre das kein Problem gewesen, aber wie würde sie nun reagieren? Nein, es wäre unsensibel und taktlos, völlig ausgeschlossen. Aber wen sonst? Lilli? Die war eben erst abgereist. Eine Rückkehr auf unbestimmte Zeit konnte man unmöglich von ihr verlangen. Zum ersten Mal bereute Paula, keine engeren Kontakte zu ihrer Nachbarschaft unterhalten zu haben.

Gegen Mittag wählte sie zögernd Doris' Nummer und brachte umständlich und verdruckst ihr Anliegen vor.

»… und niemand weiß, wie lange er krank sein wird, vielleicht sogar bis Weihnachten. Aber Doris, wenn du irgendeinen Zweifel hast, dann sag nein, ich würde es nur zu gut verstehen.«

Ein kurzes, lastendes Schweigen trat ein, dann sagte Doris: »Es geht schon in Ordnung, Paula. Ich hole ihn ab, bleib, solange es nötig ist. Vielleicht ist es gar nicht so schlecht, wenn ich wieder eine Aufgabe habe. Meine Tage sind jetzt so leer, daß ich verrückt werden könnte.«

Paula war erleichtert und beschämt zugleich, denn sie wußte, daß sie Doris im umgekehrten Fall garantiert mit einer Ausrede abgewimmelt hätte. Andererseits – Simon war nicht Max, und Doris hatte Simon immer gemocht, was man von Paula und Max nicht behaupten konnte, wenn sie mal ganz aufrichtig war.

»Wenn es dir aber doch zuviel wird…«

»Dann sage ich Bescheid. Und jetzt los, arbeite fleißig.«

109

»Danke, Doris, vielen Dank. Ohne dich hätte ich dem Schulze das Feld überlassen müssen.«

»Bloß das nicht!« antwortete Doris und legte auf.

Eigentlich, dachte Paula, müßte gerade ihr Schulzes Artikel aus der Seele sprechen. Sie empfand Bewunderung für Doris, daß sie trotz ihrer verzweifelten Lage nicht auf diese primitive Polemik hereinfiel.

Paula lehnte sich zurück und seufzte befreit auf. Wie gut, eine Freundin wie Doris zu haben. Und wie wichtig in Situationen wie dieser.

Die Forellentheorie

Der erste Schnee verhüllte die Landschaft, die jetzt wie ein Werk von Christo aussah, aber nur für zwei Tage, dann zerstörte die Natur ihr Kunstobjekt durch einen warmen Regen, und grauer, schmutziger Matsch schwappte in den Straßen.

Eine Einbruchsserie im westlichen Villenviertel der Stadt, wo respektable Gemeindemitglieder wie Hermann und Barbara Ullrich lebten, beschäftigte Bruno Jäckle. Trotzdem verlor er die Fälle der verschwundenen Kinder nicht aus den Augen, zumal ihm Staatsanwalt Monz mindestens einmal wöchentlich mit peinlichen Fragen zusetzte. Jäckle fühlte sich wie ein Goldhamster in einem Laufrad.

Paula hatte in der Redaktion eine Menge um die Ohren, aber sie war beinahe dankbar für die viele Arbeit, die sie die meiste Zeit vom Grübeln ablenkte. Trotzdem mußte sie immer wieder an Max denken und an Tante Lillis Zeitpunkt-Theorien, und von da war es nicht weit zu ihrem Traum, dem Erwachen auf dem Sofa und den schmutzigen Schuhen an jenem Morgen. Aber wäre Max schon in der Nacht verschwunden, hätte Doris doch sofort Alarm geschlagen. Wozu dann der Mummenschanz, den Lilli ihr unterstellte? Um jemanden zu schützen, hatte sie gesagt. Doch so weit würde keine Freundschaft gehen, immerhin handelte es sich um das eigene Kind. Nein, das alles waren Hirngespinste von Lilli. Sie hatte schon immer eine ausschweifende Vorstellungskraft besessen.

Paula schaffte es meistens, ihre Gedankengänge an dieser Stelle zu stoppen, sie als aberwitzige Phantasien abzutun, aber das dumpfe Unbehagen ließ sich nicht restlos vertreiben.

Max war und blieb verschwunden. Vermißt wurde er von niemandem. Zwar erhielt Doris jede Menge teilnahmsvolle Bekundungen zum Verlust ihres Sohnes, doch nicht einem der Kondolanten fehlte er wirklich. Das vorherrschende Gefühl unter den Müttern, Kindern und Kindergärtnerinnen, so schien es Paula, war eine schlecht verhohlene Erleichterung. Seit Max fort war, herrschte Friede. Ein stiller, trügerischer, verführerischer Friede, in der Siedlung, am Spielplatz, im Kindergarten und auch in Paulas und Simons Leben. Paula gestand sich ein, daß der Alltag ohne Max wesentlich unbeschwerter verlief. Simon, der nun aus Max' Schatten trat, fand neue Freunde, die sich vorher nicht an ihn herangewagt hatten. Paula freute sich für ihn. In Momenten düsterer, rational nicht zu begründender Vorahnungen wünschte sie sich, die Zeit möge stehenbleiben.

Weihnachten war auf einmal nur noch eine gute Woche entfernt. Doris bastelte mit Simon Strohsterne und Krippenfiguren, außerdem besorgte sie ihm eine Skiausrüstung und meldete ihn für die Weihnachtsferien zum Skikurs an. Sie würde ihn hinbringen und abholen. Paula begrüßte diese Idee voller Dankbarkeit, ihr Terminkalender ließ keinen Raum für solche zeitraubenden Extras.

An diesem Samstag war Simon zu einem Kindergeburtstag eingeladen worden, und Paula wollte die freie Zeit ursprünglich nutzen, um an einer Glosse über Betriebsweihnachtsfeiern zu arbeiten. Doch sie war überarbeitet und erschöpft, es fehlte ihr die nötige Konzentration, ihr Geist arbeitete träge, und die wenigen Einfälle, die ihr kamen, gefielen ihr nicht. Sie gab auf, schlüpfte in ihren

Mantel und ging trotz des leichten Nieselregens hinaus zum See. Vielleicht würde die Stille inspirierend wirken. Außer ihr war kein Mensch unterwegs, es war weder das Wetter noch die Jahreszeit für Spaziergänge. Paula liebte diese Stimmung dennoch. Die Welt zeigte sich in diesen Tagen, wie sie wirklich war, in ihrer ganzen Nacktheit. Keine camouflierende Blütenpracht, kein strotzendes, ordinäres Grün, kein schillerndes Herbstlaub und keine zauberische Schneedecke verschleierten den Blick auf das Eigentliche. Das Land lag da wie das ungeschminkte Gesicht einer Frau nach einem langen, anstrengenden Tag oder einem langen, anstrengenden Leben. Was jetzt immer noch schön war, das hatte Bestand. Der See beispielsweise. Kahle Äste umrahmten wie ein Netz die dunkle, leicht gekräuselte Wasserfläche, aus der sich der moosiggrüne Steg schief emporreckte. »Betreten verboten« stand auf einem morschen Schild, das seinerzeit Tante Lilli aus Gründen der Haftung hatte anbringen lassen. »Betreten lebensgefährlich« müßte da draufstehen, überlegte Paula. Wollte dieser Bosenkow ihn nicht reparieren? Er hatte recht, für Kinder war der rutschige Steg eine Falle. Wo er wohl war? Seit seiner Entlassung aus der Untersuchungshaft war sie ihm nicht mehr begegnet. Vielleicht hielt er sich in seinem Bauwagen verkrochen wie ein verletztes Tier. Wenn er klug ist, dachte Paula, dann verläßt er diese Stadt, die ihm nichts als Mißtrauen und Haß entgegenbringt.

Sie blieb stehen und sah nachdenklich auf die Wasserfläche. Ihre Gedanken wanderten zu Max. Seltsamerweise hatte sie Max' Verschwinden von Anfang an mit dem See verbunden. Vielleicht, weil der Hund diese offenbar falsche Spur gelegt hatte. Vielleicht hing es auch mit ihrem Traum zusammen. Manchmal fiel es ihr schwer, klare Trennungslinien zwischen Traum und Wirklichkeit zu ziehen. Etwas knackte. Horchend spähte sie durch das unregelmäßige Netz aus Ästen um sich herum. Nichts war zu sehen. Ein dünner Zweig federte, wahrscheinlich war er eben vom Gewicht eines Vogels befreit worden. Es war überaus still, bis auf das ganz leise Plätschern der Wellen auf den bemoosten Steinen des schmalen, sandigen Uferstreifens. Der Grund war hier zum Baden ungeeignet, man sank sofort in tiefen Schlamm, weshalb vor Jahren der Steg errichtet worden war. Eine Liegewiese gab es nicht, das Gelände war zu sumpfig. Durch ein hölzernes Gatter, das nur noch an einer rostigen Angel befestigt war, verließ sie ihr Grundstück. Der Weg, er wucherte von Jahr zu Jahr mehr zu und war jetzt kaum noch als solcher zu erkennen, bog in ein Waldstück ein. Nur ab und zu verirrte sich ein versprengter Pilzsucher oder ein Jogger, der noch nicht begriffen hatte, daß heutzutage Mountainbiking angesagt war, in das unwegsame Gelände.

Zweige mit verfaulten Blättern, schwer von angefrorener Feuchtigkeit, streiften ihren Mantel. Paula fröstelte. Sie spürte, daß sie nicht alleine war. Sie hätte nicht sagen können, woran sie es merkte, aber sie wußte, daß sie beobachtet wurde. Ein wenig schneller als vorhin lief sie den überwucherten Pfad entlang, vorbei an einem alten Fischerboot, das schon seit Jahr und Tag hier lag und auf dessen Boden eine schwarzgrüne Pfütze moderte. Sie hatte sich nie darum gekümmert, wem es eigentlich gehörte. Aus dem Dickicht drang ein Geräusch. Kein Zweifel, da war jemand. Es hatte sich angehört wie Zweige, die an einer Jacke entlangstrichen. Mit einem Mal wurde ihr bewußt, wie hilflos sie hier war. Sie entschloß sich, so rasch wie möglich nach Hause zu gehen, und drehte sich um.

Ihr Schrei blieb irgendwo in ihrer Kehle stecken. Reglos stand er vor ihr und blickte ihr ins Gesicht. In seiner Hand lag ein kurzer, faustdicker Prügel, den er langsam hochhob. Paula duckte sich reflexartig.

Der Stock klatschte weit draußen ins Wasser. Seine sandfarbenen Augen blickten Paula mit einem amüsierten und gleichzeitig neugierigen Ausdruck an. Er trug denselben Arbeitskittel wie vor zwei Monaten, als sie ihn beim Schuppen zum letzten Mal getroffen hatte. Seinen Arbeitslohn hatte sie zu seiner Mutter gebracht, in die schäbige Zweizimmerwohnung, die vollgestopft war mit Sperrholzmöbeln und billigen Ziergegenständen auf gehäkelten Spitzendeckchen. Es war sicher kein Zufall, daß er heute wieder auftauchte.

Paula stellte sich neben ihn und folgte seinem Blick, aufs Wasser. Der Stock dümpelte eine Weile vor sich hin, fast als würde er für immer und ewig an dieser Stelle schwimmen, dann wurde er von einer unsichtbaren Strömung erfaßt, die ihn auf den Auslauf zutrieb. Sie folgten dem Stock den Uferweg entlang. Schließlich standen sie da und schauten hinunter, auf einen Teppich aus Blättern und Algen, in dem sich eine Menge Treibgut versammelt hatte. Auch der Stecken war dabei.

»Das Wehr«, sagte Bosenkow unvermittelt, »das müßte man sich mal genauer anschauen.« Paula antwortete nicht, sie wartete eine Weile, kam sich dabei zunehmend blöde vor, außerdem fror sie. Unabsichtlich schlugen ihre Zähne aufeinander. Mit einer einzigen flüssigen Bewegung, in der eine absolute Selbstverständlichkeit lag, legte er seinen Arm um Paula. Sie spürte das Gewicht des Armes und die Wärme seiner Hand durch den Stoff ihres Mantels und rührte sich nicht, eine ganze Weile lang, während sie auf einmal Regungen wahrnahm, für die sie in letzter Zeit nur Spott übriggehabt hatte.

Er nahm den Arm von ihrer Schulter und setzte sich in Bewegung.

Sie lief hinter ihm her, die Frage, warum sie das tat, stellte sie sich erst gar nicht. Er bog vom Uferweg ab, es ging ein Stück durch den Wald auf einem Pfad, den vermutlich nur er und ein paar Rehe kannten. Sie kreuzten den breiten Spazierweg, der zur Marienkapelle führte, verließen kurz darauf den Wald, kletterten über die rostigen Zäune von ein paar verwilderten Schrebergrundstücken.

In seinem Wagen war es dämmrig, an einer blauen Gasflasche klemmte ein Ofen. Es war warm, zu warm, und es roch wie auf einem Speicher. An einer Wand standen eine Reihe Bücher, die Titel in kyrillischer Schrift. Die Bilder, von denen Jäckle gesprochen hatte, waren nicht mehr da, statt ihrer hing da ein Poster, ohne Rahmen, mit Reißzwecken an der Holzwand festgemacht. Es zeigte ein Gemälde von Chagall: Ein grünes Männergesicht, das Profil vor einer leuchtend roten Fläche, blickte es mit leeren, weißen Augen in die einer Ziege oder eines Schafs, während sich drum herum ländliche Alltagsszenen gruppierten. Paula stand davor und grübelte dem Titel nach. Ihr Mantel wurde sachte von ihren Schultern gehoben.

»Es heißt ›Ich und das Dorf‹.«

»Bist du der grüne Mann?« Er gab keine Antwort, bückte sich und kramte in einer Holzkiste. Paula blieb stehen, Stuhl sah sie ohnehin keinen, nur ein selbstgezimmertes Bett und einen wackelig aussehenden Klapptisch, auf den er nun eine Flasche Kognak stellte.

»Ich hasse Wodka«, erklärte er. Es gab nur ein Glas, ein Senfglas mit bunten Comicfiguren darauf. Ihr Anblick übte für einen Moment eine ernüchternde Wirkung auf Paula aus, und sie erkannte: Ich benehme mich hoffnungslos daneben. Wer bin ich eigentlich, Lady Chatterley? Nein, ich bin Paula Nickel, vierzig Jahre alt und gerade dabei, mich lächerlich zu machen, komplett lächerlich.

Sie genehmigte sich einen Schluck Kognak, während sich seine rauhe Hand auf ihren Nacken legte. Heftig, fast aggressiv, stieß sie ihn weg, er fiel auf das Bett, wo er einfach liegen blieb und sie ansah. Mit schier unerträglicher Langsamkeit beugte sie sich zu ihm hinunter, tauchte ihren Blick in diese Augen, die jetzt aussahen, als hätte man gegen einen Spiegel gehaucht, und ihr kühler Verstand verabschiedete sich, wenigstens für einen Zeitraum, den zu messen einer gewöhnlichen Uhr versagt war.

Sie gingen den Weg zurück, den sie gekommen waren. Noch immer war kaum etwas zwischen ihnen gesprochen worden, beide wußten sie um die zerstörerische Kraft von Worten. Als sie das Seeufer erreichten, blieb er stehen und begann plötzlich zu reden, in seiner langsamen, schleppenden Weise: »Nachts schlaf' ich so gut wie nie. Ich lauf' gerne rum. Ich schau' gerne in Fenster.«

»Das weiß ich.«

Die Worte brachten ihn anscheinend für mehrere Minuten aus dem Konzept. Paula wartete.

»Das ist ein Moorsee«, fuhr er fort. Er wirkte geistesabwesend, als spräche er mit sich selber. »Der Moorboden ist so weich, der schluckt erst mal alles. Wenn er genug hat, kotzt er's wieder aus.« Er sah Paula an und lächelte sein eigentümliches Lächeln.

»Sind in Wirklichkeit bloß Gase. Faulgase. Bilden sich, je nach Wassertemperatur, mal schneller, mal langsamer. Sie blasen die Bauchdecke auf wie einen Luftballon, der Schlamm gibt nach, der Körper taucht auf. Das, was dann noch übrig ist, ist kein schöner Anblick mehr. Es gibt ein paar Aale da unten, die gehen zuerst an die Innereien... Taschentuch?«

Paula schüttelte den Kopf. Ihr Magen rebellierte.

»Was ich sagen wollte«, meinte er ungerührt. »Im Oktober, bei der Wassertemperatur, da hätte das Paket schon längst ankommen müssen.«

Paula schluckte. Ihr war plötzlich so übel, sie vermochte kaum klar zu denken. Damit schien es an diesem Nachmittag ohnehin zu hapern bei ihr. Stumm standen sie nebeneinander, berührten sich nicht, bis er in weicherem Tonfall weitersprach, ohne an das Vorherige anzuknüpfen:

»Wenn in der Siedlung die Lichter aus sind, gehe ich oft zum See. In der Nacht, in der du Geburtstag gefeiert hast, war ich auch da. Erst im Garten, dann am See. Sehr lang am See. Einmal habe ich was gehört, ganz nah beim Steg. Ich habe mich versteckt. Es ist jemand durch den Garten gegangen. Ich habe gewartet, bis alles still war, und bin dann zum Ufer. War aber nichts zu sehen.« Er hielt inne, als müsse er überlegen, wie es weiterging.

Paula bekam wildes Herzklopfen. »Wer war das?« fragte sie mit spröder Stimme.

Er antwortete nicht. Vergeblich suchte sie in seinen Augen nach der Vertrautheit, die sie vor wenigen Minuten noch darin gefunden hatte. Er ging ein paar Schritte weiter auf Paulas Grundstück zu. Sie folgte ihm.

»Wer?« fragte sie wieder, und die Angst vor seiner Antwort fühlte sich an wie ein Messer an ihrem Hals.

Er bahnte sich seinen Weg durch niedrige Brombeerranken und Farne, Paula stolperte tolpatschig hinter ihm her.

»Ich weiß nicht. Es war zu dunkel. Im Haus waren alle Lichter aus, du hast sicher schon geschlafen, es war ja lange danach.«

»Danach?« wiederholte sie. »Was war wonach? Worum geht es hier eigentlich?«

Seine Schritte wurden länger, sie hatten schon fast das Tor zu ihrem Garten erreicht.

»Bitte«, drängte Paula, »so rede doch!«

»Lange nachdem ich dich ins Haus gebracht habe«, sagte er ohne anzuhalten.

»Soll das heißen, daß ich nachts im Garten war und du mich wieder...« Er blieb so abrupt stehen, daß Paula ihn anrempelte.

»Was ist?«

Er wich ein paar Schritte zurück, und Paula folgte seinem argwöhnischen Blick. Dann sah sie es auch. In ihrem

Garten, nahe beim Gatter, stand eine Gestalt zwischen den Bäumen, die wie versteinert zu ihnen hinüberstarrte.

»Doris«, sagte Paula leise.

Als sie sich nach Bosenkow umwandte, war der wie vom Erdboden verschluckt.

»Soll ich heute zu diesem Elternabend im Kindergarten gehen?« fragte Doris zwei Tage später, beim gemeinsamen Abendessen in Paulas Küche. Es gab eines von Paulas bewährten Schnellrezepten, Spaghetti mit Sahnesoße und Kräutern, und Doris hatte sich auf ihre geschickte, unauffällige Art selbst dazu eingeladen.

Paula zögerte einen Moment. Die Versuchung war groß, ihr graute ein wenig vor diesem Termin. Außerdem fiel es ihr seit der Begegnung mit Bosenkow schwer, sich auf die profanen Dinge des Alltags zu konzentrieren. Sogar Schulze hatte heute in der Redaktion boshaft bemerkt, sie schwebe offenbar geistig in anderen Sphären. Er hatte recht. Wenn sie sich nicht gerade den wohligen Luxus gönnte, an seinen Körper und diese Augen zu denken, dann kreisten ihre Gedanken immer um denselben Punkt: Was hatte er mit diesen Andeutungen sagen wollen? Hatte er doch mehr gesehen? Wußte er, was mit Max...

»Paula? Hast du mir überhaupt zugehört?« fragte Doris mit sanftem Tadel.

Paula riß sich zusammen. »Äh... ja, habe ich. Wegen des Elternabends. Nein, das geht nicht«, antwortete Paula fest.

»Ich dachte nur. Ich weiß doch, wie lästig dir dieser Kindergartenkram ist.«

»Die Nudeln sind bäh!«

»Du ißt sie doch sonst gerne. Und unterbrich mich nicht, wenn ich mich gerade mit Doris unterhalte.«

Simon zog einen Flunsch. »Doris kocht bessere.«

»Dann laß sie liegen. Nein, ich gehe schon selber hin. Erstens wolltest du zur Skigymnastik, deshalb habe ich schon Katharina engagiert, und außerdem bin ich seine Mutter.«

Doris schien über den forschen Schlußakkord ebenso überrascht wie Paula selbst.

»Das hat ja niemand bezweifelt«, entgegnete sie ruhig. »Ich wollte dir nur einen Gefallen tun.«

»Entschuldige, ich… das war nicht so gemeint«, stotterte Paula. Verlegen senkten sie die Köpfe über ihre Teller.

»Ich hab' noch Hunger«, quengelte Simon.

»Entweder du ißt die Nudeln, oder du hast eben Hunger!« sagte Paula verärgert.

»Schrei doch nicht so!« zeterte Simon.

»Ich habe nicht geschrien.«

»Doch, hast du. Du bist immer gleich so böse. Ich will wieder zu Doris.« Er rutschte vom Stuhl und klammerte sich an Doris' Arm. Ein paar geflüsterte Worte, und er war augenblicklich friedlich und blinzelte Doris verschwörerisch zu.

Wer flüstert, lügt, kam es Paula in den Sinn. Wer hatte das immer gesagt? Ihr Vater, zu ihren Brüdern, oder war es ihre Mutter gewesen? Wohl eher ihre Mutter, die stets mit so schillernden Weisheiten wie ›Haste was, biste was‹ oder ›Undank ist der Welt Lohn‹, brilliert hatte. Letzteres war ihr Lieblingsspruch Paula gegenüber, auch heute noch.

»Darf ich wissen, was vorgeht?« fragte Paula mit schlecht unterdrückter Gereiztheit.

»Ich habe ihm für morgen was besonders Gutes zum Mittagessen versprochen. Dampfnudeln mit Vanillesauce.«

»Als Belohnung dafür, daß er sich so benimmt!« Sie fühlte sich plötzlich ausgeschlossen und mißverstanden. Doris antwortete nicht, und auch Paula schwieg, während sie den Tisch abräumte. Sie bedauerte ihren scharfen Ton, aber manchmal grenzte Doris' Fürsorge schon beinahe an Belästigung.

Als Doris, ein wenig eingeschnappt, wie es Paula vorkam, nach Hause gegangen war, ließ sie voll schlechten Gewissens alles stehen und liegen und las Simon eine Geschichte vor. Er war im Nu wieder versöhnt, langes Schmollen war noch nie seine Sache gewesen. Danach schickte sie ihn in sein Zimmer, zum Aufräumen.

»Damit es sauber ist, wenn deine Katharina endlich wieder einmal kommt«, machte sie ihm die ungeliebte Tätigkeit schmackhaft, »sonst trifft sie gleich der Schlag, bei dem Verhau.«

»Sie trifft der Schlag, sie trifft der Schlag«, sang Simon, dem dieser neue Ausdruck gefiel.

Es hatte einige Überredungskünste gebraucht, um Katharina Lampert wieder zum Babysitten zu bewegen. Paula hatte den vagen Eindruck, Katharina fühlte sich für das, was mit Max geschehen war, mitverantwortlich. Seltsam, was in so einem jungen Mädchen für Gedanken vorgingen.

»Aber du hilfst mir«, verlangte Simon im Hinausgehen.

»Ich mache die Küche sauber und komme dann«, versprach Paula, was im Klartext hieß, daß sie das Zimmer aufräumen würde und Simon mehr oder weniger zusah. Seufzend ordnete sie die Teller in die Spülmaschine und wischte Tisch und Herd ab. Der Wasserhahn tropfte schon seit Monaten, und aus dem Filter des Dunstabzugs quoll gelbes Fett. Irgendwie, fand Paula, machte ihre Küche, ja das ganze Haus, immer nur den Eindruck höchst oberflächlicher Sauberkeit. Auch mit dem Einkaufen und den Vorräten klappte es nie hundertprozentig. Häufig mußte sie improvisieren oder ging mit Simon ins Restaurant, weil einfach keine Zeit zum Einkaufen gewesen war. Und wie oft schon hatte sie kurz vor dem Ausgehen eine Bluse aus dem Wäscheberg ziehen müssen, die dann hastig gebügelt wurde, weil sonst absolut nichts Tragbares mehr im Schrank hing. Wie machte das Doris nur? Obwohl sie angeblich den ganzen Vormittag an ihren Büchern schrieb und zeichnete, funktionierte ihr Haushalt so reibungslos und zuverlässig wie das Sonnensystem. Aber schrieb sie überhaupt noch? Sonst erzählte sie gelegentlich von ihren Ideen, zeigte Paula Bilder und holte ihr Urteil ein. In letzter Zeit war das nicht mehr geschehen.

Paula fegte den gröbsten Schmutz vom Küchenboden, dann ging sie nach oben, um den Fortgang der Aufräumarbeiten zu begutachten. Als sie Simons Zimmertür öffnete, war sie es, die der Schlag traf: Es war natürlich nicht aufgeräumt worden, und mitten zwischen Stofftieren, Legosteinen und den Gleisen der Holzeisenbahn stand – Max.

Kolja Bosenkow war todmüde, denn heute hatte er ein Grab ausgeschaufelt, mit der Hand. Schaufel für Schaufel schwarze, feuchte, schwere Erde.

Nachdem er aus dem Untersuchungsgefängnis entlassen worden war, hatte es geheißen, es sei momentan keine Arbeit für ihn da. Doch gestern hatte eine Dame von der Stadt bei seiner Mutter angerufen und ihm ausrichten lassen, er möge bitte zum Friedhof kommen, er würde dringend gebraucht. Morgen sollte es eine Beerdigung geben, der Totengräber sei krank, und der Minibagger, mit dem diese Arbeit normalerweise erledigt wurde, sei zur Reparatur. Bosenkow war gekommen. Es war das erste Mal seit seiner Entlassung, daß er sich wieder in der Stadt zeigte. Auf dem Friedhof war er alleine gewesen, doch auf dem Heimweg durch die Siedlung hatte er die Blicke hinter den Gardinen bis unter die Haut gespürt. Vom Zaun der Villa aus sah er ein freundliches Licht aus dem Küchenfenster durch die Bäume schimmern. Rasch ging er weiter.

In seinem Wagen plumpste er auf das Bett, öffnete eine Dose Bier und leerte sie in einem Zug. Er kippte einen Schluck Kognak aus der Flasche hinterher. Jetzt wollte er erst einmal schlafen, ein paar Stunden, bis Mitternacht vielleicht, weil er jeden seiner Muskeln einzeln spürte. Dann würde er wieder seine Gänge aufnehmen. Seine Kontrollgänge. Beobachten, wie die Menschen hinter den hellen Fenstern langsam die Gläser leerten, die Fernseher abstellten, noch mal kurz nach ihren schlafenden Kindern sahen und dann von Zimmer zu Zimmer die Lichter löschten.

Schlafende Kinder. Die Frau im alten Haus – er nannte sie auch jetzt noch so, allein das Denken ihres Namens verursachte ihm Schwindel und das Gefühl, etwas Verbotenes zu tun – ging meistens spät zu Bett. Manchmal drang Musik heraus, er hatte sich vorgestellt, wie er mit ihr dazu tanzen würde, während er hinaufblickte zu dem dunklen Fenster, hinter dem der kleine Junge mit den lachenden Augen in seinem Bett lag. Er malte sich dann jedes Mal aus, wie sie ihn sanft aufs Haar küßte und fest zudeckte, ehe sie selbst zu Bett ging.

Kolja Bosenkow war nicht der Spanner, für den die Leute in der Siedlung ihn hielten. Das dumpfe Gestoße in ihren muffigen Ehebetten interessierte ihn nicht. Er war ein Wächter. Ein Wächter über die schlafenden Kinder.

Er rückte sich das bestickte Sofakissen zurecht, das ihm seine Mutter gegeben hatte, streckte sich aus und sog den kaum wahrnehmbaren Duft ein, der bestimmt bald verfliegen würde. Ob er es je wagen würde, ihr wieder zu begegnen?

Das Bier und der Schnaps taten schneller als sonst ihre Wirkung, er hatte den Tag über wenig gegessen und auch auf das Abendessen bei seiner Mutter verzichtet. Er merkte, wie er hinabfiel, wie in ein dunkles Grab. Ein Grab, dachte er verschwommen, bestimmt werde ich bald wieder eines ausheben müssen. Ein kleineres.

Natürlich war es nicht Max. Nach ein paar irrwitzigen Sekunden war der Spuk vorüber, aber Paulas Herz hämmerte noch immer überlaut, und das Echo ihres spitzen Schreies gellte ihr in den Ohren nach. Heftig riß sie Simon die blonde Lockenperücke vom Kopf.

»Aua«, kreischte er vorwurfsvoll.

»Wo hast du die her!« keuchte Paula außer sich.

Simon wußte mit der Reaktion seiner Mutter nichts anzufangen. Fand sie es sonst nicht immer lustig, wenn er sich verkleidete?

»Du hast mir weh getan!« rief er erbost, »ich mag dich nicht mehr. Ich mag nur noch Doris. Die ist immer lieb zu mir, nicht so grob wie du.« Zornig und gekränkt stampfte er aus dem Zimmer und lief die Treppe hinunter. Paula fühlte einen schmerzhaften Stich in ihrem Innern. Sie riß sich zusammen und lief ihm nach, er war bereits an der Haustür.

»Simon! Entschuldige bitte. Das war Unrecht von mir. Es tut mir leid, bitte, komm her zu mir.« Wie alle Kinder wußte Simon es sehr zu schätzen, wenn Erwachsene Fehler eingestanden und sich entschuldigten. Er murrte noch ein wenig, war aber zur Versöhnung bereit. Paula schloß ihn in die Arme.

»Ich räume dein Zimmer morgen ganz alleine auf. Zur Strafe«, versprach sie. Das gefiel Simon noch besser. Er grinste. Paula versuchte, die Dringlichkeit in ihrer Stimme zu verbergen, als sie fragte: »Woher hast du denn die Perücke?«

»Schimpfst du auch nicht?«

»Nein, bestimmt nicht.«

Er blickte zu Boden und knetete seine Hände. »Gefunden.«

»Wo gefunden?«

»In der Mülltonne«, kam es kleinlaut. Seit der Sache mit der fremden Frau neulich war es ihm nachdrücklich verboten worden, in Mülltonnen zu wühlen. Aber seine Mutter schimpfte wirklich nicht, im Gegenteil, sie drohte

124

nur ein wenig mit dem Finger, als sie fragte: »In welcher Mülltonne denn?«

»In der von Doris.«

»Stimmt das auch wirklich?«

»Ja, Ehrenwort.« Er nutzte die Gunst des Augenblicks. »Krieg' ich jetzt noch was Süßes?«

»Meinetwegen, hol's dir. Wo der Schlüssel versteckt ist, weißt du ja.«

Während Simon in der bewußten Schublade kramte, rannte Paula hinauf in sein Zimmer und sah sich die Perücke an. Sie war verstaubt und eingerissen. Mein Gott, wie schlimm mußte es um ihre Nerven bestellt sein, daß sie Simon mit diesem Ding auf dem Kopf auch nur eine Sekunde lang für Max halten konnte. War sie dabei, verrückt zu werden, oder war sie es bereits? Schon wieder mußte sie an die Worte Bosenkows denken: »*Nachdem* ich dich ins Haus gebracht habe.« Wozu war ihr Körper fähig, wenn er, von einem wahnsinnigen Geist gesteuert, nachts umherwanderte? Was hatte er bereits getan?

Es klingelte. Katharina. Sie hörte, wie Simon die Tür öffnete und sie freudig begrüßte. Babysitter waren stets eine willkommene Abwechslung.

Paula trödelte absichtlich ein wenig herum, unterhielt sich mit Katharina, zeigte ihr, wo Getränke und Knabberzeug standen, als wäre sie zum ersten Mal hier. Erst zehn nach acht betrat sie den Turnraum des Kindergartens. Die Frauen kauerten alle schon auf diesen lächerlichen kleinen Stühlen, es war stockdunkel. Die Gruppenleiterin, »Tante« Jutta, zeigte gerade Dias vom Sommerfest. Paula tastete sich leise vor und setzte sich in die letzte Reihe, neben Karin Braun. Paula begegnete ihr selten, fand sie aber recht sympathisch, sie schien zurückhaltend und beteiligte sich nie an irgendwelchem Klatsch. Frau Braun nickte ihr im schwachen Lichtschein der Bilder freundlich zu. Der Anfang war geschafft.

Verschmierte Münder schnitten Grimassen von der Wand, geblümte Kleider blähten sich im Sommerwind, Babys krochen im Sandkasten, Mütter saßen vor hausgemachten Kuchen, Väter hinter Biergläsern, heile Welt auf sattgrünem Rasen. Doris und Paula standen neben Simon, der ein Ei auf einem Löffel im Mund balancierte. »Ach, ist der nett«, sagte irgend jemand, und Paula entspannte sich ein wenig. Ihre Gedanken wanderten zurück zu dem eben Erlebten, und sie fragte sich: Was in aller Welt macht eine blonde Perücke in Doris' Mülltonne?

Da, ein Gesicht in Großaufnahme, blitzblaue Augen unter weißblondem Haar, gelbe und schwarze Farbe auf den feisten Wangen: Max. Max, als Tiger geschminkt. Paula hielt den Atem an. Entsetzte Stille senkte sich über den Raum, in dem eben noch jedes Bild mit Kichern und entzückten Ausrufen kommentiert worden war. Kein Tuscheln, kein Rascheln, niemand bewegte sich, bis auf Annemarie Brettschneider, die sich rasch bekreuzigte. Schnell klickte die Kropp das Bild weg, vielmehr wollte sie es schnell tun, aber als ob Max sogar noch als Fotografie seine zerstörerische Wirkung auf die Dinge ausübte, klemmte der Schlitten des Projektors. Eine schier endlose Minute lang starrte Max die stumme Gesellschaft an, seine Augen, die eben noch ein wenig verschwommen waren, wurden zusehends klarer, der Blick schärfer, als wollte er seine Gegenüber hypnotisieren, was natürlich nur an der Hitze der Lampe lag, die das Dia verzog, doch veranlaßte es ein paar Frauen, erschrocken die Luft einzuziehen.

»Oh, mein Gott, wie schrecklich«, stöhnte es irgendwo, während die Kropp hektisch am Apparat fingerte. Endlich hatte jemand die erlösende Idee, das Licht einzuschalten, was Max sofort wie einen Geist verblassen ließ, und der Kropp beim Einrichten des verklemmten Schlittens zu helfen. Danach ging die Vorführung pannenfrei zu Ende.

Man setzte sich im Kreis zusammen, es wurden Termine bekanntgegeben und über das Krippenspiel gesprochen, das die Kinder am Tag vor Heiligabend im Altersheim aufführen sollten. Kein Wort über Max.

Die Praktikantin brachte einen Krug mit dampfendem, duftendem Glühwein herein, und die Frauen packten unter gegenseitigen Lobesworten ihre selbstgemachten Plätzchen aus – der gemütliche Teil nahm unaufhaltsam seinen Lauf. Paula hielt sich für die Dauer eines Glühweins an Karin Braun, die sich nach einer Tätigkeit als freie Mitarbeiterin beim *Stadtkurier* erkundigte. Nicht ganz uneigennützig redete Paula ihr gut zu, es zu versuchen. Die anderen Frauen sprachen nicht mit ihr. Es war eine eingeschworene Gemeinschaft, zu der Paula nicht gehörte, das machten ihr die Gesichter unmißverständlich klar, wenn sich zufällig einmal ihre Blicke kreuzten. Aber Paula war schon dankbar, daß es zu keinen offenen Feindseligkeiten kam. Sie verabschiedete sich gegen halb elf, als der zweite Krug hereingebracht wurde, die Wangen der Frauen bereits glühten und ihr Lachen an Schrillheit gewonnen hatte. Karin Braun nutzte die Chance und floh die Stätte heiterer Geselligkeit in Paulas Windschatten. Sie wohnte in der entgegengesetzten Richtung, und Paula bot ihr an, sie mit dem Motorrad nach Hause zu fahren. Sie benutzte das Auto immer noch nicht sehr häufig, sei es aus Gewohnheit oder aus einem gewissen Trotz gegenüber Lilli. Karin Braun willigte zögernd ein, da sie nicht gerne allein in der Dunkelheit unterwegs war, wie sie verschämt gestand.

»Es war herrlich«, meinte sie vor ihrer Haustür, so als hätten sie eine Tagestour hinter sich. »Wissen Sie, früher war ich eine begeisterte Motorradbraut. Nur selber fahren, das habe ich mich nie getraut. Müssen Sie schon nach Hause, oder können Sie noch auf ein Glas Wein raufkommen? Mein Mann ist sicher noch auf.«

Paula nahm die Einladung ohne lange zu überlegen an. Es gibt doch auch Leute, die ganz in Ordnung sind, dachte sie.

Es war fast halb zwölf, als Paula die Brauns verließ. Sie hatte ein schlechtes Gewissen wegen Katharina, die doch morgen zur Schule mußte. Leise schnurrte die Maschine die leicht vereiste Straße entlang. In den meisten Häusern brannte kein Licht mehr.

Nicht weit von ihrem Haus entfernt überholte sie eine Gruppe Frauen, die mit zügigen Schritten die Otto-Schimmel-Straße entlangmarschierten. Paula erkannte Ilona Seibt, Annemarie Brettschneider, Sabine Aschenbach, eine gewisse Petra Straub und noch zwei andere aus der Versammlung. Man sah die weißen Fahnen ihres Atems, wenn sie sprachen. Es hatte wohl noch ein, zwei Krüge gegeben. Aber wohin gingen die eigentlich so zielstrebig? Außer Annemarie Brettschneider wohnte keine der Frauen an diesem Ende der Siedlung. Und die Seibt würde doch wohl nicht zu Fuß, quer durch den Wald, bis zu ihrem Hof wandern? Paula fuhr weiter, rätselte noch eine Weile, während sie das Motorrad im Schuppen einschloß und ins Haus ging.

Aus dem Wohnzimmer drangen stöhnende Laute: »Oh... mehr... gib's mir... tiefer...jaah!« Katharina schrak bei Paulas Eintreten zusammen. Lächelnd knipste Paula den Bildschirm aus, auf dem sich nackte menschliche Leiber wie Brezeln ineinander verknotet hatten.

»Wir haben zu Hause kein Kabelfernsehen«, erklärte Katharina, und Paula entschuldigte ihr spätes Kommen, aber Katharina schien das nichts auszumachen. »Zu Hause bin ich eh meistens die letzte, die ins Bett geht. Der Simon war heute sehr brav. Er schläft, ich war ab und zu bei ihm.« Sie sprach ›Simon‹ mit Betonung auf der ersten Silbe aus, wie fast alle Leute hier, während Paula die französische Variante bevorzugte.

»Wenn der mal eingeschlafen ist, dann weckt ihn nichts mehr. Komm, ich bringe dich jetzt nach Hause.«

»Nicht nötig, ich bin mit dem Rad.« Paula bezahlte sie und begleitete sie bis ans Tor, wo sich Katharina auf ihr Zweitausend-Mark-Gerät schwang. Gerne hätte Paula sie deswegen gefragt, aber sie wußte nicht, wie sie es anstellen sollte, schließlich wollte sie es nicht mit ihrer eben zurückeroberten Babysitterin verderben. Wer weiß, wie lange sie diesen Job noch ausüben würde, man sah sie jetzt öfter mit Jungs im Stadtpark herumalbern, sichere An- zeichen, daß sie bald andere Interessen haben würde, als kleinen Kindern Geschichten vorzulesen.

Das Mädchen fuhr los, leise klickten die Gänge, das rote Rücklicht verglomm in der Dunkelheit. Dann war die Straße leer und still. Paula stand noch ein paar Augenblicke am Tor. Von den Frauen war nichts zu sehen. Langsam ging sie durch den stillen Garten zurück ins Haus. Sie er- tappte sich bei dem Wunsch, seine Gestalt möge irgendwo zwischen den alten Bäumen auftauchen.

Sie wußte nicht warum, aber drinnen lief sie sofort hin- auf in Simons Zimmer. Wie zu erwarten gewesen war, schlief er, sein Atem ging gleichmäßig, die Lider flatterten wie Schmetterlingsflügel, er träumte. Ein schlafendes Kind ist das Rührendste, was es gibt, dachte Paula, und in ihrem Innern zog sich etwas zusammen. Sogar Max muß im Schlaf wie ein Engel ausgesehen haben. Sie fühlte plötzlich Tränen aufsteigen. Sie wischte sie fort, gab Simon einen Kuß auf die Stirn und strich ihm über sein Haar. Vor sei- ner Geburt hatte sie sich nie vorstellen können, jemals so tief für ein Wesen empfinden zu können. Manchmal, in Augenblicken wie diesen, tat es schon beinahe weh.

Katharina hatte vergessen, die Fensterläden zu schlie- ßen. Es war zwar nicht unbedingt nötig, während dieser dunklen Jahreszeit, aber Paula bildete sich ein, Simon würde sich bei geschlossenen Läden geborgener fühlen.

Sein Fenster ging nach hinten hinaus, zum See, dem Wald und den Schrebergärten. Paula nahm ein Rudel Stofftiere vom Fensterbrett und angelte eben nach dem Laden, als sie den Feuerschein in den Schrebergärten sah, der sich in giftiger Helligkeit vom Nachthimmel abhob.

Zwei Stunden später klopfte es an der Tür.

»Ich wollte nicht klingeln, wegen Simon«, sagte Jäckle. Paula war über sein Erscheinen nicht überrascht, obwohl sie eher mit einem Anruf gerechnet hatte.

»Und?« fragte sie angstvoll.

»Nicht weiter tragisch. Er hat ein paar Brandwunden, sie haben ihn dabehalten, aber er wird wohl morgen wieder entlassen. Der Bauwagen ist restlos zerstört, eine Gasflasche muß explodiert sein. Er hatte ein Riesenglück, daß er noch rechtzeitig rauskam.«

Paulas Hände zitterten wie Grashalme, als sie ihm Tee eingoß. Wortlos stellte sie die Rumflasche daneben, und Jäckle griff dankbar danach.

»Hat er gesehen, wer's war?«

»Er sagt, nein. Aber er redet nicht gerne mit der Polizei. Mit seiner Mutter hat er gesprochen, sie tauchte auf einmal im Krankenhaus auf. Hast du sie angerufen?« Paula nickte. Jäckles Augen sahen müde aus.

»Vielleicht versuche ich es morgen noch mal.«

»Das brauchst du gar nicht«, platzte Paula heraus. »Ich weiß, wer das getan hat.« Paula erzählte vom Elternabend und der verdächtigen Harmonie, die dort geherrscht hatte, von den Frauen, die wie ein Pulk Soldaten die Straße hinaufmarschiert waren; dann legte sie den Kopf auf den Tisch und fing an zu weinen, ob vor Wut oder Erleichterung, wußte sie selbst nicht. Jäckle strich ihr ein wenig hilflos übers Haar, das sich weicher anfühlte, als es aussah. Nach einer Weile schneuzte und entschuldigte sich Paula.

»Tut mir leid. Ich benehme mich wie eine hysterische Gans.«

»Macht nichts. Was du da auffährst, sind schwere Geschütze. Ich werde der Sache nachgehen, aber wenn's hart auf hart kommt, wirst du gegen die halbe Siedlung aussagen müssen. Überleg dir das gründlich.«

»Man kann doch diese... diese Horde nicht einfach laufen lassen«, entrüstete sich Paula. »Das war ein glatter Mordversuch!«

»Natürlich nicht. Aber vielleicht können wir dich da ganz raushalten. Ich denke dabei auch an Simon.« Jäckle seufzte. »Zur Zeit passiert reichlich viel für so ein Kaff. Und dabei habe ich mich auf diese Stelle beworben, um ein ruhigeres Leben zu haben.«

»Wo warst du eigentlich vorher?«

»Zuletzt in Nürnberg, bei der Rauschgiftfahndung. Zehn Jahre lang.«

»Warum bist du da weg?«

Jäckle goß sich erneut kräftig Rum in die Tasse. »Ich habe dort mit einer Frau zusammengelebt, noch nicht sehr lange. Sie hatte eine Tochter, gerade fünfzehn. Eines Nachts fanden wir sie in so einer einschlägigen Absteige, vollgepumpt mit irgend was. Im Krankenhaus ist sie drei Tage später gestorben. Da hat's mir gereicht. Im Endeffekt ist man doch machtlos.«

»Und die Frau?« fragte Paula zaghaft.

»Wir trennten uns. Es war alles kaputt. Dann habe ich mich auf die ausgeschriebene Stelle als Erster Hauptkommissar von Maria Bronn beworben.« Er lächelte schief. »Aus Frust und einem Schuß Bequemlichkeit. Und natürlich das bessere Gehalt. Vielleicht auch die aberwitzige Vorstellung, hier sei die Welt noch ein wenig besser.«

Paula sagte nichts. Jetzt wußte sie endlich, warum man Jäckle den »Rauschgifthund« nannte. Nein, Drogenprobleme gab es in Maria Bronn tatsächlich weniger als an-

131

derswo. Dafür verschwanden hier kleine Kinder. Müßte sie nicht Jäckle von ihrem Gespräch mit Bosenkow erzählen? Auf keinen Fall, dachte sie in Panik. Jäckle durfte niemals erfahren, daß sie in jener Nacht im Garten gewesen war. Bosenkow hatte bis jetzt darüber geschwiegen, aber würde er es auch noch tun, wenn Jäckle ihn aufgrund ihrer Aussage erneut vernehmen und womöglich wieder einsperren würde? Zudem hatte sie das logisch nicht zu begründende, aber um so stärkere Gefühl, wenn sie erst einmal davon redete, würde Jäckle ihr das, was außer dem Gespräch noch an diesem Nachmittag geschehen war, im Gesicht ansehen, und der Gedanke behagte ihr überhaupt nicht.

Jäckles Gedanken mußten gleichfalls abgeschweift sein, denn auf einmal fragte er: »Was macht denn Doris?«

»Sie kümmert sich ab und zu um Simon, wofür ich ihr sehr dankbar bin. Zur Zeit ist in der Redaktion die Hölle los.«

»Du läßt Simon bei Doris?« Es klang etwas beunruhigt.

»Wieso nicht? Er mag sie, und ihr hilft es, drüber wegzukommen, das sagt sie selbst.«

»Der kleine Tyrann ist tot, und alles ist wieder Friede, Freude, Eierkuchen.«

»Jäckle!« Paula schlug auf die Tischplatte, daß die Tassen klirrten. »Spar dir deinen Sarkasmus!« Ihre Empörung war nicht ganz so echt, wie sie vorgab, aber Jäckle beachtete es gar nicht.

»Dieser Max…« brummelte er vor sich hin. »Ich vermute stark, daß er die Ehe seiner Eltern auf dem Gewissen hat.«

»Schon möglich.«

Sein Gesichtsausdruck war auf einmal abwesend. »Bei den Wölfen«, verkündete er grüblerisch, »werden Junge, die sich asozial verhalten, von den eigenen Eltern umgebracht. Das verlangt das Gesetz des Rudels von ihnen, zum Schutz der Gemeinschaft. Hast du das gewußt?«

»Nein, habe ich nicht«, antwortete Paula und stand mit einer heftigen Bewegung auf. »Wenn's dir nichts ausmacht, würde ich jetzt gerne schlafen gehen.«

Jäckle ignorierte den kühlen Ton, leerte seine Tasse in einem Zug und sah im Aufstehen auf seine Armbanduhr. »Du hast recht, schon fast zwei. Morgen wird ein anstrengender Tag.«

Im Hinausgehen passierte es, daß Jäckle auf eine beiläufige Art den Arm um Paula legte. Die Geste erinnerte Paula so ungemein heftig an Bosenkows erste Berührung, daß sie einen Moment lang glaubte, sich in einem Tagtraum zu befinden. Sie schloß verwirrt die Augen. Seine Lippen fühlten sich fest und trocken an, es war ein ruhiger, entspannter Kuß, forschend und gleichzeitig vertrauenerweckend. Danach führte Paula ihn wortlos zur Haustür und gab ihm seinen Mantel. Unter der Tür sogen sie gierig die naßkalte Nachtluft ein, als könnte eine Prise davon Klarheit in ihre wirren Köpfe bringen. Jäckle fragte: »Was meinst du, sollten wir irgendwann mal miteinander schlafen?«

»Ich weiß nicht recht«, sagte Paula, »ich verliere nicht gern einen Freund.« Dann fiel die Tür zu, und Jäckle hörte, wie der Schlüssel zweimal im Schloß herumgedreht wurde.

Jäckle nahm Paulas Hinweis wegen der Brandstiftung durchaus ernst. Er erinnerte sich an die empörten Leserbriefe in der Zeitung, an wütende Anrufe von Müttern auf der Dienststelle und sogar bei ihm zu Hause, nachdem die Freilassung Bosenkows bekannt geworden war. Nachträglich verwünschte er die beiden Kollegen vom LKA, die den Leuten durch ihr unsensibles Vorgehen diesen Floh ins Ohr gesetzt hatten. Je länger er sich mit dem Fall auseinandersetzte, desto sicherer wurde Jäckle in seiner Ansicht, daß Bosenkow unschuldig war. Ein kleiner Rest von Zweifeln blieb allerdings.

Er schlüpfte in seinen Mantel.

»Ich fahre jetzt in die Siedlung. Bin gegen zwölf zurück«, sagte er zu Frau Gebhart. »Der Hofer soll mit dem Experten von der Feuerwehr zur Brandstelle fahren.« Er überlegte, ob er zwei uniformierte Kollegen bitten sollte, ihn zu begleiten, als optisches Druckmittel sozusagen. Sie könnten ja ab und zu mit den Handschellen rasseln, dachte er und grinste in sich hinein. Schließlich verzichtete er darauf. Ein langsames Vortasten würde sicher mehr bringen. Er parkte den Dienstwagen vor dem Reihenhaus der Frau, die Paula als ›die Übelste von allen‹ bezeichnet hatte. Eine rosa Kinderkarre stand unter dem überdachten Eingang, sie war leer. Im Vorgarten herrschte peinliche Ordnung, die zwei Stufen zur Haustür waren bis in den letzten Winkel gefegt, und auch drinnen tobte bereits der Kampf für die Reinlichkeit: Annemarie Brettschneider saugte Staub, und Jäckle mußte viermal klingeln, ehe ihm die Tür geöffnet wurde.

Sie hatte rote Wangen, schwer zu sagen, ob vom Saubermachen oder von seinem Anblick. »Ja, bitte?«

»Guten Morgen, Frau Brettschneider. Dürfte ich wohl einen Augenblick reinkommen?«

Sie nickte, bat ihn herein und entschuldigte sich wortreich für den unaufgeräumten Zustand des Wohnzimmers – außer dem Staubsauger war jedes Ding an seinem Platz, die adrett aufgereihten Sofakissen hatten in der Mitte einen Knick, die Blätter der Zimmerpflanzen glänzten wie geleckt, aber wahrscheinlich rieb sie sie nur regelmäßig mit Dunkelbier ab. Sie bat ihn in die Küche. Er setzte sich auf die gepolsterte Eckbank aus heller Eiche, neben die blankgescheuerte Nirosta-Spüle. Annemarie Brettschneider ließ sich zögernd auf der Kante eines Küchenstuhls nieder, so als sei sie hier zu Besuch. »Worum geht es? Ist etwas passiert mit meinem Mann... oder der Kleinen?« fragte sie. Jäckle amüsierte sich heimlich über das Theater. Eine besorgte

Ehefrau und Mutter, die sich erst für eine saubere Wohnung entschuldigt? Obwohl auch das schon vorgekommen war. Einmal hatte er die traurige Pflicht gehabt, einer Frau vom Unfalltod ihres Mannes zu berichten. Die Frau hatte sich die Nachricht schreckensbleich angehört und dann ihn und seinen Kollegen mit den Worten: »Kommen Sie doch ins Wohnzimmer, aber ziehen Sie bitte die Schuhe aus, ich habe eben feucht gewischt«, hereingebeten.

»Gestern abend hat es einen Brand gegeben, hier im Wald. Sie haben sicher schon davon gehört?«

»Ja«, nickte sie. »Heute früh im Kindergarten.«

»Haben Sie gestern nacht, so gegen zwölf, etwas bemerkt?«

Sie schüttelte den Kopf. »Da war ich schon im Bett. Nur die Feuerwehr, die habe ich so im Halbschlaf gehört.«

»Gestern war doch ein Elternabend im Kindergarten. Waren Sie da?«

»Natürlich. Aber wir sind kurz nach elf gegangen.«

»Wer wir?«

»Also, ich und die meisten anderen Frauen.«

»Sind einige länger geblieben?«

»Nein. Wir waren die letzten. Bis auf die Kindergärtnerinnen natürlich. Die haben noch die Tassen abgewaschen. Es gab Glühwein und Plätzchen.«

»Wer ist früher gegangen?«

»Moment mal... die Frau Braun, die ist schon kurz nach zehn gegangen. Und die Nickel.« Der letzte Name schien einen schlechten Beigeschmack hinterlassen zu haben, denn sie verzog die Lippen.

»Sind Sie und die anderen Damen alle sofort nach Hause gegangen?«

Frau Brettschneider zögerte.

»Na?«

»Ja, also... ein paar Damen waren noch kurz hier, bei mir.«

»Wer alles?«

»Die Frau Seibt, die Frau Aschenbach, Frau Renner und Frau Straub«, kam es prompt. »Ach ja, und Frau Greininger.«

»Wie lange waren sie bei Ihnen? Es war doch schon spät, als sie aus dem Kindergarten kamen, oder?«

»Ja, doch. Aber wir wollten noch einen Schluck Wein bei uns trinken. Auf dem Nachhauseweg ist uns die Idee gekommen.«

»Auf dem Nachhauseweg, soso. Aber Frau Renner und Frau Greininger, und wie sie alle heißen, wohnen doch in der anderen Richtung. Und Frau Seibt. Wollte Frau Seibt denn zu Fuß durch den Wald?«

Jäckle beobachtete sein Gegenüber. Sie wurde noch eine Spur röter, aber dann faßte sie sich und sagte mit fester Stimme: »Frau Seibt hat angeboten, die Damen anschließend nach Hause zu fahren. Sie war natürlich mit dem Auto da.«

»Wie lange ging das?« fragte Jäckle.

»Was?«

»Na, das gemütliche Beisammensein bei Ihnen zu Hause.«

»Nur eine gute halbe Stunde, so ungefähr. Wir haben nicht so genau drauf geachtet.«

»Also etwa bis zwölf. Sagten Sie nicht, als sie die Feuerwehr hörten, waren Sie schon im Bett?«

Sie nestelte nervös an dem Adventskranz herum, der mit vier unterschiedlich heruntergebrannten Kerzen exakt in der Mitte der Wachstuchtischdecke stand. »Kann sein, daß ich gerade im Bad war«, murmelte sie, »so genau habe ich mir das nicht gemerkt.«

»Wo war denn Ihr Mann?«

»Schon im Bett. Er muß immer sehr früh raus.«

»Was, sagten Sie noch, haben sie getrunken?«

»Wein. Ich habe eine Flasche Trollinger aufgemacht.«

»Haben alle Damen Wein getrunken?«

Sie nickte eifrig. »Bis auf Frau Seibt. Die hat Cola getrunken, wegen der Fahrerei.«

»Können Sie mir die Flasche zeigen?«

»Was?«

»Die leere Weinflasche von gestern abend.«

»Die... die ist schon im Container. Hab' sie auf dem Weg zum Kindergarten mitgenommen«, wehrte Frau Brettschneider nun sichtlich unruhig ab.

»So?« meinte Jäckle gedehnt, »und warum haben Sie dann diese anderen drei leeren Flaschen und die Dose nicht mitgenommen?« Er wies auf den Korb mit Leergut neben der Heizung.

»Die habe ich vergessen...« stammelte sie, hatte aber im selben Moment einen rettenden Einfall: »Ich wollte nur die eine wegtun, damit mein Mann sie nicht sieht, er mag es nicht gerne, wenn ich an seinen Weinvorrat gehe.«

Jäckle grinste in sich hinein. So schlecht hatte schon lange keine mehr gelogen. Diese Frau erinnerte ihn an seine Mutter. Nie und nimmer hätte es dieses brave Eheweib gewagt, zu nachtschlafender Zeit mit einer Handvoll Frauen hier anzurücken und Wein zu trinken, während ihr Mann eine Treppe höher schlief. Seine Miene wurde dienstlich.

»Frau Brettschneider. Es geht hier um vorsätzliche Brandstiftung und Mordversuch, das ist Ihnen doch klar, oder?«

Annemarie Brettschneider versenkte ihren Kopf zwischen ihren roten Spülhänden. Jäckle wartete geduldig ab.

»Gut«, sagte sie dann, »ich habe gelogen. Wir waren nicht hier.«

»Wo dann? Warum diese Geschichte, nun reden Sie schon, sonst muß ich Sie sofort mit zur Dienststelle nehmen«, sagte Jäckle scharf und zeigte durch die akkurat gefältelten Gardinen des Küchenfensters hinaus auf den grünweißen Audi. »Zum Verhör. Und das kann dauern.«

Die Vorstellung, wie sie, Annemarie Brettschneider, im Polizeiauto durch die Siedlung gefahren würde, ließ sie käseweiß werden. Sie begann zu reden: »Es... es hat auf der Elternversammlung angefangen. Da haben wir ein Dia gesehen, von Max Körner. Es war ganz furchtbar, und unheimlich. Da ist wieder diese Angst hochgekommen, bei allen Müttern. Den ganzen Abend wurde davon geredet, das heißt... erst als die Nickel weg war.«

»Warum?«

»Das fragen Sie noch? Die ist doch schuld an allem, die hat diesen Sittenstrolch doch praktisch hierhergebracht. Obwohl man gewußt hat, was das für einer ist.«

»Was hat man gewußt?«

»Daß er diesen anderen Jungen auch auf dem Gewissen hat.«

»Aber er wurde doch freigelassen. Es sprach gar nichts dafür, nicht das Geringste.«

»In der Zeitung stand, er *mußte* freigelassen werden, weil man ihm nichts beweisen konnte«, erwiderte sie trotzig. »Was das im Klartext bedeutet, das weiß man doch.«

»Soso, das weiß man. Also, zurück zu diesem Abend. Was haben Sie nach der Elternversammlung gemacht?«

Sie schwieg. Jäckle mußte wohl oder übel seinen Trumpf ausspielen: »Sie sind gesehen worden, wie sie und die genannten Damen die Otto-Schimmel-Straße hinaufgegangen sind.«

»Von wem?«

»Das tut nichts zur Sache.«

»Ich kann's mir schon denken. Diese boshafte...«

Jäckle schnitt ihr das Wort ab: »Frau Brettschneider. Entweder Sie reden jetzt endlich, oder ich nehme Sie auf der Stelle vorläufig fest!«

»Na gut«, seufzte sie. »Aber Sie werden mir nicht glauben.«

»Das überlassen Sie ruhig mir.«

»Wir sind zusammen zur Marienkapelle gegangen, um für Max Körner zu beten.«

»Was?«

»Wissen Sie«, begann sie und fiel in einen kindlichen Flüsterton, »er war kein normales Kind. Er war böse. Nicht einfach lebhaft oder schlecht erzogen, nein, er war abgrundböse. Vom Satan besessen.« Sie nahm ihre Brille ab, warf einen Blick nach oben, zu einem holzgeschnitzten Jesus in der Zimmerecke, und schlug ein Kreuz über ihrer fülligen Brust. Ihre Augen waren Schlitze, schmal wie Messerrücken, in denen es glitzerte: »Manchmal haben ich und die anderen Mütter ihn gehaßt. Gott möge uns verzeihen. Natürlich wollten wir nicht, daß so etwas geschieht, aber wir…«, sie brach ab und schluckte, dann fuhr sie leise fort: »Wir wollten gemeinsam Gott um Beistand bitten, gegen das Böse, das in letzter Zeit hier umgeht. Wissen Sie, Herr Kommissar, das Bild da, von Max, das hat bei einigen Frauen wieder die alten Gefühle aufgewühlt. Einige von uns haben Alpträume, und ihr Gewissen plagt sie, weil sie dem Max im Zorn manchmal was Schlimmes gewünscht haben.«

»Und Sie?« fragte Jäckle, »was ist mit Ihrem Gewissen?«

»Ich habe oft für dieses Kind und seine Mutter gebetet!«

Jäckle atmete tief durch. »Sie sind also gestern nacht, nach der Elternversammlung, beten gegangen. Wie lange?«

»Ich weiß nicht genau. Nicht sehr lange. Es war ein so… positives Erlebnis, für uns alle. Gott hat uns Kraft gegeben. Wir sind so wunderbar gestärkt aus der Kapelle gekommen. Als könnte uns all das Böse um uns herum nichts mehr anhaben. Danach sind wir alle nach Hause. Frau Seibt hatte ihr Auto noch vor dem Kindergarten stehen.

Die anderen sind mit ihr gegangen, weil sie sie ja fahren wollte. Und als ich dann ins Bett bin, da habe ich vom Fenster aus plötzlich den Feuerschein gesehen.«

»Sie sind nicht etwa auf die Idee gekommen, die Feuerwehr zu rufen?« fragte Jäckle mit beißendem Spott.

Die Brettschneider stutzte. »Äh... nein. Natürlich nicht. Herr Kommissar, das Feuer war eine Offenbarung! Fast ein kleines Wunder. Ein Zeichen von ganz oben, daß der Teufel besiegt ist.«

»Sie haben nicht zufällig etwas nachgeholfen? Mit einem Kanister Benzin vielleicht? Als Gottes Werkzeug, sozusagen?«

Taub für seinen Zynismus, blickte sie ihn mit majestätischer Würde an: »Gott allein hat diesem Unglücklichen eine Warnung zukommen lassen.«

Jäckle verdaute das Gehörte stumm. Nachdenklich betrachtete er diese erwachsene Frau, Mutter von zwei Kindern, wie sie mit fiebrigem Blick dasaß und mit einem so naiven Ernst über Gott und den Teufel sprach, wie er es zuletzt als Drittkläßler bei seiner Religionslehrerin, einer uralten, verhutzelten Ordensschwester, erlebt hatte. Was die Brettschneider ihm erzählt hatte, war die Wahrheit, zumindest ihre Form davon, dessen war er sich ziemlich sicher.

»Warum haben Sie mich zuerst angelogen?« fragte er milde.

»Ich dachte, Sie würden uns... mir nicht glauben.«

Jäckle stand auf. »Ich werde die anderen Frauen auch befragen müssen. Wann haben Sie diese Geschichte mit dem Weinchen bei Ihnen zu Hause ausgeheckt?«

»Heute morgen. Als wir im Kindergarten die Leute von Brandstiftung reden gehört haben. Da ist uns klar geworden, daß wir verdächtigt werden könnten. Besonders, wo diese Nickel an uns vorbeigefahren ist. Fragen Sie die doch mal, wo sie hergekommen ist. Sie ist doch schon über eine

Stunde vor uns gegangen, wo war sie denn dazwischen, hm?«

»Im Moment sind Sie dran«, sagte Jäckle barsch.

»Herr Kommissar, es war wirklich so, wie ich Ihnen gesagt habe, das schwöre ich, bei allem, was mir heilig ist.«

Und das ist sicher eine ganze Menge, dachte Jäckle und verabschiedete sich knapp. Den Rest des Clans wollte er sich für den Nachmittag aufsparen.

Er trat hinaus in die kühle Luft. Gestern nacht hatte es noch geschneit, eine frische weiße Decke lag über den roten Dächern der Siedlung. Ein friedliches Bild. Er sah auf die Uhr. Die Zeit reichte gerade noch für Doris Körner.

Xaver Wurm, der Wirt des Gasthofs »Zum goldenen Löwen«, wunderte sich, als er am Nachmittag vor seinem Forellenteich stand. Der Teich war am Wochenende abgefischt worden. Die Weihnachtsfeiern waren nun so ziemlich alle vorüber, diesen Samstag war Heiligabend. Die letzten fetten Forellen, heuer waren sie wirklich prächtig gediehen, schwammen in einem Bassin hinter seinem Haus. Nun sollte der Teich auslaufen, damit er nach den Feiertagen gründlich gesäubert werden konnte, eine Drecksarbeit, vor der ihm jetzt schon graute. Heute früh hatte er den schweren eisernen Deckel vom Auslaufrohr gewuchtet, und das Wasser war sofort in den Bach geströmt. Demnach hätte der Weiher jetzt, am frühen Nachmittag, schon erheblich leerer sein müssen. Es sei denn, das Rohr war verstopft. Fluchend fuhr er nach Hause, holte seine Anglerstiefel und stieg in den Bach, um nachzusehen, ob sich etwa Äste oder Schlamm im Rohr verfangen hätten. Mit einem langen Stock stieß er in das gähnende Dunkel. Ein übler, faulig-süßlicher Geruch stieg ihm in die Nase. Er spürte Widerstand, irgend etwas Weiches, Nachgiebiges. Vielleicht ein Klumpen Schlamm oder eine tote Bisamratte. Hartnäckig stocherte er im Rohr herum, aber außer ein paar kleinen Ästchen und Schlammbatzen kam nichts heraus. Das konnte es nicht gewesen sein. Erneut fluchend stieg er aus dem Bach, ging zum Auto und holte seine Stablampe.

Der Löwenwirt war kein sehr empfindlicher Mensch. Dazu hatten unter anderem ein paar eindrucksvolle Kriegserlebnisse beigetragen, mit deren detailgenauer Wiedergabe er hin und wieder, zu vorgerückter Stunde, allzu bierselige Stammgäste aus dem Lokal trieb. Aber was Xaver Wurm jetzt im Lichtkegel seiner Stablampe sah, bewirkte, daß er mit einem erstickten Schrei aus dem Bach sprang und sich am nächstbesten Baum das Mittagessen aus dem Leib kotzte.

»War das nötig«, zischte Staatsanwalt Monz und sah Jäckle über seine schicke Designer-Halbglasbrille hinweg streng an.

Jäckle nickte. »Die Körner hat kein Alibi. Sie war in der Skigymnastik, danach einen trinken, aber so gegen elf zu Hause, allein. Das Feuer ist kurz vor zwölf ausgebrochen.«

»Na und?« fragte Monz gereizt. »Haben Sie ein Alibi für die Zeit, habe ich eins?«

»Sie hat ein Motiv. Immerhin stand der Mann unter Verdacht, ihren Sohn ermordet zu haben. Die Leute in der Siedlung sind dank der heimischen Medien nach wie vor fest überzeugt, daß er es war.«

Monz schüttelte den Kopf. »Die Frau ist nicht der Typ dafür. Sie selbst hat nie zu den Gerüchten Stellung genommen. Sie hat sich immer sehr vernünftig verhalten. Bemerkenswert vernünftig sogar.«

»Eben«, sagte Jäckle, »eben!«

»Damit kommen wir beim Haftrichter nie durch.«

»Wahrscheinlich nicht. Aber ein paar Stunden würde ich sie gerne dabehalten. Vielleicht wird sie mürbe. Es geht nicht nur um den Russen. Ich bin fest überzeugt, sie hat ihr Kind auf dem Gewissen.«

»Jäckle! Wie kommen Sie bloß auf den Bolzen? Die Frau ist gänzlich unbescholten, sie ist als fabelhafte Mutter bekannt und hat ein grundsolides Alibi. Was glauben Sie, wie uns die Presse die Hölle heiß machen wird? Verdammt noch mal, Jäckle, die Frau ist *Kinderbuchautorin*!«

»Wenn schon.«

Monz beugte sich so nahe zu Jäckle herüber, daß dieser seinen scharfen Pfefferminzatem, in dem noch ein leiser Hauch Jack Daniels mitschwang, deutlich riechen konnte. »Jäckle, wissen Sie, wer ihr Anwalt ist?« Ohne die Antwort abzuwarten, verdrehte er die Augen zur Decke und sagte, jede Silbe einzeln betonend: »Ber-to-la-mi! Der Berto-lami.« Eine Kunstpause sollte die Nennung dieses Namens wirken lassen, aber falls er Jäckle beeindruckte, so konnte der das gut verbergen.

»Nicht, daß ich ihn fürchte«, wehrte Monz ab, »verstehen wir uns da nicht falsch. Aber wir dürfen uns keine, auch nicht die geringste Unkorrektheit erlauben, sonst finden wir uns in Teufels Küche wieder!«

»Ich erlaube mir keine Unkorrektheiten.«

»So war das nicht gemeint. Wo ist sie jetzt überhaupt?«

»In der Zelle«, knirschte Jäckle.

»Wie bitte?«

»Der Hofer ist gerade mit dem Mann von der Feuerwehr und der Spurensicherung an der Brandstelle. Und bis die nicht zurück sind, lasse ich sie auf gar keinen Fall laufen.«

»Jäckle, ich sag' Ihnen was...« Das Telefon auf Monzens tadellos aufgeräumtem Schreibtisch begann sanft zu schnurren.

»Für Sie«, sagte Monz nach ein paar Sekunden grimmig. Jäckle nahm den Hörer. Die Stimme am anderen Ende war so aufgeregt, daß Jäckle seinen alten Anglerkameraden Xaver Wurm beinahe nicht erkannt hätte.

Zum ersten Mal sah Paula ihren Kollegen Schulze mit einem Gesicht so grün wie verschimmeltes Brot vor ihrem Schreibtisch stehen. Mit fahrigen Bewegungen bettete er seine Kamera in ihr Etui und ließ sich dann auf einen Stuhl plumpsen, sein rotgefuchster Schnäuzer bebte.

»Kaffee«, schnaufte er. »Mit 'nem Dreifachen drin.«

Paula erfüllte sein verwirrter Anblick mit Schadenfreude. Wenn er mal für ein paar Minuten seine Machorolle vergißt, ist er eigentlich gar nicht so übel, dachte sie und machte sich ausnahmsweise auf den Weg, um ihm Kaffee und Kognak zu holen. Offensichtlich hatte der Mann einiges hinter sich.

»Keine Fotos«, stammelte er nach einem Schluck von dem rabenschwarzen Gebräu. »So etwas kann man einfach nicht zeigen. Nicht mal die *Bild*-Zeitung und der *Stern* würden das tun.«

»So schlimm?«

»Was glaubst du denn? Eine Kinderleiche, die über zwei Monate in einem Forellenteich gelegen ist!«

Paula nickte und rümpfte die Nase.

»Ja, das auch«, stöhnte Schulze, »diesen Geruch werde ich meiner Lebtag nicht mehr aus der Nase kriegen.« Er bedachte Paula mit einem barmherzigen Blick und wurde ritterlich: »Bloß gut, daß ich da selber hingegangen bin.«

»Oh, ja. Wie ich sehe, nimmst du es wie ein Mann. Kein Wunder, du kannst ja auch *Driller Killer* zum Frühstück anschauen, ohne mit der Wimper zu zucken.«

»Der Körper«, flüsterte er, »war sage und schreibe dreimal so groß wie normal. Und dann, als sie ihn rausnahmen...«, er nahm einen Schluck direkt aus der Flasche, »... er zerfiel praktisch in Stücke.« Er würgte, daß es ihm die Augen heraustrieb, dann sah er Paula mit einem weinerlichen Ausdruck an. »Aber weißt du, was das Schlimmste ist?«

»Nein, was denn?« Paula goß sich nun ebenfalls einen Kognak ein.

»Ich war in den letzten vier Wochen mindestens dreimal beim ›Löwen‹. Forelle essen.«

»Blau oder Müllerin?«

»Das finde ich überhaupt nicht witzig!«

Paula entschuldigte sich. Sie wußte selbst nicht, woher sie diesen Sarkasmus nahm. Einer ersten Regung des Mitgefühls folgend wollte sie ihren Kollegen belehren, daß Forellen im allgemeinen keine Aasfresser sind, aber nach einem prüfenden Blick auf seine Problemzonen ließ sie es sein. Es würde ihm gewiß nicht schaden, wenn er mal eine Mahlzeit ausfallen ließe.

»Was meint der Jäckle?«

»Gar nichts, wie üblich. Arrogantes Arschloch. Die Leiche kommt jetzt nach München, in die Gerichtsmedizin. Erst danach kann man etwas sagen, aber auch nur vielleicht, bei diesem Zustand.« Er schüttelte sich. »Ich frage mich, wie die Leiche da reingekommen ist. Der Teich ist doch eingezäunt wie ein Militärgelände. Und sogar ein Netz gegen die Fischreiher hat er obendrauf. Da hätte man doch Einbruchsspuren finden müssen.«

»Vielleicht war's ja der Löwenwirt?« Paula seufzte schwer. »Das wäre schade. Dann gäb's nächstes Jahr nicht mehr diese sagenhaften Forellen für zwölfachtzig. Dieses Jahr waren sie besonders gut im Futter, fand ich…« Weiter kam sie nicht, denn ihr Kollege Schulze rannte bereits mit vollen Backen in Richtung Klo.

Natürlich hatte man in der Siedlung bemerkt, wie Doris Körner von Kommissar Jäckle im Dienstwagen mitgenommen worden war, aber da man am selben Tag ihren vermißten Sohn fand, dachte sich im nachhinein niemand etwas dabei, und Doris wurde von allen Seiten Anteilnahme und Bedauern entgegengebracht.

Wer den Bauwagen angezündet hatte, interessierte hingegen niemanden besonders, außer Kommissar Jäckle, dessen Ermittlungen jedoch nicht vorankamen. Sämtliche Kindergarten-Damen konnten oder wollten sich partout nicht erinnern, wie lange sie in stillem Gebet in der Kapelle verharrt hatten, und seltsamerweise hatte keine beim Nachhausekommen auf die Uhr gesehen. Natürlich wurde gemunkelt, daß Doris Körner etwas damit zu tun haben könnte. Aber wenn, so die unterschwellige Meinung der Öffentlichkeit, wer wollte es ihr verdenken? Im Gegenteil! Wenn die Polizei schon unfähig war, ihre Bürger vor solchen Subjekten zu schützen, war es da nicht recht und billig, wenn die Betroffenen zur Selbsthilfe griffen? Immerhin hatte der Vorfall ein Gutes: Dieser Mensch ließ sich seitdem nirgends mehr sehen, nicht auf Spielplätzen und nicht in fremden Gärten. Offenbar hatte er die Botschaft verstanden und war endlich aus der Stadt verschwunden.

Abgesehen davon hatte man genug mit sich selber zu tun, denn schließlich stand ja das Fest der Liebe unmittelbar vor der Tür. Überall bereitete man sich gewissenhaft darauf vor; Lichterketten schmückten die Weißtännchen in den Gärten schon seit Wochen, der Kaufrausch erlebte sein alljährliches großes Finale.

Am Abend des dreiundzwanzigsten Dezember saß Doris mit tränengefüllten Augen bei Paula in der Küche, nachdem sie zusammen Simon zu Bett gebracht hatten.

»Dieser Jäckle«, schluchzte sie, »wie eine Verbrecherin hat er mich behandelt, mich, die Mutter eines toten Kindes! Wieder und wieder mußte ich schildern, wie Max verschwunden ist, was er anhatte, und so weiter. Dabei ist das sinnlos, man hat keine Kleider bei der... bei Max gefunden. Wehe, irgendeine Kleinigkeit war nur eine Spur anders, als ich es vor zwei Monaten angegeben hatte. Stundenlang ist er drauf rumgeritten. An manches kann ich

146

mich eben nicht mehr genau erinnern. Ist das ein Wunder, bei der Aufregung? Paula, kannst du dir vorstellen, wie das ist, wenn dein Simon plötzlich verschwindet? Denkst du, daß du dann noch fähig bist, einen einzigen klaren Gedanken zu fassen?«

»Nein«, murmelte Paula.

»Der Kerl ist ein Sadist, ein Frauenhasser, der es noch dazu auf mich abgesehen hat.«

»Das finde ich nicht«, wandte Paula ein. »Er hätte dich auch länger dabehalten können. So wie Kol... den Bosenkow, damals.« Kolja, dachte Paula und spürte, wie eine heiße Welle durch ihren Körper ging. Sie hatte ihn seit dem bewußten Tag nicht mehr gesehen.

»Bosenkow«, fauchte Doris, »den Anschlag auf ihn wollte er mir allen Ernstes auch noch in die Schuhe schieben. So eine Art Bachmeier-Story wollte er draus machen. Nur weil ich zur Tatzeit allein zu Hause war. Was kann ich dafür, daß ich niemanden mehr habe!«

Eine deutliche Anklage schwang in den letzten Worten mit, und Paula wurde klar, worum es eigentlich ging: Paula hatte Doris am Morgen eröffnet, daß sie die Weihnachtstage bei Tante Lilli in München verbringen würde, und Doris hatte enttäuscht gefragt: »Findest du nicht, daß ein Kind Heiligabend nach Hause gehört?«

Paula hatte darüber nachgedacht. Sie mußte Doris einesteils recht geben. Weihnachten feierte man daheim. Aber sie hatte immer mit Lilli zusammen gefeiert und wollte das auch dieses Jahr tun. Andererseits wußte sie, daß Lilli Doris' nicht besonders mochte; deshalb wollte sie nicht beide zu sich nach Hause bitten, und um eine Einladung von Doris wäre sie unmöglich herumgekommen.

»Wann erwartet man denn die Ergebnisse aus der Gerichtsmedizin?« lenkte Paula ab.

»Erst nach Weihnachten. Sie haben's anscheinend nicht eilig.«

147

Weihnachten. Alles schien um dieses leidige Thema zu kreisen. Was würde er wohl an Weihnachten machen? Bei seiner Mutter in der mit Kitsch vollgestopften Hochhauswohnung sitzen?

»Es bleibt also dabei, daß ihr morgen zu Lilli fahrt?« stellte Doris die gefürchtete Frage.

Die Antwort fiel Paula schwer: »Ja, Doris. Tut mir leid.« Warum entschuldige ich mich bei ihr? In letzter Zeit hatte ich selber wenig von Simon. Doris holte ihn neuerdings nicht nur vom Kindergarten ab, sondern brachte ihn morgens auch hin, damit Paula frühzeitig in der Redaktion sein konnte. Am Nachmittag blieb Simon bei Doris. Sie hatte sämtliche Spielsachen von Max behalten, und natürlich gefiel es Simon bei ihr, denn dort durfte er beinahe alles. Doris nahm sich mehr Zeit für ihn, als es Paula je möglich war. Täglich erzählte sie ihm neue Geschichten und ging auf jede seiner Ideen begeistert ein, auch wenn sie noch so verrückt war. Sie fuhr mit ihm nach München, ins Kindertheater oder in den Zoo, worüber Paula froh war, denn sie selbst konnte den Anblick eingesperrter Tiere nicht ertragen. Genau betrachtet war Paula kaum noch allein mit ihrem Sohn. Sie hätte nicht sagen können, welche Bücher ihn zur Zeit interessierten und wie er die Nachmittage bei Doris verbrachte, womit er spielte, was er gerade am liebsten aß oder welche Probleme es im Kindergarten gab. Er schwärmte vom Kindertheater und war enttäuscht, wenn Paula die Figuren nicht kannte. Er sprach von Geschichten, die Paula noch nie gehört hatte, weil nur Doris und Simon sie kannten. Ich bin nur noch eine Wochenend-Mutter, und selbst das nicht immer, warf sich Paula vor. Aber schließlich tröstete sie sich mit dem Gedanken, daß das alles ja nur vorübergehend war. Bis Weigand aus dem Krankenhaus entlassen wird. Das allerdings konnte dauern. Noch immer schmorte ihr Chef in seinem Streckverband im eigenen Saft.

Trotzdem tat ihr Doris in diesem Moment leid, wie sie so versunken dasaß und vor sich hin starrte.

»Wie lange bleibt ihr?«

»Ich weiß noch nicht«, antwortete Paula. »Ein paar Tage.«

Doris stand auf. »Ich geh' jetzt rüber. Du hast sicher noch zu packen.«

»Sicher«, sagte Paula. »Bis morgen.« Sie fühlte sich schlecht und schuldig, wagte nicht zu fragen, wie Doris die Weihnachtstage verbringen würde. Blieb sie am Ende ganz allein? Allein, und mit der Gewißheit, daß ihr Kind endgültig tot war? War ihr, Paulas, Verhalten nicht schrecklich egoistisch und undankbar, nach allem, was Doris für sie und Simon getan hatte? Aber schließlich hat sie doch Eltern, sagte sich Paula, soll sie zu ihnen fahren. Doris kann sich doch nicht für den Rest ihres Lebens an mich und Simon hängen. Es ist fatal, erkannte Paula, ich brauche sie nötig, und gleichzeitig wird sie mir langsam, aber sicher lästig.

Kaum war Doris verschwunden — Paula hatte tatsächlich mit diversen Reisevorbereitungen begonnen —, klingelte es. Bruno Jäckle stand vor der Tür.

»Frohe Weihnachten!« Er streckte ihr eine Flasche Wein entgegen.

»Du mich auch«, antwortete Paula brummig. »Komm rein.« Jäckle reichte Paula seinen Mantel, das gute Stück, und setzte sich in die Küche, aus dem einfachen Grund, weil dort bereits Licht brannte.

Paula brachte zwei Gläser mit. »Wie kannst du mich tagelang im ungewissen sitzen lassen? Dieser Hofer erzählt einem ja nichts.«

Sie freute sich, ihn zu sehen, und das nicht nur aus Wißbegierde, wie sie sich eingestand.

»Paula«, begann er, während er die Flasche, es war ein 89er Brunello di Montalcino, entkorkte, »ich muß dich das schon wieder fragen: Hast du an diesem Freitagmorgen wirklich Max im Auto gesehen? Deutlich und lebendig?«

Deutlich und lebendig. Das klang genau wie Tante Lilli, nur war die etwas schneller gewesen.

Da sie nicht wußte, worauf er hinaus wollte, entschloß sie sich, bei ihrer bisherigen Antwort zu bleiben. »Ja, ich habe Max im Auto gesehen. Wie oft soll ich das denn noch sagen?«

»Es ist nämlich so«, begann er, »ich weiß jetzt, wie die Leiche in den Forellenteich gekommen ist.«

»So?«

»Der Löwenwirt, dieser Saukerl, hat zugegeben, daß er nachts manchmal den Rechen am Grundsee aufgemacht hat, dieser Hund, dieser elende!«

Paula schaltete nicht auf Anhieb. »Den Rechen?«

»Das heißt, er hat das Wehr geöffnet.«

»Geht das denn so einfach?« Das Wehr. Hatte nicht Kolja Bosenkow an jenem Nachmittag auch vom Wehr gesprochen? Sie versuchte sich an seine Worte zu erinnern, aber da war nur ein Vakuum.

»Einfach nicht«, sagte Jäckle, »aber es geht, wenn man sich auskennt, so wie er.«

»Und warum macht er das?«

Jäckle füllte die Gläser und roch sachverständig am Korken. »Wegen der Forellen natürlich!«

»Forellen?«

»Paß auf. Im Frühjahr kauft der Fischereiverein junge Forellen, setzt sie in den Grundsee und füttert sie brav durch, damit wir im Sommer und im Herbst was zum Angeln haben. Das nennt man Sport.« Er lächelte ironisch. »Wenn also die Fische im Herbst so richtig schön fett sind, dann geht dieser Saukerl her und nimmt nachts die Gitter weg, damit sie in den Bach können. Vermutlich lockt er sie sogar mit irgend was. Von da schwimmen sie bis zu seinem Fischteich, wo er natürlich auch das Gitter rausnimmt.

150

Und wir vom Fischereiverein wundern uns seit Jahren, warum von unseren eingesetzten Forellen immer so wenige übrigbleiben. Von wegen Fischreiher!«

Paula sah ihn schmunzelnd an. Es war schwer zu sagen, was bei Jäckle überwog: der Zorn auf die entgangenen Angelfreuden oder die Genugtuung über seine scharfsinnige Entdeckung.

»Was hat das mit deiner Frage zu tun, ob ich Max wirklich gesehen habe?«

Jäckle nickte grimmig. »Ganz einfach. Ich habe mir diesen Saukerl ordentlich vorgenommen, wie du dir sicher denken kannst, bis er mir genau sagen konnte, wann er die Gitter aufgemacht hat. Meistens tat er das am Freitagabend, wenn er wußte, daß ich in seinem Keller Trompete spiele.«

Paula konnte einen Lacher nicht unterdrücken. »Ein aufrechter Sportskamerad.«

»Eine Riesenschweinerei! Aber egal, was wichtig ist: als Max verschwand, waren die Gitter ausnahmsweise am Donnerstag offen. Am Abend vorher also, am dreizehnten Oktober, deinem Geburtstag. Das weiß der Saukerl noch genau, weil er am Freitag keine Zeit hatte rauszufahren, denn zusätzlich zum Jazzabend fand im Nebenraum eine Hochzeit statt.«

»Und das heißt?« fragte Paula, obwohl sie es bereits ahnte.

»Max muß schon in der Nacht von Donnerstag auf Freitag im See gelegen haben. Wie käme er sonst in den Forellenteich? Am Morgen war das Gitter wieder zu.« Jäckle rieb sich die Hände. »Damit werde ich sie drankriegen, unsere Mustermammi.«

»Warum bist du dann hier und säufst Rotwein? Warum nimmst du sie nicht sofort fest?« Paula hatte Mühe, ihrer Stimme einen ruhigen Klang zu geben.

»Monz«, zischte Jäckle verächtlich. »Staatsanwalt Monz glaubt, daß diese Theorie nicht ausreicht. Er meint, die

Leiche könnte auch eine Weile auf Grund gelegen haben und ein, zwei Wochen später auf diese Weise aus dem See gelangt sein. Blöderweise hat dieser Saukerl von einem Wirt die Gitter auch noch die drei Wochenenden danach aufgemacht. Daß die Taucher am Samstag nach der Tat nichts gefunden haben, ist leider kein ausreichender Beweis, da muß ich dem Monz recht geben. Aber glaub mir, Paula, so wie ich es sage, genauso war es. Irgendwie werde ich das noch beweisen. Ich kriege sie dran, und wenn sie sich zehn Bertolamis nimmt!«

Bosenkow hatte die Wahrheit gesagt. Paula hatte eigentlich nie daran gezweifelt. Jemand war in der Nacht am See gewesen. Eigentlich müßte ich Jäckle das jetzt erzählen. Ich müßte ihm noch viel mehr erzählen. Von der Perücke zum Beispiel. Aber Doris' Erklärung, die sie Paula auf deren vorsichtige Frage hin geliefert hatte, klang durchaus plausibel: »Aus der Requisitenkiste natürlich. Weißt du nicht mehr? Ich habe nach der letzten Vorstellung drei Kartons Kostüme und Requisiten mit nach Hause genommen, zum Ausbessern und Aussortieren. Die Hälfte davon mußte ich wegwerfen. Das paßt aber nicht alles auf einmal in meine Mülltonne, und so packe ich jetzt jede Woche was von dem Plunder obendrauf. Sag's mir doch bitte, wenn in deiner Tonne Platz übrig sein sollte.« Dabei hatte sie Paula ganz arglos angelächelt.

»Was... was sagt denn Doris zu deiner Forellentheorie?«

»Gar nichts. Sie läßt jetzt nur noch ihren Salami für sich sprechen, und der weiß genau, daß wir damit nicht durchkommen.«

»Vielleicht hat er ja recht«, murmelte Paula in ihr Glas hinein. Der Duft des Brunello machte sie auf einmal schwindelig, sie verspürte das Bedürfnis, Jäckle alles zu sagen, endlich mit einem Menschen darüber zu sprechen. Und dann? Was passiert dann? Die Antwort wußte sie schnell: Alle – Polizei, Staatsanwalt, Richter, Anwälte –

würden ihr immer wieder die eine Frage stellen, auf die sie keine Antwort wußte: Was taten Sie mitten in der Nacht draußen im Garten?

Das Jugendamt! fiel ihr siedendheiß ein. Sie würden ihr Simon wegnehmen. Man kann ein Kind nicht bei einer Verrückten lassen. Einer Verrückten. Sie hörte die anklagende Stimme ihrer Mutter: »Es ist ein Kreuz mit dir, Paula! Du wirst einmal wie dein Vater enden.«

»Paula!«

»Ja? Was? Entschuldige, ich war gerade abwesend.«

»Das habe ich gemerkt. Bitte versuch dich zu erinnern. Ist dir an diesem Abend an Doris etwas aufgefallen?«

»Nein, gar nichts. Sie war wie immer. Sogar sehr gut gelaunt.«

»Soso, sehr gut gelaunt.«

»Ist das schon ein Verbrechen?«

»Wann ist sie nach Hause?«

»Das weiß ich nicht«, gestand sie. »Ich hatte ein wenig zuviel getrunken. Aber sie sagte, sie sei mit Siggi zusammen gegangen, als letzte. Frag doch den.«

»Das werde ich. Mal sehen, ob sich seine Zeitangaben mit denen von Katharina decken.«

»Katharina?« fragte Paula begriffsstutzig.

»Katharina Lampert. Die Babysitterin. Stimmt was nicht damit?« hakte er sofort nach.

»Was soll damit nicht stimmen«, gab Paula unwirsch zurück. »Ich hatte es nur für einen Moment vergessen. Was hat sie denn gesagt?«

»Daß alles in Ordnung war, als Doris heimkam und sie selbst ging. Was immer passiert ist, es muß geschehen sein, nachdem das Mädchen fort war.«

Sollte sie Jäckle von dem teuren Fahrrad erzählen? Sie brachte es nicht fertig, fragte statt dessen: »Warum bist du so sicher, daß Doris es war? Es könnte doch jemand anderer...?« Verlegen biß sie sich auf die Unterlippe. Halt den

Mund, Paula, befahl sie sich energisch. Du redest dich um Kopf und Kragen. Denk gefälligst an Simon! Schon ein vager Verdacht wäre genau das, was dieser Schönhaar noch fehlt für ihre schwarze Liste.

Aber Jäckle hatte schon angebissen. »Du meinst diesen Russen?«

»Nein, den meine ich nicht!«

»Warum schreist du denn so?«

»'tschuldige. Ich meinte nicht Bosenkow. Er war das bestimmt nicht. Jemand, der so...«

»Ja, der was?«

»Ich glaube einfach nicht, daß er es war.«

»Ich auch nicht«, sagte Jäckle, und Paulas Hände, die sich um ihr Glas gekrampft hatten, lösten sich wieder. »Hör zu«, sagte Jäckle mit lebhaftem Augenblinzeln. »Wenn Doris unschuldig wäre, warum sollte sie dann so tun, als ob Max morgens noch frisch und munter war?«

Paula hob die Schultern und schwieg, Jäckle beantwortete seine Frage selber: »Weil sie ein lückenloses Alibi braucht! Deshalb hing sie den ganzen Vormittag beim Friseur herum. Der Maestro hat mir erklärt, sie wollte allen möglichen Firlefanz gemacht haben. Sie wollte Zeit schinden.«

»Vielleicht war es Jürgen?« platzte Paula heraus.

»Das ist unlogisch. Was sollte er für einen Grund haben?«

»Max hat seine Ehe zerstört«, murmelte Paula. »Ist das kein Grund?« Was mache ich da, fragte sie sich entsetzt, aber Jäckle sprang darauf nicht an.

»Jürgen Körner hat kein Motiv mehr. Er hat sich bereits abgeseilt. Er hatte die Möglichkeit, Max aus dem Weg zu gehen. Jeder hatte die. Nur seine Mutter nicht.«

»Weißt du«, hörte Paula eine fremde Stimme flüstern, die sie erschrocken als die ihre erkannte, »wenn Doris es wirklich getan hat – ich könnte es verstehen. Du kanntest

Max nicht. Du hast nie erlebt, wie er war, wenn er seine Zornanfälle bekam. Er schlug, biß, warf Sachen, aber das war nicht alles. Er prügelte sich nicht einfach so mit Kindern. Er sah sich zuerst um, ob ihn ein Erwachsener beobachtete, und dann schlug er zu oder zerstörte ihnen ihr Spielzeug, völlig ohne Anlaß.« Sie holte tief Atem und fuhr fort: »Glaub mir, Jäckle, ich war immer der Überzeugung, daß der Mensch ein Produkt seiner Umwelt ist.« Sie lachte kurz auf. »Deshalb nennt Doris mich eine Sozialromantikerin. Ich glaubte immer, daß es lediglich enttäuschte, gleichgültige, verdorbene, vielleicht auch boshafte Menschen gibt, aber keine von Natur aus bösen. Man wird nicht mit Bosheit geboren, so wie mit der Anlage zu großen Füßen. Das dachte ich, bis ich Max erlebte. Max war...«, Paula fühlte, wie ihr das Blut in den Kopf schoß, aber sie konnte nicht aufhören zu reden, »... einfach böse. Von Grund auf böse. Du hättest machmal seine Augen sehen sollen.«

Jäckle sagte nichts dazu, er unterdrückte ein Grinsen. In gewissen Punkten waren sich Annemarie Brettschneider und Paula Nickel also gar nicht so uneins.

Paula nahm einen Schluck Wein und fuhr fort: »Doris und Jürgen haben sich so gefreut, als sie endlich schwanger war. Es war eine entsetzliche Schwangerschaft, von Anfang an. Doris war fast fünf Monate im Krankenhaus. Sie lag da, angeschlossen an einen Tropf, durfte nicht mal aufs Klo gehen, und ihr war ununterbrochen übel. Ich hätte das nie durchgestanden. Sogar Jürgen und die Ärzte sagten, sie solle aufstehen und der Natur ihren Lauf lassen, so oder so. Aber Doris hielt durch. Sie wünschte sich so sehr ein Kind. Manchmal denke ich, es wäre besser gewesen, auf Jürgen und die Ärzte zu hören. Ich meine, man sagt doch, daß manche Fehlgeburten deshalb stattfinden, weil das Kind mißgebildet gewesen wäre. Und Max war in gewissem Sinne mißgebildet. Nicht körperlich oder geistig, im Gegenteil, er war hübsch und für sein Alter recht intelligent. Aber er war verhaltensgestört, ein Soziopath, von Anfang an. Schon als Baby hat er seine Eltern tyrannisiert, er schlief nie länger als zwei Stunden, brüllte stundenlang, einfach so. Aber das Schlimmste war: Er hat nie gelächelt.« Sie fuhr sich mit den Händen über das Gesicht und mußte unvermittelt grinsen. »Das war die Zeit, als ich schwanger war. Was hatte ich für eine Angst, daß mein Kind ähnlich wird. Ich zählte die Tage bis zur Geburt und dachte: Von da an wird dein Leben ruiniert sein. Ich konnte es anfangs gar nicht fassen, daß Simon so zufrieden war, kaum schrie und sechs, acht Stunden durchschlief. Ich rannte mitten in der Nacht ans Bett, um nachzusehen, ob er noch lebte.«

»Das mit anzusehen, muß für Doris recht hart gewesen sein.«

Paula nickte stumm. »Sie hat das mit Max nie wahrhaben wollen. Redete immer von schwierigen Phasen. Sie sah sich immer diese Musterfamilien im Werbefernsehen an, die netten, gepflegten Mammis und diese vorwitzigen kleinen Racker, die man mit einem Schokoriegel gebändigt kriegt. So sollte ihre Familie auch sein. Aber Max war nicht so, ganz und gar nicht. Die anderen Mütter...«, Paula stockte und überlegte einen Moment. »Doris war mal eine der beliebtesten Frauen hier in der Siedlung. Das heißt, sie ist es noch. Aber dank Max kapselten sich alle von ihr ab. Mit ihm zusammen wurde sie nie mehr eingeladen, und das kann ich den Leuten nicht mal verübeln. Doris stand immer gerne im Mittelpunkt, aber auf einmal stand sie im Abseits. Dann ging auch noch Jürgen, und dann...«

»Und dann?«

Paula zögerte. »Na ja. Ich konnte Max auch nicht länger ertragen. Ich fing allmählich auch an, Ausreden zu erfinden. Ich gebe zu, ich mochte ihn nicht mehr gerne bei mir haben. Er war einfach zu zerstörerisch. Ich hatte Angst, daß er mir Simon verdirbt.«

156

Jäckle nickte bedächtig.

»Wer weiß«, sagte Paula und hob die Hände in Richtung Decke, »vielleicht hatte Max in dieser Nacht einen seiner schrecklichen Tobsuchtsanfälle. Vielleicht war Doris einfach zu müde, um das schon wieder zu ertragen. Du kannst dir nicht vorstellen, wie Max sich aufführen konnte, niemand kann das. Der reinste Veitstanz, das hatte manchmal nichts Menschliches mehr. Vielleicht hat sie ihn geschlagen, und er ist gestürzt oder so etwas.« Sie sah Jäckle mit großen Augen an, hoffte auf einen Funken Verständnis.

Er räusperte sich. »Möglich. So was kommt vor. Hat sie ihn denn sonst mal geschlagen?«

»Nicht daß ich wüßte. Nein, ich glaube nicht. Sie sagte immer, durch Schlagen würde nur alles schlimmer. Sie besaß wirklich eine bewundernswerte Geduld. Das einzige, was man Doris vorwerfen kann, ist, daß sie die Wahrheit nicht sehen wollte. Als ich ihr einmal vorschlug, mit ihm zu einem Kinderpsychologen zu gehen, war sie stinkbeleidigt.«

»Ja«, sagte Jäckle und trank einen Schluck, »so schätze ich sie ein.«

»Nehmen wir mal an, sie war's. Es ist einfach passiert. Warum muß so eine Frau eingesperrt werden?«

»Wie bitte?«

»Kannst du mir sagen, wer was davon hat? Das Kind wird nicht wieder lebendig, eine Wiederholungsgefahr besteht auch nicht, und das, was man Resozialisierung nennt, das findet bei Doris gerade jetzt statt. Sie wird wieder eingeladen, sie geht wieder zu Festen, Leute besuchen sie...«

Jäckle lachte. »Ich ahnte es schon immer, daß in dir eine Anarchistin steckt.«

»Das meine ich ernst.«

»Was soll ich deiner Meinung nach tun? Zulassen, daß jeder sein Kind umbringt, nur weil es nicht so geraten ist wie die im Werbefernsehen?«

Paula antwortete nicht. Was hast du erwartet, fragte sie sich. Daß er sagt, ›okay, liebe Paula, weil du's bist, lasse ich die Sache auf sich beruhen; du hast völlig recht, Max war ein Berserker und gehörte weg vom Fenster‹? Jäckle mochte ja ein verständnisvoller Mensch sein, aber er war in erster Linie Kriminaler. Was würde er tun, wenn er rausfindet...?

»Paula« seufzte Jäckle, »ich kann die Frau ja verstehen, bis zu einem gewissen Grad jedenfalls. Aber ich kann das nicht einfach ignorieren.«

Paula fand, daß damit alles gesagt war, und wechselte ziemlich abrupt das Thema: »Wißt ihr inzwischen wenigstens, wer den Bauwagen angezündet hat?« fragte sie angriffslustig.

Jäckle zuckte die Achseln. »Nein. Die Damen vom Kindergarten halten eisern an ihrer Aussage fest, daß sie beten waren.«

»Du glaubst doch diesen Quatsch nicht!« entrüstete sich Paula. »Klar waren die beten. Und danach haben sie ihm die Bude angezündet. Der reinste Ku-Klux-Klan ist das.«

»Beweise es«, sagte Jäckle, und Paula warf ihm einen wütenden Blick zu.

»Es waren die Betweiber. Jede Wette!« beharrte Paula. Zu gerne hätte sie die Brettschneider und ihr Gefolge ein paar Tage in Untersuchungshaft gesehen.

»Das einzig Positive an der Sache«, Jäckle grinste bei dieser Vorstellung, »ist, daß wir diese vier Kahlköpfe, die sich in letzter Zeit immer auf dem Marktplatz rumgetrieben und Häuserwände beschmiert haben, für zwei Tage in U-Haft genommen haben. Motiv: Ausländerfeindlichkeit. Und stell dir vor, gestern habe ich sie gesehen, da waren sie richtig adrett gekleidet, und die Haare sprießen auch schon wieder, wie frischer Schnittlauch.«

Paula lächelte ebenfalls.

»Apropos Haare«, sagte Jäckle. »Dieser Silvano. Kommt man bei dem spontan dran, oder muß man sich anmelden?«

»Bei ihm selber muß man sich wochenlang vorher... Jäckle! Du denkst doch nicht etwa...«

»Doch, genau das denke ich.«

An diesem Abend gab es für Bruno Jäckle keinen Kuß zum Abschied.

Die Verabschiedung von Doris hingegen, am nächsten Tag, fiel unbefangener aus, als Paula befürchtet hatte. Doris schien sich mit den Tatsachen abgefunden zu haben und war in gnädiger Stimmung. Sie wünschte ihnen das Übliche. Einzig verwunderlich fand Paula, daß sie Simon kein Geschenk mit auf den Weg gab. Aber vielleicht würde sie das bei ihrer Rückkehr nachholen. Das war sicher vernünftiger, als das Kind an einem einzigen Abend mit Spielzeug zuzuschütten. Lilli würde diesbezüglich wieder weder Maß noch Ziel kennen. Sogar Klaus hatte ein Paket geschickt. Paula beschloß, es heimlich vorher zu öffnen und es Simon vorzuenthalten, falls sich irgendein billiger Schund darin verbergen sollte.

»Was machst du denn jetzt, die Tage?« Paula kostete es große Überwindung, Doris diese Frage zu stellen, aber die gab gelassen Auskunft: »Ich besuche meine Eltern. Und dann wollte ich mich auch mal mit Jürgen treffen.«

»Mit Jürgen?«

»Ja, warum nicht? Schließlich ist er mein Mann. Irgendwann wird er diese Phase sicher überwunden haben. Keine Midlife-Crisis dauert ewig, meinst du nicht?«

»Ja, sicher, schon möglich«, stammelte Paula. Phase! Bei Doris hatten die Menschen immer nur Phasen. Konnte sie nicht ein einziges Mal die Realität akzeptieren?

»Darf ich euch mal bei Lilli anrufen?«

»Natürlich«, nickte Paula widerstrebend.

159

Dann, endlich, saß sie mit Simon im Auto und fuhr, so schnell es vertretbar war, aus der Stadt hinaus. Sie drehte das Radio auf, und sie und Simon sangen aus Leibeskräften »Jingle-Bells«.

Als Lilli ihnen die Tür öffnete, mußte Paula dreimal hinsehen, ehe sie ihre Tante wiedererkannte.

»Lilli! Was ist mit deinen Haaren passiert?« Ihr bisher haselnußbraunes Haar, das sie seit Jahren regelmäßig und sorgfältig in ihrem Naturton nachfärbte, um auch die winzigste Spur von Grau sofort unsichtbar zu machen, dieses naturlockige, dichte Haar war weiß wie eine Sommerwolke.

Lilli fuhr sich verlegen über den Scheitel. »Flucht nach vorne, so nennt man das. Ich werde alt, mein Kind, also bekenne ich mich dazu. Alles andere wäre lächerlich. Aber nun kommt doch erst einmal rein. Gefällt's dir nicht?«

»Es ist… gewöhnungsbedürftig«, sagte Paula wahrheitsgemäß. Sie konnte sich nur schwer von dem seltsamen Anblick lösen. Es waren nicht nur die Haare. Oder vielleicht doch. Die Konturen von Lillis Gesicht wirkten schärfer als sonst, die Falten um die Augen kamen ihr tiefer vor, ihre Augen stumpfer. Sie wird wirklich alt, dachte Paula betrübt. Sogar sie. Ich war fest überzeugt, Lilli würde ewig jung bleiben. Andererseits – betrachtete man Lillis Lebenswandel einmal nüchtern, war sie mit Sicherheit eine, die die Kerze an beiden Enden angezündet hatte.

»Was macht dein Fahrradkavalier?« fragte Paula beim Kaffee in Tante Lillis Wintergarten, hoch über den Dächern von Schwabing.

»Hat mich sitzenlassen.«

»Was?« Paula riß die Augen auf, dann lächelte sie. »Hast du dir deshalb die Haare nicht mehr braun färben lassen?«

»Aber nein«, gab Lilli entrüstet zurück. Paula glaubte ihr nicht.

»Immerhin bemerkenswert, daß dir das mit annähernd siebzig zum ersten Mal passiert«, lästerte sie.

»Mag sein«, sagte Lilli und machte eine ungeduldige Handbewegung, die zum Ausdruck brachte, wie lästig ihr diese Angelegenheit war, »vielleicht bin ich diesbezüglich ein Spätentwickler, aber das macht es nicht eben leichter. Sprechen wir nicht mehr davon, es ist nicht so wichtig.«

Paula hielt sich daran. Ansonsten schien Lilli unverändert.

Heiligabend war natürlich Simons Fest. Er schwelgte in Geschenken, besonders hatte es ihm das Piratenschiff angetan, das sein Vater ihm geschickt hatte. Simon wußte mit dem Begriff »dein Vater« nicht viel anzufangen, außer daß zu Weihnachten und zum Geburtstag ein Paket kam. Bis jetzt schien ihm das zu genügen.

Im nachhinein blieben Paula von ihrem Weihnachtsbesuch vor allem zwei Ereignisse im Gedächtnis haften: Das eine war die Begegnung mit einer reichlich aufgetakelten Frau, die am zweiten Feiertag in einem italienischen Restaurant stattfand.

»Frau Nickel?« sprach die Dame Paula auf dem Weg zu den Toiletten an. Paula blieb zögernd stehen. Dann erkannte sie sie. Es war die Vorbesitzerin von Doris' Haus. Paula und Klaus hatten nur ein Vierteljahr neben ihr gewohnt, ehe sie das Haus an die Körners verkaufte und nach Kalifornien zog.

»Guten Abend, Frau…«

»Gutsch«, lächelte die Frau nachsichtig. »Ingrid Gutsch. Wie geht es Ihnen?« Ohne Paulas Antwort abzuwarten, schnatterte sie drauflos: »Mein Mann und ich sind für zwei Wochen hierher geflohen, zu meiner Schwester. Weihnachten ist da drüben so laut und kitschig, das hält man fast nicht aus.« Es folgte ein längerer Exkurs über Weihnachtsbräuche in Kalifornien, dem Paula eher desinteressiert

lauschte, während sie den vorbeieilenden Kellnern im Weg
standen, bis die Gutsch auf einmal abschweifte: »Ihre neue
Nachbarin, die habe ich neulich getroffen. Die nette
Dame, die unser Haus gekauft hat. Obwohl, für Sie ist sie
ja inzwischen nicht mehr so neu. Wie lange ist das schon
her, vier Jahre?«

»Fünf«, nutzte Paula die kurze Atempause ihres Ge-
genübers. »Sie meinen Doris Körner.«

»Ja, genau. Es war letzte Woche, als ich mit meinem
Neffen im Kindertheater war. Ich habe sie gleich wieder-
erkannt, sie sieht immer noch sehr gut aus. Hat sie Ihnen
gar nichts davon erzählt? Ich habe ihr extra schöne Grüße
an Sie aufgetragen.«

»Nein«, gestand Paula, »sie muß es wohl vergessen haben.« Sie war gefaßt darauf, sich nun gleich das übliche Be-
troffenheitsgesäusel anhören zu müssen, das normalerweise
einsetzte, wenn Leute auf Doris und damit automatisch auf
»das Unglück« zu sprechen kamen. Aber es blieb aus.
Natürlich, dachte Paula, sie wohnte weit weg, und ihre
hiesige Verwandtschaft wußte mit dem Namen Max Körner in den Zeitungen nichts anzufangen.

»Macht ja nichts.« Frau Gutsch wedelte gönnerhaft mit
der üppig beringten Hand. »Wir kannten uns ja nur sehr
flüchtig. Sie war doch damals schwanger und kam dann
bald ins Krankenhaus.«

»Ja«, nickte Paula, »ziemlich lange.«

»Aber es hat sich wenigstens gelohnt«, zwitscherte die
Gutsch fröhlich. »Ihr Junge ist ja ein reizender kleiner Kerl,
und so gut erzogen. Nicht so frech und vorlaut wie diese
amerikanischen Gören, also ich kann Ihnen sagen…«

»Hat sie das gesagt?« erstickte Paula einen erneuten
Redeschwall im Keim.

»Was gesagt?«

»Daß der Junge, den sie dabei hatte, ihr Kind ist.« Paula
konnte vor Aufregung kaum sprechen.

»Aber natürlich war es ihr Junge«, meinte Frau Gutsch irritiert. »Sie hat ihn mir ganz stolz vorgeführt. »Wie hieß er noch gleich…«, sie runzelte so angestrengt die Stirn, daß sich kleine Furchen in die dicke Schicht ihres Make-up gruben. »Max. Ja, genau. So heißt er doch. Oder nicht?«

Die zweite Sache war der Anruf von Doris am Tag danach. Sie bat Paula, Simon ans Telefon zu rufen. Paula holte ihn, blieb aber dicht neben ihm und hörte mit. Doris fragte ihn, ob er schöne Tage gehabt hätte und so weiter, dann kündigte sie an: »Ich habe ein Geschenk für dich.«

»Was ist es?« fragte Simon gierig.

»Moment, vielleicht kannst du es erraten«, antwortete Doris geheimnisvoll. Darauf folgte Stille, ein paar Geräusche im Hintergrund, dann fing Simon an zu strahlen. Aus dem Hörer drang ein dünnes, fiepsiges Hundegebell.

»Ein Hund!« schrie Simon. »Ist das meiner, gehört der mir?«

»Aber ja«, hörte Paula Doris sagen.

»Moment mal!« Sie wand Simon den Hörer aus der Hand, und mitten in sein Protestgeschrei rief sie: »Doris, was soll das? Ich kann keinen Hund halten, das weißt du doch. Er wäre viel zu oft alleine.«

»Gib mir, gib mir!« Simon zerrte mit aller Kraft an Paulas Arm, um wieder in den Besitz des Hörers zu gelangen. »Ich will wissen, wie er aussieht! Wie heißt er? Ist es ein Männchen?«

»Gleich, warte doch mal!«

»… sollst ihn doch gar nicht bei dir halten«, tönte Doris' Stimme durch den Lärm, »der Hund wohnt bei mir.«

Paula ließ Simon den Hörer, ohne Doris zu antworten. Sie fühlte sich auf infamste Weise übertölpelt.

»Na toll«, murmelte sie gereizt. »Jetzt reicht's mir langsam.«

Selbstverständlich fuhren sie noch am selben Tag zurück. Simon war durch nichts mehr zu halten, sein Gequengel wurde unerträglich. Gegen einen Hund hatte nicht einmal seine Tante Lilli eine Chance. Lilli selbst wirkte ein wenig erschöpft. Wahrscheinlich strengt sie der Trubel, den ein kleines Kind automatisch um sich veranstaltet, doch ein wenig an, dachte Paula. Lilli ist an so etwas in ihrer Wohnung nicht gewöhnt. Sie schien nicht sehr enttäuscht zu sein, während Paula gerne noch geblieben wäre, weg von zu Hause, weg von Doris und all den schrecklichen Ereignissen.

Beim Abschied drückte Lilli Paula fest an sich und wisperte ihr ins Ohr: »Du mußt auf diese Frau aufpassen, Paula. Versprichst du mir das?«

»Das verspreche ich«, sagte Paula grimmig.

Theater

Das Gerichtsmedizinische Institut gab den Leichnam von Max Körner frei, ohne zu irgendeinem konkreten Ergebnis über seine Todesart gekommen zu sein. Das Wasser hatte sämtliche Spuren verwischt. Bruno Jäckle wollte sich damit nicht zufriedengeben und ordnete eine Haaranalyse an.

»Denkst du, sie hat ihn vergiftet?« stichelte Paula, aber Jäckle war es todernst damit. Sein ungutes Gefühl, sobald er mit dieser Frau zu tun hatte, ja allein, wenn er an sie dachte, verfestigte sich zusehends. Sie hat etwas damit zu tun, das war seine feste Überzeugung, die durch Doris' neuerdings provokantes, selbstsicheres Auftreten und die zahlreichen Tricks und Beschwerden ihres Anwalts nur noch bestärkt wurde. Wenn sie es nicht selber war, so war sie zumindest darin verwickelt.

Die Haaranalyse ergab rein gar nichts.

Auch in Paulas Leben geschah wenig Erfreuliches. Ihre Waldspaziergänge blieben einsam und hinterließen ein Gefühl von Kälte und Leere.

Das Schlimmste jedoch war der Brief, der irgendwann in diesen Januartagen eintraf. Paula sah ihm sofort an, daß er nichts Gutes enthalten konnte. Der Absender war eine Anwaltskanzlei, den Inhalt mußte sie dreimal lesen, um ihn restlos zu verstehen.

Ihr geschiedener Mann, Klaus Matt, klagte erneut das Sorgerecht für Simon ein. Eine Begründung stand nicht dabei. Die Verhandlung vor dem Familienrichter sollte im

Mai stattfinden. Falls Paula bis dahin ihre Fürsorgepflicht in irgendeiner Weise verletzen sollte, würde Simon umgehend in einem Heim oder bei Pflegeeltern untergebracht werden. Eine Stellungnahme vom Jugendamt lag bei, lauter Übertreibungen und Lügen, die schwer zu entkräften sein würden, da sie, wie jede gute Lüge, einen Kern Wahrheit enthielten. Das Pamphlet war unterzeichnet von Isolde Schönhaar.

Die Schönhaar! Wie hatte ich nur glauben können, daß sie nach der letzten Begegnung, die für sie so demütigend geendet hatte, Ruhe geben würde?

Paula war plötzlich, als würde ihr der Boden unter den Füßen weggezogen. Im ersten Zorn wollte sie ans Telefon stürzen und Klaus zur Rede stellen. Aber dann rief sie sich zur Besonnenheit. Bis Mai war noch viel Zeit. Sie mußte vorsichtig sein, sich zu keinen unüberlegten Handlungen und Äußerungen hinreißen lassen. Klaus wäre imstande, alles vor Gericht gegen sie zu verwenden. Sie rief ihre Anwältin an. Frau Klimt-Schmehlin konnte Paula wieder einigermaßen beruhigen. Sie habe nichts zu befürchten, ihr Mann die deutlich schlechteren Karten. Allerdings müsse sie sich mit dem Jugendamt gut stellen. »Laden Sie die Frau zum Kaffee ein«, riet sie Paula, »sagen Sie zu allem, was sie vorschlägt, ja und amen. Und lassen Sie sich in nächster Zeit nichts zuschulden kommen, was Ihre Qualifikation als Mutter irgendwie in Frage stellen könnte.«

Mitte Januar wurde Max beerdigt. Die ganze Siedlung war während der Trauerfeier und der anschließenden Beisetzung versammelt. Paula lauschte den Worten des Pfarrers, ohne ihren Inhalt wahrzunehmen. Unauffällig studierte sie die Gesichter um sich herum, die alle bedrückt und doch in gewisser Weise teilnahmslos dreinblickten. Es fehlte der echte Schmerz hinter ihren starren Mienen. Erst als der Kinderchor – Doris hatte sich nicht überreden lassen, auf diese Grausamkeit zu verzichten – ein Kirchenlied anstimmte, wurden vereinzelte Schluchzer laut.

Fast alle Frauen hatten frische Dauerwellen, noch von Weihnachten her. Annemarie Brettschneider bekreuzigte sich des öfteren und schien ihre eigenen Beschwörungsformeln in ihren Kaninchenpelzkragen hineinzumurmeln, jedenfalls bewegten sich ab und zu ihre Lippen. Ilona Seibts Gesicht war tüllverhangen unter einem – gemessen am Anlaß – viel zu mondänen Schleierhut, den sie unmöglich in Maria Bronn gekauft haben konnte. Der Grund für die Vermummung war weniger ein von Trauer gezeichnetes Gesicht als vielmehr ihr blaues Auge, das die Handschrift ihres Gatten trug. Dabei hatte sie ihn nur gefragt, wo denn der Benzinkanister hingekommen sei, der sonst immer im Kofferraum seines Mercedes gelegen hatte.

Simon und die anderen Kinder der Siedlung verhielten sich still, waches Interesse im Blick, als verfolgten sie eine Theatervorstellung oder ein spannendes Fernsehprogramm.

Am Grab hielt sich Paula im Hintergrund, sie fand die Zeremonie gleichermaßen abstoßend und faszinierend: schalenweise Blumen, Kränze mit Bändern, die in goldenen Lettern von Liebe sprachen und auf die jetzt, in dem beklemmenden Moment, als der blütenweiße Sarg von den städtischen Angestellten in das mit grünem Tuch ausgeschlagene Loch versenkt wurde, ein Graupelschauer niederrieselte. Der Chor begann erneut zu singen:

> Daß er ganz ein Engel werde
> leg den Knaben nun zur Ruh
> deckt ihn nicht mit schwerer Erde
> deckt ihn ganz mit Blumen zu.

Blumen, Erde und Schnee bedeckten nach und nach das lackierte Holz. In einem hatte Kolja Bosenkow sich geirrt:

Wegen des Umfangs der aufgedunsenen Leiche hatte man einen Erwachsenensarg gebraucht. Dem dumpfen Geräusch von Erde auf Holz folgte jedes Mal eine Gabe Weihwasser, welches Pfarrer Radlspeck von der St.-Michaels-Kirche mit einer kleinen Bürste versprengte und dabei immer dieselben lateinischen Worte leierte. In einer endlosen Parade rückte die Menge langsam vor, auf das offene Grab zu, um Doris und Jürgen die Hand zu drücken. Augen schwammen in Tränen, Nasen röteten sich, klamme Finger suchten nach Taschentüchern, ab und zu hörte man kräftiges Schneuzen.

Paula beteiligte sich nicht am sogenannten Leichenschmaus. Schon das Wort genügte ihr. Auf die Gefahr hin, Doris und Jürgen zu brüskieren, ging sie mit Simon nach Hause. Nach dem Besuch bei Lilli hatte sie einen Entschluß gefaßt: Sie würde den Umgang Simons mit Doris wieder auf ein vernünftiges Maß beschränken. Seit es den Hund gab, im übrigen ein reizender kleiner weißer Bär mit schwarzen Knopfaugen, aus dem einmal ein Golden Retriever werden sollte, war Simon kaum noch zu Hause. Paula hoffte zwar, daß die erste Begeisterung nachlassen würde, wenn aus dem knuddeligen Hundebaby ein erwachsener Hund geworden war, aber so lange wollte sie nicht warten. Sie fühlte sich nicht mehr wohl, wenn sie Simon bei Doris wußte. Es hing nicht mit Max' Tod oder Jäckles Mordverdächtigungen zusammen, es war etwas anderes, Paula konnte es nicht konkret benennen. Etwas Ungesundes, Unnatürliches lag wie eine Wolke über Doris' Beziehung zu Simon.

Ende Januar sollte Weigand wieder einigermaßen auf dem Posten sein, dann würde sie die ganztägige Arbeitszeitregelung rückgängig machen, die sie für die Dauer seiner Vertretung getroffen hatte. Bis dahin wollte sie sich wenigstens an den Wochenenden ausgiebig Simon widmen, notfalls mit ihm wegfahren, irgendwohin, nur weg.

Eine Woche nach der Beerdigung unternahm Paula den ersten Schritt. Als sie den widerstrebenden Simon am späten Nachmittag bei Doris abholte, eröffnete sie ihr nach außen hin ruhig und bestimmt, sie werde ihn von nun an morgens wieder selbst in den Kindergarten bringen. In den letzten Wochen war Doris schon immer eine knappe halbe Stunde vorher, praktisch zum Frühstück, erschienen, kaum daß sie und Simon im Bad fertig waren. Paula hegte den Verdacht, Doris lauere gegenüber am Fenster darauf, daß in ihrem Bad das Licht aus- und in der Küche anging, um mit einer Tüte frischer Semmeln herüberzueilen, welche sie vom Morgenspaziergang mit Klein-Anton mitbrachte.

Doris akzeptierte die Mitteilung ohne Widerspruch. Sie verlangte nicht einmal eine Erklärung.

»Ist in Ordnung, ganz wie du meinst«, sagte sie mit einem wäßrigen Lächeln. »Übrigens, übermorgen ist Theatersitzung, um acht. Barbara hat mich angerufen, ich soll's dir sagen. Vorschläge fürs neue Stück, Besetzungsmöglichkeiten und so weiter. Du spielst doch wieder mit, oder?«

»Ich weiß nicht recht. Ich möchte Simon nicht so oft alleine lassen. Wenn überhaupt, dann nur was ganz Kleines.«

»Ich kann doch auf ihn aufpassen.« Natürlich, dachte Paula, das würde dir so passen.

»Warum spielst du nicht mal eine größere Rolle?« fragte Paula. »Es würde dich ein bißchen ablenken.«

»Vielleicht«, meinte Doris ausweichend, »wenn uns die Generalin überhaupt läßt.«

»Wird Zeit, daß sie mal Konkurrenz kriegt. Los, Simon, sag Anton gute Nacht, wir gehen jetzt.« Unter viel Trara verabschiedete sich Simon von seinem Hund. »Also, dann bis...«, Paula hielt verlegen inne, denn beinahe hätte sie »morgen früh« gesagt, »...bis morgen nachmittag.«

Paula gelang es, Katharina für den Abend der Theatersitzung als Babysitterin zu verpflichten, und als sie eben am

Hinausgehen war, klingelte das Telefon. Es war Doris.
»Bist du fertig?«

»Ja, sofort.«

»Ist Katharina schon da?«

»Ja, sie ist da.«

Paula warnte Katharina augenzwinkernd vor der Verderbtheit des Privatfernsehens und gab Simon einen Gutenachtkuß. Vor dem Spiegel in der Diele trug sie noch rasch Lippenstift auf. Sie fand, daß sie heute recht passabel aussah. Daß sie überhaupt noch recht passabel aussah. Zwar nicht mehr jugendlich, aber auch noch nicht verbraucht. Gut abgelagert, wie die Bordeauxweine in ihrem Keller. Selbstbewußt lächelte sie sich zu. Sie freute sich auf die neue Theatersaison, hatte insgeheim beschlossen, trotz des zusätzlichen Zeitaufwands mitzumachen. ›Ich wußte es doch immer: Theater macht süchtig‹, hätte Lilli bestimmt dazu gesagt. Eine kleine Rolle nur. Es würde auch sie, Paula, ein wenig von ihren Problemen ablenken.

Während sie zu Doris hinüberging, hatte sie das Gefühl, die Talsohle der letzten Wochen durchschritten zu haben. Ihre Anwältin hatte ihr heute die Kopie eines Schreibens geschickt, in dem sie Klaus und seinen Anwalt gehörig in die Schranken wies. Es wird alles wieder in Ordnung kommen, dachte Paula zuversichtlich, mit Simon, mit Doris und mit mir selber. Sogar Jäckle hielt momentan still, er hatte sie nicht weiter mit Fragen bedrängt, und daß Kolja Bosenkow seit dem Brand spurlos verschwunden zu sein schien, hatte neben einem leisen, wehmütigen Nachgeschmack sicher auch sein Gutes. Irgendwo tief im Innern hatte Paula von Anfang an gewußt, daß dieses Erlebnis mit ihm einmalig war und es auch bleiben würde.

»Schick siehst du aus«, sagte Doris beim Einsteigen. Paula hatte angeboten zu fahren.

»War beim Friseur.«

»Nein, überhaupt. Du solltest öfter ein Kleid anziehen.«

»Danke.« Paula lächelte und deklamierte: »Sie tauschten noch ein paar letzte Höflichkeiten, ehe sie sich im erbarmungslosen Kampf um die Hauptrolle an die Kehlen sprangen und sich die frisch gefönten Haare vom Kopfe rissen.«

Doris' Gesicht erhellte sich spürbar, sie griff den lockeren Ton auf: »Es ist schon ein Unding, mit was für Leuten wir freiwillig unsere Freizeit verbringen.«

»Einer alternden Möchtegern-Diva mit Toskana-Tick...«, begann Paula.

»... einem Egomanen, dessen Witze so abgeschmackt sind wie sein Bärtchen lächerlich«, fiel Doris ein, und zum ersten Mal seit langer Zeit lachten sie wieder zusammen.

»Eigentlich müßte mal ein Theaterstück über unsere Truppe geschrieben werden«, schlug Paula vor.

»Besonders über die Premierenabende.«

Die Premieren. Die Premieren waren ein Schauspiel für sich. Die ganze Prominenz des Ortes strömte dann herbei. Wer zwei solcher Karten in seinem Briefkasten fand, von Barbara als Vorstandsmitglied persönlich unterzeichnet, der durfte sich ab sofort zur Kleinstadt-High-Society zählen. Barbara führte das ganze Jahr über ebenso akribisch wie gnadenlos ihre In- und Out-Liste, und manchem erschien ein solches Paar Karten erstrebenswerter als das Bundesverdienstkreuz am Band oder ein Ehrentribünenplatz beim örtlichen Fußballverein. Als Dank für die Freikarten bekam Barbara bei der Premierenfeier zahlreiche dicke Blumensträuße und noch dickere Schecks überreicht. Erstere wurden an die Mitglieder des Ensembles verteilt, letztere leitete Barbara umgehend an Hermann weiter, der dafür sorgte, daß die großherzigen Gaben bei der nächsten Steuererklärung die schwere Zahlungslast der Wohltäter milderten. So kam das private Amateurtheater auf diskrete Weise in den Genuß staatlicher Subventionen. Paula, mit ihrem gut entwickelten Sinn für Ironie, ergötzte sich jedes

Mal aufs neue an dieser Prozedur. Was sie jedoch gelegentlich wurmte, war die Tatsache, daß niemand es wagte, ein Stück auf die Bühne zu bringen, das keine entsprechende Rolle für Barbara enthielt. Auch Stücke mit zwei ebenbürtigen weiblichen Hauptrollen hatten es schwer. In der Regel suchte Barbara das Stück aus, natürlich in »Absprache« mit dem Regisseur, der es dann zu Beginn der neuen Spielzeit als seine Idee verkaufte. In einer offiziellen Mitgliederversammlung wurde darüber abgestimmt. Es ging stets korrekt und demokratisch zu beim Bachgassen-Theater.

Paula parkte auf der Rückseite des Gebäudes, einem unbeleuchteten Hinterhof. Sie waren die letzten. Gudrun Grabitzke, seit Jahren Faktotum und Maskenbildnerin, stand hinter Barbara Ullrichs alter Kücheneinrichtung, die man zu einem improvisierten Tresen umgebaut hatte, und kochte Kaffee. Ihr Mann Erich verteilte die Tassen; er war ein eher mittelmäßiger Schauspieler, jedoch ein hervorragender Kassenwart, der die Finanzen des Vereins wie den Kronschatz hütete. Siggi Fuchs und er gerieten sich jedes Jahr wegen der Kosten für Kostüme und Bühnenausstattung in die Haare, weshalb Erich Grabitzke schon fast gar keine mehr hatte. Nebenan, in der verwinkelten und vollgepfropften Requisitenkammer, sahen sich Frank Mückel, ein unheimlich dicker Hals-Nasen-Ohren-Arzt, künstlerisch durchaus begabt, aber ohne große Ambitionen, und Gitta, eine Germanistikstudentin, die neue Videoausrüstung an. Um deren Anschaffung hatten Siggi und Erich einen jahrelangen erbitterten Kampf ausgefochten. Günther Schubert, ein ruhiger, arbeitsamer Pensionär, der für Technik und Bühnenbau verantwortlich war, erklärte ihnen stolz die Details. Und es flatterten auch schon die neuen Hühnchen herum. Regelmäßig zu Beginn jeder Saison schossen sie aus dem Boden wie die Krokusse im Frühjahr, überzeugt, hier das Sprungbrett zu einer glänzenden Bühnenlaufbahn zu betreten. Kaum eine besaß genug Durchhaltevermögen, um länger als ein Jahr bei der Stange zu bleiben, aber der Nachschub blieb niemals aus. Die diesjährigen Hühnchen hießen Jessica und Daniela, wobei jetzt schon klar war, daß Jessica früher oder später an Vitos schwarzbehaarter Brust landen würde, denn sie war groß, blondlockig bis hinab zu ihrem strammen kleinen Hintern und besuchte eine Kosmetikschule. Daniela schied klar aus, sie war stämmig, dunkelhaarig und hatte Abitur.

»Na endlich«, knurrte Siggi Fuchs, als Paula und Doris an dem großen runden Tisch Platz genommen hatten. »Dann kann's ja losgehen.«

»Vito fehlt.« Barbara blickte unruhig zur Uhr, es war schon nach halb neun.

»Auf den warten wir nicht«, sagte Siggi bestimmt. »Wenn er jetzt schon zu spät kommt, kann er uns gleich gestohlen bleiben.«

Zu Paulas Bedauern ging in diesem Moment die Tür auf, und Vito hatte seinen Auftritt. Sein Gesicht – manche Frauen mochten es anziehend finden, Paula fand es zu glatt und nichtssagend – zeigte einen gehetzten Ausdruck, als käme er geradewegs aus einer Aufsichtsratssitzung, mit einem kleinen Zwischenstopp im Sonnenstudio. Wie immer trug er seinen windigen schwarzen Aktenkoffer, aus der Tasche seines modisch zerknitterten Leinenblazers lugte ein Handy.

»Sorry folks«, meinte er mit reuigem Hundeblick, »kein Parkplatz.« Paula verdrehte die Augen und unterdrückte den Impuls, ihn zu fragen, ob es sich bei dem Handy um eine Attrappe handelte.

»Im Hinterhof ist doch genug Platz«, wies ihn Barbara zurecht. Vito schnippte ein unsichtbares Staubkorn von der Sitzfläche des letzten freien Stuhls, durch einen puren Zufall war es der neben Barbara, und ließ sich breitbeinig darauf nieder.

»Da steht er jetzt auch. Aber wohl ist mir dabei nicht, es ist da so dunkel, kein Mensch sieht, wenn er geklaut wird.«

»Er« war sein BMW-Cabrio. Paula hätte am liebsten den Platz gewechselt, denn jetzt saß dieser Mensch ihr genau gegenüber, so daß sie ihn andauernd im Blickfeld hatte.

»So einen gräßlich aufgemotzten Kübel klaut höchstens ein entarteter Mantafahrer«, murmelte Paula Doris zu, gerade noch so laut, daß jeder es hören konnte. Paula nahm sich jedes Mal vor, Vito einfach zu ignorieren. Jedesmal blieb es beim Vorsatz.

»Wem gehört denn der affenscharfe Alfa Spider da draußen?« fragte er interessiert und musterte dabei Jessica, die ihm hungrig zulächelte.

»Mir gehört der«, sagte Paula.

»Tatsächlich?« Er zog verwundert seine schwarzgefärbten Brauen hoch. »Hätte ich dir gar nicht zugetraut.« Verärgert stellte Paula fest, daß sie sich über Vitos Bemerkung wider alle Vernunft aufregte. Man traut mir offenbar gar nichts zu, dachte sie gekränkt. Kein nettes Kind, kein schickes Auto... Sie versank in mißmutige Grübeleien, während Siggi Fuchs über die Pannen der vergangenen Saison schimpfte, und klinkte sich erst wieder geistig ein, als auch Siggi in der Gegenwart angekommen war: »Mein Vorschlag für das neue Stück lautet«, er legte eine spannungsteigernde Pause ein, »Tennessee Williams: *Die Katze auf dem heißen Blechdach*. Kennt jeder das Stück?«

Alle nickten, aber niemand sagte ein Wort, nur Gitta murmelte etwas von einem alten Hut. Siggi zwirbelte abwartend seinen Vanillebart, Paula äugte verstohlen zu Barbara hinüber. Das darf nicht wahr sein, dachte sie halb entsetzt, halb belustigt. Die Maggie im Stück ist eine junge Ehefrau! Kannte Barbara denn überhaupt keine Schamgrenzen mehr? Oder war Siggi seinen Job diesmal endgültig leid?

»Das ist keine schlechte Idee«, hörte sie zu ihrer Verblüffung Barbara sagen, »das wäre eine Möglichkeit für unsere Nachwuchstalente.« Sie sah in die Runde, ohne jemand bestimmten anzublicken. Goldlöckchen bekam einen langen Hals.

»Nachdem wir einen Krimi gespielt haben und niemand von uns schon wieder einen Klassiker haben wollte, fände ich so ein altbewährtes Boulevardstück nicht schlecht«, fuhr Siggi fort, während Paula sich noch immer über Barbara wunderte. Das mußten die beiden heimlich abgesprochen haben, so wie immer, zweifellos, aber was war der Grund?

»Den Big Daddy könntest du spielen, Dieter, wenn wir dich ein bißchen auf alt schminken.« Siggi blickte Gudrun an und wartete wie ein Dirigent auf ihre prompte Zustimmung. Sie enttäuschte ihn nicht. »Auf alt schminken ist einfach. Umgekehrt wird's schon schwieriger.«

Dieter König nickte brummend, mehr an Kommentar hatte auch niemand von ihm erwartet. Er war ein eigenbrötlerischer Lehrer um die Fünfzig, der beste männliche Darsteller der Truppe. Er und Barbara waren seit Jahren ein fein aufeinander abgestimmtes Bühnenpaar, auch wenn in der Garderobe manchmal die Fetzen flogen und leidenschaftliche Nie-wieder-Gelöbnisse ausgestoßen wurden. Paula staunte, denn beinahe automatisch hatte Siggi damit angedeutet, daß Barbara die Big Mama spielen sollte. Eine Frau um die Sechzig, mindestens. Eine Nebenrolle und eine etwas lächerliche Figur dazu. Doris war es, die es nun vor Neugier nicht mehr aushielt; sie platzte mit der Frage heraus, die wie ein Gespenst im Raum schwebte: »Und wer spielt Maggie, die Katze?«

Ehe Siggi Atem holen konnte, entgegnete Barbara: »Also ich auf keinen Fall«, sie lächelte kokett in die Runde, »falls jemand an mich gedacht haben sollte. Ich werde dieses Jahr etwas zurückstecken, aus persönlichen Grün-

175

den.« Sie setzte eine geheimnisvolle Miene auf und erreichte damit das, was sie am meisten genoß: Alle sahen sie an.

Eine Sekunde herrschte Schweigen, dann fragte Dieter spöttisch: »Was ist los? Bist du schwanger?«

Frank und Gitta konnten sich ein Kichern nicht verkneifen, und Barbara wurde tatsächlich ein wenig rot. »Blödmann«, sagte sie und verkündete dann umständlich schnörkelreich: »Es ist noch nicht offiziell, eigentlich dürfte ich noch gar nicht darüber reden, aber ihr werdet es in wenigen Tagen ja doch erfahren: Mein Hermann wird sich für die Position des Bürgermeisterkandidaten aufstellen lassen.«

Ein Murmeln ging durch die Runde, Dr. Mückel stieß einen Pfiff aus.

»Und da ich ihn im Wahlkampf«, sie sprach das Wort aus, als ob es um den Posten des Ministerpräsidenten ginge, »tatkräftig unterstützen werde, kann ich mich dieses Mal nicht mit einer großen Rolle belasten.«

Der gute Hermann, dachte Paula, immer noch ein Schrittchen höher auf der Leiter.

»Das kommt hoffentlich unserer Theaterkasse zugute.«

»Also wirklich, Erich«, empörte sich Barbara, »wie kannst du jetzt schon an so was denken. Erst muß er mal gewählt werden, und falls das der Fall sein sollte«, sie lächelte siegessicher, denn so, wie die Verhältnisse lagen, würde sich Hermann Ullrich nur durch Selbstmord einem Wahlsieg entziehen können, »dann werden unsere Anträge genauso sorgfältig und korrekt behandelt wie die aller anderen Vereine auch. Hermann würde sich nie dem Ruch der Protektion aussetzen.«

Paula und Doris sahen sich kurz an und verbissen sich das Lachen.

»Schön«, unterbrach Siggi, »aber zurück zu unseren Besetzungsmöglichkeiten. Doris wollte wissen, wer die Maggie spielt.« Sogleich wurde es ruhig, gespanntes Schweigen knisterte im Raum. »Na, Paula, wie wär's?«

»Ich? Nein«, sagte Paula erschrocken. »Ich kann Simon keine zwei, drei Abende in der Woche allein lassen. Außerdem habe ich noch meine Termine für die Zeitung. Nein, tut mir leid.« Paula schüttelte entschlossen den Kopf.

»Es geht diesmal schnell«, gab Siggi zu bedenken. »Kurz, aber heftig, hähähä.« Niemand lachte. Paula warf ihm einen Blick zu, der ihn sofort wieder sachlich werden ließ. »Wir wollen schon im Mai Premiere haben, weil wir im Herbst wieder mal ein Kinderstück machen wollen. Also nur gute drei Monate Proben. Mit den Probeterminen könnten wir flexibel sein, weil sehr viele Szenen nur die zwei Hauptdarsteller betreffen. Und im zweiten Akt wärst du so gut wie gar nicht dran. Lediglich der erste, der hat's in sich.«

»Warum nimmst du nicht Doris?« schlug Paula vor. »Sie hat genau das Alter dazu.«

Siggi sah sie und Doris abwechselnd an. »Es schadet nichts, wenn die Maggie nicht mehr ganz so jung ist.«

»Danke«, grinste Paula gutmütig.

Siggi tat ein paar Sekunden, als zerbreche er sich den Kopf, wobei er seine rechte Barthälfte nudelte. »Doris kann spielen. Sehr gut sogar, daran gibt es keinen Zweifel. Aber du, Paula, du wärst der ideale Typ für die Rolle. Schon vom Aussehen her. Und dann...«, er lächelte süffisant, »dieses leidenschaftliche Temperament unter einer äußerlich spröden...«

»Spar dir den Schwulst.«

Siggi überging Paulas Einwurf: »Die Leute haben bei diesem Stück unweigerlich die junge Liz Taylor im Hinterkopf. Irgendwie erwartet man so einen Typ auf der Bühne, glaubt mir, das ist nun mal so. Paula, bitte, überleg dir das noch mal, du wärst wirklich meine Wunschbesetzung. Ansonsten weiß ich nicht, ob ich das Stück überhaupt mache.«

177

»Das ist Erpressung«, rief Paula, aber ein klein wenig fühlte sie sich doch geschmeichelt. Mit Liz Taylor, der jungen Liz Taylor, hatte sie noch niemand verglichen. Sie lenkte ein: »Es kommt immer noch drauf an, wer Maggies Ehemann spielt. Diesen Brick, den gescheiterten Footballspieler, der säuft. Oder war es Baseball?«

»Football«, erklärte Barbara schnell. »Ich denke, dafür käme Vito in Frage.«

Bevor Paula ihr entschiedenes »Nein« loswerden konnte, sprang Vito von seinem Sitz auf. »Was? Ich? Mit ihr? Das ist doch wohl nicht euer Ernst!«

»Vito, reiß dich zusammen«, mahnte Siggi.

Vito riß sich nicht zusammen. Seine Mundwinkel verzogen sich zu einem verächtlichen Grinsen. »Da kommen sicher Liebesszenen vor, oder? Sag«, er wandte sich direkt an Paula, »weißt du überhaupt, wie so was geht?«

»Was soll das?« fuhr Barbara scharf dazwischen. Obwohl sie ihr Alter gerne etwas herunterspielte, betrachtete sie sich doch als eine Art Mutter dieser Truppe, und als solche konnte sie es nicht dulden, daß sich einer ihrer Zöglinge so danebenbenahm. Etwas ruhiger erklärte sie: »Es gibt keine Liebesszenen. Bis auf den Schluß streiten sich die zwei andauernd, das würde gut passen.«

Vito widersprach: »Sie ist viel zu alt für mich. Sie könnte ja fast meine Mutter sein, ich mache mich doch nicht lächerlich!«

Paula fühlte das Blut in den Kopf schießen. Sie verstand nicht, was mit Vito los war. Bis jetzt hatte sich ihre gegenseitige Abneigung höchstens in bissigen kleinen Bemerkungen ausgedrückt, manchmal war es fast eine Art Spiel gewesen. Nun dieser plumpe, häßliche Frontalangriff.

»Was bildest du dir eigentlich ein!« fauchte sie, und es sah einen Moment so aus, als wollte sie ihm quer über die Tischplatte an die Gurgel springen. »Denkst du, ich würde mit *dir* spielen? Niemals!«

»Paula, bitte«, mahnte Barbara mit Blick auf die verschreckten Hühnchen.

Aber Vito wollte es offenbar wissen: »Glaubst du wirklich, du könntest diese Margaret spielen? Diese Frau hat nämlich jede Menge Sex-Appeal. Falls dir's noch keiner gesagt hat – du wirkst ungefähr so sexy wie ein Gummistiefel.«

Paula wollte ihm etwas Geistreiches, Vernichtendes entgegnen, aber sie unterlag ihrer alten Schwäche. Wenn man sie über ein gewisses Maß hinaus reizte, verlor sie die Beherrschung. Mit den Jahren war es ihr gelungen, diese Grenze höher und höher zu schrauben, aber Vito hatte sie nun erreicht. Wie eine Furie schoß sie von ihrem Stuhl hoch, der hinter ihr zu Boden krachte. Paula kümmerte es nicht, sie brüllte Vito an: »Du bist nicht nur ein schmieriger kleiner Scheißer, du bist auch ein miserabler Schauspieler! Du kommst doch bloß hierher, um billig an einen Aufriß zu kommen!«

Er preßte ein affektiertes Kichern hervor, das sich wie Raucherhusten anhörte: »Haha, Paula Nickel und Liz Taylor, so ein Witz! Die Taylor war alles andere als frigide. Und sie war auch nicht verrückt.«

Es war nicht, wie die meisten im Raum vermuteten, das Wort »frigide«, das Paula endgültig in Rage brachte. Paula wußte um den Ruf, der ihr nachhing, seit sie einmal erklärt hatte, Sex sei etwas für Kaninchen und Teenager.

Es war das andere Wort. Sie ergriff ihre leere Kaffeetasse und schleuderte sie in seine Richtung. Natürlich verfehlte sie ihn. Er lachte, ein dreckiges, meckerndes Lachen, während blitzartig Bewegung in die Versammlung kam: Barbara, die das Wurfgeschoß an der Schulter gestreift hatte, schnellte mit einem Schrei hoch, Gudrun eilte herbei und begann auf Vito einzureden, der jedoch betont gelassen sitzen blieb, den linken Fuß auf dem rechten Knie, die Daumen hinter seinen geflochtenen Gürtel geklemmt.

Paula schickte sich an, um den Tisch herumzugehen und Vito zu ohrfeigen.

Mit eisernem Griff hielt Siggi sie fest. »Beruhige dich, das ist er doch nicht wert«, knirschte er Paula ins Ohr, während Dieter König vergeblich um Ruhe bat und Günther Schubert auf seinen kurzen, krummen Dackelbeinen in den Requisitenraum flüchtete.

Erich Grabitzke verzog sich hinter die Theke und murmelte immerzu: »Aber, aber«, Gitta rückte lautstark mit ihrem Stuhl zurück und hielt sich die Hände vors Gesicht, als fürchtete sie noch mehr fliegende Gegenstände. Die Hühnchen hatten ängstlich die Köpfe einzogen. So hatten sie sich Theaterarbeit nicht vorgestellt. Frank Mückel versicherte ihnen fortwährend, wie eine hängengebliebene Schallplatte, daß es bei ihnen nicht immer so zuginge, wirklich nicht, wobei seine Hand beruhigend Jessicas Lockenpracht tätschelte. Doris war sitzen geblieben und verfolgte das Geschehen mit distanzierter Aufmerksamkeit.

Vito goß noch einen Schuß Öl ins Feuer, er bleckte sein Reklamegebiß zu einer Art Lächeln und sagte leise: »Oh, es tut mir leid, Paula. Wußte nicht, daß das dein wunder Punkt ist...«

»Halt jetzt endlich die Schnauze, Vito!« Siggi wurde laut, die anderen ruhig, bis auf Paula.

»Paß bloß auf, daß du mir heute nicht mehr in die Quere kommst«, zischte sie über den Tisch hinweg.

»Ach?« fragte Vito zurück, »was passiert dann? Willst du mich umbringen?«

»Worauf du Gift nehmen kannst«, antwortete Paula, noch immer bebend vor Zorn.

»*Ruhe!* Ruhe, verdammt noch mal.« Es kam selten vor, daß Siggi Fuchs schrie. Sein Gesichtsausdruck war der eines wütenden Pavianmännchens. »Vito, halt's Maul, oder geh raus!« Vito hob die Hände, eine Geste, als sei er nur durch Zufall in diesen Tumult hineingeraten. Etwas

weniger lautstark machte Siggi seine Position deutlich:
»Ich allein entscheide hier, wer was mit wem spielt. Und
alles, was ihr dazu sagen könnt, ist ja oder nein. Ist das
klar?« Er musterte seine Truppe wie einen Rekruten-
haufen beim Morgenappell. Es wurde tatsächlich auffallend still.

»Na also.« Siggi grinste. »Paula, dein Ausbruch eben bestätigt mich in meiner Wahl, dich die Maggie spielen zu lassen. Wir könnten es natürlich auch mit *Virginia Woolf* versuchen.« Alle lachten erleichtert, sogar Paula brachte ein
dankbares Lächeln zustande. Sie verbarg ihre zitternden
Hände unter dem Tisch und vermied es, zu Vito hinüber-
zusehen.

An diesem Abend blieb die Rollenverteilung offen.
Man sprach nur noch über Aufführungstermine und Bühnenausstattung, Siggi Fuchs verteilte die Textbücher, und
nach und nach verließen die Mitglieder des Bachgassen-
Theaters den Probenraum. Paula und Doris waren die letzten, da Doris angeboten hatte, den Tisch abzuräumen und
die Tassen zu spülen. Paula half ihr, sie hatte es eilig. Katharina mußte nach Hause, morgen war Schule.

»Laß stehen«, sagte sie zu Doris, »die trocknen von selber.« Sie löschten die Lichter und schlossen ab. Auf dem
Hof begann Paula zunehmend hektischer in ihrer Handtasche zu wühlen.

»Ich verstehe das nicht. Wo ist bloß der Autoschlüssel?«

»Hast du ihn drin gelassen?« fragte Doris.

»Eigentlich ist er immer in meiner Tasche.« Paula schüt-
tete den Inhalt auf die Kühlerhaube. »Mist, ist das dunkel.«

»Hier.« Doris beleuchtete die verstreuten Utensilien mit
einem Feuerzeug. Kein Autoschlüssel. »Und in deiner
Jacke?«

»Auch nicht. Ich geh' noch mal rein. Vielleicht ist er
rausgefallen, als... der Stuhl umfiel. Mensch, für heute
reicht's mir aber.«

»Soll ich mit?« fragte Doris, aber Paula war schon an der Tür. Sie schloß auf und knipste das Licht an. Der Probenraum befand sich unter der Bühne und war fast genauso groß. Die bröseligen Wände waren mit schwarzen Tüchern verhüllt. Auf der Bühne selbst wurde erst später geprobt, wenn die wichtigsten Bühnenbauten fertig waren.

Im Probenraum fand sie das Schlüsselbund nicht. Paula überlegte. War sie im Requisitenraum gewesen? Ja, gleich am Anfang, um die Videokamera zu begutachten. Der Requisitenraum war ein einziges Chaos. Kulissen, Requisiten, technische Ausrüstung und allerlei Krempel lagerten dort, seit Jahren schon plante man vergebens einen Wochenendeinsatz, um das verstaubte Durcheinander zu sortieren und zu entrümpeln. Ein unbestimmtes Angstgefühl ließ Paula zögern. Noch nie war sie alleine da drin gewesen, schon gar nicht bei Nacht. Sollte sie nicht lieber Doris bitten, ihr zu helfen? Unsinn, sagte sie sich entschlossen, schließlich war sie kein kleines Kind mehr. Sie nahm die zwei Stufen und öffnete die Tür. Nie vorher war ihr aufgefallen, wie laut sie quietschte. Ein Streifen Licht durchschnitt den dunklen Raum, und Paula stieß vor Entsetzen einen röchelnden Laut aus. Gelbleuchtende Schlitzaugen funkelten sie an, grünlich quoll die Zunge aus der Höhle des schwarz gähnenden Mauls, in dem scharfzackige Zähne wie gelbliche Splitter durcheinanderstanden. Der Kopf der Kreatur war riesig und grinste sie idiotisch an. Der Schrecken pochte ihr noch in den Fingerspitzen, trotzdem mußte Paula lächeln. Der Drache Elliott. Das Kinderstück, vor drei Jahren. Sie atmete tief durch. Es klickte, als sie den Lichtschalter umlegte. Am eisernen Kronleuchter brannten nur noch zwei schwache Lämpchen und verbreiteten ein schales Licht. Waren vorhin nicht noch alle vier Birnen intakt gewesen? Paula sah sich um. Die harmlosesten Dinge warfen jetzt unförmige Schatten, der hintere Teil des Raumes blieb völlig im Finstern. Sie bekam eine Gänsehaut.

Da, unter dem Stativ der Kamera lag der Schlüssel, mattglänzend im staubdurchwobenen Lichtschein. Ein Rätsel, wie er da hinkam. Sie ging darauf zu, als es hinter ihr plötzlich ein Geräusch gab. Es klang wie ein Miauen, aber ein *menschliches* Miauen. Paula fuhr herum. Diesmal war es kein Drachengesicht, das sie angrinste.

»Vito! Verdammt, was schleichst du denn hier rum?« Ihre Stimme klang längst nicht so selbstsicher wie ihre Worte.

Er löste sich aus dem Dunkel und näherte sich. Er sagte kein Wort, was Paula zusehends verunsicherte.

»Ich… ich habe meinen Autoschlüssel vergessen«, erklärte sie und fragte sich im selben Moment, was ihn das eigentlich anging. Er stand jetzt zwischen ihr und der Kamera und sah sie spöttisch an. Paula versuchte, ihrem Ton Entschlossenheit zu verleihen.

»Würdest du mich bitte vorbei lassen?« Sie fühlte sich unwohl. Aus seiner Körperhaltung war die aufgesetzte Lässigkeit gewichen; so wie er dastand, hatte er etwas Bedrohliches. Hatte er den Schlüssel aus ihrer Tasche genommen? Vito hob den Schlüssel auf und reichte ihn ihr, aber im letzten Moment zog er die Hand weg.

»Was soll das? Ich glaube, für heute hast du dir genug erlaubt, oder?«

»Du kriegst ihn erst, wenn du dich bei mir entschuldigst.«

»Das… das soll wohl ein Witz sein«, stammelte Paula. Sie stieß gegen etwas Rauhes. Wieso stand sie auf einmal mit dem Rücken zur Wand?

Vito kam mit wenigen Schritten auf sie zu, sein Schatten grub sich in die schmutzigweiße Mauer hinter ihr, fiel über ihren Körper, ihr Gesicht, sie konnte sein aufdringliches Rasierwasser riechen und seinen Atem, der ihr bestätigte, was sie längst vermutet hatte: Unter seiner smarten Schale war er faul. Aufreizend klimperte er mit dem

Schlüssel hinter seinem Rücken. »Die Entschuldigung. Ich warte«, sagte er in einem kindischen Singsang.

»Verschwinde!« Paula war jetzt nur noch wütend.

Vito warf den Schlüssel hinter sich auf den großen Tisch. Paula wollte ihn nehmen, aber daran hinderten sie Vitos Hände an der Wand, dicht neben ihren Schultern. Sein Gesicht war so nah, daß sie trotz der schlechten Beleuchtung die groben Poren auf seiner Nase erkennen konnte.

»Laß die Faxen«, sagte Paula mühsam beherrscht.

»He, Paula, wie wär's mit einem Quickie?« In Vitos Augen blitzte es auf, als wäre ihm die Idee eben erst gekommen.

Seltsamerweise lösten diese Worte bei Paula den Knoten in ihrem Innern. Das war typisch Vito, das war sein vertrautes Terrain. Sie blickte ihm entschlossen in die Augen.

»Vergiß es. Schließlich bin ich frigide. Hast du vorhin selbst gesagt.« Sie wollte seinen Unterarm wegnehmen, aber es war, als stemme sie sich gegen ein Treppengeländer. Sie hätte sich bücken und vielleicht blitzschnell unter seinem Arm hindurchschlüpfen können. Sie tat es nicht. Paula Nickel bückte sich nicht vor einem, der sich »Vito« nannte.

»Du könntest mich vom Gegenteil überzeugen.« Sein Gesicht kam dem ihren immer näher. Sie bekam Lust, ihn anzuspucken.

»Geh weg«, sagte Paula angeekelt, »du riechst aus dem Mund. Es stinkt wie altes Blumenwasser.« Für einen Moment war Vito ehrlich schockiert. Das nutzte Paula. Sie stieß ihn mit aller Kraft von sich, es war leichter, als sie gedacht hatte. Vito geriet ins Wanken, er fluchte, machte ein, zwei Schritte rückwärts, dann stolperte er über irgend etwas am Boden, der große Tisch, auf dem noch immer der Schlüssel lag, wackelte, als er dagegen stieß, ein mehrarmiger Kerzenleuchter fiel scheppernd von einem Regal. Vito knallte hin wie ein umgeworfener Sack.

Paula war in drei Sätzen an der Tür, sprang die zwei Stufen hinunter, und in diesem Moment ging die Tür des Probenraums auf, und Doris kam herein. »Wo bleibst du denn so lange, soll ich dir suchen…«, sie stutzte, als sie Paula ansah. »Was ist denn los?«

Paula schluckte erleichtert. Wie gut, daß sie endlich da war. Sie gab Doris eine knappe Erklärung, und zusammen gingen sie die Stufen hinauf. Vito lag noch immer da, halb unter dem Tisch, so wie er gestürzt war.

»Steh auf!« herrschte ihn Paula an. »Los, steh auf! Denk nicht, daß ich dir auch noch helfe.«

Keine Antwort. Der Schatten des Tisches machte es unmöglich, seine Gesichtszüge zu erkennen. Paula wagte nicht, zu ihm hinzugehen, sie vermutete einen seiner fiesen Tricks. Sie rief eine Spur freundlicher: »He, du kannst aufstehen. Die Vorstellung ist zu Ende!«

Doris drängelte sich an Paula vorbei und beugte sich zu Vito hinunter. Paula verspürte auf einmal ein mulmiges Gefühl im Magen. Sie konnte nur Doris' Rücken erkennen, als die sich an Vito zu schaffen machte.

»Was… was ist mit ihm?«

Doris drehte sich um. »Er ist tot, Paula.«

»Was?«

Doris war aufgestanden. Vito lag da, die Augen fast geschlossen, den Mund halb offen, und jetzt erkannte Paula die dunkle, im schwachen Licht feucht glitzernde Flüssigkeit, die unter seinem linken Ohr auf den Holzboden floß. Blut. Das Blut, das Holz, das es aufsaugen würde wie ein Schwamm… Wie der Hamster, schoß es Paula in diesem Moment durch den Kopf. Er ist so tot wie der Hamster. Sie brachte es nicht fertig, ihn anzufassen. Ein kaltes, bodenloses Grauen legte sich auf sie, ein großer, schwerer Stein. Sie spürte Doris' Hände an ihren Schultern, die sie umdrehten und von Vito wegzogen. Wie ferngesteuert folgte sie ihr in den Probenraum.

»Wir müssen einen Krankenwagen rufen«, rief Paula in plötzlich aufflammender Panik, »vielleicht irrst du dich!« Sie wollte zum Ausgang stürzen, aber Doris' Stimme rief sie zurück.

»Warte! Ich irre mich nicht. Er ist tot. Er muß gegen die Tischkante gefallen sein.«

»Dann... dann müssen wir die Polizei rufen.« Paula konnte es noch immer nicht glauben, sie erwartete, jeden Augenblick müsse Vito im Türrahmen erscheinen, eine blöde Bemerkung auf den Lippen.

»Moment mal«, bat Doris und hob beschwörend ihre Hände. »Laß mich eine Sekunde nachdenken. Sei einen Augenblick still und laß mich überlegen. Und mach die Tür zu.« Paula war sich nicht sicher, welche sie meinte, aber sie schloß die Tür, die vom Probenraum nach draußen führte. Dann blieb sie hilflos stehen und beobachtete verdutzt, wie Doris sich auf einen Stuhl setzte, die Fingerspitzen konzentriert gegen die Schläfen preßte, als wolle sie gleich ihr autogenes Training beginnen. Nach ein paar zähen Sekunden hob sie den Kopf und sagte: »Du kannst nicht zur Polizei gehen.«

»Aber Doris! Es war Notwehr, er wollte... wollte...«

»Ist mir schon klar, was der wollte«, nickte Doris, »aber die ganze Truppe hat vorhin gehört, wie du ihm gedroht hast, ihn umzubringen.«

»Was? Das habe ich nicht! Jedenfalls nicht so gemeint.«

Paula wußte tatsächlich nicht mehr genau, was sie gesagt hatte, aber das spielte auch keine so große Rolle. Doris sprach ihren Gedanken aus: »Das zählt nicht, wie du das gemeint hast. Was zählt, ist, daß der Mistkerl tot ist, nachdem du dich mit ihm gestritten und ihn bedroht hast. Es ist fraglich, ob dir die Polizei Notwehr abkauft.«

»Aber es war...«

186

»Und selbst wenn«, unterbrach Doris und sah sie eindringlich an, »selbst wenn sie dir glauben, dann ist da immer noch das Jugendamt.«

Das Jugendamt. Der Brief. Der Prozeß. Sie würden ihr Simon wegnehmen. Allein ihr Name im Zusammenhang mit einem Tötungsdelikt, das würde der Schönhaar vollauf genügen. Schlaff ließ sie sich auf einen Stuhl sinken, Angst flackerte in ihren Augen. »Doris, was soll ich jetzt bloß machen?«

»Jetzt beruhige dich erst mal«, sagte Doris, und ihre Besonnenheit wirkte tatsächlich beruhigend auf Paula. Doris schien zu wissen, was zu tun war, denn sie entwickelte sofort einen Plan: »Wir fahren jetzt nach Hause, und du schickst Katharina heim, ganz normal. Laß dir bloß nichts anmerken.« Paula nickte. »Eins ist sicher«, erklärte Doris weiter, »wir können ihn nicht hier lassen. Der Verdacht würde sofort auf dich fallen, und wie ich dich kenne, sei mir nicht böse, aber einem verschärften Polizeiverhör hältst du nicht stand.« Da mochte Doris recht haben. Sie hatte ja in letzter Zeit genug Erfahrungen gesammelt.

»Wir schaffen ihn hier weg und lassen ihn irgendwo verschwinden. Man wird ihn so schnell nicht suchen, nach dem Auftritt heute wird sich keiner wundern, wenn er so bald nicht wieder auftaucht.«

»Aber seine Eltern, seine Freunde?«

Doris winkte ab. »Er ist nicht der Typ, der jeden Sonntag bei Muttern zu Mittag ißt. Soviel ich weiß, ist er mit denen längst verkracht. Falls ihn doch jemand vermißt, dann wird man die Ursache für sein Verschwinden eher in seinen dubiosen Geschäften suchen. Wir legen ihn in seinen Wagen, ich bringe ihn weg, dann stelle ich das Auto vor seine Wohnung.«

»Wo… wo willst du ihn hinbringen?« würgte Paula stockend hervor.

»Da wird mir schon noch was einfallen.«

Paula kam alles plötzlich total unwirklich vor. Wie ein Theaterstück, eine Filmszene.

»… müssen uns jetzt beeilen. Katharina könnte sich sonst wundern, wo du bleibst«, drang Doris' Stimme zu ihr durch. »Das größte Problem ist momentan: Wie kriegen wir ihn unbemerkt hier raus?«

»Durch das Tor hinter der Bühne. Es führt direkt zur Laderampe in den Hof.« Paula wunderte sich über sich selbst.

»Gute Idee.«

»Aber ich… ich weiß nicht, ob ich ihn noch mal anfassen kann.« Schon bei dem Gedanken wurde Paula speiübel, ihre Knie zitterten, obwohl sie noch immer auf ihrem Stuhl saß.

»Da mußt du durch. Alleine kriege ich ihn nicht die Treppe rauf.« Doris trat nahe an Paula heran. »Denk einfach an Simon. Tu es für Simon!« flüsterte sie heiser. »Diese Sache darf auf keinen Fall rauskommen, sonst verlierst du ihn auf Nimmerwiedersehen. Denk an die Schönhaar! Denk nur immer daran, dann schaffst du es schon.«

Paula rang nach Atem. Sie erhob sich und ging tapfer auf den Requisitenraum zu.

Doris folgte ihr. »Mach du das Tor auf. Aber nur einen Spalt.«

Dankbar für diesen harmlosen Auftrag, stieg Paula die Stufen zur Bühne empor. Die leeren Stuhlreihen schienen sie aus hundert Augen anzublicken, irgendwo knackte ein Holzbalken, als wollte er sie warnen. Sie nahm den Schlüssel vom Brett und öffnete das eiserne Tor, durch das früher die Kulissen verladen worden waren. Es quietschte, aber das machte nichts, hier gab es keine unmittelbaren Nachbarn. Der Stadtbach floß gleich hinter dem Hof vorbei, sein Rauschen würde alle Geräusche übertönen. Paula merkte, daß ihr Gesicht schweißnaß war. Wir dürfen nicht vergessen, alles wieder abzuschließen, dachte sie mit erstaunlicher Klarheit, auch die Tür zum Probenraum.

»Verdammt, wo bleibst du so lange«, herrschte Doris sie ungeduldig an, als sie den Requisitenraum wieder betrat. Doris hatte einen Rupfensack aufgeschnitten und Vito darin lose eingewickelt. Paula war froh, sein Gesicht nicht mehr sehen zu müssen.

»Los jetzt. Ich gehe voraus, nimm du die Beine.« Wie warm sie sich anfühlten, sogar durch den Stoff der dünnen Hose. Beinahe lebendig. Vitos Schuhe waren nachlässig geputzt. Wie kann ich jetzt an so was Profanes denken? Im letzten Stück hatten sie und Barbara Dieter Königs »Leiche« wegtragen müssen, an diese harmlose Vorstellung klammerte sich Paula, während sie Vito die steilen, engen Stiegen hinaufschleppten. Grinsend beobachtete der Drache ihr Tun. Es ist alles nicht wirklich, es ist nur ein Traum, ein Theaterstück...

Es ging leichter, als Paula geglaubt hatte, das Gewicht war weniger ein Problem als die Dunkelheit. Vorsichtshalber wollten sie kein Licht hinter der Bühne machen. Oben legten sie den Körper kurz ab. Der Sack hatte sich gelöst und gab einen Teil von Vitos Gesicht frei, beschienen vom blassen Wintermond, der eben hinter einer Wolke hervortrat. Paula wandte sich ab. Ihr grauste.

»Ich fahr' den Wagen ran«, wisperte Doris, von der Anstrengung etwas außer Atem, immerhin hatte sie das schwerere Ende geschleppt. Sie hielt bereits Vitos Wagenschlüssel in der Hand und sprang hinunter in den Hof, Paula hörte ein Türschloß und das elektrische Summen, mit dem sie das Autodach öffnete. Ihr fiel ein, daß ihr eigener Schlüssel noch immer da unten auf dem Tisch lag. Sie ging ihn holen. Die Blutflecken glänzten noch. Der größere hatte die Form eines lauerndes Tieres. Paula würgte. Sie mußten diese Spuren beseitigen. Ging das überhaupt? Der in ihrer Küche war jedenfalls immer noch zu sehen.

»Was ist denn?« rief Doris leise von oben. »Komm endlich. Bring seine Aktentasche mit.« Sie trugen Vito zur

Laderampe und ließen ihn direkt durch das geöffnete Verdeck auf den Rücksitz seines BMWs plumpsen. Paula erschauerte, ihr war, als hätte der tote Körper ein Stöhnen von sich gegeben, ehe er auf dem Sitz in sich zusammensank.

»Praktisch, diese Cabrios«, sagte Doris. Sie stand über den Wagen gebeugt und ordnete den Jutesack, so daß es aussah, als läge da hinten ein Haufen alter Lumpen. Sie lächelte Paula aufmunternd zu.

»Die Blutflecken... unten«, hauchte Paula. »Sie werden nicht ganz rausgehen.«

»Macht nichts. Wem sollten sie auffallen, bei dem Verhau? Solange niemand ahnt, daß Vito da unten... Mach nicht so ein verzweifeltes Gesicht! Das Gröbste ist geschafft. Morgen früh werde ich noch mal herkommen und eventuelle Spuren beseitigen. Hast du alle Lichter ausgemacht?« Paula nickte. »Dann sperr das Tor von innen ab, häng den Schlüssel wieder hin, und geh durch die Vordertür raus. Abschließen nicht vergessen.« Paula gehorchte, es tat ihr gut, strikte Anweisungen zu befolgen. Ihrem eigenen Denken vertraute sie momentan noch nicht.

»Jetzt fahr nach Hause«, sagte Doris. »Ich kümmere mich um den Rest«, sie sah Paula in die Augen und faßte sie an beiden Armen. »Es wird nie jemand davon erfahren, glaub mir. Ich regle das.«

»Danke«, war alles, was Paula herausbrachte. Doris stieg in Vitos Cabrio und wartete, bis Paula losgefahren war. Wo sie ihn wohl hinbrachte? Wahrscheinlich wußte sie es selber noch nicht. Vielleicht würde sie ihn von irgendeiner Brücke werfen. Sie fuhr wie in Trance nach Hause, der Lichtschein aus dem Wohnzimmer drang heimelig durch die hellen Gardinen.

Katharina saß auf dem Sofa und strickte. Es sei alles in Ordnung, meinte sie. »Und bei Ihnen?«

»Was? Wie?«

»Ich meine, wie war die Probe?«

»Oh, es war noch keine Probe. Es war nur eine Besprechung, wegen des neuen Stücks.«

»Ach so. Was wird denn als nächstes gespielt?«

»Das wissen wir noch nicht. Stell dir vor«, rief Paula mit einer künstlichen Munterkeit, die ihr selbst fremd war, »da diskutieren und beratschlagen wir stundenlang und wissen immer noch nichts. Komisch, was?«

»Wie bei uns in der Schule«, sagte Katharina, sammelte ihr Strickzeug auf und ging zur Tür. Hatte sie etwas bemerkt? Dieser seltsame Blick vorhin, oder bildete sie sich das nur ein? Wie benahm man sich unbefangen? Worüber sprach sie sonst mit diesem Mädchen?

»Wie geht's in der Schule?«

»So lala. Wenn ich die nächste Arbeit in Französisch nicht verpatze, dann darf ich vielleicht für drei Monate auf Schüleraustausch nach Südfrankreich.«

»Oh, tatsächlich?« Beinahe hätte Paula gefragt: ›Könnt ihr euch das leisten?‹ »Das ist schön. Dann streng dich mal an. Wenn ich dir irgendwie helfen kann... ich habe, glaube ich, noch nicht alles verlernt. Ich bin ja quasi in Frankreich aufgewachsen.« Dieses Geplapper, dieser krankhafte Redezwang!

»Ja, danke.« Katharina schlüpfte in ihre Sportjacke mit dem Aufdruck irgendeines amerikanischen Footballclubs. Football, Brick, Vito – nie wieder werde ich dieses Theater betreten können.

Paula drückte ihr dreißig Mark in die Hand, zehn mehr als sonst. »Weil's heute...«, sie wollte sagen ›etwas länger war‹, aber ein Blick zur Uhr zeigte ihr, daß es eigentlich gar nicht so spät war. Zwanzig nach elf. Es war nur sie selbst, für die eine Ewigkeit vergangen war, seit sie dieses Haus verlassen hatte. »... weil du immer so zuverlässig bist. Also dann, gute Nacht. Du bist doch mit dem Rad, oder?«

»Jaja, keine Sorge. Gute Nacht.«

Von einer guten Nacht konnte keine Rede sein. Paula verbrachte sie schlaflos, gepeinigt von tausend Ängsten und Fragen. Irgendwann sah sie vor Doris' Haus ein Taxi vorfahren.

Die folgenden Tage und das Wochenende erlebte Paula in nervlicher Hochspannung. Nachts quälten sie Träume, aus denen sie nach Luft ringend hochschreckte, mit dem Gefühl zu ersticken. In blutverschmutzten Kleidern wurde sie von der Polizei verfolgt und festgenommen, kein Versteck war sicher, man fand sie überall. Sie wurde des Kaufhausdiebstahls bezichtigt – die Kassiererin hatte Ähnlichkeit mit Barbara –, worauf sie guten Gewissens ihre Tasche öffnete und das absonderlichste Diebesgut zum Vorschein kam: eine blonde Perücke, ein Rosenkranz, ein blauer Seidenschal, ein Gedichtband, Make-up und Lippenstifte, ein Handy, ein gelber Vogel ohne Kopf. Vito starb noch einige Male auf unterschiedlichste Weise, der Tote wechselte die Gestalt wie ein Chamäleon, wurde zu Max, zu ihrem Vater, ihrem Bruder Bernd, einem ihrer Lehrer, ja sogar zu Tante Lilli und Simon, er löste sich bei Berührung in Luft auf oder stand plötzlich mit hämischem Grinsen in der Tür des Requisitenraums, worauf sie für ein paar glückliche, halbwache Momente erleichtert war, um dann beim endgültigen Erwachen der Wahrheit von neuem in ihr häßliches Gesicht sehen zu müssen.

Tagsüber erwartete sie jeden Moment, Jäckle mit betretener Miene vor der Tür stehen zu sehen, nachts trat er im blauen Drillich als Stromableser in ihren Träumen auf: »Sie haben nicht bezahlt, ich muß jetzt in Ihren Keller, den Strom abstellen...« Was für ein hanebüchener Blödsinn!

Sie verwarf ihre guten Vorsätze, was Simon anbetraf, und ließ ihn am Sonntag mit Doris zum Skilift fahren, zum Üben. Sie verspürte ein dringendes Bedürfnis nach Ruhe. Ruhe und Zeit, zum Nachdenken, wie es zu all dem hatte kommen können. Immer wieder sah sie den leblosen ausgestreckten Körper vor sich, wie er halb unter dem Tisch lag, den Kopf in einer Blutlache. Wie hatte das passieren können? War ein Mensch so leicht zu töten? ›Dein Jähzorn wird dich noch mal ins Verderben stürzen‹, hörte sie ihre Mutter sagen, ›genau wie deinen Vater.‹ Bilder stiegen aus längst verschüttet geglaubten Tiefen auf: ihre Mutter, die wimmernd wie eine Katze unter dem billigen Küchentisch saß, das Gesicht zwischen den Knien verborgen, ihr Vater, der schwer atmend am Spültisch stand und sich die Hände wusch, mit Kernseife, die rot schäumte, wieder ihr Vater, wie er zwischen zwei Männern davonging, sie sahen wie Müllmänner aus und brachten ihn zu einem großen, weißen Wagen. War das alles einmal passiert, oder waren es Fragmente ihrer Alpträume, die sich in die Gegenwart verirrt hatten?

Das wenige, was sie aß, behielt sie nicht lange bei sich. Sie erwog, Lilli anzurufen, sich auszusprechen, um ihren Rat zu bitten. Aber beim letzten Besuch war sie so fremd, so seltsam unbeteiligt gewesen, als sei sie nur mit sich selber beschäftigt. Ein ungewöhnliches Verhalten, das Paula nicht an ihr kannte und sie zusätzlich verwirrte.

Den ganzen Sonntagnachmittag verbrachte sie reglos im Sessel sitzend. Sie betrachtete die Rücken der ledergebundenen Bücher in dem antiken Regal, deren gedeckte Farben mit dem warmen Ton des Holzes harmonierten. Blaßgolden waren die Titel eingestanzt: die *Buddenbrooks*, Dostojewskis *Spieler*, ein uralter *Duden*, eine Enzyklopädie, ein Band von Baudelaire, eine alte Goethe-Ausgabe. Wie so oft übte der Anblick dieser soliden, beinahe unvergänglichen Dinge eine entspannende Wirkung auf sie aus. Es würde schon alles gutgehen. Es gab keine Zeugen, nur sie und Doris. Doris hatte ihr nicht verraten, was aus Vitos Leiche geworden war. »Je weniger du weißt, desto besser.« Sie erwähnte nur, daß sie sein Auto ganz normal in der Tiefgarage auf seinem Parkplatz abgestellt hätte. Vito besaß ein Apartment in einer dieser modernen Wohnanlagen, in denen sich kaum einer um seinen Nachbarn kümmerte. Je länger die Leiche verborgen bleibt, desto größer wird die Chance, daß niemand sein Verschwinden mit dem Streit in Zusammenhang bringt, überlegte Paula, und weiter: Hoffentlich hat er einen Dauerauftrag für Miete und Strom, hoffentlich hatte er genug Geld auf seinem Konto. Aber selbst wenn nicht, es dauerte sicher einige Wochen, ehe die Bank Alarm schlägt. Man muß einfach nur abwarten, sagte sie sich. Je älter eine Leiche, desto schwieriger läßt sich ein genaues Todesdatum feststellen. Doris hatte vollkommen recht, mit jedem Tag wurde ihr Risiko geringer.

Doris. Warum tat sie das alles für sie? Beging Straftaten, brachte sich und ihren untadeligen Ruf in Gefahr? Wofür? Was würde sie von ihr verlangen?

Die Antwort, die Paula im Innersten längst kannte, bekam sie am Montagmorgen. Es klingelte. Zweimal kurz. Sie stand vor der Tür, mit einer Tüte vom Bäcker auf dem Arm, und sagte im Hereinkommen: »Ich dachte mir, ich hole Simon doch wieder morgens ab. Es wäre schön, wenn auch sonst alles beim alten bliebe.«

Paula setzte Teewasser auf und sagte nichts. Der Krieg hatte begonnen.

»Ich kann nicht mitkommen!«

»Du mußt! Es würde auffallen.« Paula wußte, daß Doris recht hatte, so, wie sie in letzter Zeit immer recht hatte.

»Ich kann doch sagen, ich hätte keinen Babysitter.«

»Nicht dieses Mal.« Sie standen in Doris' Wohnzimmer mit dem hellen Schafwollteppich auf dem Parkettboden und den massiven Schwedenmöbeln mit den kindgerecht abgerundeten Kanten. Die würden der Schönhaar bestimmt besser gefallen, dachte Paula. Überall lag Spielzeug, ein Fenster war komplett mit Fingerfarben verschmiert. Simon durfte sich im ganzen Haus »entfalten«, wie Doris das nannte, Paula fand, er genoß mehr Freiheiten, als Max je hatte. Entsprechend stellte er immer mehr die Regeln in Frage, die in Paulas Haushalt galten, was ihr Verhältnis nicht gerade verbesserte. Paula war der konservativen Ansicht, Spielsachen gehörten ins Kinderzimmer, zumindest zum überwiegenden Teil, und Fensterscheiben seien da, um Licht ins Haus zu lassen.

Aus der Küche drang ein zischendes Geräusch, worauf Doris hinüberrannte. Paula folgte ihr. Schmutziger grauer Schaum quoll blasig über den Rand eines großen Topfes, der auf dem blankgeputzten Herd stand. Mit einer langen Gabel hob Doris einen mordsmäßigen Knochen, an dem halbverkochte Fleischfetzen hingen, aus der übelriechenden Brühe und hielt ihn unter den kalten Wasserhahn.

»Gott, wie das stinkt! Warum nimmst du kein Dosenfutter für Anton?«

»Ich wechsle ab. Er ist im Zahnwechsel, er braucht was zum Nagen.« Paula hielt sich die Nase zu, ihr in letzter Zeit sehr empfindlicher Magen drehte sich um. Sie lief rasch hinaus, zur Terrassentür des Wohnzimmers. Im verschneiten Garten versuchte Simon, Anton das Apportieren beizubringen. Mit der Dämmerung war auch die Kälte gekommen, aber das schienen die beiden nicht zu bemerken.

»Platz! Und aus!« quäkte er mit seiner Kinderstimme, aber der Hund umsprang ihn nur bellend. Er gehorchte Simon überhaupt nicht und Paula nur sporadisch. Bei Doris spurte er wie ein Soldat. Hätte nur ich ihm einen Hund gekauft, dachte Paula bekümmert. Doris sagt, man kann Hunde problemlos einen halben Tag alleine lassen. Zu spät. Zu viele Versäumnisse in letzter Zeit.

Doris trat hinter sie auf die Terrasse, den abgekühlten Knochen in der Hand. Sie reichte ihn Simon, und der gab ihn feierlich an Anton weiter. Ein Ritual. Das Spiel war be-

endet, Anton verzog sich wild knurrend in seine Nage-
ecke. »Ach, was für ein gefährlicher Hund«, lachte Doris
und zauste ihm sein weiches beiges Fell.

»Komm, Simon, es ist schon spät. Wir gehen jetzt.«
Paula erwartete fast im selben Moment Doris' Aufforderung, zum Abendessen zu bleiben, aber sie blieb zum Glück
aus. Simon begann zu nölen, er wollte hierbleiben.

»Komm, du willst doch heute noch baden«, lockte ihn
Paula.

»Das hab' ich schon. Doris hat mich gebadet.«

»Was denn, einfach so, mitten am Nachmittag?« wunderte sich Paula.

»Wegen der Fingerfarben«, erklärte Doris. Wegen der
Fingerfarben trug Simon auch einen von Max' Pullovern.
Wie Doris das nur ertragen konnte...

»Also, ich hole dich kurz vor acht ab«, sagte Doris, und
ihr Ton ließ keinen Widerspruch zu. »Hast du Katharina
schon informiert?«

»N...nein. Aber ich werde sie fragen«, antwortete Paula.
Sie nahm den quengelnden Simon an der Hand und zerrte
ihn etwas unsanft aus Doris' Garten. Sehnsüchtig winkte
er Anton zu, der den Knochen schon bis auf seine harte,
trockene Mitte reduziert hatte.

»Du siehst so blaß aus, hast du das ganze Wochenende deinen Text gelernt?« frotzelte Siggi, als Paula und Doris den
Probenraum betraten. Paula antwortete nicht. Ein Anfall
von Schüttelfrost überkam sie, sie konnte beim besten Willen nichts dagegen machen.

»Es ist mal wieder lausig kalt hier«, sagte Barbara. »Wir
sollten die Heizung jetzt durchgehend anlassen, zumindest
über die Wintermonate.«

»Man könnte sie doch eine Stunde vor den Proben an-
schalten.«

Die anderen stöhnten. »Oh, Erich!«

Es war dieselbe Truppe wie letzte Woche. Zumindest beinahe. Vitos Abwesenheit wurde durch einen Mann kompensiert, Paula schätzte ihn auf etwa Mitte Dreißig, der ruhig auf einem Stuhl an der Wand saß. Sein Name sei Rainer Zolt. Zolt wie der Fußballer. Er wolle mal reinschnuppern, sagte er, als alle versammelt waren und er sich vorstellte.

»Hast du schon Theatererfahrung?« stürzte sich Barbara auf ihn, wie vorhin Anton auf seinen Knochen. Paula fand es unangebracht, daß sie ihn sofort duzte, aber man war ja eine große, glückliche Familie.

»Ein bißchen.« Sein Dialekt klang anders als der hiesige, ein wenig fränkisch vielleicht. Er wohne noch nicht lange hier, sagte er. Über seinen Beruf machte er keine Angaben, aber das würde Barbara sicher bald herausgefunden haben. Offenbar hatte Siggi ihn schon in die Spielpläne eingeweiht, denn er hielt ein aufgeschlagenes Textbuch in der Hand, in dem einige Stellen rot markiert waren. Und garantiert hatte Siggi auch schon seinen dämlichen Witz angebracht, um den kein neues Theatermitglied herumkam: »Barbara ist der Kopf unserer Truppe, Gudrun das Herz, Erich die Brieftasche, und ich, ich bin der Arsch.«

Man versorgte sich mit Kaffee, wegen der Kälte kippten einige einen Schuß Rum in ihre Tasse, dann fand die übliche Runde um den weißen Tisch zusammen. Der Neue saß auf Vitos Platz. Paulas Hände waren klamm.

»Wo ist denn unser spezieller Freund?« fragte Siggi.

»Der kommt doch immer zu spät. Wir sollten anfangen.« Das war Doris. Ihre Unbefangenheit nötigte Paula Bewunderung ab.

»Genau. Im übrigen wird der schon wissen, warum er nicht kommt. So, wie er sich das letzte Mal aufgeführt hat, hat er bei mir sowieso endgültig verschissen. Auf eitle Selbstdarsteller können wir gut verzichten.«

Über Tote nichts Schlechtes, dachte Paula, und für

einen winzigen Moment zuckte ein ironisches Lächeln um ihre Mundwinkel.

»Ich sehe, das erleichtert dich«, sagte Siggi. Paula fuhr zusammen. Meinte er sie? Ja, er sah ihr direkt ins Gesicht.

»Unsinn«, murmelte sie. Ein Eiszapfen fuhr ihr den Rücken hinunter. Lieber Himmel, das stehe ich nie durch!

»Glaubt ihr wirklich, er kommt gar nicht mehr?« meinte Barbara mit weidwundem Blick.

»Woher soll ich das wissen«, antwortete Siggi, »wenn nicht mal du es weißt.«

Die zukünftige Bürgermeistersgattin sah sich genötigt, ihre Tugend zu verteidigen: »Du brauchst gar nicht so zweideutig zu grinsen, Siggi! Ich hatte nie etwas mit Vito, das möchte ich hier ein für allemal klarstellen.« Mit einer würdevollen Bewegung ordnete sie ihr stets eine Nuance zu schwarz gefärbtes Haar und fügte lächelnd hinzu: »Obwohl ich durchaus die Gelegenheit gehabt hätte.«

»Hatten wir die nicht alle?« gab Siggi prompt zurück.

Sie begannen mit den Leseproben. Eine Farce, wie jedes Jahr, dachte Paula verächtlich. Diesmal machte es wenigstens ein bißchen Sinn, denn man wollte den neuen Mann hören. Paula und Doris mußten abwechselnd den Part der Margaret lesen, in Paula reifte der Verdacht, Doris stelle sich mit Absicht etwas unbeholfen an. Nein, sie stellte sich sogar reichlich unbeholfen an, leierte den Text herunter wie ein Erstkläßler ein Muttertagsgedicht. Schließlich machte Siggi dem ein Ende: »Doris, wie wäre es, wenn du diese Schwester spielst, du weißt schon, Mae, dieses schrille, nervige Muttertier, inmitten ihrer Schar von halslosen Ungeheuern, wie es hier so schön heißt. Wäre das eine Herausforderung?« Erst durch das synchrone Luftanhalten der anderen wurde er sich bewußt, daß er bereits bis zum Hals im Fettnapf stand.

»Bitte, Siggi«, unterbrach Doris seine Entschuldigung, die noch ungeschickter ausfiel als seine vorigen Bemerkungen, »du mußt dich nicht entschuldigen. Das wenigste, was ich im Moment vertragen kann, ist eine Sonderbehandlung.« Sie schloß kurz die Augen, wie um Kraft zu tanken, dann lächelte sie verkrampft. »Ja, ich werde diese Mae spielen. Das ist eine witzige kleine Rolle, genau das, was ich mir vorgestellt habe. Mir geht es im Moment mehr ums Dabeisein als um große Auftritte.«

»Wunderbar.« Die Luft wich aus Siggis schmalem Brustkorb wie aus einem Ballon. »Nun zu dir, Paula. Wenn ich dir unsere neue Errungenschaft Rainer als Partner anbiete − natürlich unter Vorbehalt, ich muß ihn erst mal spielen sehen −, wärst du dann bereit, die Maggie zu spielen?«

»Nein, ich habe dir doch schon gesagt, ich kann Simon nicht...«

»An dem soll's nicht liegen«, unterbrach Doris eifrig. »Ich werde bei ihm babysitten. Meine Rolle ist so klein, ich muß garantiert nicht bei jeder Probe da sein, oder, Siggi?«

»Nein, natürlich nicht. Wenn du und Paula euch diesbezüglich einigen könntet, wäre ich sehr dankbar.«

Paula fing einen Blick von Doris auf, der den anderen nichts sagte, ihr aber sehr viel. Wie an einem Faden folgten ihre Augen denen von Doris, die sich über die anderen hinweg auf die Tür des Requisitenraums richteten. Dann wandte Doris abrupt den Kopf und sah Paula direkt an. Paula wußte, jetzt saß sie in der Falle.

»Na, Paula, was ist?«

»Ja, aber...«

»Herrlich!« Siggi sprang auf, vollführte einen Kniefall vor ihrem Stuhl und küßte ihr übertrieben schmatzend die Hände. »Ich danke dir, du bist unser aller Rettung!« Paula sah auf ihn hinunter und bemerkte, daß sich sein dunkles Haar um den Wirbel herum stellenweise lichtete, als wäre er gerade in der Mauser. Eine Erinnerung brachte sie zum

Lächeln. Das letzte Mal, daß Siggi so vor ihr gekniet hatte, war schon eine Zeitlang her; damals waren sie allein gewesen, ziemlich beschwipst und hatten nichts angehabt, außer Kerzenlicht.

Der neue Mann hatte noch gar nichts gesagt. Jetzt nickte er Paula schüchtern zu. Er hatte braune Augen, ein Gesicht mit vielen Ecken und Kanten und schöne Hände. Sehr schöne Hände. Auch das noch, dachte Paula. So einer fehlt mir gerade noch, und das dreimal die Woche.

»Verschwinde, du Blödmann«, Paula zog Siggi weg, da er sich eben anschickte, ihre Füße zu küssen. Barbara gratulierte ihr zu ihrer ersten Hauptrolle. Es klang aufrichtig, wenn auch mit einem Hauch Wehmut versetzt. Heute abend hatte ihr Hermann seinen großen Auftritt, fiel Paula ein. Schulze, zuständig für die verwandten Ressorts »KriPo« – Kriminalität und Politik –, saß wohl im Moment in der Parteiversammlung und wurde Zeuge der Kür zum Bürgermeisterkandidaten.

Barbara akzeptierte, ohne mit einer ihrer zu dick getuschten Wimpern zu zucken, die Rolle der »Big Mama«. Nomen est omen, dachte Paula spöttisch. Der Rest ging flott. Frank Mückel wurde Doris' Ehemann – was für ein Paar! Erich durfte den Reverend spielen, eine grandiose Besetzung, fand Paula, den Doktor würde notfalls Siggi übernehmen, es sei denn, die Rolle ließe sich ohne große Verluste streichen.

Nur die Hühnchen machten betretene Gesichter. Von ihnen war bis jetzt noch nicht einmal die Rede gewesen. Jessica linste ab und zu verstohlen zur Tür und dann wieder zur Uhr, wobei sie sich jedes Mal mit einer grazilen Geste die Locken aus der Stirn strich, um sie gleich wieder mit lässigem Schwung über die eine oder andere Gesichtshälfte fallen zu lassen. Paula wandte sich genervt ab.

Niemand sprach mehr von Vito, auch der Streit vom letzten Mal wurde mit keiner Silbe erwähnt, und Paula verließ die Zusammenkunft mit gemischten Gefühlen. Zunächst war sie erleichtert, den Abend überstanden zu haben. Sie freute sich auch ein wenig über die Rolle, aber es überwog die Gewißheit, von Doris überfahren, ja erpreßt worden zu sein. Ich werde so oft wie möglich Katharina zum Babysitten holen, dachte Paula trotzig. Und in gut drei Monaten ist sowieso alles vorbei. Auch der Prozeß.

Jäckle thronte hinter seinem Schreibtisch in seinem muffigen Büro. Mit Ausnahme von Dienststellenleiter Dr. A. C. Freudenberg war er der einzige, der ein eigenes abgeschlossenes Büro besaß, auch wenn diese Rumpelkammer den Namen Büro kaum verdiente. Er hatte es bekommen, weil sich seine Kollegen, allen voran Frau Gebhard, über sein beständiges Zigarrenrauchen beschwert hatten. Nachdem er sein Büro bezogen hatte, wurde Jäckle seltsamerweise mit einem Schlag abstinent. Er hatte die Dinger noch nie gemocht.

Es ging auf den März zu, laue Frühlingsluft wehte durch das halboffene Fenster herein und zog ihm ins Genick. Also schloß er das Fenster wieder.

»Darf ich rauchen?« fragte sein Gegenüber.

»Klar«, Jäckle schob ihm einen gläsernen Aschenbecher von bemerkenswerter Häßlichkeit hin, auf dessen Boden eine goldene »20« prangte. »Nun, wie sieht's aus?«

»Wie's aussieht?« Der jüngere Mann stieß ärgerlich den Rauch aus der wohlgeformten Nase. »Ich habe überhaupt keine freie Zeit mehr, meine Freundin ist letzte Woche mit 'nem Typen aus ihrer Studentenzeit in Urlaub geflogen, und ich muß dreimal die Woche über vierzig Kilometer hierher fahren. So sieht's aus.«

»Ich werde dir das Benzingeld erstatten«, antwortete Jäckle. Sein ehemaliger Kollege war inzwischen Inhaber eines äußerst gutgehenden Sportgeschäfts, Jäckles Jahresgehalt würde wohl gerade so für die Leasingraten seiner drei Autos ausreichen. »Was ist mit der Körner?«

»Blöderweise hat sie bloß eine kleine Rolle angenommen, sie ist also gar nicht oft bei den Proben dabei.«

»Schade. Na ja, kann man nicht ändern. Hast du versucht...«

»Wie ein Weltmeister. Sie hat mich abblitzen lassen, aber dermaßen eiskalt, so was ist mir selten vorgekommen. Mein Ego hat sich noch immer nicht ganz davon erholt.«

»Du wirst dieses traumatische Erlebnis seelisch geläutert überwinden.«

»Bestimmt, Herr Pfarrer. So anstrengend habe ich mir das alles jedenfalls nicht vorgestellt. Das war der letzte kleine Gefallen, für den ich meine kostbare Freizeit opfere. Ich und Theater spielen! Dieser Siggi Fuchs ist ein Menschenschinder, ein Despot! Dabei bin ich aus dem Polizeidienst ausgeschieden, weil ich unter anderem diese autoritären Typen nicht abkann.«

»Du bist ausgeschieden, weil du diese Goldgrube von deinem Vater geerbt hast. Ich find's heute noch schade, aus dir wäre ein guter Kriminaler geworden. Aber vielleicht wirst du ja jetzt entdeckt. Als begnadeter Mime.«

Ein selbstgefälliges Lächeln huschte über Rainer Zolts Gesicht. »Ich bin tatsächlich nicht schlecht. Meint sogar der Fuchs. Und auch Paula. Interessante Frau übrigens.«

»Soso.«

»Irgend was stimmt mit ihr nicht, das habe ich im Gefühl. Sie ist sehr verschlossen, obwohl sie mich, glaube ich, schon mag. Bei den Proben, da sprühen jedenfalls die Funken, das kann ich dir sagen. So prüde, wie die immer tut, ist die gar nicht. Aber nach den Proben ist sie wie umgewandelt. Da will sie sofort nach Hause. Keine Zeit für einen Kaffee oder auf 'nen Drink. Obwohl doch die Körner hervorragend auf den Jungen aufpaßt.« Er schüttelte den Kopf.

»Die Körner paßt auf ihren Jungen auf?«

»Ja. Irgend was ist mit den zweien. Ich werde mal an Paula dran bleiben. Das ist auch weniger auffällig, wo wir doch ein Ehepaar sind.« Er grinste. »Vielleicht kriege ich über diesen Umweg was über die Körner raus.«

»Sei vorsichtig, Paula Nickel ist nicht dumm. Es wäre außerordentlich peinlich für mich, wenn du auffliegst. Es weiß kein Mensch davon, auch der Hofer nicht, und schon gar nicht unser Herr Staatsanwalt Monz. Der ist ihrem Madonnenblick und der Kinderbuchmasche rettungslos verfallen, für den ist Doris Körner unantastbar.«

»Ist das so eine Art Privatkrieg, zwischen der Körner und dir?«

»Könnte man so nennen. Mein Bauchgrimmen, weißt du.«

»Verstehe«, sagte er ernst. Zolt hatte längere Zeit mit Jäckle zusammengearbeitet. Er schätzte ihn noch immer sehr, und er wußte auch, daß sich Jäckles Bauch nur selten täuschte. »Tja, Jäckle, versprechen kann ich dir nichts, und rausgekriegt habe ich auch noch nicht viel. Aber wo ich nun mal bis zum Hals drinstecke, mache ich auch weiter. Die Premiere ist Anfang Mai. Soll ich dir einen Ehrenplatz reservieren?«

»Möglichst nah beim Ausgang, bitte. Übrigens, magst du ein paar frische Forellen? Als Anerkennung deiner Dienste?«

»Nichts da, Jäckle! So billig kommst du mir nicht davon. Wenn das hier vorbei ist, dann gehen wir ordentlich essen, saufen und danach in die Spielbank. Das wird dich mindestens ein Monatsgehalt kosten, Jäckle.«

»Das ist es mir wert.«

Zolt stand auf. Unter der Tür blieb er stehen und wandte sich um. »Warum bist du eigentlich so scharf drauf, diese Doris Körner dranzukriegen?«

»Bei Mord an Kindern hört bei mir seit jeher der Spaß auf.«

Zolt sah ihn an und schüttelte langsam den Kopf: »Das ist es nicht allein. Ist es, weil sie dich an deine geschiedene Frau erinnert? Es ist nicht zu übersehen, sie ist derselbe Typ wie Irmgard, ziemlich ähnlich jedenfalls. War echt Scheiße, wie die dich damals abgezockt hat, nachdem du jahrelang nach Feierabend ihre geerbte Bruchbude saniert hast. Ich weiß schon, warum ich nie heirate.«

»Vergiß deine Zigaretten nicht. Und jetzt hau endlich ab. Ich habe zu arbeiten.«

»Ich rufe dich an, wenn sich was Neues ergibt.«

»Mach das. Und... danke, Rainer.«

»Gern geschehen. Um der alten Zeiten willen. Weißt du, der Job hat auch seine Vorteile. Diese Paula, die ist auch nicht ohne. Bißchen flachärschig vielleicht, aber für ihr Alter noch ganz nette Möpse.«

Der Jubiläumsaschenbecher knallte exakt in Kopfhöhe gegen die Tür, die Rainer Zolt blitzschnell hinter sich zuzog.

»Du hast dich nicht verändert, Jäckle«, rief er durch die Tür, vor der ein paar trockene Farbsplitter wie Konfetti auf das Linoleum rieselten.

»Du leider auch nicht!«

Faschingstreiben

»Ich töte dich!«

Paula spürte einen Revolverlauf im Rücken, dann krachte es auch schon. Ihre Ohren begannen zu singen. Man sollte ihnen die Dinger am Eingang abnehmen, dachte sie. Das ist kein Kinderfasching, das ist eine Waffenschau. Sie bereute es fast, mitgekommen zu sein, aber sie wollte Simon nicht schon wieder allein mit Doris gehen lassen.

Die Mehrzahl der Jungs waren Cowboys. Paula bemerkte voller Abscheu den dummen, brutalen Gesichtsausdruck, den sie bekamen, wenn sie ihre Revolver auf alles und jeden abfeuerten. Anscheinend stimmte es doch, daß in jedem Menschen eine mordende Bestie steckte. Oder nur in jedem Mann? Die Mädchen schossen nicht, sie gingen als Prinzessinnen, viele von ihnen, zu viele. Paula fand sie noch schlimmer. Die kindlichen Gesichter von grellem Make-up zur Fratze entstellt, wagten sie anfangs kaum zu essen oder herumzutoben, aus Furcht, die Pracht könnte Schaden nehmen. Dazu die verzückten Gesichter der Mütter! Paula suchte in ihnen ebenso verzweifelt wie vergeblich nach einer Spur von Mißfallen und Besorgnis.

Die Kapelle spielte den Ententanz, von der Decke hingen bunte Kreppgirlanden. Warum bloß machten Paula Faschingsbälle so melancholisch?

Zwei Tische weiter saß die Tochter von Karin Braun und gab Anlaß zur Hoffnung: Eine wilde Piratin mit geschwärztem Gesicht, einem großen Plastiksäbel, Augenklappe und Hakenhand, sie stopfte sich gerade einen ganzen Faschingskrapfen in den Mund. Karin Braun war inzwischen freie Mitarbeiterin beim *Stadtkurier,* und zwar ausschließlich für den Kulturbereich. Paula hatte dem Schulze energisch verboten, Frau Braun mit langweiligen Stadtratssitzungen oder ähnlichem zu vergraulen, denn sie schrieb recht brauchbar und nahm Paula etliche lästige Termine ab.

Eben kamen Doris und Simon, beladen mit Krapfen, Kaffee und Limonade, an den Tisch zurück. Simons Pumuckelkostüm mußte es irgendwo im Sonderangebot gegeben haben, denn es wuselten noch mindestens vier Kinder mit roten Perücken und schlabberigen Latzhosen durch die Turnhalle der Grundschule. Die Schulkinder bis zur vierten Klasse feierten gemeinsam mit dem Kindergarten Fasching, so wie jedes Jahr, am rußigen Freitag.

»Was für ein Gedrängel!« Die rosige, tüllverschleierte Fee Doris verteilte ihre guten Gaben. Simon biß in seinen Krapfen, er hatte das falsche Ende erwischt, und hinten quoll die rote Himbeermarmelade aus dem Teig. Paula wandte den Kopf ab und schluckte. Himmelherrgott, es ist bloß Marmelade, sagte sie sich streng. Zwei Cowboys forderten Simon auf mitzukommen, Indianer jagen. Simon sprang auf und hinterließ eine Schweinerei am Tisch, Paula verkniff sich eine Bemerkung, während Doris, wie immer hatte sie an alles gedacht, die Marmelade, den Zucker und die Limonadenreste mit einem feuchten Papiertuch aufwischte, das sie aus ihrer Tasche zauberte. Ihr Feenschleier hing dabei in den Kaffee, doch Paula sagte nichts. Ein kleiner Chinese blies Paula eine Luftschlange entgegen, und sie drapierte sich den kläglichen Fetzen Papier um den Hals. Zu spät hatte sie sich Gedanken um ihr Kostüm gemacht, sie trug lediglich ein altes, rotweiß geringeltes T-Shirt, für das Klaus in seinem neuen Singleleben wohl keine Verwendung mehr gesehen hatte. Nicht eben das Originellste, wie sie sich eingestand. Doch Doris hatte sie gerettet, wieder einmal, indem sie ihr dazu ein kunstvolles Pierrot-Gesicht malte. »Endlich rentiert sich dieser Maskenbildnerkurs mal, den ich eigentlich wegen des Theaterspielens gemacht habe«, meinte sie, und: »Hast du in deiner Jugend mal geboxt?«

»Wieso?« fragte Paula indigniert.

»Weil deine Nase ein kleines bißchen schief ist.«

»Sag's keinem«, bat Paula augenzwinkernd. »Es ist wie mit einem Fehler im Strickmuster: Wenn man den einmal entdeckt hat, sieht man ihn immer wieder.«

Aus Paula wurde ein ernster Clown, fast traurig, fand sie, aber sie fühlte sich wohl und geborgen hinter der Schicht aus weißer Farbe.

»Eben bin ich der Brettschneider in die Fänge geraten«, stöhnte Doris. »Drum hat's so lang gedauert. Sie hat mir erzählt, daß dieser Russe wieder da sein soll. Angeblich hat er sich jetzt in der alten Ziegelei eingenistet. Stell dir vor, sie war heute beim Jäckle und hat sich erkundigt, ob man dagegen nichts machen kann.«

»Die hat's grade nötig«, entgegnete Paula und merkte, wie sie unter ihrer Schminke errötete.

Er war wieder da.

»Auch einen Krapfen?«

»Hm, was? Nein, danke.«

Draußen war es sonnig und warm, weshalb die Kinder abwechselnd im Saal und vor der Tür herumrannten. War das nicht eben Simon gewesen? Nein, es war ein anderer Pumuckel.

»Doris, wo ist denn Simon?« schrie Paula heiser, denn die Kapelle fing eben wieder an zu lärmen.

»Ich glaube, da hinten, bei der Tombola. Ich muß mal für kleine Mädchen.« Doris leerte ihren Kaffee und strebte in Richtung Toilette. Paula verharrte eine Weile allein am Tisch, dann setzte sie sich zu Karin Braun.

»Was machen die Theaterproben?« fragte sie Paula.

»Es wird.«

Annemarie Brettschneider und Ilona Seibt kamen an ihrem Tisch vorbei. Alle vier taten, als würden sie einander nicht bemerken.

»Biene Maja hat zugenommen«, lästerte Karin Braun über das Kostüm der drallen Frau Brettschneider. Paula nickte.

»Funkenmariechen wäre angebrachter«, murmelte sie, aber Karin Braun hörte sie nicht. Sie saßen eine Weile in stillem Einvernehmen beieinander und beobachteten das Treiben. Für eine Unterhaltung war es zu laut, Paula mußte ihre Stimmbänder für die Theaterproben schonen.

Laura, die wilde Piratin, verkündete: »Mammi, ich muß aufs Klo.«

»Dann geh doch.«

»Du sollst mit.« Frau Braun erhob sich seufzend. Auch Paula stand auf. Wo war Doris? Wo war Simon? Sie schleuste sich zum Ausgang. Die frische Luft tat ihr gut, obwohl die Knallerei vor der Tür noch schlimmer war als drinnen. Offenbar hatten etliche Mütter ihre Kinder zum Krachmachen hinausgeschickt. Hier vorne war Simon jedenfalls nicht, auch nicht um die Ecke, auf dem Parkplatz. Etwas nervös kehrte Paula wieder zurück. Vor der Garderobe erwischte sie ihn, wie er gerade mit einem Mordstrumm von einem Säbel ein kleines Gespenst jagte. Sie packte ihn etwas unsanft am Kragen. »Halt, mein Freund! Woher hast du dieses... oh, tut mir leid. Ich habe dich verwechselt.« Das fremde Kind blickte sie böse an, zielte wortlos mit dem Säbel auf sie, so als könne man auch damit schießen, und rannte weiter. Paula sah Doris aus der Damentoilette kommen. Sie ließ sie weitergehen. Doris regte sich immer übermäßig auf, wenn sie Simon auch nur für Minuten aus den Augen verlor. Paula durchstreifte die Turnhalle, starrte in die rhythmisch hopsende Menge wie auf ein 3D-Bild: Er ist da, ich sehe ihn nur nicht.

Noch zwei Pumuckels, aber es waren die mit den roten T-Shirts. Simon trug ein gelbes. Paula versuchte es auf der Damentoilette. Schlangen von Müttern mit Prinzessinnen vor den Türen. Mit all dem Gerüsche war das Verrichten der Notdurft anscheinend nicht ganz einfach. »Jetzt weiß ich, warum sie in Versailles keine Klos hatten, sondern alles fallen und laufen ließen, wo sie standen«, tönte die Erkenntnis einer Prinzessinnenmutter aus einer Kabine.

»Simon? Simon, bist du da drin?« Kichern und Stoffrascheln. Zwei Prinzessinnen kamen aus der Tür ganz links.

»Simon? *Simon!*« Nichts. Sollte sie eine der Frauen nach einem Jungen mit Pumuckelkostüm fragen? Aber was würde das bringen, wo es doch mindestens vier oder fünf hier gab. Die Kapelle verging sich am Kriminaltango. Keine Antwort aus der Herrentoilette. Paula ermahnte sich, Ruhe zu bewahren. Sie hatte eine solche Situation schon zweimal erlebt, einmal in einem Supermarkt und einmal am langen Samstag in der Innenstadt. Das war allerdings, bevor... Ihr Atem ging schneller, ihr Puls beschleunigte. Nur keine Aufregung, sagte sie sich, es ist noch immer gutgegangen. Er ist noch jedes Mal aufgetaucht. Garantiert sitzt er mit irgendwelchen Lausbuben in einer Ecke und zündelt oder macht sonstigen Unsinn.

Die Umkleideräume waren abgeschlossen. Paula zwang sich zum Nachdenken. Wo habe ich ihn zum letzten Mal gesehen? Bei uns am Tisch. Wie lange ist das her? Inzwischen wohl fast eine halbe Stunde. Sie merkte, wie sich ein Kloß in ihrer Kehle bildete. Jetzt mußte ihr Doris helfen.

Sie fand sie in ernster Unterhaltung mit zwei Kindergarten-Müttern. Paula winkte sie zu sich heran. Ihr Gesichtsausdruck unter der Schminke ließ Doris das Gespräch recht schnell beenden.

»Hast du Simon gesehen?«

»In letzter Zeit nicht.«

»Ich suche ihn schon überall.« Paula konnte den hysterischen Unterton in ihrer Stimme nicht länger verbergen, »er ist nirgends.«

Doris' Stimme zitterte: »Du hast wirklich überall geschaut? Auf den Klos, auf dem Parkplatz?«

»Ja.«

»Moment mal, das haben wir gleich.« Paula sah sie durch die hopsenden Kinder und Mütter in Richtung Kapelle streben. Wie ein Eisbrecher durchpflügte sie die Menge, rempelte Frauen und sogar Kinder an; wenn es um Simon ging, kannte Doris kein Pardon. Das Musikstück klang aus, die Band spielte ihr Pausensignal, die Tänzer zerstreuten sich. Doris war noch nicht zurück, da schallte die Fistelstimme des Sängers aus allen Boxen: »Alle kleinen Pumuckels sollen bitte zur Tombola kommen. Dort wartet ein Preis auf sie. Alle Kinder mit Pumuckelkostüm bitte schnell zur Tombola. Der erste bekommt den dicksten Preis.«

Was für eine Idee, dachte Paula bewundernd. So entsteht wenigstens kein Aufsehen. Kreischend stürmten vier Pumuckelgestalten über die Tanzfläche, auf den Tisch mit den bunten Süßigkeiten zu.

»Erster!«

»Nein, ich war erster!«

Die Frau dahinter blickte etwas irritiert drein, reichte den Kindern aber trotzdem Bonbons und Luftballons. Simon war nicht dabei.

»Verdammt«, sagte Doris neben Paula, »hier drin ist er also nicht. Jetzt sehen wir noch mal draußen nach. Wenn wir ihn da nicht finden, dann rufen wir die Polizei.«

Als der Anruf kam, wollte Jäckle gerade Feierabend machen. Eine lange Nacht im Löwenkeller stand bevor, und Jäckle freute sich schon darauf. Das war voreilig.

Als er hörte, was Paula ihm zu sagen hatte, wurde ihm für einen Moment richtig schlecht.

»Bleib ganz ruhig. Wir kommen sofort«, sagte er knapp und legte auf. Dann stürmte er aus dem Büro. Innerhalb weniger Minuten verwandelte sich die feierabendlich gestimmte Dienststelle Maria Bronn in ein summendes Wespennest. Nach außen hin ruhig, gab Jäckle seine Befehle: »Einen Streifenwagen an jede Ausfallstraße, sofort. Informiert die Einheiten der Nachbarorte. Keiner kommt aus der Stadt raus, ohne daß das Auto durchsucht worden ist! Schaffrath, Wurmseher! Ihr und zwei Streifenwagen fahrt zu der Turnhalle. Kein Fahrzeug verläßt das Gelände. Kreitmaier! Sie koordinieren die Suchmannschaften. Hubschrauber, Hundestaffel und so weiter. Das übliche.«

Beim letzten Wort stutzte er. Was für ein tragischer Wahnsinn lag darin.

»Hofer?«

»Ja.«

»Los, wir nehmen den BMW.« Während sich Hofer schon in Trab setzte, ging Jäckle noch einmal zurück in sein Büro und griff sich seine Walther aus der Schublade. Man konnte nie wissen. Dann rannte er hinaus und sprang mit einer Wendigkeit, die man seiner langen Gestalt gar nicht zugetraut hätte, zu seinem Kollegen in den Wagen. Die Reifen hinterließen schwarze Spuren auf dem Kopfsteinpflaster.

Simon duckte sich tief. Unter dem parkenden Auto sah er die Beine der beiden Cowboys, denen er nach draußen gefolgt war. Der eine war sehr nett, er hatte ihm sogar eine seiner beiden Pistolen überlassen. Oder waren es Revolver? Simon wußte den Unterschied nicht mehr, obwohl ihn die Cowboys fachmännisch darüber aufgeklärt hatten. Egal, das Ding knallte jedenfalls und sah aus wie echt. Draußen gesellte sich noch ein dritter, größerer Cowboy dazu. Er musterte Simon voller Ablehnung. »Du bist kein Cowboy.« Darauf wußte Simon nichts zu erwidern, und auf einmal sagte der Große zu den anderen beiden: »Los, Männer, laßt uns diese rothaarige Ratte hängen.«

Simon rannte los. Er verstand nicht, weshalb er plötzlich der Gejagte war, aber auf einmal fand er die Pistolen und die Knallerei gar nicht mehr lustig, zumal sein geliehener Revolver nur noch ein Klicken von sich gab, wenn man den Abzug betätigte. Und »hängen« bedeutete etwas Schlimmes, so viel wußte er schon aus dem Fernsehen. Am liebsten wäre Simon zurück in die Turnhalle gelaufen, zu seiner Mutter und zu Doris. Ja, Doris hätte es denen schon gezeigt, sie hatte auch den blöden Robert aus dem Kindergarten dazu gebracht, ihn in Ruhe zu lassen. Doch die Cowboys hatten ihm den Rückweg abgeschnitten. Hier, zwischen den parkenden Wagen, fühlte er sich momentan sicher. Oder doch nicht? Schritte näherten sich, Gewisper, ganz nahe.

»Da!«

Sie hatten ihn entdeckt.

»Da ist die Ratte! Los, Männer, erledigt ihn!«

Es knallte, sie johlten. Aber Simon war flink. Er witschte um einen Campingbus herum, dann sah er seine Chance: Am Straßenrand, dort, wo gerade das neue Sportheim gebaut wurde, stand ein Lieferwagen mit einer offenen Ladefläche. Große Kabelrollen und allerlei Werkzeug lagen darauf. Unbemerkt von seinen Verfolgern kletterte er hinauf und versteckte sich hinter einer großen Rolle mit einem Kabel, so dick und schwarz wie eine Riesenschlange. Nicht weit davon entfernt hörte er die Cowboys herumballern. Er steckte die nutzlos gewordene Waffe in seinen Gürtel, wie er es bei den anderen gesehen hatte.

»Ätsch, ihr Blöden«, flüsterte er. Ein Laut, dem eine Er-
schütterung folgte. Die Fahrertür des Wagens wurde geschlossen, Motorenstartgeräusch, ein Ruck, der Wagen
fuhr los. Simon triumphierte. Er sah den Parkplatz, die
Turnhalle, das Gebäude der Schule und des Kindergartens
kleiner werden und verschwinden, als der Wagen auf die
große Straße einbog. Simon dachte plötzlich an die vielen
Geschichten, die er in letzter Zeit gehört hatte, über Männer, die kleinen Jungs schreckliche Dinge antaten. »Steig
niemals in ein fremdes Auto! Niemals!« Wie oft hatte man
ihm das gesagt. Er bekam Angst. Vorsichtig kroch er hinter der Kabelrolle hervor und schielte über die Ladeklappe
auf die Straße. Wie schnell die graue Fläche vorbeiflitzte.
Er wagte nicht abzuspringen. In immer größerer Ferne sah
er die grüne Kuppel der Marienkapelle, den markanten
Punkt, an dem er sich auch sonst beim Autofahren stets
orientierte. Das Auto fuhr jetzt auf der Straße, die man fahren mußte, um Tante Lilli zu besuchen. Aber was war das?
Der Motor klang auf einmal anders, nicht mehr so gleichmäßig, es ruckelte. Der Wagen wurde langsamer. Der Wagen stand. Simon hörte ein Pfeifen. Ein Zug! Das war die
Bahnschranke! Wieselflink stieg er über die Ladeklappe
und sprang auf die Straße. Außer dem Lieferwagen hielt
kein Auto an der Schranke, aber aus der Ferne, hinter der
Kurve, näherte sich bereits eines. Um auch von diesem
fremden Fahrer nicht entdeckt zu werden, hechtete er mit
einem gewaltigen Sprung in den Straßengraben. Nein, so
leicht würde er es den Männern nicht machen. Er duckte
sich hinter verdorrtem Gras vom letzten Sommer, roch die
Abgase der wartenden Wagen, inzwischen waren es schon
vier, und verkniff sich unter größter Anstrengung ein Husten. Ihm war heiß. Er riß sich die Perücke vom Kopf und
warf sie neben sich in den Graben. Ein Cowboy trug so etwas nicht! Das Ding war sowieso schuld an allem. Wieso
durfte ich kein Cowboy sein? Was hatten Mama und Do-

ris nur gegen Pistolen? Aber jetzt hatte er ja eine, und das
war gut so, auch wenn sie leider nicht knallte.

Die Schranke ging hoch mit fröhlichem Gebimmel, die
Wagen fuhren an. Simon wartete, bis kein Auto mehr zu
hören war, dann stand er auf und blickte sich um. Er stand
am Waldrand. Ein winziges Stück Dach von der Marienkapelle konnte man durch die Bäume schimmern sehen.
Er kannte sich aus, auf der anderen Seite dieses Waldes war
sein Zuhause. Jetzt mußte er nur die Schienen überqueren,
ein Stück die Straße entlanggehen, dann den Waldweg
nehmen, der hinter der Kapelle endete. Von da aus würde
er zum Kindergarten zurückfinden.

Vielleicht hatte seine Mutter noch gar nicht bemerkt,
daß er fort war. Wenn doch, ob sie wohl schimpfen
würde? Sein Mut sank. Sicher würde sie. Er hörte einen
Wagen näherkommen und duckte sich erneut tief ins
Gras. Dann, als es wieder ruhig war, lief er mit eiligen
Schritten in den Wald. Bis zu dem breiten Weg würde er
hier entlanggehen, zwischen den Bäumen, wo ihn die
fremden Männer in den Autos nicht sehen konnten. Tapfer kämpfte er sich voran, stolperte über dornige Äste und
erschrak, als ein Eichelhäher einen krächzenden Laut aus-
stieß. Ängstlich vermied er es, zu weit in das geheimnisvolle grüne Dunkel vorzudringen. Er blieb lieber am
Rand, wo er den schmalen Streifen Wiese und die Straße
noch sehen konnte. Wenn ein Wagen kam, brauchte er
sich ja nur hinter einen Baum zu stellen. Ob ihn seine
Mama und Doris wohl schon suchten? Aber sehr lange
war er noch nicht weg. Wenn er bloß nicht solchen Durst
hätte!

Er erreichte den Waldweg. Hier war er schon oft mit
seiner Mutter und mit Doris und Anton spazierengegan-
gen. Anton! Wenn der jetzt hier wäre, dann bräuchte er
überhaupt keine Angst zu haben. So aber zögerte er, diesen dunklen, schattigen Weg weiterzugehen. Was, wenn

doch eine Hexe käme? Oder ein Riese? Ein Wildschwein, ein Wolf... da hinten, dieser Schatten, war das nicht ein Kobold, der auf einem Stein saß? Simon fühlte Tränen aufsteigen und schluckte sie tapfer hinunter. Er nahm vorsichtshalber den Revolver aus dem Gürtel. Singen! Wenn man sich fürchtet, soll man etwas singen, so eine Geschichte hatte Tante Jutta im Kindergarten vorgelesen, von einem Jungen, der sich nachts fürchtete und sang. Mit piepsiger Stimme begann Simon: »Probier's mal... mit Gemütlichkeit, mit Ruhe und...«

Hatte da nicht gerade ein Ast geknackt? Singen! Singen und Weitergehen!

»... wirf alle deine Sorgen über Bord, jappa-duh...«

Der Weg beschrieb eine scharfe Biegung. Was mochte dahinter auf ihn warten?

»... und wenn es dann... gemütlich ist, und etwas appetitlich ist...«

Da stand der Riese. Simon erstarrte. Zum Weglaufen war es zu spät, das wußte er instinktiv. Er zielte mit dem Revolver auf ihn. Wenn er doch nur noch ein einziges Mal knallen würde! Jetzt trat der Riese unter dem Baum hervor. Nein, so groß war er gar nicht. Es war ein Mann. Ein böser, fremder Mann! Simon stieß vor Angst einen wimmernden Laut aus. Der Mann kam langsam auf ihn zu.

»Simon!« Mit einem Mal begann Simon zu lächeln. Was für ein Glück. Es war kein fremder Mann. Den hier, den kannte er.

»Wo willst du eigentlich hin?« fragte Hofer, als sie eine rote Ampel überfuhren.

»Zur alten Ziegelei natürlich.«

»Natürlich?«

»Er war und ist unser einziger Verdächtiger. Außerdem, kannst du dir den Zinnober vorstellen, wenn wir da nicht hinfahren?«

»Stimmt auch wieder«, räumte Werner Hofer ein. »Soll ich noch eine Streife anfordern?«

»Noch nicht. Die werden auf der Straße dringender gebraucht, jedenfalls bis Hilfe aus den Nachbarorten da ist. Diesmal kommt mir keine Maus aus dieser Stadt raus! Jetzt gib schon Gas.«

»Das ist eine verkehrsberuhigte Zone.«

»Scheiß drauf.«

Hofer legte den BMW in die Kurve, daß das Heck schlingerte und Jäckle sich am Griff festkrallen mußte. Hofer grinste und schaltete runter. Sie rasten schweigend in Richtung Siedlung.

»Wir fahren nicht ganz ran. Ich will uns nicht extra anmelden.«

Hofer bog von der geteerten Straße ab und folgte dem Schotterweg, dessen Schlaglöcher mit alten Dachziegeln aufgefüllt waren, die in der Vorfrühlingssonne hellrot leuchteten. Jäckle bemühte sich krampfhaft, nicht an Paula und den kleinen Simon zu denken. Er brauchte jetzt einen klaren Kopf. Er wünschte sich inständig, Simon dort zu finden. Gleichzeitig aber auch wieder nicht.

Es war großartig. Einfach supergeil! Schon immer hatte Simon hier spielen wollen, aber wie so viele Dinge war auch das verboten, und zwar für alle Kinder, sogar für die Schulkinder. Wie würden seine Freunde im Kindergarten staunen, wenn er ihnen erzählte, daß er in der alten Fabrik gewesen war. Auf den Ofenwägen, die wie große Tierkäfige aussahen, konnte man herumklettern, es gab schmale, höhlenartige Räume, die der Mann Trocknungskammern nannte, sogar den riesigen Brennofen hatte er gesehen, und nicht nur das. Der Mann hatte das schwere eiserne Tor geöffnet und war mit ihm ein Stück in den langen schwarzen Tunnel, dessen Ende man nicht sehen konnte, hineingegangen. Simon durfte die Taschenlampe halten.

Dafür gab er dem Mann seinen Revolver. Man konnte nie wissen. Es war aufregend und gruselig. Sicher würden sich die bösen Cowboys niemals hierherwagen. Vorsichtshalber griff er mit seiner freien Hand nach der des Mannes, während der ihm erklärte, daß hier früher ein sehr, sehr heißes Feuer gebrannt hatte, in dem aus Erde, Kies und Lehm die Steine gebrannt worden waren. Steine, mit denen man richtige Häuser baute.

»Auch unser Haus?«

»Ja. Sicher.«

Aber das Tollste waren die Förderbänder. Wie Riesenrutschbahnen liefen sie kreuz und quer durch das Gebäude, es gab sogar eins, das in der Erde verschwand und ein kleines Stück weiter vorne wieder auftauchte. Simon lief die lehmverkrusteten Bahnen hinauf und wieder hinunter, vor lauter Begeisterung dachte er nicht mehr an die Cowboys, nicht mehr an die fremden Männer in ihren Autos und auch nicht mehr an seine Mutter oder Doris. Hier war ein echtes Abenteuer zu bestehen. Nur leider rief der freundliche Mann jetzt schon zum dritten Mal: »Junge! Simon! Komm, wir müssen gehen!«

Simon rannte die größte Riesenrutsche so schnell hinunter, daß seine Schritte laut durch die Halle donnerten. Staubverschmiert und erhitzt stand er neben dem Mann.

»Nur noch einmal in den großen Ofen«, bettelte er, »aber diesmal ohne Handgeben.«

»Gut«, lächelte der Mann, »ein letztes Mal.«

Wieder betraten sie den Ofen. Simon hielt die Lampe.

»Aber du bleibst neben mir.«

»Ich bin da«, hörte er die beruhigende Stimme dicht hinter sich. Plötzlich war da ein Geräusch. Kam es aus dem Tunnel oder von draußen? Simon war mit einem Satz neben seinem Begleiter.

»Ich will raus!« Im selben Augenblick konnte er nichts mehr sehen. Ein weißer Lichtstrahl schmerzte in seinen

Augen, Rufe hallten im Ofentunnel wieder, brachen sich an den Wänden, viele, viele Stimmen. Männerstimmen. Die fremden Männer!

»Raus–kom–men, so–fort«, verstand Simon die Rufe der Männer, und er spürte die Hände seines Beschützers, die ihn bei den Schultern nahmen und auf das Licht zuschoben. Wollte der ihn etwa da hinausschicken, zu den Fremden mit den vielen Stimmen? Der Mann beugte sich hinab, sagte etwas zu ihm, aber Simon konnte ihn nicht verstehen, denn sein erschrockenes Weinen übertönte die Worte. Er krallte sich fest an das Bein, suchte Schutz hinter dem Erwachsenenkörper, seine Augen waren noch immer geblendet von dem grellweißen Licht, das immer näher kam, er sah bunte Sterne und hörte laute Rufe, die sich überschlugen. Der Spielzeugrevolver fiel klappernd zu Boden. Schritte näherten sich, er fühlte, wie ihn zwei grobe Hände packten und ins Licht hinauszerrten, weg von seinem Freund, der im Dunkel zurückblieb.

Paula deckte den fest schlafenden Simon noch einmal zu und streichelte ihm die kühle Wange. Sie kämpfte mit den Tränen. »Es wird alles gut werden«, flüsterte sie, »das verspreche ich dir.« Dann ging sie die Treppe hinunter. In Lillis wulstigem Ledersessel saß Doris.

»Er schläft«, sagte Paula, »und ich werde jetzt auch bald ins Bett gehen.« In Wahrheit wollte sie nur endlich allein sein. Zeit haben, für sich. Zeit zum Nachdenken, Zeit zur Freude, Zeit zur Traurigkeit.

Aber Doris überhörte den Wink und nahm ihr Gespräch an der unterbrochenen Stelle wieder auf: »Das Dumme an der Sache ist, daß dieser ekelhafte Jäckle jetzt als Held dastehen wird. Aber wenigstens wird er mich dann endlich mit seinen haarsträubenden Verdächtigungen in Ruhe lassen.«

Paula reagierte ungehalten. »Der ekelhafte Jäckle fühlt sich ganz und gar nicht als Held.«

Doris wechselte den Kurs: »Was wird jetzt aus Simon?«

»Ich glaube, er wird das ganz gut verkraften. Morgen will die Kinderärztin...«

»Das meine ich nicht.«

»Was dann?«

»Ich denke dabei eher an unsere liebe Frau Schönhaar.«

Paula spürte wieder diese Faust um ihren Magen. Daran hatte sie in all dem Trubel überhaupt noch nicht gedacht. »Du lieber Himmel!« flüsterte sie.

»Es würde mich nicht wundern, wenn sie in Bälde vor der Tür steht und Simon in ein Heim einweist. So ähnlich hat das doch in dem Brief gestanden, oder nicht?«

Paula wurde schwindlig. »Du meinst wirklich, daß sie dazu fähig wäre?«

»Fähig und befugt. Sie wird dir die Geschichte so auslegen, daß du nicht in der Lage bist, auf dein Kind zu achten. Immerhin wäre es beinahe das Opfer eines perversen Kinderschänders geworden.«

Paula schlug die Hände vor das Gesicht. »Oh, Gott«, stöhnte sie. »Das ist zuviel. Allmählich weiß ich nicht mehr, wo mir der Kopf steht. Was soll ich jetzt tun?«

»Ihn verstecken.«

»Was?«

»Hör zu«, Doris rückte vor bis auf die Kante des Sessels und sah Paula eindringlich an, »wenn er erst einmal in einem Heim oder bei einer Pflegefamilie ist, dann siehst du ihn bis zum Prozeß nie wieder. Und wie der ausgeht, das kannst du dir ausrechnen. Sie werden ihn holen und dir nicht einmal sagen, wohin sie ihn bringen.«

»Meine Anwältin...«

»Die kann nichts tun außer Briefe schreiben, wenn er erst einmal fort ist. Dann dauert alles sehr, sehr lange, glaub mir.«

Paula hatte eine Idee: »Ich werde ihn zu Tante Lilli schicken!«

»Tante Lilli«, schnaubte Doris, »dort werden sie ihn zuerst suchen.«

»Aber was dann!« rief Paula verzweifelt.

»Ich könnte mit ihm wegfahren.«

»Nein!« Paula merkte, daß sie es herausgeschrien hatte.

»Schscht, Paula«, mahnte Doris, »du weckst ihn noch auf. Warum schreist du denn so?«

»Ich gebe Simon nicht aus der Hand«, beharrte Paula stur.

»Paula«, sagte Doris beruhigend, »es soll doch nur für ein paar Tage sein. Was wirst du tun, wenn die Schönhaar Montag früh mit zwei Polizisten vor der Tür steht?«

»Ich werde selbst mit ihm wegfahren.«

»Das ist doch zwecklos.«

»Warum soll das zwecklos sein«" entgegnete Paula aufgebracht. Wieso nur waren ausgerechnet ihre Vorschläge dumm oder unmöglich?

»Paß auf«, erklärte Doris geduldig, wie zu einem uneinsichtigen Kind. »Wir wollen doch nur Zeit gewinnen. Du mußt hierbleiben und herausfinden, was die Schönhaar vorhat. Vielleicht kann deine Anwältin wirklich etwas tun. Im Grunde kann die Schönhaar dir doch nichts Konkretes vorwerfen, oder?«

»Nein, natürlich nicht. Aber das wird sie noch wütender machen, und den Prozeß werden wir haushoch verlieren.«

»Der Prozeß ist im Moment zweitrangig. Vielleicht solltest du die Zeit nutzen, um Klaus zu einem Rückzug der Klage zu bewegen. Aber dafür mußt du hierbleiben, und Simon muß an einem sicheren Ort sein, bis wir wissen, was Sache ist, verstehst du?«

Paula nickte. In Wirklichkeit verstand sie nicht alles. Ihr schwirrte der Kopf.

»Wo... wo willst du denn mit ihm hin?«

»In den Süden«, antwortete Doris prompt. »Italien vielleicht, oder Griechenland. Kreta soll im Vorfrühling sehr schön sein. Es wird einfach ein kleiner Urlaub sein, eine Abwechslung, nach all der Aufregung. Du wirst sehen, es wird Simon sogar guttun.«

Paula hatte ein schlechtes Gefühl bei der ganzen Sache. »Ich werde drüber nachdenken. Jetzt würde ich gerne schlafen gehen.«

»Oh, natürlich.« Doris erhob sich hastig. »Aber überlege nicht zu lange. Wenn, dann wird die Schönhaar bald handeln. Nacht, Paula.«

Stadtkurier   *Samstag, 25. Februar 1995 / Seite 1*

Die Bestie von Maria Bronn ist gefaßt!

Geglückte Rettungsaktion in der alten Ziegelei! Sohn einer Mitarbeiterin in letzter Sekunde aus der Gewalt des Mörders befreit.

(sz) – Der Kindermörder von Maria Bronn wurde gestern nachmittag auf frischer Tat ertappt. Hauptkommissar Bruno Jäckle von der hiesigen Kripo gelang es, den vierjährigen Simon Nickel ohne Blutvergießen aus der Gewalt des Verbrechers zu befreien. Simon verschwand gestern gegen 16.00 Uhr von einer Faschingsveranstaltung. Wie er in das Waldstück nahe der alten Ziegelei gelangt ist, ist zur Stunde noch ungeklärt. Sicher ist, daß dem Kind dort der achtunddreißigjährige Kolja Bosenkow begegnet ist. Der verhaltensauffällige Mann wurde bereits im Zusammenhang mit den Mordfällen Benjamin Neugebauer und Max Körner mehrmals vernommen,

mußte jedoch immer wieder aus Mangel an Beweisen entlassen werden. Makabres Detail: Der Täter und sein drittes Opfer kannten sich: Bosenkow war als Aushilfsgärtner bei den Nickels tätig gewesen. Er nutzte das Zutrauen Simons skrupellos aus und lockte ihn in die stillgelegte Ziegelei. Dort wurde er von Hauptkommissar Jäckle und Kommissar Hofer überrascht. Der Täter ergab sich den Beamten ohne Widerstand.

Hauptkommissar Bruno Jäckle war gestern zu keiner Stellungnahme bereit. Bosenkow hat bis jetzt kein Geständnis abgelegt. Dr. Monz von der Staatsanwaltschaft ist dennoch der Überzeugung, daß der deutschstämmige Russe für den Tod der anderen beiden Kinder verantwortlich ist. Die Leiche Benjamin Neugebauers wurde bis heute nicht gefunden.

Die Ermittlungen dauern an, es sieht jedoch ganz danach aus, als könnten die Bürger unserer Stadt endlich wieder aufatmen.

»Wo ist Simon? Wo ist dieses Weibsstück, damit ich ihr gründlich Bescheid sagen kann?« Lillis Augen sprühten kalte Funken, wie Wunderkerzen. Da sich keines der gesuchten Objekte zeigte, richtete sie den Blick auf ihre Nichte. »Und du? Bist du denn komplett übergeschnappt, Paula, an so etwas überhaupt nur zu denken? Ihn ausgerechnet mit Doris wegzuschicken?«

Selten hatte Paula ihre Tante so in Rage erlebt. Heute, am Samstagmorgen, hatte sie Lilli angerufen und aus dem Bett geholt, um ihr von den gestrigen Ereignissen zu berichten, ehe sie es aus den Zeitungen erfahren würde. Dieser Bericht vom Schulze wieder! Gleichzeitig fragte sie Lilli, was sie von Doris' Vorschlag hielt. Zwei Stunden später stand Lilli vor der Tür. Sie hatte Gepäck für mehrere Tage dabei und schnaubte wie ein Rennpferd vor dem Start. Paula fand, Lilli sah frischer aus als bei ihrem Weihnachtsbesuch. Offenbar hatte sie ihren Liebeskummer überwunden, womöglich trug die Wut ihr Teil dazu bei. Jedenfalls verlieh sie ihrem Teint ein frisches Rosa.

Ohne auf Paulas Antwort zu warten, stapfte sie ins Haus. »Simon?« Die Kristallgläser in der Vitrine vibrierten.

Paula sah ihr die Erleichterung an, als Simon angerannt kam.

»Tante Lilli! Hast du mir was mitgebracht?«

Lilli ging etwas steif in die Knie und drückte Simon an sich. »Nein, Chérie. Aber wir lassen uns was einfallen. Außerdem ist ja bald dein Geburtstag, nicht wahr?«

Lieber Himmel, was bin ich für eine Rabenmutter, dachte Paula im geheimen. Simons fünfter Geburtstag, in etwas mehr als drei Wochen, den hätte ich womöglich noch vergessen.

»Tante Lilli, am anderen Tag habe ich ein geiles Abenteuer erlebt...« Zeitbegriffe waren Simon noch immer suspekt. Was nicht an diesem Tag geschah, fand eben »am anderen Tag« statt, das konnte in der Gegenwart oder in der Zukunft liegen.

»Was für ein Abenteuer?« fragte Lilli.

»Ein supergeiles.«

»Das«, rief Lilli und zog entrüstet die Augenbrauen hoch, »kommt allein vom Fernsehen!« Das Fernsehen rangierte auf Tante Lillis nach unten offener Skala der verachtenswerten Errungenschaften der Menschheit auf einem der tiefsten Ränge, vergleichbar mit Big Mac's, Mißwahlen und Silikonbrüsten.

Paula nahm sich Lillis Gepäck vor und trug es hinauf in das Zimmer, das Lilli schon als Mädchen bewohnt hatte; allerdings standen jetzt Möbel darin, die sie aus Frankreich mitgebracht hatte. Paula betrat den Raum selten, nur zum Abstauben. Er gehörte, wie so vieles hier, nicht zu dem Bereich, den sie als den ihren betrachtete.

Es würde dauern, ehe Simon mit seinen Schilderungen am Ende war. Er schien das Erlebnis tatsächlich ohne größere Probleme zu verarbeiten, für ihn war es ein aufregendes, turbulentes Abenteuer, das er am liebsten jedem erzählen würde.

Von dieser Gelegenheit hatte er gestern ausgiebigen Gebrauch machen dürfen: Bereitwillig beantwortete er die behutsamen Fragen einer eigens angeforderten Kriminalbeamtin, wiederholte dasselbe vor Jäckle und dem Staatsanwalt und nochmals in aller Ausführlichkeit vor seiner Kinderärztin, die auch als Kinderpsychologin praktizierte. Sie bestätigte Paula, daß sie sich seinetwegen keine Sorgen zu machen brauche, und hatte hinzugefügt: »Man kann Ihnen zu diesem Kind wirklich gratulieren, Frau Nickel.«

Simon dagegen war heilfroh gewesen, daß er für seinen Ausflug nicht geschimpft wurde, nicht einmal ein winziges bißchen. Er wunderte sich über die überschwengliche Wiedersehensfreude seiner Mutter und Doris'. Sie hatten sogar beide geweint, vor Freude, wie sie sagten. Nicht der kleinste Vorwurf kam von ihnen, wo sie doch sonst bereits maulten, wenn er nur in den Garten rausging, ohne sich abzumelden. Daß der Ausflug für seinen Begleiter im Untersuchungsgefängnis geendet hatte, war ihm bis jetzt von den Erwachsenen verschwiegen worden.

Paula holte frische Bettwäsche aus dem Schrank, sie duftete zart nach den getrockneten Lavendelsträußen, die in den Fächern lagen, und bezog eben das Kopfkissen für Lilli, als sie Doris durch den Garten kommen sah. Sie ging schnell. Anton, er war seit Weihnachten kräftig gewachsen, folgte ihr schwanzwedelnd. Paula wurde unbehaglich zumute. Hoffentlich kann sich Lilli bremsen, dachte sie. Das wenigste, was ich im Moment gebrauchen kann, ist ein Kampf der Gigantinnen.

Die Haustür mußte offen gewesen sein, denn schon hörte sie Doris' Stimme im Flur: »Paula? Simon? Seid ihr da… Oh!« Der letzte Ton kam wie ein kleiner Schrei heraus. »Guten Tag, Lilli. So früh schon zu Besuch?«

»Der frühe Vogel fängt den Wurm. Guten Tag, Doris.«

»Anton! Anton, da bist du ja. Komm, Anton, ich muß dir was erzählen«, rief Simon dazwischen, der Hund kläffte, dann entfernten sich die beiden, hinaus in den Garten.

Paula kam sich albern vor, wie sie da am Treppengeländer hing und ihre Gäste belauschte anstatt hinunterzugehen. Aber sie blieb und rührte sich nicht.

Wenigstens ging Lilli nicht gleich auf Doris los. So wütend, wie sie vorhin ausgesehen hatte, mußte sie das einiges an Beherrschung kosten.

»Ist Paula nicht da?« fragte Doris.

»Sie ist oben, nehme ich an. Kann ich Ihnen etwas anbieten?«

»Nein danke. Ich wollte etwas mit Paula besprechen.«

»Über Ihre Reise mit Simon?« fragte Lilli unschuldig.

Doris schien einen Moment zu zögern, dann sagte sie: »Sie wissen Bescheid?«

»Oh, ja. Ich finde, der Gedanke ist ausgezeichnet. Simon sollte etwas Abstand zu den schlimmen Ereignissen gewinnen. Ein kurzer Tapetenwechsel würde ihm sicher guttun.«

Es ließ sich schwer sagen, für wen die Überraschung größer war, für Paula, die noch immer wie angewurzelt auf ihrem Horchposten verharrte, oder für Doris, die nun tatsächlich ins Stottern geriet: »Wirk... wirklich? Finden Sie?«

»Absolut. Und für meine Nichte wäre es eine Gelegenheit«, der Stimme nach lächelte Lilli, »ein paar Dinge zu ordnen, nicht wahr?«

»Genau das dachte ich mir auch. Nur, Paula war gestern noch nicht in der Lage, eine Entscheidung zu treffen. Aber das ist ja kein Wunder, nach dem, was wir durchgemacht haben.« Sie atmete schwer. »Gott sei Dank ist dieser Alptraum jetzt vorbei. Und Gott sei Dank hatte Simon mehr Glück als mein Max.«

Falls sich Doris Trost und Mitgefühl von Lilli erhofft hatte, so war sie auf dem Holzweg.

»Ja, das hatte er«, bestätigte Lilli sachlich, und Paula hätte beinahe laut aufgelacht.

Doris räusperte sich: »Paula ist also einverstanden mit meinem Vorschlag?«

»Bedingt.«

»Bedingt?« wiederholte Doris mißtrauisch.

Lilli ließ die Katze aus dem Sack: »Natürlich wissen wir um die Großzügigkeit Ihres Angebots. Aber ich finde, Sie haben für Simon schon genug getan. Deshalb werde ich mit ihm eine kleine Reise unternehmen. Zu Freunden, nach Frankreich.« Paula bedauerte es, in diesem Moment nicht Doris' Gesicht zu sehen. Für ein paar Sekunden trat Schweigen ein. Dann sagte Doris, mit einer Stimme wie dünnes Eis: »Na gut. Wenn das so ist, dann hat sich das ja erledigt.« Paula hörte Schritte, langsame, feste Schritte voll verhaltener Wut. Kurz darauf schlug die Haustür zu, es folgten energische Rufe nach Anton, Protestgeschrei von Simon, Lilli, die nach Simon rief, Hundegebell, Kindergeheul…

Paula ging zurück ins Zimmer und sank auf das breite Bett. Was für ein Durcheinander! Würde es jemals wieder Ruhe in ihrem Leben geben? Ruhe, Frieden und Sicherheit? Sie fühlte Ärger aufsteigen, diesmal auf Lilli: Schon wieder eine Entscheidung über meinen Kopf hinweg, dachte sie. Aber dann rief sie sich zur Ordnung. Schließlich war Lilli noch keine Viertelstunde hier, sie hatte kaum Gelegenheit gehabt, sie in ihre Pläne einzuweihen. Und wie sie mit Doris umgesprungen war! Genauso hätte Paula sie abblitzen lassen, wenn nicht… Ihr wurde heiß. Die Vito-Sache! Ich muß Lilli davon erzählen. Sie darf Doris nicht unnötig provozieren. Wenn das mit Vito jemals ans Licht kommt, dann kann mir auch Lilli nicht mehr helfen.

Doch erst nach dem Abendessen, als der aufgedrehte Simon endlich ins Bett verfrachtet worden war, ergab sich die Gelegenheit zu einem ungestörten Gespräch.

»Was soll ich machen?« klagte Paula. »Ich habe solche Angst, daß sie mir Simon wegnehmen.« Auf einmal fühlte Paula, wie ihr die Tränen über die Wangen liefen. Verdammt, sie hatte sich wirklich nicht bei Lilli ausheulen wollen wie eine dumme Gans, aber jetzt brach alles Unglück der letzten Wochen aus ihr heraus, die Worte sprudelten, als hätte man eine Sektflasche geschüttelt. In allen Einzelheiten erzählte sie: von dem Unglück mit Vito, wie Doris ihr zunächst geholfen hatte und wie sie jetzt Simon immer mehr vereinnahmte. Sie erwähnte auch den Fund der Perücke, worauf Lilli nur wissend nickte, wie jemand, der eine längst gefaßte Meinung grimmig bestätigt sieht. Nur über Bosenkow schwieg sie. Sie war sich selber nicht, oder jedenfalls noch nicht, im klaren, wie sie seit gestern zu ihm stand und zu der Frage, ob er schuldig war oder nicht.

Am Ende ihrer Beichte nahm sie ihren ganzen Mut zusammen und eröffnete Lilli, daß sie aufgrund dieser Probleme schon darüber nachgedacht hätte, von hier wegzuziehen.

Danach schwiegen sie.

Paula beobachtete, wie Lilli an den Büchern entlangblickte, genau wie sie selbst es oft tat. Völlig unerwartet sagte Lilli: »Paula, du bist mir nichts schuldig. Ich habe dich zu mir genommen, weil ich es *wollte*. Aus reinem Egoismus. Nein, unterbrich mich nicht. Irgendwie habe ich genau das getan, was Doris jetzt mit Simon versucht. Ich habe dich deiner Familie entfremdet. Ich wollte selber nie Kinder: Kleine Kinder sind mir ein Graus, abgesehen von Simon. Ich nahm dich mit, weil du mir gefallen hast, deine bedauernswerte Mutter hatte nicht den Hauch einer Chance. Es war leicht, dich zu beeindrucken, ich, die Schauspielerin, die Dame von Welt. Verglichen mit deiner Mutter mußte ich dir zweifellos so erscheinen. Es war nicht unbedingt fair, was ich getan habe.«

»Aber sie wollte doch gar nicht...«

»Sie war der Situation nicht gewachsen. Die lange... Krankheit und der Tod ihres Mannes, hinten und vorne kein Geld im Haus, dein älterer Bruder, der schon damals nichts taugte, und dann noch deine Alpträume und dein Schlafwandeln. Sie wußte nicht, daß das eine harmlose Marotte ist, es hat sie verunsichert, nach der ganzen Tragödie mit deinem Vater. Man kann ihr keinen Vorwurf machen, alles wuchs ihr total über den Kopf, und sie war froh, wenigstens *ein* Problem loszusein. Vielleicht hat sie es irgendwann bereut, als es zu spät war. Vielleicht hätte sie dich später einmal gebraucht.«

»Sie hat zwei Söhne«, sagte Paula schnell. Das Wort »Brüder« wäre ihr nur schwer über die Lippen gekommen.

»Und eine Tochter. Du solltest sie gelegentlich besuchen. Aber das ist jetzt nicht so wichtig, nicht wahr?«

Paula nickte. Zur Zeit schien sie nur noch auf den Rat anderer Menschen angewiesen. Ein willenloses Werkzeug war aus ihr geworden.

»Natürlich kannst du wegziehen«, hörte sie ihre Tante sagen, »aber Weglaufen hat selten ein Problem gelöst. Im Moment scheint mir dafür nicht der richtige Zeitpunkt. Man verläßt die Bühne nicht mitten im Stück!« Paula antwortete nicht. Lilli entkorkte eine Flasche Bordeaux, es war die zweite seit Beginn des Abendessens, während Paula immer noch an ihrem ersten Glas hing. Sie trank fast täglich Wein, achtete aber streng auf die Menge. Meistens.

»Zunächst...« Plop! Lilli unterbrach sich, zelebrierte das Ritual des Einschenkens und schwenkte das bauchige Glas im Schein des Kaminfeuers. Dem Wein schien in diesem Moment ihre ganze Aufmerksamkeit zu gehören. »Ah, dieser feine Duft nach Cassis! Zunächst mal werden wir uns um Frau Schönhaar und deinen Exgatten Klaus kümmern müssen. Hast du schon mit ihm gesprochen?«

»Nein. Einmal wollte ich, aber er ließ sich am Telefon verleugnen. Außerdem hat mir die Anwältin abgeraten. Sie fürchtet, ich könnte ausrasten und alles nur noch schlimmer machen.« Paula lächelte schief. »Sie kennt mich anscheinend noch ganz gut, vom letzten Mal. Aber ich kenne Klaus. Er wird die Klage nicht zurückziehen, und wenn ich auf Knien vor ihm rutsche.«

»Das wirst du schön bleiben lassen«, sagte Lilli streng. Dann vollführte sie eine theatralische Handbewegung:

»Mein Gott, daß manche Männer aber auch ums Verrecken keine Niederlage akzeptieren können! Ich wette, er tut das alles nur, um dich zu demütigen. Wahrscheinlich würde er erschrecken, wenn er den Prozeß gewinnt.« Sie seufzte und sah ihre Nichte an. »Leicht hast du es nicht gerade.«

Paula zuckte hilflos mit den Schultern. Was hatte sie erwartet? Daß Lilli eine Zauberformel zur Lösung all ihrer Probleme parat hatte, die sie nur noch auszusprechen brauchte?

»Diese Geschichte mit diesem... diesem...«

»Vito.«

»Ich würde mich an deiner Stelle nicht von Doris unter Druck setzen lassen. Zu einem Mord, oder was auch immer, gehört eine Leiche. Wo ist die? Hat sie ihn daheim in der Tiefkühltruhe, wo sie ihn dem Jäckle bei Bedarf servieren kann?«

Paula stellte sich das bildlich vor und mußte beinahe lachen. Auf einmal hatte sie Anton vor Augen, wie er diese großen Knochen zermalmte, bis nichts mehr davon übrig war, Doris, wie sie am Herd stand... Paula! Das geht entschieden zu weit!

Lilli fuhr fort: »Solange man seine Leiche nicht findet, kann sie der Polizei erzählen, was sie will. Mach ihr das deutlich. Wehr dich, Paula! Dir ist doch klar, was sie vorhat?«

»N...nicht so ganz. Sie sieht Simon bereits mehr als ich. Das muß ihr doch genügen, oder?«

»Das wird es nicht. Denkst du etwa, sie wird einfach so zusehen, wie du mit Simon wegziehst?« Lilli schüttelte den Kopf. »Nein, Paula. Diese Frau ist fanatisch. Genauso wie die andere, diese Schönhaar, was für ein dröges Geschöpf. Zwei Besessene, jede auf ihre Weise. Es war nicht sehr klug von dir, dich neulich so zu vergessen.«

Paula stützte nur müde den Kopf in die Hände.

»Jaja, Kind, ich weiß. Dein Temperament. Mir ging es ja ähnlich. Leute ihres Schlages fordern einen einfach zu sehr heraus.«

»Was ist, wenn Klaus Simon bekommt?«

»Wann, sagtest du, ist der Prozeß?«

»Anfang Mai. Drei Tage nach unserer Premiere«, Paula schnaubte durch die Nase, »diese Scheißrolle. Doris hat sie mir aufgenötigt, damit sie drei Abende in der Woche hier bei Simon sitzen kann. Ach, Lilli, ich weiß nicht, wie das alles so weit kommen konnte. Ich hätte gleich die Polizei holen sollen, als Vito...«

»›Hätte‹ nützt uns jetzt nichts mehr«, unterbrach Lilli. Unvermittelt stand sie auf, ging auf das Regal zu und nahm ein Buch heraus, dessen Rücken nicht ganz mit den anderen abgeschlossen hatte. Es war die *Schachnovelle*. Lilli nahm den schmalen Band heraus, ließ die Blätter durch ihre Finger gleiten wie einen Stapel Spielkarten und stellte ihn ordentlich zurück zu den anderen. Als sie sich umwandte, ließ ein breites Lächeln ihr Gesicht auf angenehme Weise runzlig werden, und Paula schöpfte Zuversicht. Hatte sie eben die Zauberformel nachgeschlagen? Sorgfältig legte Lilli ein Scheit Holz ins Kaminfeuer, und Paula wartete geduldig, bis sie ihre Gedankengänge ausbreitete.

»Doris ist in Simon vernarrt, daran besteht kein Zweifel. Also muß sie die Schönhaar genauso fürchten wie du. Vielleicht haben wir ihr das noch nicht deutlich genug klargemacht?«

Paula blickte ihre Tante an, als sähe sie sie zum ersten Mal. Es mochte an dem wuchtigen Sessel liegen, aber sie kam ihr heute viel kleiner vor als früher. Da der Sessel nicht gewachsen sein konnte, mußte es wohl so sein: Lilli wurde langsam kleiner. Ansonsten wirkte sie wie eine sehr gepflegte, weißhaarige alte Dame, die vor dem Kaminfeuer saß und milde in ihr Weinglas lächelte.

»Weißt du, Tante Lilli«, preßte Paula schließlich hervor, »manchmal bist du mir direkt unheimlich.«

Lilli antwortete nichts darauf, und als Paula am nächsten Tag Simons Reisetasche packte, sah sie vom Fenster aus, wie Lilli sich mit Doris über den Gartenzaun hinweg unterhielt. Es schien ein sehr intensives Gespräch zu sein, sie sah Doris ein paarmal nicken, als ginge ihr soeben ein Licht auf. Was in aller Welt hatten Lilli und Doris auf einmal so vertraulich miteinander zu reden? Paula entschloß sich, Lilli nicht danach zu fragen. Sie hatte auch so schon genug Stoff zum Nachdenken.

Knapp zwei Wochen nach Bosenkows Festnahme erschien Zolt in Jäckles Büro. Mit lautem Gruß polterte er herein, lockerte seine Krawatte − winzige flirrende Streublümchen, bei deren Anblick Jäckle die blutunterlaufenen Augen tränten − und setzte sich auf die Stuhlkante.

»Na, du Held der Stadt.«

»Halt bloß dein Maul.«

»Es ist herrlich draußen. Markt ist, die ersten Tulpen blühen, Vögel zwitschern... Willst du alte Kellerassel nicht mal aus deinem Dreckstall rauskommen? Wir könnten bei Gino eine Pizza essen.«

»Am besten händchenhaltend«, entgegnete Jäckle, »damit uns die ganze Stadt zusammen sieht.«

»Was soll's. Ich habe eh nichts herausgefunden. Rein gar nichts. Keine spricht über die andere. Die Nickel ist nervös, aber ich kriege nicht raus warum. Nicht daß sie deswegen schlecht spielt, das nicht. Die Frau ist ein Phänomen. Ich zum Beispiel, ich muß in meiner kostbaren Freizeit stundenlang Text lernen, sie dagegen kann ihn nach zweimal Anhören in- und auswendig. Zuerst hatte ich den Eindruck, ihr paßte das mit der Hauptrolle gar nicht. Siggi und die Körner haben sie da ziemlich überfahren. Aber inzwischen meine ich, daß sie froh ist, wenn sie für ein paar

Stunden in eine andere Haut schlüpfen kann. Sie taucht richtig in die Rolle ein, fast als würde sie sich in deren Leben wohler fühlen. Aber kaum ist die Probe vorbei, da kriegt sie diesen gehetzten Ausdruck in den Augen und hat es furchtbar eilig, nach Hause zu kommen. Sogar jetzt, wo ihr Sohn mit seiner Tante verreist ist.«

»Seit wann?«

»Gleich nach der Sache mit dem Russen. Aber er kommt wohl Ende nächster Woche wieder. Sag ehrlich, Jäckle, hat das Detektivspiel denn noch Sinn? Kannst du dich gar nicht mit dem Gedanken anfreunden, daß es vielleicht doch dieser Bosenkow war?«

»Ich habe da meine Zweifel«, antwortete Jäckle. »Und sonst?«

»Gelegentlich fällt der Name Vito.«

»Vito? Friedhelm Becker?«

»Kennst du ihn?«

»Ist ein alter Bekannter hier. Drogengeschichten, Hehlereien, solche Sächelchen eben. Was ist mit ihm?«

»Er ist seit der ersten Zusammenkunft der Truppe nicht mehr erschienen. Das war schon im Januar. Muß wohl einen bösen Streit mit Paula gehabt haben.«

Jäckle wurde hellhörig. »Streit mit Paula?«

»Ja. Er sollte ursprünglich meine Rolle haben, aber er wollte nicht mit Paula spielen. Jedenfalls trieb er es so weit, daß sie mit irgend was nach ihm geworfen hat. Scheint in dieser Stadt so Usus zu sein«, fügte er in Erinnerung an seinen letzten Abgang hinzu. »Mehr weiß ich nicht.«

»Soso. Finde doch bitte möglichst viel über die Sache heraus. Zum Beispiel, ob ihn in der Zwischenzeit wieder mal jemand gesehen hat.«

»Geht in Ordnung. Heute ist übrigens wieder Probe. Nur Paula und ich. Die Versöhnungsszene.« Er grinste boshaft.

»Na prima«, sagte Jäckle. »Nimm vorher genug Mundwasser.«

»Und?« fragte Lilli, erwartungsvoll. »Was gibt's Neues?«

»Tante Lilli«, antwortete Paula etwas ungehalten über die telefonische Störung, »ich bin im Büro.«

»Das ist mir bekannt, ich bin noch nicht senil«, kam es ungeduldig. »Ob es was Neues gibt, will ich wissen.« Die gleiche dringliche Frage hatte sie gestellt, nachdem sie am vergangenen Wochenende mit Simon aus Frankreich zurückgekommen war. Worauf wartete sie bloß?

»Laut den jüngsten Meinungsumfragen wird Hermann Ullrich unser neuer Bürgermeister.«

Anscheinend war es nicht das, was Lilli hören wollte.

»Sonst ist nichts passiert?«

»Nein. Es kann ja schließlich nicht jeden Tag...« sie wollte eben ›Mord und Totschlag geben‹ sagen, bremste sich aber im letzten Moment. Die Stellwände waren sehr dünn, und Vera und der Schulze besaßen Ohren so empfindlich wie Satellitenschüsseln.

»... etwas Aufregendes geschehen. Mir reicht es auch so.«

Lilli wurde deutlicher. »Hat sich mit der Schönhaar was getan?«

»Sie hat noch immer nichts unternommen. Entweder sie ist zur Einsicht gekommen...«

»Kann ich mir nicht vorstellen.«

»... oder das ist die Ruhe vor dem Sturm. Zu allem Überfluß sehe ich sie jeden Mittag gegenüber aus dem Büro kommen. Sie trägt seit Wochen dasselbe graue Kostüm. Ach ja, meine Anwältin hat mit Klaus gesprochen. Er zeigte sich nicht sehr kooperativ.«

»Hm.«

»Vergiß nicht Simons Geburtstag, morgen. Du kommst doch?«

»Natürlich.«

Natürlich? So natürlich war das auch wieder nicht. Immerhin war Lilli zu *ihrem* Geburtstag nicht erschienen.

»Ich muß jetzt Schluß machen, Tante Lilli. Weigand kommt gerade angehumpelt. Bis dann.«

Karl-Heinz Weigand lehnte seine Krücken gegen Paulas Bildschirm und setzte sich ächzend auf den Stuhl vor ihrem Schreibtisch.

»Na, wie läuft's?«

»Großartig.«

Weigand näherte sich der Sache auf Umwegen. »Paula, du hast gute Arbeit geleistet, als du mich vertreten hast.«

»Danke.«

»Doch, wirklich. Du bist um Klassen besser als der...«, er sah sich vorsichtig um.

»Ich weiß. Dazu gehört nicht viel.«

»Trotzdem bin ich in den letzten Tagen nicht so ganz einverstanden mit dem, was du tust, versteh mich nicht falsch. Du hattest viel um die Ohren, ich weiß, aber...«

»Aber?«

»Paula, verdammt nochmal! Sieh dir nur den Artikel über den Kabarettabend an! Das ist... blasses, blutleeres Geschwafel, wenn ich mal ehrlich sein soll. Wo ist da der Witz, wo dein berühmter Biß?«

Paula wußte, wovon er sprach. Sie hatte sich an diesem Abend weder auf die Künstler noch am nächsten Tag auf die Kritik konzentrieren können. Und dies war nicht der einzige Artikel, den sie lustlos zusammengeschustert hatte.

»Du hast recht«, gab sie zu. »Ich bin im Moment nicht ganz auf dem Posten. Die Sache mit Simon...«

Weigand nickte. »Kann mir vorstellen, was das für ein Schock war. Inge hat mal einen Nervenzusammenbruch bekommen, als unsere Große auf dem Jahrmarkt verlorenging. Wir fanden sie nach einer Stunde im Stall, bei den

Ponys.« Paula antwortete nicht. Weigand rutschte verlegen auf dem Stuhl hin und her.

»Ich habe durchaus Verständnis für deine Situation. Aber deine Sachen werden halt auch von anderen Leuten gelesen.«

Paula verstand. Sicher hatte Schulze hintenrum gestänkert. »Vielleicht hast du dich ein bißchen übernommen?« meinte Weigand. »Mit dem Theaterspielen noch zu allem hin.«

»Wahrscheinlich«, gab Paula unumwunden zu. »Aber jetzt, so mitten drin, kann ich die Truppe nicht hängen lassen. Ich verspreche dir, ich werde mich zusammenreißen, okay?«

Er machte Anstalten, ihr die Hand zu drücken, aber dann ließ er es bei einem priesterhaften Lächeln. »Das wollte ich nur von dir hören. Jeder kann mal eine Krise haben, und ich bin kein Unmensch, das weißt du hoffentlich.«

»Ich weiß, ja.«

Weigand schien noch nicht fertig zu sein, denn er spielte mit seiner Krawatte herum, die wie ein Schlafanzug gemustert war. »Und du möchtest wirklich ab nächster Woche wieder halbtags arbeiten?«

Paula nickte entschlossen. »Es geht nicht anders. Simon braucht mich momentan. Das ist mir klar geworden, durch diese Sache.«

»Verstehe«, brummte er. »Paula, du solltest wissen, daß ich dir eigentlich bis in ein, zwei Jahren... ich meine, daß ich dich als meine Nachfolgerin aufbauen wollte. Aber das geht natürlich nur, wenn du weiterhin ganztags arbeitest. Ich würde dir nur äußerst ungern den... einen Kollegen vor die Nase setzen.«

Paula dankte ihm lächelnd. Wie sehr hätte sie diese Anerkennung unter normalen Umständen gefreut. Jetzt schien alles belanglos. »Vielleicht wäre es eine Kompromißlösung, wenn ich ab Herbst wieder voll einsteige?« Es tat ihr weh, Weigand zu hintergehen, aber es war nun einmal nicht zu ändern.

»Darüber ließe sich nachdenken.« Weigand erhob sich und klemmte seine Krücken unter die Arme. Er wirkte zufrieden, fürs erste.

Als er fort war, atmete Paula auf. Sie hatte wieder ein bißchen Zeit gewonnen. Zeit wofür? Konnte sie überhaupt Zeit gewinnen, wo doch mit jedem Tag die Gerichtsverhandlung näherrückte? War es nicht vielmehr so, daß sie wertvolle Zeit mit Simon verlor? Zeit, die Doris mit ihm verbrachte, weil seine Mutter mit anderen Dingen beschäftigt war? Ich bin nicht nur als Mutter eine Versagerin, jetzt lasse ich auch noch im Beruf nach, dachte Paula voller Bitterkeit. Vielleicht wäre Simon mit einer anderen Mutter wirklich besser bedient. Vielleicht ist er ja gerade dabei, sich eine bessere Mutter auszusuchen, so wie ich mir damals Lilli ausgesucht habe. Oder umgekehrt. Sie geriet in Panik bei diesem Gedanken. Hastig stand sie auf und ging zur Kaffeemaschine, nicht, weil sie scharf auf die lauwarme Brühe war, sondern um sich Bewegung zu verschaffen. Mit der unberührten Tasse in der Hand stand sie wenig später an ihrem Bürofenster und sah gedankenverloren hinaus auf den Marktplatz. Um die buntbeschirmten Stände drängelten sich vorwiegend Frauen, sie schleppten schwere Körbe mit sich herum, beruhigten quengelnde Kinder, manövrierten Kinderwägen durchs Gedränge. Die wenigen Männer waren Rentner oder Büroangestellte in Anzügen, die während ihrer Kaffeepause bummeln gingen. Sie hatten nichts zu schleppen, und niemand zupfte fordernd an ihren Ärmeln. Es schien warm zu sein, föhnig wahrscheinlich, die meisten Leute jedenfalls hatten ihre Jacken ausgezogen. Ihr Blick wanderte hinüber zu dem alten Gebäude auf der anderen Seite. Wenn da drüben nicht dieser riesige Kastanienbaum wäre, sie und die Schönhaar könnten einander glatt über den Marktplatz zuwinken. Eine abstruse Vorstellung. Paula konnte sich die sauertöpfische Schönhaar überhaupt nicht winkend vorstellen. Auch nicht lächelnd.

Sogar der Eisstand hatte zum ersten Mal in diesem Jahr wieder geöffnet. Eine Schlange wartete davor. Plötzlich war Paula wie elektrisiert. Der Mann da unten – da stand Vito! Er wandte ihr den Rücken zu, aber das war er, unverkennbar: seine Haltung, sein Haar, jetzt diese Handbewegung, mit der er seine Dauerwellen in Unordnung brachte. Sie rang nach Luft, sie mußte blinzeln, dann starrte sie erneut auf die Schlange vor dem Eisstand.

Unsinn! Da war kein Vito. Nicht einmal ein Mann, der ihm ähnlich sah. Weit und breit nicht. Paula stellte die Tasse weg, atmete tief ein und preßte ihre schweißnassen Hände gegen die Schläfen. Das kann nicht sein, dachte sie, aber ich hätte schwören können, daß er's war. Ich werde langsam meschugge, das ist es. Ich sehe Tote herumlaufen.

»Frau Nickel!«

Paula fuhr wie mit einer Nadel gestochen zusammen.

»Sie haben schon wieder vergessen, einen Strich auf der Kaffeeliste zu machen, und die Kanne haben Sie auch nicht zurückgestellt, denken Sie, wir anderen wollen ihn lieber kalt trinken?«

Paula hätte Vera am liebsten umarmt. Sie war so normal. So beruhigend lebendig und real.

»Tut mir leid. Ich koche uns neuen.«

Vera vernahm diese Worte und plumpste vor Schreck auf ihren Stuhl. »Jetzt«, flüsterte sie, »ist sie übergeschnappt.«

»Prima«, sagte Siggi Fuchs am Ende der Probe. »Die Szene können wir so lassen. Diese Woche noch den Schluß, mit dem ganzen Haufen, ab dann nur noch Durchläufe. Wird das gehen, Paula?«

»Wieso sollte es nicht?«

»Ich meine nur. Wir werden dann auch Doris hier brauchen. Sie macht doch Babysitter bei deinem Sohn, oder nicht?«

»Nicht immer. Ich habe noch jemanden in Reserve.« Die ›Reserve‹ saß heute bei Simon. Paula hatte in einem Anfall von Aufsässigkeit über Doris' Kopf hinweg eine Freundin von Katharina engagiert. Katharina hatte ihr das Mädchen vermittelt, ehe sie mit einem Schüleraustauschprogramm nach Frankreich abgereist war, wobei Paula das Gefühl nicht loswurde, daß Doris dahintersteckte.

Jedenfalls mußte sie sich Vorhaltungen von Doris anhören: »Du bist so leichtsinnig! Frau Aschenbach kennt diese Manuela, sie hat mir erzählt, als sie einmal nach Hause kam, da hat dieses dumme Ding tief und fest geschlafen! Ihrer Tochter hätte schon wer weiß was passiert sein können.«

»Ich werde ihr vorher einen doppelten Espresso einflößen.«

»Blödsinn. Sie ist einfach nicht zuverlässig. Und was ist in der Zeit, in der du sie nach Hause fahren mußt?«

»Das sind nur fünf Minuten. So lange kann Simon schon mal alleine bleiben.« Paula wich keinen Zentimeter von ihrem Standpunkt. ›Wehr dich‹, hatte Lilli zu ihr gesagt.

Doris machte sich beleidigt auf den Heimweg, als Manuela kam, doch im Flur zischte sie Paula ins Ohr: »Mit Freunden sollte man es nicht gerade dann verderben, wenn man sie am dringendsten braucht.«

Paula sah sich um, ob Manuela außer Hörweite war, dann sagte sie so ruhig wie möglich: »Wenn du auf diese Sache mit Vito anspielst...«

»Das meine ich nicht«, fiel ihr Doris hastig ins Wort, »das kommt noch dazu. Ich rede davon, daß ich heute eine Vorladung von Klaus' Rechtsanwalt bekommen habe. Ich soll als Zeugin über deine Mutterqualitäten aussagen.« Danach war sie gegangen.

»Es geht schon in Ordnung«, sagte Paula zu Siggi. Die paar Wochen kriegen wir jetzt auch noch hin.«

»Paula«, sagte Siggi mit ungewohnt weichem Timbre in der Stimme, »du bist so verändert in letzter Zeit. Stimmt etwas nicht?«

»Wieso? Spiele ich schlecht?«

»Nein, ganz im Gegenteil, das weißt du doch. Aber sonst. Du wirkst so fahrig, so…«

Er verstummte, weil sich soeben Rainer Zolt heran-pirschte, und Paula verabschiedete sich rasch von beiden. Rainer folgte ihr auf den Parkplatz.

»Könnten wir nicht irgendwo noch schnell einen Kaffee trinken?«

Wäre Simon nicht gewesen, hätte Paula vielleicht ja gesagt. Er hatte wirklich schöne Hände, und die Berührung seines Körpers bei den Proben verursachte ein angenehmes Gefühl. Aber nach Doris' Warnungen bezweifelte Paula, ob diese Manuela ihrem ausgeprägten Schlafbedürfnis wirklich widerstehen konnte. Ob sie überhaupt hören würde, wenn Simon aus einem schlechten Traum erwachte und weinte?

»Heute nicht. Ich hab' eine Schülerin zu Hause sitzen, die muß ins Bett.«

»Heißt das, ein andermal Ja?«

Paula honorierte seufzend seine Hartnäckigkeit: »Okay.«

»Versprochen?«

»Versprochen.«

Zolt, der das Angenehme recht gut mit dem Nützlichen zu verbinden verstand, wollte noch eine beiläufige Frage nach diesem Vito stellen, aber Paula war blitzschnell in ihrem Wagen verschwunden und fuhr los, als würde sie das eben Gesagte schon wieder bereuen.

Paula betrat leise das Haus. Sie wollte prüfen, ob Manuela tatsächlich schlief. Aber Manuela war gar nicht da. Im Sessel vor dem Kamin saß Doris.

Paula erschrak. Nicht nur, weil Doris anstelle von Manuela dort saß, es war vielmehr die Art, wie sie dort saß: aufrecht und starr, die Hände leer, kein Buch, keine Zeitung, kein Glas auf dem Tisch, nirgends lag das obligatorische Strickzeug. Der Fernseher war aus, es lastete eine bleierne Stille im Raum, die durch das Ticken der Wanduhr noch unterstrichen wurde, und Paula hatte den Eindruck, nein, sie wußte genau, daß Doris sich eben erst hingesetzt hatte, als sie sie kommen hörte.

»Was, zum Teufel, tust du hier?«

Doris hob den Kopf. »Na, wie lief's?«

»Was du hier machst, will ich wissen!« Paula bemühte sich erst gar nicht, freundlich zu sein.

»Ich passe auf Simon auf.«

»Wo ist Manuela?«

»Die habe ich nach Hause geschickt.«

»Etwa allein? Zu Fuß?«

»Mit einem Taxi. Ich kam rein, im Fernsehen lief *Das Schweigen der Lämmer*, und sie hat geschlafen!«

»Das spricht zumindest für ihre Nerven. Wieso kamst du überhaupt rein?«

»Ich mußte einfach mal nachsehen. Es hat mir keine Ruhe gelassen.«

»Doris«, sagte Paula und versuchte mit zweifelhaftem Erfolg ihrer Stimme Festigkeit zu geben, »als wir unsere Schlüssel austauschten, da habe ich es als selbstverständlich angesehen, daß wir sie nur im Notfall benutzen oder wenn die andere davon weiß.«

»Dies schien mir ein Notfall. Paula, ich könnte es nicht ertragen, wenn Simon das gleiche geschieht wie Max.«

»Wie soll das gehen? Wo er doch in seinem Bett liegt und schläft. Außerdem«, sie blickte Doris provozierend in

240

die Augen und zitierte ihren Kollegen, »ist die Bestie von Maria Bronn ja nun hinter Schloß und Riegel. Die Bürger können aufatmen.«

»Gottlob«, sagte Doris, und Paula fragte sich, ob das ehrlich oder zynisch gemeint war.

»Hör mal«, sagte Paula ernst, »ich möchte nicht, daß du hier so einfach reinspazierst, ohne daß ich was davon weiß.« Ohne eine Antwort abzuwarten trat sie hinaus auf den Flur, zog ihre Jacke aus und stellte ihre Tasche ab. Sie würde Doris ihren Hausschlüssel wiedergeben und ihren eigenen zurückverlangen. Ja, sie würde es mit Doris aufnehmen, wenn's sein mußte sofort, auf der Stelle. Paula fühlte sich durch ihren Zorn gestärkt. Soll sie doch mit ihrer Vito-Geschichte zur Polizei gehen. Lilli hatte schon recht, es gab keine Zeugen, keine Leiche, was wollte sie eigentlich? Im Vorbeigehen sah Paula in den großen Spiegel neben dem Schlüsselkästchen und war zufrieden mit der Entschlossenheit, die ihr daraus entgegenblickte.

Der Schlüssel zu Doris' Haus hatte immer zusammen mit allen anderen an den goldenen Elefantenrüsseln auf der Unterseite des Kästchens gehangen, dessen war sich Paula absolut sicher. Es war ein einzelner Schlüssel mit einem Anhänger, auf dem in Doris' Schulmädchen-Handschrift ihr Name stand. Aber da war er nicht, oder nicht mehr. Auch nicht im Kästchen selber. Doris mußte ihn entfernt haben. Denkt sie etwa, ich würde in ihrem Haus herumschnüffeln? Was gibt es dort, was sie verbergen muß? Trotz ihres Ärgers beschloß Paula, die Angelegenheit vorerst nicht zur Sprache zu bringen. Vielleicht lag der Schlüssel ja doch in irgendeiner Schublade herum, sie war eben etwas schlampig, und das könnte dann peinlich werden. Nein, am besten würde sie morgen einfach die Schlösser an ihrer Tür auswechseln lassen, eine Maßnahme, die ohnehin längst fällig war, da die alten nicht mehr viel taugten. Paula schnappte sich eine beliebige Flasche Wein aus dem Regal, dazu *ein* Glas, und ging zurück ins Wohnzimmer. Doris saß noch immer im Sessel, machte keinerlei Anstalten zu gehen, fragte statt dessen: »Paula?«

»Hm?«

»Du hast mich doch mal wegen der Perücke gefragt.«

»Perücke?« wiederholte Paula verwirrt und machte sich emsig mit dem Korkenzieher an der Weinflasche zu schaffen.

»Die blonde Perücke, die Simon aus meiner Mülltonne gefischt hat.«

»Ach ja. Das haben wir doch längst geklärt, oder?« Ihre Muskeln verkrampften sich. Sie war sich nicht sicher, ob sie das hören wollte, was nun vielleicht kommen würde.

»Du denkst, ich habe Max getötet, stimmt's?«

Paula rutschte mit dem Korkenzieher ab und stach sich in die Hand. »Verdammt!« Sie preßte die Wunde gegen ihren Mund, froh, sich damit beschäftigen zu können.

Doris öffnete die Flasche für sie. Ihre Hände waren ruhig. Offenbar erwartete sie keine Antwort von Paula. »Katharina hat gelogen«, eröffnete sie sachlich.

Paula ließ sich stumm auf dem Sofa nieder.

»Sie war an diesem Abend nicht bei Max babysitten. Ich habe sie gefragt, aber sie wollte lieber mit irgendeinem Jungen ins Kino. Außerdem hatte sie die Nase voll vom letzten Mal. Das hat sie natürlich nicht gesagt. Keiner hat je so was gesagt. Sie hatten nur immer alle gerade keine Zeit, wenn es um Max ging.« Ein verunglücktes Lächeln ließ ihr Gesicht für einen Moment hart aussehen. »Ich habe Max an dem Abend allein gelassen.«

Paula erinnerte sich wieder an Doris' etwas ungeschicktes Ausweichmanöver, als sie sich nach Max erkundigt hatte. »Ich hab's mir fast gedacht«, murmelte sie.

Doris verteidigte sich: »Er hat schon fest geschlafen, als ich gegangen bin. Ich habe tagsüber einen extralangen

Spaziergang mit ihm gemacht und ihn abends ins Kinderturnen geschickt, bloß damit er müde wird. Er hat geschlafen, sonst wäre ich nicht weggegangen, wirklich. Aber ich hatte mich doch so darauf gefreut.«

Die letzten Worte klangen schrill, und Paula versicherte rasch: »Das ist doch nicht schlimm, Doris. Ich war auch schon bei dir, als Simon hier allein schlief.«

»Nach dem Abendessen war ich noch mal kurz bei ihm, er schlief ganz friedlich.« Doris goß sich unaufgefordert Wein in das Glas, das Paula eigentlich für sich mitgebracht hatte, und trank einen großen Schluck. Etwas ruhiger fuhr sie fort: »Ich war so froh, mal wieder unter Leuten zu sein. Solchen, die nicht nur über Kinder und Kindergarten reden.«

»Das kann ich nur zu gut verstehen. Niemand macht dir deswegen einen Vorwurf.« Zeig Verständnis, sagte sich Paula nicht ohne Hintergedanken, laß sie reden.

»... bin als letzte von deiner Feier nach Hause gegangen, nachdem ich dich ins Bett gepackt hatte. Aber das weißt du ja schon.«

»Ins Bett. Ja, ja.«

»Ich ging sofort in Max' Zimmer, wollte nach ihm sehen, aber...« Sie verstummte und sah Paula prüfend an, als wollte sie sicher sein, daß sie ihr auch wirklich zuhörte. »Er war weg.«

»Wie... weg?«

»Nicht in seinem Bett. Ich habe nach ihm gerufen, habe das ganze Haus abgesucht, auch den Garten, aber er war einfach weg.«

»War denn die Tür nicht abgeschlossen?«

»Doch, ganz bestimmt.«

»War ein Fenster offen? Ich meine, als du zurückkamst.«

»Nein. Ich glaube nicht. Ganz offen bestimmt nicht, das wäre mir aufgefallen.«

»Warum hast du nicht sofort die Polizei gerufen?«

243

»Erst dachte ich, er versteckt sich irgendwo. Er spielt mir einen Streich, aus Rache, weil ich ihn allein gelassen habe. Max wäre zu so was fähig, meinst du nicht?«

»Durchaus.«

»Außerdem... Ich hatte ein wenig getrunken. Oder eher ziemlich viel, für meine Verhältnisse. So ganz klar und logisch konnte ich nicht mehr denken. Jedenfalls dachte ich nicht daran, was am nächsten Tag sein wird. Denn als mir bewußt wurde, daß er wirklich verschwunden war, da ist etwas Eigenartiges passiert.« Sie legte die schlanken Finger aneinander, hob die Zeigefinger zum Mund und schien in Gedanken ihre Worte zu formen.

»Meine erste Reaktion war...« Sie stockte erneut.

»Ja?« flüsterte Paula.

»Ich war *erleichtert*.«

»Erleichtert«, wiederholte Paula tonlos. Sie war über dieses Geständnis nicht besonders schockiert.

Doris sprach nun wie mit sich selber: »Max ist schuld, daß Jürgen gegangen ist. Er hat uns das Leben zur Hölle gemacht. Aber das weißt du ja. Alle haben sich von mir abgewandt, und zuletzt auch du, was ich dir nicht mal krummnehmen kann, nein, wirklich nicht. Du hast länger als alle anderen zu mir gehalten, ich weiß nicht, ob ich das umgekehrt getan hätte. Du hattest völlig recht, damals, als er Simons Hamster tötete. Max war kein normales Kind, Max war ein Monstrum.«

»Ich verstehe«, sagte Paula, und es war nicht nur dahingesagt. Sie verstand wirklich. Doris hatte ihr Kind gehaßt. War das verwunderlich? Konnte man ein Kind wie Max überhaupt lieben, selbst wenn man seine Mutter war?

Paula empfand eine tiefe Wärme und Mitleid für ihre Freundin, die erschöpft, wie nach einem langen Kampf, im Sessel hing. Nach einer Minute nachdenklichen Schweigens straffte sie sich und sprach weiter: »Ich ging tatsächlich ins Bett und schlief auch ziemlich bald ein. Und ich schlief gut. Am nächsten Morgen, als ich wieder klar denken konnte, wurde mir bewußt, was ich angerichtet hatte, was für ein schrecklicher Fehler es gewesen war, nicht sofort die Polizei zu rufen. Man würde mich verdächtigen, das wußte ich. Also habe ich den Trick mit dem Anorak und der Perücke versucht. Die Perücke aus der Requisitenkiste.«

Paula nickte. Sie brachte sogar ein Lächeln zustande. »Es war ein guter Trick. Jeder dachte, da sitzt Max.«

»Es war ein Glück, daß ich an dem Tag beim Friseur angemeldet war. Eigentlich wollte ich vor deinem Geburtstag gehen, aber da war nichts frei. Unterwegs habe ich Katharina gesehen, wie sie mit so einem halbstarken Typen in Springerstiefeln im Park saß und rauchte. Vermutlich schwänzte sie auch die Schule. Ich ging zu ihr und stellte ein paar unangenehme Fragen. Sie bat mich, ihrer Mutter nichts zu erzählen. Den Rest kannst du dir denken. Das unverschämte Luder wollte eine Menge Geld, aber was sollte ich machen? Ich gab's ihr, zweitausend Mark, gleich am nächsten Tag. Sie hat Jäckle und die Burschen vom LKA ganz schön vorgeführt. Raffiniertes kleines Ding, sieht man ihr überhaupt nicht an.«

Dir auch nicht, dachte Paula. Sie war wie betäubt. Im Moment war sie lediglich zu einem fähig: aufzustehen und sich ein Glas aus der Vitrine zu holen.

Als sie wieder saß, legte Doris plötzlich ihre kühle Hand auf Paulas.

»Deswegen bin ich heute hergekommen, Paula. Weil ich der festen Meinung bin, daß dieser Kerl, wer immer es war, Max aus dem Haus, aus seinem Zimmer geholt hat! Weiß der Teufel, wie er ins Haus kam. Er muß gewußt haben, daß ich nicht da bin, verstehst du? Es kann natürlich dieser Bosenkow gewesen sein. Aber hundertprozentig weiß man das leider nicht. Der Mann ist vielleicht nicht ganz richtig im Kopf, aber Simon sagt, er wollte ihn wieder zurückbringen.«

»Dein Freund, Staatsanwalt Monz, ist da anderer Ansicht«, bemerkte Paula giftig, aber Doris überhörte es.

»Paula, ich habe Angst, daß so etwas wie mit Max jederzeit wieder passieren kann. Jeder weiß, wann du Probe hast. Und dann sitzt diese Kuh da und schläft!«

Der Schlüssel, durchfuhr es Paula. Konnte es sein, daß Bosenkow ihn genommen hatte, als er bei ihr arbeitete? Wenn sie zu Hause war, war die Haustür nie abgeschlossen. Hatte er das Namensschild am Schlüssel gesehen und ihn unbemerkt eingesteckt?

Eigentlich hatte sich Paula dazu durchgerungen, Bosenkow in den nächsten Tagen zu besuchen. Sie verwarf ihr Vorhaben in diesem Moment. Was, wenn er sie auf seine durchdringende Weise ansehen und fragen würde, ob sie an seine Unschuld glaubte? Was müßte sie ihm antworten, ohne zu lügen?

Gleichzeitig hatte Paula einen tröstlichen Gedanken: Eines war nun wenigstens klar: Max war bereits fort, lange *bevor* Paula ihre seltsame Nachtwanderung angetreten hatte, von der Bosenkow sie angeblich nach Hause gebracht hatte. Falls das überhaupt stimmte. Und wenn Max doch von selber aus dem Haus gegangen war? Vielleicht hatte Doris bei ihrer Kontrolle nach dem Essen in der Eile nicht darauf geachtet, die Tür abzuschließen, und Max war seit Stunden im Garten unterwegs, wo sie, Paula, ihn dann später getroffen haben könnte. Paula bemerkte entsetzt, wie das eben noch so befreiende Gefühl erneut versickerte in einem Sumpf aus Ungewißheit und Angst.

Aber was, wenn Doris diese haarsträubende Geschichte nur erfunden hatte, um ihr Hiersein heute abend und in Zukunft zu rechtfertigen?

Paula schwirrte der Kopf wie ein Bienenstock. Sie hatte sich endlich Klarheit erhofft, aber nun war wieder alles of-

fen, genau wie vorher. Nur daß sich Jäckles Forellentheorie bestätigt und auch Lilli mal wieder recht behalten
hatte.

»Ich muß jetzt gehen«, drang Doris' Stimme wie von
weither zu ihr durch. Sie stand bereits. »Verstehst du jetzt,
warum ich einfach so hier reingeplatzt bin? Ich hatte Angst
um Simon.«

Paula blieb sitzen und nickte. »Ja«, sagte sie matt.

»Nacht, Paula.«

Paula hörte ihre Schritte im Flur, aber sie wartete vergeblich auf das Zuschlagen der Haustür. Statt dessen
knarrte die Treppe.

Doris war noch einmal nach oben gegangen.

Langer Donnerstag

Wäre es nach Isolde Schönhaar gegangen, so hätte Simon Nickel sofort nach dem Vorfall mit diesem Sittenstrolch zu einer Pflegefamilie kommen sollen. Sie hatte die Familie bereits ausgesucht. Nette Leute, die über hundert Kilometer weit weg wohnten und schon öfter Kinder aus zerrütteten Verhältnissen vorübergehend bei sich aufgenommen hatten. Frau Schönhaar wußte jedoch, daß Simon am Wochenende noch für die Ermittlungen der Polizei zur Verfügung stehen mußte. Also plante sie ihre Aktion für Montag. Sie wollte ihn aus dem Kindergarten holen, das wäre am einfachsten.

Als sie dort am Montag, mit vor Erregung feuchten Händen und hochroten Wangen, vorfuhr, entdeckte sie, daß ihr ein wichtiges Detail entgangen war: Dieser Montag war Rosenmontag. Der Kindergarten hatte geschlossen. Sie schluckte ihre Enttäuschung tapfer hinunter, wie sie schon viele Enttäuschungen tapfer hinuntergeschluckt hatte, und überlegte statt dessen: Sollte sie das Kind doch von zu Hause abholen? Sich erneut mit einer hysterischen Paula Nickel herumstreiten oder womöglich gar ihrer Tante, diesem alten Drachen, begegnen? Sie entging einer weiteren Blamage lediglich dadurch, daß sie nach dieser Entdeckung erst einmal ihre Cousine Erna Schlich, die ganz in der Nähe wohnte, aufsuchte, um sich bei einer Tasse Kaffee über ihren nächsten Schritt klar zu werden. Erna entging im allgemeinen nichts, was sich in der Siedlung tat, und wenn doch, dann erfuhr sie es von Annemarie Brettschneider über den Gartenzaun. Auch diesmal war auf Erna Verlaß: »Der kleine Nickel? Der ist doch gestern mit seiner Tante weggefahren. Ich bin zufällig vorbeigekommen, nach der Kirche. Sie haben gerade jede Menge Taschen in den Wagen geladen. Ich bin dann ein bißchen langsamer gegangen, weil mich das interessiert hat, wo doch der Junge beinahe... Na, jedenfalls, so, wie die sich verabschiedet haben, war das nicht nur ein Tagesausflug. Das sah mir eher nach einem längeren Urlaub aus. Wenn du mich fragst, die fliegen sicher in die Karibik oder so wohin. Geld genug hat sie ja, die alte Schimmel. Mein Günther und ich, wir würden auch gerne mal wieder in Urlaub fahren, mit Herbert natürlich. Wir waren nicht mehr fort, seit wir das Haus gekauft haben. Dazu noch die teuren Musikstunden für Herbert... Glaubst du wirklich, er wird es im Herbst schaffen, auf die Musikakademie zu kommen?«

Obwohl Isolde Schönhaar und Erna Schlich sich sonst in langen Gesprächen über Herbert und sein Klavierspiel ergingen, fand die Unterhaltung an diesem Tag ein jähes Ende, denn Isolde Schönhaar raste innerlich vor Zorn. »Ich muß los. Immerhin bin ich im Dienst«, unterbrach sie die Mutter des Talents und fegte aus der blankpolierten Einbauküche hinaus, noch ehe der Kaffee durch die Maschine geblubbert war.

Zurück in ihrem Büro, beruhigte sie sich. Denn als sie die Akte Nickel zum wahrscheinlich hundertsten Mal durchblätterte, da stieß sie auf ein Datum: den 23. März. Simon Nickels Geburtstag. Ein Lächeln kräuselte ihre farblosen Lippen: Sicherlich würde er bis dahin wieder hier sein. Ein Fünfjähriger möchte so ein Fest doch zu Hause feiern, mit allen Freunden aus dem Kindergarten. Es würde ein unvergeßliches Fest werden, dafür würde Isolde Schönhaar ganz bestimmt sorgen.

Sie sah auf die Uhr. Es war kurz nach halb sieben, heute, am 23. März. Nur noch zwanzig Minuten. Nervös stand sie auf, öffnete die Bürotür und spähte auf den Flur. Es wartete niemand mehr. Für heute war der unangenehme lange Donnerstag wohl so gut wie vorbei. Warum mußte Simon Nickel ausgerechnet an einem Donnerstag Geburtstag haben? Sie hatte sich diesen Nachmittag extra für ihr spezielles Vorhaben reserviert, aber dann, gegen Mittag, begann diese Zicke von einer Hilfskraft über den starken Föhn zu klagen, preßte stöhnend die rotlackierten Fingernägel gegen ihre Schläfen und meldete sich kurzerhand für den Rest des Tages krank: Migräne. So mußte Isolde Schönhaar, hin und her gerissen zwischen maßlosem Ärger und grimmiger Vorfreude, persönlich bis zum Dienstschluß hier ausharren. Hoffentlich war die Geburtstagsfeier bis dahin nicht schon vorbei. Warum, fragte sie sich, warum habe ich eigentlich immer Pech?

Tatsächlich waren die Glücksmomente in Isolde Schönhaars Leben dünn gesät gewesen. Ihr Vater war ein vom Ehrgeiz getriebener Mann, der es in vierzig Dienstjahren zu einer nicht sehr gut bezahlten Abteilungsleiterposition bei der Sparkasse geschafft hatte. Er war nirgends beliebt gewesen, nicht einmal bei seinen Vorgesetzten, trotz seiner bedingungslosen Loyalität. Das Familienleben der Schönhaars war geprägt von den Maximen Disziplin und Pflichterfüllung. Isolde war zehn, als ihre Mutter, eine übermäßig bescheidene, unattraktive Frau, an Kummer und Auszehrung starb. Die Ärzte nannten es Krebs.

Aus dem stillen Kind Isolde wurde ein reizloser Teenager, wobei sie nicht wirklich häßlich war. Irgendwann einmal war der Begriff »graue Maus« gefallen, und Isolde Schönhaar hatte ihn akzeptiert und verinnerlicht wie ein Gerichtsurteil. Sie kleidete und benahm sich dezent, sie wurde so unauffällig, man mußte sie schon mehrmals ganz bewußt ansehen, um sich endlich ihr Gesicht einprägen zu können. Daß sie in der Tanzstunde meist sitzenblieb und niemals von einem jungen Mann ins Kino eingeladen wurde, war keine böse Absicht – sie wurde einfach übersehen. Dafür machte sie allerdings nicht die jungen Männer verantwortlich, sondern die anderen Mädchen, die mit mehr Schönheit oder auch nur mit mehr Selbstbewußtsein ausgerüstet waren. Vielleicht wäre ihr Leben anders verlaufen, hätte ihr irgendwann irgendwer gesagt, daß sie begehrenswert sei. Aber selbst ihr Vater, um dessen Anerkennung sie seiner Lebtag buhlte, kam nie auf diesen Gedanken. Er hatte sein Leben lang keiner einzigen Frau ein Kompliment gemacht, wieso also gerade seiner plumpen Tochter. Isolde absolvierte fleißig, aber mit wenig Begeisterung eine Ausbildung als städtische Verwaltungsangestellte, und durch eine unbedachte Personalentscheidung geriet sie auf die Stelle im Jugendamt, was ihr Vater jedoch nicht mehr erlebte. Ganz auf sich gestellt mußte sie sich nun mit dem Mob herumschlagen oder, noch schlimmer, mit Xanthippen vom Kaliber einer Paula Nickel.

Aber heute war es soweit. Sie würde es ihnen allen heimzahlen, jetzt, sofort. Nicht, daß sie gar kein Gefühl für das Kind Simon Nickel gehabt hätte, aber sie konnte nicht anders. Seine Mutter und ihre Tante hatten sie gedemütigt, verjagt wie einen Hund, und das sollte ihnen noch leid tun. Irgendwer mußte solchen Menschen schließlich ihre Grenzen aufzeigen, sonst glaubten sie am Ende, man könnte mit ihr, Isolde Schönhaar, den Fußboden aufwischen.

Außerdem war da der Vater des Kindes. Ein sympathischer, verständnisvoller Mann, der sich ehrliche Sorgen um sein Kind machte. »Ich würde gerne einmal mit Ihnen zu Abend essen«, hatte er beim letzten Telefonat zu ihr gesagt. »Nach dem Prozeß natürlich. Wir dürfen uns vorerst keine Unkorrektheiten erlauben, aber das brauche ich Ihnen ja nicht zu erklären.«

»Natürlich nicht... ich meine... ja, sicher«, stotterte sie, froh, daß er ihre hochroten Wangen nicht bemerken konnte.

»Ich wußte, daß wir uns verstehen, Sie und ich«, setzte er hinzu, und dieses »Sie und ich« klang ihr noch tagelang in den Ohren wie eine leise, lockende Melodie.

Isolde Schönhaar wollte sich eben doch eine kleine Unkorrektheit erlauben und ihr Büro vorzeitig verlassen, da klopfte es. Noch ehe sie antworten konnte, trat eine Dame in ihr Büro und nickte ihr einen stummen Gruß zu.

»Guten Abend«, entgegnete Isolde Schönhaar säuerlich. Widerwillig bot sie dem ungebetenen Gast den tiefen Sessel gegenüber ihrem Schreibtisch an. Ihr eigener Bürostuhl war auf größtmögliche Höhe hinaufgeschraubt, obwohl sie dadurch ihre knochigen Knie fast nicht mehr unter ihren Schreibtisch bekam, aber es bewirkte, daß sie auf die Leute hinuntersehen konnte, die ihr gegenübersaßen. Das war auch notwendig. Nicht, um dem asozialen Pack, das hier zuhauf verkehrte, den nötigen Respekt einzuflößen, den hatten diese Leute schon von selber; sie wußten um die Macht der Ämter und duckten sich beizeiten, zumal Isolde Schönhaar mit diesen schlampigen Weibern und ihren hustenden, rotznasigen, ständig von irgendwelchen Hautausschlägen befallenen Gören zur Not noch Mitleid haben konnte. Es war notwendig wegen Dämchen wie dieser da. Aufwendig frisiert und schick gekleidet, bestimmt an jedem Finger einen Mann, flatterten sie hier herein und benahmen sich, als wäre es eine Zumutung, eine Anmaßung, daß man sich um ihre verzogenen Kinder kümmerte, die sie selbst gewissenlos auf dem Altar ihrer Selbstverwirklichung – in Wahrheit der schamlosen Gier nach neuen Männern – opferten.

Isolde Schönhaars Verachtung bekamen diese Damen meist recht schnell zu spüren, und es nützte ihnen am Ende wenig, daß sie mit jedem zweiten Wort ihren Anwalt erwähnten. Die hier war garantiert auch so eine, die sich scheiden ließ, weil man sich »auseinandergelebt« hatte, so wie die Nickel.

Die Besucherin setzte sich artig, die Beine grazil angestellt, das Handtäschchen auf dem Schoß. Sie trug ein geblümtes Sommerkleid und sah aus, als käme sie von einer Cocktailparty, was immer sich Isolde Schönhaar auch darunter vorstellte. Und das ausgerechnet heute, um zwanzig vor sieben!

»Was kann ich für Sie tun?« fragte sie mit kalter Höflichkeit.

»Irrtum«, war das erste Wort, das die Dame zu ihr sagte, »ich kann etwas für Sie tun.«

Nachdem Jäckle zum dritten Mal ebenso nachdrücklich wie vergeblich am Gartentor geläutet hatte, wechselte er die Strategie. Er marschierte an dem ehemals weißgestrichenen Holzzaun entlang und näherte sich dem Schlachtfeld aus dem Hinterhalt. Musik wehte ihm entgegen, in den Bäumen schwangen Luftballons, an denen ein lauer Wind zerrte, und auch ohne dieses dumpfe Pochen im Hinterkopf hätte Jäckle gewußt, daß Föhn herrschte. Die dampfige Wärme zu dieser frühen Jahreszeit hatte etwas Drückendes, Unnatürliches. Tückisch lockte sie Gräser und Knospen hervor, um sie vielleicht schon in der nächsten Nacht einem tödlichen Frost auszuliefern oder unter dem Druck einer nassen Schneedecke zu begraben. Sie betrog das Auge, denn in der flirrigen blauen Luft rückten die schneebedeckten Zacken der Alpen so nahe, als seien sie bloß einen Spaziergang weit entfernt: Ansichtskartenwetter. Es roch nach feuchter Erde, nach Fruchtbarkeit und Pferdemist. Pollen krochen unaufhaltsam Jäckles Nasenwände hinauf, er nieste. Seine Augen hatten rote Ränder, sie stammten nicht von den Weidenkätzchen. Ein knallbuntes Paket mit einer lächerlichen rosa Propellerschleife auf dem Arm, bahnte er sich seinen Weg, zuerst durch zartgrün keimendes Unkraut oder was auch immer, dann durch eine Horde sackhüpfender, schokoladenverschmierter, brüllender Kinder, hin zu

Paula, die heroisch im niedergetrampelten Gras, hinter einer mit Sägemehl markierten Ziellinie, ausharrte und diverse Trophäen in der hochgestreckten Hand hielt. Die Geräuschkulisse war atemberaubend, und Paula erinnerte ihn ein wenig an die Freiheitsstatue.

Als man ihn kommen sah, wurden die Kaffeetassen abgestellt, und auf den gepolsterten Teakholzstühlen der Terrasse begann es zu tuscheln. Paula winkte ihm mit roten Gummischlangen zu.

»Wo befindet sich der Anlaß für diesen Aufstand?« fragte Jäckle, und sie deutete auf einen Sack, der sich wie eine Raupe am Boden wand. Die ersten klebrigen Hände reckten sich um Paula, wie die Fangarme eines Riesenkraken, Gummischlangen flitschten herum, Mohrenköpfe wurden von rosaroten Mäulern verschlungen, dazwischen Geschrei, Geschrei, Geschrei. Jäckle schreckte ein paar Meter zurück und prallte unsanft gegen Karin Braun, die eben über die holprige Wiese gestolpert kam.

»Ich übernehme das.« Während sie Jäckle freundlich zunickte, flüsterte sie Paula übermütig zu: »Vorsicht, an dem kann man sich leicht verletzen. Eine Figur wie ein Sack Hirschgeweihe.«

Paula reichte ihr augenzwinkernd die Preise und wandte sich an den unerwarteten Gast: »War dir langweilig, oder ist die Kaffeemaschine im Büro kaputt?«

»Weder noch«, seufzte Jäckle. »Ich hatte gehofft, die Invasion wäre schon vorüber.«

»Tja, du befindest dich nicht mehr ganz auf der Höhe der Zeit. Kaffeekränzchen und Abendessen, das ist heutzutage Standard bei solchen Anlässen. Um einen Zauberclown und ein Mietkarussell bin ich dieses Jahr noch gnädig herumgekommen, denn Seibts hatten ihr Pony hier. Wie du siehst, hat es meinem englischen Rasen den Rest gegeben. Übrigens stehst du gerade in seiner Hinterlassenschaft.«

Jäckle blickte gequält an sich hinunter. »Es ist eine Schande, daß es keine professionellen Schuhputzer mehr gibt.«

»Vielleicht solltest du heiraten.«

Jäckle drückte ihr als Antwort das Paket in die Arme, da Simon gerade mit Kochlöffel und Augenbinde zwischen den Pferdeäpfeln herumkroch, auf der Suche nach einem Blecheimer, unter dem sich neue Schätze verbargen. Paula sah ein wenig mitgenommen aus, fand er, aber er hätte sich eher gewundert, wenn es nicht so gewesen wäre. »Für Simon. Wenn sich der Sturm gelegt hat.«

»Danke«, sagte sie überrascht. »Daß du Simons Geburtstag weißt?«

»Ich habe überall meine Spione«, grinste er und wurde sich im selben Moment seiner Niederträchtigkeit bewußt.

»Was ist da drin?« fragte Paula neugierig.

»Ein Bausatz für ein Maschinengewehr. Wo ist denn Doris?«

»Doris? Der fiel vor einer Viertelstunde plötzlich ein, daß sie noch einen Termin beim Zahnarzt hat. Erst leiert sie diese... Orgie hier an, und dann verkrümelt sie sich.« Paula seufzte mitfühlend. »Ich kann's verstehen, sie sah nicht sehr glücklich aus. Ich glaube, das ganze Treiben hier hat sie zu sehr an Max erinnert, seine Feste waren auch immer sehr aufwendig. In drei Wochen wäre er sechs geworden.«

»Und deine Tante?«

»Lilli hat bis eben tapfer durchgehalten. Jetzt ist sie nach oben und hat sich ein Stündchen hingelegt.« Paula runzelte bekümmert die Stirn. »Sie wird eben doch älter. Sie hätte rasende Kopfschmerzen. Der Föhn. Was glaubst du, was ich habe?« Sie fiel in einen verschwörerischen Flüsterton. »Ganz im Vertrauen: Am liebsten würde ich ein paar von denen knebeln. Kannst du mir mal sagen, warum manche Kinder bei allem, was sie tun, ein solches Gejohle von sich

geben müssen? Wie können so kleine Körper solche Laut-
stärken produzieren?«

»Sie müssen spezielle Organe dafür haben. Ähnlich wie
Ochsenfrösche«, erklärte Jäckle und grinste. »Wie ich sehe,
bist du eine richtige Kindernärrin. Meinerseits will ich dieses heitere Idyll nun auch nicht länger stören. Ich geh' dann
lieber wieder.«

»Könntest du nicht ein paar Würstchen in einen Topf
werfen?« bat Paula. »In der Küche sind keine Ochsenfrösche, dafür garantiere ich, und im Kühlschrank fährt
auch noch irgendwo ein Bier rum.«

»Wenn's sein muß«, nickte Jäckle ergeben und ging. Er
war froh, daß Paula die Reserviertheit abgelegt hatte, mit
der sie ihm seit Bosenkows Festnahme begegnet war. Ein
wenig verlegen nach allen Seiten grüßend kreuzte er die
Terrasse, als sei sie ein Minenfeld, und verschwand eilig im
Haus. Die Damen kicherten.

Bis auf Annemarie Brettschneider waren alle Eingela-
denen gekommen. Mit ihr hatte Paula auch nicht wirklich
gerechnet, aber sie nicht einzuladen wäre einer offenen
Kriegserklärung gleichgekommen, und Paula fand, sie
habe auch so schon genug am Hals. »Du hast so wenig
Kontakt, Paula«, hatte Doris gesagt, »schließ endlich Frieden mit deiner Nachbarschaft, so ein Kindergeburtstag ist
doch eine gute Gelegenheit.« Paula war äußerst diplomatisch vorgegangen, hatte die Einladungen an die Kinder
gerichtet mit dem Zusatz »ihr dürft gerne Eure Mamas
mitbringen«. Einen Hinweis auf die Papas konnte man sich
sparen, es gab in der Siedlung keine Hausmänner. Überhaupt spielten die Männer im Alltag keine tragende Rolle.
Von ihrer Existenz zeugten lediglich morgens ab- und
abends anfahrende Mittelklassewagen. Zuweilen traten sie
mit Rasenmähern, schwerem Gartengerät oder Garten-
schläuchen bewehrt ans Licht des Tages, ansonsten nahm
man sie nur an heißen Sommersamstagabenden wahr,

wenn sie beim Versuch, den Gartengrill anzuwerfen, die Nachbarschaft einräucherten. Sogar Frau Lampert hatte ihrem arbeitslosen Gatten untersagt, wochentags draußen herumzulungern, sie schnitten ihre Hecken und wuschen den Wagen am Samstag, wie alle anderen auch.

»Den haben Sie aber gut im Griff«, bemerkte Sabine Aschenbach, die heute ganz in Türkis erschienen war, ebenso wie ihre Tochter Lena ganz türkis gewesen war, ehe sie auf einer Packung Mohrenköpfe ausgerutscht war.

»Ja, da sind wir mal gespannt, ob auch keins aufplatzt«, fügte Petra Straub in dem Versuch, kokett zu wirken, hinzu, was bei den anderen ein quietschendes Wiehern hervorrief. Der Bailey's, den Paula nach dem Kaffee kredenzt hatte, tat bei einigen bereits seine Wirkung. Obwohl sie es sich nur zögernd eingestand, war Paula froh, daß sie gekommen waren. Auf die Dauer war es recht anstrengend, im Zwist mit der ganzen Umgebung zu leben. Offenbar hatte man ihr ihre wie auch immer gearteten Fehltritte verziehen, und womöglich trug die überaus wohlwollende Besprechung der Premiere des Bauerntheaters, die sich Paula vor einer Woche zähneknirschend abgerungen hatte, ihr Scherflein zur allgemeinen Waffenstillstandsbereitschaft bei.

Vorhin war Paula kurzzeitig in Panik geraten, als sich Doris, das neutralisierende Element zwischen ihr und ihnen, verabschiedet hatte, aber die Stimmung war nach wie vor gelöst, stellenweise ausgelassen. Die Damen hatten sich ihrerseits Mühe gegeben: Neben den üblichen kleinen Geschenken für Simon wurden Kuchen in monströsen Tupperformen herangeschleppt, dazu ein großer, bunter Frühlingsstrauß für Paula, den leider das Pony in einem unbeaufsichtigten Augenblick samt Papierhülle gefressen hatte.

Natürlich basierte ein Großteil der neuen Herzlichkeit auf purer Neugier, diesbezüglich gab sich Paula keinerlei Illusionen hin. Keine der Frauen war je zuvor hier gewesen. Unvermeidliche Toilettengänge ins Haus dauerten deshalb bemerkenswert lange, und da keine der Damen auch nur ein einziges Wort über die Einrichtung verlauten ließ, wußte Paula, daß sie alles genauestens inspiziert hatten.

Aber die Hauptsache war, daß Simon sein Fest genoß. Dies war seine erste Geburtstagsfeier solchen Ausmaßes, und Paula war trotz der nervlichen Strapaze, die zehn tobende Kinder bedeuteten, recht zufrieden mit dem Tag.

Sie sah auf die Uhr. Schon nach halb sieben. Es war noch einigermaßen hell und warm. Wenn sie Glück hatte, konnte man die Meute auf der Terrasse abfüttern. Ich werde mal nach Jäckle und den Würstchen sehen, beschloß sie und ging ins Haus.

Als sich Isolde Schönhaar endlich aus ihrer Starre löste, dämmerte es bereits draußen über der Stadt. Der Rathausbrunnen wurde zu einem dunkelgrauen, vielarmigen Ungeheuer, die Bäume zu bizarren Kreaturen, die zum abendroten Himmel flehten. Ohne ihren Schreibtisch aufzuräumen, eine Tätigkeit, die sie sonst penibelst auszuführen pflegte, nahm sie ihren beigen Sommermantel vom Haken. Ihre Bewegungen waren kraftlos und schleppend, sie vergaß ihre aufrechte Haltung, auf die sie konsequent achtete, auch wenn niemand sie sah. Mechanisch schloß sie die Bürotür zweimal ab, ehe sie das Schlüsselbund in ihre Aktenmappe fallen ließ. Die Räume des Jugendamtes lagen im zweiten Stock eines Altbaus in der Bachgasse 9, ganz in der Nähe des gleichnamigen Theaters. Bis auf die Hausmeisterwohnung im Erdgeschoß gab es nur Ämter in diesem Haus: Sozialamt, Liegenschaftsamt, Jugendamt. Im Hausflur roch es nach Bohnerwachs. Diese sture alte Hexe von Hausmeisterin, empörte sich Isolde Schönhaar, froh, ihre Gedanken kurzzeitig auf dieses harmlose Problem lenken zu können. Wie oft muß man ihr eigentlich noch sagen, daß Bohnerwachs nicht nur überflüssig, nein, sogar gefährlich ist? Besonders für die vielen älteren Frauen, die das Sozialamt in der dritten Etage aufsuchen müssen. Gerade eben hatte sich eine, die noch dazu am Stock ging, die steile Treppe über ihr hinaufgeschleppt. Bildete sich wohl ein, das Amt hätte bis acht Uhr auf. Absurd! Wozu in aller Welt brauchen Sozialhilfeempfänger einen langen Donnerstag? Mißmutig drückte sie auf den Lichtschalter, preßte ihre Aktenmappe an sich und machte sich an den Abstieg. Bald würde sie ausziehen aus diesem muffigen Loch, in ein lichtes, freundliches Büro im nagelneuen Rathausbau. Sie war gerade auf den obersten Stufen der zweiten Treppe angelangt, da erklang das hinlänglich bekannte Klicken, mit dem das automatische Licht erlosch. Isolde Schönhaar wurde erneut vom Zorn auf die Hausmeisterin ergriffen. Auf drei Minuten sollte das Intervall eingestellt sein, das hatte sie ausdrücklich angeordnet. Drei. Nicht mehr und nicht weniger. Aber diese alte Schachtel litt offenbar am chronischen Energiespartick der Trümmerfrauen-Generation. Immer wieder stellte sie den Zeittakt kürzer ein, in der kindischen Hoffnung, daß niemand es bemerken würde. Ein Streifen Dämmerung drang durch ein schmales Fenster auf dem Treppenabsatz. Ihren Pupillen gelang es nicht sofort, sich auf das Dunkel einzustellen. Nahezu blind tastete sie nach dem Geländer, als die Treppe über ihr leise zu knarren begann. Sie verharrte atemlos in ihrer Bewegung. Es kam ihr vor, als glitte ein Schatten am Fenster vorbei, sie wandte sich um, aber da fühlte sie einen heftigen Schmerz an ihrem Schienbein, und während sie noch erschrocken nach Luft rang, stieß etwas Stumpfes, Hartes heftig gegen ihre Brust. Die frisch besohlten Absätze ihrer soliden Trotteurs schrammten über das spiegelblanke Linoleum, sie streckte die Arme aus und griff ins Leere, ihre Aktentasche polterte in das Dunkel hinein. Dieses elende Bohnerwachs, dachte sie, während sie die Treppe hin-

259

unterstürzte. Noch im Fallen bemerkte sie die Gestalt im schwachen Gegenlicht des Fensters, und die Erkenntnis durchzuckte sie wie ein Stromstoß. Das letzte, was sie wahrnahm, waren ein Hauch von Parfum und ein jäher grellweißer Schmerz im Nacken.

Als das Telefon klingelte, dachte Paula gerade an Isolde Schönhaar und daß sie sie nächste Woche unbedingt aufsuchen mußte. Der Prozeß rückte näher und näher, und sie durfte keine Chance ungenutzt lassen. Sie würde sich zusammennehmen und diesen Gang nach Canossa antreten, auch wenn sie sich nicht allzuviel davon versprach.

»Darf ich dir zum Frühstück eine Leiche servieren?« tönte Kommissar Jäckles Stimme durch den Hörer.

»Danke. Ich bin nicht hungrig.« Im Laufe der Zeit hatte sich Paula an den Humor der Kripo Maria Bronn gewöhnt.

»Gut«, meinte Jäckle. »Sie ist auch nicht mehr ganz so frisch.«

»Jetzt rede schon«, drängte Paula ungeduldig.

Jäckle nannte ein paar Fakten, und Paula wurde flau. Als er aufgelegt hatte, trat sie ans Fenster, sah hinüber zu dem grauen Haus hinter den zart begrünten Zweigen der Kastanie und atmete befreit auf. Es war ein Gefühl, als tauche sie soeben vom Grund eines kristallklaren Sees auf, sie spürte, wie ihr eine zentnerschwere Last von den Schultern glitt, und konnte ein Lächeln beim besten Willen nicht zurückhalten.

Mühsam unterdrückte sie das Bedürfnis, auf der Stelle Klaus anzurufen, um ihm die Neuigkeit vom Ableben seiner Verbündeten mitzuteilen. Er würde es noch früh genug erfahren.

Bruno Jäckle hatte von einem Treppensturz berichtet, aber Paula wußte es besser: Doris. Der angebliche Zahnarztbesuch. Im nachhinein wurde Paula manches klar: das eindringliche Gespräch zwischen Doris und Lilli über den Gartenzaun, Lillis nahezu lästige Anrufe in den letzten Tagen, ob etwas passiert wäre. Diese Lilli! Behauptete sie nicht immer, man fände die Antwort auf sämtliche Probleme des Lebens in der Literatur, man müsse nur den richtigen Griff tun? Paula mußte unwillkürlich an ein Theaterstück denken, das die Oberstufenschüler des Gymnasiums neulich aufgeführt hatten: *Der Richter und sein Henker.*

War Doris tatsächlich so berechenbar?

Lange hielt dieses schwebende Gefühl allerdings nicht an. Erste Skrupel meldeten sich und neue Ängste. Doris hat einen Mord begangen, fuhr es Paula durch den Kopf. Sie hat tatsächlich für Simon gemordet. Was wird sie noch alles für ihn tun, was hatte sie bereits getan? Plötzlich war Paula überzeugt, daß Doris auch Max getötet hatte. Es paßte einfach alles zu gut. Die Schönhaar war der Beweis, daß sie dazu fähig war. Und wie sie dazu fähig war! Mit Schaudern erinnerte sich Paula, wie unbefangen, beinahe fröhlich Doris gestern zu Simons Fest zurückgekehrt war. Es war fast dunkel gewesen, Jäckle bereits fort, und die dezent beschwipsten Mütter strebten soeben zurück an den heimischen Herd und Kühlschrank, um den arbeitsmüden Vätern irgend was Vorgekochtes aufzuwärmen und ihre schmutzigen, überdrehten Kinder in die Badewanne und ins Bett zu stecken.

»Bin wieder da, ihr Lieben!« hatte sie gerufen und sich hungrig ein Paar Würstchen einverleibt. Doris und Würstchen! Noch vor Monaten wäre diese Vorstellung so undenkbar gewesen wie ein Papstbild auf einer Kondomreklame.

Karin Braun und ihre Tochter waren etwas länger geblieben, um Paula beim Aufräumen zu helfen. Lilli, ganz typisch, war erst wieder unten erschienen, nachdem die gröbsten Arbeiten erledigt waren. Frisch und ausgeruht hatte sie den jungen Frauen beim Abspülen zugesehen und geseufzt: »Was für ein schöner Geburtstag.«

Kurz vor zwölf verließ Paula ihr Büro, erwischte eine leere Telefonzelle und rief Lilli bei sich zu Hause an. Sie nahm nach dem ersten Läuten ab.

»Bingo«, sagte Paula.

»Könntest du dich bitte wie ein erwachsener, kultivierter Mensch ausdrücken? Kein Wunder, daß dein Sohn Worte wie ›geil‹ und ›saustark‹ benutzt!«

»Die Schönhaar ist tot. Jäckle hat mich angerufen. Angeblich ein Treppensturz. Ich treffe ihn in fünf Minuten auf der Dienststelle.«

Es herrschte ein paar Augenblicke Schweigen, dann sagte Lilli: »Ich wollte gestern schon anmerken, daß ich diese Ausrede von Doris mit dem Zahnarzt reichlich phantasielos fand. Jetzt bist du dran, Paula.«

»Dran? Was meinst du damit?«

»Himmelherrgott«, fluchte Lilli ungeduldig, »bist du denn schwer von Begriff? Mach dem Jäckle klar, daß das kein Treppenausrutscher war. Erzähl ihm alles über Doris, auch das mit der Perücke, den Rest wird er sich selber zusammenreimen, er ist ja nicht auf den Kopf gefallen. Du mußt ihm nur einen Zipfel der Wurst vor die Nase halten, und er wird danach schnappen. Paula, jetzt kriegen wir sie!« Bei den letzten Worten hörte sich Lilli an wie ein Fußballfan aus der Südkurve.

Erst jetzt durchschaute Paula das volle Ausmaß von Lillis Intrigenspiel. Zwei Fliegen mit einer Klappe, so nannte man das wohl. Der erste Teil ihres Plans hatte tatsächlich funktioniert. Jetzt war sie, Paula, am Zug, und wieder einmal bestimmte Lilli allein die Spielregeln. Und Jäckle war die Figur, die sie benutzten.

»Lieber Himmel!« murmelte Paula, »ich habe eine Tante, die ist schlimmer als Lucrezia Borgia und Al Capone im Team.« Mit klopfendem Herzen hängte sie den Hörer ein und dachte wieder einmal daran, daß alles seinen Preis hatte: Frieden gegen Verrat.

Sie verließ die Telefonzelle, überquerte den Platz und ging mit langsamen, zögernden Schritten auf das schwere Portal der Polizeiwache zu, um ihre ehemals beste Freundin zu denunzieren.

Am Morgen, als Jäckle mit Paula telefonierte, hatte es zunächst ganz nach einem tragischen Unfall ausgesehen. Doch da gab es Prellungen am Schienbein und im Brustbereich, die aussahen, als wäre sie geschlagen oder getreten worden. Außerdem war da die Sache mit dem fehlenden Schlüssel: Die Schönhaar besaß ein Bund mit zwei Schlüsseln und einem roten Anhänger mit der Aufschrift ›Jugendamt, Bachgasse 9‹, das hatte ihre Kollegin ausgesagt. Ein Schlüssel war für die Bürotür, einer für die Haustür, unten. Die Schlüssel waren nicht bei der Leiche gefunden worden und nicht im Büro. Das Büro war sorgfältig abgesperrt worden. Der Mörder, so Jäckles Überlegungen, brauchte den Schlüssel, um aus dem Haus zu kommen, das von der Hausmeisterin nach Dienstschluß der Ämter abgeschlossen wurde. Zwar war Doris Körner gestern von der Hausmeisterin höchstpersönlich hinausgelassen worden, als diese gerade ihrer Pflicht nachkommen wollte – die Frau hatte sie exakt beschrieben und auf einem Foto eindeutig erkannt –, Doris Körner hätte den Schlüssel also gar nicht gebraucht, aber, so Jäckles Gedankengang, konnte sie das vorher ahnen? Nein, sagte er sich, das konnte sie nicht. Die Hausmeisterin war aus ihrer Sicht ein fataler Zufall.

Diese Erkenntnis war es auch, die Paula ihre belastende Aussage ersparte, denn als sie Jäckle mittags sprechen wollte, war der viel zu beschäftigt damit, die Verhaftung seiner Erzfeindin vorzubereiten.

Man konnte Doris Körner jedoch erst am späten Nachmittag vorläufig festnehmen, als sie, scheinbar ahnungslos und bepackt mit Einkaufstüten, nach Hause kam. Jäckle ließ die Verdächtige von zwei uniformierten Beamten in Handschellen aus dem Haus führen, zu einem auffälligen grünweißen Dienstfahrzeug. Danach dauerte es noch eine Viertelstunde, ehe sie losfuhren, denn Jäckle gab Doris den Rat, vorsichtshalber für die Betreuung des Hundes zu sorgen – so bald würde sie möglicherweise nicht wieder nach Hause kommen. Einer der Polizisten brachte den Hund daraufhin zu Paula, die soeben vom Bahnhof kam, wo sie Tante Lilli zum Zug gebracht hatte. Während der ganzen Zeit saß Doris auf dem Rücksitz des Wagens, wie am Dorfpranger. Selbstverständlich hätte man diese Aktion auch etwas diskreter abwickeln können. Aber Jäckle, von Doris und ihrem Anwalt zu oft genasführt, verspürte nicht die geringste Lust dazu.

Paula malte sich aus, wie jetzt Annemarie Brettschneider und Konsorten hinter ihren Kaffeetassen zusammengluckten und tuschelten: »... habe mir immer schon gedacht, daß da was nicht stimmt, schon damals, als der Mann so schnell wegging, und dann das mit dem Kind, alles irgendwie seltsam...«

Doris' mühsam errungener, untadeliger Ruf, dachte Paula und lachte kurz auf, alles beim Teufel, auf einen Schlag. Du kannst ein Leben wie ein Erzengel führen, einmal danebengegriffen, und schon ist alles vorbei.

Simon bekam von nichts etwas mit. Er war an diesem Nachmittag bei Karin Brauns Tochter Laura zum Spielen und durfte heute sogar dort übernachten, da Paula zur Probe mußte. Meine Zwangsbabysitterin bin ich ja nun los, dachte sie und ertappte sich, wie sie vergnügt vor sich hin summte, denn eben war ihr der erlösende Gedanke gekommen, daß mit Doris' Verhaftung auch das Problem Vito erledigt wäre. Wer würde schon einer Mörderin glauben?

Innerhalb der Theatergruppe zeigte man sich verblüfft und entsetzt über Doris. Einige äußerten Zweifel an ihrer

Schuld: »Das ist nicht ihr Stil, ich hätte ihr eher einen Gift-
mord zugetraut.«

Andere kannten bereits das Motiv: »Sie hat die Sache
mit Max nicht verkraftet, außerdem ist ihr Mann weg, und
sie ist in einem komischen Alter...«

Siggi überlegte laut, wer jetzt, einen knappen Monat
vor der Premiere − »Gott sei Dank nicht einen Tag vorher!« −, ihre Rolle übernehmen könnte. Man entschied
sich für Gitta. Paula enthielt sich jeden Kommentars. Sie
hatte Mühe, nicht allzu gutgelaunt zu wirken, und als Rainer Zolt nach der Probe erneut seine Einladung zum
nächtlichen Umtrunk vorbrachte, sein Spruch hatte schon
fast etwas Gebetsmühlenhaftes, da nutzte Paula ihre gute
Stimmung und den gnädigen Umstand, ein leeres Haus zu
haben, und lud ihn ohne viel Umschweife zu sich ein.

Paula machte sich über Zolt keine Illusionen. Sie
wußte, daß er wußte, daß er gut aussah. Es würde keine
Schwierigkeiten machen, ihn beizeiten wieder loszu-
werden.

Sie fuhr mit dem Motorrad voraus, verschloß es im
Schuppen und wartete am Tor auf ihn. Doris' Haus lag
dunkel und, wie Paula fand, verlassen da. Obwohl das
natürlich Unsinn war, nach einem Tag sieht ein Gebäude
nicht verlassen aus. Wieder durchströmte sie ein wohliges
Gefühl und das glückliche Bewußtsein: Es war vorbei. Sie
war ihre Feindinnen los.

Gemessen daran, wie viele Wochen es gedauert hatte,
bis Rainer Zolt zu diesem Kaffee kam, ging es danach
recht flott voran. Ein, zwei Gläser Wein, und man ging zu
den obligaten Turnübungen über, bei denen Zolt sich als
routinierter Recke erwies. Solides oberes Mittelmaß, ur-
teilte Paula und grinste verstohlen in die Kissen. Nicht so
karnickelhaft wie bei Klaus und nicht so zeitraubend wie
bei Siggi, der seine Nummern wie Schwarze Messen zu
inszenieren pflegte. Gedanken an Kolja Bosenkow ver-

boten sich hierbei, er gehörte ganz einfach in eine andere Welt.

Paula lag angenehm entspannt in ihrem Bett und lauschte auf das ungewohnte Geräusch männlicher Atemzüge neben sich. Plötzlich überkam sie ein Gedanke, der sie ruckartig in die Höhe fahren ließ: *Anton!*

Wo war der Hund? Sie war es nicht gewohnt, daß der Hund auf sie wartete, deshalb hatte sie ihn beim Heimkommen auch nicht vermißt. Klar, ich hatte meinen Kopf ja woanders. Sie stand auf und durchsuchte das Haus, prüfte Türen und Fenster, aber es war offensichtlich, daß er nicht da war, denn ansonsten hätte er ihre Ankunft wedelnd und bellend gefeiert, wie es bei Kreaturen seiner Art so üblich ist. In der Küche lag die pfotenzerwühlte Decke, die sie in Ermangelung eines Hundekorbs für ihn hingelegt hatte. Sie faßte die Decke an, in der Hoffnung, einen Rest seiner Körperwärme darauf zu fühlen, aber natürlich war da nichts. Da Anton nicht durch geschlossene Türen gehen konnte, gab es für sein Fehlen eigentlich nur eine einzige Erklärung.

Paula merkte, wie sie ein Gefühl der Ohnmacht überrollte. Sie wußte nicht mehr, wie lange sie im Wohnzimmer im Sessel gekauert und ins Nichts gestarrt hatte, aber allmählich spürte sie ihre eiskalten Füße. Sie stand auf, ging nach oben, in ihr Arbeitszimmer, und sah über die schwarzen, leicht im Wind wogenden Baumkronen hinweg. Das Haus war dunkel, wie vorhin. Dort also schlief sie und vermutlich auch der Hund. Warum saß sie nicht in Untersuchungshaft? Gab es denn nicht genug Beweise für ihre Schuld? Warum bekam man sie einfach nicht zu fassen? Durfte diese Frau denn tun und lassen, morden und erpressen, was und wen sie wollte, gab es niemanden, der sie aufhalten konnte? Am liebsten hätte sie Jäckle angerufen, aber die Uhrzeit hielt sie davon ab. Es war kurz vor vier. Zwölf Stunden seit ihrer Verhaftung, dachte

Paula, gerade mal zwölf Stunden Atempause, und schon begann der Alptraum von neuem. Was würde Doris als nächstes einfallen, jetzt, da die Schönhaar beseitigt war? War jetzt sie, Paula, an der Reihe?

Ein halber Mond tastete sich hinter einer Wolke hervor und verzauberte den Garten mit seinem fahlen Licht. Paula nahm einen Schatten unter den Haselnußsträuchern wahr, einen kompakten Schatten mit zweifellos menschlichen Umrissen. Sie setzte eben zu einem erkennenden Lächeln an, als ihr siedendheiß einfiel: Das ist nicht Bosenkow! Er kann es nicht sein, er ist eingesperrt. Paula starrte hinaus, bis ihr vor Anstrengung die Augen zu tränen begannen. Wer, zum Teufel, war da unten? War es Doris? Da geriet der Schatten in Bewegung, Mondlicht glänzte auf öligschwarzem Haar... Nein! Da draußen stand Vito.

Sie preßte die Hand auf den Mund, um nicht aufzuschreien. Unsinn, sagte sie sich, das war ebenfalls unmöglich. Doch sie hatte sein Gesicht gesehen, eine Zehntelsekunde nur: Er war es.

Reiß dich zusammen, Paula! Vito ist tot, ebenso tot wie die Schönhaar und wie Max. Fast glaubte Paula, auch ihre Gestalten zwischen den Büschen stehen zu sehen. Sie wich einen Schritt zurück, rieb sich für einen Moment die schmerzenden Augen und sah wieder hinaus. Jetzt war gar nichts mehr zu sehen. Es war genau wie neulich, am hellichten Tag, auf dem Marktplatz.

Bin ich wach, fragte sich Paula. Bin ich... wahnsinnig?

»Was treibst du denn da?«

Sie fuhr herum. Zolt blinzelte verschlafen und kam auf sie zu. »Warum keuchst du denn so? Du zitterst ja.«

»Mir... ist kalt«, sagte Paula und ließ sich in den Arm nehmen und zurück ins Bett bringen. Sie preßte sich eng an seinen vom Schlaf aufgeheizten Körper. Ein warmer, kraftvoller Körper, der nun, da sie sich an ihm rieb, langsam in sie eindrang. Sie empfing ihn mit verzweifelter Gier. Sie hatte genug von Toten im Garten.

Es ist mein Gewissen, dachte sie wenig später, den Kopf auf seinen Oberarm gebettet. Ob es wohl jedem so geht, der einen Menschen getötet hat? Wie es wohl Doris verkraftete? Standen sie auch bei ihr im Garten Schlange?

»Was gibt's denn jetzt zu kichern«, brummte Zolt entnervt. Diese Frau war wirklich kompliziert und anstrengend.

»Nichts«, prustete Paula, »gar nichts.« Aber sie konnte nicht verhindern, daß ein irrer, unkontrollierter Lachanfall sie so lange schüttelte, bis ihr Rainer Zolt ein nasses Handtuch aus dem Bad ins Gesicht klatschte. Danach schlief Paula endlich ein, und eine Welle trug sie hinüber zu ihren gewöhnlichen Alpträumen.

Am nächsten Morgen, es war Samstag, war Paula froh, daß der Mann in ihrem Bett früh aufstand, duschte und ohne zu frühstücken in sein Sportgeschäft eilte, wo das Mountainbikegeschäft um diese Jahreszeit verstärkt anlief. Eilig zog auch Paula sich an. Jeden Moment rechnete sie damit, Doris durch den Garten kommen zu sehen. Womöglich so wie immer, mit ihren dämlichen frischen Semmeln!

Sie wollte Doris nicht sehen, fühlte sich ihr nicht gewachsen, zumindest nicht, bevor sie bei Jäckle gewesen war. Als sie mit dem Alfa losfuhr, überlegte sie kurz: Müßte ich mich nicht nach Anton erkundigen? Ach Quatsch! Schließlich geht sie einfach in mein Haus und holt ihn, ohne mir wenigstens einen Zettel zu schreiben. Ich hätte schon längst das Schloß auswechseln lassen sollen. Gleich am Montag lasse ich jemanden kommen.

Sie fuhr zuerst zu den Brauns. Simon saß mit Laura beim Frühstück und hob zum Protestgeschrei an, als er seine Mutter sah. »Ich will noch dableiben!« Paula ertappte sich bei der Frage, ob dies eine normale Reaktion war oder ob er Lauras Zuhause generell seinem eigenen vorzog. Fühlte sich Simon wirklich noch wohl bei ihr?

»Es war sehr lustig mit ihm«, sagte Karin Braun, sie war noch im Bademantel, »laß ihn ruhig noch ein wenig hier. Mußt du nicht was einkaufen?«

»Vielen Dank«, sagte Paula, die im geheimen schon mit diesem Angebot gerechnet hatte. »Ich revanchiere mich, ganz bestimmt.« Es war ihr entschieden lieber, ohne Simon zu Jäckle zu gehen. »In einer guten Stunde bin ich wieder da.«

Jäckle wohnte in einer Dreizimmerwohnung in einem aufwendig renovierten Altbau, nicht weit vom Marktplatz. Er trug ebenfalls einen Bademantel, blau mit weißen Streifen, war unrasiert und roch nach Bett, Rauch und Alkohol.

»Hast du mal auf die Uhr gesehen?« knurrte er, als er die Tür öffnete, und ohne eine Antwort abzuwarten: »Wenn du Kaffee kochst, rasiere ich mich schnell und dusche.«

Eigentlich brannte Paula ihr Problem auf den Nägeln, aber sie mochte es selbst nicht, ungewaschen und im Bademantel vor einem Gast zu sitzen, also ließ sie sich von Jäckle die Küche zeigen und hörte kurz darauf das Wasser der Dusche rauschen. Ihr fiel ein, daß gestern sein Jazzabend gewesen sein mußte. Irgendwie ist mein Leben etwas durcheinander, dachte sie: Kaum kriecht der eine aus meinem Bett, schon mache ich dem nächsten Frühstück.

Paula setzte die Kaffeemaschine in Gang und sah sich dann in der Wohnung um. Sie war spärlich, aber nicht ohne Geschmack eingerichtet. Hier und da fehlte ein Möbelstück, Schuhe lagen im Flur verstreut, Platten und CDs standen über die halbe Wohnzimmerlänge an der Wand aufgereiht. Mitten im Zimmer lagen zwei Trompeten neben einem Notenständer. Im eingestaubten Bücherregal standen Bände über Jazz und Jazzmusiker, in der Abteilung Literatur viel Hemingway, noch mehr Dostojewski, kaum neuere Titel, kein einziges Werk seines Vaters. Über zwei Simmel und einen Konsalik sah Paula nachsichtig hinweg, ein Stapel alter Jerry-Cotton-Hefte brachte sie zum Lächeln. Eine leere Flasche Kognak lag unter dem Couchtisch, dessen Glasplatte Ränder von der Flasche und dem Glas aufwies, das zerbrochen auf dem Tisch lag. Die Scherben ragten aus einem trüben Rest Flüssigkeit, ein paar Kippen, die aus dem übervollen Aschenbecher gefallen waren, lösten sich darin auf. Es roch entsprechend. Es war der Geruch einer Niederlage. Auf dem Plattenteller lag eine Aufnahme von Sunnyland Slim, das Gerät summte ganz leise, er hatte vergessen, es auszustellen. Paula ließ die Platte laufen, allerdings mit verminderter Lautstärke, und öffnete das Fenster. Den Dreck auf dem Tisch sollte er ruhig selber aufputzen.

In der Küche die gemäßigte Unordnung eines berufstätigen Singles. Sie fand zwei saubere Tassen und setzte sich an den kleinen Kiefernholztisch.

Er kam aus dem Bad und roch streng nach Rasierwasser und Kognak.

»Wieso ist Doris draußen?«

Jäckle zuckte nur die Achseln.

»Verdammt, Jäckle, ich dachte, es gibt eine Zeugin? Du warst doch gestern noch so sicher!«

»War ich auch. Und sie hat zugegeben, daß sie dort war und nicht beim Zahnarzt.«

»Aber dann...«

Jäckle ging ins Wohnzimmer, kramte in seinem Schreibtisch und kam mit einem Gegenstand zurück, der wie ein Zigarettenetui aussah. »Setz dich und hör's dir an«, brummte er und drückte die Abspieltaste des Diktiergerätes.

Zuerst hört man es rauschen und knacken, dann, glasklar und unverkennbar, die Stimme von Isolde Schönhaar:

»... ich für Sie tun?«

»Irrtum, ich kann etwas für Sie tun.« Doris' Stimme, ganz deutlich. Paula hielt den Atem an und lauschte.

Die Schönhaar, abweisend: Ich wüßte nicht, was.

Doris: Sie haben einen Neffen, nicht wahr? Herbert Schlich.

Die Schönhaar, leicht verwirrt: Wieso interessiert Sie das?

Doris: Ich hörte, er ist musikalisch sehr begabt.

Die Schönhaar: So? Ja, das ist er tatsächlich. Er spielt hervorragend Klavier. Und Blockflöte.

Doris: Sie mögen ihn wohl sehr? Er ist sicher der Stolz Ihrer Familie.

Die Schönhaar: Nun ja, *Räuspern,* er ist jedenfalls nicht wie die anderen Jugendlichen, mit denen ich es hier im allgemeinen zu tun bekomme.

Doris, liebenswürdig: Was für ein Glück, daß es in unserer Stadt eine so angesehene Musikakademie gibt. Seine Mutter schickt ihn doch sicher dorthin, oder? Wäre doch schade, wenn so ein Talent verkümmert.

Die Schönhaar, stammelnd: Ja, doch, ich denke schon. *Pause.* Aber was haben Sie damit zu tun?

Doris: Frau Schönhaar, wissen Sie, wie die Aufnahmeprüfung dort abläuft?

Die Schönhaar: Nicht genau.

Doris: Es ist folgendermaßen. Es gibt einen theoretischen Teil, den die meisten Schüler gut bestehen. Aber der Praktische... *Seufzen* ... der Praktische hat's in sich. Nur etwa ein Drittel der Angemeldeten besteht diesen Test.

Pause, dann Doris, sachlich: Da gibt es eine Jury. Die besteht aus dem Direktor, zwei Lehrern, einer außenstehenden Person, die von Musik etwas versteht, und einem sogenannten Laien. Vor ihnen muß der Prüfling spielen. Wenn drei der fünf Leute für die Aufnahme sind, dann ist er drin.

Die Schönhaar: Ich verstehe. Aber wieso...

Doris: Dieses Jahr bin ich der Laie. Ich kenne einen der Lehrer sehr gut. Sehr sehr gut sogar, Sie verstehen? *Flüsternd:* Sie müssen wissen, daß ich von meinem Mann getrennt lebe.

Undeutliches Gemurmel, dann wieder Doris: Und wissen Sie, wer diesmal die externe Sachverständige ist? Aber nein, wie könnten Sie, wir haben die Briefe ja erst vorgestern bekommen. Es ist Paula Nickel.

Die Schönhaar, leise: Warum erzählen Sie mir das?

Doris: Die Fürsprache von Frau Nickel, meine und die des Lehrers, den ich, wie gesagt, sehr sehr gut kenne, das würde reichen, nicht wahr? Und wenn wir mal ehrlich sind, Frau Schönhaar, Ihr Herbert hätte ein bißchen – sagen wir mal – Schützenhilfe dringend nötig, oder?

Die Schönhaar, frostig: Warum sollte ausgerechnet Frau Nickel unserem Herbert helfen wollen?

Kurzer Lacher von Doris: Frau Schönhaar! Ich bitte Sie! Die Prüfung ist im April. Anfang Mai findet eine Verhandlung beim Familiengericht statt, bei dem es um das Sorgerecht für Simon Nickel geht. Verstehen Sie jetzt, was ich meine?

Die Schönhaar: Sie wollen also, daß ich vor Gericht für Paula Nickel aussage, damit Sie dafür sorgen, daß Herbert die Prüfung besteht? Ist es das?

Doris: Exakt.

Die Schönhaar: Das ist Bestechung. So etwas lehne ich ab.

Doris: Es wäre lediglich ein kleines Entgegenkommen. Denken Sie mal nach, was aus Herbert wird, wenn er *nicht* auf die Akademie kommt. Was ich ohne unsere Hilfe für sehr wahrscheinlich halte, denn er ist bestenfalls gutes Mittelmaß. Außerdem haben Sie mich noch nicht völlig richtig verstanden. Zunächst einmal gilt es zu verhindern, daß der Vater des Kindes das Sorgerecht bekommt. Dafür ist Ihre Aussage bei Gericht ausschlaggebend. Er ist genausowenig in der Lage, für ein Kind zu sorgen, wie seine Mutter. *Rhetorische Pause.* Das heißt aber nicht, daß Paula Nickel das Sorgerecht auf Dauer behält. Ganz im Gegenteil. Wenn die Verhandlung vorbei ist, dann werden Sie und ich dafür sorgen, daß Simon in die richtigen Hände kommt. Zu einer Pflegemutter, die diesem bedauernswerten Kind das gibt, was es braucht. Liebe, Zuwendung, Zeit, vernünftige Ernährung... Ihnen muß ich das ja nicht erklären.

Kurzes Schweigen, dann die Schönhaar, erregt: Ich verstehe. Das ist... tatsächlich eine Überlegung wert.

Doris, scharf: Denken Sie an Ihren Neffen!

Die Schönhaar, nach längerem Zögern: Gut... ich werde es machen.

Doris: Was machen?

Die Schönhaar, ungeduldig: Ich werde bei Gericht so aussagen, daß Frau Nickel ihr Kind behält. Vorläufig! Wenn Sie dafür sorgen, daß Herbert die Prüfung an der Musikakademie besteht. Nur dann, verstehen Sie?

Doris: Klar und deutlich... *Pause, Rascheln* ... und um sicherzugehen, daß sie Ihren Teil der Abmachung auch ganz bestimmt einhalten, habe ich unser Gespräch aufgezeichnet.

Es klickte laut, der Rest des Bandes war leer. Jäckle räusperte sich: »Und dann hat Doris Körner der Schönhaar gedroht, das nötigenfalls ihrem Vorgesetzten vorzuspielen.«

Ein paar Minuten blieb es still in Jäckles Küche. Draußen schlug die Kirchturmuhr neunmal.

»Ein guter Schwindel, das mit der Akademie«, sagte Paula, und ihre Stimme war wie von einer Staubschicht überzogen. Dann, etwas lauter: »Hast du das gehört, Jäckle? Sie will Simon! Mit dieser Pflegemutter, da war sie selbst gemeint. So hat sie sich das also gedacht. Bloß gut, daß die Schönhaar...«, sie verstummte.

273

»Tot ist«, ergänzte Jäckle trocken. »Dieses Band beweist leider, daß Doris kein Motiv hatte, sie zu töten, im Gegenteil. Lebend hätte sie ihr mehr genützt.«

»Wenn nicht Doris, wer war's dann?«

Jäckle hob die Schultern und schlug die Augen nieder. »Keine Ahnung. Ich würde auf dich tippen, wenn du nicht für die Tatzeit das beste Alibi der Welt hättest. Nämlich mich.«

»Vielleicht war's doch ein Unfall. Zuviel Bohnerwachs. Ein Opfer des deutschen Reinlichkeitsfimmels.«

Er schüttelte den Kopf und erklärte ihr die Sache mit dem Schlüssel. »Ich wollte eigentlich ihr Haus von oben bis unten durchsuchen lassen. Aber der Richter war dagegen.«

»Wer würde so blöd sein, den Schlüssel daheim ins Nähkästchen zu legen?«

»Blöd nicht. Aber eitel. Leute machen manchmal solche Sachen. Um sich und der Nachwelt posthum zu beweisen, wie gewieft sie waren.«

Paula sah ihn mit dumpfer Verzweiflung an. »Verdammt, Jäckle, was soll ich tun? Sie wird Simon und mich niemals in Ruhe lassen.«

»Das verstehe ich nicht, Paula.« Jäckle ließ müde seine Faust auf den Tisch fallen. »Du bist seine Mutter. Es ist deine Sache, ihr zu sagen, daß sie sich verpissen und ihre Mutterinstinkte woanders ausleben soll. Was ist daran so schwierig? Reicht dir das nicht, was du da eben gehört hast? Wenn es wegen des Hundes ist, dann schaff dir in Gottes Namen auch einen an und nimm dir ein Kindermädchen, das Karate kann.«

Plötzlich drückte er ihre Hand und sah sie aus seinen vom nächtlichen Exzeß blutunterlaufenen Augen ernst an: »Wovor hast du Angst, Paula? Hat Doris... wie soll ich es ausdrücken... erpreßt sie dich mit irgend was?«

»Wie kommst du denn darauf?« Paula zog augenblicklich ihre Hand aus der seinen. »So ein Blödsinn! Nein, es ist nicht so einfach, zu jemandem, der fünf Jahre deine Freundin war, und eine wirklich gute Freundin war, ›verpiß dich‹ zu sagen. Außerdem spielen wir zusammen Theater...«

»Scheiß drauf.«

»Simon hängt sehr an ihr. Das allerdings hat sie großartig hingekriegt. Er findet es schon normal, daß er zwei Mütter hat. Ich wüßte nicht, wie ich ihn von ihr fernhalten könnte.«

»Dann zieh weg. Obwohl mir das leid täte.«

»Habe ich mir auch schon überlegt«, gestand Paula. Sie schwiegen sich wieder eine Weile an, dann fragte Paula: »Jäckle, sag ehrlich: meinst du, daß Simon glücklicher wäre, wenn Doris seine Mutter wäre?«

Jäckles Tasse schlug hart auf die Untertasse. »Das meinst du doch nicht im Ernst?«

»Sie hat viel mehr Zeit für ihn, und Geduld. Sie versteht es mit Kindern einfach besser als ich. Ich kann ihn nicht jeden Nachmittag beschäftigen, ich habe meinen Job und dazu das große Haus. Aber selbst wenn...«, Paula zögerte und preßte die Lippen aufeinander, »... selbst wenn ich mehr Zeit hätte: es würde mir keinen Spaß machen, den ganzen Tag nur mit Simon zu spielen, seine endlosen Fragen zu beantworten, auf jeden seiner Einfälle zu reagieren. Es ist mir manchmal einfach zu anstrengend und gleichzeitig zu langweilig, so paradox das auch klingt. Verstehst du das, Jäckle? Ich, Paula Nickel, lese lieber irgendein Buch oder eine Zeitung, als mich mit meinem eigenen Kind zu beschäftigen, das ist doch nicht normal, oder? Sag was, Jäckle!«

Jäckle wand sich. »Ausgerechnet ich? Ein geschiedener, kinderloser Kriminalbeamter?«

»Im Moment kann ich nicht wählerisch sein.«

»Ehrlich gesagt, ich finde das schon normal. Wer sagt denn, daß eine Mutter jede freie Minute um ihr Kind herumglucken muß wie eine Henne? Unsereinen hat man einfach rausgeschickt, zum Spielen, und das war doch okay, oder nicht? Und deine Tante Lilli war sicher auch viel mit sich selbst beschäftigt.«

»Stimmt. Aber schau an, was aus uns geworden ist.«

Jäckle zog es vor, nicht darauf zu antworten.

Paula bekam einen weichen Gesichtsausdruck. »Lilli war bestimmt nicht jederzeit verfügbar, aber ich liebte und bewunderte sie trotzdem. Vielleicht sogar deswegen. Aber ich war wesentlich älter als Simon.«

»Ich finde, was Doris macht, ist nicht normal«, stieß Jäckle heftig hervor, »sie raubt dem Kind doch den Atem. Wie soll er lernen, sich selber zu beschäftigen, eigene Interessen zu entwickeln, wenn sie ihm alles vorkaut? Nein, Paula, dein Simon braucht eine Mutter, die eine eigene Persönlichkeit und eigene Interessen hat, und keinen... keinen Animateur!« Er schaufelte Unmengen Zucker in seinen zweiten Kaffee und fuhr fort: »Was, glaubst du, würde los sein, wenn Simon vierzehn, fünfzehn, achtzehn ist? Wenn er Mädels hinterherlinst und lieber mit seinen Kumpels in Urlaub fahren will?« Jäckle winkte ab. »Heulen und Zähneklappern würde das geben! Aus ihm würde ein Muttersöhnchen«, er grinste, »ein Ödipussi. Oder ein Serienkiller.«

Paula lächelte ebenfalls. »Für einen kinderlosen Kriminaler war das gar nicht übel. Was meinst du, soll ich Doris wegen des Bandes zur Rede stellen?«

»Ich weiß jetzt schon, was sie sagen wird: ›Aber Paula, ich mußte alle diese schlimmen Sachen über dich sagen, mir kam es doch nur auf das Band an, damit wir etwas gegen sie in der Hand haben.‹ Und damit hätte sie sogar recht. Du hast es selber gehört: Das mit Herbert und der Musikschule war der Schönhaar nicht genug. Sie wollte offenbar speziell dir eins auswischen.« Jäckle schüttelte verständnislos den Kopf. »Wie geht das?«

»Was?«

»Daß aus einer Frau eine so durch und durch ver-
biesterte alte Schachtel wird?«

»Also bitte. Sie hatte ungefähr mein Alter!«

»Trotzdem. Man hätte sie nie im Jugendamt beschäftigen dürfen. Du warst nicht die einzige, die Probleme mit
ihr hatte. Wir sind dabei, die anderen Fälle zu prüfen. Es
gibt eine Menge Leute, die Grund gehabt hätten, sie die
Treppe runterzuschubsen.«

»Finanzbeamtin«, sagte Paula, »das wäre das Richtige für
sie gewesen. Steuerfahndung.«

Jäckle sah jetzt wieder sehr ernst aus. »Paula«, sagte er
mit einer seltsam brüchigen Stimme, »ich muß dich auch
was fragen.«

»W... was?«

»Glaubst du, daß Bosenkow wirklich die Kinder umgebracht hat?«

»Ich weiß es nicht.«

»Kürzlich war ein Herr Piepenbrink bei mir und nahm
Einsicht in die Vernehmungsprotokolle.« Jäckle hatte einen
lockeren Plauderton angeschlagen. »Ein sympathischer
junger Mann. Sehr ambitioniert. Warum bezahlst du Bosenkow eigentlich den Anwalt?« Die Frage war ein Schuß
ins Blaue gewesen, und Jäckle beobachtete, wie sich Paulas Wangen rot färbten.

Weil ich ihm was schulde, dachte Paula. Bosenkow hatte
bis heute niemandem von ihrer nächtlichen Wanderung im
Garten erzählt. Paula schämte sich insgeheim für ihre
Zweifel an seiner Unschuld, die sie noch immer von einem
Besuch bei ihm abhielten. Mit einem guten Anwalt ist ihm
mehr geholfen, sagte sie sich immer wieder, und beschwichtigte so ihr Gewissen. Zu Jäckle sagte sie: »Weil er
eine faire Chance verdient. Gegen Monz und alle anderen,
die einen Sündenbock brauchen. Vor Gericht wird sich die
Wahrheit schon herausstellen.«

Jäckle verzog gequält das Gesicht. »Du redest Stuß, Paula, und das weißt du auch. In einem Gerichtssaal bekommt man weder Wahrheit noch Gerechtigkeit, sondern ein Urteil.« Er stützte den Kopf auf seine Hände. »Wenn ich damals nicht so übereilt zur Ziegelei rausgefahren wäre...«

Paula berührte ihn vorsichtig an der Schulter. »Jetzt redest du Blödsinn, aber wie! In der Situation konntest du beim besten Willen nicht anders handeln. Bosenkow hat sich das selber eingebrockt. Auch wenn er Simon nur zufällig im Wald getroffen hat – warum hat er ihn dann nicht sofort zurückgebracht? Er kennt ihn doch! Er mußte doch wissen, daß ich mir um ihn Sorgen mache. Jeder normale Mensch würde das tun.«

»Die Frage ist nicht, ob Bosenkow normal ist, sondern ob er ein Mörder ist.«

Jäckles Worte bestätigten Paulas Vermutung, daß sein müdes, graues Aussehen nicht nur das Ergebnis der letzten Nacht war.

»Bin ich Jesus, oder du?« seufzte Paula.

»Nein. Aber Monz hält sich dafür, und der hat mehr Einfluß, als man glaubt.«

»Jäckle, mach dich nicht fertig! Niemand hat schuld an der Sache, du am allerwenigsten.«

Er nickte ohne viel Überzeugung.

»Jetzt muß ich gehen. Danke... für alles.« Paula leerte ihre Tasse mit kaltem Kaffee und stand auf. Ein Sonnenstrahl verwandelte die Trompeten nebenan in pures Gold. »Jäckle?«

»Hm?«

»Warum ausgerechnet Trompete?«

»Weil ich meinem Vater auf die Nerven fallen wollte.«

»Warum denn das?«

»Er war Schriftsteller, so nennt er sich wenigstens. Heimatdichter, würde man heute sagen. Er war den ganzen

Tag zu Hause, und doch nie richtig da, verstehst du, was ich meine? Du redest mit ihm, und er ist in Gedanken gerade irgendwo. Da mußte ich mich bemerkbar machen.«

»Jetzt wird mir klar, warum Simon neuerdings ein Schlagzeug möchte.«

»Erst wollte ich Geige spielen, aber in der Woche, als ich das meiner Mutter eröffnet hatte, stand gerade eine Trompete günstig in den Kleinanzeigen. Wir mußten immer aufs Geld schauen. Eigentlich hat meine Mutter den Lebensunterhalt mit Nähen und Bügeln bei anderen Leuten verdient, während der Herr Schriftsteller sich der Muse hingab.« Er lachte kurz auf. »Jetzt sitzt er sabbernd in einem Pflegeheim und wird bald neunzig.«

»Ich wußte nicht, daß er noch lebt.«

Seine Mundwinkel zogen sich nach unten. »Fast jeden Sonntag treibt mich irgend was zu ihm hin, frag mich nicht was.«

Paula fragte nicht, und Jäckle brachte sie zur Tür. Die Hand schon auf der Klinke, sagte er: »Paula, wann hast du eigentlich diesen Vito von eurer Theatergruppe zum letzten Mal gesehen?«

Die Frage war in ganz neutralem Ton gestellt worden. Paula wurde heiß. Hatte dieses Miststück Doris... »Warum?«

»Sag mir erst, wann.«

»Ist schon Monate her. Bei einer Theaterbesprechung, der ersten nach den Weihnachtsferien. Danach ist er nicht mehr erschienen.«

»Ging es dabei etwas turbulent zu?«

»Du bist widerlich, Jäckle, weißt du das?«

»Ja. Das ist mein Job.«

»Wenn du schon bestens informiert bist«, sagte Paula giftig, »was fragst du dann? Ich bin froh, daß ich diesen Kerl seitdem nicht mehr gesehen habe. Hat er wieder was angestellt?«

»Er wurde als vermißt gemeldet.«

Paula schluckte. »Von wem?«

»Von einer kleinen Freundin«, log Jäckle und wurde nicht rot dabei.

»Jemand sollte ihr gratulieren, daß sie ihn los ist. Er wird schon wieder auftauchen. Du kennst ja den Spruch mit dem Unkraut«, sagte Paula leichthin.

Offenbar war Jäckle von ihrer Ahnungslosigkeit überzeugt, denn er wechselte sprunghaft das Thema: »Paula«, begann er verlegen, »wollen wir mal zusammen mit Simon wohin fahren? In den Zoo vielleicht? Oder so was in der Richtung?«

Vor lauter Erleichterung nickte Paula und sagte: »Ja, können wir. Vielleicht an Ostern.«

Sie verabschiedeten sich. Im kühlen Hausflur mußte sich Paula für ein paar Minuten gegen die Wand lehnen.

Auf den Straßen des Städtchens hatte inzwischen das samstägliche Familien-Einkaufsidyll begonnen, und Paula floh zu ihrem Wagen, der in einer Seitenstraße parkte, beschattet von einem Halteverbotsschild. An der Windschutzscheibe klemmte ein Morgengruß des Verkehrsüberwachungsdienstes. Sie fluchte und fuhr los.

»Ich glaube, ich habe etwas Dummes gemacht«, empfing sie Karin Braun. »Doris Körner hat angerufen und wollte wissen, ob Simon bei mir wäre.«

»Und?«

»Ich weiß nicht warum«, sagte Karin Braun sichtlich zerknirscht, »aber ich habe sie angeschwindelt. Ich habe gesagt, ich wüßte nicht, wo Simon ist. Keine Ahnung, warum ich das getan habe, es war so eine Art Reflex.«

Paula sah sie aufmerksam an. »Reflex?«

»Mehr so ein Instinkt, weißt du. Ich habe sie manchmal beobachtet, mit Simon. In ihrem Verhalten liegt etwas… etwas Abnormes. Ich kann es nicht genau ausdrücken. Jetzt denkst du sicher, ich spinne ein bißchen.« Sie lachte verlegen.

»Ganz und gar nicht«, antwortete Paula. »Du hast genau das Richtige getan. Ich habe dieses Theater auch langsam satt.«

Karin Braun senkte ihre Stimme: »Stimmt es, daß man sie gestern festgenommen hat, weil sie diese Jugendamtsleiterin umgebracht haben soll?«

»Das stimmt. Aber sie war nur zufällig dort.«

»Ach so. Was hätte das auch für einen Sinn gemacht?«

»Keinen«, sagte Paula.

Kurz darauf bog sie mit Simon im Auto in die Otto-Schimmel-Straße ein. »Schau mal, Mama, da ist ein Feuerwehrauto!«

Er hatte recht. Ein großes Feuerwehrfahrzeug und ein Kombi des technischen Hilfswerks standen vor Doris' Haus.

»Mama, bei Doris brennt es!«

Aber es schlugen weder Flammen aus dem Dach, noch sah man wasserspeiende Schläuche. Doris selbst stand wohlbehalten und lebhaft gestikulierend neben einem Mann im Helm, Anton lief bellend herum.

»O Paula, Simon, da seid ihr ja«, rief sie mit einer Verzweiflung, die Paula aufgesetzt vorkam, »es ist etwas Schreckliches passiert, während ich einkaufen war. Wasserrohrbruch. Der ganze Fußboden im Erdgeschoß steht Land unter, und der Keller sowieso. Es wird Wochen dauern, ehe das getrocknet und repariert ist. Kann ich inzwischen bei euch wohnen?«

Das Telefon klingelte. Paula rannte hin und nahm ab.

»Na, wie sieht's aus? Hat der Arm des Gesetzes zugeschlagen?«

»Lilli«, flüsterte Paula, »ich kann jetzt nicht reden.«

»Sprich lauter, Kind, ich verstehe kein Wort.«

Paula zwang sich zu einem munteren Tonfall, denn sie war sich sicher, daß Doris auf der Treppe stand und lauschte, obwohl sie eigentlich im Gästezimmer damit beschäftigt war, ihre Garderobe in den Schrank zu räumen. Entsetzlich viel Garderobe.

»Danke, es geht uns gut«, zwitscherte Paula. »Doris ist hier. Sie wird ein paar Tage bleiben. Ihr Haus steht quasi unter Wasser. Ein Rohrbruch, heute morgen. Ich habe ihr das Gästezimmer überlassen.« Am liebsten wäre Paula bei diesen Worten in Tränen ausgebrochen.

»Was sagst du da?« zischelte es aus dem Hörer. »Sie ist nicht verhaftet?«

»Nein.«

»Wirf sie raus! Sie soll in ein Hotel ziehen. Das hat sie doch mit Absicht gemacht!«

»Ja, ja. Es ist eine ziemlich üble Sache, so ein Rohrbruch.«

»Hör zu, Paula. Kannst du morgen nach München kommen? Du könntest mich zur Bahn bringen, dann unterhalten wir uns.«

»Du verreist? Davon hast du mir gar nichts gesagt.« Paula vergaß für einen Augenblick ihre künstliche Munterkeit.

»Ja. Ich erkläre es dir morgen. So um die Mittagszeit, geht das?«

Nein, es geht nicht! Es geht nicht, daß du mich ausgerechnet jetzt im Stich läßt! hätte Paula am liebsten geschrien, aber sie antwortete nur: »Okay, wir kommen«, und legte auf. Schließlich war sie erwachsen. Sie konnte nicht verlangen, daß Lilli sie noch immer beschützte und alle ihre Probleme aus dem Weg räumte.

»Paula!« tönte es vom oberen Stock.

»Was ist?«

»Wo finde ich denn ein Kindershampoo? Simon möchte baden.«

»Nimm meins«, schrie Paula übertrieben laut. Sie schlug mit den Fäusten gegen die Wand, während sie die beiden da oben über irgend etwas lachen hörte.

»Hast du ihr nicht das Band um die Ohren gefetzt?« fragte Lilli erbost, während sie ein Teil nach dem anderen in einem großen Koffer verschwinden ließ. Paula schloß die Augen und verneinte. Die Erinnerung an Doris' Stimme auf dem Band, die diese schrecklichen Dinge über sie sagte, machte ihr noch immer zu schaffen.

»Es erschien mir sinnlos«, erklärte sie. Sie saß umgekehrt auf einem Stuhl und beobachtete, wie Lilli im Schlafzimmer herumging und Sachen auf der handgewebten Tagesdecke ihres französischen Betts ausbreitete, um sie halbwegs ordentlich zusammenzufalten. Die Tätigkeit schien sie über Gebühr anzustrengen, denn ab und zu setzte sie sich schwer atmend auf die Bettkante. Trotzdem hatte sie Paulas Hilfe abgelehnt.

»Ja, stimmt auch wieder«, gab Lilli zu. »Sie wird sich rausreden, und du kannst es ihr nicht beweisen. Ganz schön schlau von ihr. Ich habe sie glatt unterschätzt. Aber trotzdem hat der Tod der Schönhaar ihre Position erheblich geschwächt. Sie ist ihre schärfste Waffe erst einmal los.«

Es tat Paula gut, diese aufmunternden Worte zu hören.

»Wer hat eine Waffe, Mami?«

»Simon, geh noch ein bißchen auf die Dachterrasse. Du darfst die Pflanzen gießen.«

»Was soll ich denn jetzt machen?« fragte Paula, als Simon wieder gegangen war.

»Gut auf Simon aufpassen«, sagte Lilli. »Du kennst ihre Pläne, das ist doch schon ein Vorteil. Wenn sie dir wirklich mit Vito droht, dann komm du ihr mit ihrem Perückenzauber. Auch wenn man ihr das nicht beweisen kann, sie wird keinen Wert drauf legen, daß Jäckle davon erfährt.«

»Komisch, daß sie mir das überhaupt erzählt hat«, meinte Paula.

»Nicht so sehr. Es geschah zu einem Zeitpunkt, als sie absolut siegessicher war. Wenn du mich fragst, war es pure Eitelkeit. ›Schau her, Paula, wie klug ich bin, wozu ich fähig bin, mit mir willst du es aufnehmen?‹ Das wollte sie dir damit indirekt sagen. Und – so absurd es sich anhören mag – du bist die einzige, bei der sie sich mal darüber aussprechen konnte, wie sie wirklich zu ihrem Sohn stand.«

Paula sagte nichts dazu. Eitelkeit. Das Thema hatten wir doch gestern schon mal.

»Bist du noch immer entschlossen, nach den Theatervorstellungen wegzuziehen?« fragte Lilli.

»Nun... auch wenn du mich für feige hältst, Tante Lilli, ja, eigentlich schon. Ich halte diese Atmosphäre nicht aus. Ich kann nicht länger neben Doris wohnen.«

»Im Moment wohnt sie ja sogar in deinem Haus«, warf Lilli ein. »Das hättest du nicht zulassen dürfen.«

»Ich weiß auch nicht, wie das alles so weit kommen konnte«, stöhnte Paula und hing dabei schlaff über der Stuhllehne wie ein abgelegtes Kleidungsstück.

»Wenn man einmal den Anfang zuläßt, dann ist der Rest schwer aufzuhalten«, dozierte Lilli.

Der Anfang, dachte Paula, was war der Anfang, wo mein erster großer Fehler? Ich hätte nach Max' Tod mehr Abstand halten müssen. Immerhin habe ich selbst Doris gebeten, sich um Simon zu kümmern. Doch es schien alles so harmlos, so einfach und auch so bequem, ja, nicht zuletzt das. Doris hat genau gewußt, wie schwer es mir oft fällt, Simon zu beschäftigen.

»Lilli, ich habe Angst. Was wird sie sich als nächstes ausdenken, um mich kleinzukriegen? Daß sie Phantasie hat, das hat sie bewiesen.«

»Schmeiß sie aus deinem Haus raus und laß dich vor allen Dingen nicht einschüchtern, mehr kann ich dir nicht raten.«

Als ob das so einfach wäre.

»Es ist dein Haus, schmeiß du sie raus«, murmelte Paula in einem Anflug kindischen Trotzes.

»Nein, es ist deins«, entgegnete Lilli, während sie eine knallrote Bluse aus dem Schrank holte. »Gräßliche Farbe«, sagte sie und stopfte sie lieblos zurück.

»Wieso?« fragte Paula verwirrt.

»Weil mir Rot nicht steht und weil ich dir das Haus überschrieben habe, vorgestern. Das Haus und ein paar Konten. Es wurde Zeit, sonst zahlst du dich nur dumm und dämlich an der Erbschaftssteuer. Du wirst diese Woche von meinem Anwalt und dem Notar Post bekommen.« Sie faltete, ohne aufzublicken, einen seidenen Kimono.

»Aber Tante Lilli...«

»Mach mit dem Haus, was du willst. Verkauf es, vermiete es, meinetwegen auch die Möbel, ich hänge nicht so sehr an diesen Dingen. Nur die Bücher, die bitte nicht! Wäre schade drum.« Jetzt erst richtete sie sich auf und sah Paula an.

Die begann zu stottern: »Ich... ich weiß nicht, was ich sagen soll. Danke klingt ein bißchen banal. Hättest du mich nicht etwas schonender darauf vorbereiten können? Was sagt man, wenn man ein Vermögen geschenkt kriegt?«

»Weiß ich auch nicht, ich hab's zum Glück geerbt«, grinste Lilli, wurde aber gleich wieder ernst. »Wenn du es mit dem Wegziehen eilig hast, kannst du vorübergehend auch in meine Wohnung ziehen. Für ein paar Monate. Damit du das alte Haus günstig verkaufen und dir in Ruhe was Neues suchen kannst. Wenn man in Zeitdruck ist, ziehen einem die Makler die Hosen aus.«

»Ja, und du?« fragte Paula verblüfft. Jetzt erst wurde ihr klar, daß sie noch gar nicht über Lillis Reise gesprochen hatten. Dem Koffer nach tippte Paula auf eine längere Kreuzfahrt.

Lilli druckste herum und verhedderte sich in einem umfangreichen Wortgestrüpp. Die Quintessenz, die Paula mühsam herausfiltern konnte, war, daß Lilli den Sommer bei Freunden in der Schweiz zu verbringen gedachte, da ihr anscheinend seit kurzem das hiesige Klima nicht mehr bekam. Der Föhn vor allen Dingen.

Paula hegte einen Verdacht: »Ziehst du etwa mit einem Mann zusammen, von dem ich nichts weiß?«

»Ich bin zur Zeit gesundheitlich etwas angegriffen«, gestand Lilli mit strengem Blick, »aber ich bin noch nicht wahnsinnig! Hilf mir mal mit dem Koffer. Es wird Zeit, zum Bahnhof zu fahren.«

Als sie endlich zu dritt auf dem Bahnsteig standen und sich stumm umarmten, sagte Lilli leise: »Paula?«

»Was ist?«

»Wirst du das alleine schaffen?«

»Ja«, sagte sie, »ich schaffe das alleine.«

Als Lilli Simon lange und fest in die Arme schloß, bemerkte Paula verblüfft, daß sie sich hinterher die Augen wischte. Es konnte auch nur ein Staubkorn gewesen sein.

Flieg, Paula

Die Handwerker meinten zuversichtlich, in vier Wochen müßte alles wieder in Ordnung sein. Wie dieser Rohrbruch zustande gekommen war, blieb allerdings ein Rätsel.

Vier Wochen! Paula hörte diese Botschaft mit einem Gefühl, als sei es ihr Todesurteil. Doris' Anwesenheit im Haus kratzte an ihrem Nervenkostüm wie Fingernägel auf einer Schiefertafel. Ständig lag sie im Kampf mit sich selbst. Auf der einen Seite erschien es ihr verlockend, länger im Büro zu bleiben, andererseits hatte sie kein gutes Gefühl, Doris und Simon allein zu wissen. Doris benahm sich, als sei sie ausschließlich das Kindermädchen für Simon. Nie sah Paula sie an ihrem neuen Buch arbeiten, sie bezweifelte, ob es ein solches Projekt überhaupt gab. Abends pflegte sie es sich mit einem von Lillis Büchern und einem Glas Wein im Sessel vor dem Kamin gemütlich zu machen. Manchmal sah sie auch fern. Sie ging niemals aus, außer zu den nötigsten Theaterproben. Paula gab häufig vor, im Arbeitszimmer zu tun zu haben. Sie kam sich allmählich in ihrem eigenen Haus fremd und überflüssig vor. Auch die Küche hatte Doris schnell erobert. Sie stellte den Speiseplan auf, kaufte ein und kochte, räumte die Schränke zweckmäßiger ein, als Paula es getan hatte, was zur Folge hatte, daß Paula bald nicht mehr wußte, wo was zu finden war. Ein Besucher hätte sicherlich den Eindruck bekommen, Doris sei die Hausherrin und Paula ein Feriengast, der sich schüchtern in den oberen Zimmern herumdrückte. Es kam jedoch kein Besucher. Auch Bruno Jäckle ließ sich nicht sehen.

Ein paarmal war Paula drauf und dran, ihre Koffer zu packen und mit Simon in Lillis Wohnung zu ziehen. Aber die Theaterproben befanden sich in der Endphase, außerdem brachte sie es nicht fertig, Weigand von einem Tag auf den anderen im Stich zu lassen. Wer sollte sich in München um Simon kümmern, wenn sie arbeiten oder zur Probe ging? Nein, sie wollte das Problem nicht überstürzt angehen. Nach Ostern würde sie fristgerecht zum 1. Juni kündigen, mit ihrem Resturlaub wäre sie dann ab Anfang Mai frei, sie könnte gleich nach den Aufführungen umziehen.

Trotz allem Ungemach sah Paula auch einen gewissen Vorteil darin, Doris in allernächster Nähe zu haben: Kontrolle. Zumindest glaubte Paula nur zu gerne daran. Ich stehe das durch, sagte sie sich trotzig. Du kriegst mich nicht klein, Doris Körner. Jetzt, wo ich Geld habe, bin ich unabhängiger, ich kann wegziehen, auch ohne eine neue Arbeitsstelle zu haben. Paula hatte sich nie viel aus Geld gemacht, zumindest war sie immer dieser Meinung gewesen, aber jetzt merkte sie, wie die materielle Sicherheit ermutigend auf sie wirkte.

Doris und Paula sprachen kaum über den Fall Schönhaar, wie sie überhaupt brisante Themen mieden. Sie umschlichen sich vorsichtig, wie zwei Raubkatzen, um zu testen, wer die stärkeren Nerven besaß. Wenn sie sich unterhielten, dann über harmlose Dinge, wie die Handwerker in Doris' Haus, die Theaterproben, Hermann Ullrichs Wahlkampf oder über Simon. Immer wieder über Simon, was er spielte, sagte, machte... Manchmal, dachte Paula, glichen sie einem Elternpaar, das vor Entzücken über ihren Sprößling die Welt um sich herum vergißt.

Nur einmal schnitt Doris das Thema Vito an, als sie hörte, daß Kommissar Jäckle Mitgliedern der Theatergruppe Fragen über ihn gestellt hatte. »Keine Sorge«, sagte Doris, »uns kann nichts geschehen, solange wir zusammenhalten und uns einig sind. Und das sind wir uns doch, oder, Paula?«

»Ja, das sind wir.«

Paula war nicht einmal sehr überrascht, als Doris ihr noch am selben Abend eröffnete, sie spiele mit dem Gedanken, ihr eigenes Haus nach Abschluß der Renovierung zu vermieten und zu ihr zu ziehen. Natürlich nur, wenn Paula und sie sich darüber einig wären. Selbstverständlich würde sie eine angemessene Miete bezahlen. »Auch wenn wir schon fast so etwas wie eine Familie sind – die Finanzen müssen geregelt sein«, meinte sie.

»Ich werde darüber nachdenken«, reagierte Paula gelassen auf diese neue Strategie. Sie hatte bereits Kontakt zu einem Maklerbüro aufgenommen, aber sie konnte momentan noch keine Hausbesichtigungen riskieren.

Paula erzählte niemandem von ihrem neuen Reichtum, schon gar nicht Doris. Es sollte vorerst ihr Geheimnis bleiben. Es gelang ihr, die Post vom Notar abzufangen, ehe Doris den dicken Brief zu sehen bekam. Um so mehr entsetzte es sie, als Siggi nach einer Probe den Arm um sie legte und leise sagte: »Ach übrigens, darf ich gratulieren?«

»Wozu?« fragte Paula verwirrt.

»Ich bitte dich! Zu deiner vorzeitigen Erbschaft natürlich.«

»Ach du Scheiße!«

»Ehrlich, Paula, ich bastle gerade an einem Heiratsantrag herum. Du bist jetzt die heißeste Partie der Stadt. Ich meine...«, er geriet absichtlich ins Stottern, »... das warst du vorher auch schon. Nur wußten es die wenigsten.«

»Halt bloß den Mund«, flüsterte Paula. »Woher weißt du das? Ich weiß es selber erst seit ein paar Tagen.«

»So was spricht sich blitzschnell rum. Eine undichte Stelle im Büro des Notars oder beim Grundbuchamt. Du weißt doch, wie die Leute sind. Schließlich handelt es sich ja nicht um irgendein Reihenhäuschen.«

Paula befreite sich aus seinem Griff. »Das mit der Heirat überlege ich mir. Wenn du deinen albernen Bart abnimmst.«

»Niemals!«

»Wenigstens hast du Charakter.«

Die Woche vor Ostern brachte eine unerwartete Atempause für Paula, die sie Doris verdankte. Am Sonntagabend fragte sie: »Was meinst du, ob ich den Hund ein paar Tage bei dir lassen kann? Es macht nichts, wenn du arbeiten gehst, er schläft sowieso den ganzen Vormittag.«

»Klar. Fährst du weg?«

Doris erzählte etwas von Verhandlungen mit ihrem Verlag, außerdem stünden zwei Termine für längst vereinbarte Lesungen an Grundschulen in Würzburg und Dinkelsbühl an, danach wollte sie noch ihre Eltern besuchen.

Sie braucht Geld, folgerte Paula, für die Renovierung dieses rätselhaften Rohrbruchs. Und der Salamianwalt wird auch nicht zu den billigsten gehören. Deshalb besucht sie ihre Eltern.

»Ich fahre morgen früh und bin wahrscheinlich am Donnerstag zur Probe wieder da. Geht das?«

Paula nickte mit schlecht verhohlener Freude. Sie sagte ihr nicht, daß sie vor einigen Tagen beschlossen hatte, über Ostern zu verreisen. Nach Berlin, zu ihrem Bruder Thomas. Ihre leibliche Verwandtschaft zu ertragen erschien Paula in ihrer momentanen Lage als das kleinere Übel. Außerdem war ein Besuch längst wieder einmal fällig, das letzte Mal war Simon noch fast ein Baby gewesen.

Zusammengenommen bedeutete das eine ganze Woche ohne Doris. Fast so etwas wie Urlaub. Die Zeit läuft, fieberte Paula insgeheim. Nach Ostern sind es nur noch zwei

Wochen bis zur Premiere, danach zwei Wochen Spielzeit, und dann werden Simon und ich alles hinter uns lassen.

Doris reiste am nächsten Morgen früh ab. Paula wäre ihr gerne aus dem Weg gegangen, indem sie einfach im Bett blieb, aber Simon, geweckt durch die Geräusche, stand auf und wollte sein Müsli haben, das nur Doris so zubereiten konnte, wie er es seit neuestem gerne mochte. Also kam auch Paula in die Küche, um Doris zu verabschieden.

»Entschuldigst du mich bei Siggi wegen der Proben, die ich versäumen werde?«

»Ja«, nickte Paula, »selbstverständlich.« Sie überlegte, ob es die Höflichkeit erforderte, ihr gute Reise zu wünschen. Sie ließ es sein.

»Also dann... bis Donnerstag«, sagte Doris, nachdem sie Simon mindestens dreimal umarmt und geküßt hatte. »Tschüß, Simon! Füttere Anton nicht so viel, er wird fett!«

»Wiedersehen«, sagte Paula ungeduldig.

Doris blieb unter der Tür stehen. »Sag, hast du eine vernünftige Babysitterin, wenn du zur Probe gehst?«

»Ja, habe ich.« Paula konnte nicht verhindern, daß ihr Ton mürrisch klang.

»Nicht diese Schlaftrine?«

»Manuela? Nein. Katharina ist über die Osterferien zu Hause.«

»Dann ist es ja gut«, sagte Doris, »ach, und noch was!«

»Ja?« Himmelherrgott, warum verschwand dieses Weib nicht endlich?

Doris sah sie mit offenem Spott in den Augen an, als sie sagte: »Paß auf, was du sagst, falls du wieder einmal mit Jäckles Spürhund herumvögelst.«

Jäckle lief wie ein gereizter Stier in seinem Wohnzimmer auf und ab. Dann wandte er sich an seinen Gast, der auf dem Sofa lümmelte. »Verdammt, wie konnte das passieren?«

»Keine Ahnung! Mann, war die am Montag, bei der Probe, plötzlich sauer auf mich! Daß sie mich nicht mit Blicken getötet hat, war alles. Bei einem unserer Ehekräche hat sie mir *zufällig* in die Eier getreten.«

»Hoffentlich richtig.«

»Vielleicht habe ich zu viele dumme Fragen gestellt.«

»Hast du wenigstens was rausgekriegt?«

»Niemand aus der Truppe hat diesen Vito nach dem bewußten Abend wiedergesehen. Wenn man Paula darauf anspricht, reagiert sie wie eine Auster. Macht sofort dicht. Ich wollte nach der Probe ein paar klärende Worte mit ihr reden, aber sie ist sofort nach Hause gerauscht. Ich bin dann ein bißchen an ihr dran geblieben, einfach so, aus Neugierde.«

»Dein Sportgeschäft lastet dich wohl nicht aus, was?«

Zolt überging die Anspielung. »Sie hat sich die Tage, die die Körner weg war, in der Redaktion frei genommen und ist mit ihrem Kleinen und dem Köter in der Gegend rumgefahren. Familienidyll. Einmal waren sie in München. Englischer Garten, Deutsches Museum. Das war Mittwoch. Am Abend, da ist dann etwas Seltsames passiert...«

Paula hatte diesen Tag mit Simon und Anton wirklich genossen. Simon war auf der Heimfahrt von München sofort eingeschlafen, und nun lag er in seinem Bett und Paula mit einem Buch auf dem Sofa. Anton, ebenfalls völlig erschöpft, schnarchte in seinem Korb, den er bis auf sein Gerippe zusammengenagt hatte. Manchmal japste er im Schlaf, sein Schwanz klopfte auf den Boden, und seine Beine zuckten. Paula las nicht. Sie ließ den Tag an sich vorbeiziehen. Sie und Simon waren gut miteinander ausgekommen, ohne die üblichen kleinen Machtkämpfe, und Simon hatte kein einziges Mal nach Doris gefragt. Es wird in Zukunft öfter so sein, das verspreche ich dir, Simon, dachte Paula. In manchen Dingen haben Doris und die

Schönhaar gar nicht so unrecht, gestand sie sich zähneknirschend ein. Ich habe ihn vernachlässigt. Ich habe manchmal viel zuwenig Geduld, erwarte zuviel, behandle ihn wie einen kleinen Erwachsenen. Kein Wunder, daß Doris leichtes Spiel mit ihm hat. Doris...

Sie war eben dabei, sich erneut im Gewirr ihrer Gedanken zu verstricken, als Anton den Kopf hob und knurrte. Paula horchte. Da waren Schritte auf dem Kies.

Sie wird doch nicht schon heute zurückkommen? Aber dann würde Anton nicht knurren, sondern mit dem Schwanz wedeln. Er erkannte die Schritte »seiner« Menschen schon von weitem, ebenso wußte er die Geräusche der Automotoren zuzuordnen. Vielleicht Jäckle? Nein, auch ihn betrachtete Anton seit Simons Geburtstagsfeier als Freund, dank etlicher heimlich zugesteckter Würstchen.

»Ruhig«, befahl sie ihm. »Still!« Anton hörte auf zu knurren und drehte lauschend den Kopf. Sein Nackenhaar sträubte sich. Paula stand auf, in dem Moment klingelte es so laut und fordernd an ihrer Tür, daß sie zusammenzuckte. Zögernd, immerhin war es schon zehn Uhr durch, öffnete sie die Tür, Anton am Halsband.

Draußen stand Vito. Sie erstarrte. Sie wollte aufschreien, es kam jedoch nur ein Gurgeln aus ihrer Kehle. In wilder Panik warf sie die Tür zurück ins Schloß.

Ich sehe Tote! Ich bin verrückt!

Es klingelte wieder. Anton bellte. Nein, dachte sie auf einmal, ich bin nicht verrückt. Wenn ich es bin, dann ist es der Hund auch. Sie nahm ihren ganzen Mut zusammen und öffnete die Tür einen Spalt. Kein Zweifel, das war er. Er trug einen Trenchcoat, wie meistens, außerdem pflegten Geister nicht so aufdringlich nach Parfum zu riechen.

»Paula, stell dich nicht so an! Ich muß mit dir reden.«

Noch hatte Paula keine Erklärung dafür, aber langsam bekam sie ihre Nerven wieder in den Griff.

»Vito!«

»Hallihallo, da bin ich wieder«, verkündete er. »Darf ich reinkommen? Aber nimm die Bestie weg.« Paula trat in den Flur zurück und schob den aufgeregten Anton ins Wohnzimmer. Sie wies dem Auferstandenen den Weg in die Küche, er setzte sich auf einen Stuhl. Im Wohnzimmer bellte Anton.

»Seit wann hast du einen Hund?« fragte Vito argwöhnisch.

»Er gehört Doris. Sie ist verreist.« Paula stellte sich mit verschränkten Armen vor ihn. »Ich denke, du schuldest mir eine Erklärung.«

»Klar«, sagte er. »Aber gerne. Hast du was zu trinken?«

Wortlos nahm Paula eine Flasche Pils aus dem Kühlschrank und stellte sie zusammen mit einem Öffner auf den Tisch.

»Ich warte.«

»Du hast wirklich geglaubt, ich wäre hinüber, was?« fragte er.

»Ja.«

»Bin halt doch ein klasse Schauspieler.« Er trank und unterdrückte nachlässig ein Rülpsen. »Sogar das mit dem Blut hat funktioniert. Hätte nicht gedacht, daß man dich so leicht reinlegen kann.«

»Warum, Vito? Warum hast du das getan?«

»Frag deine Freundin. Sie hat mir Geld angeboten, nicht gerade 'nen Haufen, aber doch ganz ordentlich, wenn ich diese kleine Nummer mit dir durchziehe und danach für ein paar Monate verschwinde. Ich bin's gewohnt, keine überflüssigen Fragen zu stellen.«

Paula nickte. Allmählich kam etwas Struktur in das Chaos in ihrem Kopf. »Dieser Streit, damals, vor allen anderen. Das hat auch dazugehört, nicht wahr?«

»Na klar.«

»Hat Doris dir gesagt, was du sagen mußt, damit ich... so reagiere?«

»Genau. Und jetzt willst du sicher wissen, warum ich heute hier bin, oder nicht?«

»Zuerst will ich wissen, ob du neulich nachts im Garten rumgeschlichen bist.«

»Ja, das war ich. Ich wollte nur mal die Lage peilen. Aber ich sah, daß ich höchst ungelegen kam.« Sein Grinsen wurde plump-vertraulich.

»Was willst du?«

»Paula«, begann er mit zuckersüßem Lächeln, »dir ist doch sicher daran gelegen, zu beweisen, daß ich munter und lebendig bin, nicht wahr?«

»Bis jetzt gab's keine Schwierigkeiten, als du tot warst.«

»Aber es könnte Schwierigkeiten geben. Der Jäckle hat Lunte gerochen. Wer weiß, wie lange Doris stillhält. Irgend was hat sie schließlich vor, mit dir und mir, oder glaubst du, sie verschenkt gerne ihr Geld? Sollte ich wirklich nicht mehr auftauchen... Paula, das kann böse für dich enden.«

Paula schluckte den Zorn hinunter, der immer rascher in ihr hochkam. »Sag schon, was du willst.«

»Was würdest du sagen, wenn ich die nächsten Tage mal beim Jäckle am Bürofenster klopfe, nur so, damit er mich kurz sieht?«

»Schön. Und?«

»Es gibt Gerüchte, daß du seit kurzem eine reiche Frau bist, Paula.«

Sie verzog angewidert den Mund. »Das also hat dich aus deinem Loch getrieben.« Am liebsten hätte sie sich mit bloßen Händen auf ihn gestürzt, um nachzuholen, was sie im Januar versäumt hatte.

»Also, Paula«, meinte er jovial, »wie wär's mit hunderttausend? Einen Scheck, jetzt gleich, und wir vergessen die Sache.«

»Dir soll ich trauen? Du gehst erst zum Jäckle, dann kriegst du deinen Scheck. Und mehr als zwanzigtausend sind sowieso nicht drin.«

»Nein, Paula, so läuft das nicht.«

»Weiß Doris denn schon von deinem Meinungsumschwung?«

»Natürlich nicht, hältst du mich für so blöd?«

Paula wurde eine Spur freundlicher. »Ein Angebot, Vito: zehntausend sofort, zehntausend, wenn Jäckle dich gesehen hat. Ich laß dir Zeit bis nach Ostern, ehe ich mir Doris vornehme. Damit du sie noch mal besuchen kannst. Ich sehe nämlich nicht ein, warum ich die Zeche allein bezahlen soll.«

»He, du bist ja ein ganz gerissenes Stück.« Vito überlegte. »Zehn jetzt, zwanzig, wenn ich beim Jäckle war.«

Paula dachte einen Augenblick nach, dann erklärte sie brummig: »Ich geh' mein Scheckbuch holen.«

»Keine Tricks, ja? Wenn ich dich telefonieren höre, bin ich sofort verschwunden.«

»Nur keine Sorge.« Paula verließ die Küche und ging ins Wohnzimmer. Anton, er hatte aufgehört zu bellen, saß hinter der Tür, wie auf Kohlen. Er haßte es, vom Geschehen ausgeschlossen zu sein. Sofort schnellte er hoch und spurtete neugierig an Paula vorbei, in die Küche, um sich den Gast näher anzusehen. Paula hörte es bellen, knurren und gleichzeitig einen fürchterlichen Brüller. Demnach hatte sie Vitos erste Reaktion auf Anton richtig gedeutet. Sie lächelte zufrieden und folgte Anton in die Küche. Vito klemmte zitternd auf dem Stuhl, unter seiner künstlichen Bronzehaut war er weiß wie ein Laken.

»Ruf das Vieh zurück!« Seine Stimme klang panisch.

Jeder, der einigermaßen Ahnung von Hunden hat, hätte sofort erkannt, daß Anton noch viel zu jung war, um eine ernsthafte Gefahr darzustellen, noch dazu war seine Rasse bekannt für ihre Gutmütigkeit. Da Anton jedoch in Frauenhaushalten aufgewachsen war, waren ihm Männer von Natur aus etwas suspekt. Sein Bellen und Haaresträuben war das Resultat seiner eigenen Unsicherheit, mit der er auf diesen Eindringling reagierte. Ein beruhigendes Wort von Paula, auch von Vito selbst, hätte ihn besänftigt. Doch für Vito, der Hunde schon immer gefürchtet und daher nie kennengelernt hatte, war dieser hier eine ebenso gefährliche, zähnefletschende Bestie wie alle anderen auch. Er tat genau das Falsche: Er zeigte seine Angst. Dies aber war für Anton, den Halbstarken, eine neue, erregende Erfahrung und veranlaßte ihn zu übermütigem Gekläff, wobei er halb drohend, halb spielerisch an seinem Opfer hochsprang und nach seinem Mantelärmel schnappte.

Noch immer lächelnd, zückte Paula ihre Minolta. Erst heute mittag, im Englischen Garten, hatte sie einen neuen Film eingelegt. Sie ging in die Knie, knipste den schreckensstarren, schweißüberströmten Vito mit dem herumhüpfenden Anton, welchen die Blitze aus diesem schwarzen Kasten erst recht aufregten.

»Weißt du«, der Auslöser klickte, während Paula Vito von allen Seiten knipste und Anton fortwährend bellte, »Hunde wachsen schnell.« Klick. »Im Januar war Anton«, klick, »noch ein ganz kleiner, wolliger Teddybär«, klick, »der keiner Fliege etwas zuleide tat. Aber jetzt – man kann für nichts garantieren.« Klick. »So lächle doch ein bißchen! Ich denke, du bist Model? Du siehst ja aus wie eine Leiche!«

»Paula, bitte, nimm das Scheusal weg.«

»Gleich, Vito. Wir wollen das mit dem Zeitpunkt noch etwas genauer festhalten. Würdest du bitte mal hinter dich auf den Küchentisch greifen? Anton, laß seinen Mantel in Ruhe! Da liegt der *Stadtkurier* von heute. Jaah, ganz langsam! Vorsichtig, vorsichtig, damit du Anton nicht erschreckst. Anton haßt nämlich Zeitungen. Doris hat sie ihm immer übergebraten, wenn er ins Wohnzimmer gekackt hat, als er noch klein war. So etwas merkt sich ein Hund.«

Mit bebenden Händen nahm Vito die Zeitung und hielt sie wie ein Schutzschild vor sich. Anton knurrte.

»So ist es schön«, Paula sprach gleichzeitig zu Vito und Anton. Sie gestand sich ohne Skrupel ein, daß sie die Situation genoß. Blut sollte er schwitzen, dieser Fiesling, der so tatkräftig geholfen hatte, ihr Leben zu ruinieren. »Und jetzt das Titelblatt zu mir. Du weißt doch, wie sie das beim Kidnapping immer machen, ja? Das Opfer mit der Schlagzeile von heute...« Sie drückte mehrmals auf den Auslöser. »Was haben wir denn da? **Hermann Ullrich steil auf Erfolgskurs!** Das ist erfreulich. Ein nettes Foto wird das geben, gell, Anton? Für das Album von deinem Frauchen. Ein Hund, eine Zeitung und ein Schwein. Lächeln, Vito! Immer schön die Zähne zeigen.«

Jäckle stieß einen kurzen Pfiff aus und sah Rainer Zolt forschend an. »Bist du sicher, daß das Vito war? Du kennst ihn doch nicht.«

»Absolut. Ich habe Bilder gesehen, von den letzten Theaterstücken und vom Sommerfest. Unverkennbar, der Typ. Rasierwasser-Reklamefresse, speckige Haare. Als er rauskam, ist er ganz nah an mir vorbeigelaufen, ich dachte schon, jetzt sieht er mich, aber er guckte nicht links und nicht rechts. Der Junge sah fix und fertig aus.«

»Verletzt?«

»Nein. Eher nervlich. Er ist durch den Garten gerast, als ob der Leibhaftige hinter ihm her wäre. Seinen Wagen hatte er komischerweise drei Straßen weiter geparkt.

»Das ist ja ein Ding! Und Paula?«

»Nichts. Ich sah ihren Schatten noch eine Weile im Wohnzimmer herumgehen, dann ist sie ins Bett gegangen und ich nach Hause. Am Gründonnerstag, also gestern, war Probe. Paula war ganz normal, abgesehen davon, daß sie mich noch immer wie einen Scheißhaufen behandelt.«

»War die Körner auch wieder da?« fragte Jäckle.

»Ja.«

»Und? Irgend was Auffälliges?«

»Ich weiß nicht recht. Paula war auch zu ihr etwas... forscher als sonst. Kann natürlich mit ihrer Wut auf mich zu tun haben.«

»Möglich.« Jäckle ging zum Schrank. »Auch einen Kognak?«

Zolt schüttelte den Kopf. »Ich bitte dich. Es ist heller Vormittag!«

»Wir können ja die Vorhänge zuziehen.« Jäckle goß sich ein Glas ein. »Dieser Fall bringt mich noch in die Schwarzwaldklinik. Zu ärgerlich, daß du ausgerechnet jetzt aufgeflogen bist. Ich habe das saudumme Gefühl, daß da bald irgend was passiert.«

Rainer Zolt sinnierte immer noch dem Problem seiner Enttarnung nach: »Ich nehme an, die Körner hat was gemerkt. Vielleicht hat sie erfahren, daß ich früher Polizist war, und hat zwei und zwei zusammengezählt. Sie muß es Paula gesteckt haben, kurz bevor sie abfuhr. Vielleicht hat Paula sich verplappert, wegen neulich...« Er biß sich auf die Unterlippe und wurde langsam rosa.

Jäckle stutzte. »Du verkommener Hund! Du solltest die Körner beobachten und nicht mit Paula rummachen!«

»Das habe ich doch versucht. Aber es hat sich eben anders ergeben. Du hättest mir ja sagen können, daß du da selber am Baggern bist.«

Jäckle ergriff den Kragen von Zolts Tweedsakko und brachte ihn mit einem Handgriff zum Stehen.

»Jäckle, sei vorsichtig! Mit einem Nasenbeinbruch kann ich nicht Theater spielen!«

»Kameradensau.«

»Tut mir leid, Jäckle. Aber es war nichts Ernstes. Auch bei ihr nicht. Ich meine, ich merke das, wenn sich eine verliebt oder so. Aber die nicht. Die wollte einfach nur mal einen reingeschoben... *Nein!* Jäckle! Tu's nicht!«

Als Paula am Donnerstag während ihrer Mittagspause die Fotos vom Schnellservice abholte, freute sie sich beinahe darauf, sie Doris bei ihrer Rückkehr sofort vor die Füße zu werfen, zusammen mit ihren Klamotten und der Aufforderung, ihr und Simon nie mehr unter die Augen zu treten. An ihr Versprechen, bis nach Ostern damit zu warten, um Vito Gelegenheit zum doppelten Abkassieren zu geben, fühlte sie sich absolut nicht gebunden. Nicht nach diesen Fotos. Sie waren hervorragend gelungen.

Dann platzte Doris mitten ins Abendessen, ein wenig erschöpft von der Fahrt, aber gut gelaunt, wie immer. Sie hatte ein Geschenk für Simon dabei, eine Pirateninsel aus Legosteinen, und Simon konnte es kaum erwarten, sie mit Doris zusammen aufzubauen. Es schmerzte Paula ein wenig, als sie feststellen mußte, daß Simon inzwischen gar nicht mehr auf die Idee kam, Paula könnte sich an derlei Unternehmungen beteiligen. Zu oft hatte sie ihn in der Vergangenheit bei solchen Gelegenheiten abgewiesen. Da saßen nun die beiden in Simons Zimmer und bauten an der Insel, und Paula brachte es nicht übers Herz, Simon seinen Spaß zu verderben. Das ging, bis Katharina Lampert erschien und es höchste Zeit war, zur Theaterprobe zu gehen. Katharina und Doris begegneten sich reserviert, wie zwei Menschen, die mal was miteinander hatten, wofür sie sich jetzt genierten. Auch während der Fahrt zur Probe brachte Paula kein Wort über die Lippen, obwohl sie ihre Anklagerede tagsüber hundertmal stumm geprobt hatte und sie wußte, daß sie es auch nachher nicht schaffen würde, wußte, daß an diesem Abend keine Konfrontation mehr stattfinden würde. Weil sie, Paula, sich davor fürchtete. Es war weniger die Vorstellung, Doris könnte ausrasten und unberechenbare Dinge tun, nein, Paula hatte Angst vor dem, was Doris ihr sagen würde.

Mit einem Mal wurde ihr bewußt, daß Doris eine Aura der Stärke umgab, vergleichbar mit der charismatischen

Ausstrahlung von Tante Lilli, auch wenn Doris ganz anders, sanfter, auftrat. Gegen solche Menschen kam Paula einfach nicht an, sie hatte das längst schon als gegeben hingenommen. War es ein Zufall, daß gerade diese beiden Frauen eine so große Rolle in ihrem Leben spielten? Wurden Menschen wie Lilli und Doris von solchen wie Paula angezogen, wie Falken von einer flügellahmen Taube?

Am Freitag, unmittelbar vor der Abreise zu ihrem Bruder Thomas, suchte Paula drei der schärfsten Fotos von Vito mit der Zeitung aus und legte ein Blatt Papier bei, auf dem ein einziger Satz stand: Verschwinde sofort aus unserem Leben!

Sie warf den Brief auf dem Weg zum Bahnhof beim Hauptpostamt ein. Am Samstag würde er ganz sicher im Briefkasten sein und sie, Paula, in Berlin. Sie redete sich ein, daß das die sauberste Lösung war, die auch dazu diente, Simon eine häßliche Szene zu ersparen.

Doch bereits im Zug kamen ihr erste Zweifel. Sie wünschte, sie hätte Doris sofort zur Rede gestellt und hinausgeworfen, anstatt zähneknirschend die Unbedarfte zu spielen. Alles wäre nach ihrer Rückkehr klar, alles überstanden. So sah es verdammt nach Feigheit aus.

Rainer Zolt kam sich allmählich blöde vor. Rauchend und ab und zu an seinem Flachmann saugend kauerte er in seinem Wagen und starrte durch die Büsche auf eine bestimmte Haustür. Wie ein heruntergekommener Privatdetektiv! Zum Teufel mit Jäckle, dachte er und inspizierte im Rückspiegel sein Auge, dessen Umgebung spannte, juckte und in sämtlichen Farben schillerte. »Monokelhämatom«, hatte der Apotheker gegrinst und ihm eine kühlende Salbe ausgehändigt. Wenigstens war die Schwellung so weit zurückgegangen, daß er wieder etwas sehen konnte.

Und seit zwei Tagen sah er nichts anderes als Doris Körner. Am Karfreitag war sie abends bei Monzens zum Fisch-

301

essen eingeladen gewesen, eine Nachricht, die Jäckle nicht gerade erfreut zur Kenntnis genommen hatte. Danach fuhr sie nach Hause, in Paulas Haus, genau genommen, und ging zu Bett.

Den Samstag verbrachte sie in München, zuerst mit Einkaufen. Jede Menge Klamotten und Schuhe, eine recht umfangreiche neue Frühjahrskollektion. Sie suchte auch einige Geschäfte auf, in denen es nur Kindersachen gab. Ostergeschenke für Simon? Danach fuhr sie nach Bogenhausen und parkte vor einem ziemlich großen, modernen Apartmenthaus. Zolt studierte die Messingschilder an den Klingeln und stieß auf ›J. Körner‹.

Kurze Zeit später kam sie mit ihm heraus, sie stiegen in ihren Wagen, den Käfer, und fuhren nach Schwabing. Zolt beschattete die zwei beim Bummeln durch den Englischen Garten. Ein paarmal legte er den Arm um sie. Die beiden kamen ihm vor wie ein Schülerpärchen beim ersten Rendezvous, wobei ihm der weibliche Part aktiver, fast schon bedrängend erschien, der männliche eher zurückhaltend, abwartend. Irgendwo auf der Leopoldstraße gingen sie chinesisch essen, und anschließend fuhr Doris Körner nach Hause, allein, während ihr Mann sich ein Taxi rief. Nichts Auffälliges war geschehen, was auch immer Jäckle darunter verstand. Warum sollte die Frau nicht ihren Ehemann besuchen, auch wenn sie getrennt lebten?

Solange das Objekt in Bewegung geblieben war, hatte Zolt die Jagd Spaß gemacht. Aber jetzt wurde die Sache zusehends fade, denn das Objekt verbrachte den Samstagabend anscheinend brav vor Paulas Fernseher.

Rainer Zolt kämpfte gegen Müdigkeit und Langeweile und ärgerte sich, daß er das »Sportstudio« versäumte. Er seufzte. Hätte ruhig mal eine Schicht selber übernehmen können, der Herr Hauptkommissar, der jetzt wahrscheinlich bequem mit einer Flasche Remy Martin vor der Glotze... Schritte auf dem Gehweg ließen ihn aufhorchen. Mit einer schnellen Bewegung glitt er tief in seinen Sitz. Die Schritte, Männerschritte, liefen ohne den Takt zu ändern an seinem Wagen vorbei, durch das Tor, auf das Haus zu. Zolt richtete sich ein wenig auf und spähte durch die leicht angelaufene Scheibe.

Jäckle, du verdammter Fuchs, dachte er anerkennend, als er Vito unter dem schwachen Licht der Außenbeleuchtung erkannte.

»Er wird wiederkommen. Irgend etwas verbindet ihn, die Nickel und die Körner, das kann ich fast greifen. Finde raus, was es ist«, hatte Jäckle bei ihrem letzten Treffen am Karfreitag gesagt, nachdem er ihm erst seine Faust und danach einen Eisbeutel aufs Auge gedrückt hatte. »Ich vermute, er erpreßt die beiden mit irgend etwas. Vielleicht weiß er etwas über das Kind der Körner, oder über den Brandanschlag auf den Russen, oder über den Tod der Schön....« Jäckle hielt inne und blickte Rainer Zolt reichlich stier an. »Mein Gott, Rainer, wo leben wir hier eigentlich? In diesem lausigen Nest geht es wüster zu als in der Bronx.«

»Zumindest, was gewalttätige Polizisten angeht. Warum fragst du nicht Paula selber?«

»Hab' ich. Die sagt mir auch nicht alles, was sie weiß. Und jetzt, wo du aufgeflogen bist, wird sie erst mal gar nicht mehr mit mir reden. Aber egal. Solange Paula weg ist, bleibst du an der Körner dran. Tag und Nacht, wenn's sein muß.«

»Wir haben Ostern!« wandte Zolt ein. »Feiertage. Eiersuchen, und so!«

»Saufen und Rumhuren kannst du an Pfingsten wieder.«

»Ich wollte ein wenig ausspannen. Meinen Text lernen.«

»Sei froh, daß du was Sinnvolles machen darfst. Mensch, Zolt, tu's für mich! Um der alten Zeiten willen!« Mit diesen Worten und der Ermahnung, ihm täglich zu berichten, war Zolt entlassen worden.

Vito war beim Haus angekommen und klingelte. Wenig später ging die Tür auf, Zolt sah, wie ihn die Körner kühl und wortlos musterte und ihn dann mit einer kurzen Bewegung des Kopfes hereinbat. Der Reaktion nach hatte sie ihn nicht erwartet, und besonders willkommen schien er ihr auch nicht zu sein. Aber so erschrocken wie Paula war sie nicht. Die Tür ging zu. Der Hund bellte und wurde kurz darauf eingesperrt, zumindest klang sein Jaulen so. Zolt hatte selbst Hunde gehabt, er wußte die Laute zu deuten. Er wartete eine Viertelstunde, dann stieg er aus.

Scheiß Fensterläden! Alles dicht. Keine menschliche Stimme drang nach außen, nur das traurig-aufgeregte Winseln des Hundes. Eine halbe Stunde stand er im Schatten der Bäume vor dem Haus. Nichts tat sich.

Er beschloß, um das Haus herumzugehen. Vielleicht war auf der Rückseite ein Fenster gekippt, so daß er etwas lauschen konnte. Nein, sämtliche Fenster waren zu, die Läden auch. Sonst war das Haus nie so verrammelt. Was taten die da drinnen Geheimnisvolles?

Scheiße, dachte er, als er unschlüssig im feuchten Gras stand und die Nässe seine Wildlederschuhe langsam aufweichte, wahrscheinlich schieben die zwei eine muntere Nummer nach der anderen, und ich steh' hier draußen wie der letzte Spanner und frier' mir einen ab. Jetzt reicht's mir. Er ging zu seinem Wagen und machte es sich im Sitz bequem. Ab und zu nuckelte er am Flachmann und verwünschte dabei Jäckle, Paula, die Körner und die ganze Bande.

Thomas Nickel war ziemlich überrascht gewesen, als seine Schwester, kurzfristig, wie es von Paula nicht anders zu erwarten war, ihren Besuch über Ostern angekündigt hatte. Die Geschwister telefonierten sonst nur sporadisch, und selbst das klappte nicht immer. Paula wollte in ein Hotel ziehen, aber Thomas bestand darauf, sie und ihren Sohn selbst zu beherbergen, in seiner Doppelhaushälfte in Reinickendorf, die von Gerlinde und den Töchtern österlich geschmückt worden war. Paulas Nichten, sie waren acht und zehn Jahre alt, bemutterten und hätschelten Simon von hinten bis vorne, und auch Gerlinde schien ihn in ihr sprödes Herz geschlossen zu haben. Paula und Gerlinde hatten sich nicht viel zu sagen, das bißchen Gesprächsstoff – die Kinder, das Haus und Thomas' Karriere bei Siemens – hatte sich in den vergangenen zwei Tagen restlos erschöpft, ebenso wie die Begegnung mit ihrer Mutter distanziert und kühl verlaufen war. Paula war wieder einmal klar geworden, daß sie diese Frau nicht liebte, nicht einmal ein bißchen. Das wenige, was sie für sie empfand, war Mitleid, vermischt mit einer Spur Verachtung, wofür sie sich wiederum schämte.

Ihr Bruder Bernd und seine Frau hatten den geplanten Osterbesuch bei Thomas und Gerlinde sofort abgesagt, als sie hörten, wer noch kommen sollte. Paula bedauerte das nicht. Sie und Bernd verabscheuten sich seit ihrer Kindheit gründlich. Auch Thomas schien sich im Lauf der Jahre von seinem Bruder distanziert zu haben, zumindest sagte das Gerlinde und begründete es damit, daß Spandau doch eine ganze Ecke entfernt sei.

Immer wieder dachte Paula an Doris. War sie gerade dabei, ihre Sachen zu packen? Oder durchzudrehen und das Haus anzuzünden? Was wird mich erwarten, wenn ich nach Hause komme?

Am Sonntag, Paulas letztem Abend in Berlin, blieben Thomas und Paula lange auf und redeten. Sie tauchten ein in ihre Vergangenheiten, wobei, betrachtet durch das verzerrende Okular der Zeit, vieles in einem verklärten Licht dastand: »Es ging manchmal schon verrückt zu, bei Lilli. Einmal die Woche, donnerstags, trafen sich Schauspieler, Musiker, Maler, Schriftsteller und alles, was sich noch für einen Künstler hielt, in ihrem Haus, vielmehr in dem ihres

Mannes, Maurice. Der hat das Treiben immer mit einer amüsierten Distanz betrachtet. Wenn's ihm zu wild wurde, ging er ins Bett, während sie unten den Flügel malträtierten, philosophische Dispute über Gott und die Welt führten und mit fortschreitender Trunkenheit Gedichte daherlallten. Eine Zeitlang war es sogar Mode, Kokain zu schnupfen. Das Ganze war so eine Art Salon, wie in den zwanziger Jahren, nur daß wir keinen Charleston tanzten, schließlich war das alles nach '68. Du kannst dir nicht vorstellen, wie ich mich auf die Donnerstage gefreut habe. Ich durfte Sekt trinken und blieb auf, bis mir die Augen zufielen, um nur ja nichts zu verpassen. Wenn ich es heute bedenke, war viel hohles Gerede dabei. Jeder inszenierte sich selber, vor allem Lilli, sie hielt regelrecht hof. Inzwischen lacht sie selbst darüber. Aber damals hat mich das fasziniert.«

»Das glaube ich«, nickte Thomas, »bei uns kam überhaupt kein Besuch mehr.« Er sagte das ohne Bitterkeit, aber Paula bedauerte trotzdem ihre hemmungslose Schwärmerei, zu der sie sich hatte hinreißen lassen. Wie taktlos von ihr, wo er doch zur selben Zeit sicher wenig zu lachen gehabt hatte. Eigentlich war es schrecklich ungerecht von Lilli, sich nur mich herauszupicken und schier maßlos zu verwöhnen, während meine Brüder mit meiner Mutter und einer knappen Rente in dem grauen Weddinger Mietsblock versauerten. Ich war Lillis Spielzeug, ein Hündchen, das man sich aus dem Tierheim holt, weil einem sein Näschen gefällt. Bestimmt hat sie nie einen Gedanken daran verschwendet, wie es dem Rest meiner Familie ergeht.

Paula beeilte sich, dem rosaroten Bild, das sie gezeichnet hatte, einen realitätsnahen Grauschleier umzuhängen: »Es gab natürlich Zeiten, da fühlte ich mich sehr einsam. Lilli war oft wochenlang auf Tournee, Maurice war sehr beschäftigt, und ich blieb allein mit dem Hausmädchen zurück, weil ich ja zur Schule mußte. Sie hieß Katja und stammte aus Rußland...«

»Ja – und?« fragte Thomas.

Paula sprach schnell weiter: »Also Katja war aus Rußland, woher, das habe ich vergessen. Sie war ein richtiger Trampel. Nicht nur, daß sie auch nach zehn Jahren Paris so gut wie kein Französisch sprach, sie war auch sonst nicht gerade die Hellste. Es gab niemanden, mit dem man sich unterhalten konnte. Mir war oft sehr langweilig.«

»Hast du manchmal an uns gedacht?«

»Nicht oft«, bekannte Paula ehrlich. »Ich war froh, das alles hinter mir zu haben. Ich habe auch recht bald aufgehört mit dem Schlafwandeln.«

»Ach ja, das Schlafwandeln«, wiederholte Thomas gedehnt.

»Du erinnerst dich noch?« fragte Paula, der plötzlich einfiel, wie jung Thomas damals noch gewesen war. Sie wunderte sich über sein erschrockenes Gesicht bei dieser Frage.

Er brauchte fast eine Minute, ehe er antwortete. »Ich wollte es dir schon immer mal sagen. Es tut mir sehr leid, daß wir dir damals, nach Vaters Tod, diese Streiche gespielt haben. Eigentlich war es ja Bernd, aber ich war schon auch dabei. Ich tat damals alles, was er wollte. Er war mein großes Idol, weil er der Stärkste im Hof war.« Thomas lachte kurz und abfällig. »Jetzt ist er gerade wieder arbeitslos.«

»Streiche?« fragte Paula hellhörig, »was meinst du damit?«

»Na, die Sachen eben, die wir in der Nacht angestellt haben und von denen Bernd dann behauptet hat, du seist es gewesen. Einmal hat er sogar in dein Bett gepinkelt, und du hast dafür von Mama Schläge bekommen, weißt du nicht mehr? Du hast mir so leid getan.«

Paula preßte ihre Hände vors Gesicht. Bilder, hart und scharf wie aus einem Schwarzweißfilm, gerieten in Bewegung. Bilder von zerrissenen, beschmierten Schulheften, Kleidern, die wie Leichen in der Badewanne schwammen, von ausgegrabenen, zerstörten Topfpflanzen und... Sie sah auf, es kostete sie große Konzentration, die Bilder und die Stimme zu verscheuchen. Atemlos flüsterte sie: »Und... der Vogel?«

Thomas fixierte die gekämmten Fransen des Teppichs. »Ja, auch das mit dem Kanarienvogel... das war Bernd. Es sollte so aussehen, als ob du ihm den Kopf abgebissen hättest. Ich war dagegen, ich mochte diesen Vogel auch, und ich wollte es Mama sagen, aber Bernd drohte mir, er würde mich grün und blau prügeln. Also hielt ich den Mund.«

Paula erinnerte sich noch gut an die Schläge und Anschuldigungen ihrer Mutter am nächsten Morgen: »Du bist komplett verrückt! Dich muß man ja nachts anbinden, was wirst du als nächstes anstellen, das ganze Haus anstecken? Heilige Maria, womit habe ich das verdient? Erst dein Vater, und nun du, warum tut man mir das an?«

Paula war, als hörte sie die keifende Stimme noch immer, hier in Thomas' Wohnzimmer mit den Basttapeten und den Möbeln von der Stange.

Sie hätte ihren Bruder am liebsten gleichzeitig geohrfeigt und geküßt. Sie tat nichts von beidem, sondern fuhr ihn an: »Warum hast du mir das später nie gesagt?«

»Wann, später? Später warst du nicht mehr da«, gab Thomas heftig zurück. »Und schrei nicht so, du weckst Gerlinde und die Mädchen.«

»Entschuldige.«

»Ich dachte, du wärst inzwischen selber draufgekommen. Nachts rumgelaufen bist du ja schon vor Vaters Tod. Nur hat sich da Bernd noch nicht getraut, solche Sachen anzustellen.«

»Vor Vaters Tod bin ich nie herumgelaufen«, widersprach Paula.

308

»Natürlich bist du. Es fing an, nachdem... sag bloß, du weißt das nicht mehr?«

»Was müßte ich wissen?«

»Na, von ihren Streitereien. Den Prügeleien, wenn er getrunken hatte«, setzte er peinlich berührt hinzu.

Paula sah ihn verwirrt an. Was erzählte er da für Dinge? Was wußte er von den tierhaften Schreien, die durch sämtliche Türen drangen, mit denen es jedesmal anfing, das alles waren doch nur Alpträume... Woher kannte er ihre Träume?

»Sogar ich weiß noch genau, daß ein paarmal die Polizei da war, obwohl ich erst acht war«, hörte sie ihren Bruder sagen. »Einmal wohnte deine... unsere Tante Lilli zwei Wochen lang hier, weil Mutter mit gebrochenen Rippen im Krankenhaus lag. Das kannst du doch nicht alles vergessen haben? Du warst doch damals schon zwölf oder dreizehn.«

Paula erinnerte sich jetzt undeutlich an einen längeren Aufenthalt Lillis, aber nicht mehr an die gleichzeitige Abwesenheit ihrer Mutter.

»Einmal hat er doch sogar dir das Gesicht zerschlagen«, flüsterte Thomas.

»Das ist nicht wahr!« stieß sie verzweifelt hervor. »Mein Vater hat nie so etwas getan. Das sind gemeine Lügen von Bernd und von Mama!«

»Oh, Paula«, stöhnte Thomas, »das darf doch nicht wahr sein! Jetzt, nach über fünfundzwanzig Jahren, hältst du noch immer treu zu ihm? Er mag ja für dich ein guter Vater gewesen sein, zeitweise, aber er war wirklich kein Chorknabe.«

Paula fuhr sich mit einer unbewußten Geste über Stirn und Nase, als wollte sie darin nach den Spuren der Wahrheit forschen, einer Wahrheit, die sie längst kannte, aber nie als solche akzeptiert hatte.

»Er war krank!«

Thomas' Ausdruck wurde grüblerisch. »Das ist auch so eine Sache...«, begann er und zerwühlte sein volles, dunkles Haar, wie es auch Paula häufig tat.

»Was ist so eine Sache?«

Er rutschte auf seinem Stuhl hin und her und begann etwas verlegen: »Das mit seiner Krankheit. Als wir, also Gerlinde und ich, als wir uns Kinder wünschten, da wollte sie genau über diese Dinge Bescheid wissen. Ich meine, wegen Vererbung von so was, du verstehst? Ich natürlich auch«, setzte er rasch hinzu.

Die gute Gerlinde, dachte Paula, das sah ihr ähnlich.

»Und?«

»Von der... Anstalt war nichts mehr zu kriegen, alles schon verjährt. Da habe ich Mutter ernsthaft ins Gebet genommen.« Er lächelte seine Schwester ein bißchen schief an.

»Worauf willst du hinaus?« fragte Paula in nüchternem Ton.

»Eigentlich wollte ich damit nur sagen, daß Vater nicht geisteskrank war, sondern ein ganz gewöhnlicher Alkoholiker. Und jähzornig, vor allem im Suff. Aber das wollte Mutter nie zugeben. Eine Nervenkrankheit, das klang irgendwie dekadent und vornehm, es erschien ihr wohl weniger asozial als ein Ehemann, der seine Familie im Suff prügelt. Du weißt schon, wegen der Leute.«

»O ja! Die Leute. Unsere fromme, hochanständige Mutter.«

»Sie hat deinen Zynismus nicht verdient, Paula.«

»Warum ist sie nicht einfach weggegangen? Warum hat sie sich nicht scheiden lassen?« rief Paula erbost.

»Dazu war sie zu katholisch. Außerdem – wohin sollte sie schon? Ich glaube, sie kann bis heute nicht' verstehen, weshalb du so an Vater hingst, obwohl er doch der Übeltäter war und sie das Opfer«, seufzte Thomas. »Sie tat, was sie für das Beste für uns alle hielt.«

»... und ließ ihn kurzerhand in die Irrenanstalt stecken!«

310

»Nein«, wehrte er ab. »In die Anstalt kam er erst nach der Affäre mit dem Stromableser.« Er blickte in zwei ratlos fragende Augen, begriff, daß auch dieses Ereignis Paulas Gedächtnis entfallen war, und erzählte ohne Umschweife: »Die Stromrechnung war wohl wieder mal überüberfällig, und der Mann von den Stadtwerken kam eines Abends, um uns den Strom abzustellen. Vater – besoffen wie jeden Freitagabend – ist mit dem Messer auf ihn los und hat den Verletzten dann auch noch im Keller eingeschlossen. Erst als er den Strom wieder angestellt hat, hat er ihn wieder rausgelassen, aber da haben die Nachbarn schon die Polizei gerufen, und die haben ihn in die Anstalt bringen lassen, weil er wie ein Verrückter tobte. Als er einmal drin war...« Thomas hob bedauernd die Schultern. »Zum Schluß war er wohl wirklich geistig nicht ganz da. Aber das kam einzig und allein vom Suff.«

Er sah, daß seine Schwester mit den Tränen kämpfte. »Paula... es tut mir leid! Ich wußte nicht, daß dir das heute noch so nahegeht.«

»Schon gut. Ich hatte nur vieles davon vergessen«, sagte sie wahrheitsgemäß. Oder vergessen wollen, dachte sie bei sich. Mein Vater, der Märtyrer. Was für ein Trugbild habe ich mir all die Jahre von ihm gemacht.

»Dann hast du's gut«, murmelte Thomas.

»Was?«

»Wenn du all das so gründlich vergessen konntest, dann sei froh drum. Ich hab's leider nie gekonnt, es geht mir heute noch nach. Als ich neulich mal meiner Ältesten eine geklebt habe, konnte ich danach drei Nächte nicht schlafen.«

Aber Paula war mit sich beschäftigt. »Ich dachte die ganze Zeit...«, mit einer schlaffen Handbewegung sank sie zurück auf das Sofa, um gleich darauf empört hochzufahren: »Warum hat sie zu mir immer gesagt, ich sei so verrückt wie mein Vater, wo sie doch ganz genau wußte, daß er es nicht war? Wie kann man seinem Kind so etwas antun? Wollte sie sich an mir rächen, weil ich sie nie so geliebt habe wie ihn?«

»Ich glaube eher, es war Gedankenlosigkeit. Sie hat jedem erzählt, ihr Mann sei ›nervenkrank‹, bis sie es selber glaubte. Ich bin sicher, sie glaubt heute noch daran.« Mit einem analytischen Scharfsinn, den Paula ihm gar nicht zugetraut hätte, fügte er hinzu: »Sie hat sich eben auch ein Trugbild von ihm erschaffen, so wie du, über die Jahre.«

Paula nickte nachdenklich. »Ich weiß nicht, warum ich sie nie so lieben konnte wie ihn. Es war einfach so. Ich habe tatsächlich vergessen, was wirklich passiert ist und wie er wirklich war.« Sie nahm einen großen Schluck aus dem Weinglas, das vor ihr auf dem Tisch stand.

»Liebe macht eben doch blind«, sagte Thomas und ähnelte in diesem Moment erschreckend seiner Mutter, die in dieser Situation garantiert einen ähnlichen Gemeinplatz von sich gegeben hätte.

»Aber nur teilweise«, meinte Paula stirnrunzelnd. »Jedenfalls bin ich froh, daß du mir das alles gesagt hast. Mein Gott, ich kann dir gar nicht sagen, wie!«

»Also dann«, sagte Thomas und stand ein wenig abrupt auf, »es ist spät. Ich gehe jetzt ins Bett. Gute Nacht, Paula.«

»Gute Nacht, Thomas.«

Paula blieb noch fast eine Stunde sitzen. So ähnlich, dachte Paula, muß das Gefühl sein, wenn man nach vielen Jahren aus dem Gefängnis kommt. Aus dem Gefängnis seiner Alpträume, seiner Ängste vor sich selber.

Eine gute Nacht, ja. Dies würde endlich eine gute Nacht werden. Sie wußte nicht mehr, wann sie die letzte wirklich gute Nacht erlebt hatte.

»Interessant«, sagte Bruno Jäckle und köpfte sein Ei mit einem Messerstreich, »und wann ist Vito da wieder rausgekommen?«

Rainer Zolt kratzte sich verlegen sein unrasiertes Kinn. »Also, ich hab' ihn nicht rauskommen sehen.«

»Was heißt das?«

»Ich bin irgendwann eingeschlafen. Verdammt, sitz du mal die ganze Nacht in einem Auto und glotz auf ein Haus mit verschlossenen Läden!«

»Klingt langweilig.«

»Ich denke, er ist gar nicht wieder rausgekommen, jedenfalls nicht so schnell. Ich konnte nicht den ganzen Sonntagmorgen da stehenbleiben und warten, bis die Herrschaften ausgeschlafen haben. So was fällt in dieser Gegend zu sehr auf. Eine Alte auf dem Weg zur Kirche hat mich schon ganz komisch angestarrt.«

»Kein Wunder, du siehst wie ein Penner aus. Unrasiert, und dazu dieses Auge!«

»Arsch«, murmelte Zolt.

»Ich weiß nicht«, zweifelte Jäckle. »Doris und dieser Vito? Das ist doch nicht ihr Stil, oder?«

Zolt grinste. »Frauen haben oft seltsame Vorlieben.«

Jäckle gab einen knurrenden Laut von sich und verzichtete auf einen Kommentar. Obgleich Zolt ein Hallodri war, war er ein guter Polizist, inoffiziell.

»... hab's satt, gegen Hauswände und Fensterläden zu starren. Den ganzen Sonntagabend hat sich da drinnen nichts gerührt, außer daß die Körner den Hund zum Pissen rausgeführt hat. Wahrscheinlich nutzen die beiden, daß die Katze aus dem Haus ist, und vögeln Tag und Nacht wie die Steinesel, während ich wie ein Depp im Auto sitze.«

»Kannst du eigentlich auch mal an was anderes denken? Außerdem könnten sie das doch auch drüben, bei der Körner, tun. Das Schlafzimmer ist doch trocken geblieben.«

»Vielleicht legen sie Wert auf das besondere Ambiente. Der Reiz des Verbotenen, du weißt schon. Als ich Ministrant war, habe ich mir immer heimlich im Beichtstuhl einen runtergeholt. Außerdem hat Paula einen astreinen Weinkeller!«

»So, den durftest du also auch schon besichtigen«, bemerkte Jäckle bissig.

»Nein«, versicherte Zolt rasch, »das weiß ich nur vom Hörensagen. Ich fahre jetzt jedenfalls nach Hause und lege mich hin. Ich habe Kreuzweh, daß ich nicht mehr geradeaus laufen kann. Heute abend kommt deine Paula zurück, dann kannst du die fragen, was das alles zu bedeuten hat.«

Jäckle betrachtete nachdenklich die Reste ihres spärlichen Ostermontagsfrühstücks und resümierte: »Ich werde mich vor allen Dingen mal mit Freund Vito unterhalten müssen. Irgendwann wird er ja wieder in seiner eigenen Wohnung auftauchen. Spätestens heute, wenn Paula zurückkommt und ihn im hohen Bogen rausschmeißt.«

Wo ich schon dabei bin, Tabula rasa zu machen, mache ich es gleich gründlich, dachte Paula, als sie am nächsten Tag in München aus dem Zug stieg und ein Taxi zur Kanzlei ihres Exgatten nahm. Sie hatte Glück, denn als sie eben die Klingel drücken wollte, kam jemand aus dem Haus, und sie witschte in den Flur. Die Tür zu seiner Kanzlei im ersten Stock war offen. Wie sie richtig vermutet hatte, verbrachte Klaus Matt den Ostermontag dort. Feiertage hatte er schon früher dazu benutzt, um im Büro »klar Schiff« zu machen. Wie doch die Menschen an ihren lieben Gewohnheiten festhalten, dachte sie und durchquerte mit energischen Schritten den Flur, dann das Zimmer der Schreibkräfte, in dem heute niemand saß, und trat ohne anzuklopfen in sein Allerheiligstes, dessen Interieur in dem Versuch, nüchtern und sachlich zu wirken, lediglich ein schlecht komponiertes Gegeneinander von schwarzem Leder, Chrom und Glas bildete. Paula hatte es schon immer phantasielos und kalt gefunden.

»Paula!« Er schreckte aus seinem albernen Chefsessel hoch.

»Setz dich wieder«, sagte Paula und nahm auf der Kante seines Schreibtisches Platz, so daß sie auf seinen pfeilgeraden Scheitel hinuntersah. Er sah immer noch recht passabel aus, fand sie, nur um die Taille herum hatte er zugelegt, und sein Gesicht erschien ihr ein wenig aufgeschwemmt.

Er rollte in seinem Stuhl zurück, um etwas mehr Distanz zu gewinnen: »Du kommst sicher wegen der Sorgerechtssache«, sagte er und zog die Lippen hoch, um ihr mit einer Art Lächeln die Zähne zu zeigen.

»Nein.«

»Nein?«

»Ich komme wegen der Schuhlöffel-Story.«

»Wegen was?«

»Mit der du versucht hast, mich vor Gericht als verrückt hinzustellen. Mit dieser Geschichte, daß ich dich im Schlaf angegriffen hätte und nur zufällig statt eines Messers einen Schuhlöffel erwischte. Sei still! Du brauchst es gar nicht erst zu leugnen, ich weiß alles von meinem Bruder. Ihr alle, ihr habt mich von hinten bis vorne belogen!«

»Reg dich nicht auf, Paula! Das alles ist doch nicht mehr relevant.«

»Du bist ein Schwein, Klaus, aber das weißt du sicher selbst.«

Er machte den Versuch, etwas zu sagen, aber Paula fuhr ihm über den Mund: »So, und jetzt zu der Sorgerechtssache: Der Nachfolger von der Schönhaar war kürzlich bei mir, und er findet nichts, aber auch absolut nichts an mir und meiner Erziehung auszusetzen.« Sie ließ die Lüge kurz wirken. Klaus' Miene blieb undurchsichtig. Paula sprach ruhig und um einige Nuancen freundlicher weiter: »Außerdem habe ich jetzt Geld, wie man dir sicher schon zugetragen hat. Ich werde mir die besten Anwälte und

Gutachter nehmen, die es gibt, egal, was sie kosten. Du weißt selbst am besten, wie es um unsere Justiz bestellt ist. Ich will, daß du die Klage zurückziehst, und zwar endgültig. Du wirst eine entsprechende Erklärung aufsetzen, das wird dir als Anwalt sicher leichtfallen. Aber bitte ohne deine üblichen kleinen Tricks. Ich lasse sie prüfen. Als Gegenleistung verzichte ich ab sofort auf den Unterhalt für Simon.«

Klaus Matt war hinter seiner kühlen Maske noch immer verdattert. So energisch und vor allem so selbstsicher hatte er seine Exfrau noch nie erlebt. Wurde sie ihm nicht als hysterisches Nervenbündel kurz vor dem Überschnappen beschrieben? Vielleicht hatte sie die Schenkung zur Vernunft gebracht. Wie doch Geld die Leute veränderte. Er mußte wider Willen lächeln. In Wahrheit bereute er diese Klage von Tag zu Tag mehr. Natürlich war ihm klar, daß mit der Schönhaar seine Aussichten, den Prozeß zu gewinnen, gestorben waren. Die Schönhaar, diese lächerliche Person. Es war noch nicht einmal nötig gewesen, sie mit Geld zu bestechen, ein paar fadenscheinige Komplimente und noch dünnere Versprechungen hatten genügt, um sie windelweich zu kochen. Doch gesetzt den Fall, er würde nach ihrem Ableben trotzdem siegen – dann war da immer noch Claudia. Claudia, seine neue kleine Zaubermaus, dieses sexgeladene Wesen, das seit kurzem seinen Porsche und seinen Futon mit ihm teilte, mitsamt ihrem Apfelarsch und ihren herrlichen… also, was würde die sagen, wenn er auf einmal mit einem fünfjährigen Sohn daherkäme? Wenn er ganz ehrlich zu sich selber war, mußte er sich eingestehen, daß diese Klage eine unüberlegte Aktion gewesen war, auf die er sich von Anfang an recht halbherzig eingelassen hatte.

»So wie der Fall sich jetzt darstellt, muß ich erst…«

»Spar dir dein Anwaltsgesäusel.« Paula widerstand der Versuchung, auf die gläserne Tischplatte zu schlagen. »Ja oder nein?«

Er strich sich ordnend über die kastanienfarbenen Haare, die allmählich auf sehr attraktive Weise grau wurden. »Also gut. Ich schicke den Vertrag morgen an deine Anwältin, die werte Kollegin Klimt-Schmehlin.«

»In Ordnung.« Paula deutete ein Lächeln an. »Danke.«

Sie konnte kaum glauben, daß das alles gewesen sein sollte. »Eins würde mich noch interessieren. Warum hast du das Sorgerecht überhaupt beantragt? Wo dich Simon doch nie groß interessiert hat, wo du ihn schon fast gar nicht mehr kennst? Hast du dabei nie an ihn gedacht?«

»Doch, natürlich«, murmelte er, »ich wollte es zuerst selber nicht. Aber nachdem ich von allen diesen... Vorkommnissen erfahren habe, da war ich überzeugt, es ginge ihm bei dir nicht sehr gut.«

»Warum hast du nicht mit mir gesprochen? Wie konntest du dieser verbitterten alten Jungfer denn so bedingungslos glauben?«

»Alten Jungfer?« wiederholte er verdutzt.

»Der Schönhaar«, half ihm Paula auf die Sprünge.

Er schüttelte den Kopf. »Nein, nein. So war das nicht. Die Schönhaar war zwar sehr entgegenkommend, aber sie hat mir lediglich bestätigt, was ich schon wußte.«

Paula wurde unsicher. »Was wußtest?«

»Eben Dinge, über dich und Simon. Von deinen nächtlichen Anfällen und daß du ihn vernachlässigst und ihm nicht genug...«

»Vom wem wußtest du das?« fiel ihm Paula ins Wort.

»Na, von Doris.«

Paulas Hände zitterten, als sie den Schlüssel ins Schloß steckte. Sie atmete auf, als er sich zweimal umdrehen ließ. Nein, niemand war im Haus.

Doris' Vollkornkosmetika waren aus dem Bad verschwunden, doch als Paula ins Gästezimmer kam, fühlte sie erneut unbändige Wut in ihren Adern kochen: Ihre Sachen waren fast alle noch da, der Duft ihres Parfums hing im Raum, als hätte sie ihn eben erst verlassen. Sie war zwar nicht da, aber von einem Auszug konnte keine Rede sein.

Paula riß die Kleider aus dem Schrank, warf sämtliche Schuhe obendrauf und schleuderte den Haufen polternd die Treppe hinunter.

Danach war ihr wohler.

Es war schon dunkel, als sie allein in ihrer Küche saß und eine Tütensuppe löffelte. Viel mehr Appetit hatte sie nicht. Soeben war ihr aufgefallen, daß Doris das Weinregal im Flur aufgefüllt hatte. Unverschämtheit! Kleinlicher Ärger flammte in ihr auf. Der Weinkeller war ihr Allerheiligstes, und Lillis natürlich. Wie konnte sie es wagen! Während sie lustlos aß, sah sie immer wieder aus dem Fenster. Sie hatte dazu erst den Laden öffnen müssen, das ganze Haus war verrammelt gewesen wie eine Burg. Wovor hatte Doris sich versteckt, wovor gefürchtet? Schließlich hielt sie es nicht mehr aus, wählte Doris' Nummer. Sie wollte die Sache zu Ende bringen, jetzt sofort, noch heute.

»Körner.«

»Ich bin's. Du hast deine Sachen noch hier. Ich stelle sie vor die Haustür, du kannst sie in zehn Minuten abholen. Und bring den Schlüssel zu meinem Haus mit, den du noch hast.«

»Paula! Laß uns vernünftig über alles reden.«

»Da gibt's nichts mehr zu reden. Ich weiß alles. Sei froh, wenn ich dich nicht anzeige.«

»Wegen was denn?« kam es anmaßend. Ja, wegen was eigentlich? Verleumdung, Täuschung, unausgesprochene Erpressung? Intrigen, Maskeraden, billige Theatertricks? Konnte man dafür überhaupt bestraft werden?

Paula legte auf. Rastlos tigerte sie durchs Haus, prüfte sämtliche Fensterläden, ob sie sorgfältig geschlossen waren. Warum sie das tat, darüber dachte sie nicht nach. Sie stellte die beiden blauen Säcke mit Doris' Garderobe vor die

Haustür, blieb einen Moment stehen und sog die prickelnde, kühle Luft ein. Sie tat ihr gut. Gegen Abend waren schwere Regenwolken aufgezogen, Dunkelheit lag bleiern über der Landschaft, ein Vogel schrie. Paula fröstelte, sie schloß die Tür.

Im Kühlschrank fand sie eine angebrochene, mit einem Vakuumkorken verschlossene Flasche Chianti, noch halbvoll. Sie roch daran und probierte. Er war in Ordnung. Sie nahm die Flasche mit, setzte sich vor den kalten Kamin und zwang sich zur Ruhe. Was würde Doris als nächstes tun? Was, wenn sie nicht kam? Was, wenn sie kam?

Sie leerte ihr Glas, stand auf und sperrte die Haustür von innen ab. Das Schloß hatte sie natürlich noch immer nicht auswechseln lassen, typisch. Sie ließ den Schlüssel stecken. Sie spürte, wie ihr unbändiger Zorn einer leisen, unterschwelligen Unruhe wich. Sollte sie Jäckle anrufen, damit er herkäme? Sie war noch immer ein wenig sauer auf ihn, auch wenn sie inzwischen geneigt war, ihm zu glauben, daß er eigentlich Doris Körner bespitzeln lassen wollte und daß ihm an den Exkursen seines Faktotums ganz und gar nicht gelegen war. Sie wählte Jäckles Nummer, es klingelte lange, dann meldete sich der Anrufbeantworter. Sie überwand sich und sprach in unbefangenem Tonfall auf das Band: »Hallo, hier ist Paula. Ich bin wieder da, vielleicht schaust du mal vorbei, wenn du Lust hast.«

Sie hatte kaum aufgelegt, da klingelte es an der Tür. Zweimal kurz. Obwohl sie damit gerechnet hatte, erschrak sie bis in die Zehenspitzen. Leise hob sie die Klappe am Briefschlitz hoch, Blautöne füllten die Öffnung. Ihre Batikbluse, vor Jahren aus Griechenland mitgebracht.

»Paula? Mach die Tür auf, ich muß mit dir reden!«

Sie antwortete nicht.

»Paula, sei nicht kindisch. Können wir nicht reden wie zwei erwachsene Menschen?«

Schweigen. Wieder Klingeln.

»Nimm deine Sachen und verschwinde«, flüsterte Paula hinter der Tür, aber sie war sicher, daß Doris es trotzdem verstand.

»Hast du Angst, mir in die Augen zu sehen?« kam es spöttisch von draußen.

Paula ging auf diese Provokation nicht ein.

»Paula«, drängte Doris, »laß diese alberne Ziererei.«

Sie war im Begriff, sich zurückzuziehen, zu verkriechen, da hörte sie Doris fragen: »Wird Simon nicht traurig sein, wenn er Anton nicht mehr sieht?«

Paula zögerte.

»Ich sehe ja ein, daß du wütend auf mich bist. Aber wollen wir uns nicht wenigstens in Ruhe darüber einig werden, was mit dem Hund geschehen soll?«

»Gut.« Paula drehte den Schlüssel herum. Es war nicht nur wegen des Hundes. In dem Moment, als sie die Tür öffnete, gestand Paula sich ein, daß sie selbst es war, die auf eine Aussprache mit Doris geradezu brannte, obwohl es vielleicht nicht das Klügste war. Nicht, daß es einen Weg zur Aussöhnung gegeben hätte, aber Paula war auf eigenartige Weise fasziniert von Doris und ihren verrückten und doch so intelligenten Handlungen. Paula wollte wissen, was in Doris vorging.

Doris trat ein, als sei nichts geschehen, dann zeigte sie durch die Haustür auf die zwei Müllsäcke mit ihren Kleidern. Möglich, daß Paula absichtlich ein wenig nachlässig zu Werke gegangen war, jedenfalls würde Doris jedes Stück frisch bügeln müssen.

»Ich hätte nicht gedacht, daß du deinen Zorn an Kleidungsstücken ausläßt«, sagte Doris spöttisch und ließ die Tür ins Schloß fallen. Paula antwortete nicht, und Doris folgte ihr ins Wohnzimmer. Paula wies ihr das Sofa zu, obwohl Doris längst den Sessel zu ihrem Lieblingsplatz erkoren hatte. Das Sofa war der Platz für Besucher, und genau da gehörte sie hin. Es ist zwar reichlich kindisch, dachte Paula, als sie sich setzte und Wein einschenkte, aber die Dinge haben sich geändert, auch in solchen Kleinigkeiten. Sie bot Doris kein Glas an, die Zeiten gemütlicher Plauschereien waren endgültig vorbei.

»Wieviel willst du für den Hund?« steuerte Paula direkt auf das vordergründige Ziel zu.

Doris zuckte die Achseln. »Nichts. Du kannst ihn haben.«

Paula war alarmiert. »Wann?« fragte sie voller Argwohn.

»Mir egal. Morgen früh.«

»Du willst nichts dafür? Du machst doch nie etwas umsonst.«

Als Doris schwieg, brach es aus Paula heraus: »Warum hast du das mit Vito gemacht? Warum hast du mich bei Klaus angeschwärzt? Warum, Doris?«

»Wegen Simon natürlich.«

»Aber Doris«, sagte Paula fassungslos, »er ist doch *mein* Kind.«

»Ja«, zischte Doris, und ihre Augen wurden katzenhaft schmal, »ein Kind, das du weder verstehst noch verdienst! Dir ist doch alles andere wichtiger als er. Du behandelst ihn doch gar nicht wie ein Kind. Der arme Kerl lebt hier wie in einem Museum zwischen den Kultgegenständen deiner angebeteten Tante! Er darf nichts rumliegen lassen, ständig hört man dich: ›Simon, zerkratz den Tisch nicht, Simon, laß die Figur in Ruhe, Simon, das Wohnzimmer ist kein Spielplatz, Simon, tob nicht so herum, Simon, schmatz nicht, Simon, du krümelst!‹ Und wenn ein Kind zum Spielen kommt, dann führst du die Aufsicht wie ein Zerberus, und man sieht dir an, wie sehr dir das alles zuwider ist, denn sie könnten ja was kaputtmachen!«

»Das war nur bei Max so!« verteidigte sich Paula, die nun auch keine Rücksichten mehr kannte. »Max *hat* jedesmal was kaputtgemacht. Anstatt an meiner Erziehung rumzukritteln, hättest du lieber mal auf seine geachtet!«

»Wir reden jetzt aber von Simon, nicht von Max«, antwortete Doris ruhig, und Paula wünschte, sie hätte geschwiegen.

»Simon ist bei mir richtig aufgeblüht, weil er gemerkt hat, daß er geliebt wird!«

»Ach«, fauchte Paula, »du weißt also, ob ich Simon liebe oder nicht, ja?«

»Sicher liebst du ihn«, höhnte Doris, »als nettes, kleines Accessoire, für das man Komplimente einheimst. Aber hast du jemals Zeit für ihn? Du bist dir ja bereits zu schade, mit ihm zu spielen, zu basteln oder zu malen. Das ist dir intellektuell nicht anspruchsvoll genug! Lieber liest Madame den *Spiegel* oder ein gutes Buch!«

Paula trank einen großen Schluck und rang um Beherrschung. Doris' Anschuldigungen bohrten sich wie spitze Pfeile in ihr Fleisch. »Das mag teilweise zutreffen«, räumte sie denn ein, »aber meine Unzulänglichkeit gibt dir noch lange nicht das Recht, mir einen falschen Mord unterzuschieben. Kannst du dir vorstellen, was ich die ganze Zeit durchgemacht habe?«

»Ich, ich, ich«, stieß Doris hervor, »natürlich, Paula das Seelchen, die Sensible! Aber daß andere Leute auch Gefühle haben, das kam dir nie in den Sinn, was? Du wußtest genau, wie sehr ich Simon mag. Ich mußte etwas unternehmen, um nicht länger von deinen Launen abhängig zu sein!«

»Meinen Launen?«

»Ja, deinen Launen. Wenn gerade viel Arbeit in der Redaktion war oder dir andere Dinge wichtig schienen, dann war ich recht, dann durfte Simon zu mir. Aber in den Ferien oder an Feiertagen oder wenn deine heilige Tante Lilli aufkreuzte, dann wurde ich wie ein Besen in die Ecke gestellt. Du und deine Tante, ihr denkt wohl, ihr könnt alles mit einem machen, was?«

Paulas Verteidigung drückte sich in Stummheit aus.

»Du bist doch bloß ihr Schatten, ein Abziehbild von ihr, merkst du das gar nicht? Sie hält dich hier wie ein verzogenes Schoßhündchen.«

In Paula machte sich die Gewißheit breit, daß sie an irgendeinem Punkt die Kontrolle über dieses Gespräch verloren hatte. Sie befand sich eindeutig in der Defensive, dabei war sie doch die Anklägerin, sie war doch auf der richtigen Seite!

Deshalb kam sie nun rasch auf Doris' Vergehen zu sprechen: »Was du bei der Schönhaar auf das Band gesprochen hast – das wolltest du genauso durchziehen, nicht wahr? Erst hast du Klaus zur Klage überredet, damit du ein Druckmittel gegen mich in der Hand hast, stimmt's? Und dann dieser Vito-Schwindel: ›Denk an das Jugendamt, denk an Simon!‹ Aber als die Sache durch den Vorfall mit Bosenkow an Dynamik gewann, mußtest du die Schönhaar irgendwie stoppen. Oh, die Idee mit dem Band war sehr raffiniert, Kompliment. Im Prozeß wolltest du Klaus auflaufen lassen und für mich aussagen, nicht wahr? Danach hättet ihr, du und die Schönhaar, mir in aller Ruhe Simon weggenommen, durch irgendwelche neuen Lügen und Verleumdungen, ist es so?«

Doris' Mund lächelte, ihre Augen blieben hart. »Kluges Mädchen.«

Paula verspürte plötzlich eine große Gleichgültigkeit. Sie wollte nur noch alleine sein, endlich in Frieden gelassen werden.

»Es wäre ein Glück für Simon gewesen, wenn das geklappt hätte«, hörte sie Doris sagen.

Paula gab sich einen Ruck. »Natürlich«, flötete sie, »Doris Körner, die beste aller Mütter. Die ihr Kind in eine niedliche Traumwelt einpackt, so wie sie nur in ihren niedlichen, pastellfarbenen Kinderbüchern existiert.« Ihre Stimme wurde wieder nüchtern, als sie sagte: »Kein Wunder, daß Max sich dagegen gewehrt hat.«

»Paula, hör auf!« Es klang warnend, Paula beachtete es nicht.

»Für dich sind Kinder doch bloß ein Mittel, mit dem du deine eigene verkorkste Kindheit ungeschehen machen willst!«

»Du mußt von verkorkst reden!« gab Doris prompt zurück. »Wer schleicht denn nachts in der Gegend herum und tut die irrsinnigsten Dinge? Wer ist denn hier die Verrückte?« Sie wartete gespannt auf Paulas Reaktion auf dieses bewährte Reizwort. Aber die blieb aus. Doch Doris war noch nicht fertig. »Wo warst du denn in der Nacht, als Max verschwand? Bist du dir sicher, daß du ihn nicht in den See geworfen hast, als er dir auf einer deiner Mondscheinwanderungen begegnet ist? Du hast ihn doch auch gehaßt, gib's zu.«

Paula sagte nichts. Es war abzusehen gewesen, daß Doris eines Tages genau das sagen würde, es war ihr letzter und zugleich ihr höchster Trumpf, und noch bis gestern hatte Paula sich vor diesen Worten mehr gefürchtet als vor allem anderen. Doch jetzt fühlte sie nur einen stetig wachsenden Überdruß und eine unendliche Müdigkeit. Sie gähnte.

Doris stand auf, beugte sich über Paula und flüsterte eindringlich: »Du hast Max getötet, Paula, du bist wahnsinnig. Du gehörst in eine Anstalt, wie dein Vater. Ich werde dafür sorgen. Ich werde Simon vor dir schützen, ehe du ihm auch noch etwas antust.«

»Spar dir die Vorstellung«, sagte Paula kalt. »Mit der Platte kriegt ihr mich nicht mehr dran.« Sie sah Doris' Gesicht dicht vor sich, die Züge verschwammen, reduzierten sich auf ihre Augen, in denen es jetzt feindselig blitzte. Paula versuchte, entschlossen zu klingen: »Ich habe genug von dir. Ich will jetzt ins Bett. Bitte geh.«

»… Simon nicht selbst entscheiden«, hörte sie einen halben Satz, der erste Teil war irgendwie verlorengegangen.

»Was?« Paula riß sich zusammen. Was war nur mit ihr los? Das Ganze wurde ihr zuviel, es überstieg offensichtlich ihre Kräfte.

»Warum läßt du Simon nicht selbst entscheiden, bei wem er leben will?« wiederholte Doris Silbe für Silbe, als spräche sie zu einer Schwerhörigen. Schlagartig wurde Paula hellwach.

»Du spinnst.«

»Ach ja? Warum denn nicht, Paula? Weil du Angst hast, das ist es! Angst, daß er sich für mich entscheiden könnte...«

Paula hörte die Worte nur noch von weit, weit her. Das war keine normale Müdigkeit. Doris' Gesicht zerfiel plötzlich in Stücke und fügte sich wieder zusammen, wie die Teile eines Puzzles.

»Dachtest du, ich würde ihn dir so einfach lassen, Paula?« drang ihre Stimme wie durch einen Nebel. Der Wein! fuhr es Paula in einem flüchtigen, glasklaren Moment durch den Kopf. Die Flasche Chianti, die angebrochen im Kühlschrank stand: Doris mußte sie da hineingestellt haben. Was für ein Zeug hatte sie hineingemischt, und woher konnte sie so genau wissen, daß ich ihn heute abend trinken werde?

›Weil sie dich und deine Gewohnheiten genau studiert hat, du naive Gans‹, sagte irgend etwas zu ihr. ›Sie kennt dich besser als du dich selbst.‹

Ein Geräusch, da war ein Geräusch. Das Telefon!

Paula stand auf. Sie hatte Probleme mit dem Gleichgewicht, das Zimmer begann sich zu drehen. Es klingelte, ständig klingelte es. Sie bewegte sich auf die Tür zu. Es klingelte. Sie ging schneller, dann merkte sie, wie sie über etwas stolperte und fiel, langsam, wie in Zeitlupe. Es klingelte immer noch. Nicht aufhören, bitte nicht aufhören! Konturen lösten sich plötzlich auf, Doris' blaue Bluse erschien über ihr, sie wurde zu einem tiefen See, in den sie gleich versinken würde.

»Das Telefon!« Sie rappelte sich hoch, wollte hinaus auf den Flur rennen. Sicher war das Jäckle. Er mußte sofort kommen. Sie fand die Tür nicht. Jetzt bloß nicht aufgeben, befahl sie sich, um Himmels willen, halte durch! Da, da war sie doch, die Tür, jetzt schnell... Sie hastete aus dem Zimmer hinaus und ergriff den Hörer. Aufgelegt. Paula legte den Hörer zurück und hielt sich am Weinregal fest. Doris war neben ihr.

»Bist du zu spät gekommen, Paula?«

»Das macht nichts. Du gehst jetzt besser. Der Jäckle kommt gleich, ich habe ihn vorhin angerufen.« Wie fremd ihre Stimme klang, wie hinter einer Glasglocke. Sie hörte nicht, was Doris antwortete. Ihr Kopf war so schwer. Sie spürte, wie sich ein Arm sanft um ihre Schultern legte.

»Du... du has' mir was in 'n Wein getan!«

Auf einmal wurde ihr kalt. Sie merkte, daß sie eine Treppe hinunterstieg.

»Komm, Paula!«

»Lamich los! Die Polisei...« Das Reden wurde immer schwerer, Worte formten sich in ihrem Hirn, aber sie auszusprechen kostete unendlich viel Kraft. Ihr war kalt, eiskalt. Sie erkannte, daß sie am Fuß ihrer Kellertreppe stand, sie roch den vertrauten, erdigen Geruch der alten Mauern dieses Gewölbes, fühlte die unebenen Tonfliesen durch ihre dünnen Hausschlappen. Doris knipste das Licht an, in Paulas Kopf explodierten Farben. Sie fühlte etwas Kaltes, Rauhes im Rücken und merkte, wie sie an der Wand hinunterrutschte.

»Schade, daß du gerade jetzt schlapp machst«, sagte Doris und stieß die Tür zum Weinkeller auf. Grelles Licht brach sich auf den Flaschen, die in hohen Holzregalen lagerten. Paula schloß die schmerzenden Augen, wirre Muster drehten sich um sie. Sie fühlte sich an den Armen hochgehoben. Natürlich! Das alles war Teil eines Traums. Ja, es mußte ein Traum sein, denn sie sah plötzlich in ein paar Augen, braune Augen, unnatürlich weit aufgerissen. Ein Gesicht, dem der Mund fehlte, vielmehr war da nur eine weiße Fläche. Ihre Hand, sie gehörte gar nicht richtig zu ihr, griff etwas Hartes, dann war das Ding wieder fort, ein Blitz schoß vorbei, und dann war alles voller Blut, hellrotes Blut, es sprudelte blasig unter dem nicht vorhandenen Mund hervor, floß an einer Gestalt hinunter, die gekrümmt auf einem ihrer Gartenstühle saß, und bildete klebrige Lachen auf dem erdfarbenen Boden.

Dieser Traum ist neu, dachte Paula.

»Komm, Paula, ich bringe dich ins Bett«, sagte eine rauhe Stimme.

»Ja, Tante Lilli.« Willig ließ sich Paula die Treppen hinaufführen, Stufe um Stufe, die Hände tastend an der Wand. Es ging langsam, ihre Beine wollten ihr kaum noch gehorchen. Irgendwo klingelte ein Telefon, aber weit, weit weg. Sie sollte aufwachen aus diesem Traum, aber sie wollte schlafen, nur tief und fest schlafen.

Wie lang diese Treppe war. Weiße Stufen, die sich im Nichts auflösten. Auf einmal roch es anders, ein Geruch wie aus ihrer Kindheit, moddrig und ein bißchen ranzig. Was war es nur? Der Requisitenraum? Koljas Bauwagen? Sie fühlte einen kalten Luftzug am Hals und riß die Augen auf, für einen Moment teilten sich die Nebel, aber sie konnte nur Dunkelheit erkennen.

»Gleich ist es soweit, Paula.« Eine sanfte Stimme, dicht an ihrem Ohr.«

»Da...das is nich mein Bett«, stammelte sie.

»Du hast was Böses getan, Paula. Schau nur, du bist ja ganz voll Blut!«

»Doris...«

»Es ist gleich vorbei, Paula.«

»Simon...«

»Ja, Simon. Simon wird es ab jetzt gut haben. Wir werden wieder eine normale, glückliche Familie sein.«

Paula spürte, wie sie hochgehoben wurde, wie ging das, wo sie doch so unendlich schwer war? Sie saß unbequem, eine Kante grub sich schmerzhaft in ihre Schenkel, und etwas Nachgiebiges stützte ihren Rücken, und um sie war alles blau, es umhüllte sie warm und duftete nach Mandelöl.

»Du hast mir mein Kind einmal weggenommen, aber ein zweites Mal gelingt dir das nicht!« Ein Mund, zu einer irrwitzigen Grimasse entstellt, sprach diese Worte, hart und zischend, dann kam wieder die sanfte Stimme: »Gleich wirst du schlafen, und dann wird alles gut. Laß los, Paula, laß dich einfach nur umfallen!«

Spitze Dolche gruben sich plötzlich in ihre Schultern, Gesichter tanzten wild im Kreis: Doris, Tante Lilli, ihre Mutter, Simon...

Da war er, Simon! Er lachte ihr zu.

»Los, Paula!«

»Simon!«

Er breitete die Arme aus, und Paula sprang ihm entgegen. Schließlich war das nicht der erste Traum, in dem sie fliegen konnte.

Bruno Jäckles Magen knurrte, als er mit unzufriedenem Gesicht das Apartmenthaus in der Amalienstraße verließ, in der sich Vitos Wohnung befand. Die Wohnung, in der er immer noch nicht aufgetaucht war.

Er hatte mal wieder versäumt, für die Feiertage genug Lebensmittel einzukaufen, und das wenige, was sich in seinem Kühlschrank befand, war reif für die Mülltonne, das hatte schon Zolt heute morgen bemängelt. Also mußte er wohl oder übel wieder in den »Goldenen Löwen«.

Im »Löwen« war es gerammelt voll, aber ein Tisch, Ehepaar mit zwei kleinen Kindern, zahlte gerade. Es war schon neun Uhr, die Kinder waren müde und quengelten. Jäckle setzte sich und hoffte, daß er alleine bleiben würde.

»Ein Weißbier und den Seniorenteller.«

Es dauerte über eine halbe Stunde, bis Jäckle sein Essen bekam. Das Rahmgeschnetzelte mit Spätzle und Salat besänftigte zwar seinen Magen, nicht aber seine Stimmung. Er war beunruhigt und verärgert. Dieser Vito schien aufzutauchen und zu verschwinden wie ein Geist, jedenfalls war er nie da, wenn man ihn brauchte. Hätte ich die Überwachung bloß selber übernommen, dachte er. Aber er wäre in der Siedlung sofort aufgefallen, Zolt dagegen kannte man dort nicht.

»He, Jäckle! Mach bitte nicht so ein unfreundliches Gesicht beim Essen! Das ist ja geschäftsschädigend.«

»Kümmere dich um deinen Dreck, Otto!«

»Tu ich ja.«

»Kann ich mal telefonieren?«

»Von mir aus. Aber beschwer dich nachher nicht, wenn das Essen kalt geworden ist.«

»Das war es von Anfang an.«

Bei Paula meldete sich niemand, obwohl er es lange läuten ließ. Sie würde doch mit dem Kind nicht so spät nach Hause kommen? Und warum war die Körner nicht da, wo sie doch angeblich bei Paula wohnte?

»Otto, zahlen!«

»Hat's geschmeckt?«

»Es langt, um die Verdauung in Gang zu halten.«

»Jäckle, es reicht langsam! Können wir das mit den Forellen nicht endlich vergessen und begraben?«

»Einen Kognak. Doppelt.«

»Sehr wohl, der Herr.«

Der Alkohol tat gut. Jäckle gönnte sich gleich noch einen Doppelten, dann stieg er in sein Auto und fuhr die kurze Strecke nach Hause. Es war erst Viertel nach zehn, aber er fühlte sich völlig ausgelaugt.

»Bitte anschnallen«, hauchte die Schlafzimmerstimme.

»Halt's Maul!« Wütend krachte seine Faust auf die Armaturen.

329

»Check control. Alle Funktionen in Ordnung. Check control. Alle Funktionen in Ordnung. Check...«

»Gar nichts ist in Odnung!« brüllte Jäckle.

»... Funktionen in Ordnung...«, schnurrte es sanft, wie eine hängengebliebene Schallplatte.

Jäckle war zu müde zum Streiten und lenkte ein: »Gut, wenn du meinst. Alles ist in bester Ordnung.«

»Bitte Ölstand prüfen.«

»Du kannst mich mal!«

Jäckle, was ist mit dir los? Du fährst angetrunken durch die Stadt, und das nicht zum ersten Mal, und jetzt sprichst du schon mit deinem Auto.

Vor seinem Haus stellte er seufzend den Motor ab. Sein Schädel brummte. Wahrscheinlich war es ein Kognak zuwenig gewesen.

»Waschwasserstand kontrollieren!«

»Jaja, Waschwischwasch.«

Die Tür klappte zu, und das Auto verstummte, er ächzte die Stufen hinauf und suchte eine Weile nach seinem Hausschlüssel. Nervös blinkte das grüne Lämpchen seines Anrufbeantworters. Ohne den Mantel auszuziehen drückte Jäckle die Wiedergabetaste.

»Paula«, murmelte er vor sich hin. Er wußte, daß sie es haßte, auf Anrufbeantworter zu sprechen. Warum also tat sie es doch, noch dazu, wo sie eigentlich immer noch wütend auf ihn war? Es mußte dringend sein, auch wenn es sich nicht danach anhörte. Er wählte ihre Nummer, aber wieder nahm niemand ab. Jäckle verfluchte sein Abendessen im »Löwen« und verließ eilig das Haus.

Die Einwände seines Wagens ignorierend hielt er vor der Villa. Einen kurzen Moment sah er zum Haus der Körner hinüber. Alles dunkel. Er lief die Einfahrt entlang auf Paulas Haus zu, der Ostermond war eine schmale, scharfe Sichel, die wenig Helligkeit spendete. Es brannte keine Außenbeleuchtung, die Fenster waren schwarze Vierecke.

330

War sie schon schlafen gegangen, sollte er umkehren? Zögernd verlangsamte er seine Schritte. Irgendwie kam ihm das dunkle Haus verändert vor. Lag es an den geschlossenen Fensterläden, die das Haus abweisend aussehen ließen, als hätte es seine Augen zu? Warum waren sie alle zu? Paula war sonst in diesen Dingen eher nachlässig, sie war nicht der ängstliche Typ. Nur ganz oben, unter dem Giebel, stand ein Fenster sperrangelweit offen, eines, das sonst nie offen war. War da ein Zimmer? Nein, soweit er das Haus kannte, war das der Dachboden. Hatte Paula vergessen, dieses Fenster zu schließen, während sie gleichzeitig alle anderen fest verriegelt hatte? Unwahrscheinlich. Sein Blick glitt an der Fassade hinunter, und auf einmal wußte er, was anders war. Diese Pflanze war nicht mehr da. Die immense, zwei Meter dicke Schlingpflanze, wie hieß sie doch gleich... Knöterich! Der Knöterich, der sich unterhalb der Fenster des ersten Stockwerks fast um das ganze Haus wand, er fehlte. Das heißt, er war schon noch da. Aber er hing viel weiter unten als sonst, etwa auf Höhe der unteren Fenster. Es sah bizarr aus, als sei ein Wirbelsturm hineingefahren. Wollte Paula etwa alleine dieses Ungetüm niedermachen, und das jetzt, wo bald wieder Grünfinken und Amseln darin nisten würden, wie ihm Simon stolz erzählt hatte? Nein, es sah viel eher so aus, als hätte eine sehr schwere Person versucht, an der Pflanze hochzuklettern. Während er sich der Terrasse näherte, starrte er so angestrengt auf das herabhängende Astgewirr, daß er nicht aufpaßte, wohin er trat, und beinahe wäre er über Paula gestolpert, die lang ausgestreckt auf den rötlichen Steinen ihrer Terrasse lag, halb verdeckt von ein paar heruntergerissenen Ranken.

Jäckle beugte sich zu ihr hinunter. Gerade, als ihr schwacher Puls unter seinen Fingern zuckte, wie der Flügel eines Nachtfalters, in diesem Moment hörte er das Schreien.

Doris sah Paula aus dem Fensterrahmen verschwinden, wie eine Figur beim Kasperltheater. Sie hörte flüchtig das Knacken von brechenden Ästen, aber da war sie schon fast an der Treppe nach unten. Es war ihr gleichgültig, ob Paula tot war, sich bloß die Knochen gebrochen hatte oder an dem Zeug eingehen würde, das sie ihr verabreicht hatte. Wie gut, daß sie einen Teil davon über all die Jahre aufbewahrt hatte, in der Speisekammer, zwischen den bunten Gläsern mit eingemachter Marmelade. Es war der Grund, weswegen sie damals aus dieser Arztpraxis geflogen war, es ließ sich einfach zu gut an die Freunde ihrer Freunde verkaufen. Selbst wenn Paula den Sturz und die Pillen überlebte, sie würde ihr nicht länger im Wege stehen, sondern den Rest ihres Daseins im Gefängnis, nein, eher in einer Anstalt verbringen, was auf dasselbe herauskam. Sie lachte in sich hinein. Wie komisch das Leben sein konnte! Paula würde exakt so enden, wie sie es insgeheim immer befürchtet hatte: wie ihr Vater. Dumme, leichtgläubige Paula!

Während sie ohne Hast die Treppe zum ersten Stock hinunterging, redete sie stumm für sich: Simon, mein Liebling, gleich ist es soweit. Jetzt werde ich dich warm und weich einpacken und wegtragen, hinaus aus diesem schrecklichen Haus. Du wirst schlafen, und morgen früh wird alles in Ordnung sein, so, wie es sein soll. Du verdienst eine richtige Familie, Vater, Mutter, Kind. Jürgen wird staunen! Er wird ein bißchen überrascht sein, aber das kriegen wir schon hin. Er wird dich lieben, du wirst sehen. Ein Kind braucht einen Vater, und er ist ein guter Vater. Als ich das letzte Mal von einer neuen Familie gesprochen habe, da hat er noch etwas zögerlich reagiert. Wahrscheinlich dachte er an ein Baby, an Nächte voller Geschrei und Windeleimer im Bad. Ich konnte ihm ja noch nichts sagen, verstehst du? Es war ja unser Geheimnis, Simon. Mein Simon. Endlich mein Kind. Du gehörst nicht zu dieser Verrückten, die dich durch einen launenhaften Irrtum des Schicksals geboren hat, du gehörst zu mir. Du spürst unsere Seelenverwandtschaft auch, ich weiß das. Ja, das ist es, was uns verbindet: Seelenverwandtschaft. Das ist das einzige, was zählt. Auf die Biologie ist nämlich kein Verlaß, weißt du, sie ist grausam und voller Willkür, dafür war Max das beste Beispiel. Max! Nie war er mein Kind! Wie könnte so eine Kreatur mein Kind sein? Er hat seinen Tod verdient, er hat jeden Tod verdient. Er hat mich betrogen, er schlich sich in mein Leben, ich habe unter ihm gelitten, noch ehe er geboren war. Er tat nur so, als sei er mein Kind, aber er war ein Monstrum, ein gräßliches Mißgeschöpf, das nicht zu mir gehörte, das mich nur benutzte, mir weh tat, mich zerstören wollte. Wir wollen nie mehr von ihm sprechen, auch nicht von Paula, denn ich bin ja deine Mutter, und du wirst sie schnell vergessen haben...

Sie war an der Tür zu Simons Zimmer angelangt. Auf der Schwelle hielt sie an, um den Glücksmoment ein paar Sekunden lang auszukosten. Leise wie eine Katze trat sie in sein Zimmer, beugte sich über das Bett und zog die Decke vorsichtig beiseite.

Bruno Jäckle schob Paula seinen Mantelärmel unter den Kopf und deckte sie mit dem Rest flüchtig zu. Dann rannte er ins Haus. Anhaltende Schreie hallten von den Wänden, dazwischen ein seltsames Klingeln, das er nicht einordnen konnte. Die Schreie dagegen konnte er einordnen: Es waren die einer Wahnsinnigen.

Jäckles Hirn arbeitete trotz allem kühl und rationell. Das Telefon. Zuerst Paula, den Notarzt. Mit leiser, aber klarer Stimme machte er die nötigen Angaben in der korrekten Reihenfolge. Dann ging er nach oben.

Die Tür zu Simons Zimmer stand offen. Doris Körner schlug mit einem Kinderxylophon ziellos nach allen Seiten um sich, bei jedem Schlag klirrten und klingelten die bunten Metallplättchen. Sie war umgeben von zerfetzten, ausgeweideten Stofftieren, zertrampeltem Spielzeug, zerrissener Kinderkleidung und kaputten Bildern, sogar die hölzerne Flugzeuglampe war heruntergerissen. Ein eindrucksvolles Szenario der Zerstörung, Kampfspuren eines verzehrenden Hasses. Glitzernder Schweiß rann ihr über das Gesicht, ihre Hände bluteten, die Augen hinter den verklebten Haarsträhnen fieberten. Ihre unartikulierten, tierhaften Schreie waren jetzt in Beschimpfungen übergegangen, die heiser und schrill aus ihrer bizarr verzerrten Mundhöhle drangen, so fremdartig war diese Stimme, sie schien zu einem anderen Körper zu gehören.

In seiner früheren Dienststelle hatten hin und wieder Prostituierte randaliert, Jäckle war also einiges an verbalem Unflat gewohnt, auch von Frauen. Doch der Schmutz, den diese Frau, die sonst so dezent auftrat, in ihrer verzweifelten, ohnmächtigen Wut von sich gab, ließ ihn schockiert den Atem anhalten. Bis sie ihn entdeckte. Mit einem bösartigen Röcheln ergriff sie die Scherbe eines heruntergeschlagenen Glasbilderrahmens und stürzte auf ihn los. Er wich der Scherbe aus, die blitzschnell auf sein Gesicht zustieß, spürte einen vagen Schmerz an der Schulter, bekam ihren Arm zu fassen, und ein gezielter kräftiger Faustschlag streckte sie zu Boden, wo sie benommen liegenblieb.

Als sie Paula in den weißen Wagen schoben und Doris Körner gerade von den Herren der Klinik »Waldfrieden« abtransportiert wurde, traf Werner Hofer ein.

»Was ist mit ihr?« Er deutete in Richtung der schnell leiser werdenden Sirene.

»Bewußtlos und ein paar Prellungen. Mehr weiß man noch nicht. Sie hatte Glück, daß dieses Gewächs den Fall gebremst hat.«

»Ist sie selber… ich meine, hat sie…?«

»Nein«, sagte Jäckle entschieden. »Sie hat nicht.«

»Was ist damit?« Hofer deutete auf Jäckles verbundene Schulter unter dem aufgeschnittenen Hemd.

»Leider nichts, was für die Frührente ausreicht.«

Ein Schatten fegte die Einfahrt entlang, beschnupperte Hofer mißtrauisch und begrüßte dann Jäckle mit übermäßiger Freude.

Hinter Anton erschien, außer Atem, Kollege Kreitmaier von der Nachtschicht. »Der Hund war allein im Haus der Körner, er rannte gleich hierher.«

»Danke. Ich kümmere mich drum. Ihr könnt gehen, der Hofer und ich spazieren mal ein bißchen durchs Haus.«

»Die von der Spurensicherung werden darüber nicht begeistert sein«, meinte Hofer, als Kreitmaier fort war.

»Mir wurscht«, brummte Jäckle.

»Wo ist denn das Kind?«

»Weiß ich nicht.« Jäckle erinnerte sich in diesem Moment an Paulas Satz auf dem Anrufbeantworter: ›Ich bin wieder da.‹ Er und Hofer gingen ins Haus.

»Wonach suchen wir eigentlich?«

»Wir gucken uns nur ein wenig um«, antwortete Jäckle wolkig und inspizierte als erstes die Küche. Er bemerkte nichts Auffälliges.

»Jäckle, komm mal her, ich hab' was!«

Hofer stand auf der Treppe und deutete auf die weiße Wand. Ein Abdruck, wie ihn schmutzige Finger hinterließen. Allerdings war das an der Wand kein Schmutz.

Anton stand im Flur vor der Tür zum Keller, steckte seine Nase schnaubend in den Türspalt am Boden und kratzte und bellte aufgeregt.

Jäckle und Hofer sahen sich an. Stumm öffnete Hofer die Tür und stieg die steilen Stufen hinunter. Jäckle knipste das Licht an.

»Oh, mein Gott!« stöhnte Werner Hofer und wich zurück.

Neben einem hölzernen Gartenstuhl lag Friedhelm Becker, genannt Vito, in seinem eigenen Blut. Jemand hatte ihm die Kehle durchgeschnitten.

»Ach du Scheiße«, flüsterte Jäckle. »Lag der etwa die ganzen Tage da unten?«

»Was meinst du mit ›die ganzen Tage‹?« fragte Hofer.

»Jemand hat ihn am Samstag hier reingehen sehen«, erklärte Jäckle knapp.

Hofer näherte sich vorsichtig dem Toten. »Also ich weiß nicht, Jäckle. Ich kenne mich da ja nicht so aus, aber wenn du mich fragst, dann ist der noch ziemlich frisch. Jedenfalls ist er noch warm.«

»Wie geht es ihr?«

Die junge Ärztin lächelte freundlich und ein wenig müde.

»In ein paar Tagen wird sie wieder okay sein, vielleicht morgen schon. Der Sturz war nicht das Gefährliche, aber was sie geschluckt hat: Schlafmittel und Halluzinogene. So was Ähnliches wie LSD. Es erzeugt Wahnvorstellungen. Der Sprung aus dem Fenster paßt recht gut dazu. Wenn Sie sie nicht so bald gefunden hätten...«

»Kann ich sie sprechen?«

»Wohl kaum. Die Mittel wirken noch.« Ihr blasses Gesicht drückte Entschlossenheit aus.

Jäckle sah sie ernst an und sagte: »Es ist wegen ihres Kindes. Wir wüßten gerne, wo es ist. Würden Sie sie fragen, sobald sie aufwacht?«

»Ich werde es veranlassen.« Sie deutete auf die Uhr, die an der Wand des Sprechzimmers hing, es war kurz nach fünf. »Mein Nachtdienst ist nämlich gleich zu Ende. Aber wenn es Ihnen hilft – vorhin hat sie im Schlaf gesprochen. Ich glaube, sie nannte Ihren Namen. Aber sonst verstand ich nur *Berlin* und«, sie runzelte die Stirn, »*Windpocken*. Kann das sein?«

»Berlin und Windpocken?«

»Ja. Nützt Ihnen das was?«

Jäckle lächelte. »Ja, das tut es.« Dann wurde sein Gesicht ernst. »Da ist noch was. In ihrem Haus wurde ein Mann gefunden, mit durchgeschnittener Kehle.«

Die Ärztin zog erstaunt die schön geschwungenen Augenbrauen hoch. »War sie das?«

»Ich glaube nicht«, antwortete er. »Ich würde es ihr gerne selber schonend beibringen, ehe die Presse... Sie verstehen?«

»Auf der Intensivstation gibt es keine Zeitungen. Aber wenn sie das getan hat, dann überstellen wir sie so bald wie möglich in die Psychiatrie.«

Jäckle verließ das Krankenhaus. Draußen begannen die Vögel zu lärmen, es war kühl. Es würde garantiert Mittag werden, ehe erste Ergebnisse von der Spurensicherung vorlagen, und ob Vito noch heute auf dem Tisch der Gerichtsmedizin landen würde, war fraglich. Im Moment sprach also nichts gegen ein paar Stunden Schlaf.

»Ich habe heute morgen mit Doris Körner gesprochen«, eröffnete Monz das Gespräch. »Sie hat ausdrücklich verlangt, mit mir zu reden«, kam er einem eventuellen Einwand Jäckles zuvor.

»Und? Was spricht sie?«

»Nun, sie gab an, Zeugin des Mordes von Paula Nickel an diesem Friedhelm Becker gewesen zu sein. Es gab einen Streit... ach was, hier ist das Protokoll, lesen Sie's nachher in Ruhe durch.« Er schob eine dünne Mappe über den Schreibtisch.

Jäckle rührte sie nicht an. »Monz, ich bitte Sie! Sie hätten sie sehen sollen, gestern. Eine Wahnsinnige, eine Furie!«

»Der Schock, Jäckle. Sie ist eine sensible Person. Man wird schließlich nicht jeden Tag Zeuge einer so gräßlichen Tat.«

»Und Paula Nickel ist natürlich ganz alleine aus dem Fenster gehüpft, nicht wahr?« Jäckle roch den Braten überdeutlich, und er schmeckte ihm ganz und gar nicht.

»Es sieht ganz danach aus. Sie stand immerhin unter Drogen, so sehr, daß sie heute noch nicht vernehmungsfähig ist.«

Ein Apparat in der Ecke begann zu schnurren, und Monz stand auf.

»Da haben wir's ja. Der Laborbericht der Spurensicherung.«

»Das ging aber flott.«

»Tja, Beziehungen, mein Lieber.« Er zwinkerte ihm zu, was vermutlich lässig-überlegen wirken sollte, Jäckle fand es nur dämlich. »Die Leiche selbst kommt allerdings erst im Lauf des Tages dran«, räumte er bedauernd ein und überflog das Schreiben. Sein rundliches Gesicht bekam einen zufriedenen Ausdruck. »Na bitte. Jäckle, es tut mir leid, aber für Ihre Freundin sieht es denkbar schlecht aus. Ihre Fingerabdrücke sind an der Tatwaffe, einem ihrer Küchenmesser, der blutige Handabdruck an der Wand ist ebenfalls von ihr, das Blut stammt vom Opfer, ebenso wie das an ihrer Kleidung, und vom Notarzt weiß ich, daß die Todeszeit mit den Aussagen der Körner übereinstimmt. Was wollen Sie noch mehr, Jäckle?«

»Im Keller«, murmelte Jäckle, »warum im Keller?«

»Vielleicht fürchtete sie um ihren schönen Holzboden?«

»Sie ist keine sehr pingelige Hausfrau«, bemerkte Jäckle. »Und wo ist das Motiv?«

Monz fixierte Jäckle wie ein lästiges Insekt. »Eine Verrückte braucht kein Motiv! Doris Körner erzählte mir, daß die Nickel an Wahnvorstellungen leidet, daß sie nachts herumläuft und seltsame Dinge tut. Das ist sogar aktenkundig, damals bei dieser Sorgerechtsklage...«

»Wir sind doch nicht etwa voreingenommen, Herr Staatsanwalt?«

»Weniger als Sie«, gab Monz eisig zurück und wurde dienstlich. »Würden Sie bitte veranlassen, daß Paula Nickel ab sofort im Krankenhaus unter Bewachung gestellt wird? Immerhin handelt es sich um Mord, bestenfalls Totschlag.«

Jäckle nickte und schnappte sich das Protokoll. »Mal abwarten, was die Gerichtsmedizin sagt«, meinte er noch und verließ Monzens Büro.

In seinem eigenen saß er eine Weile untätig da und betrachtete die uringelbe Wand. Eines war ihm erschreckend klar – wenn die Obduktion keine einschneidenden neuen Erkenntnisse zutage fördern würde, dann sah es schlecht für Paula aus, verdammt schlecht.

Premiere

»Irgendwie hat das Ganze etwas schrecklich Melodramatisches, findet ihr nicht?« Barbara tupfte sich die Augenwinkel mit einem Papiertaschentuch, das ihr von Siggi mit ritterlicher Geste gereicht wurde. »Daß sie nun vermutlich selber da enden wird, wo sie dich«, sie deutete über den Tisch auf Paula, »hinbringen wollte. Die Psychiatrie soll ja viel schlimmer sein als Gefängnis.« In tiefer Betroffenheit schüttelte sie ihr Haupt, wobei ihre Ohrgehänge leise klimperten, und flüsterte: »Was für ein Schicksal!«

Das Licht des Deckenstrahlers brach sich in ihrem stumpfen schwarzen Haar, sie hatte es zu Vitos Beerdigung frisch färben und dauerwellen lassen.

»Für was Originelles war sie immer zu haben«, antwortete Paula.

»Ja«, nickte Siggi. »Eine kreative Ader kann man ihr nicht absprechen.«

»Stellt euch das mal vor«, fing Barbara wieder an, »da schlägt sie den armen Vito nieder, und dann fesselt und knebelt sie ihn mit Teppichband... oder war es Malerband, was war es noch mal, Paula?«

»Im Bericht des gerichtsmedizinischen Instituts stand Teppichband.« Das Gesicht ohne Mund, dachte Paula und schüttelte sich.

»Kannst du dich denn an gar nichts mehr erinnern?« fragte Gudrun bedauernd.

»Nur äußerst nebelhaft«, wich Paula aus, und das war nicht einmal gelogen.

Barbara ließ sich nicht abbringen: »So was von Roheit: Sie hält ihn von Samstagabend bis Montagabend in deinem Keller gefangen, verschnürt wie ein Päckchen, um dir einen Mord unterzuschieben. Womöglich saß sie am Sonntag gemütlich am Kaminfeuer, während Vito da unten... Ist das nicht hochgradig pervers? Wie konnte sie so etwas nur tun?«

»Die Frage ist, was hätte sie gemacht, wenn Paula eine Woche länger in Berlin geblieben wäre, bei ihrem schwerkranken Sohn.«

»Es waren lediglich Windpocken«, warf Paula ein.

»Typisch Siggi«, krittelte Barbara, »so was gefällt dir wohl noch, wie? Frag dich lieber, was passiert wäre, wenn du am Samstag zufällig dort vorbeigeschaut hättest...«

So zufällig war das nun auch wieder nicht, dachte Paula, aber sie schwieg. Niemand wußte von Vitos Scheintod in der Requisitenkammer, und wenn es nach Paula ginge, so brauchte es auch niemand zu erfahren, denn immerhin hatte sie bei dieser Komödie nicht gerade eine glanzvolle Figur abgegeben. Vito war das Opfer seiner eigenen Hinterlist und Geldgier, mit dieser einfachen Formel hatte Paula das Thema für sich abgeschlossen.

»Ihr Mann Jürgen sagte, Doris hätte den Tod ihres Kindes nicht verkraftet«, meinte Gitta.

»Schon«, räumte Frank Mückel ein, »aber gleich so was! Konnte sie nicht einfach nur saufen, rumhuren oder fromm werden?«

»Vielleicht sollten wir ein Theaterstück draus machen«, schlug Siggi vor.

»Das würde garantiert ein Knüller für unsere Theaterkasse!«

»Ach, Erich«, stöhnte es im Chor, und Siggi fügte mit einem Seitenblick auf ihn hinzu: »Der Wahnsinn hat viele Ausprägungen.«

»Du mußt sie doch hassen, Paula, nach allem, was sie dir

angetan hat? Du hättest allein an den vielen Drogen sterben können. Stand jedenfalls so in der Zeitung. Und außerdem wollte sie dir dein Kind wegnehmen und einen Mord unterjubeln. Wer weiß, ob du Simon je wiedergesehen hättest.« Gudruns Gesicht zeigte eine Mischung aus Anteilnahme und Neugier.

Paula zuckte die Schultern. »Ich weiß nicht, ob ich sie hasse. Zuerst vielleicht schon, jetzt nicht mehr.«

»Ehrlich, Paula, wir haben von Anfang an gesagt, daß du das mit Vito nicht gewesen sein konntest! So was von Brutalität, nein, das hätten wir dir nie zugetraut, nicht wahr?« Dr. Mückel hatte seine Frage an niemand bestimmten gerichtet, aber alle nickten bestätigend.

»Nein, natürlich nicht«, bestätigte Siggi. »Trotzdem, ein Hoch auf die moderne Gerichtsmedizin! Wenn die nicht rausgefunden hätten, daß er vorher schon eine abgekriegt hatte und zwei Tage lang mit Schlafmittel ruhiggestellt worden ist…«

»Klar, damit die Todeszeit stimmt«, kam es sachverständig aus der Hals-Nasen-Ohren-Ecke.

»Und die Fesselspuren vom Klebeband«, ergänzte Barbara, die dieses Thema anscheinend so schnell nicht losließ. »Es sollen schon einzelne Finger und Zehen abgestorben gewesen sein! Mein Gott, der Arme, könnt ihr euch vorstellen, was der durchgemacht hat, die zwei Tage in diesem dunklen Kellerloch?« Barbaras Augen wurden feucht bei dieser Vorstellung.

»Mein Weinkeller ist kein Loch!«

»Wirst du den Keller denn noch benutzen?« fragte Gitta. »Bleibst du überhaupt in diesem Haus?«

›Neulich haben sie mir eine tote Ratte an die Schuppentür genagelt, kein schöner Anblick. Ich stelle fest, daß ich heute nicht mal mehr dran denke, wenn ich den Schuppen sehe. So ähnlich ist das sicherlich bald mit Vito und meinem Keller.‹ Das hätte Paula am liebsten geantwortet, aber sie verkniff es sich. Über Tote nichts Schlechtes. »Den Wein werde ich jedenfalls nicht wegschütten.«

»Vernünftige Einstellung«, lobte Erich.

»Wie jemand so durchdrehen kann.« Fassungslos schüttelte Frank Mückel den Kopf. »In der Zeitung stand: *fachmännisch* die Kehle durchgeschnitten.«

»Sie kann die Metzgerstochter halt doch nicht verleugnen«, warf Barbara naserümpfend dazwischen.

»Das muß ja das reinste Massaker gewesen sein«, bemerkte Frank Mückel und wandte sich an Paula: »Sag mal, Paula, ich will dir ja nicht zu nahe treten, aber war es Doris selber, die ihm das Messer durch den Hals zog, oder hat sie dafür, wie soll ich sagen…«

»So, das war's«, fuhr Siggi dazwischen und ließ seine Faust auf den runden Tisch krachen. »Klappe! Ende! Auch wenn ihr mich für pietätlos haltet, womit ihr zweifellos recht habt, wir sind nicht hergekommen, um über Leichen in Weinkellern zu reden. Und nichts anderes tun wir seit einer Stunde. Zur Sache jetzt! Was ist mit dem Stück? Geht's weiter oder nicht?« Er blickte in die kleine Runde. Lediglich der harte Kern hatte sich an diesem Montagabend, eine Woche nach den eben ausführlich erörterten Vorgängen, zusammengefunden.

»Wenn wir das Stück absetzen, reißt das ein ganz schönes Loch in die Theaterkasse.«

»Da muß ich dir recht geben, Erich«, sagte Dieter König, der sich damit zum ersten Mal an diesem Abend zu Wort meldete.

»Aber ist es nicht ein bißchen… nun ja, geschmacklos, einfach weiterzuspielen, als ob nichts gewesen wäre?« wandte Gudrun ein.

»Ich sage euch was«, wisperte Barbara geheimnisvoll, als wäre der Probenraum von oben bis unten verwanzt, »die Leute sind total heiß drauf, uns zu sehen. Gerade, *weil* das alles passiert ist.«

343

»Was erwarten sie?« fragte Paula, »daß wir auf der Bühne übereinander herfallen? Und ich bezweifle, ob sie Doris für ihren Auftritt aus der U-Haft rauslassen werden.«

Siggi nickte. »Ja, das glaube ich, die Leute sind so. Uns umweht jetzt die Aura des Verbrechens, und nichts ist attraktiver als das. Du, Paula, wirst die Heldin des Abends sein, das garantiere ich.«

»Na toll!«

»Eigentlich fehlt uns jetzt bloß noch ein Frauenmörder in der Runde.« Frank Mückel bleckte sein Gebiß zu einer Fratze.

»Hör auf mit dem Quatsch!« mahnte ihn Barbara. »Aber Siggi hat recht. Ich wette, wir können mindestens zehnmal vor vollem Haus spielen.«

»Vom finanziellen Standpunkt aus wäre das überaus begrüßenswert.«

»Doris zu ersetzen ist kein Problem«, erklärte Siggi, »Gitta übernimmt das.«

»Der Zolt spielt doch weiter, oder?« fragte Barbara.

Siggi nickte. »Ja. Er hatte nur heute keine Zeit.« Er zwirbelte seinen Bart und blickte in die Runde: »Was ist mit dir, Paula? Fühlst du dich dem gewachsen, nach allem…«

»Was? Ach so, ja. An mir soll's nicht liegen. Jetzt erst recht!«

»Na, dann würde ich doch sagen: In zwei Wochen ist Premiere!«

Alle schnatterten wieder wild drauflos, jemand zauberte eine Flasche Sekt hervor, Partystimmung machte sich breit. Nur Paula war mit ihren Gedanken woanders. Sie dachte an Lilli. Seit zwei Wochen hatte sie nichts von ihr gehört, was normalerweise nichts Ungewöhnliches war, unter diesen Umständen aber doch. Seit ihrer Entlassung aus der Klinik wählte Paula jeden Tag die Nummer, die Lilli ihr hinterlassen hatte, aber nie ging jemand an den Apparat. Eine Adresse wußte sie nicht.

Waren sie und Simon ihr denn auf einmal so gleichgültig? Hatte Paula sich womöglich über all die Jahre ein zu rosiges Bild von Lilli gemacht, ähnlich wie von ihrem Vater?

Schon am nächsten Morgen erreichte sie das Telegramm und kurz darauf der Brief:

Montag, 24. April

Liebste Paula, mein lieber Simon,

sicher wißt Ihr schon Bescheid, und ich schulde Euch eine Erklärung. Entschuldige die kleine Schwindelei mit der Reise, aber Du, Paula, hattest zu dieser Zeit so viele Schwierigkeiten, daß ich Dich nicht zusätzlich mit Dingen belasten wollte, die in Anbetracht meiner Leberwerte unvermeidlich sind.

Es ging mir bis jetzt recht gut, der Laden hier bietet etwas fürs viele Geld: ordentliches Personal, eine malerische Aussicht auf den Genfer See und eine Küche, die keine Wünsche offen läßt, vor allem nicht an die Weinkarte. Den anderen Gespenstern, die hier herumgeistern, gehe ich aus dem Weg, weil sie mich mit ihrem Gejammer deprimieren. Aber die Ärzte sind hinter ihren besorgten Gesichtern recht umgängliche, lebensfrohe Männer (besonders der junge italienische Internist, dessen Familie ein Weingut im Chianti besitzt!), die es außerdem nicht wagen, mir ins Gesicht zu lügen.

Denk nicht, ich hätte Euch vergessen, nur weil ich mich nicht gemeldet habe. Ich bin über sämtliche Ereignisse im Bilde, auch wenn Eure Dorfzeitung immer erst drei Tage später hier eintrifft. Daß es mit Doris so ähnlich kommen würde, war vorauszusehen, und ich bin froh, daß es nun vorbei ist, obwohl mich das Ausmaß ihres Wahnsinns doch einigermaßen schockiert hat. Mußte sie denn unbedingt den Weinkeller besudeln?

Auch wenn Du mich nie so gesehen hast, Paula, ich bin eine alte Frau, deren Zeit abgelaufen ist. Ich muß zugeben, ich bin selbst überrascht – das Alter und der Tod haben mich schneller ein-

geholt, als ich es je für möglich gehalten hätte. Die Ärzte haben etliche lateinische Namen dafür, aber Du weißt, ich habe noch nie um die Dinge herumgeredet. Mit dem Leben ist es wie mit dem Trinken – man muß wissen, wann man aufhören muß.

Morgen wollen sie mit den Bestrahlungen anfangen, und was das bedeutet, brauche ich Dir nicht zu erklären. Ich hatte bis jetzt ein wunderbares Leben, und das soll auch bis zum Ende so bleiben, deshalb werde ich mir diese sinnlosen Unannehmlichkeiten ersparen. Ich möchte, daß Ihr mich in lebendiger Erinnerung behaltet und nicht als hirnlosen, verdrahteten Haufen Haut und Knochen. Ich war es stets gewohnt, mein Leben selber in die Hand zu nehmen, warum sollte ich es mit meinem Tod anders machen?

Aber ehe ich ins Schwafeln und Philosophieren gerate, eines sollst Du noch wissen, Paula: Ich habe dich geliebt wie eine Tochter, vielleicht ein wenig anders, aber sicher nicht weniger, und ich bin stolz auf das, was Du aus Dir gemacht hast, auch wenn Du das selbst momentan nicht so siehst. Was Simon betrifft, so gehört er zu den wertvollsten Menschen, die mir je begegnet sind, das kann ich sagen, obwohl er noch so jung ist, und Du, Paula, bist eine gute Mutter und vor allen Dingen aber die beste Freundin für ihn, die ich mir denken kann. Gerade weil Du Dich nicht restlos für ihn aufopferst, schuldet Ihr Euch nichts, und deshalb werdet Ihr auch später noch gute Freunde sein.

Ich liebe Euch und gehe ohne Bitterkeit. Es war ein schönes Leben!

Eure Lilli.
Noch was: Laß es Dir ja nicht einfallen, wegen mir Deine Rolle hinzuschmeißen! Auch wenn ich es nicht gerne zugebe – Du bist mindestens so gut wie ich, vielleicht sogar besser. Zeig's ihnen.

Der Applaus prasselte wie ein Gewitterregen. Der Vorhang hatte noch nicht ganz ausgeschwungen, da äugte Barbara Ullrich schon begierig durch den kleinen Schlitz im dicken, roten Samt.

»Komm her, Paula«, sie wedelte mit der Hand hinter ihrem Rücken, »sieh sie dir an. Sie sind hin und weg.«

Paula trat neben sie und spähte hinaus in die dichtgedrängten Zuschauerreihen. Die Leute klatschten immer noch. In der ersten Reihe erkannte sie Hermann Ullrich, er saß zwischen Staatsanwalt Monz, dessen Gattin (sie trug einen falschen Brillanten am Busen) und dem Altbürgermeister. Der liebe Hermann, dachte Paula mit gutmütigem Spott, er strahlt beinahe so wie letzten Sonntag, als er die Bürgermeisterwahl gewonnen hat. Zwei Reihen dahinter sah sie Weigand und seine Frau Inge im Selbstgenähten und mit einer Wellenfrisur, die an Panzerspuren im Lehmboden erinnerten. Ganz am Rand, wie er es gewollt hatte, lockerte Bruno Jäckle eben seine gestreifte Altmännerkrawatte, neben ihm erkannte sie Werner Hofer im Smoking, ein wenig übertrieben, fand sie, und seine junge Frau in einem feuerwehrroten Kleid mit Rüschenärmeln. Der Platz in der Mitte der ersten Reihe war frei, das heißt, nicht ganz. Ein großes Blumengebinde stand darauf, weiße Rosen mit blauen Lilien, dazu goldene Lettern auf rotem Band:

Zu Ehren von Lilli Lévidat-Schimmel –
wir werden Dich nie vergessen!

Das war Barbaras Idee gewesen, und Paula fand sie irgendwie rührend.

»Wollen die denn nicht in die Pause gehen? Die sollen sich den Beifall für den Schluß aufheben«, murmelte Paula.

»Sie werden«, verkündete Barbara enthusiastisch. »Und wie sie werden! Das gibt mindestens zehn Vorhänge.«

Oh ja, dachte Paula und mußte heimlich lächeln, es wird wieder Blumensträuße und Schecks regnen. Ach, wenn doch Lilli hier sein könnte! Wie königlich würde sie dieses Provinzspektakel amüsiert haben.

Das Klatschen ebbte ab, die Zuschauer strömten zu den Ausgängen, um sich mit Sekt und Pils vom Faß für den letzten Akt zu stärken. Die Spieler zogen sich zurück in den festlich zurechtgemachten Probenraum, wo die Hühnchen gerade Sektgläser polierten und letzte Hand ans kalte Buffet legten. Wie jedes Jahr wurde nach der Vorstellung die Lokalprominenz zur »intimen« Premierenfeier erwartet.

Siggi, eine Flasche Bier in der Hand, drückte Paula an sich. »Wunderbar«, flüsterte er, »dreimal Szenenapplaus für dich.«

»Für mich und Rainer«, räumte Paula fairerweise ein und nickte ihm zu.

»Lilli wäre stolz auf Paula, nicht wahr?« zwitscherte Barbara. Sie war bester Laune und lächelte unter ihrer grauen Gesichtsfarbe, dem viel zu blauen Lidschatten und den Falten, die sie sich mutig hatte anschminken lassen. Sie schien Paula ihren Erfolg tatsächlich zu gönnen; jetzt, wo sie die neue Frau Bürgermeister war, konnte sie sich diese Großzügigkeit durchgehen lassen.

Hermann kam die Treppe herunter und gratulierte seiner Frau und dann den anderen.

»Nicht! Noch nicht gratulieren«, rief Gudrun abergläubisch, »es ist noch ein Akt zu spielen!« Sie rannte mit der Puderquaste von einem zum anderen und besserte das Make-up nach.

»Rainer, du warst super. Bloß einmal hast du eine ganze Seite Text ausgelassen«, sagte Paula.

»Ich weiß. Aber du hast hervorragend reagiert. Keiner hat was gemerkt. Schon gar nicht unser Herr Hauptkommissar.«

Paula trat vor den Spiegel und überprüfte ihr Make-up. Barbara und Hermann traten hinter sie, Barbara zupfte an ihren graugesträhnten Locken.

»Das wird wieder eine lange Nacht«, stöhnte ihr grellgeschminkter Mund in lustvoller Verzweiflung. »Paula, hilfst du mir nachher ein bißchen beim Eingießen der Sektgläser? Nur bis der erste Ansturm vorbei ist.«

»Das kann ich doch«, wandte Hermann ein.

»Du doch nicht«, entgegnete Barbara, als hätte er angeboten, das Klo zu säubern. »Außerdem macht es einen guten Eindruck, wenn die Hauptdarstellerin das übernimmt.«

»Ich weiß nicht«, antwortete Paula ausweichend, »ich werde wohl gar nicht an der Feier teilnehmen.«

»Warum nicht?« fragte Barbara. »Ist es wegen Lilli? Sie hätte sicher nicht gewollt, daß du zu Hause sitzt und Trübsal bläst. Genieße ruhig deinen Triumph, du hast ihn verdient!«

»Danke«, lächelte Paula, »aber das ist es nicht. Ich muß zu Simon. Meine Babysitterin ist im letzten Augenblick abgesprungen, und die, die ich jetzt habe, ist nicht besonders zuverlässig. Sie schläft immer vor dem laufenden Fernseher ein, und nicht mal ein Kanonenschlag könnte sie aufwecken.«

»Ach so«, sagte Barbara bedauernd. »Aber wenigstens eine Viertelstunde bleibst du, oder?«

»Mal sehen.«

Siggis Stimme hallte durch den stimmengefüllten Raum: »Es hat schon zweimal geläutet! Rauf mit euch.«

»Toi, toi, toi«, flüsterte Hermann Ullrich. Die Spieler gingen folgsam nach oben, um hinter der Bühne auf ihren Auftritt zu warten. Durch das Guckloch beobachtete Paula, wie sich der Raum wieder mit Zuschauern füllte.

Die kleine Szene von eben hielt sich wie ein Nachbrenner in ihrem Gedächtnis, obwohl an ihr doch wirklich nichts Besonderes war.

Oder?

Auf einmal hatte sie ein Déja-vu-Erlebnis von überwältigender Intensität. Sie hatte diese Szene schon einmal erlebt, dieses Dreiergespann – sie und Barbara und Her-

349

mann, die vor einem Spiegel standen. Schlagartig fiel es ihr ein: Es war an ihrem Geburtstag gewesen, als sie bei der Ankunft der Ullrichs alle in der Diele gestanden hatten.

Die Erkenntnis traf sie mit solcher Wucht, daß sie beinahe laut aufgeschrien hätte. In ihrem Flur hatte Barbara – oder, nein, es war Paula selbst gewesen – Doris gefragt, wer denn bei Max sei. Paula erinnerte sich an den wissenden Blick, den sie und Barbara auf Doris' fadenscheinige Antwort hin gewechselt hatten. Sie beide *wußten* in dem Moment, daß das Kind alleine war. Und da war Hermann gewesen, der scheinbar gedankenverloren und bewundernd auf die Elfenbeinintarsien von Tante Lillis Schlüsselkästchen starrte. Mit einem Mal wurde Paula klar, daß er sehr wohl zugehört hatte und daß er nicht auf das Schlüsselkästchen gestarrt hatte, sondern auf die Schlüssel. *Den* Schlüssel. Den Schlüssel mit dem blauen Schild und der schulmädchenhaft deutlichen Aufschrift »Doris Körner«. Den Schlüssel, den sie nie mehr gefunden hatte. Paula krallte sich am Vorhang fest. Atemlos sah sie hinaus in den Zuschauerraum. Eben klingelte es zum dritten Mal. Alle Plätze waren belegt, es wurde ein letztes Mal gehustet, geschneuzt, Rocksäume herabgezogen, Sakkos geöffnet, Beine verknotet, Handtaschen verstaut. Nur ein Platz in der ersten Reihe war leer. Paula keuchte. Sie drehte sich um, gerade als Rainer Zolt, Barbara, Gitta und Frank sich in Positur stellten und Siggi das Zeichen zum Öffnen des Vorhangs geben wollte.

»Mein Gott, Simon!« schrie sie auf. Es kümmerte sie nicht, daß man sie durch den Vorhang im Zuschauerraum hören konnte. »Er ist zu Simon!« Sie flog die Treppe hinunter, in den Probenraum und griff sich ihre Handtasche. Ihr Schlüsselbund war noch da. Klar, die Hühnchen saßen die ganze Zeit hier, er konnte es nicht wagen, es rauszunehmen. Paula rannte auf den Ausgang zu, wobei ihr Daniela in die Quere kam und weggestoßen wurde, was das Büfett ge-

fährlich ins Wanken brachte. Ihr Wagen sprang erst beim
dritten Versuch an, und beim Ausparken rammte sie einen
dicken BMW, der die Einfahrt zur Hälfte blockierte.
Während sie, alle roten Ampeln mißachtend, durch die fast
leeren Straßen der kleinen Stadt jagte, arbeitete ihr Kopf bemerkenswert gut: Er muß die Tür aufbrechen. Es sei denn,
er benutzt Doris' Schlüssel, um an meine zu gelangen, falls
die noch immer an Doris' Schlüsselbrett hängen. Aber auch
das kostet ihn Zeit, dachte sie, hoffte sie. Da, der Kindergarten. Schneller, Paula, schneller!

Sie nahm die leichte Anhöhe mit Vollgas und schleuderte um die letzte Kurve. Sein silbergrauer Mercedes
parkte ein Stück vom Tor entfernt. Paula ließ ihren Wagen
mit offener Tür stehen, rannte durch das Tor, hetzte den
Kiesweg entlang, auf die Haustür zu. Das Schloß war be-
schädigt. Es aufzubrechen mußte sehr einfach gewesen
sein, es war uralt.

Im Flur lag Anton, die Zunge hing ihm aus dem Maul.
War er tot? Darum konnte sie sich jetzt nicht kümmern.
Manuela schlief, wie befürchtet, im Sessel. Einer ersten
Regung folgend wollte Paula sofort in Simons Zimmer
stürmen, aber dann kamen ihr Bedenken. Was, wenn er
bewaffnet ist, mich angreift? Barbara hatte ihr kürzlich anvertraut, daß sie eine Pistole besäßen, seit in ihrem Haus
eingebrochen worden war. Was, wenn er sie kommen
gehört hatte und bereits auf sie wartete? Wer half dann Simon? Nein, derart kopflos durfte sie jetzt nicht vorgehen.
Sie schlich hin zu Manuela. Der Fernseher lief, das war gut,
eine willkommene Geräuschkulisse. Paula schüttelte sie
grob, und als das Mädchen erschrocken die Augen aufriß,
preßte sie ihr die Hand auf den Mund.

»Pscht! Nicht schreien, ich bin es! Bist du wach?«

»Mhmm...«

»Hör zu. Hör genau zu! Da oben ist ein Mann bei Simon.«

351

»Was?«

»Leise! Du gehst jetzt in den Flur und rufst die Polizei an, klar? Einseinsnull. Und dann verschwindest du am besten nach draußen und wartest auf sie. Hast du verstanden?«

»Ja... doch«, stammelte sie verdattert. »Und Sie?«

»Ich geh' rauf.«

»Aber wenn es ein Einbrecher ist?« kam die intelligente Frage.

»Geh jetzt ans Telefon«, befahl Paula. Manuela gehorchte, ängstlich trat sie auf den Flur und lugte die schwach beleuchtete Treppe hinauf. Niemand zeigte sich.

Paula eilte in die Küche und zog kurzerhand das zweitgrößte Messer aus dem Messerblock. Das größte lagerte noch im gerichtsmedizinischen Institut, als Beweismittel für Doris' Verhandlung. Absurderweise mußte sie in diesem Augenblick an Schulzes Zeitungsbericht über Vitos Tod denken, in dem er so anschaulich beschrieben hatte, Vito sei mit einem »Ausbeinmesser« fast der Kopf weggeschnitten worden. *Fachmännisch.*

Paula schlich Stufe für Stufe nach oben, überging die dritte und die sechste, da diese knarrten. Sie lauschte. Es war nichts zu hören. War das alles nur ein Irrtum, eines ihrer Hirngespinste? Aber nein, da waren das herausgerissene Schloß und sein Wagen vor der Tür. Außerdem *spürte* sie seine Anwesenheit körperlich. Er war da drin, bei ihrem Kind. Was tat er?

Was immer es war, sie hatte keine Zeit zu verlieren. Sie knipste das Licht im Flur an, drückte die Klinke, und die Tür sprang weit auf, Licht fiel in den Raum.

Hermann Ullrich stand am Fenster. Seine Schultern hingen kraftlos herunter, seine ganze Gestalt schien zusammengesunken zu sein. Er hatte ganz und gar nichts Bedrohliches an sich, und Paula ließ unwillkürlich das Messer sinken.

»Ich habe dich kommen sehen«, sagte er. »Es ist vorbei. Endlich.« Er deutete auf Simon in seinem Bett. »Ihm ist nichts geschehen.«

Wie zur Bestätigung schmatzte Simon ein bißchen und drehte sich um.

»Komm da raus«, flüsterte Paula und trat rückwärts auf den Flur. »Komm da sofort raus!«

Er bewegte sich langsam auf sie zu, instinktiv hob sie das Messer wieder.

»Tu es, Paula«, sagte er. »Es wäre reine Notwehr. Ich will nicht in eine Anstalt. Bitte tu es.«

Paula brauchte ein paar Sekunden, ehe sie begriff, was er meinte.

»Nein«, sagte sie, »das kann ich nicht.«

Ein Geräusch ließ sie beide aufhorchen. Schritte von draußen. Hermann stand jetzt oben an der Treppe, Paula auf dem ersten Absatz unter ihm.

»Bitte, Paula!«

»Zu spät. Die Polizei.« Die waren aber wirklich schnell, dachte sie voller Erleichterung. Es polterte auf der Treppe, und plötzlich tauchte das noch immer aschgraue Gesicht Barbaras neben ihr auf.

»Du?« rief Paula überrascht.

Barbara antwortete nicht. Sie sah ihren Mann an, der jetzt auf der obersten Stufe hockte.

»Schau mich an!« forderte sie scharf.

Er hob den Kopf.

»Hast du mir irgend etwas zu sagen?«

Paula konnte nicht anders, sie empfand auf einmal ein verzweifeltes Mitleid mit diesem Mann, aus dessen Augen Tränen zu rinnen begannen.

»Unser Joschi...«, schluchzte er ganz leise, »warum war er nicht so... wie all die anderen?«

Von unten, durch die offenstehende Haustür, hörte man eilige Schritte auf dem Kies.

»Steh auf, Hermann.« Barbaras Stimme klang auf einmal weich. Ihr geschminktes Gesicht war eine groteske Maske, auf die nun der Schatten ihres Mannes fiel, der sich fügsam wie eine Marionette erhob, um gleich darauf wieder zusammenzusacken, als Barbara die Hand hob und den Abzug der Pistole zweimal hintereinander durchzog.

Die beiden Frauen sahen sich stumm in die Augen.

Paula ging neben Hermann in die Knie, warme, schlaffe Finger schmiegten sich um den Griff des Messers.

Als sie wieder aufstand, blickte sie in das Gesicht von Bruno Jäckle.

»Er war doch Rechtshänder, oder?« fragte sie Barbara.

Barbara nickte. Jäckle wandte sich ab.

Stadtkurier   *Freitag, 12. Mai 1995 / Seite 3*

Neues vom Fall Ullrich:
Leiche des ersten Opfers entdeckt

(sz) – Gestern ließ die Polizei die Terrassenplatten vor der Villa der Ullrichs herausreißen. Man fand dort die Überreste der Leiche von Benjamin Neugebauer, der seit Ende September '94 vermißt wurde. Zum selben Zeitpunkt wurde die Terrasse vom Täter in Eigenarbeit neu gefliest.

Barbara Ullrich ist inzwischen aus der Untersuchunghaft entlassen worden. Es steht fest, daß sie ihren mit einem Küchenmesser bewaffneten Mann in Notwehr erschoß, um Schaden von dem bedrohten Kind und seiner Mutter abzuwenden. Polizei und Staatsanwaltschaft sind der Überzeugung, daß Frau Ullrich von den beiden früheren Kindesmorden ihres Mannes nichts wußte.

Der Ortsverband der CDU will in einem Monat einen neuen Bürgermeister-Kandidaten wählen, bis zu den Neuwahlen im Herbst bleibt Altbürgermeister Hoffmann im Amt.

Auf Veranlassung von Staatsanwalt Monz wurde der aus Rußland stammende Kolja Bosenkow, den man zu Unrecht der Kindermorde verdächtigt hatte, ebenfalls aus der Untersuchungshaft entlassen.

Der Fall Hermann Ullrich hat noch eine weitere Konsequenz: Hauptkommissar Jäckle scheidet aus dem Dienst. Überraschend kündigte Bruno Jäckle von der hiesigen Kripo gestern sein Ausscheiden aus dem Polizeidienst an. Er, der mit der Untersuchung der Kindermorde betraut war, tat dies ohne Begründung. Seine Vorgesetzten und Kollegen bedauern Jäckles Entschluß sehr. »Mit ihm verlieren wir unseren besten Mann«, klagte Dienststellenleiter Dr. H. C. Freudenberg.

Auch wir, die Redaktion, bedauern diesen Schritt von Hauptkommissar Jäckle, mit dem wir jahrelang eine fruchtbare Zusammenarbeit pflegten. Jäckle erklärte, er wolle sich in Zukunft seiner Passion, dem Trompetenspielen, widmen.

Die Julisonne wärmte die Backsteinmauern der alten Villa und schickte ein mildes Licht durch die etwas staubige Scheibe des Küchenfensters. Es legte sich wie eine Decke auf den Tisch und weichte die Butter auf dem Frühstückstisch langsam und unbemerkt auf.

Simon kam aufgeregt die Treppe herunter. Er trug Shorts und ein T-Shirt, das er sich selber angezogen hatte.

»Mama, darf ich raus?«

Paula ignorierte das T-Shirt, bei dem die Nähte nach außen zeigten. »Willst du nicht erst was essen?«

»Vor dem blauen Haus steht ein Möbelwagen.«

»Ach so. Stimmt, die Brauns ziehen ja heute um. Meinetwegen geh gleich. Aber steh nicht im Weg herum.«

»Warum bist du nicht mit einem Möbelwagen bei uns eingezogen?«

Jäckle hob den Kopf und warf Paula einen hilfesuchenden Blick zu, aber die tat beschäftigt. »Weil ich... ich habe doch noch meine eigene Wohnung.«

»Warum übernachtest du dann immer bei uns?«

»Ist dir das nicht recht?« fragte Jäckle zurück.

Simon zog die Stirn kraus. »Doch, doch«, meinte er gönnerhaft. »Du hast ja auch ein sprechendes Auto. Und du hast mir die Schaukel gebaut«, nannte er Jäckles Pluspunkte in ihrer Rangfolge.

»Das hätte ich auch so gemacht«, antwortete Jäckle, während Paula unnötig lange mit dem Toaster herumhantierte und in sich hineingrinste.

Für Simon war das Thema bereits wieder erledigt. »Ich find's echt geil, daß Laura jetzt dann neben uns wohnt.«

»Geil. Aha.«

»Stimmt«, bestätigte Paula, »geilere Nachbarn hätte ich mir kaum vorstellen können.«

Simon stellte sich vor Bruno Jäckle, der für ihn ein Marmeladenbrot zum Mitnehmen bestrich, und lieferte die nötige Erklärung: »Früher hat Doris da drin gewohnt, aber die ist jetzt im Gefängnis. Die hat was Schlimmes gemacht, am anderen Tag, als ich die Windpocken gehabt hab'.« Und mit einem frühreifen Sinn für das Wesentliche fügte er hinzu: »Die hat das bloß gemacht, weil ihr Kind gestorben ist.«

»Was du nicht sagst«, antwortete Jäckle ehrlich beeindruckt, und Paula murmelte in seine Richtung: »Die Brauns machen ihre Kinder wenigstens selber.«

»Ach ja?« fragte er. »Nummer zwei?«

»Wer macht die kleinen Kinder?«

»Das sieht man doch.«

»Ich achte auf so was nicht.«

»Wer macht die kleinen Kinder?«

»Simon, paß lieber auf, daß Anton das Brot nicht schnappt.«

»Wer macht...«

»Du verpaßt den Möbelwagen. Wer die kleinen Kinder macht, erklärt dir Bruno heute abend. Von Mann zu Mann, sozusagen.«

Simon besann sich augenblicklich auf sein ursprüngliches Vorhaben, und er und der Hund rannten hinaus, während Jäckle seufzend die Zeitung aufschlug.

»He, das ist ja ein Ding«, rief er nach einer Weile und begann vorzulesen: »Gestern, am späten Nachmittag, wurde die vierunddreißigjährige Hausfrau Annemarie B., die auf dem Städtischen Friedhof Maria Bronn ein Grab goß, von einer alten Frau ohne jede Vorwarnung an-

gegriffen und mit einem schweren eisernen Weihwasser-
kessel, den sie zuvor aus der Kirche entwendet hatte, am
Kopf verletzt. Das Opfer befindet sich im Krankenhaus, es
besteht jedoch keine Lebensgefahr. Die Angreiferin wurde
von anderen Friedhofsbesuchern überwältigt und bis zum
Eintreffen der Polizei festgehalten. Es handelt sich um eine
gewisse Lisaweta Bosenkowa (72). Ihr Sohn, früher Aushilfsgärtner am Städtischen Friedhof, hatte sich der Kin-
desentführung verdächtig gemacht, wurde aber vor zwei
Monaten aus der Untersuchungshaft entlassen und ist in
seine Heimat, nach Rußland, zurückgekehrt.«

Jäckle verstummte und trank einen großen Schluck
Kaffee. Dann fuhr er mit tonloser Stimme fort: »Die Mutter, die während der Haftzeit ihres Sohnes zweimal bei der
Verwüstung von Gräbern beobachtet und festgenommen
worden war, lebte seit kurzem als Freigängerin in der psy-
chiatrischen Klinik »Waldfrieden«. Dort verhielt sie sich
bislang ruhig und unauffällig. Sie wurde nach dem gestrigen Vorfall in die geschlossenen Abteilung eingewiesen.
Das Motiv für diese Tat ist unklar, wahrscheinlich hat sie
ihr Opfer willkürlich ausgewählt. Diese Tat wirft wieder
einmal die Frage nach den Gefahren der modernen The-
rapiemethoden in der Psychiatrie auf... undsoweiter undsoweiter.« Jäckle ließ die Zeitung sinken. »Der Schulze
wieder, dieses Arschloch!«

»Bald sind wir ihn los, er hat schon gekündigt. Mich als
seine zukünftige Chefin, das verträgt sein Ego nicht.«

»Verstehst du das?« Jäckle tippte auf die Zeitung.

Paula sah eine Weile nachdenklich aus dem Fenster. Wie
herrlich der Garten jetzt war, diese üppigen Rosen, auf denen die Blattläuse herumturnten, das satte Grün der
Bäume. Seit zwei Wochen schon diese wunderbare Hitze,
und Sonne, Sonne, die durch die großen Fenster ungehindert in die Räume fluten konnte. Nirgends mehr eine Spur
der Gewalt, nicht der leiseste Hauch. Das alte Haus hatte

die Geschehnisse absorbiert, es war erhaben über diese Dinge, erhaben, still und friedlich. Es bot den nötigen Schutz und Rückhalt für seine Bewohner, die sich hierher zurückgezogen hatte um ihre Wunden zu lecken. Warum sollte es anders sein, dachte Paula, dieses Haus hat zwei Weltkriege überstanden, zwischen diesen Mauern wurde schon öfter geboren, geliebt und gestorben, was sollten ihm Leute wie Doris, Vito oder auch Hermann Ullrich anhaben können? Es ist seltsam, philosophierte Paula müßig, man denkt, man besitzt ein Haus, dabei besitzt das Haus die Menschen.

Sie wandte sich wieder an Jäckle, der mit gespanntem Gesichtsausdruck auf eine Antwort wartete.

»Ja, ich verstehe das«, sagte Paula nur.

»Dann ist es ja gut«, brummte er. »Ich hätte nicht gedacht, daß man als Pensionär und Hausmann so schnell verblödet.«

»Sie sagte mir einmal, nicht die Polizei, sondern das böse Gerede der Leute hätte ihren Sohn ins Gefängnis gebracht.«

»Also doch kein ›willkürlich ausgewähltes Opfer‹.«

Paula sagte nichts dazu, sie war in Gedanken bereits wieder woanders.

»Heute werde ich sie auspacken!« verkündete sie auf einmal.

»Was?«

»Die Kisten aus Tante Lillis Wohnung. Ich werde sie heute endlich auspacken und die Sachen aussortieren. Dann kannst du dir das Zimmer als Musikzimmer einrichten. Hier gibt es keine Nachbarn, die sich über den Radau beschweren.«

»Radau?«

»Außerdem glaube ich nicht, daß wir Simon heute hier wegkriegen.« Sie wies aus dem Fenster. Es sah ganz danach aus, denn Simon hockte angeregt parlierend mit Laura auf dem Holzgestell seiner neuen Schaukel. Ab und zu ließ er sie von seinem Marmeladenbrot beißen, was Anton mit mißbilligendem Jaulen zur Kenntnis nahm.

»Wie zwei Alte«, bemerkte Jäckle. »Soll ich dir helfen?«

»Nein, lieber nicht.«

Es war ein seltsames Gefühl, traurig und tröstlich zugleich, Lillis Kleider und persönliche Gegenstände zu sortieren, den Duft ihres Parfums zu atmen, der aus den Kisten aufstieg. Sie brachte es nicht übers Herz, die Dinge wegzugeben, obwohl sie selbst diese Sachen niemals tragen würde. Im Endeffekt wurde alles nur ein bißchen umgewühlt, um dann auf dem Speicher zu lagern, wo bereits die meisten von Lillis Möbeln aus der Münchner Wohnung standen. Paula konnte im Geiste Lillis Stimme hören, die sagte: ›Aber Kind, was willst du denn mit dem ganzen Plunder, schmeiß ihn raus!‹ ›Später, Tante Lilli, später‹, murmelte Paula vor sich hin und wischte sich die Augen. Vielleicht wäre sie in ein paar Jahren dazu fähig. Die große geschnitzte Ebenholzkassette nahm sie sich als letzte vor. Der Schmuck durfte natürlich nicht auf dem Speicher landen, vielleicht würde sie das eine oder andere Stück ab und zu tragen, obwohl Paula noch nie viel Wert auf Schmuck gelegt hatte. Es waren schöne Stücke dabei, alte Ringe und Anhänger, die von Lillis Mutter stammten, aber auch neue Broschen und Ohrringe, die von Lillis extravagantem Geschmack zeugten. Paula probierte ein Paar Ohrringe vor dem Spiegel an und eine Kette, die wie flüssiges Silber aussah. Die Dinge wirkten fremd an ihr. Sie legte sie zurück. Wie viele dieser alten Kästchen hatte auch dieses ein Geheimfach. Paula brauchte eine ganze Weile, bis sie es gefunden hatte. Mit klopfendem Herzen griff sie hinein. Was würde Lilli hier wohl versteckt haben? Noch mehr Brillantschmuck? Nein, eher einen Packen schlüpfriger Liebesbriefe mit blaßblauer Tinte und einem rosa Bändchen drum herum.

Das Ergebnis war irritierend. Es waren lediglich zwei Schlüssel. Zwei gewöhnliche Schlüssel an einem Metallring mit einem billigen roten Plastikanhänger und der Aufschrift: ›Jugendamt, Bachgasse 9‹.

Paula setzte sich mit weichen Knien auf das Bett. Eine Zeitlang, sie hätte nicht sagen können, wie lange, starrte sie gedankenverloren vor sich hin. Sie war so versunken, daß sie erschrocken hochfuhr, als Jäckle nach vorsichtigem Anklopfen den Kopf durch die Tür steckte und fragte: »Kommst du mit uns zum Eissalon?«

»Sag mal, Jäckle«, fragte sie und sah durch ihn hindurch, »findest du, daß meine Tante Lilli sehr eitel war?«

»Eitel?« Er trat ins Zimmer, rieb sich die unrasierten Wangen und überlegte. »Doch, ja. Sicher war sie eitel, aber auf nette Weise. Warum?«

»Ach, nur so«, lächelte Paula.

»Sie war eine tolle Frau.« Jäckle wickelte seine langen Arme um Paula.

»Ja, das war sie«, sagte Paula und ließ die Schlüssel unauffällig in ihrer Hosentasche verschwinden. Vielleicht würde sie sie ihm irgendwann zeigen. Eines Tages, wenn sie wieder in der Lage sein würde, einem Menschen ganz zu vertrauen. Und dann würde es noch ein paar andere Dinge zu erzählen geben.

Die Eisheilige

I

NIE WIEDER ziehe ich dieses Kleid aus, schwört Frau Weinzierl. Der seidige Stoff fließt in einem kühlen, blassen Grün an ihr herab und betont ihre heufarbenen Augen. Aber das ist es nicht allein. Etwas Außergewöhnliches passiert mit ihrer Anatomie, seit sie es angezogen hat. Eben fühlte sie sich noch zu vollbusig, breithüftig und dickschenklig, doch je länger sie sich vor dem großen Kippspiegel hin- und herwiegt, desto mehr Gefallen findet sie an ihren barocken Formen.

Sie muß an ihren geschiedenen Mann denken, der wiederholt festgestellt hatte, sie wäre gar nicht so dick, ihre Proportionen würden bloß nicht stimmen. Was für ein Schwachsinn, denkt sie trotzig. Woher nimmt er das Recht, die Maßstäbe für weibliche Proportionen zu setzen? Ach, wenn Paul mich jetzt sehen könnnte. Dieser kokette Schwung der Taille, und ihre Hüften, die gar nicht mehr plump wirken, sondern weich, rund, ja geradezu sinnlich. Es muß am Schnitt liegen.

Mit wachsendem Wohlwollen betrachtet Frau Weinzierl ihr Spiegelbild und kommt zu dem Ergebnis, daß das Kleid sie um zehn Jahre jünger und um ebenso viele Kilo schlanker macht. Mindestens.

»Ist Ihnen die Länge so recht?« will Sophie wissen. Gebückt umkreist sie Frau Weinzierls Waden.

»M-hm.«

Das Kleid ist noch nicht ganz fertig. Es muß noch gesäumt werden, und im Rücken klafft ein langer Spalt, durch den ein Stück von Frau Weinzierls rosigem, von einem weißen Büstenhalter eingeschnürtem Fleisch schimmert. Ein Reißverschluß wird solche Einblicke in Zukunft verhindern.

Frau Weinzierl ist froh, Sophie bei der Wahl von Schnitt und Stoff freie Hand gelassen zu haben. So wortkarg und schüchtern diese junge Frau sonst wirkt, mit der Nähnadel kann sie offenbar zaubern. Sie dreht sich zu Sophie um, die jetzt hinter ihr steht und in scheuer Haltung auf das Urteil zu warten scheint.

»Es ist hübsch geworden.«

Sophie lächelt. »Soll ich uns eine Tasse Kaffee machen, bis Sie sich umgezogen haben?«

Frau Weinzierl ist unschlüssig. »Ich muß eigentlich gleich wieder rüber. Die Handwerker, Sie wissen ja.« Sie zeigt aus dem Fenster auf ihr Haus, das von einem Gerüst umrankt wird.

»Wir könnten uns auf den Balkon setzen. Von da sehen Sie Ihre Handwerker.«

›Die Handwerker‹ bestehen aus einem einzigen Maler, den Frau Weinzierl in Schwarzarbeit beschäftigt. Eben erst, bei der Anprobe, hat sie sich über den Mann beschwert: über den Dreck, den hohen Stundenlohn, die leeren Bierflaschen in den Beeten, das nervenaufreibende Gepfeife und ganz besonders über gewisse Verdauungsgeräusche, welche er jeden Mittag nach dem Genuß von zwei Exportbier und einem Ring Fleischwurst von sich gibt.

Aber Frau Weinzierl muß ihr Geld zusammenhalten, seit sie von Paul geschieden ist. Er hat sich vor drei Jahren einer hochbeinigen Blonden zugewandt, deren Proportionen keine Männerwünsche offen lassen.

»Es ist noch so schön draußen«, fügt Sophie hinzu.

»Ja, ein richtig milder Herbsttag«, pflichtet ihr Frau Weinzierl bei.

»Es gibt in diesem Jahr einen frühen und harten Winter.«

»Ach ja? Steht das in den Bauernregeln?« Der herablassende Unterton schwingt unüberhörbar mit. »Wenn das so ist, dann sollten wir die Sonne noch ausnutzen. Aber nur ein paar Minuten«, willigt Frau Weinzierl gnädig ein.

Sophie strahlt. Ihr ist, als hätte sie eine unsichtbare Grenze überschritten.

»Haben Sie auch Koffeinfreien?«

Sophie, die schon auf dem Weg in die Küche war, bleibt stehen. »Nein. Oh, das tut mir leid.«

Aus der Traum. Sie beißt sich auf die Lippen. Wieder einmal hat sie versagt.

»Dann trinke ich eben Normalen«, ächzt Frau Weinzierl, die sich gerade aus dem neuen Kleid windet. »Aber höchstens eine Tasse, und nicht zu stark, hören Sie?«

Sophie eilt beschwingt in die Küche. »Ja, natürlich.«

Ach, wenn Rudolf mich jetzt sehen könnte, wünscht sie sich wenig später. Hoffentlich sieht mich wenigstens irgendwer.

Aber es ist absolut ruhig in der Straße des gediegenen Stadtviertels mit den gepflegten Häusern, die von alten Bäumen und hohen Sträucherhecken umgeben sind. Der einzige Mensch, der sie beide sehen kann, ist der Maler, der gegenüber auf dem schlampig zusammengezimmerten Holzgerüst steht und sich gerade am Giebelfenster zu schaffen macht. Ein junger Mann ist vor einigen Wochen dort oben eingezogen.

Sophie deutet auf das Fenster. »Wie sind Sie denn mit Ihrem neuen Untermieter zufrieden?«

»Zufrieden? Dieser junge Mann ist ein absoluter Glückstreffer. Sind Sie ihm noch nicht begegnet?«

Sophie beobachtet ihn manchmal von ihrem Nähzimmer aus. Jetzt, Ende Oktober, wird es früh dunkel, und der Junge nimmt es mit dem Herunterlassen der Jalousien nicht so genau.

»Nein.«

»Ach«, seufzt Frau Weinzierl aus der Tiefe ihrer fülligen

Brust, »dieser Mensch hat eine Aura – leuchtend wie die Sonne!«

»Ist er Student?«

»Ja, sicher«, bestätigt Frau Weinzierl. Das Streben nach einem akademischen Grad ist offenbar die Mindestanforderung, die sie an ihre Untermieter stellt.

Frau Weinzierl sticht das zweite Stück Apfelkuchen an, nachdem sie soeben beschlossen hat, ihre Quinoa-Diät für eine halbe Stunde zu unterbrechen. »Wirklich, Sophie, Sie sind eine Künstlerin.«

»Das Rezept stammt von meiner Oma«, erklärt Sophie stolz. Die Erinnerung an sie hinterläßt ein warmes Gefühl, irgendwo in ihrem Inneren.

»Wie? Ach doch nicht deswegen. Obwohl der Kuchen auch ganz ausgezeichnet ist. Könnten Sie mir vielleicht das Rezept aufschreiben?«

»Aufschreiben«, echot Sophie, und für Sekunden wird ihr heiß. Aber dann hat sie sich wieder im Griff. »Ja, nachher«, verspricht sie. »Wenn ich noch alles zusammenkriege. Ich mache das mehr so nach Gefühl.«

»Ich dachte nach dem Rezept Ihrer Großmutter?«

»Das schon, aber …«

Frau Weinzierl wedelt ungeduldig mit der Hand. »Ich meinte nicht den Kuchen, sondern Ihre Nähkunst. Wo haben Sie nur diesen Geschmack her, wo Sie doch …« Nun gerät Frau Weinzierl ins Stocken, und Sophie vollendet den Satz im stillen: Wo ich doch sonst so ein Trampel bin.

»Ich weiß es nicht«, gesteht sie. »Ich sehe mir die Person an, und dann habe ich meistens eine Idee, was zu ihr passen könnte.«

»Ein echtes Naturtalent also.«

Sophie ist Lob nicht gewohnt, es macht sie verlegen. Sie fühlt sich genötigt, ihrer Nachbarin ebenfalls etwas Nettes zu sagen und weist auf Frau Weinzierls Vorgarten, in dem

366

zwei Dutzend Beetrosen in vier geraden Reihen vor dem Wohnzimmerfenster paradieren. »Ihre Rosen sind herrlich. Ich bewundere sie jeden Tag.«

»Ach ja«, lächelt Frau Weinzierl stolz. Die hochgewachsenen *Black Lady* sind ihr Heiligtum. »Ein bißchen Arbeit machen sie schon, aber man kann seinen Garten ja nicht völlig verkommen lassen.« Sie spielt auf das stark eingewachsene Grundstück von Sophies rechtem Nachbarn, des Ehepaars Sauer, an.

Sophie verschweigt, daß sie den Wildwuchs ihrer Nachbarn schöner findet als die aufgeräumte Behnke-Weinzierl-Fabian-Front gegenüber. Links neben Sophies Haus herrscht ebenfalls Wildnis, das schmale Grundstück ist unbebaut und findet seit Jahren keinen Käufer.

Frau Weinzierl plappert unermüdlich und akzeptiert eine weitere Tasse Kaffee. »… und dann sagte ich zu Frau Behnke, daß es zwecklos ist mit der Sauer zu reden, denn die Sauer ist Skorpion, und Skorpione sind bekanntlich stur und streitsüchtig, nicht wahr?«

»Ja«, sagt Sophie. Auch Rudolf hat im November Geburtstag.

»NEIN!« schreit Frau Weinzierl und springt auf, daß die Tassen klirren. Ihr Hals färbt sich von unten herauf rot und sie kreischt: »Auf meine Rosen!«

Dorothea Weinzierl schätzt es überhaupt nicht, wenn ihre Schützlinge von fremder Hand gegossen werden, wobei man in diesem Fall nur indirekt von Hand sprechen kann, denn der Maler steht mit aufgeknöpftem Hosenladen auf dem Gerüst und uriniert in Schlangenlinien auf die Köpfe der *Black Lady*.

»So ein Dreckskerl!« Ein Pfeifen mischt sich in Frau Weinzierls Atemzüge. Sie ringt nach Luft, aber anscheinend gibt es selbst hier im Freien nicht so viel davon, daß es für Frau Weinzierl reicht.

»Meine Tasche. Mein Fläschchen. Drinnen.« Die Worte

kommen abgehackt, von Pfeiflauten unterbrochen aus ihrem Mund, der karpfenartig auf und zu schnappt.

Sophie hastet ins Nähzimmer und reißt die Handtasche vom Hals ihrer Schneiderpuppe, einem Torso auf einem hölzernen Dreifuß. Frau Weinzierls Gesicht hat die Farbe der Hibiskusblüten angenommen, die unter dem Balkon verblühen. Sie krallt sich ihre Tasche, auf dem Klapptisch beginnen sich Utensilien zu häufeln, aus Frau Weinzierls Kehle klingt es, als quetsche man eine leere Shampooflasche. Endlich findet sie das kleine Sprühfläschchen mit dem Aerosol, und es zischt vier-, fünfmal hintereinander.

Sophie schaut zum Gerüst hinüber. Der Maler knöpft sich die Hose unterhalb der ausgeprägten Wölbung seines Bauches zu und sieht Sophie dabei an. Über das feiste Gesicht spannt sich ein widerwärtiges Grinsen. Voller Bosheit und Verachtung, als wüßte er alles über sie. Eine diffuse Empfindung von etwas Ekelhaftem erfüllt Sophie in diesem Augenblick, und sie starrt aus schmalen Augen zurück. Das ermuntert den Mann zu einer obszönen Geste, und mitten in das nachlassende Pfeifen von Frau Weinzierl hinein hört sich Sophie bedächtig sagen: »Der Teufel soll ihn holen.«

Dann dreht sie sich um zu Frau Weinzierl. »Geht's wieder?«

Frau Weinzierl hört auf, mit der Serviette vor ihrem Gesicht herumzuwedeln, nickt, packt Sophie am Arm und deutet mit der anderen Hand auf ihr Haus.

»Da!«

Im Giebelfenster, das zur Hälfte offen steht, erscheint kurz der Umriß einer Person.

»Ihr Untermieter.«

»Nein«, röchelt Frau Weinzierl, und jetzt erkennt Sophie, was sie meint. Der Maler vollführt ein paar ungelenke Tanzschritte auf dem Gerüst. Er krümmt sich und bäumt sich auf, wie ein fetter Fisch an einer unsichtbaren Angel. Ein Eimer scheppert, ein Brett klappt in die Höhe, er fällt.

Mitten im Rosenbeet bleibt der Körper liegen. Der weiße Anzug kontrastiert mit der schwarzen Erde und den blutroten Rosen, als hätte jemand ein Stilleben nach Schneewittchens Vorbild arrangiert. Der Kopf hat sich in spitzem Winkel zum Hals in den Grund gebohrt. Kein Arm, kein Bein bewegt sich, kein Laut kommt über die sepiafarbenen Lippen. Eine umgeknickte Rose senkt sich anmutig, als wolle sie sich verneigen, auf das Gesicht, und Sophie lächelt, denn ihr ist gerade der Gedanke gekommen, daß Frau Weinzierl nun garantiert nicht mehr an das Aufschreiben des Apfelkuchenrezepts denken wird.

Die Kanzlei liegt in einem vierstöckigen Fünfziger-Jahre-Bau im Zentrum, und die Tafel glänzt wie ein neuer Pfennig:

Karin Mohr – Rechtsanwältin

Kein Hinweis auf eine Spezialisierung, jeder Streitfall scheint hier willkommen zu sein. Es ist das unterste Schild. Vielleicht, weil die Kanzlei im Erdgeschoß liegt, wahrscheinlich aber, weil es als letztes dazugekommen ist. Die anderen Tafeln weisen auf Arztpraxen – Urologie und Psychotherapie – und ein Notariatsbüro hin. Ähnliche Hinweise finden sich auch an den umliegenden Häusern, die sich um einen Platz mit hohen Bäumen, einem überdimensionierten Springbrunnen und einem dürftigen, von Hundekot durchsetzten Rasen gruppieren. Am nördlichen Ende des Platzes erhebt sich das massige Gebäude des Landgerichts.

Die schwere Eingangstür läßt sich nur mit Kraft aufdrücken, und im Flur riecht es nach Putzmittel. An der

Wand hängt, etwas deplaziert, ein goldgerahmter Spiegel, in dem Axel sich ganz sehen kann. Er stellt seine Aktenmappe ab und nimmt Haltung an. Der Boss-Anzug sitzt noch immer perfekt und nahezu faltenfrei. Die Rüstung der Helden von heute. Axel lächelt sich aufmunternd zu. Dabei inspiziert er seine Zähne, ob sich nicht ein Rest von Mutters Mettbrötchen, das er im Zug gegessen hat, verfangen hat. Er zermalmt den Rest des *Fisherman's extra-stark*, das den Zwiebelgeruch vertreiben sollte, und fährt sich mit den Fingern ordnend durch das glatte, dunkelblonde Haar. An den kurzen Stufenschnitt hat er sich noch immer nicht gewöhnt.

Dies wird sein fünftes Bewerbungsgespräch sein. Von den vorausgegangenen vieren ist nur noch eine Großkanzlei in Leverkusen in der engeren Wahl. Bei einer Stelle bot man ihm mit deutlichem Hinweis auf die Juristenschwemme ein Gehalt, das jede Putzfrau abgelehnt hätte, über der zweiten Kanzlei zog der Pleitegeier erste Kreise, und der letzte Anwalt hat ihm einen Tag nach dem Vorstellungsgespräch abgesagt. Mit einem Dreier-Examen wird man als Jurist nicht unbedingt mit offenen Armen empfangen.

Er fischt ein gebügeltes Stofftaschentuch aus der Hosentasche, spuckt darauf und poliert seine Schuhe. Frauen achten auf solche Kleinigkeiten. Noch einmal atmet er tief durch und klingelt. Eine dralle blonde Frau, er schätzt sie auf ungefähr fünfzig, öffnet ihm.

»Ja, bidde?« Es ist die Schreibkraft, Frau Kohlrabi, Axel kennt ihre helle Stimme bereits vom Telefon, ebenso den südhessischen Dialekt, bei dem alle Wörter irgendwie weichgespült klingen. Eine knallbunte Brille dominiert das runde Gesicht.

»Guten Tag. Mein Name ist Kölsch. Axel Kölsch. Ich habe einen Termin um eins mit Frau Mohr.«

»Ah, der Herr Kölsch. Komme Sie aus Köln?«

»Aus Hürth.«

»Sie sind siwwe Minude zu frieh. Sind Sie ohne Mandel?«

»Ja. Es ist warm draußen.« Zum Glück. Für einen Wintermantel von Qualität, und nur ein solcher kommt in Frage, reicht es momentan nicht. Die Heldenrüstung war trotz Sommerschlußverkauf sauteuer gewesen, die Armani-Krawatte auch nicht gerade ein Schnäppchen, von der neuen Aktenmappe und den italienischen Schuhen gar nicht zu reden.

Die Frau zieht hinter der unsäglichen Brille eine dünngezupfte Augenbraue hoch. Axel stöhnt innerlich. Ihre Mimik erinnert ihn an Mutter, heute morgen: »Junge, du gehst mir auf gar keinen Fall ohne Mantel!« Folgsam, wie sie es von ihm gewohnt ist, hat er seinen schäbigen Trenchcoat angezogen. Morgens, auf dem zugigen Bahnsteig, konnte er ihn tatsächlich gut gebrauchen. Als bei der Ankunft in Darmstadt die Sonne schien, ließ er das gute Stück in einem rebellischen Akt der Befreiung im Intercity hängen. Er wäre seiner Karriere ganz sicher nicht förderlich gewesen.

Frau Kohlrabi schließt die Tür hinter ihm. »Moment bidde, isch meld …« Am Ende des Flurs springt eine Tür auf. Anscheinend wurde sie per Knopfdruck von irgendwoher geöffnet, denn es ist niemand zu sehen, aber eine volltönende Frauenstimme ruft: »Es ist in Ordnung. Ich bin soweit.« Die Sekretärin dirigiert ihn den Gang entlang. Rechts befindet sich ihr Zimmer, Axel wirft einen prüfenden Blick hinein. Vor dem Fenster die üblichen Topfpflanzen und ein schöner alter Schreibtisch, den ein großer Bildschirm verschandelt, an der Wand daneben ein niedriger Tisch mit Faxgerät, Kopierer und Kaffeemaschine. Alle Geräte sehen noch ziemlich neu aus. Technisch scheint man hier auf der Höhe zu sein.

Große, ungerahmte Bilder in kräftigen Blautönen zieren

die apricotfarbenen Wände des Flurs. Frau Kohlrabis Absätze klackern auf dem Eichenparkett.

»Bidde«, sagt sie und ruft nach drinnen. »Isch geh dann in die Middagspaus.«

Schade, denkt Axel, der Kohlrabi hätte uns wenigstens noch einen Kaffee machen können. Er betritt das Zimmer. An einem massigen Schreibtisch lehnt eine Frau in einem Hosenanzug. Er ist elfenbeinfarben und aus schwerer Seide. Für so etwas hat Axel einen Blick. Ihr langes, kastanienfarbenes Haar wird von einer Perlmuttspange zusammengehalten. Ein paar Locken fallen ihr in die hohe Stirn, was dem Gesicht etwas die Strenge nimmt, die durch die schmale, leicht hakenförmige Nase, das kräftige Kinn und den schmalen, geraden Mund entsteht. Huskyblaue Augen beobachten ihn aufmerksam, als er rasch auf sie zugeht, nachdem er einmal trocken geschluckt hat. Was für ein unvergeßliches Blau! Ihr Lippenstift glänzt wie frisch aufgelegt, und jetzt, wo sie ihm ihre Hand reicht, die die seine unerwartet fest drückt, lächelt sie.

Nach der Begrüßung läßt sie sich auf einem orthopädisch aussehenden Bürostuhl nieder, der nicht so ganz zum Rest der Einrichtung passen will. Axel nimmt vor dem Schreibtisch auf einem antiken, brokatbezogenen Sitzmöbel mit unbequemer Holzlehne Platz. Karin Mohr hat seine Bewerbungsmappe vor sich liegen und vergleicht mit unverhohlenem Amüsement sein Paßbild, auf dem er noch seine Prinz-Eisenherz-Frisur trägt, mit seiner leibhaftigen Erscheinung.

»Der neue Haarschnitt steht Ihnen besser.«

Axel antwortet mit einem verlegenen Räuspern. Bis auf die Mappe ist der Schreibtisch leergeräumt. Dafür stapeln sich die Akten auf einem Nebentisch. Offenbar legt sie Wert auf Ellbogenfreiheit. An der Wand hinter ihr hängt ein ausladendes Gemälde in so düsteren Farbtönen, daß es von einem Strahler ausgeleuchtet werden muß.

»Gefällt's Ihnen?« fragt sie. Er zögert.

»Seien Sie ruhig ehrlich.«

Das Bild zeigt die Schemen zweier Menschen. Die größere Gestalt, ein kahlköpfiger, stiernackiger Mann, preßt eine viel kleinere Frau an sich. Es läßt sich schwer sagen, ob er sie erwürgen, vergewaltigen, ihr die Kehle durchbeißen oder sie küssen will. Jedenfalls geht eine intensive Gewalttätigkeit von ihm aus, gleichzeitig wirkt er aber auch verzweifelt. Ein brauner Hund springt mit hochgezogenen Lefzen an den beiden hoch.

»Gefallen würde ich es nicht nennen. Es berührt einen«, sagt er schließlich.

»Es heißt *Der Faschist*. Sehen Sie, wie sich der Täter an das Opfer klammert? Er braucht das Opfer ganz offensichtlich.«

Was muß die Frau für eine Psyche haben, sich tagtäglich diesem Bild auszusetzen? Ob sie depressiv ist? Den Eindruck hat er eigentlich nicht, so wie sie jetzt spricht, lebhaft und mit viel Einsatz ihrer feinnervigen Hände. Eher scheint sie ihm stark genug, dieses Bild überhaupt ertragen zu können. Wie das Motiv wohl auf die Mandanten wirkt?

Axel ist verlegen, wie häufig in Gegenwart sehr selbstsicherer Frauen, aber Gott sei Dank ist sie es, die zuerst redet.

»Die Kanzlei ist alteingesessen, der Name ihres Gründers, Dr. Scheppach, ist in der Stadt noch immer ein Begriff. Er ist vor zwei Jahren in den Ruhestand gegangen, und ich habe diese Kanzlei übernommen. Sie verfügt über einen soliden Kundenstamm, der mir im großen und ganzen erhalten geblieben ist.«

Aha. Man schafft sich mal so eben eine Kanzlei an. Sicher kommt sie aus einem reichen Stall. Der Kleidung nach auf jeden Fall.

»Um die Kanzlei zu erwerben, mußte ich mein Elternhaus verkaufen und einen beachtlichen Kredit aufnehmen. Aber das ist es mir wert. Mein eigener Herr zu sein, meine ich. Vorher war ich vier Jahre in einer größeren Kanzlei in Marburg.« Ihr Gesichtsausdruck verhärtet sich, als sie das sagt. Anscheinend ist man nicht im Frieden auseinandergegangen.

»Ich wollte mich nicht unbedingt in dieser Stadt niederlassen, aber die Bedingungen des Kaufs waren hier am günstigsten für mich.« Das muß ja ein fürchterlicher Ort sein, denkt Axel, wenn sie sich jetzt schon dafür entschuldigt. So ausführlich, wie sie von sich erzählt, hat Axel beinahe den Eindruck, als wolle sie sich bei ihm bewerben.

Andererseits, was gibt es umgekehrt über ihn zu berichten, was nicht bereits in seinem Lebenslauf steht? Soll er ihr erzählen, daß sein Vater vor drei Jahren gestorben ist und sich seine Mutter seitdem mit sanfter Hartnäckigkeit in sein Leben drängt? Daß sie noch nicht einmal weiß, daß er heute hier ist, sondern glaubt, er wäre nur zum zweiten Vorstellungsgespräch nach Leverkusen gereist? Sicher wird sein Gegenüber nun gleich die üblichen Fragen stellen, warum er Jura studiert hat, warum er Anwalt werden will. Er hat Jura studiert, weil sein Notendurchschnitt für Medizin nicht ausreichte. Er will Anwalt werden, weil er hofft, dadurch einmal viel Geld zu verdienen. Er will nie mehr billige Kleidung tragen müssen. Vielleicht sollte er lieber nicht allzu ehrlich sein.

Statt ihn auszufragen erklärt sie ihm, daß ihre Mandantschaft stetig zunehme und ihr die Arbeit mehr und mehr über den Kopf wachse, weshalb sie nun einen zweiten Anwalt oder eine Anwältin einstellen möchte.

»Entschuldigen Sie«, unterbricht sie sich selbst, »ich habe Sie noch gar nicht gefragt, ob Sie etwas trinken möchten. Ein Mineralwasser vielleicht? Espresso? Cappuccino?«

»Ein Espresso wäre schön.« Jetzt erst bemerkt er das chromblitzende Monstrum, das in einer Zimmerecke schräg hinter ihm steht. Man könnte ein Café damit eröffnen.

»Sie stammt aus einer Pizzeria.«

»Ein Prachtstück«, lobt er.

»Statt Honorar.«

Als sie aufsteht und zu der Maschine geht, sieht er es. Sie hinkt. Mit ihrem linken Bein stimmt etwas nicht. Er zwingt sich, nicht hinzustarren, aber sie dreht ihm ohnehin den Rücken zu. Instinktiv weiß er, daß dies keine vorübergehende Verletzung ist, und obwohl er sich dagegen wehrt, drängen sich ihm alptraumhafte Bilder auf, was sich unter dem elfenbeinfarbenen Seidenstoff verbergen könnte. Bilder von mißgestalteten, vernarbten Gliedern und fleischfarbenen Prothesen, für die er sich im selben Moment schämt.

Die Maschine brummt und röchelt, als wäre sie lebendig, und Axel springt auf, als der Kaffee in die erste Tasse tröpfelt. Er nimmt sie in Empfang und trägt sie zum Schreibtisch. Seine zitternden Hände lassen die Tasse auf dem Unterteller tanzen. Er will auch die zweite Tasse holen, aber Karin kommt ihm bereits entgegen. Ihre Tasse steht ruhig.

»Es war ein Fahrradunfall, als ich dreizehn war. Das Knie ist seither steif. Das ist auch ein Grund, warum ich einen Sozius suche.«

»Sie brauchen aber schon einen Anwalt«, fragt Axel, »nicht etwa einen Laufburschen?«

Für ein paar Augenblicke ist es drückend still im Raum. Nur Axel hört noch immer erschrocken den Nachhall seiner eigenen Worte. Was ist bloß in mich gefahren? Wieso sage ich so was Blödes, Gemeines? Das war's dann wohl. Leverkusen, ich komme. Mutter wird frohlocken.

Plötzlich fängt sie an zu lachen. Axel rutscht auf dem Stuhl hin und her.

»Sind Sie immer so direkt?« fragt sie, das Lachen noch in

den Augenwinkeln. Die feinen Fältchen, die dabei um Augen und Mund entstehen, machen ihr Gesicht sehr anziehend.

»Eigentlich nicht«, murmelt Axel mit glühenden Ohren und entschuldigt sich.

Sie leert ihre Tasse in einem Zug und steht auf. »Kommen Sie. Ich werde Ihnen beweisen, daß ich kein hilfloser Krüppel bin.«

Axel fährt wie gestochen von seinem Stuhl hoch.

»Nur die Ruhe, es wird kein Wettrennen. Wir gehen bloß was essen. Zwei Straßen weiter ist mein Lieblingsitaliener. Da gibt es Kölsch vom Faß.« Sie preßt ihre Hand auf die Lippen, wobei ihr das Kunststück gelingt, den Lippenstift kein bißchen zu verschmieren. »Oh, Verzeihung. Wie plump von mir.«

Was für ein grandioses Theater, bemerkt Axel. Somit wären wir jetzt quitt.

Montags kommt Rudolf meistens erst gegen acht Uhr nach Hause, weil er an diesem Abend mit einem Kollegen Tennis spielt.

Danach wünscht Rudolf nur noch eine leichte, kalorienarme Mahlzeit. Heute gibt es gemischten Salat mit Putenbruststreifen und Sojasprossen. Rudolf hat Sophie gezeigt, wie der Salat angerichtet werden muß, welcher Essig und welche Kräuter in die Soße gehören und wie sie das Fleisch zu würzen und zu braten hat. Auch kompliziertere Gerichte kann sie auswendig kochen, meist genügt ihr ein einmaliges Vorlesen des Rezeptes.

Um halb acht scharren seine Schritte auf der Treppe, der Schlüsselbund rasselt, es knackt im Schloß, Sophie fährt zusammen. Der Tisch ist noch nicht gedeckt, das Fleisch im Rohzustand, der Weißwein schwitzt im Kühlschrank, und sie trägt ihren ausgeleierten Hausanzug.

Sie geht ihm entgegen und nimmt ihm mit den servi-

len Gesten eines österreichischen Kellners seinen Lodenmantel ab.

»Das Essen ist gleich soweit.«

»Wollen wir uns nicht erst einmal einen guten Abend
wünschen?« Sein Tonfall ist neutral, noch ist nicht abzu-
schätzen, wie er gelaunt ist. Vielleicht hat er sich selbst
noch nicht entschieden. Sie wagt nicht zu fragen, warum
er heute schon zu Hause ist.

»Guten Abend«, sagt sie und ihr Lächeln verschwindet
in einem nervösen Mundwinkelzucken.

»Habe ich dir nicht gesagt, daß es heute etwas früher
wird?«

Nein, das hat er ganz bestimmt nicht. »Vielleicht habe
ich es überhört. Entschuldige bitte. Es dauert nur noch
zehn Minuten. Ich ziehe mich schnell um.«

»Das brauchst du nicht.« Er setzt sich in den Wohnzim-
mersessel und greift sich eine Zeitschrift, deren Titelblatt
einen Hirsch, umringt von einem Rudel Hirschkühen,
zeigt. Der Platzhirsch.

Zögernd betritt Sophie das Wohnzimmer. Rudolf
schätzt es nicht, wenn von einem Zimmer ins andere
gebrüllt wird. »Der Weißwein muß noch etwas kälter
werden. Möchtest du ein Bier?«

»Nein, danke«, sagt er, ohne sie hinter seiner Zeitschrift
anzusehen.

Jetzt weiß Sophie Bescheid. »Du gehst noch mal weg?«
Sie bemüht sich, ihrer Stimme einen neutralen Klang zu
geben. Auf keinen Fall darf er die Erleichterung dahinter
heraushören.

»Allerdings«, tönt die Zeitschrift. »Zur Jagd. Was dagegen?«

Sprich in ganzen Sätzen, denkt Sophie. So pflegt Rudolf
sie bei solchen Gelegenheiten zurechtzuweisen.

»Nein«, sagt Sophie. Von ihr aus könnte er gerne jeden
Tag zur Jagd gehen.

Durch die Jagd haben sich Rudolf und Sophie kennengelernt. Vor knapp drei Jahren fand Rudolf Kamprath während eines Pirschganges einen erfrorenen jungen Rauhfußkauz, worauf sein Jagdherr Ferdinand Pratt ihm die Adresse eines Präparators in dem Dorf, das an das Jagdrevier grenzt, nannte. Dort, zwischen schlaffen Fell- und Federbälgen und steifen Tierleichen, begegnete ihm Sophie; groß, fast einsachtzig, kräftige Statur, ohne dabei dick zu sein, runde, hellbraune Augen und bedächtige Bewegungen. Sie sprach wenig. Das gefiel ihm sehr, und auch, wie sie ihn von unten herauf schüchtern musterte und dabei dem toten Kauz liebevoll durch die weichen Federn strich. Eine Frau wie eine Hirschkuh. Sanft, still, unterwürfig. Ganz anders als seine streitlustigen Kolleginnen.

Sophie arbeitete nur aushilfsweise in der Werkstatt. Sie mochte die Arbeit und bewies mehr Geschick als ihr Bruder. Manchmal gab sie sich der Vorstellung hin, daß sie dem Tod eins auswischte, indem sie Verfall und Verwesung der Tierkörper verhinderte und ihre Schönheit für immer bewahrte. Sie hätte die Werkstatt des Vaters am liebsten übernommen. »Aber«, hatte ihr Vater seinerzeit entschieden, »es sind ja nicht nur die Tiere. Da ist auch jede Menge Schreibkram zu erledigen, und außerdem ist das kein Beruf für eine Frau.« Ihre Mutter hatte zugestimmt, so wie sie immer allem zustimmt, was der Vater sagt.

Rudolf steht auf, folgt Sophie in die Küche und legt seine Hand um ihren Nacken. Sie fühlt sich an wie ein toter Fisch.

»Hast du was Bestimmtes vor heute abend?«

Als ob sie jemals etwas vorgehabt hätte. »Nein«, versichert Sophie seiner dunkelblauen Krawatte, denn die feuchtkalte Klammer in ihrem Nacken drückt ihr Gesicht gegen seine Brust. Er läßt sie los, Sophie tritt zurück und verbrennt sich beinahe an der heißen Pfanne.

378

»Warum hast du blöde Kuh deine Verwandtschaftsge-schichte im ganzen Viertel rumerzählt?«

Frau Weinzierl. Frau Weinzierl muß es der Frau Fabian erzählt haben, und die der Frau Sauer, und Gertrud Sauer ist Musiklehrerin an Rudolfs Schule. Oder Frau Weinzierl hat es Frau Behnke berichtet, und die ihrem Mann, der oft morgens mit Rudolf dieselbe Straßenbahn nimmt. Es könnte aber auch ...

»Was glotzt du so? Ich erwarte eine Antwort auf eine ganz normale Frage!«

»Ich ... ich weiß es nicht. Es muß mir so rausgerutscht sein.«

Sophie erinnert sich genau: Es war nach der Anprobe, auf dem Balkon. »Liegt das Kreative in Ihrer Familie?« hatte Frau Weinzierl sie gefragt.

»Wie bitte?«

»Stammen sie aus einer Künstler ...« Frau Weinzierl un-terbrach sich. Das Wort schien ihr wohl zu hoch gegriffen, »... aus einer Handwerkerfamilie?«

»Ja«, antwortete Sophie, »mein Vater war Tierpräparator, und mein Bruder hat ...«

»Ihr Vater stopft Tiere aus?« fiel ihr Frau Weinzierl ins Wort, und Sophie sprudelte ohne zu überlegen heraus: »Er nicht mehr. Aber mein Bruder. Ich helfe auch ab und zu aus.« Zu spät bemerkte sie Frau Weinzierls Gesichtsaus-druck: als würde sie von akut auftretenden Zahnschmer-zen gepeinigt.

Rudolfs Ärger ist berechtigt, sieht Sophie reumütig ein. Wie oft schon hat er ihr befohlen, Stillschweigen über diese Angelegenheit zu bewahren, weil sich die meisten Leute recht abstruse Vorstellungen von dem Beruf des Präparators machen würden.

»So. Rausgerutscht.« Er kommt näher und windet sich Sophies Haar um die Faust. Diesmal biegt er ihren Kopf nach hinten, an Einfallsreichtum mangelt es ihm in solchen Dingen nicht. Sophie geht in die Knie. Sein Gesicht ist dem ihren jetzt ganz nah. Es ist ein Männergesicht ohne feste Konturen und besondere Merkmale. Die Geheimratsecken haben sich bis auf wenige Fransen zur Stirnglatze gemausert. Das dunkle Resthaar zeigt graue Linien. Rudolf ist achtundvierzig. Von Beruf ist er Oberstudienrat für Geographie und Deutsch am Gymnasium, in seiner Freizeit geht er zur Jagd. Sophie ist zweiunddreißig. Sie hat keinen Beruf mehr, somit auch keine Freizeit, und deshalb geht sie auch nirgendwohin.

Sein Atem riecht säuerlich. Früher, denkt Sophie, hat er sich immer gleich die Zähne geputzt, wenn er nach Hause kam. Aber es ist ja kein Wunder, daß er das nicht mehr tut, und so vieles andere auch nicht. Es ist meine Schuld, daß alles so gekommen ist. Rudolf hat lange Geduld mit mir gehabt.

»Nun rede schon. Seit wann stehst du mit der Nachbarschaft auf so vertrautem Fuß?«

»Es war nur Frau Weinzierl. Sie war hier, vor zwei Tagen.«

»Weshalb?«

»Wegen einem Kleid. Es war ihre Idee, sie hat mich angesprochen.« Das stimmt. Kürzlich, beim Bäcker, fragte Frau Weinzierl Sophie ganz unvermittelt: »Sagen Sie mal, Frau Kamprath, wo kaufen Sie eigentlich Ihre Kleidung?« So einfach war das. Einfach für Frau Weinzierl. Sophie würde es nie fertigbringen, eine ihrer Nachbarinnen so unbefangen anzusprechen.

Für einen Moment sieht es so aus, als wolle er ihren Kopf gegen die Dunsthaube stoßen, aber dann gibt er ihr Haar frei. Rudolf Kamprath ist ein zivilisierter Mensch. Bis jetzt hat er sich immer unter Kontrolle gehabt.

»Habe ich dir nicht gesagt, daß ich das nicht will? Meine Frau näht keine Kleider für die Nachbarschaft! Willst du mich mit allen Mitteln blamieren?« Seine Stimme ist laut geworden.

»Was ist daran so schlimm? Ich bin nun einmal Näherin, das hast du von Anfang an gewußt!«

Vor ihrer Heirat arbeitete Sophie in einer Textilfabrik. Als Hilfsnäherin, denn sie besitzt keinen Gesellenbrief. Ihr Blick begegnet dem seinen mit einem Funken Trotz in ihren Augen.

»Aber ja«, höhnt er, »alle dürfen das wissen. Wir haben ja auch sonst nichts zu verbergen, nicht wahr?«

Sophie zuckt zusammen. Rudolf grinst hinterhältig.

»Ich nehme ja kein Geld dafür«, beschwichtigt Sophie. »Ich habe gesagt, es ist mein Hobby. Sie hat nur den Stoff gekauft.« Dabei würde sie gerne ein wenig eigenes Geld verdienen, so wie früher. Obwohl sie den größten Teil ihres dürftigen Lohns ihren Eltern abgeliefert hatte, war ihr doch ein Rest zur freien Verfügung geblieben. Zusätzlich nähte sie Kleider für einige Frauen aus dem Odenwalddorf, deren Figuren nicht für Kleidung von der Stange geschaffen waren. In letzter Zeit ertappt sie sich manchmal bei dem Wunsch, sie wäre noch ledig und in der Fabrik beschäftigt.

Rudolf stößt ein kurzes Lachen aus. Lustig klingt es nicht. »Von mir aus, dann näh für die alte Scharteke…«

Sophie verschluckt die Bemerkung, daß Frau Weinzierl jünger als Rudolf ist.

»… sonst muß ich dir womöglich noch einen Töpferkurs bezahlen, damit du ausgelastet bist.« Er verläßt die Küche, aber unter der Tür dreht er sich noch einmal um. »Andere Frauen in deinem Alter haben Kinder.«

Sophie wendet sich ab. Manchmal wäre ihr lieber, er würde sie schlagen.

Karin Mohr steigt aus dem Taxi und schleppt sich die zwei Treppen zu ihrer Altbauwohnung hoch. Es liegt nicht an ihrem Bein, daß es heute so langsam geht. Sie ist müde. Müde und deprimiert. Diesmal war es wieder besonders schlimm. Aber empfindet sie das nicht jedesmal? Sie wirft ihre Schlüssel in die Tonschale auf dem Garderobenschrank. Es klirrt, und Karin verzieht das Gesicht. Hoffentlich hat sie jetzt nicht Maria geweckt. Sie hängt ihren Mantel auf, gießt sich einen Kognak ein und läßt sich auf das Ledersofa fallen, wobei sie Schuhe und Socken abstreift. Die Geschichten wollen sie nicht loslassen. Sie gleichen sich auf fatale Weise, immer wieder.

Vor einem halben Jahr fing Karin Mohr an, einmal im Monat eine kostenlose Rechtsberatung für die Bewohnerinnen des Frauenhauses anzubieten. Von Mal zu Mal wuchs der Andrang, und inzwischen kommen immer öfter Frauen, die gar nicht im Frauenhaus leben. Karin bringt es nicht fertig, sie wegzuschicken. Von etlichen männlichen Kollegen wird sie wegen dieses Engagements schief angesehen und mit zynischen Spitznamen bedacht. Man unterstellt ihr, daß sie auf diese Weise Mandanten ködert. Natürlich kommen die Frauen später oft mit ihren Scheidungsklagen und Sorgerechtsstreitigkeiten zu ihr, aber der Neid der Kollegen ist unangebracht. Die Fälle kosten viel Zeit bei wenig Streitwert, sprich wenig Verdienst.

Warum mache ich das überhaupt, wenn es meinem Ruf schadet und mich immer wieder so mitnimmt, fragt sich Karin an Abenden wie heute. Die Antwort liegt in dem kleinen Schimmer der Hoffnung, den sie manchen Frauen geben kann, indem sie ihnen die Hilfen und die Hürden aufzeigt, mit denen sie auf dem Weg in ein neues Leben rechnen müssen. Nicht alle gehen den Weg. Viele schwören sich und ihr zum dritten oder vierten Mal, daß sie es diesmal endgültig schaffen werden. Und dann verweigern sie im Gerichtssaal die Aussage gegen ihren der schweren Körperverletzung angeklagten Ehemann, weil sie zum dritten oder vierten Mal von ihm schwanger sind oder weil sie seinen Nie-wieder-Schwüren glauben und ihm eine allerletzte Chance einräumen wollen. Ein paar Wochen später sitzen sie dann wieder vor ihr, jammernd und schwörend. Das sind die Fälle, die Karin wütend machen. Wütend auf die Frauen.

Der Kognak gräbt sich wärmend seinen Weg bis in den Magen und füllt einen trügerischen Moment lang die Leere in ihrem Inneren.

Wie ein Gespenst steht auf einmal Maria vor ihr. Sie hat die Angewohnheit, sich lautlos zu bewegen, was Karin in den ersten Wochen ihres Zusammenlebens oft erschreckt hat. Sie ist barfuß, das schwere, dunkle Haar hängt in einem locker geschlungenen Zopf bis zum Gürtel ihres nachtblauen Seidenkimonos hinab, auf dem sich goldene Drachen mit Feuer bespeien. Sie lächelt.

»Habe ich dich geweckt?«

»Nein, ich habe gelesen. Ich dachte, du brauchst vielleicht noch jemand zum Reden, wenn du zurückkommst.« Maria schiebt sich den Sessel heran und läßt sich im Schneidersitz darauf nieder. Sie schraubt eine kleine Flasche auf, die sie aus einer Tasche ihres Gewands zaubert. Ein zitroniger Duft breitet sich aus und Karin seufzt: »Du bist ein Engel, weißt du das?«

Maria nickt und läßt das Öl durch ihre Handflächen rinnen. »Klar weiß ich das«, antwortet sie und bettet Karins nackte Füße in ihren Schoß.

Karin schließt die Augen und gibt sich dem Spiel von Marias Händen hin.

»Und jetzt erzähl.«

Kurz vor Mitternacht kommt Rudolf nach Hause. Er bemüht sich nicht, leise zu sein, aber wenigstens knipst er im Schlafzimmer kein Licht an, sondern nur im Flur. Sophie versucht, regelmäßig und ruhig zu atmen, und vermeidet jede Bewegung. Sie hört, wie er seine Kleidungsstücke auf den Sessel wirft. Die Gürtelschnalle klirrt. Sophie preßt die Knie gegen ihre Brust und hält die Augen fest geschlossen. Er geht ins Bad, und wenig später kracht er neben sie in das Ehebett, wie ein gefällter Baum. Sein Atem bläst ihr in den Nacken. Sie bewegt sich nicht. Es dauert eine Ewigkeit, während der Sophie reglos daliegt. Die toten Fische. Gleich wird er ihr ins Ohr schnaufen, ihr Haar zerwühlen, ihre Brüste kneten und zwischen ihren Schenkeln herumrubbeln. Sie liegt still. Ihre Muskeln verkrampfen sich. Er fängt an, leise zu schnarchen. Der angehaltene Atem weicht aus ihrem Brustkorb, sie wagt eine Bewegung, er schnarcht weiter, Sophie entspannt sich. Sie zieht die Knie an die Brust und die Decke über den Kopf und schläft endlich ein.

Am Morgen frühstücken sie schweigend, Rudolf den Kopf über der Zeitung. Früher hat er ihr manchmal einen Artikel vorgelesen, aber das geschieht nun immer seltener. Es macht ihr nichts aus. Im Laufe des Tages wird sie das, was die Menschen an diesem Tag für wichtig halten, aus dem Radio erfahren.

Rudolf verläßt die Wohnung mit Mantel und Aktentasche, und Sophie räumt den Tisch ab. Sie mag die frühen Morgenstunden, wenn der ganze Tag vor ihr und die Unwägbarkeiten des Abends noch in weiter Ferne liegen. Das war nicht immer so. Am Anfang ihrer Ehe langweilte sie sich in der fremden Wohnung und war froh, wenn Rudolf abends nach Hause kam. Sie gingen hin und wieder zum Essen, ein paarmal sogar ins Theater. Manchmal brachte er einen Film aus der Videothek mit, den sie sich zusammen ansahen. Die Filme, die er jetzt mitbringt, gefallen Sophie nicht mehr.

Inzwischen hat sich Sophie ans Alleinsein gewöhnt und ihre stundenweise Freiheit schätzen gelernt. Die Vormittage verbringt sie meistens in ihrem Nähzimmer. Aber heute gibt es dort drinnen absolut nichts mehr zu tun. Für neuen Stoff hat sie noch nicht genug Geld beisammen, und Rudolf hat sich geweigert, ihr welches zu geben. Sie habe schon genug Fetzen im Schrank, wann will sie die denn überhaupt jemals anziehen? Natürlich hat er recht.

»Steck deine Nase lieber in ein Übungsheft«, hat er gesagt. »Oder tu mal was für deine Figur.« Auch damit hat er recht.

Sophie schlüpft in das kirschrote Kleid mit den weiten, tief angesetzten Ärmeln, zieht den leichten Sommermantel über und verläßt die Wohnung. Sie schließt das eiserne Gartentor, dessen Spitzen wie Schwerter in den Himmel ragen. Um diese Zeit ist die Gegend wie ausgestorben. Nur einige wenige Patienten von Dr. Mayer, dessen Praxis sich im Erdgeschoß ihres Hauses befindet, parken auf dem Gehweg. Die Praxis ist selten überlaufen.

Die Häuser in diesem Viertel sind zum größten Teil gepflegte Altbauten aus der Jahrhundertwende, so wie das schmale, hohe Haus von Frau Weinzierl, das verschnörkelte Giebelbalken hat. Daneben protzt die aufwendig renovierte Villa der Behnkes mit ihrer hellen Schindelfassade und konkurriert mit dem verträumten und etwas heruntergekommenen Haus der Sauers gegenüber. Sophie nennt es ein Schlößchen, weil es einen kleinen Turm hat. Es gibt auch ein paar Bauten, die in den fünfziger und sechziger Jahren entstanden sind, als die Besitzer der alten Villen Teile ihrer riesigen Grundstücke verkauften. Einer davon ist der geräumige Bungalow der Fabians. Frau Weinzierl läßt nahe der Grundstücksgrenze hohe Zypressen wachsen, damit sie »diesen Klotz« nicht ständig vor Augen hat. Dieselbe Bezeichnung trifft auf das Haus zu, in dem Sophie lebt. Es ist das einfachste und nüchternste in der Straße, ein Würfel mit einem flachen Dach und einem zu großen Balkon, der wie nachträglich angeklebt wirkt. Weiße Glasbausteine markieren das Treppenhaus. Sophie hat eine blaue Clematis gepflanzt, die diese Scheußlichkeit kaschieren und dann am hölzernen Geländer ihres Balkons weiterranken soll. In diesem Sommer hat die Pflanze erst den Boden des Balkons erreicht, und Sophie hat Dr. Mayer im Verdacht, ein paar Triebe abgeschnitten zu haben. Der Garten besteht aus Rasen und Sträuchern, ist einfach zu pflegen und wirkt steril. Gerne hätte ihn Sophie phantasievoller gestaltet, aber Rudolf hält eine solche Maßnahme für Zeit- und Geldverschwendung. Lediglich ein Kräuterbeet hat sie an der Grenze zu dem unbebauten Nachbargrundstück angelegt, denn auf frische Küchenkräuter legt Rudolf großen Wert.

Sophie geht rasch die Straße entlang. Sie ist froh, niemandem zu begegnen. Im Supermarkt gibt es eine Sondertheke mit Joghurt. Sophie erkennt das Symbol, es ist die Marke, die Rudolf bevorzugt. Nachdenklich blickt sie auf das Schild darüber. Ist das ein Sonderangebot? Einmal hat sie aus Versehen Frischkäse mit abgelaufenem Haltbarkeitsdatum nach Hause gebracht und Rudolf hat sie eine Idiotin genannt. Zu Recht, findet Sophie, was ist sie für eine Frau, die ihrem Mann halbverdorbene Speisen vorsetzt?

Ein junger Mann in einem schwarzen Mantel stellt seinen Einkaufswagen neben den ihren und mustert ebenfalls das Schild, das an dünnen Fäden von der Decke baumelt. Sophie sieht ihre Chance. »Verseihunk«, wendet sie sich an den Mann, »das sein billiges Angebot oder altes Ware?« Mit der Ausländermasche hat sie noch immer Auskunft bekommen, auch wenn sie dabei nicht immer freundlich angesehen wird.

Der Angesprochene will eben antworten, da mischt sich Überraschung in sein hilfsbereites Lächeln. Plötzlich ist Sophie, als würden die hellen Steinfliesen unter ihren Füßen schwanken. Sie spürt, wie sie knallrot anläuft. Das ist das Ende. Irgendwann mußte die Katastrophe passieren.

»Sie sind doch die Frau, die mir gegenüber wohnt. Sie sitzen oft auf dem Balkon.«

Sophie ist übel. Jetzt weiß er Bescheid. Bald werden es

alle wissen. Schon fängt der junge Mann an zu lachen und mit Sophie geschieht etwas, was schon lange nicht mehr geschehen ist: Sie wird wütend. Sie ist drauf und dran, ihn am Kragen zu packen und zu schütteln oder laut zu schreien, nur damit er endlich aufhört zu lachen.

Aufmerksam linst eine Verkäuferin hinter einem Regal hervor. Noch immer lachend sagt er: »Also wirklich! Das ist die schärfste Anmache, die mir seit langem begegnet ist! Kompliment.«

Offenbar wird er öfter angemacht. Kein Wunder. Er hat ein feines, fast mädchenhaftes Gesicht mit einer klassischen Nase und großen Augen, so blaugrau wie ein See vor einem Gewitter. Sein sandfarbenes Haar reicht ihm bis auf die Schultern. Er ist ein paar Zentimeter kleiner als Sophie und gut zehn Jahre jünger.

Sophies Wut macht augenblicklich einer großen Erleichterung Platz. Sie lächelt. »Ich heiße Sophie Kamprath.«

»Sophie«, wiederholt er, und auf einmal hat ihr gewöhnlicher Name einen exotischen Klang. Er ergreift ihre Hand und seine Lippen berühren ihre Finger, flüchtig und sanft, wie mit einer Feder. »Mark.«

Sophie zieht ihre Hand so schnell zurück, als hätte sie sich verbrannt. Sie ist unschlüssig. Soll sie jetzt einfach weitergehen oder eine Unterhaltung beginnen? Und wenn ja, worüber? Sie ist es nicht gewohnt, Handküsse entgegenzunehmen und mit gutaussehenden jungen Männern zu plaudern. Aber da sagt dieser Mark: »Die Weinzierl ist ganz schön von der Rolle, seit der Sache mit dem Maler.«

»Ja, es war ganz schrecklich.« Schon wieder eine kleine Lüge. Der Anblick des Todes bereitet Sophie kein Entsetzen, und sie hat auch kein Mitleid mit dem Mann. Er war ein Widerling, daran ändert auch sein Tod nichts. Vielleicht ist seine Frau, falls er eine hatte, erleichtert, ihn los zu sein? Lebt jetzt in Ruhe und Frieden mit seiner Rente und der

Lebensversicherung. Sophie erschrickt über ihre Gedanken und konzentriert sich rasch wieder auf den jungen Mann.

Der macht eine wegwerfende Handbewegung. Seine Bewegungen sind elegant, vielleicht eine Spur affektiert.

»Wegen des Kerls regt die sich nicht auf. Höchstens, weil sie noch niemanden hat, der ihr Haus zu Ende streicht. Nein, es ist wegen ihrer Rosen. Dreizehn Stück davon sind hinüber. Sie glaubt nun, daß das Unglück bringen wird.«

»Ich verstehe nicht ganz.«

»Die Weinzierl ist abergläubisch. Vielmehr, sie hat den totalen Esoterik-Tick, quer durch alle Sparten: geht nur bei Vollmond zum Friseur, glaubt an Hexen und Flüche und natürlich an diesen ganzen Astrologiekram. In einem ihrer früheren Leben war sie die erste Kurtisane eines Maharadschas, hat sie Ihnen das noch nie erzählt?«

»Nein«, antwortet Sophie und muß unwillkürlich lächeln. »Aber dem Maler hat die Zahl Dreizehn tatsächlich Unglück gebracht.«

»Unglück ist nicht ganz richtig.« Mark tritt einen Schritt näher an sie heran, ungehörig nahe für einen Beinahe-Fremden, und fällt in einen Flüsterton. »Es war gar kein Unfall.«

Sophie sieht ihn abwartend an. Sie weicht nicht zurück.

»Ich hab's getan.«

»Was getan?« Unbewußt hat sie sich seinem Flüsterton angepaßt.

»Ich habe ein Brett am Gerüst gelockert, und bums ...« Zur Demonstration nimmt er eine pralle Aubergine von der Gemüsetheke und läßt sie auf den Steinboden klatschen. Es entsteht ein häßliches Geräusch und ein tiefer Riß, aus dem helles Fruchtfleisch quillt. Sophie sieht sich verstohlen um, ob jemand diesen Frevel gesehen hat.

»Ich konnte natürlich nicht damit rechnen, daß er sich

auf Anhieb das Genick bricht. Manchmal gelingen die Dinge besser, als man hofft.«

Sophie forscht in seinem Gesicht vergeblich nach etwas, das den Inhalt seiner Worte widerlegt. »Der Arzt vermutet, daß es ein Herzanfall war«, gibt sie mit ruhiger Stimme zu bedenken.

»Ganz richtig«, nickt Mark mit einem hintergründigen Lächeln. Er hat einen wunderschönen Mund, groß, mit feingezeichneten, tiefroten Lippen. »Der Arzt *vermutet.*«

»Warum sollten Sie so etwas tun?«

Mark stützt den Unterarm auf den Einkaufswagen und nimmt eine lässige Pose ein. »Er war ein widerlicher Prolet. Er ging mir auf die Nerven, mit seinem ständigen Gepfeife und Gefurze. Und was für Bemerkungen er über Frauen gemacht hat ...«

Sophie ist verwirrt. Wahrscheinlich macht er sich über mich lustig. Ja, ganz bestimmt. »Ich muß jetzt weiter.«

»Natürlich«, grinst Mark, »die Pflichten einer Hausfrau.«

Eingebildeter Kerl, denkt Sophie und schiebt ihren Wagen schnell in den nächsten Gang, wo er sie nicht mehr sehen kann.

»Gudde Morsche.« Frau Konradi muß kurz vor ihm angekommen sein, ihre Parfumwolke steht noch draußen im Flur.

»Auch Ihnen einen wunderschönen guten Morgen.«

»Möschte Se Kaffee? En rischtische Kaffee, nedd des idalienische Zeusch.«

»In diesem Fall sage ich natürlich nicht nein.« Axel ist von Frau Mohr aufgeklärt worden, daß sich hier jeder seinen Kaffee selbst macht und sich nicht etwa von Frau Konradi bedienen läßt. Ausgenommen, man ist in einer Besprechung mit Mandanten.

Frau Konradi strahlt ihn an, frisch, rotwangig und blond wie Äppelwoi.

Es ist acht Uhr. Daß Karin Mohr an seinem ersten Arbeitstag nicht da ist, um ihn zu begrüßen, enttäuscht ihn ein bißchen. Zögernd betritt er sein Büro. Es liegt gegenüber von Frau Konradis und bietet einen Blick auf den Mathildenplatz. Auch hier stehen die alten Möbel von Dr. Scheppach, aber die Wände sind noch kahl. Auf dem Schreibtisch steht eine Flasche Bordeaux, Jahrgang 1985, und eine Karte, »Herzlich Willkommen« in einer disziplinierten Handschrift. Frau Konradi kommt herein, und die Schreibtischplatte füllt sich mit einer Tasse Kaffee, einem fettglänzenden Croissant und etwas Flachem, das in Geschenkpapier verpackt ist.

»Zum Einschdand.«

Da sie abwartend stehenbleibt, packt er das Präsent aus. Es ist ein Kalender von der Art, wie sie Sparkassen ihren Kunden zu Weihnachten zumuten, und Axel schwelgt für Minuten in der Landschaft des nahen Odenwalds: Burgen, blühende Obstbäume, farbige Herbstwälder, Fachwerkhäuschen inmitten idyllischer Bauerngärten.

»Damit die Wänd nedd so naggisch sind.«

»Bitte?«

»Damit die Wände nicht so kahl sind«, übersetzt sie mit spitzem Mund. Axel bedankt sich artig.

»Hat mit dem Zimmer alles geklappt?« will Frau Konradi wissen, bemüht, nicht mehr so arg zu hesseln. »Gefällt's Ihne bei meiner Kusine?«

»Sehr gut. Es ist genau das, was ich für den Anfang brauche. Vielen Dank nochmal für die Vermittlung.« Die Sache mit der Unterkunft hat Frau Konradi wirklich gut und schnell gemanagt. Gestern ist er eingezogen, nachdem seine Vermieterin übers Wochenende noch gründlich geputzt und aufgeräumt hatte.

»Wieviel nimmt sie denn dafür?«

»Achthundert kalt.«

»Naja. Sie war scho immer e bißsche uff's Geld aus.«

»Frau Konradi, wann fängt Frau Mohr denn morgens immer an?«

»Zwische acht un halb neun. Aber heut sischer nisch. Jeden ersten Mondach im Monat macht se nämlisch abends Beratung im Frauehaus. Da kommt se am näschde Daach immer spät.« Ihre Stimme wechselt in einen vertraulichen Tonfall. »Die Sache, die se da zu höre krischt, nehme se immer ziemlisch mit. Vermudlisch drinkt se manschmol hinnenoch e Gläs'sche zuviel, wer waaß? Uff jeden Fall is se an denne Daach mit Vorsicht zu genieße.«

Axel fühlt Zweifel aufkommen, ob es richtig war, die Stelle gleich am Tag nach dem Vorstellungsgespräch zu akzeptieren, als Karin Mohr ihn anrief und fragte, wann er anfangen könne.

»Sobald ich eine Wohnung habe«, hat er ihr prompt geantwortet.

Lieber Himmel, das Theater, nein, die Tragödie, die seine Mutter aufgeführt hat. Ihre Klagen und Vorhaltungen klingen ihm jetzt noch im Ohr, aber wirklich kaum zu ertragen war ihre stumme Leidensmiene, als er gestern seine Koffer packte. Sie hätte nicht verzweifelter aussehen können, wenn er sich zur Fremdenlegion gemeldet hätte. Seitdem verfolgen ihn Schuldgefühle wie hungrige Hunde.

Worauf hat er sich hier eingelassen? Auf eine launische Emanze?

»Danke für den Tip. Ich werde mich vorsehen.«

»Brauche Se no was?«

Axel verneint und klappt demonstrativ seine Aktenmappe auf. Falls sie vorhat, ihn zu bemuttern, wird er schleunigst gegensteuern müssen.

»Sie hawwe heut zwei Dermine mit Mandande. E Verkehrssach um neun un e Scheidung um halb elf.« Ihre Stimme hat auf einmal wieder einen geschäftsmäßigen Klang. Das liegt daran, daß ihre Chefin im Türrahmen steht.

»Guten Morgen, die Herrschaften.«

Karin Mohr kommt auf ihn zu, er ist aufgesprungen, sie reicht ihm die Hand.

»Entschuldigen Sie, ich wollte eigentlich vor Ihnen da sein, aber ...«

»Das macht doch nichts«, entgegnet Axel und seine Bedenken fallen in sich zusammen wie ein Soufflé, das man zu früh aus dem Ofen gerissen hat. Nein, das ist keine launische Emanze.

Sie trägt einen zimtbraunen Kaschmirpullover, der ihre straffen Formen zur Geltung bringt, ihr Make-up ist dezent und perfekt, und wie sie lächelt ... Axel ruft sich zur Ordnung.

»... gut untergekommen?« kann er gerade noch von ihrer letzten Frage aufschnappen.

»Zwei Zimmer mit Dusche, das genügt, für den Anfang.« Er nennt die Adresse, und sie stößt ein überrachtes »Oh« aus.

»Schöne Gegend, das Paulusviertel«, bemerkt sie und schaut auf die Uhr. »Ich muß rüber. Wir können zusammen zu Mittag essen, Sie haben sicher noch eine Menge Fragen.«

Mit ihrem eigentümlichen Gang verläßt sie sein Büro. Vor allem eine Frage geht Axel an diesem Vormittag noch ein paarmal durch den Kopf: Gibt es eigentlich einen Herrn Mohr?

Nach dem Einkauf wählt Sophie einen Umweg über den Friedhof, auf dem die alten Kampraths im Familiengrab liegen. Sie über ihm. Rudolfs Mutter hat ihren Mann um fast zwanzig Jahre überlebt, Abstand genug für eine Neubelegung. So blieb die linke Hälfte des Doppelgrabes frei für die nachfolgende Generation.

Sophie hat Rudolfs Mutter nicht mehr kennengelernt, sie muß jedoch mit ihren Möbeln leben. Und mit den

Fotos: Laura Kamprath als junge Braut neben ihrem Bräutigam im Schlafzimmer, als junge Mutter im Wohnzimmer, als gepflegte ältere Dame auf Rudolfs Schreibtisch. Sophie ist manchmal, als wäre die Frau ein fester Bestandteil ihres Lebens.

Der Wind hat buntes Laub auf das schwarze Beet geweht, es sieht sehr schön aus. Sophie mag den alten Friedhof vor allem wegen seiner hohen Bäume. Sie klaubt die Blätter auf und wirft sie hinter eine Hecke. Der Tod verlangt nach Ordnung. Wird sie eines Tages über Rudolf liegen, eingebettet in seine Reste?

Sie setzt sich zwei Gräberreihen weiter auf eine Bank neben einer Gruppe Zypressen. Es ist ihr Lieblingsplatz, und am Vormittag ist sie hier meistens ungestört. Sie knöpft den Mantel auf und läßt die dunstverschleierte Herbstsonne auf ihr Gesicht scheinen. Sie merkt, wie sie schläfrig wird und wehrt sich nicht dagegen. Sie hat fast so viel Zeit wie die Toten. Manchmal überlegt sie, wie es wäre, auch schon so weit zu sein.

Gegen Mittag kommt Sophie nach Hause. Sie schaltet das Radio ein, stellt ein Fertiggericht in die Mikrowelle, nimmt einen Kugelschreiber in die Hand und versucht ›Mark‹ auf einen Notizblock zu schreiben. Es entsteht das Wort ›Mag‹, und Sophie lächelt zufrieden. Ihr Essen ist fertig. Sie reißt den Zettel in kleine Fetzen, wirft ihn weg und setzt sich wieder an den Küchentisch. Die Küche ist, abgesehen vom Nähzimmer, der einzige helle, freundliche Ort in der düster möblierten Wohnung.

Das Gericht sieht ein bißchen anders aus als auf dem Hochglanzbild der Packung, aber es macht satt, während sie kaut und grübelt. Was bezweckt dieser Mark mit seinem albernen Mordgeständnis und vor allen Dingen: Hat er wirklich nichts bemerkt?

Das Telefon schnurrt. Es ist Christian. Ob sie ihm am

Wochenende in der Werkstatt helfen und anschließend mit ihm zur Jagd gehen wolle?

»Ich weiß noch nicht.«

»Du weißt nicht, was du willst?«

»Doch, aber ...«

»Du mußt erst das Weichei fragen, stimmt's?«

»Nenn ihn bitte nicht immer so. Natürlich werde ich ihn fragen. Das ist in einer Ehe eben so, daß man sich abspricht, was man am Wochenende unternimmt.« Sie weiß, daß ihn jedes Wort wie ein Nadelstich trifft, aber sie mag es nicht, wenn er Rudolf »Weichei« oder »Sesselfurzer« nennt. Er ist immerhin ihr Ehemann, den sie zwar nicht aus Liebe, aber doch aus freien Stücken geheiratet hat, das muß Christian endlich akzeptieren.

Sie sieht sein ärgerliches Gesicht vor sich, als er schnaubt: »Mein Gott, jetzt redest du schon wie er.« Etwas milder setzt er hinzu: »Überleg's dir. Bitte.«

»Ich rufe dich an.«

»Wann?«

»Spätestens Freitag.«

Seine Stimme bekommt einen melancholischen Klang. »Sophie, ich ... wir haben uns so lange nicht gesehen.«

»Ich weiß«, flüstert sie. Da ist auf einmal dieser Knoten im Hals. »Ich werd's versuchen. Ehrlich.«

Sophie legt den Hörer auf und betrachtet ihr Gesicht im Spiegel der Garderobe. Ein grobes Gesicht, findet sie. Die Augen zu tiefliegend, die Brauen dick und schnurgerade, der Mund zu schmal. Die Nase, na, die geht. Ein robustes Bauerngesicht. Nicht gerade häßlich, aber auch ganz bestimmt nicht schön. Sie hätte viel lieber ein schmales Gesicht gehabt, fein und bläßlich, wie Porzellan. Ihre Haut hat, wohlwollend ausgedrückt, eine gesunde Farbe. Besonders jetzt, nach diesem Anruf. Sogar im unbeleuchteten Flur kann sie erkennen, wie rot ihre Wangen sind.

Nochmals meldet sich das Telefon. Es ist Frau Weinzierl.

»Frau äh … Sophie, ich darf Sie doch Sophie nennen? Was ich fragen wollte, hätten Sie Lust, heute nachmittag auf eine Tasse Kaffee zu mir rüber zu kommen?«

Sophie braucht ein paar Sekunden, um das Gehörte zu begreifen.

»Sophie? Sind Sie noch dran? Wenn es nicht geht, dann können wir auch ein andermal …«

»Nein! Ich meine, ja. Ich kann schon kommen. Ich komme gern. Vielen Dank.«

»Wie schön. Paßt Ihnen drei Uhr?«

Natürlich paßt ihr das, und als Frau Weinzierl auflegt, glühen Sophies Wangen wie ein Sonnenuntergang.

Routiniert und lieblos bereitet sie das Abendessen vor. Gulasch schmeckt sowieso besser, wenn es einige Stunden steht. Sie will nachher, beim Kaffeeklatsch, nicht dauernd auf die Uhr sehen müssen. Sie duscht zum zweiten Mal an diesem Tag und wäscht sich die Haare. Sie will keinesfalls nach Küche riechen. Sie zieht das kirschrote Kleid vom Vormittag wieder an, schminkt sich die Lippen und ist um halb drei fix und fertig hergerichtet. Rastlos tigert sie durch die tadellos aufgeräumte Wohnung, knickt die Sofakissen, poliert die Blätter der Yuccapalme, staubt die Geweihsammlung über dem Sofa ab, entfernt ein nicht vorhandenes Krümelchen vom Gefieder des Rauhfußkauzes, ordnet die Teppichfransen, zieht das kirschrote Kleid wieder aus, entscheidet sich für das graue Kostüm und steht schließlich Punkt drei Uhr im taubenblauen Leinenkleid vor Frau Weinzierls Tür. Das Gerüst steht verwaist da, die Reihen der *Black Lady* sind gelichtet.

In der Hand hält Sophie einen kleinen Strauß Astern. Sie ähneln denen, die im Garten der Sauers wachsen und nahe am Zaun stehen. Für gekaufte Blumen hat Sophie kein Geld. Was sie heimlich vom Haushaltsgeld abzweigt und in der Zigarrenkiste in ihrem Nähzimmer versteckt, möchte sie nicht für solchen Krimskrams opfern.

Schwarze, geschwungene Buchstaben zieren das blanke Messingschild neben der Klingel. Vermutlich ist das erste Wort der Vorname ihres Exmannes, denn für ›Dorothea‹ erscheint es Sophie zu kurz. Darunter klebt, schon etwas lose, ein Streifen Papier, der mit blauen, eckigen Buchstaben beschrieben ist. Sie erkennt ›M.‹ am Anfang, seinen Nachnamen kann sie nicht entziffern. Ob er wohl zu Hause ist? Sein klappriger Kadett mit den vielen Aufklebern parkt jedenfalls an der Straße.

Sie drückt den Knopf und ein dezenter Gong hallt durch das Innere des Hauses. Frau Weinzierl öffnet im neuen Kleid.

Im Wohnzimmer verbreiten helles Leder, Glas und schwarzes Holz eine sachliche Atmosphäre, die nicht so recht zu Frau Weinzierl passen will. Bestimmt hat ihr Geschiedener die Möbel ausgesucht und dagelassen. Sie paßten wohl nicht in sein neues Leben mit der hochbeinigen Blonden. Das Regal beherbergt Bücher und eine Sammlung Halbedelsteine und Kristalle in allen Farben. Die Wände zieren ein grober Wandteppich, der aussieht, als würde er aus einem Wigwam stammen, und ein gerahmtes Plakat, das den Sternenhimmel vor zwei halben Weltkugeln zeigt. Einige Sterne sind durch Linien verbunden. Ein Duftlämpchen aus Keramik verströmt Lavendel. Auf dem Glastisch liegt eine weiße Tischdecke mit Lochstickereien, darauf stehen vier Zwiebelmustergedecke. Vor einem sitzt Sieglinde Fabian. Sie ist eine kleine, schlanke Person um die Vierzig und wirkt gepflegt. Die schroffen Rillen, die sich in ihre fahle Haut gegraben haben, kann keine Kosmetik mehr verdecken, im Gegenteil, ein Zuviel an Puderstaub hat sich darin abgesetzt. Die Frauen begrüßen sich ein wenig steif. Gelegentlicher Austausch von Wetterbeobachtungen über den Gartenzaun hinweg, weiter ist ihre Beziehung während der vergangenen zwei Jahre nicht gediehen. Eine Jugendstilvase mit Sophies Astern darin wird zwischen dem silbernen Milchkännchen und dem Süßstoffspender plaziert.

Frau Fabian deutet auf das leere Gedeck: »Ist das für Ingrid?« Sie meint Ingrid Behnke von nebenan.

Frau Weinzierl schüttelt den Kopf. »Die kann heute nicht. Hat einen Handwerker da, glaube ich.«

Frau Fabian nickt vielsagend, dann läßt sie die Katze aus dem Sack: »Weißt du schon, daß Ingrid die Dachwohnung vermietet hat?«

Sophie versucht zu ignorieren, daß dieses »Du« sie von vornherein aus der Unterhaltung ausschließt.

»Sicher brauchen sie Geld. Ihr Mann spielt seit neuestem Golf. Wer ist es denn?«

»Ein junger Mann. Kein Student. Rechtsanwalt.«

»Ach. Wieviel verlangt sie?«

»Dotti, so was fragt man doch nicht. Wenigstens ich nicht«, fügt Frau Fabian hinzu.

»Na, da bin ich mal gespannt«, sagt Frau Weinzierl, ohne näher zu erklären, worauf.

Mit dem Kaffee und dem Gebäck kommt noch mehr Klatsch auf den Tisch, und bald kennt Sophie die wichtigsten Eckdaten aus dem Familienleben der Behnkes: Der Mann ist Galerist und viel unterwegs, die Tochter war schon immer ein Früchtchen, das mit achtzehn ein uneheliches Kind bekommen hat und später ein Verhältnis mit ihrem Chef anfing, dem Juwelier Schwalbe, der auch noch ausgerechnet in dieser Straße wohnt und sich vor kurzem eine Exotin angelacht hat.

»Dann ist diese unselige Affäre mit der Gudrun wohl endlich vorbei«, meint Frau Fabian. »Ingrid wird froh sein, sie hat sehr darunter gelitten.«

Frau Weinzierl schüttelt wichtigtuerisch mit dem Kopf. »Daß du dich da mal nicht täuschst.«

»Wie?« fragt Frau Fabian überrascht. »Neben so einer Thaifrau …«

»Keine Thai«, korrigiert Frau Weinzierl. »Es ist so eine Kaffeebraune. Keine Ahnung, woher die stammt.«

»Aus dem Katalog, vermutlich«, bemerkt Frau Fabian spitz. »Warum macht die Gudrun das bloß mit? Ist er denn so großzügig? An einen gewissen Luxus gewöhnt man sich natürlich schnell …«

»Im Gegenteil, er ist ein Geizkragen«, wehrt Frau Weinzierl ab.

»Ist es was Sexuelles?« rätselt Frau Fabian mit einer Mischung aus Abscheu und Gier im Blick.

»Nein. Ingrid sagt, er setzt Gudrun unter Druck. Schließlich ist sie seine Angestellte, und die Lage auf dem Arbeitsmarkt ist nicht rosig …«

»Schönes Schlamassel«, urteilt Frau Fabian, »aber selbst eingebrockt.«

»Allerdings«, bekräftigt Frau Weinzierl ein wenig hämisch.

Als der Diät-Bienenstich und die Magerquarkschnittchen zur Hälfte aufgezehrt sind und die Familie Behnke kein Gesprächsthema mehr hergibt, wendet sich die Unterhaltung Frau Fabians Dauerproblem zu. Sophie wird schnell klar, weshalb das Thema während des Essens gemieden wurde.

»Ich frage mich, ob es nur die Krankheit ist oder auch eine gehörige Portion Bosheit«, klagt Frau Fabian. »Gestern zum Beispiel. Unser Zivi war da, und wir haben sie von Kopf bis Fuß gewaschen und das Bett neu bezogen. Eine Stunde später komme ich in ihr Zimmer, da hat sie ihre volle Windel ausgezogen und alles …«, sie schlägt in einer dramatischen Geste die Hände vor ihr Gesicht, »Verzeihung, aber so ist es eben: Sie hat den Kot überall rumgeschmiert. Bettzeug, Fußboden, Wände, alles voll. Ich habe mich hingesetzt und erst mal geheult.«

»Das kann ich verstehen.« Frau Weinzierl drückt ihr

mitfühlend die leicht gerötete Hand, die kraftlos neben ihrem Teller liegt. »Ihre Schwiegermutter hat Alzheimer«, erklärt sie, zu Sophie gewandt.

Sophie nickt. Sie weiß einiges über Krankheiten. Besonders gut weiß sie über die Gebrechen der Patienten von Dr. med. E. Mayer Bescheid, da die Sprechstundenhilfen im Sommer viel Wert auf frische Luft legen. Die Versuchung ist groß, die Kaffeerunde über die Leberwerte des Golfspielers Clemens Behnke aufzuklären. Doch Sophie hält sich gewissenhaft an die ärztliche Schweigepflicht. Außerdem hebt Frau Fabian gerade zu einer neuen Suada an: »Nachts brüllt sie, wir sollen sie in den Keller bringen, die Engländer bomben wieder. Seltsamerweise bomben die nur, wenn ihr Herr Sohn auf Dienstreise ist. Er war mir in all den Jahren sowieso kaum eine Hilfe. Aber ich sehe nicht ein, daß unser Flori nicht studieren soll, nur weil wir unser ganzes Geld für ein Heim für diese … diese …« Der Haß läßt sie verstummen.

»Noch Kaffee?« Frau Weinzierl gießt die Tassen nach, als es laut an die Tür klopft. Sie flötet: »Herei-ein.«

Ein Busch langstieliger, lachsfarbener Rosen schiebt sich ins Zimmer. Frau Weinzierl stellt die Kanne ab und ordnet mit einer nervösen Geste ihr schwarzgefärbtes Haar, das sie heute zu einem rätselhaften Kunstwerk verschlungen hat. Sie strahlt den Gast an und stellt ihn vor: »Mein Mieter, Herr Bronski.«

»Mark, für Sie.« Er reicht ihr die Rosen, Frau Weinzierl stößt kleine spitze Schreie aus und trippelt nach einer Vase. Mark reicht Frau Fabian die Hand. Frau Fabian lächelt, zum ersten Mal an diesem Nachmittag. Es macht sie für Augenblicke zu einer attraktiven Frau. Als er Sophie die Hand gibt, wird Marks Lächeln noch eine Spur breiter. Oder bildet sie sich das nur ein?

Frau Weinzierl kommt zwitschernd und flatternd zurück, sie hat sich die Lippen in einem erbarmungslosen

Pink nachgezogen und schiebt eine Bugwelle Chanel Nr. 5 vor sich her.

»Was für ein traumhaftes Gewand Sie heute tragen!«, kommentiert Mark ihren Auftritt. »Dieser Schnitt, dieser Faltenwurf! Es hat etwas Mondänes und etwas Lässiges zugleich. Die Farbe erinnert mich an Pistazieneis.«

»Es ist salbeigrün«, antwortet Frau Weinzierl hoheitsvoll. Das Wort stammt von Sophie, aber Frau Weinzierl wendet es um so lieber an. »Die Farbe meiner Augen. Frau Kamprath hat es genäht.«

Anstatt Frau Weinzierl in die salbeigrünen Augen zu sehen, nickt Mark Sophie anerkennend zu. »Es ist immer wieder überraschend, was für Talente in einem Menschen schlummern«, sagt er. Sophie taucht ihren Blick in die Kaffeetasse.

Die Astern landen auf der Anrichte neben dem Duftlämpchen, raumgreifend quillt der Rosenstrauß in der Tischmitte auseinander, und Sophie sieht Frau Weinzierl ab sofort nur noch vom Doppelkinn abwärts. Das macht ihr wenig aus, aber Frau Fabian, die Mark gegenübersitzt, ruckelt an ihrem Stuhl, und ihr Rückgrat erweist sich als unerwartet biegsam.

Die Atmosphäre im Raum hat sich verändert. Schultern werden gestrafft, Bäuche eingezogen, Beine grazil übereinandergeschlagen, wechselseitige intensive Blicke spinnen ein unsichtbares Netz über den Tisch. Nur Sophie beobachtet mit stummer Hingabe die kumulierenden Sahnewolken in ihrer Kaffeetasse. Es wird nicht mehr gejammert und über Körperausscheidungen gesprochen, sondern über Rosen.

»Es sind dreizehn«, verkündet Mark. »Als schwachen Trost für Ihren herben Verlust.« Frau Weinzierl quietscht vor Entzücken. Offenbar weiß er genau, wie er seine Vermieterin handhaben muß. Aber auch Sophie wird langsam nervös, denn schon zweimal hat seine Hand die

ihre berührt, ganz zartzufällig, beim Hantieren mit Milchkännchen, Zuckerzange und Kuchenschaufel. Als Frau
Weinzierl in die Küche geht, um frischen Kaffee zu holen,
lobt Frau Fabian das Kleid, das Sophie trägt, und auch das
Salbeigrüne von Frau Weinzierl.

»Ja«, stimmt ihr Mark unaufgefordert zu. »Dieser Schnitt
ist außerordentlich, er thematisiert geradezu die ver-
schwenderische Weiblichkeit. Man möchte es am liebsten
gleich selbst anprobieren.«

Frau Fabian wirft ihm einen pikierten Blick zu, dann
beugt sie sich zu Sophie und sagt mit gedämpfter Stimme:
»Ich bräuchte so dringend etwas Neues. Etwas Schlichtes,
Elegantes. Für eine besondere Gelegenheit, Sie wissen
schon.«

Sophie freut sich, von Frau Fabian endlich wahrgenommen worden zu sein.

»Wären Sie denn bereit, mir auch so ein Wunderwerk
zu nähen?« wispert Frau Fabian, wobei sie Mark verschwörerisch zuzwinkert.

»Ja, gerne.«

»Ich komme morgen mal bei Ihnen vorbei, dann …« Sie
verstummt, denn eben schwebt die Gastgeberin wieder
ein. Anscheinend soll sie vorerst nichts von Frau Fabians
Ansinnen erfahren.

Frau Weinzierl versorgt Mark mit Kaffee und einem
Himbeer-Sahneschnittchen, das sie extra für ihn in der Küche gehortet haben muß, und berichtet von ihren Schwierigkeiten, einen neuen Maler zu bekommen. Sie klagt nicht
etwa, nein, sie erzählt im Stil einer heiteren Anekdote. Seit
Mark hier ist, gibt es keine ernsthaften Probleme mehr.
Das Leben hat eine Glasur aus Zuckerguß bekommen.

»Eigentlich müßte ich Ihnen ja böse sein.« Frau Weinzierl droht Sophie scherzhaft mit dem Zeigefinger.

»Mir? Wieso denn?« Sophie ist alarmiert. Hat sie irgend
etwas Falsches gesagt oder getan?

»Weil ich jetzt ohne Maler dastehe und vor allen Dingen wegen meiner kaputten Rosen.« Sie ringt die Hände in gespielter Verzweiflung.

Sophie ist verwirrt. Frau Weinzierl äugt an den Blumen vorbei und flüstert: »Nein wirklich, Frau äh … Sophie! Wie Sie das gemacht haben, mit dem Mann, das werde ich nie vergessen. Diese Augen!« Jetzt wendet sie sich abwechselnd an Frau Fabian und an Mark. Unverhohlen genießt sie deren gespanntes Interesse. »Wie sie ihn angesehen hat, so ganz hypnotisch, und dann hat sie diese Worte gesagt, so was soll man ja besser nicht wiederholen, das bringt Unglück, und prompt …«, sie legt eine Kunst-, vielleicht auch eine Atempause ein, »… ist der Mann eine Minute später mausetot.« Noch immer ist ihr das Lächeln ins Gesicht gemeißelt.

Sophie bekommt keinen Ton heraus. Sie sieht Mark an. In seiner Miene ist eine gewisse Erheiterung zu bemerken, als er jetzt sagt: »Soviel ich weiß, hatte der Mann einen Herzanfall.«

»Ach«, entschlüpft es Sophie.

Frau Weinzierl lächelt wissend. »Natürlich hatte er den. Nachdem sie«, sie deutet mit dem Kinn auf Sophie, »ihn zum Teufel gewünscht hat. Im übrigen völlig zu Recht, ich mache Ihnen ja keinen Vorwurf, Sophie. Im Gegenteil. Es war beeindruckend. So etwas erlebt man schließlich nicht jeden Tag.« Ein Blick falschen Bedauerns streift Frau Fabian, die nicht das Glück hatte, Zeugin dieses Ereignisses zu werden. »Ich finde es aufregend, so jemanden zu kennen.« Frau Weinzierl stellt die Vase achtlos neben Frau Fabians leeren Kuchenteller. Sie braucht jetzt freie Bahn, um Sophie in die Augen sehen zu können. Frau Fabian steht kopfschüttelnd auf und verbannt die Rosen auf die Anrichte, wobei sie das Teelicht im Duftlämpchen ausbläst. »Penetranter Geruch!« Sie äußert sich nicht zur Theorie ihrer Freundin. Dergleichen hört sie nicht zum ersten Mal, erst kürzlich hat Dotti sie darüber in Kenntnis gesetzt, daß sie, Dotti Weinzierl, in einem ihrer früheren Leben eine mandschurische Schamanin war. Ob das chronologisch gesehen vor oder nach der indischen Kurtisane kam, hat Frau Fabian zu fragen vergessen.

»Was meinen Sie mit ›so jemanden‹?« hakt Mark nach.

»Der solche Kräfte hat wie sie.« Frau Weinzierl deutet auf Sophie, die sich noch immer erschrocken und sprachlos an ihren Stuhl klammert. »Das ist eine Gabe. Nur wenige Menschen können das. Sagen Sie, Sophie, haben Sie das schon einmal getan?«

»Nein, das habe ich nicht!« Sie schreit es beinahe heraus.

Frau Fabian räuspert sich. »Warst du in den letzten Tagen beim Friseur, Dotti?«

»Ja, am Samstag«, gesteht Frau Weinzierl, etwas aus dem Konzept gebracht. »Ich gehe immer, wenn der zunehmende Mond im Löwen steht, das weißt du doch.«

»Du solltest nicht alles glauben, was in den abgegriffenen Heftchen steht, die du unter der Trockenhaube liest.«

Frau Weinzierl straft sie mit Nichtbeachtung.

»Was sagen Sie dazu, Mark? Sie waren doch Zeuge des sogenannten Unfalls, nicht wahr?«

»Ich bin ans Fenster gegangen, als ich etwas laut scheppern hörte. Und da fiel der Mann auch schon runter. Wie von einem unsichtbaren Blitz getroffen.«

Feigling, denkt Sophie.

»Da hörst du es!«

»Dotti, wir leben nicht in Schwarzafrika!«

»Das müssen wir auch gar nicht, Sieglinde. Erst neulich haben sie in einer dieser Nachmittags-Talkshows über das Thema Flüche diskutiert. Normalerweise schaue ich so was ja nicht an«, erklärt sie in Marks Richtung und errötet ein wenig, »aber ich war gerade am Bügeln … nun ja, jedenfalls ging es da um Menschen, die andere verflucht haben. Das waren ganz normale Leute, äußerlich. Keine Voodoo-Priester oder so was. Eine Zuschauerin hat erzählt, eine ihr bekannte Frau hätte zu einem Mann gesagt, er würde die Hochzeit seiner Tochter nicht erleben. Der Mann war kerngesund und hat das natürlich nicht geglaubt. Er ist am Tag vor der Trauung gestorben.«

»Vielleicht hat die Verflucherin etwas nachgeholfen.«

»Es muß dabei nicht immer um Leben und Tod gehen«, doziert Frau Weinzierl unbeirrt weiter. Man kann jemandem auch nur Schaden zufügen, nicht wahr?« Wieder sieht sie Mark an. Ab sofort ist er ihr Mann fürs Übersinnliche.

»Das ist zweifellos eine interessante Materie«, sagt er ausweichend, »aber niemand weiß wohl genau, was die Wahrheit ist und wo Einbildung und Scharlatanerie anfangen.«

»Es soll auch Leute geben, die Warzen wegbeten«, bemerkt Frau Fabian.

»Ja«, pflichtet ihr Sophie bei, »das konnte meine Großmutter.«

Ein Schweigen folgt diesen Worten. Sophie beißt sich auf die Unterlippe und blickt verlegen in die Runde. Frau Fabian verzieht abfällig das Gesicht, Mark sieht amüsiert aus, und Frau Weinzierl vergißt, den Mund zu schließen.

»Ist das wahr?« haucht sie schließlich.

»Ja«, bestätigt Sophie unsicher. Sie ist es nicht gewohnt, im Mittelpunkt der Aufmerksamkeit zu stehen. Aber ein klein wenig genießt sie es auch. »Sie kannte sich mit Pflanzen aus und konnte Leute gesundbeten.«

Diese Mitteilung läßt Frau Weinzierl schneller und lauter atmen.

»Klappte es auch andersrum?« Das war Mark.

»Andersrum?« Sophie versteht nicht, was er damit sagen will.

Frau Weinzierl schon. »Hat sie mal jemandem eine Krankheit angewünscht, oder sogar … Sie wissen schon?« fragt sie begierig.

»Nein«, sagt Sophie schnell, »das hätte sie nie getan.«

»Weil es auch nicht geht«, wirft die Stimme der Vernunft ein, aber niemand antwortet Frau Fabian.

Frau Weinzierl drückt Sophies Hand und schaut ihr in die Augen. »Es ist ganz klar. Sie haben diese Gabe geerbt.« Noch nie hat jemand Sophie so angesehen wie Frau Weinzierl in diesem Moment: Aus ihrem Blick spricht schiere Bewunderung. Sie wirkt auf Sophie wie eine Droge.

Frau Fabian richtet sich nun direkt an Sophie. »Seit wann ist Ihre Großmutter tot?«

»Schon lange. Ich war acht, als sie starb.« Das Glücksgefühl ist verschwunden.

Frau Fabians Mund kräuselt sich zu einem spöttischen Lächeln. »Da haben wir es. Man hat Ihnen als kleines Mädchen ein paar haarsträubende Geschichten erzählt. Vielleicht hat Ihre kindliche Phantasie ein wenig nachgeholfen.«

Sophie überlegt. Nein, so war es nicht. Ganz und gar nicht. Niemand hat sich seit dem Tod ihrer Großmutter Zeit genommen, ihr Geschichten zu erzählen.

»Ja, das kann schon sein«, sagt sie, und Frau Fabian nickt versöhnlich.

»Liebe Dorothea«, säuselt Mark, und Frau Weinzierl schmilzt bei dieser Anrede dahin wie Märzschnee, »Sie halten es also für möglich, daß Ihre Nachbarin, diese sanfte, stille Frau, allein durch ihre Willenskraft einen Menschen töten kann?«

»Es sieht ganz danach aus, oder nicht?« Jetzt, wo Mark es so krass formuliert hat, scheinen Frau Weinzierl Zweifel zu befallen.

»Dann müssen wir eben warten, bis sie uns ihre besondere Fähigkeit noch mal beweist«, hört Sophie Mark sagen, und Frau Fabian murmelt: »Ich wüßte da auch schon eine Versuchsperson.«

Sophie findet, daß jetzt ein guter Zeitpunkt ist, um zu gehen. Sie steht auf. »Ich muß jetzt nach Hause.«

Frau Weinzierl protestiert. »Aber Sophie, Sie können doch jetzt nicht einfach gehen!«

»Ich muß noch kochen.« Sie nickt Frau Fabian und Mark zu und strebt rasch in Richtung Flur. Ein salbeigrüner Schatten heftet sich an ihre Fersen.

»Schön, daß Sie hier waren«, sagt Frau Weinzierl, als sie Sophie die Haustüre öffnet, und leiser: »Hören Sie nicht auf Sieglinde. Es ist ihre Lebenseinstellung, anderer Meinung zu sein. Ich glaube ganz fest an Sie.« Da ist er wieder, dieser innige Blick.

»Auf Wiedersehen, Frau Weinzierl. Und vielen Dank«, antwortet Sophie und geht mit schnellen Schritten durch den Vorgarten und über die Straße. Sie weiß, daß die anderen jetzt noch eine Weile über sie reden werden, und diese Gewißheit bereitet ihr Unbehagen. Gleichzeitig ist da aber auch etwas Prickelndes.

Das Radio dudelt vor sich hin, und Sophie räumt gerade den Frühstückstisch ab, als es an der Tür klingelt. Das wird Frau Fabian sein, vermutet sie, wegen des Kleides.

Es ist Mark. Sie bittet ihn ins Wohnzimmer. Er streift forschend herum, taxiert jedes Möbelstück, als wolle er es pfänden, und studiert die Buchrücken im Regal. Vor dem Rauhfußkauz, der auf einem bemoosten Ast über dem Waffenschrank sitzt, bleibt er stehen.

»Hast du den gemacht?«

Sophie findet das »Du« unangebracht. Doch ebenso unpassend fände sie es, sich zu siezen. Vielleicht liegt es daran, daß sie Marks Anwesenheit hier, in dieser Wohnung, in Rudolfs Territorium, generell unpassend findet.

»Ja, der ist von mir.«

Der Kauz hat den staunenden Blick und den pummeligen Körper eines Jungvogels. Er wirkt verloren, ein verlassenes Vogelkind, das nun aus gelben Glasaugen mit großer, dunkler Iris auf die schweren Möbel herabblickt.

»Der ist schön. Aber auch ein bißchen traurig. Wie macht man so etwas?«

»Ganz einfach. Man löst das Fleisch von der Haut …«

»Wie?«

»Mit Skalpell, Messer und Pinzette. Bestimmte Knochen bleiben dran. Dann kommt der Balg in die Gerblauge. Am nächsten Tag wird er ausgewaschen, geschleudert, geföhnt …«

»Geschleudert?« unterbricht Mark erneut. »In einer Wäscheschleuder?

»Ja«, bestätigt Sophie, »Federn halten mehr aus, als man denkt.«

Sie sieht in sein Gesicht. Er betrachtet jetzt nicht mehr den Kauz, sondern sie.

»Weiter«, ermuntert er sie, »erklär's mir, ich will alles wissen.«

Sophie spricht zu dem Kauz: »Er wird also geföhnt und mit Schädlingsbekämpfungsmittel bepinselt. Wenn das Tier klein ist, genügt ein Korpus aus Holzwolle, die wird fest mit Draht oder Garn umwickelt. Für größere Körper braucht man ein Modell aus Gips oder aus Hartschaum. Manchmal muß man ein richtiges Gerüst bauen, an dem man die Knochen und die Gipsschale befestigen kann. Aber bei dem Kauz genügt fester Draht für die Flügel und die Ständer.«

»Ständer?«

»Die Füße. Der Balg wird zugenäht, bekommt die passenden Glasaugen, und zum Schluß werden noch Füße und Schnabel nachgemalt, weil die Gerblauge die Hornteile ausbleicht.«

Sophies Gesicht hat während des Vortrags einen lebhaften Ausdruck bekommen.

»Das ist ein interessanter Beruf«, bemerkt Mark. »Es

scheint nicht einfach zu sein. Du bist eine Künstlerin, weißt du das?«

Sophie lächelt verlegen.

»Wo kommt der Rest hin?«

»Welcher Rest?«

»Das Fleisch, die Innereien, die richtigen Augen.«

»In die Tiefkühltruhe und von dort zum Schlachthof, in die Tierkörperbeseitigung.«

»Kann man das auch mit Menschen machen?«

»Was?«

»Sie präparieren.«

Sophie sieht ihn erstaunt an, zum ersten Mal sieht sie ihm in die Augen, aber sein Blick bestätigt ihr, daß er die Frage durchaus ernst gemeint hat. Offenbar besitzt er einen Hang zum Makabren.

»Ja. Lenin zum Beispiel, der ist präpariert. Man ersetzt das Wasser in der Haut durch Paraffin.«

»Deshalb ist der so blaß.«

»Mit Gerblauge würde die Haut ledrig. Aber im Prinzip ist es dasselbe …«

»Du meinst, Haut ist Haut.«

»Ja«, antwortet Sophie knapp. »Wollen Sie … wie wär's mit einem Kaffee?«

»Gerne.«

Er folgt ihr in die Küche, setzt sich an den Tisch und beobachtet schweigend, wie sie mit den vertrauten Gegenständen hantiert.

»Hier lebst du also. Fühlst du dich wohl?«

Sophie fährt herum, den Filter noch in der Hand, braune Tropfen zerplatzen auf den hellen Fliesen. »Ja, natürlich.«

»Also nicht. Das dachte ich mir.«

Sie stellt die Tassen etwas unsanft auf den Tisch und setzt sich steif ihm gegenüber.

»Wie ist das, wenn man nicht lesen kann?«

Es ist dasselbe Gefühl wie im Supermarkt. Ihr wird flau, ihre Wangen werden erst flammend rot, dann fahl wie Lehm und Asche, und sie beginnt zu zittern. Er legt seine Hand auf ihren Arm. »He, Sophie, kein Grund zur Aufregung.«

»Du wirst es doch niemandem sagen, oder?«

Er lächelt. »Jetzt siehst du aus wie der Kauz da drüben. Ich werde schweigen wie ein Grab. Was denkst du denn von mir?«

Was Sophie von ihm denkt, weiß sie selber nicht. Sie weiß nur eins: Wenn er jetzt gleich davon anfängt, daß er ihr Lesen und Schreiben beibringen möchte, dann wird sie ihn hinauswerfen. Dieses Martyrium hat sie bereits mit Rudolf hinter sich, das braucht sie nicht noch einmal.

»Wie ist es dazu gekommen? Ich meine, du bist doch sonst eine kluge Frau.« Sophie sieht ihn zweifelnd an. Eine kluge Frau hat sie noch niemand genannt.

»Ich will darüber nicht sprechen.«

»Okay«, lenkt Mark ein, »dann sprechen wir über was anderes. Du nähst wunderbar. Sogar die Weinzierl bekommt so etwas wie eine Figur in diesem Salbeigrünen. Wo hast du das gelernt?«

»Die einfachen Sachen von meiner Großmutter. Später habe ich einen Kurs gemacht, wie man Kleider entwirft und zuschneidet.«

»Darf ich mal deine Kleider sehen?«

Sophie ist unschlüssig, doch seine schiefergrauen Augen sehen sie so erwartungsvoll an, als hinge von ihrer Antwort sein Seelenheil ab.

»Bitte«, sagt sie förmlich und steht auf. Er folgt ihr ins Nähzimmer, und sie öffnet ihren großen, schweren Bauernschrank, den sie von zu Hause mitgebracht hat. Ein Duft nach Zedernöl und neuem Stoff weht ihnen entgegen.

409

»Das sind ja viele«, ruft er begeistert. »Wann ziehst du sie an?«

»Weiß ich nicht. Eigentlich sind sie viel zu schade …«, ›für mich‹ wollte sie sagen, aber sie bremst sich gerade noch, »… für die Hausarbeit und den Supermarkt.«

Er sieht sie herausfordernd an. »Sind das deine Kreise, Sophie? Diese Wohnung, der Supermarkt und der Friedhof?«

»Ab und zu gehe ich spazieren oder in die Stadt.«

»Was machst du da?«

»Stoff kaufen. Zum Markt. Und Leute ansehen. Die meisten sind schlecht angezogen, obwohl sie Geld haben.«

»Kannst du Auto fahren?«

»Ja.«

»Aber er läßt dich nicht, stimmt's?«

»Nicht ohne Führerschein.«

»Wann fährst du dann?«

»Wenn ich bei meinem Bruder bin.«

»Ist er gut zu dir, dein Bruder?«

Was für eine seltsame Frage, denkt Sophie und antwortet schroff: »Natürlich ist er das.«

Mark lächelt. »Jetzt hast du wieder Farbe bekommen. Übrigens, wenn du mal dringend ein Auto brauchst, kannst du meins nehmen. Der Ersatzschlüssel liegt im Handschuhfach, und die Beifahrertür ist immer offen, das Schloß ist hin.«

»Warum sollte ich dringend ein Auto brauchen?«

»Man weiß nie.«

»Willst du jetzt die Kleider sehen?« fragt Sophie ungeduldig.

»Ja.« Mark nimmt eines nach dem anderen heraus. Seine Hände tasten die Nähte entlang, spielen mit Knöpfen, erforschen die Innenseite. Ab und zu hält er den Stoff an seine Wange oder vergräbt das ganze Gesicht darin. Dann hängt er jedes Kleid sorgfältig zurück, streicht wie zum

Abschied noch einmal darüber, ehe er mit Ungeduld, fast schon Gier, das nächste hervorholt. Noch nie hat Sophie einen Mann so mit Kleidern umgehen sehen. Sie ertappt sich bei dem Wunsch, er möge auch sie auf diese Weise berühren.

»Darf ich eines anziehen?«

»Ob ich eines anziehe?«

»Nein, nicht du. Ich. Ich würde gerne das rote da anziehen. Es hat so ungefähr meine Größe. Alle haben meine Größe, und sie sind wunderbar.«

Sophie starrt ihn an.

»Okay, Sophie. Ich kenne dein Geheimnis, du sollst meins kennen. Darf ich bitte eines von deinen Kleidern anziehen?«

»Bist du, äh, ich meine …«

»Nenn es, wie du willst. Ich ziehe einfach ab und zu gerne ein Kleid an. Mit dem entsprechenden Make-up dazu, natürlich.«

»Natürlich«, wiederholt Sophie. Erst jetzt fällt ihr der kleine Lederbeutel auf, den er dabei hat.

Er will seinen Arm um sie legen, aber Sophie weicht zurück.

»Du brauchst keine Angst zu haben. Es ist einfach ein Spiel, nichts weiter, eine Marotte von mir. Ich habe das als Kind schon gerne gemacht.«

Sie lächelt unsicher. »Meinetwegen. Ich geh inzwischen raus.«

Sie geht ins Bad und wäscht ihr Gesicht kalt ab. Dann kämmt sie ihr Haar und malt sich die Lippen an. Ein wenig Rouge könnte nicht schaden, findet sie. Und Lidschatten und Wimperntusche. Sie muß die Sachen aus der hintersten Ecke des Badezimmerschränkchens hervorkramen. Rudolf mag es nicht, wenn sie sich schminkt. Er findet das nuttig.

Seltsam, wie so ein paar simple Dinge ein Gesicht verändern. Sie findet sich gar nicht mehr so bäurisch. Nuttig auch nicht.

Endlich tönt seine Stimme »Fertig!« aus dem Nähzimmer. Gespannt macht sie die Tür auf. Drinnen steht eine Person mit aufgestecktem Haar, ein paar Fransen sind in die Stirn gezupft, das Gesicht ist mädchenhaft. Er hat sich ein gerade geschnittenes, mohnrotes Kleid ausgesucht, asymmetrisch geknöpft und mit einem schwarzen Stehkragen. Es besitzt einen fernöstlichen Touch, der durch den schweren Seidenstoff unterstrichen wird.

Sophie hätte gewettet, daß Mark das Kleid viel zu groß ist, aber es sitzt nicht einmal schlecht. Seine Schultern sind breiter, als sie scheinen, und füllen das Oberteil gut aus, nur um die Hüften sucht der Stoff vergeblich nach Halt. Seine Figur ruft in ihr ein Gefühl, vielmehr die Erinnerung an ein Gefühl, hervor, die sie ganz rasch verdrängt.

»Wie findest du es, so auf die Schnelle?« Fast kommt es Sophie so vor, als hätte sich auch seine Stimme verändert.

»Es steht dir besser als mir«, gesteht sie. Er legt seinen Arm um ihre Taille und dreht sich mit ihr vor dem Spiegel einmal um die eigene Achse. Sophie leistet keinen Widerstand. Die Schneiderpuppe gerät ins Wanken, Mark fängt sie auf. »Wackeliges Ding!«

»Du mußt jetzt gehen. Frau Fabian wollte heute noch vorbeikommen, wenn die dich hier sieht, noch dazu so …«

»Dann haben sie noch ein Skandälchen zum Tuscheln.«

»Und ich komme in Teufels Küche.«

»Scheint ein echt sympathischer Typ zu sein, dein Mann.«

»Zieh dich wieder um, bitte.« Sophie geht aus dem Zimmer. Als Mark fertig ist, ist sie wieder verblüfft, diesmal über die Rückverwandlung.

»Mit dem Kleid gefalle ich dir besser, stimmt's?«

»Irgendwie schon.«

»Nähst du mir auch eins?«

»Also, ich weiß nicht …«

»Ich flehe dich an! Nur ein Kleid. Niemand wird davon erfahren.«

»Wann willst du es denn anziehen?«

»Wann ziehst du deine an?«

»Selten. Manchmal bloß so, für mich.«

»Schade drum. Mit diesen Kleidern muß man unter Leute, um sich bestaunen zu lassen.«

»Ich schenke dir das rote, wenn du es willst. Ich muß es nur ein bißchen ändern.«

Er strahlt. »Danke. Aber du nähst mir trotzdem eines?«

»Vielleicht.«

Als er gegangen ist, läßt sie sich erschöpft auf das schwarze Sofa in ihrem Zimmer fallen und versucht das Chaos in ihrem Kopf zu ordnen, als es erneut klingelt. Sophie kann sich nicht erinnern, wann es in dieser Wohnung jemals so zugegangen ist wie an diesem Vormittag.

Diesmal ist es Frau Fabian. Sophie bietet auch ihr einen Kaffee an, aber sie behauptet, sie hätte nicht viel Zeit. Täuscht sich Sophie, oder hat Frau Fabian einen mißtrauischen Blick auf die zwei Tassen auf dem Küchentisch geworfen? Wenn schon! Sie könnten auch vom Frühstück mit Rudolf übriggeblieben sein.

Im Nähzimmer sieht sich Frau Fabian mit distanzierter Neugier um. »Hier ist also Ihr Reich. Muß ich den Pullover ausziehen?«

»Wäre besser.«

Frau Fabian schlüpft aus dem champagnerfarbenen Angorapullover. Ihr Parfum ist kaum wahrzunehmen, aber unwiderstehlich. Die Dessous ebenfalls. Ihr Körper sieht jünger aus als ihr Gesicht. Sophie muß sich zusammenreißen, sie nicht öfter als notwendig zu berühren. »Es ist schön, endlich mal für jemanden zu nähen, der Figur hat.« Frau Fabian lächelt, zuerst erfreut, dann boshaft, als ihr einfällt, wer Sophies letzte Kundin war.

Während sie gemessen wird, gibt sich Frau Fabian redselig. Sie erzählt von Frau Behnkes neuem Mieter und daß Frau Weinzierl öfter so »herumalbern« würde wie gestern nachmittag. »Die gute Dotti«, seufzt sie, »immer ein bißchen überdreht. Müssen Sie denn die Maße nicht aufschreiben?

»Das mache ich nachher.« Frau Fabian zieht sich wieder an, während Sophie erläutert: »Ich denke an eine Art Etuikleid. Wie Audrey Hepburn in ›Frühstück bei Tiffany‹. Mit einer kurzen Jacke dazu.« Sophie läßt sich häufig von Filmen zu neuen Werken inspirieren.

»Das klingt verlockend.«

»Wollen Sie den Stoff selbst besorgen?« Sophie rollt das Maßband auf.

»Ja, gerne. Wenn Sie mir sagen, welchen.«

»Kräftige Seide, kann auch Wildseide sein, oder Satin. Am schönsten wäre natürlich …« sie zögert, ihre Augen glänzen jetzt lebhaft, »… aber das ist nicht ganz billig.«

»Was denn?«

»Schwarzer Brokat«, sagt sie mit einem schwärmerischen Ton in der Stimme, »das wäre am schönsten.«

»Schwarzer Brokat«, wiederholt Frau Fabian.

»Natürlich schwarz. Etwas anderes kommt ja nicht in Frage.«

Frau Fabian sieht sie groß an, aber Sophie ist schon dabei, eine kleine Skizze anzufertigen, während sie erklärt: »Zeigen Sie das der Verkäuferin, die wird Ihnen dann sagen, wieviel Stoff nötig ist. Oder soll ich doch lieber selbst gehen?« fragt Sophie, als Frau Fabian sie noch immer mit somnambulem Blick ansieht.

»N… nein«, antwortet sie endlich. »Schwarzer Brokat. Ich habe verstanden.«

Während des Abendessens hofft Sophie auf ein Zeichen, daß Rudolf noch mal weggeht. Aber es sieht nicht danach aus. Er hat sich bereits mit Zeitung und Weinglas in der Kurve des Ecksofas festgesaugt.

Sophie räumt die Küche auf und säubert die Töpfe. Langsam und gründlich. Immerhin hat er ihre Lasagne gelobt.

Draußen zerrt der erste Herbststurm an den Baumkronen, im Wohnzimmer läuft der Fernseher. Das ist schon mal nicht schlecht, spekuliert Sophie. Manchmal liest Rudolf den ganzen Abend. Wenn Sophie den Fernseher oder das Radio einschalten will, beschwert er sich über die Störung. Aber er erlaubt ihr auch nicht, in ihr Zimmer oder ins Bett zu gehen.

»Schau dir die Bilder an«, sagt er dann boshaft und wirft ihr eines seiner Magazine in den Schoß.

Wenige Wochen nach ihrer Heirat hat er mit dem Versuch begonnen, ihr wenigstens das Lesen beizubringen. »Wäre doch gelacht, wenn ich als Lehrer das nicht schaffe.«

Doch obwohl Sophie tagelang über Erstkläßlerfibeln brütete, war sie am Abend, bei Rudolfs »Lernkontrolle«, unfähig, sich an das Erlernte zu erinnern. Sie fing an zu stammeln, machte Fehler und wurde von Mal zu Mal nervöser. Als klar wurde, daß Oberstudienrat Rudolf Kamprath es tatsächlich nicht schaffte, seiner eigenen Frau das Lesen beizubringen, lachte er entgegen seiner Ankündigung nicht, sondern schimpfte sie blöde und stur und kapitulierte »vor so viel Dummheit«.

Vielleicht, so grübelt Sophie häufig, würde ein Kind alles ändern. Aber auch darin hat sie bisher kläglich versagt.

Als Sophie ins Zimmer kommt, balgen sich zerlumpte schwarze Menschen wie Hunde um Pakete, die weiße Menschen von einem Lastwagen werfen. Sophie setzt sich ans äußerste Ende der Couch.

Rudolf steht auf und geht zum Schreibtisch. Er nimmt eine Kassette aus seiner Aktentasche und rammt sie in den

Schlund des Videorekorders. Die Tagesschau bricht ab. Sophie fühlt, wie sich ihr Magen zusammenkrampft, als Rudolf sie mit hungrigem Blick ansieht und ihr einen gemütlichen Feierabend verspricht.

Dorothea Weinzierl steht am Fenster ihres dunklen Wohnzimmers und starrt auf das gegenüberliegende Haus. Der Birnbaum hat bei dem Sturm von letzter Woche die meisten Blätter verloren, so daß sie jetzt freie Sicht auf die obere Wohnung hat. Alle Fenster sind dunkel, bis auf das Nähzimmer.

Sie sieht Sophie, die konzentriert an ihrer Nähmaschine sitzt. Ab und zu langt sie nach der Schere oder steht auf, um ein eben bearbeitetes Stück Stoff auf den Zuschneidetisch zu legen und ein anderes herzuholen. Ist es Absicht oder Nachlässigkeit, daß sie die Gardinen nicht zugezogen hat?

Ihr Mann ist vorhin weggefahren. Würde mich nicht wundern, wenn der noch was nebenbei laufen hat, denkt Frau Weinzierl. Immer geht der doch auch nicht zur Jagd, jetzt, wo die Nächte langsam frostig werden.

Normalerweise sitzt Sophie im Wohnzimmer vor dem Fernseher, wenn ihr Mann nicht da ist. Aber seit Beginn dieser Woche näht sie, als säße ihr jemand mit einer Stoppuhr im Nacken.

Schon eine seltsame Person. Warum wollte sie kein Geld für das salbeigrüne annehmen? So dicke haben die es doch auch wieder nicht. Aber auch Rudolf Kamprath ist ein eigenartiger Mensch. Ehe diese Sophie ins Haus kam, hat er über zehn Jahre mit seiner Mutter in dieser Wohnung da drüben gelebt. Soviel Frau Weinzierl mitbekommen hat, und das ist so einiges, gab es in diesen zehn Jahren keine Frauengeschichten in Kampraths Leben. Es gab ein paar Gerüchte über eine gescheiterte Ehe, aber weder er noch seine Mutter haben je etwas darüber erzählt. Vor drei Jahren ist sie dann plötzlich gestorben. Herzschwäche, sagte Dr. Mayer. So wie Frau Weinzierl Frau Kamprath senior in Erinnerung hat, kann sie sich bei ihr überhaupt keine Schwäche vorstellen, nicht einmal die eines ihrer Organe. Aber irgendwann trifft es jeden und jede, denkt sie, und ein Schauder kriecht ihr über den Rücken.

Sie findet, Sophie Kamprath hat großes Glück gehabt, um diese Schwiegermutter herumgekommen zu sein. Andererseits − zu Lebzeiten der alten Frau Kamprath wäre diese Ehe sicherlich nie zustande gekommen. Laura Kamprath hätte keine andere Göttin neben sich geduldet.

Göttin? Wie absurd. Warum mußte Rudolf Kamprath ausgerechnet im tiefsten Odenwald auf Brautschau gehen und ein so farbloses Wesen anschleppen? Warum keine Frau mit Bildung und ein wenig Temperament? Und dann dieser gräßliche Beruf! Selbst wenn sie es nur aushilfsweise macht. In ihrer Phantasie sieht Frau Weinzierl Sophie mit einem Fleischermesser in einem aufgeschlitzten Tierleib wüten. Därme quellen hervor, Blut läuft ihr an den Händen herab, um sie herum stehen und hängen ihre fertigen Opfer und glotzen sie aus trüben Glasaugen an.

Die reale Sophie steht jetzt gerade von der Nähmaschine auf und streift diesem widerlichen, beinamputierten Gestell das Kleid über. Es ist schwarz.

Frau Weinzierl weiß inzwischen, für wen das Kleid ist. Sieglinde hat ihr davon erzählt, und auch von den geheimnisvollen Andeutungen der Kamprath. Arme Sieglinde. »Dieses alte Wrack ruiniert mein Leben. Dabei ist die ganze Mühe sinnlos, es geht sowieso bergab mit ihr. Nur viel zu langsam«, hat die Geplagte ihr vor einiger Zeit in ihrer Verzweiflung anvertraut und hinter vorgehaltener Hand geflüstert: »Glaub mir, wenn es ein Gift gäbe, das man nicht nachweisen kann, ich würde es ihr schöpflöffelweise verabreichen.«

Wieder muß Frau Weinzierl an den Maler denken. Das

war schon eine seltsame Sache. Was, wenn diese Sophie wirklich seinen Tod verursacht hat?

Frau Weinzierl schaut wieder hinüber zu Sophie. Man wird sehen, denkt sie, wozu diese Frau fähig ist.

Als Sophie gegen Mittag vom Einkaufen kommt, steht Walter Fabians anthrazitmetallicfarbener BMW vor der Pforte seines Bungalows. Heute morgen hat sie Dr. Mayer dort herauskommen sehen, unmittelbar vor Beginn seiner Sprechstunde. Normalerweise macht er seine Hausbesuche mittags oder abends.

Sie geht zu ihrer Schneiderpuppe, nimmt eine Flusenbürste und fährt damit über das enge schwarze Brokatkleid und die taillenkurze Jacke. Schon an der Puppe sieht es ungemein elegant aus. Sie nimmt den Kopf mit den blonden Haaren aus der Kommode und schraubt ihn auf den Torso. Beim flüchtigen Hinsehen sieht die Gestalt jetzt fast wie Frau Fabian aus.

Sophie entfernt den Kopf wieder und entkleidet die Puppe. Sorgfältig bügelt sie das Kleid ein letztes Mal. Ihre Finger streichen über den warmen Stoff. Es ist wie ein kleiner Abschied. Ähnlich muß ein Maler fühlen, der sich von einem Bild trennen muß. Doch zum Trost wartet bereits eine neue Aufgabe. Auf dem Zuschneidetisch windet sich ein Seidenstoff in leuchtendem Azur. Er wird schön sein. Sophie lächelt. Er ganz besonders.

Das Kleid über dem Arm geht sie über die Straße. Sie nickt Frau Behnke zu, die gerade mit zwei vollen Einkaufstaschen am Sauerschen Grundstück vorbeigeht. Ingrid Behnke nickt kaum merklich zurück.

Vor dem Gartentor der Fabians bleibt Sophie stehen. Sie hat gerade auf den vergoldeten Klingelknopf gedrückt, als hinter ihr der lange schwarze Wagen hält.

2

KARIN MOHR BETRITT Axels Büro mit einem Stapel Akten unter dem Arm und einer Tasse in der Hand. Axel kennt inzwischen ihre Marotte, sich mit einem doppelten Espresso in Arbeitsstimmung zu bringen, aber normalerweise tut sie das in ihrem eigenen Büro. Sie trägt den Kaschmirpullover, den er auch schon kennt, und – einen Rock.

»Guten Morgen. Hier ist schon mal ein Teil ihrer Kandidaten.« Sie haben vor ein paar Tagen besprochen, welche Mandanten in Zukunft von ihm betreut werden sollen.

»Guten Morgen.« Axel wuchtet Pallandts BGB-Kommentar zur Seite, damit sie den Stapel ablegen kann. Er kann es kaum erwarten, ihre Beine anzusehen. Es gelingt ihm, ohne daß sie es merkt, zumindest glaubt er das. Sie trägt schwarze, undurchsichtige Strumpfhosen.

Oder Strümpfe?

Der Rock ist nicht geeignet, in diesem Punkt Klarheit zu schaffen. Das steife Bein sieht der Form nach ganz normal aus. Es ist ziemlich schlank, vielmehr dünn, aber das ist das andere Bein auch. Drahtig, findet Axel und entscheidet sich im geheimen für die Strumpf-Variante.

Sie stellt ihre Tasse ab und mustert ihn stirnrunzelnd. »Axel, von mir aus müssen Sie hier nicht jeden Tag im Nadelgestreiften antanzen. Jackett und Krawatte genügen.« Sie tritt so nahe an ihn heran, daß ihm ihr pudriges Parfum in die Nase steigt und den Kopf benebelt, und flüstert: »Brauchen Sie etwa einen Vorschuß?«

Die Frage stößt Axel, der seinen Kopf gerade zwischen ihren Schenkeln hatte, um mit seinen Lippen der Fährte eines ihrer schwarzen Strumpfhalter zu folgen, rauh ins

Hier und Jetzt zurück. Noch nicht ganz bei Sinnen, weiß er nicht, was er darauf antworten soll.

»Tut mir leid, daß ich nicht von selber darauf gekommen bin. Dabei müßte ich es doch noch wissen! Als ich anfing, hatte ich jeden Tag denselben gräßlichen Hosenanzug an, bis mir eine Sekretärin ein paar Sachen von sich geliehen hat.«

Sie rückt von ihm ab, und Axel kommt wieder zu Atem und Verstand.

»Da liegt mein Problem: Frau Konradi will das Senfgelbe partout nicht rausrücken.«

Karin lacht. Axel mag es, wenn sie lacht.

»Frau Konradi wird Ihnen einen himmelblauen Scheck geben.«

Offenbar ist sie heute in Plauderstimmung, denn sie erkundigt sich leutselig: »Haben Sie sich in Ihrer Wohnung gut eingelebt?«

»Ja, es ist sehr schön, nur …«

»Nur was? Fehlen Ihnen ein paar Topfpflanzen?«

»Es wohnen überwiegend ältere Leute in der Nachbarschaft. Ich meine, verheiratete Paare, Sie wissen schon.«

»Wie trist«, stimmt sie ihm zu. Inzwischen weiß er, daß es keinen Herrn Mohr gibt. »Das ist nun mal so in den respektablen Vierteln. Wo haben Sie denn bisher gehaust, in einer verlotterten Studenten-WG?«

Axel feilt noch an einer Antwort, da ist sie schon beim nächsten Punkt: »Sagen Sie, wohnt in Ihrer Straße ein gewisser Kamprath?«

»Es wohnt jemand schräg gegenüber, der so heißt. Aber den Mann habe ich noch nie gesehen. Nur die Frau, die stand neulich mal auf dem Balkon.«

»Die Frau?«

»Ja, seine Frau. Er ist Lehrer.«

»Sie wissen aber schon recht gut Bescheid. Sind Sie etwa ein Klatschmaul?«

»Himmel, nein! Den ganzen Tratsch mußte ich mir von meiner Vermieterin anhören, als ich sie neulich um zwei Eier gebeten habe. Daraufhin hatte sie mich zum Abendessen eingeladen.«

»Der alte Trick. Funktioniert bei älteren Damen immer, darauf müssen Sie sich nichts einbilden.«

»Und ich dachte schon, es liegt an meinen sanften braunen Augen.«

»Unsere Frau Konradi ist übrigens auch sehr angetan von Ihnen. Obwohl sie weiß, daß Sie hinterrücks Kohlrabi zu ihr sagen. Und was macht sie?«

»Was macht wer?« fragt Axel verwirrt.

»Die Frau vom Kamprath. Was macht sie beruflich?«

»Nichts – äh, ich meine … Hausfrau. Sie näht Kleider für die Damen der Nachbarschaft. Sind das Mandanten von uns?«

»Nein«, antwortet Karin Mohr knapp, und im fliegenden Wechsel ist sie schon beim nächsten Thema: »Wollen wir die nächsten Tage mal ein Bier trinken gehen? Damit Sie das Nachtleben unserer südhessischen Metropole kennenlernen.«

Mann, denkt Axel, legt die heute ein Tempo vor.

»Ja, sehr gerne.« Er traut sich nicht zu fragen, was genau mit »die nächsten Tage« gemeint ist.

»Aber ziehen Sie sich dann bitte was Legeres an. Eine Jeans haben Sie doch, oder?«

»Ich werde aussehen wie ein Streetworker«, verspricht er.

Sie ist schon halb aus der Tür, da dreht sie sich nochmals um.

»Aber erwarten Sie nicht zuviel.«

Während er dem Stakkato ihrer Schritte auf dem Flur lauscht, grübelt er, was mit ihrem letzten Satz wohl gemeint war.

Der Kaffeetisch ist adrett, beinahe liebevoll gedeckt. Nur schade, daß Frau Behnke beim Eingießen das persilweiße Tischtuch bekleckert hat. Sophie fragt sich, warum sie so nervös ist.

Die Wohnungseinrichtung der Behnkes ähnelt der der Kampraths, doch hier spielen die düsteren Möbel die Rolle würdiger Antiquitäten. Die Villa hat einen großen Wintergarten, der das graue Novemberlicht einfängt, und dort sitzen Sophie und Ingrid Behnke unter einem Feigenbaum, der winzige Früchte trägt, während ein Regenschauer auf die Glasfläche trommelt.

Frau Behnke ist groß und hager. Schlaffe Tränensäcke verleihen ihrem Blick etwas Trübsinniges, ihr Haar ist nicht gefärbt. Das Grau ist dabei, das ursprüngliche Mausbraun zu überdecken, und Sophie fällt ein, daß man das bei Rauhhaardackeln »saufarben« nennt.

»Das ist schön«, sagt Sophie, »bei Regen doch irgendwie im Freien zu sitzen.«

Frau Behnke lächelt stolz. »Wir haben das Haus umgebaut, als unsere Tochter erwachsen wurde und die obere Wohnung für sich haben wollte.«

»Wo lebt Ihre Tochter jetzt?«

»In der Innenstadt.« Unvermittelt legt Frau Behnke ihre Hand mit den kurzen, klarlackierten Fingernägeln auf Sophies Arm und neigt sich ihr entgegen. »Ach, Frau Kamprath, ich sage Ihnen, was ich mit diesem Mädchen schon für Sorgen hatte …« Sie geht nicht näher auf diese Sorgen ein, sondern setzt sich wieder gerade hin und tupft sich mit der Stoffserviette unter den Augen herum.

Sophie nippt an ihrem Kaffee. »Sie können mich ruhig Sophie nennen.«

»Danke.« Der Altersunterschied von knapp zwanzig Jahren rechtfertigt es, daß Frau Behnke das Angebot nicht erwidert. Sophie ist froh darüber, es wäre ihr peinlich, Frau Behnke »Ingrid« nennen zu müssen. Sie nennt auch Frau

Weinzierl nicht Dorothea und kann nicht verstehen, warum eine gestandene Frau wie sie es zuläßt, »Dotti« gerufen zu werden. Sophie dagegen ist gewohnt, sich unterzuordnen. Wo sie hinkam, war sie immer bloß »die Sophie« oder »die Näherin«. Bei »Frau Kamprath« muß sie immer zuerst an Rudolfs Mutter denken. Der Name ist wie ein schlechtsitzender Mantel, auch jetzt noch, da sie ihn schon zwei Jahre lang trägt.

Frau Behnke revanchiert sich für Sophies Entgegenkommen mit einem Beweis ihres Vertrauens: »Was ich Ihnen jetzt erzähle, muß unter uns bleiben, versprechen Sie mir das?«

»Natürlich«, antwortet Sophie. Soeben wird ihre Ahnung bestätigt, daß es nicht nur die Maße für ein neues Kleid waren, die ihr diese Einladung eingebracht haben.

»Sie kennen doch den Schwalbe...«

»Nein.«

»Schmuck und Uhren-Schwalbe?« hakt Frau Behnke ungläubig nach. »Das erste Haus, vorne an der Ecke. Hat doch ein riesiges Schild neben der Tür hängen. Obwohl seine Läden in der Stadt sind.«

»Ach so, den Schwalbe meinen Sie.« Sophie hat schon oft im Vorübergehen gerätselt, was auf dem Schild steht, aber es ist ihr nie wichtig genug gewesen, um Rudolf danach zu fragen. Schwalbe also. In ihrem Hirn gespeichert als dunkelhaariger Männerkopf auf einem gedrungenen Rumpf in einem silbergrauen Mercedes. »Nur vom Sehen.«

»Meine Tochter hat Goldschmiedin gelernt und in seinem Geschäft in der Fußgängerzone gearbeitet. Damals war der Schwalbe noch ein ansehnlicher Mann, nicht so aufgeschwemmt vom Saufen wie jetzt ...«

Sophie möchte ihre Nachbarinnen nicht bloßstellen, deshalb hört sie sich die Geschichte noch einmal an, angereichert durch einige Details: »Er macht sie vor den

Kolleginnen runter, und kürzlich hat er sogar behauptet, sie hätte eine Perlenkette aus dem Laden gestohlen. Er ruft nachts an und steht vor ihrer Tür, wann es ihm paßt. Einen netten jungen Mann ihres Alters, den meine Tochter kennengelernt hat, hat er bereits vergrault. Keine Überstunde hat er ihr je bezahlt, und das dumme Ding hat sich das gefallen lassen. Zuerst aus Liebe, dann aus schlechtem Gewissen.« Frau Behnke seufzt. »Ist es nicht manchmal erschreckend, was wir Frauen uns alles gefallen lassen?«

»Ja«, sagt Sophie, und für einen Moment schauen beide nachdenklich in den Regen. »Kann sie nicht wegziehen?«

Frau Behnke räuspert sich und blinzelt mit den Augen, als ob sie ein Traumbild verscheuchen wollte. Ihre rissigen Putzhände sind ineinander verschlungen. »Das ist nicht so einfach. Wegen ihrer Kleinen.« Frau Behnke greift sich verlegen an den Kragen ihrer Bluse, als sie das sagt. »Gudrun will sie nicht aus ihrer gewohnten Umgebung und vor allem nicht aus der Schule rausreißen. Das verstehen Sie doch?«

»Sicher.« Anscheinend liegt Frau Behnke viel an ihrem Verständnis.

»Die Kleine tut sich ein wenig schwer. Gudrun ist froh, daß sie eine verständnisvolle Lehrerin hat. Sie ist nämlich Legasthenikerin, unsere Anna-Lena.«

»Was?«

»Sie hat eine Schreib- und Leseschwäche. Sie verdreht Buchstaben oder kann die einzelnen Laute nicht zusammenziehen. Das ist angeboren, eine Störung der Wahrnehmung.« Ihre Erklärung klingt auswendig gelernt. »Aber es hat nichts mit der Intelligenz zu tun!« fügt sie hastig hinzu. »Das sagt auch die Therapeutin. Mit ihr macht sie jetzt gute Fortschritte. Gott sei Dank gibt es heute für alles Therapeuten. Kostet zwar ein Vermögen, aber Hauptsache es hilft. Möchten Sie vielleicht ein Gläschen Mirabellenlikör? Den haben wir vom Wanderurlaub aus Südtirol mitgebracht. Sophie? Frau Kamprath! Hören Sie mir zu?«

»Ich … oh, ja natürlich.«

»Sie wirkten so abwesend.«

Frau Behnke geht zur Anrichte und gießt aus einer bauchigen Flasche eine giftgelb schimmernde Flüssigkeit in zwei langstielige Gläschen. Als sie zurückkommt, fragt sie: »Haben Sie die Frau schon gesehen, die sich der Schwalbe vor einem Vierteljahr ins Haus geholt hat?«

»Nein.«

»Ist auch kein Wunder, er hält sie unter Verschluß, wie ein Tier. Trotzdem, als ich das damals mitbekommen habe, da dachte ich, na, jetzt wird er Gudrun wohl endlich in Ruhe lassen. Aber vor ein paar Wochen ging der Terror wieder los. Sie geht schon kaum mehr aus, weil sie ihn überall zu treffen fürchtet. Neulich ist er sogar in dem Fitneß-Center aufgetaucht, in dem Gudrun Aerobic macht. Die Arme ist allmählich fix und fertig. Und ich dazu.« Ein paar Gesichtsmuskeln geraten nun außer Kontrolle, ihre Unterlippe beginnt zu zittern.

»Die arme Frau«, murmelt Sophie. Der Satz mit dem eingeschlossenen Tier will ihr nicht aus dem Kopf.

Frau Behnke unterdrückt ein Schluchzen und schneuzt sich die Nase. Ihr Kummer wirkt aufrichtig. Ihre Schultern hängen nach vorne, und zwei tiefe Falten ziehen sich von den Nasenflügeln bis zu den Mundwinkeln. Die Lippen sind trocken und konturlos. Hat sich meine Mutter jemals so um mich gesorgt, fragt sich Sophie und verzichtet gerne auf die Antwort.

Frau Behnke saugt ihren Likör ein und sieht Sophie über das leere Glas hinweg an. In ihren Augen entdeckt Sophie jenen bewundernden Ausdruck, den sie schon von Frau Weinzierl kennt, aber da ist zusätzlich etwas Flehendes, beinahe Forderndes. Sophie versucht dem Blick zu

425

entrinnen und nippt an ihrem Glas. Der Inhalt ist zum Steinerweichen süß.

In diesem Moment wird eine Tür aufgestoßen, und ein kleines Mädchen mit langen, weißblonden Haaren und einer Puppe im Arm tippelt quer durch das Wohnzimmer, auf Frau Behnke zu. Oma und Enkelin klammern sich aneinander, als hätten sie sich Jahre nicht gesehen. Sophie steht auf und murmelt einen Abschiedsgruß. Auf einmal ist sie diejenige, die die Tränen kaum noch zurückhalten kann.

Es ist vier Uhr, und der Regen hat aufgehört. Bedächtig geht Sophie die Straße entlang. An der Kreuzung bleibt sie stehen. Schwalbes Haus ist ein weißer Bungalow mit breiter Doppelgarage und einem tiefgezogenen Walmdach, das gut auf eine friesische Insel passen würde. Der Garten strahlt die Leblosigkeit einer öffentlichen Grünfläche aus. Die Büsche sind auf Mannshöhe so gerade abgeschnitten worden, als hätte man sie mit einem riesigen Schwert geköpft. Die Eingangstreppe öffnet sich dem Besucher in einladender Trichterform, das Geländer ist geschwungen, als wolle es den Hereinkommenden umarmen. Die vergitterten Fenster sprechen eine andere Sprache, daran ändern auch die schmiedeeisernen Schnörkel, die Sonnenblumen darstellen, nichts. Wie hat Frau Behnke gesagt? ›Er hält sie unter Verschluß wie ein Tier‹.

Die Gardinen sind zugezogen. Sophie empfindet auf einmal heftiges Mitleid mit der Fremden hinter den eisernen Sonnenblumen. Hinter diesen Mauern kann er mit ihr machen, was er will. Ihr Mitgefühl weicht der Wut auf diesen Schwalbe.

Etwas rascher als vorhin geht sie durch die angrenzenden Straßen. Sie überquert die Schienen, aus der Ferne nähert sich eine Straßenbahn, kreuzt die Hauptstraße, dann ist sie am Friedhof. Nahe beim Eingang liegt das Grab der alten Frau Fabian. Der durchnäßte schwarze Schleier hängt wie welker Spinat an dem provisorischen Holzkreuz, dem sicherlich bald ein glattpolierter Stein folgen wird. Vielleicht bekommt sie den Stein zu Weihnachten.

Die Beerdingung war letzte Woche. Frau Fabian hat Sophie ganz fest die Hand gedrückt und sie mit einem warmen Lächeln bedacht. In ihrem schmalen Brokatkleid sah sie hinreißend aus, und unter dem dünnen Firnis pflichtschuldiger Schwiegertochtertrauer wirkte sie gelöst. Sie stand aufrecht, das Kinn erhoben, als der Pfarrer seine Grabrede hielt. Ganz im Bewußtsein ihres guten Aussehens nahm sie Beileidsbekundungen wie Huldigungen entgegen, bewegte sich grazil und mit Leichtigkeit, als hätte man ihr eine Last von den Schultern genommen, die sie all die Jahre niedergedrückt hat. Fast meinte man, sie müsse ein Champagnerglas in der Hand halten. An einem passenderen Ort als dem offenen Grab ihrer Schwiegermutter hätte sie wahrscheinlich gestrahlt wie eine junge Braut.

Ihr Mann gab sich gefaßt und feierlich, seine Miene drückte eine verhaltene Zufriedenheit aus, wie nach einem erfolgreichen Geschäftsabschluß.

Fünfzehn leicht aufgeweichte Kränze zieren ein Eisengestell neben dem Grab. Gerne würde Sophie die gedruckten Worte auf den schwarzen Bändern lesen. Sicher sind viele Lügen dabei. Rudolf hat ihr die Todesanzeige vorgelesen: *Ein treues Mutterherz hat aufgehört zu schlagen. In tiefer Trauer nehmen wir Abschied von unserer geliebten Mutter, Oma* ... und so weiter. Arme Frau. Es muß schlimm sein, wenn man alt und hilflos ist und nur noch gehaßt wird, denkt Sophie.

Sie geht heute nicht zum Grab der Kampraths, sondern setzt sich sofort auf eine Bank, die sie vorher mit ihrem Taschentuch trockenwischen muß. Eine Gestalt nähert sich, Stöckelschuhe bohren sich in den aufgeweichten Boden, mohnrot blitzt es unter einem weitschwingenden, dunklen Mantel.

»Du erlaubst, daß ich mich setze?«

»Mark. Wie läufst du denn herum? Noch dazu auf dem Friedhof!«

»Scharf, was? Eben ist mir in der Straßenbahn die halbe Nachbarschaft begegnet, aber niemand hat mich erkannt.«

Sophie schüttelt den Kopf. »Du bist verrückt. Wenn das herauskommt, sag bloß nicht, daß du das Kleid von mir hast. Woher weißt du, daß ich hier bin?«

»Ich habe dich von der Bahn aus gesehen und bin dir gefolgt«, gesteht er freimütig.

»Ich war gerade bei Frau Behnke.«

»Will die auch ein Kleid genäht haben?«

»Ja. Und sie will, daß ich Herrn Schwalbe umbringe.«

Er zieht seine geschwungenen Brauen hoch. »Hat sie das gesagt?«

»Nicht so direkt.«

»Und warum? Hat er ihr einen falschen Brilli angedreht?«

Sophie berichtet ihm von dem Gespräch.

»Und?« fragt er gespannt. »Wirst du ihr den Gefallen tun?«

»Blödsinn«, schnaubt Sophie.

»Du kannst deine Kundschaft doch nicht so enttäuschen!«

»Mark, bitte!«

»Seit die alte Frau Fabian unter der Erde liegt, ist die Weinzierl restlos von deinen Talenten überzeugt. Selbstverständlich hat sie gleich von Anfang an gespürt, daß von dir eine besondere Aura ausgeht.«

»Sie übertreibt. Wenn ich so etwas könnte, dann würde ich zuerst ...«

»Was?«

»Nichts.«

Mark fängt ihren Blick auf und hält ihn fest, bis Sophie das Duell verloren gibt.

»Ich könnte ohne Rudolf gar nicht zurechtkommen«, sagt sie nach einer Weile.

»Versuch's doch einfach.«

Darauf gibt sie ihm keine Antwort.

»Wer hat dir eigentlich eingeredet, daß du blöd bist?«

Sie zuckt die Schultern. Seit ihrer Kindheit galt sie als dumm. Schwer zu sagen, wer damit angefangen hat.

»Hast du einen Schulabschluß?«

»Hauptschule.«

»Wie hast du das gemacht?«

»Mit Mogelei. Im Rechnen war ich nicht schlecht, und in allen mündlichen Prüfungen auch nicht. Gelegentlich hat mein Bruder die Hausaufgaben für mich geschrieben, oder einen Aufsatz, den ich ihm diktiert habe. Er wollte nicht zulassen, daß ich in die Sonderschule geschickt werde. Ich denke, die Lehrerin hat's gewußt, aber sie hat nichts gesagt, weil ich sonst keine Probleme machte. Wir waren zeitweise über fünfzig Schüler in einer Klasse, da ist man als Lehrerin wahrscheinlich um jedes Kind froh, das sich ruhig verhält.«

»Haben deine Eltern nichts unternommen?«

»Doch. Bei jedem Zeugnis gab's Prügel.«

»Auch von deiner Oma?«

»Nein, nie.«

»Es muß schlimm gewesen sein, als sie gestorben ist.«

»Ja«, sagt Sophie nur und knetet ihre Finger im Schoß.

»Woran ist sie gestorben?«

Sophie ballt die Hände zu Fäusten. »An Krebs, und jetzt laß mich endlich damit in Ruhe!«

Mark steht auf und schlendert zwischen den Gräbern herum. Seine Bewegungen sind anders, wenn er Kleider trägt. Als er sich wieder neben sie setzt, schlägt er vor: »Du könntest einen Alphabetisierungskurs machen, an der Volkshochschule.«

Sie winkt ab. »Alles schon versucht. Ich bin nach der Hälfte nicht mehr mitgekommen.«

»Warst du regelmäßig da?«

»Ziemlich. Auch Rudolf wollte es mir beibringen, aber es hat nicht geklappt.«

»Das kann ich mir vorstellen«, antwortet Mark, zieht eine Grimasse und packt sie plötzlich bei den Schultern. Seine Augen blitzen übermütig. »He, Sophie, wollen wir mal zusammen weggehen? Ich meine am Abend, in eine Kneipe, hast du Lust?«

»Wozu soll das gut sein?«

»Damit du mal rauskommst.«

»Dein Mitleid kannst du dir an den Hut stecken«, faucht Sophie und steht auf.

»Jetzt renn nicht gleich davon«, stöhnt Mark und ist mit ein paar schnellen Schritten neben ihr. Sophie bleibt stehen und kichert hinter vorgehaltener Hand. »Wie du eben gerannt bist, das hat gar nicht damenhaft ausgesehen.«

»Stimmt. Ich muß noch besser werden. Wenn wir ausgehen, dann darf nichts schiefgehen.«

»Doch nicht in diesen Klamotten!«

»Natürlich. Und sag nicht Klamotten zu deinen herrlichen Gewändern. Wann ist dein werter Gatte abends weg?«

»Das ist verschieden.«

»Ich sehe ja, wenn er fährt. Dann rufe ich dich an, und wir treffen uns hinter der Kreuzung.«

»Mal sehen.«

Sophie seufzt. Wie leicht er das alles nimmt. Für ihn ist das Leben ein Spiel, und warum auch nicht, in seiner Situation als Student.

Ein paar Tage lang hat Sophie darüber nachgedacht, ob

sie sich vielleicht in Mark verliebt hat. Sie ist zu dem Schluß gekommen, daß es nicht so ist. Seltsamerweise fühlt Sophie sich ihm immer dann sehr nahe, wenn er Kleider trägt. Vielleicht, weil es ihre Kleider sind? Sie kann dann über Dinge mit ihm reden, die sie sonst höchstens ihrem Bruder anvertraut. Er hat eine unbekümmerte Art, ihre vagen Empfindungen deutlich auszusprechen. Und er hat noch eine besondere Fähigkeit: er bringt sie zum Lachen.

Nach dem zweiten Bier wird Axel allmählich lockerer. Eben hat er Karin erzählt, daß er neben seinem Studium viel gejobbt hat, weil der Getränkehandel seines Vaters gerade so viel einbrachte, um das Reihenhäuschen abzuzahlen und seine Kleidung bei C & A zu kaufen.

Karin sieht ihn mit ihrem typischen distanzierten und zugleich amüsierten Blick an. »Wissen Sie, Axel, warum ich Sie eingestellt habe?«

»Weil die Einser-Kandidaten zu teuer waren?«

»Einser-Kandidaten sind mir höchst suspekt. Nein, Ihr Lebenslauf hat mir gefallen. Ich wollte keinen Schnösel aus reichem Elternhaus, der niemals kämpfen mußte. Ich wollte jemand mit Stehvermögen und Ehrgeiz, und ich denke, das haben Sie. Ich hatte übrigens auch nur eine Drei in der Gesamtnote.«

»Wann haben Sie Ihr Examen gemacht?«

»Vor fünf Jahren. »

Axel überlegt noch, wie er die Frage, die im Klartext lauten würde: Haben Sie so lange gebraucht oder so spät angefangen? taktvoll formulieren könnte, da erklärt sie: »Ich habe erst mit dreißig zu studieren begonnen.«

»Was haben Sie vorher gemacht?«

»Ich war verheiratet.«

Axel versucht ohne Erfolg, sich Karin als Haus- und Ehefrau vorzustellen. Was das wohl für ein Mann war?

Die Bedienung kommt vorbei. »Bitte zwei Kognak«, ordert Karin, ohne Axels Einverständnis einzuholen. Sie muß gespürt haben, daß er jetzt einen vertragen kann.

»Haben Sie Kinder?«

»Nein.«

»Das hat sicher viel Kraft gekostet, so ein Neuanfang nach – wie lange waren Sie denn verheiratet?«

»Zu lange«, antwortet sie, und Axel traut sich nicht, weitere Fragen zu stellen. Er sieht sich im Lokal um. Es ist groß, heißt *Havana,* und aus den Boxen dröhnt unerbittlich lauter Salsa. Oder ist es Samba? Axel kennt sich mit Latino-Musik nicht aus, er steht nahezu kompromißlos auf klassischen Rock.

Am Nebentisch küssen sich zwei Frauen, und Axel schaut peinlich berührt weg. Es macht ihm auch viel mehr Freude, seine Chefin anzuschauen. Sie hat ihr Haar hochgesteckt, was sehr elegant wirkt, fast zu elegant für diese Kneipe.

Der Kognak wird gebracht, und er kippt ihn rasch hinunter, während Karin den ihren langsam die Kehle hinabrinnen läßt.

Sie sind eine Weile still und trinken ihr Bier. Das Lokal wird voller. Dann fängt Karin wieder an zu sprechen: »Ich bin gerne Anwältin. Am meisten freut es mich, wenn ich Leuten helfen kann, die sonst keine Lobby haben. Leider passiert das viel zu selten. Letztes Mal, bei meiner Beratungsstunde im Frauenhaus, ist mir wieder ein Fall begegnet, bei dem ich mich für unsere Gesetze geschämt habe.«

»Wieso das?« fragt Axel, mehr aus Höflichkeit als Interesse.

»Da ist eine Brasilianerin, die vor wenigen Monaten einen Deutschen geheiratet hat. Über eine kriminelle Vermittlungsagentur, aber das ist jetzt nicht der Punkt. Er will, daß sie ihr Kind nachkommen läßt. Das Schwein hat genug von ihr und ist scharf auf ihre achtjährige Tochter.

Gestern saß die Frau vor mir, mit der Hand in der Schlinge und einer Platzwunde an der Stirn. Die ist entstanden, weil sein Hemd nicht gut genug gebügelt war. Und was mußte ich dieser Frau sagen? Daß sie im Falle einer Trennung oder Scheidung sofort in ihr Heimatland abgeschoben wird. Sie muß drei Jahre verheiratet sein, erst dann hat sie ein Bleiberecht in unserem schönen Land. Sie kann ihn natürlich wegen Körperverletzung anzeigen, aber dann schickt er sie zurück. Brutal gesagt hat sie die Wahl: Sklavin ihres Ehemannes oder Nutte für Touristen. Es gibt nichts und niemanden, der diese Frau schützt.«

Axel nickt. »Wir können das aber nicht ändern.«

»Nein«, sagt sie. »Wir verwalten bloß das Elend.«

Axel würde am liebsten das Thema wechseln, er ist nicht mit ihr in die Kneipe gegangen, um das Leid der Welt zu diskutieren. Ein paar Tische weiter sieht er eine Frau, die Judith ähnlich sieht. Judith, die ihn vor einem dreiviertel Jahr verlassen hat, weil er in ihren Augen ein Muttersöhnchen ist. »Ödipussi« hat sie ihn genannt, als er ein Abendessen mit ihr absagte, um seine Mutter, die plötzlich diese unheimlichen Herzstiche bekommen hatte, ins Krankenhaus zu fahren.

Er schaut schnell wieder weg und sieht sich die anderen Gäste an, während Karin noch immer mit den Schicksalen ihrer Schützlinge hadert. Auf einmal entdeckt Axel eine Chance, den Abend zu retten: »Sie haben sich neulich nach der Frau von diesem Kamprath erkundigt. Da steht sie«, sagt er, als Karin endlich einmal eine Pause macht, um einen Schluck zu trinken.

»Wo?« Sie ist sofort interessiert, ja geradezu elektrisiert.

»Die große, breitschultrige Frau da, an dem Stehtisch neben der Bar. Neben der Aufgedonnerten.«

Er beobachtet Karin, wie sie die andere Frau beobachtet. An der Art, wie die Frau sich ab und zu umsieht, erkennt man, daß sie nicht oft in Kneipen verkehrt. Jetzt legt die Aufgedonnerte einen Arm um sie und küßt sie auf die Wange. Verdammt, denkt Axel, was ist das hier? Eine Lesbenbar, wo gutsituierte Vorstadthausfrauen heimlich die Sau rauslassen?

Auf einmal fängt Karin an, verschmitzt zu grinsen.

»Axel, was sehen Sie, wenn Sie die beiden anschauen?«

Axel runzelt die Stirn. »Zwei Freundinnen, die tuscheln und, na ja, sich küssen. Frauen tun so was ja häufiger.«

»Die andere ist keine Frau. Man sieht's an den Füßen, wenn man genau hinschaut. Und am Hals.« Sie tippt an die Stelle, wo bei manchen Männern der Adamsapfel hervorspringt. »Aber gut gemacht, alle Achtung.«

»Sie meinen ...«

Sie lacht, und Axel wundert sich über den raschen Stimmungswechsel, vom Nullpunkt zu sprühender Heiterkeit. Also doch launisch. Emanze sowieso. Axel Kölsch, du bewegst dich auf sehr dünnem Eis.

Karin hat den Kopf in die Hände gestützt und mustert das Paar unverhohlen. Wenn ihn nicht alles täuscht, ist ihr Lächeln schadenfroh, was er sich jedoch nicht so recht erklären kann.

»Karin, warum interessiert Sie diese Frau so?«

In ihre Augen tritt ein Leuchten, aber sie sieht nicht ihn an, sondern schaut zur Tür.

»Ah«, seufzt sie, »endlich. Da kommt Maria.«

Am Klang seiner Schritte auf der Treppe kann sie hören, daß er wütend ist. Er rammt den Schlüssel ins Schloß und knallt die Aktentasche auf den Schrank. Sie sollte ihm jetzt beflissen entgegeneilen, ihn begrüßen und ihm den Mantel aufhängen.

Aber Sophie kann sich überhaupt nicht bewegen, wie festgewachsen steht sie am Herd, eine in sich zusammengesunkene Gestalt. Es ist aus! Er hat's erfahren. Ich wußte, daß es nicht gutgehen kann, daß es Wahnsinn ist. Irgend jemand hat uns gesehen. Ein Kollege vielleicht, den ich gar nicht kenne. Was wird jetzt passieren? Sie merkt, wie Schuld und Angst langsam in ihr hochkriechen, und das Gefühl ist ihr auf fatale Weise vertraut.

Rudolf registriert den Fehler im Protokoll nicht, sondern stürmt direkt in die Küche. Er fragt nicht, was es zum Abendessen gibt, sondern: »Was ist das für ein hanebüchener Blödsinn, den man sich im ganzen Viertel über dich erzählt?«

»Was meinst du?« flüstert Sophie kaum hörbar.

»Die Sache mit dem Maler von Frau Weinzierl und der Mutter vom Fabian! Sie sagen, daß du … daß du …«

Sophie richtet sich mit einem Ruck auf. Sie schafft es, ihrem Mann in die Augen zu schauen. Sie sind wäßrig und von unbestimmter Farbe, wie Kiesel in einem Bach.

»Wollen wir uns nicht erst einmal einen Guten Abend wünschen?«

Die Veränderung ihrer Haltung, die Aufsässigkeit in ihrem Blick bleibt ihm nicht verborgen. Er geht auf sie zu, den Arm wie zum Schlag erhoben. Als er sieht, was Sophie in der Hand hält, bleibt er abrupt stehen. Es ist das Küchenmesser, an dem noch Zwiebelreste kleben.

Er läßt den Arm sinken. »Sophie«, stammelt er fassungslos, »was … was tust du da?«

»Ich schneide eine Schalotte, für den Salat.« Sophie legt das Messer hin.

»Was erzählt man sich in der Nachbarschaft für unglaubliche Dinge über dich?«

»Was für welche denn?« Sie hält seinem Blick stand, während sie den Salat mischt, und lächelt dabei auf eine Weise, die ihm nicht gefällt.

»Ach, nichts«, winkt er plötzlich ab. »Was gibt's zu essen?«

»Hackbraten mit Reis und Grünem Salat. Rudolf, ich werde einen Alphabetisierungskurs an der Volkshochschule belegen.«

»So? Das ist doch schon mal schiefgegangen. Warum willst du dir das noch einmal antun?«

»Es ist schiefgegangen, ja.« In Gedanken fügt sie hinzu: weil du dich dauernd eingemischt hast. »Aber ich will es noch einmal versuchen.«

»Und wenn ich nein sage? Das ist doch rausgeschmissenes Geld, in deinem Fall.«

Sophie dreht sich um und geht auf ihn zu. »Du wirst mir Geld dafür geben. Das steht mir zu.«

Rudolf erkennt seine Frau nicht wieder. So hat sie noch nie mit ihm gesprochen. Er muß an die Geschichte denken, die ihm die Weinzierl vorhin in der Straßenbahn erzählt hat. Sieht sie ihn nicht in diesem Moment genau so an, wie die Weinzierl die Szene mit dem Maler geschildert hat? Lauert da nicht etwas in ihren Augen, das anders ist als sonst? Unsinn! Hysterisches Geschwätz einer frustrierten Sitzengelassenen. Er ruft sich zur Ordnung. Er darf nicht nachgeben, sonst nimmt ihm seine eigene Frau die Zügel aus der Hand. Frauen sind wie Hunde. Zeigt man Schwäche, werden sie sofort übermütig. Wenn sie etwas von ihm will, soll sie erst einmal dafür bezahlen.

»Wir werden sehen«, grinst er. »Du weißt, von mir kannst du alles haben, wenn du mich entsprechend darum bittest. Also, mein Kind, sei mal ein bißchen nett …«

Na bitte, es geht doch! Schon nimmt sie wieder die Haltung ein, die er so an ihr schätzt. Fügsamkeit ist eine weibliche Tugend, die leider nicht mehr oft zu finden ist. Er umfaßt ihr Haar und küßt sie auf den Mund. Ihre Lippen sind kalt, wie bei einer Toten.

Torsten Schwalbe geht zur Empfangstheke und winkt das blonde Mädchen heran, das gerade drei Löffel eines weißen Pulvers in ein Glas Milch rührt. Auf der Packung feixt Arnold Schwarzenegger. »Den Schlüssel, Sonja!« Es kümmert ihn nicht, daß sich Sonja gerade mit der Frau unterhält, die die Bestellung aufgegeben hat. Sie hat ein Tuch um ihre Stirn geknotet, damit der Schweiß das Make-up nicht aufweicht.

»Her mit dem Schlüssel, dann könnt ihr Weiber tratschen, soviel ihr wollt.« Sonja hört auf zu rühren und grüßt ihn mit »Servus Torsten«. Man ist hier eine große Familie. Sie nimmt eine Karte aus einem Karteikasten und reicht ihm einen Schlüssel mit einer Nummer.

»Danke, Mäuschen. Wie du heute wieder aussiehst!« Sonja ist nach der neuesten Fitneß-Mode gekleidet. Ihr Hintern steckt in einer glänzenden rosa Hose und wird von einem lackschwarzen String-Body in zwei stramme Hälften geteilt. Wie die Weiber das bloß aushalten, ständig den Stoff in der Arschfalte? Aber geil sieht's aus. Das enge Oberteil läßt viel karamellbraune Haut sehen und modelliert die stählerne Bauchmuskulatur. Schade, daß es hier so wenige solcher Frauen gibt. Zu seinem Leidwesen sind die meisten Kundinnen zwischen dreißig und fünfzig, also viel zu alt, und obendrein fett wie die Wachteln. Vielleicht sollte er gelegentlich das Studio wechseln, vielleicht gibt es woanders mehr Frischfleisch. Junges, straffes Fleisch, nicht diese Wabbelzitzen und Zellulitisärsche. Wie sich wohl Sonjas Golfbällchen anfühlen? Aber Sonja ist die Freundin von Connie, dem Chef, da hält man sich besser etwas zurück. Nur ein Vollidiot würde sich mit neunzig Kilo Muskeln pur anlegen.

Vor der Tür zur den Umkleidekabinen zwinkert er einer verkabelten Frau zu, die in einem quietschgelben Trikot auf dem Rad sitzt und strampelt. Manchmal piepst es aus einem Kasten mit buntem Display, dann ist der Puls zu hoch oder zu niedrig. Im Erdgeschoß herrscht eine ruhige, konzentrierte Atmosphäre. Überall stehen Tonkübel mit exotischen Pflanzen. *Tropicana* heißt das Studio, und heute ist es schon recht gut besucht. Frischer Schweißgeruch hängt in der kühlen Luft. Hin und wieder unterbricht ein orgasmisches Stöhnen das Klickern der Gewichte.

Aus dem oberen Stockwerk tönt gedämpfte Musik und rhythmisches Stampfen. Die Aerobic-Häschen. Er ist schon gespannt auf Gudruns Gesicht, wenn sie ihn nachher sehen wird.

Er zieht sich rasch um und beginnt mit dem Aufwärmtraining. Erst das Fahrrad. Auch bei ihm piepst es einige Male, bis sich sein Puls auf 120 eingependelt hat. Er sieht sich im Spiegel an. Für sein Alter ist seine Figur noch recht passabel, findet er. Zumindest, so lange er die Luft anhält. Er absolviert einen Durchgang an sämtlichen Geräten, die das Erdgeschoß zu bieten hat, und erklimmt dann die schmale Wendeltreppe, die hinauf in den ersten Stock führt. Gegenüber dem Ballettraum, in einer durch Palmenkübel abgetrennten Nische, stehen niedrige, ledergepolsterte Bänke. Dazwischen liegen die schweren Hanteln und Gewichte. Das Bankdrücken hebt er sich immer für den Schluß auf. Heute ist das Timing perfekt, denn gleich werden die Hupfdohlen aus dem Ballettraum strömen, da macht sich diese Übung besonders gut. Ansonsten ist der obere Stock schwächer besucht. Ein junger Mann mit überbreitem Kreuz posiert vor einem Spiegel. Hingerissen verfolgt er das Spiel seiner Muskeln, indem er die Hantel zur solariumgebräunten Hünenbrust heranzieht und langsam wieder sinken läßt.

Schwalbe setzt sich auf die Bank und trainiert zuerst den Bizeps, wobei er zwei Frauen am anderen Ende des Raumes ins Visier nimmt. Sie haben sich jede einen Stock in den Nacken geklemmt, den sie mit ausgestreckten Armen festhalten, während ihr Oberkörper hin- und herschwingt. Soll gut für die Taille sein. Sieht aus wie der I.N.R.I., findet Schwalbe. Die eine hat lange, dunkle Haare und eine knackige Figur, soweit er das unter dem weiten T-Shirt und der ausgebeulten Trainingshose erkennen kann. Warum tragen immer die mit den Hängeärschen diese hautengen Dinger, und die, die es sich leisten könnten, laufen rum wie Berti Vogts?

Durch extremes Baucheinziehen gelingt es ihm, den breiten Ledergurt, der Leistenbrüche verhindern soll, im letzten Loch zu schließen. Dann schraubt er je drei Zehnkiloscheiben an die Enden einer langen Stange. Er legt sich flach auf die Bank, sechzig Kilo schweben über ihm. Er hebt die Stange aus der Gabel des Eisengestells. Schwer lastet das Gewicht auf seinem Brustkorb. Er stößt es nach oben. Dreimal, viermal, fünfmal. Er keucht. Weil es heute so gut läuft, legt er auf jeder Seite noch fünf Kilo drauf. Er wird die siebzig Kilo schaffen, er hat sie schon einmal geschafft. Sein Ziel, auf das er seit Monaten hinarbeitet, ist, sein eigenes Körpergewicht, also knappe achtzig Kilo, zu stemmen. Als er die Stange aus der Gabel hebt, spürt er den Unterschied sofort. Er läßt das Gewicht vorsichtig auf seine Brust sinken und preßt es langsam wieder hoch. Wie eine Sonne strahlt die grelle Neonröhre über ihm. Brennender Schweiß kriecht ihm in die Augen, seine Arme beginnen zu zittern, an den Schläfen quellen die Adern fingerdick auf. Er atmet konzentriert. Da, jetzt hat er es geschafft. Noch ein, zwei Sekunden halten, den Sieg auskosten. Aahh!

Eine Geruchsmischung aus Parfum und Schweiß steigt ihm in die Nase. Na also, wer sagt's denn. Kaum zeigt man Leistung, schon pirschen sich die Miezen ran.

Als Sophie vor dem Museum auf der Mathildenhöhe steht, ist ihr mulmig zumute. Außer ihr wandert nur noch ein junges Pärchen um die russische Kapelle, deren Kuppel in der fahlen Dezembersonne golden glänzt. Sie hat recht behalten, der Winter kam dieses Jahr früh und mit unnachgiebiger Kälte, so daß nach vielen Jahren wieder mit einer weißen Weihnacht zu rechnen ist. In knapp zwei Wochen ist Heiligabend. Sophie graut davor.

Die Frau hat nicht gesagt, worum es geht, nur daß sie sich gerne mit Sophie treffen möchte. Sehr eigenartig. Aber in letzter Zeit passieren viele eigenartige Dinge. Heute morgen ist ihr Frau Behnke beim Einkaufen begegnet, zwei Flaschen Sekt, vielleicht war es auch Champagner, klimperten in ihrem Einkaufswagen. Sie erwischte Sophie zwischen der Tiernahrung und den Hygieneartikeln, preßte sie gegen ihren knochigen Brustkorb und sagte mehrere Male: »Endlich ist Frieden«, so daß Sophie nahe daran war zu fragen, ob denn Krieg war. Doch Frau Behnke legte den Finger an den Mund, blinzelte ihr verschwörerisch zu und schwebte mit vogelleichten Schritten zur Wursttheke, wo sie nach Ardenner Schinken verlangte, während Sophie verdattert zwischen Damenbinden und Katzenfutter stehenblieb.

Nun steht sie auf eiskalten Füßen hier herum und fragt sich, ob sie nicht lieber wieder gehen soll.

Eine Frau kommt über den Platz, sie geht auffallend langsam. Unter einem weiten, offenen Cape trägt sie einen Hosenanzug mit Weste. Trotzdem wirkt sie feminin. Aber auch Sophie braucht sich heute nicht zu verstecken. Mark hat es sich nicht nehmen lassen, einen Vorschuß für das blaue Kleid zu bezahlen, und sie hat sich davon schwarze Pumps angeschafft. Es ist nicht einfach, elegante Schuhe in Größe zweiundvierzig zu finden. Mit den Pumps ist Sophie größer als Rudolf, was er nicht schätzt, aber Sophie hat entschieden, daß er die Neuanschaffung gar nicht zu sehen bekommen wird. Die Frau im Anzug bewegt sich tatsächlich auf sie zu. Irgend etwas an ihrem Gang ist seltsam. Sie bleibt vor Sophie stehen. Sie ist, wie die meisten Frauen, kleiner als Sophie und dürfte so um die Vierzig sein.

»Frau Kamprath?« Ihre Stimme ist dunkel und voll.

»Ja?«

»Ich bin Karin Mohr. Wollen wir in das Café gehen?«

»Meinetwegen.«

Sie steigen die Außentreppe hinauf. Es geht schleppend voran, weil die Fremde nur das rechte Bein auf die Stufen stellt, und das linke nachsetzt.

Was will diese Frau von ihr? Sophie hat nicht den Hauch einer Ahnung.

Es ist früher Nachmittag, und nur zwei Tische sind besetzt. Sie wählen einen Platz, an dem sie sich ungestört unterhalten können. Der Ober nimmt ihnen die Mäntel ab und bringt zwei Karten.

»Einen Campari Soda. Für Sie?«

»Für mich auch«, sagt Sophie schnell. Sie fühlt sich in Lokalen hilflos. Die Fremde dagegen wirkt sehr selbstsicher.

»Ein interessantes Kleid«, sagt sie zu Sophie, die heute wieder das kirschrote trägt. »Sie nähen selbst, nicht wahr?«

»Ja. Woher wissen Sie das?«

»In meiner Kanzlei arbeitet seit kurzem ein junger Anwalt, ein Herr Kölsch. Axel Kölsch. Er ist Ihr Nachbar.«

»Tut mir leid, ich kenne ihn nicht.«

»Er wohnt bei Frau Behnke.«

»Ach so, der.«

Sophie hat den Mann noch nicht gesehen aber inzwischen mehrmals von ihm gehört, denn zwischen Frau Behnke und Frau Weinzierl läuft seit seinem Einzug so eine Art Wettstreit: ›Wer hat den besseren Mieter?‹

Der Ober bringt die Getränke.

»Wer sind Sie, und was wollen Sie von mir?« fragt Sophie, als der Mann gegangen ist. Es klingt ein bißchen schroff.

Karin lächelt. »Zunächst sollen Sie wissen, wer ich bin. Ihnen ist sicher bekannt, daß Ihr Mann schon einmal verheiratet war.«

»Natürlich.«

»Was erzählt er denn so?«

»Nichts. Über Tote nichts Schlechtes, sagt Rudolf.«

Die andere Frau sieht für einen winzigen Moment irritiert aus, dann lacht sie trocken: »Das sieht ihm ähnlich. Ich bin Karin Mohr, geschiedene Kamprath. Ich war mit Rudolf verheiratet. Acht lange Jahre.«

»Wollen Sie mich auf den Arm nehmen?«

»Warum sollte ich?«

»Warum sollte Rudolf mich anlügen?«

»Weil er in vielen Dingen lügt.«

»Wer sagt mir denn, daß ich Ihnen glauben kann?«

»Ihr Gefühl«, antwortet Karin Mohr. Sophie sagt nichts. Karin läßt ihr ein paar Augenblicke Zeit.

»Wir lebten in Frankfurt. Rudolf hat sich nach Darmstadt versetzen lassen, nachdem … nach der Scheidung. Heim zu Muttern.« Mehr zu sich selber sagt sie: »Ich habe die letzten Jahre kaum noch an ihn gedacht. Für mich war er sozusagen auch gestorben. Ich lebe erst seit zwei Jahren hier.«

»Weiß Rudolf das?« fragt Sophie. Doch noch ehe sich ein Verdacht in ihrem Kopf einnisten kann, sagt die Frau: »Ja, er weiß es. Aber er wird jederzeit einen riesigen Bogen um mich machen, darauf können Sie sich verlassen. Und ich um ihn ebenso.«

Ihre Hand berührt ganz kurz die von Sophie. »Sie müssen sich nicht beunruhigen. Ich will gar nichts von Ihnen, ich war einfach nur neugierig, wen er geheiratet hat. Das ist alles. Ist das schlimm?«

Sophie lächelt zaghaft. Trotz der seltsamen Umstände ihrer Begegnung ist ihr diese Frau symphatisch.

»Warum hat er mir erzählt, daß Sie tot wären?«

»Vielleicht, weil er sich das insgeheim wünscht. Wann hat er Ihnen das erzählt?«

»Als wir uns kennenlernten. Vor knapp drei Jahren.«

Karin nickt. »Er hat bestimmt nicht damit gerechnet, daß ich mal nach Darmstadt ziehe. Es ist ein Zufall, leider. Ich lege keinen Wert darauf, in seiner Nähe zu leben.«

»Wer wollte sich scheiden lassen, er oder Sie?«

»Er. Ich wollte ihn töten.«

Sophie sieht Karin ruhig an. Was für eine schöne Frau, im Vergleich zu ihr. Sophie muß daran denken, wie viele Leute in den letzten Tagen vom Töten gesprochen haben, mehr oder weniger direkt.

»Warum wollten Sie ihn töten?«

Statt zu antworten, fragt sie zurück. »Sophie, was ist Ihr Handicap?«

»Mein was?«

»Ihr Makel, ihr verwundbarer Punkt. Sehen Sie, bei mir ist es mein Bein. Sicher haben Sie vorhin bemerkt, daß ich hinke. Schon seit meiner Kindheit. Als ich Rudolf traf, war ich sehr unselbständig und voller Komplexe deswegen. Meine Eltern haben alles noch schlimmer gemacht, indem sie mich in Watte gepackt haben.« Ihr Blick bekommt etwas Abwesendes, als würde sie direkt in die Vergangenheit schauen.

»Ich vergesse nie, wie glücklich meine Mutter war, als Rudolf sich ernsthaft für mich zu interessieren begann. Ich war einundzwanzig, und sie sagte: ›Das ist deine letzte Chance.‹ Es war ein Schock für mich. Bisher hatten mir meine Eltern nie das Gefühl vermittelt, daß ich minderwertig sei. Sie hatten mir all die Jahre etwas vorgemacht, und ich fühlte mich plötzlich als Mensch zweiter Wahl. Als Rudolf mich geheiratet hat, da glaubte ich lange Zeit, daß er es trotz meiner Behinderung getan hat. Er hat es aber genau deswegen gemacht.«

»Du kannst von Glück sagen, daß so ein feiner Mann dich überhaupt nimmt.«

»Wie bitte?«

»Das hat mein Vater damals zu mir gesagt.«

443

Karin nickt. »Es gibt Männer, die müssen schwache Frauen haben, um sich stark zu fühlen. Rudolf ist ein Musterexemplar dieses Typs. Er fühlt sich gut, wenn er andere erniedrigen kann. Ich kann mir kaum vorstellen, daß er sich inzwischen geändert hat«, fügt sie hinzu.

Als Sophie schweigt, fährt sie mit harter Stimme fort: »Mich hat er immer John Silver genannt, oder Käpt'n Hook. Auch Hinkebein, Krüppel, Bresthafte. Auf der Straße zeigte er mir Frauen und sagte: ›Sieh mal, was für einen tollen Gang die hat.‹« Sie hält für einen Moment die Hände vor ihr Gesicht, dann sagt sie leise, aber voller Leidenschaft: »Er konnte so gemein sein!«

Die beiden sitzen sich eine kurze Weile stumm gegenüber. Karin zeichnet mit dem Fingernagel Linien auf den Tisch.

»Und Sie, Sophie? Welche Namen hat er für Sie? Womit kann er Sie demütigen?«

Sophie senkt den Kopf. Ihre Hände krampfen sich um ihr Glas, von dem sie kaum etwas getrunken hat. Viele wirre und einige entsetzlich klare Gedanken gehen ihr durch den Kopf. Ihr Gefühl sagt ihr, daß sie dieser Frau trauen kann. Plötzlich bricht aus ihr heraus, was sie noch keinem Menschen gesagt hat, auch nicht Christian. »Er nennt mich blöde Kuh«, murmelt sie, »Spatzenhirn, Trampel. Elefantenkuh.«

Karin sieht sie abwartend an. »Weiter.«

Jetzt muß alles auf den Tisch. Es ist, als ob man ein Ventil geöffnet hätte. »Nutte, Schlampe«, Sophie schluckt, »Fotze.«

Karin winkt ab. »Das scheint der Standard zu sein, das sagen sie alle, wenn ihnen sonst nichts mehr einfällt.«

»Er … er läßt mich die Worte buchstabieren.« Sophies Gesicht ist flammend rot, und sie flüstert nur noch.

»Warum denn das?«

»Ich bin Analphabetin.« So direkt hat sie es noch nie

ausgesprochen, aber gemessen an den vorigen Geständnissen, kommt ihr dieses nun mit Leichtigkeit über die Lippen.

»Ich bin Anwältin«, sagt Karin Mohr, und dann fangen beide an zu lachen. Sophie lacht immer weiter, sie lehnt sich an die Schulter dieser Fremden, und die Tränen laufen ihr übers Gesicht. An den anderen Tischen verstummen die Gespräche, und der Mann hinter der Theke sieht die beiden mißbilligend an.

Karin Mohr legt Geld auf den Tisch und steht auf, Sophie holt die Mäntel und dann gehen sie Arm in Arm hinaus in den sonnigkalten Tag.

»Sie müßten seine Mutter gekannt haben«, sagt Sophie, als sie langsam zwischen den gestutzten Platanen herumgehen. Sie sehen verkrüppelt aus, denkt Sophie und findet diesen Gedanken höchst unangebracht. »Wie war sie?«

»Eine recht resolute Frau. Ach Quatsch, sie war ein herrschsüchtiger alter Drachen. Ich war nur ein einziges Mal bei ihr, in dieser Wohnung, in der Sie jetzt wohnen. Wir kamen nicht gut miteinander aus. Sie konnte sich nicht an den Gedanken gewöhnen, daß ihr Rudi eine Frau hatte, noch dazu eine, die in ihren Augen nicht vorzeigbar war. Sie hat ihren Sohn vergöttert und mich von Anfang an gehaßt. Heute weiß ich, daß es nicht an mir lag. Sie hätte wahrscheinlich jede Frau gehaßt.«

»Vielleicht ist Rudolf wegen ihr so geworden?«

Karin bleibt ruckartig stehen. »Die Männer sind nie selbst schuld, was? Immer sind's die Frauen, die Schuld haben. Die Ehefrauen, die Mütter, notfalls die Lehrerin, die zu streng mit dem Knäblein war oder vielleicht zu sexy aussah!« Ihr Blick hat etwas Stählernes bekommen.

»Ich weiß nicht, was ich falsch mache«, gesteht Sophie.

»Im Gegenteil, Sophie, im Gegenteil. Sie machen alles richtig«, versichert Karin zynisch. »Seien Sie überzeugt: Genau so, wie Sie jetzt sind, so will er Sie haben.«

»Ich möchte ihn so gerne verstehen.«

»Ja«, nickt Karin, »wir Frauen wollen immer alles verstehen und verzeihen. So hat man es uns beigebracht.« Sie nimmt Sophie bei den Schultern und fragt in sachlichem Ton: »Sophie, hatten Sie eine glückliche Kindheit?«

»Nicht besonders.«

»Und piesacken Sie deshalb Schwächere? Tiere? Kinder?«

Sophie schüttelt den Kopf. »Kinder«, wiederholt sie, »vielleicht wäre alles anders, wenn wir ein Kind hätten. Aber bei mir klappt nicht mal das.«

»Bei IHNEN klappt es nicht?« schreit Karin. Sie scheint plötzlich sehr wütend zu sein. »Bei IHNEN?« Ehe Sophie reagieren kann, stößt sie hervor: »Rudolf ist unfruchtbar. Das ist ärztlich nachgewiesen.«

Die Worte treffen Sophie mit der Wucht eines Kinnhakens. Sie ringt um Atem. »Ist das wahr?«

Karin braucht nicht zu antworten. Schweigend gehen sie weiter. Sophie muß sich gewaltsam bremsen, damit Karin Schritt halten kann.

Im Alexandraweg parkt Karins Wagen. Sophie möchte nicht mitgenommen werden, sie will zu Fuß nach Hause gehen. Sie braucht Bewegung, um nicht vor Wut zu bersten. Sie reichen sich die Hände, und Karin gibt Sophie eine Visitenkarte. »Ich könnte mir gut vorstellen, daß Sie demnächst einen Rechtsbeistand brauchen werden.«

Sophie schaut auf die Karte.

»Entschuldigung. Sie können ja nicht … wie dumm von mir!«

»Ich kann Sie anrufen. Mit Zahlen geht es einigermaßen. Sie können mir die Nummer sagen.«

Karin nennt eine sechsstellige Zahl. »Die können Sie sich jetzt einfach so merken?«

»Ja.«

»Erstaunlich.« Karin lächelt Sophie zu. »Den Rest werden Sie lernen.« Ohne Sophies Antwort abzuwarten, steigt sie in ihren Golf und fährt davon.

Zu Hause angekommen, ist Sophie erhitzt vom schnellen Gehen und erstaunlicherweise hungrig. Wahllos nimmt sie eine Packung aus dem Gefrierschrank. Die *Gemüselasagne Piero* sieht auf dem Bild ausgesprochen appetitlich aus. Sophie kennt den Namen des Gerichts aus dem Werbefernsehen. Sie stellt die Aluschale in die Mikrowelle und geht ins Wohnzimmer. Sein Schreibtisch ist nicht abgeschlossen. Wozu auch? Vor ihr kann er alles offen liegenlassen. Es ist, als ob ein Ochse in eine Apotheke schaut, denkt Sophie. Mit spitzen Fingern, sorgfältig darauf bedacht, eine eventuell vorhandene Ordnung nicht zu zerstören, durchsucht sie Fächer und Schubladen. Sie weiß nicht genau, wonach sie eigentlich sucht. Es muß irgend etwas sein, das mit Karin Mohr zu tun hat, und mit seinen Lügen. Die erste Lüge hat sie ihm bereits verziehen, die zweite, für die wird er büßen. Sie weiß nur noch nicht, wie. Sie reißt einen Ordner nach dem anderen heraus. Gut, daß Rudolf heute spät nach Hause kommen wird. Das Lehrerkollegium feiert Weihnachten.

Weihnachten! Das Wort birgt gleich zwei Schrecken. Da ist Heiligabend, an dem Rudolf ihr einen Mantel aus Fuchspelz schenken wird. Nicht, daß sie sich einen wünscht. In einem Pelz wird sie noch größer und breiter wirken als sonst, wie ein kanadischer Holzfäller. Nein, Sophie dient lediglich dazu, die Trophäen vorzuführen. Es sind ausschließlich dicke Winterfelle, über drei Jahre hinweg hat er sie gesammelt. Er wird ihr an Heiligabend, wenn sie der altdeutsch geschmückten Nordmanntanne gegenübersitzen, schildern, wie er in eiskalten, mondhellen Nächten so lange auf dem zugigen Hochsitz ausharrte, bis der hungrige Fuchs zum Luderplatz geschlichen kam, angelockt durch das verlockende Aroma von ranzigem

Fisch und verwesenden Schlachtabfällen. Alles nur für sie. Er wird Dankbarkeit erwarten für dieses Opfer, das sie nie von ihm verlangt hat. Und Rudolf hat seine eigenen Vorstellungen davon, wie sie ihm ihre Dankbarkeit zu erweisen hat.

Danach die Ferien! Er wird dauernd zu Hause sein, hinter ihr herschnüffeln und an allem, was sie tut oder nicht tut, herumnörgeln. Die »gemütlichen Feierabende« werden endlos sein, weil er ja ausschlafen kann. Ein einziger Schrecken, der fast drei Wochen dauern wird. Vielleicht läßt er mich ja ein paar Tage nach Hause, auf den Hof, und ich könnte dann … Nein. Sie glaubt selbst nicht daran. Während der Sommerferien hat er ihr auch verboten, ihre Familie länger als einen Nachmittag zu besuchen.

Sophie schluckt den Kloß, der sich in ihrem Hals gebildet hat, hinunter und konzentriert sich wieder auf ihre Tätigkeit. In den meisten Ordnern sind Rechnungen, soviel erkennt sie. Sämtliche Rechnungen werden von Rudolf über Jahre hinweg aufbewahrt und archiviert. Sogar die Kassenbelege ihrer Einkäufe im Supermarkt sind sortiert, vermutlich nach Monaten, und in Klarsichthüllen gepackt. Handgeschriebene Notizen und Additionen klemmen außen an der Hülle. Die unterste Zahl ist die Summe ihrer Ausgaben eines Monats. Sophie kann sich ein böses kleines Lächeln nicht verkneifen, denn seine akribisch geführten Ordner sind voller Kassenzettel fremder Menschen. Wenn sie auf dem Markt eingekauft hat, nennt sie Rudolf grundsätzlich eine höhere Summe. Fast täglich kommen so ein paar Mark zusammen. Den größten Teil davon gibt sie für neue Stoffe aus, aber sie spart auch. Sie weiß selbst nicht, wofür, aber das Geld gibt ihr ein Gefühl von Sicherheit und Selbstvertrauen.

Papiere, Papiere, Papiere. Selten zuvor hat Sophie so heftig bedauert, nicht lesen zu können. In letzter Zeit hat sie es fast gar nicht mehr bedauert. Sie hat sich ihr Leben so eingerichtet, daß Lesen und Schreiben unnötig geworden sind. Sie kauft immer in denselben Geschäften oder auf dem Markt ein. Sie schaut sich die Werbung im Fernsehen aufmerksam an, um sich die Verpackung der Dinge einzuprägen, die sie brauchen kann. Seit kurzem gibt es einen lokalen Nachrichtensender, der manche Neuigkeiten sogar einen Tag früher bringt als die Zeitung. Das Fernsehen ersetzt ihr die Literatur. Daß sie die Programmzeitschrift nicht lesen kann, ist lästig, aber es gibt eine telefonische Fernsehprogrammansage. Auch Kochrezepte erfährt sie über das Telefon.

Man kann sich auch ohne Lesen im Leben zurechtfinden, denkt sie manchmal trotzig. Sie bedauert ihre Unfähigkeit hauptsächlich dann, wenn Rudolf sie durch sein abendliches Lesen zur Untätigkeit verurteilt oder wenn sie sich zusammen einen Film ansehen und er hinterher urteilt: »Ganz nett, aber kein Vergleich mit dem Buch.« Sie weiß genau, welches Buch sie zuerst lesen würde, wenn sie es plötzlich könnte: »Vom Winde verweht«. »Pretty Woman« wäre auch nicht schlecht, aber Sophie weiß nicht, ob es davon überhaupt ein Buch gibt.

In der oberen Schublade sind Bankformulare, Schecks, etliche Visitenkarten und ein paar lose Zettel mit Telefonnummern in Rudolfs Handschrift. In der Mitte sind Arbeiten von Schülern, die zu korrigieren sind. Die unterste Schublade beherbergt Reisepaß, Jagdschein, Waffenbesitzkarte und verschiedene Urkunden. Ganz hinten, in einer ansonsten leeren Lederbrieftasche, findet sie ein postkartengroßes Farbfoto. Es zeigt Rudolf, als sein Haar noch voll war, neben einer Frau, auf die er mit Besitzerstolz herabblickt.

Sie trägt das Haar länger als jetzt, mit einer Rose und etwas Weißem darin, es sieht wie Maiglöckchen aus. In einer Hand hält sie einen Blumenstrauß: Rosen, umhüllt von einer weißen Schärpe, daran eine lila Schleife mit langen Bändern. Ihr Kostüm ist schwarz. Rudolf hat ein Blumensträußchen am Revers seines Nadelstreifenanzugs stecken. Sein rechter Arm ruht auf ihrer Schulter.

Ein scharfer Geruch aus der Küche unterbricht Sophie beim Studium des Fotos. Sie öffnet das Küchenfenster, denn der Raum steht unter Qualm. Möglicherweise hätte man Wasser dazugeben müssen, überlegt sie und befördert das Brikett, das eine *Gemüselasagne Piero* hätte werden sollen, in den Mülleimer. Sie geht zurück an den Schreibtisch. Ihr Hunger ist ohnehin vergangen, er hat einer fiebrigen Erregung Platz gemacht, die die Leere in ihrem Inneren besser ausfüllt als ein Fertiggericht.

Sie schließt die Schubladen und reiht die Ordner wieder ins Regal. Das Foto behält sie. Sie bringt es in ihr Nähzimmer und betrachtet Karin Mohr sehr genau durch Rudolfs Leselupe. Die kurze Kostümjacke ist, ähnlich einem Smoking, eng tailliert, mit breiten Schulterpolstern, und doppelreihig geknöpft. Darunter trägt sie eine weiße Spitzenbluse mit Stehkragen. Der enge Rock ist wadenlang. Welcher Stoff das wohl ist? Das Paar steht vor einem blühenden Apfelbaum. Also ist es April oder Mai. Bestimmt Mai, wie es sich gehört. Es wird Seide sein, spekuliert Sophie, vielleicht auch Satin oder Rips. Jedenfalls kein Wollstoff. Sicher ist es Seide. Seide paßt am besten zu dieser Frau, und Karin Mohr weiß ganz offensichtlich, was zu ihr paßt.

Sie entwirft eine grobe Skizze des Kostüms, dann versteckt sie das Foto in der Zigarrenkiste, die außer ihren Nähseiden ihr Gelddepot beherbergt. Sie nimmt die Scheine heraus und zählt nach. Es sind knapp einhundertfünzig Mark. Das wird reichen.

In der Mittagspause kommt Frau Konradi in sein Büro und legt ihm das *Darmstädter Echo* auf den Schreibtisch. Axel sieht ihr an, daß sie ihm gleich eine aufregende Neuigkeit verkünden wird. Sie leitet ihren Bericht mit den Worten »Hawwe Se des geläse?« ein und tippt mit ihrem pinkfarbenen Fingernagel auf einen Artikel auf Seite eins des Lokalteils. Axel überfliegt die Zeilen, und Frau Konradi berichtet ihm synchron dazu den Inhalt, wenn auch mit etwas abweichender Wortwahl: »Den Juwelier Schwalbe, den hodd's erwischt. Er hodd uff enner Bank geläsche, im Fidneß-Schdudio, un wollt so e schweres Gewischd hochstemme. Da ham en die Kräfte verlosse, un des Ding is uff'n runner. Direkt uff de Kehlkopp gedädscht.« Sie vollführt eine Geste, die Axel an Bruce-Lee-Filme erinnert. Er verzieht mitfühlend das Gesicht.

»Der war gleisch hinüwwer. Daß es do gar kaa Sischerung gibbd, des is ja wägglisch gefählisch.« Sie wartet gespannt ab, bis Axel den Artikel zu Ende gelesen hat. Das ist auch nötig, denn Frau Konradis Ausführungen konnte er nur lückenhaft folgen. Die Frau scheint das Hochdeutsche nur in Gegenwart einer handverlesenen Schar von Mandanten zu beherrschen. Im letzten Satz des Berichts heißt es, daß die Polizei den Vorfall noch untersucht, aber man geht mit großer Wahrscheinlichkeit von einem Unglücksfall aus.

»Isch wollt Ihne des bloß zeige, weil Sie doch den Schwalbe in Zukunft iwwernämme sollde. Des hodd sich denn also erledisch. Jetz dürfe Se vielleischt sei Fraa, oder besser, sei Widwe verdräde.«

»Die Witwe?«

»Ei, die Brasilianerin.«

»Ei, die Brasilianerin«, wiederholt Axel verständnislos.

»Sie kenne sisch wohl no gar nedd aus. Frooge Se mei Kusine, die kaa Ihne sischer was iwwer den Herrn erzähle. Jesses«, sie schwingt sich von seiner Schreibtischkante, »die wolld isch no oorufe, un graduliere.«

»Hat sie Geburtstag?«

»Naa. Zum Dood vom Schwalbe, derre Sauwatz!«

»Bitte?«

»Zum Tod von Herrn Schwalbe, diesem Schwein«, kommt es glasklar.

»Frau Konradi! Wie reden Sie denn über unsere Mandanten?«

»Ex-Mandande. Ja, isch waaß, iwwer Doode niggs Schleschtes. Awwer sie is sischer nedd traurisch, daß der hin is.«

Rudolf deutet auf die Platte mit belegten Broten, und seine Nasenflügel beginnen zu beben wie bei einem schnaubenden Pferd.

»Was soll das? Freitagabend und nicht einmal ein ordentliches, warmes Abendessen? Was treibst du eigentlich den ganzen Tag?«

»Ich habe genäht«, antwortet Sophie ruhig.

»Und da hat Madame keine Zeit zu kochen, oder was?«

»Genau«, antwortet Sophie und stellt ein paar aufgeschnittene Tomaten auf den Tisch. »Was möchtest du trinken?«

Rudolf ist fassungslos über so viel Impertinenz. Was ist nur in letzter Zeit mit diesem Weib los?

»Du bringst es noch so weit, daß ich diese Nähmaschine zum Fenster rauswerfe!« Eigentlich wollte er nicht schreien. Wer schreit, zeigt Schwäche. Aber sie bringt es fertig, daß er die Beherrschung verliert.

»Warum steht da nur ein Teller?« fragt er etwas leiser.

»Ich bin nicht hungrig.«

Er packt sie am Arm und drückt sie auf den Stuhl. »Hier wirst du dich hinsetzen und mit mir essen!«

»Na gut, wenn du mich so nett bittest.« Sie steht wieder auf.

»Wo gehst du hin?«

»Einen Teller holen.«

Sie kommt mit einem Teller zurück, einer Flasche

Weißwein und zwei Gläsern. Sie setzt sich und lächelt ihm zu. Nicht unterwürfig, wie sonst. Nein, da ist etwas anderes, etwas, das ihm ganz und gar nicht behagt. Frauen, die so lächeln, haben etwas zu verbergen. Eine Weile ist es still, bis auf Rudolfs Kaugeräusche, dann sagt Sophie: »Der Schwalbe ist tot.«

»Ich weiß. Ich lese ja Zeitung.«

»Frau Weinzierl denkt, daß ich es war.«

Rudolf läßt die Gabel sinken. »Ist die völlig übergeschnappt? Warum solltest du den Schwalbe ... das ist doch lächerlich! Wie soll das, bitteschön, vor sich gegangen sein?«

»Ich habe ihn zum Teufel gewünscht«, antwortet Sophie, »und da ist er jetzt.«

Rudolf lacht verächtlich, es klingt wie Husten. »Und warum hast du ihn dorthin gewünscht?«

»Er hat seine Frau schlecht behandelt.«

Rudolf gefällt die Wendung, die die Unterhaltung genommen hat, ganz und gar nicht. Er murmelt etwas von völlig durchgedrehten Weibern, und sie essen schweigend weiter. Aber Rudolf spürt, daß sich etwas an ihrer Haltung ihm gegenüber verändert hat.

Dieses Wochenende wird Axel wieder nicht zu seiner Mutter nach Hause fahren. Letzte Woche hatte er einen ganzen Haufen Klageschriften aufgesetzt, und diesmal hat er keine Lust. Er erinnert sich mit einem schalen Gefühl an das Telefongespräch von heute mittag. Ihre Stimme klang brüchig wie Zwieback, als sie ihm versicherte, daß es ihr nichts ausmache, gar nichts. Sie ist die Meisterin des stummen Vorwurfs, die Königin des Erduldens.

Und was mache ich Trottel mit meinem freien Wochenende? Ich sitze bei Salzletten und einem gräßlichen Likör an einem rosafarbenen Marmorcouchtisch und höre mir Tratsch an. Aber ganz so ist es nicht. Nachdem Frau

Behnke eine halbe Stunde lang die Leiden ihrer Tochter unter dem Monstrum Schwalbe geschildert hat, kommt sie nun zum interessanteren Teil: »Wie sie das macht? Ich weiß es wirklich nicht. Aber es ist schon unheimlich. Erst das mit dem Maler, gut, das könnte man noch als Zufall durchgehen lassen. Aber die Sache mit Frau Fabians Schwiegermutter … Ich hab's mit eigenen Augen gesehen, ich kam gerade vom Einkaufen: In dem Moment, als der Leichenwagen hält, steht sie mit dem Trauerkleid für Sieglinde vor der Tür. Mich hätte es fast umgeworfen. Wie im Gruselfilm!« Axel schaut unwillkürlich zum Fenster. Das schwache Licht der Straßenlaterne gibt nicht viel her, aber der Mond versilbert die verschneiten Dächer, es ist eine sternklare Winternacht.

»Noch ein Gläschen?«

»Nein, vielen Dank!« Zu spät. Honiggolden und schwer wie Öl liegt die Flüssigkeit in dem geschliffenen Kristallglas. Axel nimmt sich vor, bei nächster Gelegenheit Behnkes Feigenbaum etwas Gutes zu tun.

»Hat Frau Kamprath denn tatsächlich angekündigt, daß sie die alte Frau Fabian … nun eben …«

»Nein, natürlich nicht«, wehrt Frau Behnke ab und gießt sich selbst auch noch ein Glas ein. Ihre Apfelbäckchen schimmern rosig über der cremefarbenen Batistbluse. »Wobei man ja nicht weiß, was zwischen ihr und Sieglinde wirklich gesprochen worden ist. Wenn man Sieglinde glauben kann, dann hat sie nur so komische Andeutungen gemacht. Es müsse ein schwarzes Kleid sein, weil ein Todesfall ins Haus stünde oder so ähnlich.«

»Und der Schwalbe? Wie war das bei dem?«

»Ich habe selbstverständlich mit keinem Wort gesagt, daß sie dem Mann was antun soll. Ich glaube solchen Humbug nicht, ich heiße ja nicht Dotti Weinzierl. Ich habe ihr lediglich ein paar Tage vorher von meiner Tochter und dem Schwalbe erzählt, so wie Ihnen gerade. Sie war wegen eines Kleides hier, das ich mir nähen lassen will.«

»Ein schwarzes?«

»Nein«, sagt Frau Behnke bestimmt. »Ein graues.«

»Und jetzt ist der Schwalbe also tot …«

»Ja«, stößt sie hervor und lächelt. »Ehrlich gesagt, es ist mir völlig egal, wie das passiert ist.«

»Wird Ihre Tochter jetzt arbeitslos werden?«

»Wahrscheinlich nicht. Es gibt noch einen Kompagnon, der wird die Geschäfte weiterführen.«

»Ein echter Glücksfall, dieser Unglücksfall. War Ihre Tochter an dem Abend auch in diesem Fitneß-Center?«

Wenn du so weitermachst, kannst du morgen die Wohnungsanzeigen studieren.

»Sie war bei der Aerobic-Gruppe, als es passiert ist.«

»Sagen Sie, Frau Behnke, was wissen Sie über diese Frau Kamprath?«

»Wenig. Sie ist erst in letzter Zeit ein bißchen aufgetaut. Seit sie für uns näht. Denken Sie sich, sie nimmt nicht einmal Geld dafür. Komisch, was?«

»Allerdings.«

»Vorher hatten wir keinen Kontakt. Wenn man die Straße langkam, ist sie nach Möglichkeit schnell ins Haus gewitscht, nur damit sie einem nicht begegnet. Anfangs dachte ich, Gott, ist die affig. Aber ich glaube, sie ist nur sehr schüchtern. Keine Ahnung, wie der Kamprath an die geraten ist. Ich meine, sie ist zwar deutlich jünger als er, aber besonders hübsch ist sie nicht, oder?«

»Unscheinbar, würde ich sagen.«

»Nur ihre Kleider, die sind schön. In letzter Zeit hat sie auch die Haare besser frisiert als früher.«

»Vielleicht hat sie einen Liebhaber.«

Es sollte ein Scherz sein, aber Frau Behnke stürzt sich sofort auf diesen Gedanken. »Also, ich will ja keine Gerüchte verbreiten, aber man hat sie schon ein-, zweimal mit diesem Untermieter von Dotti, also der Frau Weinzierl, reden sehen.«

»Das ist allerhand.«

»Einmal soll er sogar in ihr Haus gegangen sein.«

»Sagt Frau Weinzierl.«

»Ja.«

»Vielleicht war er beim Arzt?«

»Was soll so einem jungen Kerl schon fehlen?« Dieses Argument ist so überzeugend, daß Axel dazu nichts mehr einfällt. Aber jetzt kommen ihr anscheinend selbst Zweifel: »Andererseits ... sie ist ja mindestens zehn Jahre älter als dieser Student. Und sie sieht auch nicht aus wie ein lockerer Vogel. Zumindest hält sie den Haushalt tadellos in Ordnung, das muß man sagen. Da liegt nichts rum, nirgends ist ein Stäubchen, ich war neulich drüben, bei der Anprobe. Alles tipptopp.«

Er unterdrückt ein Grinsen und wirft seiner Vermieterin lediglich das Stichwort »Stille Wasser« hin.

»Nötig hätte sie das ja nicht. Ihr Mann ist Oberstudienrat und sieht noch recht passabel aus, für Ende Vierzig. Außerdem ...«, sie neigt sich über den Tisch und fällt in einen Flüsterton, »... kommt mir der Kerl da drüben ein bißchen andersrum vor. Finden Sie nicht?«

Jetzt endlich klingelt es bei Axel. Das *Havana*!

»Ich kenne mich in solchen Sachen nicht aus.«

Frau Behnke lächelt boshaft. Der Gedanke, Frau Weinzierl könnte einen schwulen Untermieter haben, bereitet ihr noch größeres Vergnügen als eine ehebrecherische Oberstudienratsgattin.

Jetzt gräbt sie Erinnerungen aus: »Die Mutter von Herrn Kamprath war eine eindrucksvolle Persönlichkeit, aus guter Familie. Sie zog erst nach dem Tod ihres Mannes wieder hierher, in ihre Heimatstadt. Sie hat Frankfurt nie gemocht. Die Leute wären dort ordinär, hat sie behauptet. Ihr Mann war irgendwas Höheres bei der Bahn. Als sie starb, waren wir alle sehr betroffen, denn sie machte immer so einen vitalen Eindruck. Wie geht es denn Ihrer Mutter, hat sie sich schon daran gewöhnt, daß ihr Sohn so weit weg ist?«

Axel stöhnt innerlich auf. Dieses ganze Gerede über Mütter, tote und lebendige, geht ihm auf die Nerven.

»Es geht ihr gut«, verkündet er und steht auf. Er bedankt sich und erzählt etwas von Akten, die er noch durcharbeiten muß. »Tja, wer Karriere machen will, dem wird nichts geschenkt«, weiß Frau Behnke und ist stolz auf ihren fleißigen, seriösen Mieter. Ein Rechtsanwalt, das ist doch ganz was anderes als dieses schmierige Bürschchen von nebenan.

»Da haben Sie recht«, sagt Axel und entflieht schleunigst ihrem Blick, in dem etwas Mütterliches lauert.

Rudolf ist zwar erschöpft, aber gut gelaunt nach Hause gekommen. Es ist Freitag, der letzte Schultag vor den Weihnachtsferien, und zum Abendessen gibt es Tafelspitz mit Röstkartoffeln. Sophie hat sich mit dem Kochen Mühe gegeben, denn Tafelspitz ist eines von Rudolfs Lieblingsgerichten, und heute ist ein besonderer Tag. Auch Sophie ist guter Stimmung. Den ganzen Nachmittag, während der Vorbereitungen für diesen Abend, hat sie vor sich hin gelächelt.

Der Tisch ist mit einem weißen Tischtuch, dem frisch polierten Silberbesteck und den silbernen Platztellern gedeckt. Neben der Suppenterrine kündet ein roter Weihnachtsstern, ein Sonderangebot aus dem Supermarkt, vom nahe bevorstehenden Fest der Liebe. Ansonsten gibt es keinen Adventsschmuck in der Wohnung. Rudolf schätzt es nicht, für derlei Firlefanz Geld zu verschwenden.

Das Abendessen verläuft harmonisch. Rudolf lobt die zarte Konsistenz des Fleisches und die dezente Schärfe der Meerrettichsahne. Sophie lächelt nur.

Nach dem Essen kommt Rudolf in die Küche, wo Sophie eben die Teller in die Spülmaschine stellt. Er nimmt ihre Hand, setzt sich auf einen Küchenstuhl und zieht Sophie auf seinen Schoß. Sie will aufstehen. Er hält sie fest.

»Laß mich los«, sagt sie bestimmt. Rudolf nimmt die Hände hoch, als hätte sie ihn mit einer Waffe bedroht. Er ist verwirrt. Eben war doch noch alles in bester Ordnung oder etwa nicht? Sie steht auf und räumt das Geschirr vollends ein.

Rudolf beobachtet sie.

»Sophie«, sagt er mit heiserer Stimme, »findest du, daß ich dich nicht gut behandle?«

»Wie kommst du darauf?«

Sie ist fertig mit Aufräumen und geht ins Wohnzimmer. Er folgt ihr und setzt sich neben sie auf das Sofa.

»Vielleicht war ich in letzter Zeit ein wenig gereizt«, lenkt er ein. »Aber ich hatte auch viel um die Ohren. Du weißt, bis zu den Weihnachtsferien ist immer die schlimmste Zeit, und dann mußte ich den Konrektor vertreten ...«

»Warum bist du eigentlich nicht Konrektor geworden?«

Die Frage läßt ihn zusammenzucken. Er rückt ein Stück von ihr ab und sieht sie entgeistert an.

»Was soll das?« schreit er. »Bin ich dir nicht mehr gut genug? Fehlt dir irgendwas? Du hast doch alles! Kleider, eine schöne Wohnung, du brauchst nicht zu arbeiten ...« Offenbar fallen ihm keine weiteren Annehmlichkeiten in Sophies Leben ein. Sophie antwortet nicht, sie sieht ihn nur an. Er rutscht wieder näher an sie heran, legt den Arm um ihre Schulter und beginnt mit der anderen Hand, ihre Brust zu streicheln. »Komm, laß uns wieder friedlich sein.« Seine Stimme ist rauh, und Sophie erkennt den Klang der Geilheit darin. Sie gefriert auf der Stelle zu Eis. Durch das Kleid spürt sie seine Hand, feuchtwarm. Sie mag es nicht, wenn er ihre Brust anfaßt, so wenig wie seine Küsse. Sie versteht, warum sich Huren angeblich nicht küssen lassen.

Die andere Hand drückt gegen ihren Oberschenkel.

»Ich habe uns eine Überraschung mitgebracht.«

O Gott, bestimmt wieder eines dieser ekelhaften Videos. Heißer Atem zischt dicht neben ihrem Ohr. Sie kann nicht mehr gut hören, sie will die Ohren frei haben, die Augen, den Kopf, nur so funktioniert der Trick. Sie nennt es »das Ausklinken«. Jenen Punkt, an dem ihre Sinne den Körper einfach verlassen, wie die Seele eines Sterbenden, den Zustand, in dem sie sich selbst nur noch als Organismus wahrnimmt, reduziert auf seine primitiven Funktionen, ähnlich einer Pflanze. Ist dieser Punkt erreicht, dann berührt er nicht sie, sondern nur eine Hülle, denn sie selber ist weit weg, sie schaut von irgendwoher zu, was Rudolf mit dieser seelenlosen Attrappe anstellt. Dann wünscht sie sich, an jenem Ort ohne Materie bleiben zu können, nie mehr in die Realität zurück zu müssen, wo Ekel und Angst sie erwarten. Die Angst, daß ihr diese innere Flucht eines Tages nicht mehr gelingen wird.

Sie weicht seinen bohrenden Fingern aus. Seine Zärtlichkeiten, oder das, was er dafür hält, sind ihr am meisten zuwider. Da ist ihr noch lieber, wenn er seiner Gier freien Lauf läßt, um so schneller ist die Angelegenheit vorüber.

Tote Fische unter ihrem Pullover.

Da ist sein Körper. Fest wie ein Baum. Sein dichtes, sprödes Haar, der Geschmack seiner Lippen … Sophie sträubt sich gegen die Bilder, die sie plötzlich überfallen. Nicht jetzt! Nicht unter Rudolfs fahrigen Händen. Sie wehrt sich, als könnte das Kostbare allein dadurch beschmutzt, entweiht, für immer verdorben werden, daß die Gedanken im falschen Moment über sie kommen.

Tote Fische überall auf ihrer Haut. Bitte nicht jetzt!

Doch die Bilder stürzen immer heftiger auf sie ein, und Sophie gibt ihren Widerstand auf. Sie läßt sich fallen, mitten hinein in diese andere Welt, die nur noch Erinnerung sein darf, wie ein totes, präpariertes Tier, und die doch mit jedem Tag lebendiger wird. Seine Hände. Kräftig, warm, trocken. Ruhige, bestimmte Bewegungen. Kein Zögern, kein Flattern, kein Fummeln. Hände, die wissen, was sie wollen. Die Bewunderung, mit der er sie anfaßt, ihren Formen nachspürt, als wäre er ein Künstler und ihr Körper ein Kunstwerk, das es zu ergründen und sich einzuprägen gilt. Ihr Körper, der unter diesen Händen zerfließt, der diese Hände so gut kennt, schon immer kannte, als wären sie ein Teil von ihr. Ihre Wange, die über seine Brust streicht, seine Haut, so glatt und warm, als berühre man einen rundgeschliffenen Stein, der den ganzen Tag in der Sonne lag.

Dieses Gerubbel, dieses Geschabe! Radiergummifinger. Schlaffes Beamtenfleisch. Wie Fleischwurst. Weichei. Sesselfurzer.

»Nicht hier«, sagt sie bestimmt.

Ehe Rudolf etwas begriffen hat, hat sie sich aus seiner Umklammerung gelöst, ist aufgestanden und hinausgegangen. Er folgt ihr, schaut ins Schlafzimmer. Es ist leer.

Auch im Badezimmer ist sie nicht. Also bleibt nur noch das Nähzimmer. Das Nähzimmer hat er immer als Sophies Refugium akzeptiert. So, wie man einem Hund sein eigenes Körbchen zugesteht. Aber jetzt scheint sie es nicht anders zu wollen, ja, vielleicht will sie es gerade da drinnen haben. An ihm soll's nicht liegen.

Er öffnet die Tür.

Drinnen herrscht Dunkelheit. Durch einen schmalen Spalt im Vorhang fällt das Licht der Straßenlaterne auf ihren nackten Körper, der ausgestreckt und weiß wie eine Made auf dem Sofa liegt. Weiße Haut auf schwarzem Samt. Obwohl er sie oft als fette Kuh beschimpft, gefällt ihm in Wahrheit ihre füllige Figur, er mag dieses träge, weiche Fleisch. Er merkt, wie sein Glied mit Vehemenz gegen die Hose drückt. Was sie wohl mit dieser neuen Variante bezwecken will? Kreativität in Sachen Sex ist er von ihr nicht gewohnt, dazu hat er es erst gar nie kommen lassen, er gibt auch auf diesem Gebiet den Ton an. Jetzt grinst er voller Häme in sich hinein. Wahrscheinlich hat sie wieder ihre fruchtbaren Tage mit dem Fieberthermometer ermittelt, und die ganze Vorstellung dient nur dem einen Zweck, dieser irren Hoffnung, die sie hegt und die sie so angenehm gefügig macht. Die da ist nicht wie die andere, die würde es nie wagen, ihn zum Arzt zu schleppen, ihn dermaßen zu demütigen … Er streift sich die Hose herunter, die Unterhose gleich mit. Es ist diese besondere Situation, die ihn scharf macht, wie schon lange nicht mehr, dieses Zimmer, in dem früher seine Mutter schlief und in dem sie auch gestorben ist, es gaukelt ihm das prickelnde Gefühl vor, etwas Verbotenes zu tun. Er hält sich jetzt nicht mehr mit irgendwelchen Lappalien auf, sondern faßt sie um die Hüften, zieht ihr Gesäß zu sich heran und stößt sofort hart in diesen warmen, nachgiebigen Körper. Umsonst, denkt er, du einfältige ahnungslose Kuh, du hältst deinen weißen Prachtarsch ganz umsonst so geduldig hin.

Unaufhaltsamer Bildersturm: zwei unbefangene Körper in der Sonne. Sein Lachen. Absolute Vertrautheit und spielerische Neugier. Sein Blick in ihre Augen, lockend, herrisch, verlangend. Er streckt nur die Hand nach ihr aus, und sie brennt. Ein Kuß, ihr Körper ist eine einzige brennende Höhle. Seine sanfte Brutalität, die sie an den Rand des Wahnsinns treibt. Ein schluchzender Schrei, satte Erschöpfung. Jener schwebende Moment purer Seligkeit, ehe Schuld und Angst heranschleichen.

Seine Roheit kann sie jetzt nicht mehr erreichen. Sie ist schon zu weit weg. Hält still und ist ganz weit weg.

Es dauert nicht lange, bis Rudolf Kamprath zu keuchen beginnt, und in diesem unvermeidbaren Moment der Schwäche, in dem er sich gehenläßt und vertrauensvoll in ihr versinkt, geht plötzlich die Stehlampe an. Grell trifft ihn der Lichtstrahl, als er den Kopf hebt. Er blinzelt, bunte Blitze kreuz und quer, ein Tuch fällt von irgendwo herunter, vor ihm steht seine Exfrau. Ihr Gesicht ist fast so bleich wie ihre Spitzenbluse, die sie unter dem Kostüm von damals trägt. Das wilde dunkle Haar hängt lang um ihre Schultern, geschmückt von einer Rose und etwas Weißem. Auch der Blumenstrauß ist da, Rosen in einer weißen Schärpe und mit einer Schleife mit langen lila Bändern.

Brüllend fährt Rudolf hoch und stürzt aus dem Zimmer.

Sophie setzt sich langsam auf, hüllt sich in die Sofadecke und lächelt dem starren Puppengesicht zu.

3

DER HIRSCH HÖRT AUF zu äsen. Mißtrauisch hebt er seinen
Kopf und dreht die Lauscher in den Wind. Das Geschoß
vom Kaliber 7×65 durchdringt Haar und Haut, spaltet
eine Rippe, bohrt sich einen Kanal durch mürbes Fleisch,
pilzt auf und läßt den Herzmuskel explodieren. Jetzt erst
zerfetzt der Knall die Stille. Der Hirsch schnellt steil in die
Höhe, zwei, drei rasende Sprünge, die Vorderläufe knicken
ein. Reflexartiges Schlegeln der Hinterkeulen, ein Zucken
der Flanken, dann bleibt er reglos im Schnee liegen. Kaltes
Mondlicht läßt sein Fell stählern schimmern.

Die nächtlichen Geräusche sind nach dem Schuß verstummt, als hielte der Wald für einen kurzen Moment den
Atem an. Geschmeidig gleiten die Jäger vom Hochsitz,
kommen näher und gehen um ihre Beute herum. Sie nehmen ihre Hüte ab.

»Sauber.«

Der Hirsch schaut seine Mörder aus toten, milchigen
Augen an. Christian bricht einen Zweig von einer Fichte
und klemmt ihn dem Tier zwischen die starren Kiefer.

»Sollst deinen letzten Bissen haben.«

Er taucht einen anderen Zweig in das frische Blut, das
in winzigen Bläschen aus der Schußwunde brodelt, und
reicht ihn weiter.

»Weidmannsheil!«

Sophie nimmt den Schützenbruch mit der linken
Hand, wie es der Brauch vorschreibt, steckt den Zweig an
die Kordel ihres alten Filzhutes und setzt den Hut wieder
auf.

»Weidmannsdank.«

Sie weiß, daß ihm derlei Rituale viel bedeuten.

»Auf den bin ich den ganzen Herbst angesessen.«

»Dann war's ja höchste Zeit«, erwidert Sophie. »Bist du neidisch? Du hättest mich nicht schießen lassen müssen.«

Seine dunklen Augen sehen sie an. »Klar bin ich neidisch. Aber dafür bist du jetzt dran.« Er läßt sein Jagdmesser aufblitzen. »Hab's extra für dich geschliffen.«

Sophie nimmt das Messer und beugt sich hinunter zu dem Hirsch. Es ist ein Jährling, schwach an Gewicht, das Geweih besteht aus zwei mageren Spießen.

Ihr Bruder tritt neben sie. »Ein elender Kümmerer.«

Als müßten sie sich gegenseitig den Tod des Tieres rechtfertigen, stimmt ihm Sophie zu: »Stark abgekommen, der stellt schon die Knochen raus.«

Ein paar eitrige Stellen im Fell zeugen von den Kämpfen, bei denen das schwächliche Tier vom Rudel abgeschlagen worden ist. Sophie zieht einen Handschuh aus und streicht dem Tier über die Decke. Was durch das Zielfernrohr so silbern im Mondlicht glänzte, ist ein Tummelplatz für Zecken und Hirschläuse, und im Körperinneren schmarotzen garantiert noch andere Untermieter. Nicht mal für den Hund wird man den Aufbruch gebrauchen können.

Sie schleifen den Körper an eine günstige Stelle neben einem Baumstumpf. Sophie dreht das Tier auf den Rücken und bringt es in eine stabile Lage. Mit der Klinge nach oben zieht sie einen glatten Schnitt vom Drosselknopf bis zum Brustkern. Dampf steigt aus dem offenen Leib.

»Der Pratt wird sich freuen, daß der weg ist«, meint Sophie. Ihre Finger gleiten tief in dem Schnitt, dann zieht sie die Drossel und den Schlund heraus, trennt die glitschigen Stränge voneinander und schneidet sie am oberen Ende ab.

»Mir läßt er die Kümmerer, die guten schießt er selber. Oder seine noblen Herren.«

464

Sophie weiß genau, wen er mit den noblen Herren meint.

»Wieviel zahlt er dem Pratt für das Begehungsrecht?« fragt Christian.

»Ich weiß es nicht.« Sophie schärft das rote Muskelfleisch vom unteren Ende des Schlundes und verknotet ihn sorgfältig, so daß kein Panseninhalt auslaufen und das Wildbret verderben kann.

»Zahlst du?«

»Nein. Er braucht meine Stimme in der Jagdgenossenschaft. Aber ich muß dafür die meiste Arbeit machen.«

Sophie steht auf und begibt sich zwischen die Hinterläufe ihrer Beute.

»Jetzt kommt der interessante Teil«, grinst ihr Bruder, der auf dem Baumstumpf sitzt und Sophies Tun genau verfolgt. Sophie lächelt und schneidet dabei die Bauchdecke von den Hoden bis zur Spitze des Geschlechtsteils auf, das in der poetischen Sprache der Weidmänner Brunftrute genannt wird. Ein intensiver Geruch tritt aus. Sophie löst das fleischige Glied aus dem Fell, ebenso die Hoden. Sie umfaßt die Fortpflanzungsorgane mit einer Hand und legt die »Brunftkugeln« mit Hilfe des Messers ganz frei.

»Rudolf ist zur Zeit oft auf der Jagd«, bemerkt sie. Die Samenstränge treten hervor. Sophie schneidet sie dicht an den Keulen durch und wirft den blutigen Batzen rechts neben sich ins Gras.

»Ja, ich weiß.«

Sophie steckt Mittel- und Zeigefinger der linken Hand in den offenen Tierkörper und schiebt mit der rechten vorsichtig das Messer an der Bauchdecke entlang. Das Gedärm liegt nun frei, der Geruch kann nicht länger ignoriert werden, aber er würde noch schlimmer, sollte sie mit ihrem Schnitt das Gescheide verletzen und der Darminhalt herausquellen. Doch Sophie führt das Messer vollkommen sicher.

Christian steht auf und steckt sich eine Zigarette an. Während er raucht, tritt er von einem Fuß auf den anderen. Die Nacht ist klirrend kalt.

»Triffst du ihn manchmal?« fragt Sophie.

Sie tastet in der Bauchhöhle zwischen Leber und Pansen nach dem Schlund und zieht ihn durch das Zwerchfell, um ihn dann zusammen mit dem Pansen herauszuheben.

Sein schmales, kantiges Gesicht verdüstert sich. »Nein, nie.«

Die Milz landet neben Christians Stiefelspitze.

»Er ist immer auf der anderen Seite. Ist auch besser so.« Er stößt ein kurzes, rauhes Lachen aus. »Mir könnte ja mal ein Schuß auskommen.«

Sophie geht nicht darauf ein.

»Soll ich dir mit dem Schloß helfen?« fragt er.

»Nicht nötig. Der hat noch weiche Knochen.« Sophie durchtrennt das unterste Stück der Bauchdecke, führt das Messer vorsichtig an der Blase vorbei, und schneidet tief in das Fleisch, bis sie auf die Schloßnaht trifft. Dann biegt sie das Messer so lange hin und her, bis es einen Knacks gibt und das Becken durchbrochen ist.

»Warum nimmt er dich nie mit?«

Sie biegt die Hinterkeulen weit auseinander und keucht vor Anstrengung. So ein Hirsch ist keine Kleinigkeit, auch wenn der hier zur leichteren Sorte gehört.

»Ich will gar nicht.«

»Er würde dich sowieso nicht schießen lassen, der korrekte Herr Beamte.«

»Eben.«

Sophie nimmt den Darm heraus, legt ihn zu dem restlichen Gescheide und löst das Zwerchfell von den Rippen.

»Ein Jammer, daß du keinen Jagdschein hast.«

Sie umfaßt die Drossel am abgeschnittenen Ende und zieht kräftig daran. Zweimal rutscht sie ab, denn ihre

Hände sind mit blutigem Schleim überzogen. »Du könntest schon mal ein Loch graben.«

Gehorsam holt Christian einen kleinen Klappspaten aus seinem Rucksack und versucht in dem gefrorenen Boden eine Grube für die Gedärme auszuheben.

Sophie arbeitet angestrengt weiter. Herz, Lunge, Leber und Nieren hängen, verbunden durch Häute und Sehnen, aneinander und werden dem Körper gleichzeitig entrissen.

»Warum läßt er dich nie herkommen?«

Sophie zuckt mit den Schultern. »Jetzt bin ich da.«

Das Herz ist eine rote, breiige Masse, aus der sie mit den Fingern das Geschoß herausschält. Sie steckt es in ihre Hosentasche und lächelt. Dann wäscht sie sich die Hände mit Schnee.

»Hilf mir mal.«

Christian nimmt den Hirsch am Haupt, und zusammen richten sie ihn auf. Zwei Schnitte in der Leiste, und das Blut sprudelt aus den bläulichen Brandadern. Die Körperhöhle ist der Windrichtung zugeneigt, der Schnee darunter färbt sich dunkel. »Gut durchlüften und ausschweißen lassen, den Burschen«, meint Christian. Er ist glücklich, daß sie hier ist, und er gönnt seiner Schwester den Jagderfolg. Daß sie niemandem davon erzählen dürfen, macht beiden nichts aus. Sie sind es gewohnt, Geheimnisse zu teilen.

»Hast du gut gemacht«, lobt er. »Ich kenne nicht viele, die ein Stück so tadellos aufbrechen. Frauen schon gar nicht. Weißt du noch, wie wir diese schwere Wildsau geschossen haben, die wir zu zweit nicht mal wegtragen konnten?«

»Klar weiß ich das noch.«

»Damals warst du noch nicht mit dem Weichei verheiratet.«

Sophie inspiziert die Leber und entfernt die Gallenblase.

»Die Leber ist in Ordnung. Der Rest kommt weg«,

entscheidet sie. Sie nimmt einen Plastikbeutel aus dem Rucksack und läßt die Leber hineingleiten. Das Gekröse wird in das Loch geworfen, das Christian vorbereitet hat. Er schaufelt Erde und Schnee darüber.

»Die Füchse zerren sowieso alles wieder raus«, meint er und legt den Spaten weg. »Die sind heuer schon ziemlich ausgehungert.« Er holt einen Flachmann aus dem Rucksack und reicht ihn Sophie.

»Da.«

Sophie nimmt einen kräftigen Schluck und hustet. Es ist der Selbstgebrannte vom Bauer Heckel und kratzt im Hals, als hätte sie eine Drahtbürste verschluckt. Sie strahlt Christian an. Auch sie ist in einer gelösten Stimmung. Am liebsten würde sie noch stundenlang hier, auf dieser kleinen Lichtung, bleiben. Der Mond schwebt über den kahlen Bäumen und hat rechts eine kleine Delle. Es ist windstill. Es ist die Nacht vom ersten auf den zweiten Weihnachtsfeiertag, und sie wird wieder außergewöhnlich kalt werden. Aber Sophie spürt die Kälte nicht. Sie hat sich schon lange nicht mehr so wohl gefühlt. Christian zündet sich noch eine Zigarette an, und Sophie kauert sich neben ihn, auf den Rucksack. Sie lehnt den Kopf an seine Schulter, und sie betrachten schweigend den Nachthimmel.

Christian steckt die Zigarette in den Schnee, steht auf und stampft mit den Füßen. »Laß uns gehen.«

Gemeinsam binden sie die Läufe des Hirsches zusammen. Sophie hätte den Weg auch im Dunkeln gefunden, sie hat einen Großteil ihrer Kindheit in diesem Waldstück verbracht, aber das Mondlicht und der frisch gefallene Schnee sorgen für genug Helligkeit.

»Warst du heute auch auf dem Hof?« fragt Christian, als sie den Hirsch zu zweit den schmalen Pirschweg entlangschleppen.

»Nein. Ich war bloß an Großmutters Grab. Morgen gehe ich hin.«

»Mutter wird sich freuen.« Christian ist schon vor Jahren, nach Vaters Unfall, vom elterlichen Hof weggezogen. Er wohnt jetzt am anderen Ende des Dorfes in der Dachwohnung über seiner Werkstatt. Sie befindet sich in einem Austragshaus, das zum größten Bauernhof des Ortes gehört.

»Die Landwirtschaft und der Alte sind zu viel für sie«, meint Sophie.

»Sage ich auch. Aber sie hört nicht auf mich.«

»Sie wird erst auf dich hören, wenn er tot ist. Und bis dahin ist sie selber am Ende.«

»Ähnlich wie bei dir«, versetzt er bitter.

»Da irrst du dich«, antwortet Sophie.

Sie stoßen auf den Feldweg, der nur noch durch die gefrorenen Reifenspuren eines Traktors erkennbar ist.

»Da vorne legen wir ihn hin. Ich hole den Jeep.«

»Lieferst du ihn gleich ab?« fragt Sophie.

»Das hat Zeit bis morgen. Der Pratt muß dich nicht unbedingt zusammen mit einem toten Hirsch sehen.«

Der Jagdpächter Pratt lebt im nächsten Dorf, und ihm steht das Wildbret zu. Von dessen Verkauf finanziert er größtenteils die Pacht für die achthundert Hektar Jagd.

»Soll ich dich gleich nach Hause fahren, oder braten wir uns vorher noch die Leber zum Abendessen?« Der »Aufbruch«, die eßbaren Innereien, stehen nach altem Brauch dem Jäger zu. »Du kannst doch auch mal etwas später nach Hause kommen, das Weich … der Kamprath kann sich doch mal selber ein Brot schmieren.«

»Du brauchst mich heute nicht nach Hause zu fahren.«

»Wie?«

»Ich bleibe hier, wenn … falls dir das recht ist.«

Der Hirsch fällt in den Schnee, als Christian die Arme um seine Schwester schlingt und sie an sich preßt.

Eine kraftlose Mittagssonne beleuchtet den Zuschneidetisch und die Schneiderpuppe, die nicht mehr Karin
Mohrs Hochzeitskostüm anhat, sondern ein enges, gold-
farbenes Abendkleid, das Mark in Auftrag gegeben hat.
Mark selbst trägt ein halbfertiges Kleid aus azurblauer
Wildseide und dreht Pirouetten vor dem Spiegel. »Das ist
göttlich!« ruft er. »Einfach göttlich, wie machst du das
bloß?«

Sophie gefällt es, wenn er so maßlos übertreibt.

»Ist nicht so schwer. Bei deiner Figur«, sie unterdrückt
ein Kichern.

»Mach das noch mal«, verlangt Mark.

»Was?«

»Dieses versteckte Lächeln eben.«

Sie sehen sich in ihrem Spiegel an. Sophie versucht
noch einmal wie eben zu lächeln, aber es gelingt ihr nicht.

»Du hast goldene Sprenkel in den Augen«, stellt Mark
fest.

»Wirklich?«

»Weißt du das nicht?« fragt er entsetzt.

»Doch, ich …«

Sie verstummt, denn seine Hände greifen nach ihrem
Haar, eine Geste, die sie an Rudolf erinnert und zurück-
weichen läßt.

»Bleib stehen«, sagt er ruhig, als spräche er zu einem
halbzahmen Tier. Sie gehorcht.

»Du mußt es noch länger wachsen lassen. Dieser Topf-
schnitt muß weg. Dann kannst du es hochstecken. So.« Er
hält ihr Haar mit beiden Händen in die Höhe. »So sieht
man mehr von deinem hübschen Gesicht.«

»Ich habe kein hübsches Gesicht.«

»Stimmt«, sagt Mark. »Hübsch ist nicht der richtige
Ausdruck. Es ist schön.«

»Quatsch. Es ist viel zu … zu breit und zu rund.«

»Na und? Weißt du, an wen du mich erinnerst?« Mark

470

setzt sich auf den Tisch und sieht sie von unten herauf an. Er ist nicht geschminkt, und sein Haar hängt auf die Schultern herunter.

»An Heidi, die in die Jahre gekommen ist.«

»An Mona Lisa.«

»Die war doch auch nur eine Bäuerin, oder?«

»Man vermutet es.«

»Genauso sehe ich aus. Wie frisch vom Land.«

»Na und?« sagt er wieder, »Tausende von Menschen pilgern jedes Jahr in den Louvre, nur um sich diese Bäuerin anzusehen. Wer sagt denn, daß Frauen wie Nachtschattengewächse aussehen müssen, um schön zu sein?«

Sophie sieht ihn unsicher an. »Nett, daß du solche Sachen sagst, auch wenn sie gelogen sind.«

»Ich meine es ernst. Du hast keinen Grund, dich zu verstecken.«

»Zieh das Kleid aus.«

»Wie?«

»Sonst gehen die Nähte auf, sie sind nur gereiht«, murmelt Sophie und wendet sich ab, als Mark der Aufforderung unverzüglich nachkommt und in einem schwarzen Tangaslip vor ihr steht. Seine Brust ist unbehaart, er hat eine makellose Haut, und sein Körperbau ist auf unaufdringliche Weise athletisch.

»Jetzt noch das Abendkleid. Wegen der Länge.«

Sie streift die Goldhaut von der Puppe und reicht sie Mark, ohne ihn dabei anzusehen.

»Was ist mit deinen Schreib- und Lesekursen?« fragt er, als er sich vorsichtig in den Schlauch zwängt. »Mann, das ist enger als ein Pariser!«

Sophie überhört die letzte Bemerkung. »Der nächste fängt nach den Weihnachtsferien an.«

»Du wirst doch hingehen?«

»Ja.«

»Versprochen?«

»Versprochen.«

»Was sagt dein Mann dazu?« fragt Mark skeptisch.

»Nichts.«

»Wo ist er eigentlich? Müßte er nicht zu Hause rumlungern? Jetzt sind doch Ferien.«

»Er ist auf der Jagd.«

»Den ganzen Tag?« Mark wirft einen Blick auf die Straße, als könnte sein Auto jeden Moment vor dem Haus anhalten.

»Mehrere Tage«, sagt Sophie und nestelt an der Puppe herum, die jetzt das Azurblaue trägt.

»Ach, deshalb bist du so anders.«

»Bin ich anders?«

»Ja. Du wirkst so gelöst. Du solltest dich von ihm trennen, er hindert dich bloß am Leben.« Er bemerkt, wie sie lächelt. »Oder … oder hast du ihn schon … ich meine, wie die anderen? Den Schwalbe und …«

»Mark, bitte! Ich will über diese Dinge nicht mehr reden, das haben wir verabredet.«

»Okay, wie du willst«, sagt er. Sophie schätzt an ihm, daß er ihre Grenzen ohne Wenn und Aber akzeptiert.

»Sitzt wie eine zweite Haut. Schau her.«

Sie dreht sich um. Der Anblick ist umwerfend. Sehr elegant und feminin. Dieser Mensch ist wie ein Chamäleon.

»Ich danke dir.« Er nimmt ihre Hände, küßt ihre Fingerknöchel und dann, nur ganz kurz, aber mit Sorgfalt, ihren Mund. Sophie entzieht ihm ihre Hände.

»Wann wirst du es anziehen?« fragt sie, um ihre Verlegenheit zu überspielen.

»Zum Kostümfest an Silvester. Kommst du mit?«

»Mal sehen. Mark?«

»Was ist?«

»Würdest du …?« Sophie zögert und beißt sich auf die Lippen. »Ich meine … wenn du mich jetzt einfach so kennenlernen würdest, ohne daß ich verheiratet wäre … würdest du dann mit mir schlafen wollen?«

Mark reißt erstaunt die Augen auf. »Du meinst, ob ich dich in einer Disko anmachen und mit nach Hause schleppen würde?«

»So ungefähr.«

»Wieso fragst du mich das?«

»Nur so. Also, würdest du? Sei ehrlich.«

Seine Antwort ist ebenso ehrlich wie deutlich, auch ohne Worte. Sophie sieht an ihm hinunter und muß plötzlich lauthals lachen. Der Schlauch sieht jetzt aus, als hätte eine Schlange etwas Sperriges verschluckt.

Mark grinst. »Himmel! Wie peinlich! Wenn mir das auf der Party passiert!«

»Stretch ist unheimlich dehnbar«, belehrt ihn Sophie und hilft ihm mit routinierten Handgriffen aus dem Kleid.

Der Koffer ist verstaut, der Kühlschrank mit dem Nötigsten gefüllt, die Wäsche kreist in der Maschine, der Heizkörper gluckst, langsam wärmt sich das ausgekühlte Zimmer wieder auf. Heute nachmittag ist Dorothea Weinzierl von ihrem fünftägigen Besuch bei ihrer Schwester zurückgekehrt, die in München verheiratet ist. Weihnachten ist überstanden, nur der leidige Silvesterabend liegt noch vor ihr. So wie es aussieht, wird sie ihn allein vor dem Fernseher verbringen.

Sie steht am Fenster ihres dunklen Wohnzimmers und starrt hinaus. Es ist früher Abend, aber niemand ist auf der Straße. Kälte und Dunkelheit treiben die Menschen zeitig in ihre warmen, hellen Häuser, wo die Christbäume bereits zu nadeln beginnen. Nur die Autos kauern unter den Straßenlaternen. Ruhende Tiere, von einer weißen Frostschicht überzogen, wie die kahlen Zweige des Birnbaums vor dem Haus. In Sophie Kampraths Nähzimmer brennt Licht. Die Gardinen sind offen wie der Vorhang einer

473

Bühne. Sophie sitzt an ihrer Maschine und näht an etwas Schwarzem.

Wie sich die Szenen gleichen. Frau Weinzierl schaudert. Warum sind die Gardinen wieder nicht zu? Ganz klar – es ist eine Warnung. Eine Warnung an mich. Weil nur ich Bescheid weiß über sie, weil nur ich keine Zweifel habe. Die anderen, die reden von Zufällen, Unfällen, Herzattacken. Ihre Blindheit schützt sie. Nur ich weiß Bescheid. Und sie weiß das.

»Ein schwarzes Kleid«, flüstert sie vor sich hin und erschrickt über ihre eigene Stimme. Für wen es wohl bestimmt ist?

Als hätte Sophie Kamprath ihre Gedanken gelesen, steht sie plötzlich von der Maschine auf, geht zum Spiegel und hält den Stoff an ihren Körper.

Am Tag vor Silvester verläßt Axel die Kanzlei am späten Nachmittag, und als er vor Sophie Kampraths Haus steht, bemerkt er ärgerlich, daß sich sein Herzschlag beschleunigt.

Über Weihnachten hatte er Zeit, über die diversen seltsamen Vorfälle der letzten Tage nachzugrübeln. Schwalbes Witwe, die Brasilianerin, erschien kurz nach dem Ableben ihres Gatten in der Kanzlei. Als die Klientin nach über einer Stunde Karin Mohrs Büro verließ, bemerkte Karin lediglich, daß es ihr guttäte, ihr Englisch mal wieder aufzupolieren.

Dieser Auftritt und der bizarre, gerüchteumwobene Tod Torsten Schwalbes weckten in Axel den Wunsch, sich seine Nachbarin einmal genauer anzusehen.

Die Arztpraxis ist bis Dreikönig geschlossen, Axel muß unten an der Tür klingeln. Der Summer ertönt sofort, und oben erwartet ihn Sophie Kamprath. Sie sieht erstaunt aus, trotzdem hat er den Eindruck, daß sie sich über seinen Besuch freut. Sie bittet ihn herein, ohne zu fragen, was er will. Axel schmunzelt. Bei den Damen in der Straße genießt er offenbar einen absolut seriösen Ruf. Frau Behnke spricht von ihm stets als von »ihrem Herrn Anwalt«.

Axel sieht sich verstohlen um. Im Flur hängt ein jagdgrüner Lodenmantel mit Hornknöpfen. Der Besitzer des Prachtstücks scheint nicht da zu sein. In der Küche, in die er im Vorübergehen einen Blick wirft, deutet nichts auf die Vorbereitung des Abendessens hin. Sophie Kamprath trägt eine weite Hose und darüber eine hüftlange, kragenlose blaue Jacke. Sie hat ihr Haar hochgesteckt, einzelne Strähnen haben sich gelöst, was der Frisur eine lässige, verspielte Note gibt. Sie sieht völlig anders aus als das scheue, verhuschte Wesen, das ihm vor zwei oder drei Wochen zwischen Tür und Angel seiner Vermieterin begegnet ist.

Sie dirigiert ihn ins Wohnzimmer. Im dämmrigen Flur stößt er gegen einen Umzugskarton. Der Deckel klappt auf und gibt einen Blick auf den Inhalt preis: Herrenhemden, Krawatten, ein Jackett. Außen am Karton klebt ein Wurfzettel mit einem dicken Roten Kreuz, einem hohläugigen Kindergesicht und darunter, fettgedruckt: »HILFE FÜR BOSNIEN«.

Das Wohnzimmer macht keinen solchen Eindruck. Die Möbel erinnern ihn an das Vorzeigezimmer seiner Eltern, die sich in den fünfziger Jahren erstmals solide deutsche Wertarbeit leisteten. Über dem Sofa spreizt sich ein mächtiges Hirschgeweih, flankiert von Rehgehörnen. Ein präparierter Kauz schaut von der anderen Wand, seine traurigen Augen wecken in Axel den Impuls, ihn zu streicheln.

»Setzen Sie sich doch.«

Axel läßt sich unter dem Geweih nieder.

»Möchten Sie Tee?« fragt Sophie. »Ich wollte mir eben einen machen.«

»Ja, danke«, akzeptiert Axel. Kaum ist Sophie hinausgegangen, steht Axel wieder auf und inspiziert den Raum. Ein Perserteppich in Blau und Dunkelrot bedeckt das Eichenparkett. Die Tapete ist in Beigetönen längsgestreift, ein heller, rechteckiger Fleck zeichnet sich in der Nähe des Kauzes ab, als hätte man vor kurzem ein Bild abgenommen. Axel fährt zusammen, als eine mannshohe Standuhr zweimal schlägt. Halb fünf. Im Bücherregal der Schrankwand drängeln sich die deutschen Dichter und Denker. Nietzsche ist am häufigsten vertreten. Nachdem Judith ihn verlassen hatte, um sich einem bärtigen Biologieprofessor hinzugeben, hat sich Axel mit grimmiger Freude den Zarathustra einverleibt. Einige Sätze wirkten wie Eisbeutel auf seinen hellodernden Seelenschmerz und auch jetzt, wo die heißen Gefühle längst einer flauen Leere gewichen sind, fallen sie ihm prompt wieder ein: »Bitter ist auch noch das süßeste Weib« oder »… denn der Mann ist im Grund der Seele nur böse, das Weib aber ist dort schlecht …«

Weiter unten findet sich eine zwölfbändige Enzyklopädie, Fachliteratur zur Biologie, ein Stapel Jagdzeitschriften und Bücher über die Jagd. Das Fenster verhüllen durchsichtige Gardinen in exakten Falten zwischen dikken, dunkelroten Samtvorhängen. Schräg davor steht Rudolf Kampraths Schreibtisch, Eiche massiv, neben einem niedrigen Regal mit Ordnern. Die Platte ist leer, bis auf eine Lampe mit dunkelgrünem Glasschirm, der mit einer feinen Staubschicht überzogen ist. Das gilt auch für die lederne Schreibunterlage, die Anrichte, den Couchtisch und den Schrank mit den schnitzereiverzierten Flügeltüren, hinter denen sich der Fernseher verbirgt. Auch der fünfflammige Kronleuchter weist Spuren der Nachlässigkeit auf, und sogar der Kauz, die Gehörne und die Topfpflanzen am Fensterbrett tragen Grauschleier. Hat ihm Frau Behnke die Wohnung nicht mit »alles tipptopp sauber« beschrieben?

Nirgends sind Sachen von Sophie. Keine Zeitschrift über Mode oder Klatsch, kein Strickzeug, keine Haarspangen oder Kleidungsstücke, kein Roman, dessen Titel er ihr zuordnen würde, nichts von dem, was Frauen gewöhnlich in Zimmern herumliegen lassen. Es liegt überhaupt nichts herum, und ihn fröstelt. Nein, gewohnt wird hier nicht, zumindest nicht von Sophie. Der Raum wirkt wie die Behausung eines alleinstehenden, einseitig gebildeten älteren Herrn mit Ordnungsfimmel und Hang zur Jagd, den die Putzfrau im Stich gelassen hat.

Sophie kommt mit einem Tablett zurück, und Axel setzt sich brav zwischen die geknickten Sofakissen. Sie gießt Tee ein und sieht ihn erwartungsvoll an. Axel fühlt sich genötigt zu erklären, weshalb er hier ist.

»Ich habe von Frau Behnke gehört, daß Sie ganz wunderbar nähen können. Nähen Sie auch für Herren?«

»Nur Kleider.«

»Ich dachte ja eigentlich mehr an ein Sakko. Meine Chefin hat eine Abneigung gegen Nadelstreifen. Außerdem hätte ich gerne etwas Wärmeres – bei dieser Kälte jetzt, und überhaupt …« Axel kommt sich auf einmal idiotisch vor. Was mache ich hier eigentlich? Er fühlt sich wie in einem absurden Theaterstück.

»Wie geht es Frau Mohr?« fragt Sophie.

Axel stutzt einen Moment. »Gut, danke. Sie kennen sich?«

»Ja«, antwortet Sophie. Sie hat das sichere Gefühl, daß er nicht bloß wegen des Sakkos gekommen ist.

»Entschuldigen Sie meine Neugier, aber woher kennen Sie sich?«

»Frau Mohr war mit Rudolf, meinem Mann, verheiratet.«

Axel kann seine Überraschung nicht verbergen. Sophie mißdeutet seinen Gesichtsaudruck.

»Es stimmt. Soll ich Ihnen das Hochzeitsfoto zeigen?«

»Das ist nicht nötig, nein, ich war nur etwas … verwundert.«

In Axels Kopf arbeitet es angestrengt: Karins Verblüffung, als er Kampraths Frau zum ersten Mal erwähnt hat, der Abend im *Havana* … Haben die zwei sich inzwischen getroffen? Und wenn ja, weshalb?

»Wenn Sie möchten, nähe ich Ihnen ein Sakko«, sagt Sophie, nachdem sie sich eine halbe Minute lang angeschwiegen haben, jeder in seine eigene Gedankenwelt vertieft.

»Wie? Ah ja. Ich würde mich freuen. Ihr Mann ist Lehrer, nicht wahr?«

Axel möchte jetzt am liebsten so bald wie möglich diesen Rudolf Kamprath kennenlernen.

»Ja.«

»Und Sie, haben Sie früher auch schon genäht?«

»Ja.«

Was für ein anregendes Gespräch!

Draußen ist es inzwischen stockfinster. Sophie steht auf und blickt aus dem Fenster. Ein netter Junge, dieser Axel Kölsch. Morgen wird er bestimmt mit Karin Mohr über mich sprechen. Entschlossen reißt sie die roten Vorhänge zu. »Sagen Sie, Herr Kölsch, würden Sie mir einen Gefallen tun?«

»Gerne. Worum geht es?«

»In der Küche liegt ein Stapel mit Post. Würden Sie die mit mir durchgehen? Ich kann nämlich nicht lesen. Schreiben natürlich auch nicht.«

Nur für einen Augenblick zeigt sich Erstaunen auf seinem Gesicht. Offenbar ist diese Neuigkeit für ihn weniger sensationell als die vorherige Enthüllung über die Ehe seiner Chefin.

»Bringen Sie alles her, dann sehe ich mir das mal an.« Sein Ton ist neutral, geschäftsmäßig. Erleichtert geht Sophie die Post holen.

478

Tatsächlich ist Axel von diesem Geständnis nicht allzu überrascht. Es kommt gar nicht so selten vor, daß Mandanten auf Schreiben nicht antworten, sondern irgendwann in der Kanzlei auftauchen und vorwurfsvoll fragen, was aus ihrer Sache geworden sei. Allerdings, von der Frau eines Oberstudienrates hätte er dergleichen nicht erwartet. Noch erstaunlicher findet er Sophies Offenheit. Nach seinen bisherigen Erfahrungen bemühen sich Analphabeten mit allen Tricks, ihr Manko zu verschleiern. Sie dagegen kennt ihn kaum und überhaupt – warum erledigt die Post nicht ihr Mann? Was für ein seltsames Paar, wundert sich Axel, und da kommt Sophie mit einem kleinen Stapel Briefe zurück. Die meisten sind Rechnungen. Die Autoversicherung ist fällig, das Gaswerk bittet seine Kunden, die Zählerablesung selbst vorzunehmen, ebenso das Wasserwerk, eine Rechnung über zwei Biologiebücher ist dabei und eine für das Jahresabonnement der Zeitschrift »Wild und Hund«. Nichts Handgeschriebenes, nichts Persönliches. Axel schaut sich die Poststempel an. Zwei Briefe wurden am zwanzigsten Dezember aufgegeben, das war ein Freitag. Sie müssen also spätestens am Montag, einen Tag vor Heiligabend, angekommen sein, wahrscheinlich aber schon am Samstag, dem einundzwanzigsten. Der Brief von der Jagdzeitschrift trägt den Stempel vom siebenundzwanzigsten Dezember. Sieben Tage, denkt Axel, während er die Überweisungsformulare ausfüllt. Sophie hat ihm eine Karte mit der Kontonummer aus Rudolfs Schreibtisch geholt. Was ist das für ein Mann, der seine Frau über Weihnachten alleine läßt?

»Jetzt müssen Sie die Überweisungen nur noch unterschreiben, hier oben.« Er deutet auf die Stelle. »Können Sie das?«

Sophie nickt, macht aber keine Anstalten, das sofort zu tun.

»Kann ich mit dieser Karte Geld holen?« fragt sie.

»Ja, ich denke schon. Es ist zwar keine Euroscheckkarte, nur eine Bankkarte, aber in der Filiale, in der Sie das Konto haben, können Sie damit Geld abheben.«

»Ich danke Ihnen«, sagt Sophie und legt die Papiere auf den Schreibtisch.

»Frau Kamprath, warum erledigt Ihr Mann die Post nicht selbst?« ›Und warum läßt er Sie ohne Bargeld sitzen?‹ fügt er im stillen hinzu.

»Er ist verreist«, antwortet Sophie, und ihr Gesicht verschließt sich wie eine Auster.

»Kann ich Ihnen sonst irgendwie helfen?«

»Bitte erzählen Sie niemandem davon.« Bei diesen Worten sieht sie sehr unsicher und verletzlich aus. »Außer Ihnen weiß es nur noch Frau Mohr.«

»Natürlich«, versichert Axel. Deshalb also ihre spontane Offenheit. Er lächelt ihr beruhigend zu. »Anwälte sind schon von Berufs wegen äußerst verschwiegen.«

»Danke nochmals.«

Axel räuspert sich. »Sagen Sie, Frau Kamprath …«

»Es wäre mir lieber, wenn Sie mich Sophie nennen.«

»Also gut, Sophie. Ich heiße Axel. Wieso können Sie nicht lesen und schreiben?«

Sophie zuckt die Schultern. »Irgendwann in der Schule habe ich eben den Anschluß verpaßt.« Inzwischen macht es ihr gar nicht mehr so viel aus, über ihr »Handicap«, wie Karin Mohr es genannt hat, zu sprechen. Ihm vertraut sie, auch wenn sie immer noch nicht weiß, weshalb er eigentlich gekommen ist. Hat Karin Mohr ihn geschickt, oder sind es die Gerüchte über sie, die seit Schwalbes Tod intensiver denn je kursieren? Sophie lächelt in sich hinein. Sie ist es gewohnt, mit Gerüchten zu leben.

»Es ist mir ein Rätsel, wie Sie sich zurechtfinden.«

»Ach, es geht schon«, antwortet Sophie leichthin. »Beim Einkaufen ist es gar nicht so schwer, fast auf jeder Packung sind Bilder. Man muß nicht unbedingt lesen können, um durchzukommen. Nur solche Sachen wie eben, das ist schwierig.«

»Ist es nicht ein sehr reduziertes Leben, das Sie dadurch führen? Ohne Bücher, ohne Zeitung?«

»Es gibt viele Leute, die können lesen, und tun's trotzdem nicht. Meine Kolleginnen in der Fabrik haben immer nur ferngesehen. Wenn die gelesen haben, dann höchstens die Bild-Zeitung. Die haben sie sich gegenseitig vorgelesen, in der Pause. Da war ich manchmal ganz froh, nicht lesen zu können.«

Axel lacht. »Sie haben recht. Überspitzt ausgedrückt sind wir jetzt schon ein Volk von Analphabeten. Ich überlege gerade, wann ich zum letzten Mal einen Roman gelesen habe.«

»Wann?«

»Ich kann mich kaum noch dran erinnern.«

»Sehen Sie. Ihr Mitleid ist umsonst.« Jetzt lächelt auch Sophie.

»Das war kein Mitleid, ich habe nur versucht, mir vorzustellen, wie das ist.«

Von einer Sekunde auf die andere versandet Sophies Lächeln, und sie sagt leise: »Das kann sich keiner vorstellen. Wie soll sich ein Tauber vorstellen, wie es ist, Musik zu hören?«

»Aber eben sagten Sie doch, Sie vermissen nichts.«

»Ich habe nur gesagt, daß viele Menschen wie Analphabeten leben. Daß man so leben kann. Lange Zeit habe ich tatsächlich nicht viel vermißt. Früher hat mir mein Bruder manchmal vorgelesen. Griechische Heldensagen und Karl May. Später was von Hermann Hesse. Ehrlich gesagt, so arg viel konnte ich damit nicht anfangen, aber woher hätte ich wissen sollen, was mir gefällt? Dann ist Rudolf gekommen. Er hat mir auch vorgelesen, aber ganz andere Sachen. Gedichte vor allem, und Theaterstücke. Das war für mich, als würde ein Vorhang aufgehen, und man sieht plötzlich eine ganz andere Welt.«

Anscheinend hat Rudolf Kamprath es versäumt, seiner Frau den Zugang zu dieser neuen Welt dauerhaft zu öffen. Wollte er sie nur einen Blick darauf werfen lassen, damit sie weiß, was ihr entgeht? Was muß ein Mensch, der so etwas tut, für einen Charakter haben?

Sophie rührt in ihrer Teetasse und fährt fort: »Was hätte ich für einen Beruf lernen sollen, außer Näherin? Nicht mal darin habe ich eine Prüfung. Aber das Schlimmste ist die Angst, bloßgestellt zu werden. Das ist das Schlimmste«, wiederholt sie und betrachtet grübelnd die feinen Staubflusen zwischen den gekämmten Teppichfransen.

Ihre Worte lösen bei Axel ein Gefühl der Beklommenheit aus. Doch gleich darauf sieht ihn Sophie an, und ihr Blick ist wieder offen und lebhaft. Diese raschen Stimmungswechsel sind die einzige Gemeinsamkeit, die Axel bis jetzt zwischen den Ehefrauen von Rudolf Kamprath erkennen kann.

»Aber das wird jetzt anders!« verkündet sie. »Ich mache einen Kurs, ich fange ganz neu an. Diesmal schaffe ich es.«

»Das glaube ich auch«, sagt Axel voller Überzeugung. So wie sie jetzt aussieht, strotzt sie geradezu vor Tatendrang, und er gesteht sich ein, daß ihn diese Frau beeindruckt. Er steht auf. »Ich muß gehen. Das mit dem Sakko …«

»Wie wär's mit anthrazitgrau? Ein leichter Wollstoff?« Sie zwinkert ihm zu, beinahe übermütig. »Es soll ja solide aussehen, oder?«

Sie verabreden, daß Sophie den Stoff und alles Notwendige besorgt. Er muß noch einen Moment stehenbleiben, bis Sophie das Maßband geholt und seinen Oberkörper vermessen hat, wobei sie sich über die Lage von Knöpfen und Taschen und die Kragenform einigen.

»Sophie, ich weiß nicht, was Sie mit Ihren Nachbarinnen vereinbart haben«, kommt Axel auf einen heiklen

Punkt zu sprechen, »aber ich möchte für Ihre Arbeit einen angemessenen Preis bezahlen.«

»Einverstanden«, antwortet Sophie ohne Umschweife.

»Wenn ich Ihnen bis dahin noch mal mit der Post helfen soll, ich meine, solange Ihr Mann verreist ist, dann sagen Sie es ruhig. Wann kommt er denn wieder?«

»Bald«, sagt Sophie knapp. »Ich sage Bescheid, wenn Sie zur Anprobe kommen können. Grüßen Sie bitte Frau Mohr von mir.«

Dann steht er draußen, in der Kälte des Winterabends.

»Und ich sage euch, da stimmt etwas nicht!« Die reichberingte Faust saust auf den Tisch, daß die Zwiebelmustertassen klirren. »Seit Weihnachten ist er spurlos verschwunden!«

»Wie kannst du das wissen? Du warst doch über Weihnachten bei deiner Schwester!« protestiert Frau Fabian.

»Aber ihr«, entgegnet Frau Weinzierl, »ihr wart hier. Und? Habt ihr ihn gesehen?«

Ingrid Behnke und Sieglinde Fabian schütteln synchron mit den Köpfen.

»Ich habe allerdings nicht darauf geachtet«, gibt Frau Behnke zu. »Ich hatte selbst genug um die Ohren.«

»Ich auch«, beeilt sich Frau Fabian zu versichern.

Frau Weinzierl macht ein Gesicht wie eine Lehrerin, deren Schüler das kleine Einmaleins nicht kapieren wollen. »Die letzten Jahre«, sagt sie mit mühsam errungener Geduld, »ist Rudolf Kamprath immer zwischen Weihnachten und Silvester vorbeigekommen, um mir ein gutes neues Jahr zu wünschen. Spätestens an Neujahr ist er gekommen. Und heuer? Nichts. Wir haben schon den dritten.«

»Vielleicht hat er's vergessen«, meint Frau Behnke ohne viel Überzeugung. »Oder er ist verreist.«

»Ohne seine Frau?«

»Kann doch sein«, meint Frau Fabian. »Zur Bärenjagd nach Kanada oder zur Elchjagd nach Schweden. Ein Freund meines Mannes macht das jedes Jahr.«

»Das hätte sie uns doch erzählt«, widerspricht Frau Weinzierl.

»Wann denn?« fragt Frau Behnke zurück. »Ich habe sie vor Weihnachten das letzte Mal getroffen. Obwohl ich ihr sonst öfter mal beim Einkaufen über den Weg laufe. Nur einmal habe ich sie gesehen, abends, als sie gerade die Gardinen zugezogen hat.«

»Sie war zu Hause, die ganze Zeit«, sagt Frau Weinzierl und räumt ein: »Schließlich sehe ich ja hinüber, ob ich will oder nicht. Aber ihn habe ich kein einziges Mal aus dem Haus kommen oder hineingehen sehen. Die Wohnzimmervorhänge sind jetzt immer schon zu, ehe es richtig dunkel ist.«

»Das kann ich verstehen.« Frau Fabian preist in Gedanken ihre sensorengesteuerten, elektrischen Rolläden.

»Glaubt ihr, sie hat ihren Mann … ich meine …« Frau Behnke sieht die anderen beiden mit einer Mischung aus Furcht und Sensationsgier an.

»Ganz sicher«, bestätigt Frau Weinzierl das Unausgesprochene. »Ich habe vor drei Nächten geträumt, daß der Kamprath tot ist. Es war gespenstisch, um ihn herum war alles weiß, und er hat sich praktisch in ein Nichts aufgelöst, wie eine Nebelgestalt.«

»Dann ist ja alles klar«, stellt Frau Fabian zynisch fest.

Frau Weinzierl läßt sich nicht beirren. »Seht ihr den Schnee vor seiner Garage? Da ist keine einzige Reifenspur, und es hat seit Tagen nicht mehr draufgeschneit.«

»Na und?« zweifelt Frau Fabian, »das beweist nur, daß er nicht Auto gefahren ist. Kein Wunder, bei dem Wetter.«

»Vielleicht ist er krank«, spekuliert Frau Behnke. »Er könnte doch im Krankenhaus liegen, das wäre eine Erklärung.«

Das muß sogar Frau Weinzierl zugeben, und ihr Einwand: »Aber so etwas erfährt man doch«, kommt ohne große Überzeugung.

»Warum gehst du nicht einfach rüber und fragst sie?« Sieglinde schaut ihre Freundin Dotti provozierend an. »Oder hast du Angst, der böse Blick könnte dich treffen? So etwas dürfte dir als Ex-Schamanin doch nichts ausmachen.«

Ein böser, salbeigrüner Blick trifft Frau Fabian.

»Frohes neues Jahr, Frau Kamprath! Ach übrigens, haben Sie Ihren Mann umgebracht? Man sieht ihn gar nicht mehr.«

»Stell dich nicht so an, Dotti. Du hast doch Phantasie. Laß dir notfalls noch mal ein Kleid nähen. Was Geblümtes, fürs Frühjahr.«

»Apropos nähen«, beendet Frau Weinzierl das Scharmützel. »Soll ich euch was sagen? Ich habe sie in den letzten Tagen beobachtet. Entweder, sie ist abends gar nicht da, und ich frage mich, wo die alleine immer hingeht, aber wenn sie da ist, dann sitzt sie in diesem Zimmer und näht. Etwas Schwarzes. Es ist wie bei dir damals, Sieglinde, genau wie bei deiner Schwieger …«

»Unsinn«, kommt es scharf, »das war reiner Zufall.«

»Es gibt keine Zufälle«, offenbart Frau Weinzierl mit entschiedener Stimme ihre Weltanschauung.

»Mein Mieter«, sagt Frau Behnke plötzlich, »der war neulich bei ihr. Den könnte ich fragen, ob er ihren Mann gesehen hat.«

»Tu das«, sagt Frau Weinzierl eifrig. »Was wollte er denn von ihr?«

»Was weiß ich. *Ich* spioniere meinem Mieter doch nicht nach«, antwortet Ingrid Behnke mit Würde, aber dann erscheint ein süffisantes Lächeln auf ihrem Gesicht. »Aber frag doch mal deinen Untermieter, liebe Dotti. Der geht dort drüben aus und ein. Oder ist euer Verhältnis nicht mehr so vertraulich, wie es am Anfang war, liebe Dorothea?« Bei den letzten beiden Worten spitzt sie den Mund auf affektierte Weise. Frau Fabian grinst unverhohlen, während Frau Weinzierl ferkelrosa anläuft.

»Warten wir doch einfach ab, bis nächste Woche.« Frau Fabian leert ihre dritte Tasse Kaffee. »Ihr werdet sehen, er tigert am ersten Schultag wieder brav mit seinem Köfferchen zur Straßenbahn, und die ganze Aufregung war umsonst.«

»Wie lebt es sich eigentlich, so ohne Schwiegermama?« stichelt Frau Weinzierl.

»Ganz einfach: Ich lebe wieder«, antwortet sie aufrichtig.

»Du verteidigst diese Sophie doch nur, weil du ihr zu Dank verpflichtet bist. Und du auch.« Frau Weinzierl deutet mit dem Finger auf Frau Behnke. »Wegen der Sache mit Schwalbe.«

Frau Behnke steht auf. »Also das reicht jetzt, Dotti, wirklich! Du weißt ja nicht mehr, was du sagst. Du bist völlig hysterisch, was diese Sophie Kamprath angeht, du … du siehst Gespenster! Komm, Sieglinde, hören wir uns das nicht länger an!«

Die Angesprochene wirft einen demonstrativen Blick auf ihre Platinarmbanduhr und springt auf. »Oh, schon fünf! Ich muß heim. Mein Mann bringt heute einen vielversprechenden jungen Maler mit, den er demnächst ausstellen möchte.«

»Und da mußt du sicher noch kochen«, nimmt Frau Behnke die Entschuldigung vorweg.

»Kochen? Unsinn! Ich muß mich zurechtmachen.«

Die beiden schnappen sich ihre Handtaschen und streben zur Ausgangstür.

»Ja, geht nur«, krächzt Frau Weinzierl ihnen gekränkt nach, »wenn ich so viel Dreck am Stecken hätte wie ihr, dann würde ich auch zu ihr halten, zu dieser … dieser … Hexe!«

Die Haustür schlägt zu.

»Das darfst du ihr nicht übelnehmen. Sie ist völlig durchgedreht«, sagt Frau Fabian zu Frau Behnke, als sie durch den schwach beleuchteten Vorgarten eilen. »Sie hat kurz vor Weihnachten erfahren, daß ihr Paul wieder heiratet.«

»Sie sollte zu einem Psychiater gehen«, grollt Frau Behnke. Sie treten durch das Gartentor, aber sie trennen sich noch nicht.

»Meinst du nicht, daß sie vielleicht doch recht hat?« fragt Ingrid Behnke. »Immerhin war das mit dem Schwalbe schon recht seltsam, und das mit deiner Schwiegermutter auch.«

»Ach komm, hör auf«, winkt Sieglinde Fabian unwirsch ab, doch wie auf Kommando sehen beide hinüber zu Sophies Haus. Dort sind alle Gardinen geschlossen, und im Nähzimmer brennt Licht. Sie schauen sich einen Moment schweigend an, dann gehen sie auseinander, jede in ihr Haus.

»Ich wollte Ihnen bloß ein gutes neues Jahr wünschen«, sagt Frau Weinzierl, als sie Sophie gegenübersteht. »Ich habe gehofft, Sie mal auf der Straße zu treffen, aber bei dieser Kälte bleibt wohl jeder gerne zu Hause, und da dachte ich, ich schau mal kurz bei Ihnen vorbei.«

»Ich wünsche Ihnen auch ein frohes neues Jahr«, sagt Sophie.

»Wollen Sie auf einen Kaffee hereinkommen? Ich habe inzwischen koffeinfreien da.«

Diesmal ziert sich Frau Weinzierl nicht. Wie von Zauberhand gleitet der Pelzmantel, ein zehn Jahre altes Weihnachtsgeschenk von Paul dem Abtrünnigen, von ihren Schultern, und schon sitzt sie am Küchentisch. Sophie räumt gemächlich die Reste ihres Frühstücks weg. *Eine* Tasse, *ein* Teller, Käse noch im Einwickelpapier. Frau Weinzierl hat nicht den Eindruck, daß Sophie die Unordnung peinlich ist.

»Ist Ihr Mann nicht zu Hause?« steuert sie frontal auf ihr Ziel los, nachdem sie einige Belanglosigkeiten über das Wetter ausgetauscht haben.

»Nein.« Sophie schaltet den Wasserkocher ein. »Kaffeesahne oder Milch?«

»Egal. Ich habe ihn schon länger nicht mehr gesehen.« Frau Weinzierl bedauert ihr übereiltes Vorpreschen, denn Sophie dreht ihr den Rücken zu und hantiert mit Filter und Kaffeedose herum, so daß Frau Weinzierl ihr nicht in die Augen sehen kann, als sie antwortet: »Er ist verreist.«

»Verreist«, wiederholt Frau Weinzierl gedehnt und überlegt, ob sie sofort oder später fragen soll, wohin, als Sophie sagt: »Ihr geschiedener Mann heiratet wieder, nicht wahr?«

Frau Weinzierl ist aus dem Konzept gebracht. »Wo … woher wissen Sie das?«

»Tratsch«, gesteht Sophie unumwunden. Sie hat die Neuigkeit von Mark. »Es tut mir leid. Das war sicher keine gute Nachricht für Sie.«

Frau Weinzierl ist hin- und hergerissen zwischen Bestürzung über Sophies indiskrete Fragen und dem Bedürfnis, sich ihren Kummer von der Seele zu reden. Sie entscheidet sich für letzteres, und während sie Kaffee trinken, bekommt Sophie eine Menge über »diese Schlampe« zu hören, die ihr ihren Paul weggeschnappt hat. Frau Weinzierl gerät immer mehr in Fahrt. Vor den verständnisvollen Augen Sophies entblößt sie vertrauensvoll ihre geschundene Seele. Hier ist endlich jemand, der ihr zuhört und sie versteht. Auf einmal kommt Frau Weinzierl der Gedanke, daß Sophie vielleicht dasselbe passiert ist. Natürlich! So muß es sein, das ergibt ein klares Bild. Hat sie Rudolf Kamprath in letzter Zeit nicht auffallend oft am Abend aus dem Haus gehen und wegfahren sehen? Mei-

488

stens mit Gewehr, Rucksack und dicker Jacke, auf dem Weg zur Jagd. Bei Regen, Schnee und Kälte. Frau Weinzierl kennt sich mit den Zwängen und Gepflogenheiten des Jagdhandwerks nicht aus, aber ihr gesunder Menschenverstand, den zu besitzen sie noch keinen Augenblick bezweifelt hat, sagt ihr, daß sich kein normaler Mensch freiwillig so etwas antut. Die Jagd war sicher nur ein Vorwand, um zu einer anderen gehen zu können, so wie ihr Paul monatelang das Haus im Trainingsanzug und mit einer Wolldecke unter dem Arm verließ, angeblich um zweimal die Woche den Volkshochschulkurs »Yoga für den Rücken« zu besuchen. Von wegen »Yoga für den Rücken«! »Karate für die Lenden« würde die Sache eher treffen.

Frau Weinzierl ist nun absolut sicher: Rudolf Kamprath hat seine Frau verlassen. Das allein ist die plausible Erklärung für sein Verschwinden und für Sophies Zurückgezogenheit. Ja, es erklärt sogar Sophies Kontakte zu ihrem Untermieter. Bestimmt hat Sophie sich diesem einfühlsamen jungen Mann anvertraut. Sie selbst hat ihm eines Abends ebenfalls ihr Leid geklagt. Und dann diese indiskrete Frage von vorhin: Warum, wenn nicht aus diesem bestimmten Grund, sollte Sophie sich nach ihrem Exmann erkundigen? Ganz klar, sie sind in gewissem Sinne Leidensgenossinnen, nur ist Sophie noch nicht soweit, darüber sprechen zu können. Frau Weinzierl kennt auch dieses Gefühl nur zu gut: Die Scham der Verlassenen, die einen für Monate zu Einsamkeit und Schweigen verurteilt.

Sie schenkt Sophie ein mütterliches Lächeln, das diese scheu erwidert. Frau Weinzierl wird von der Gewißheit überwältigt, eine verwandte Seele vor sich sitzen zu haben. Für den Moment hat sie den ursprünglichen Zweck ihres Besuches vergessen. Sie widersteht nur knapp dem Impuls, über den Tisch nach Sophies Hand zu greifen und sie mitfühlend zu drücken. Statt dessen sagt sie: »Solche Frauen, die anderen einfach den Mann wegnehmen, die müßte man …« Sie beendet den Satz nicht, sondern nickt vielsagend mit dem Kopf.

»Müßte man?« hakt Sophie nach.

»Man müßte sie zum Teufel wünschen«, platzt Frau Weinzierl heraus, denn soeben hat sich ihr eine neue Perspektive eröffnet. Nicht daß ihr der Gedanke noch nie gekommen wäre, aber bisher hat sie nicht gewagt, ihn vor Sophie auszusprechen. Aber jetzt scheinen die Dinge anders zu liegen.

Sophie nickt. »So etwas ist einfach nicht richtig. Es tut mir sehr leid für Sie.«

Frau Weinzierls Blick klebt an ihrem Gesicht, als wäre jedes Wort, jede Geste von ihr eine Offenbarung.

Sophie lächelt.

»Diese Frau … Sie heißt Cornelia Bircher, Bircher wie Müsli, und wohnt … das heißt, beide wohnen in so einem Block in der Frankfurter Straße«, flüstert Frau Weinzierl und senkt feierlich die Lider, als hätte sie soeben ein unwiderrufliches Todesurteil gefällt.

»Es ist egal, wo die beiden wohnen.« Sophie stellt sich vor, wie Frau Weinzierl ab sofort jeden Morgen die Zeitung aus dem Briefkasten reißen und die Todesanzeigen überfliegen wird.

»Möchten … brauchen Sie ein Bild von ihr?« fragt Frau Weinzierl mit erregter, heiserer Stimme.

Sophie sieht Frau Weinzierl bereits mit einer Polaroid in den Grünanlagen vor Pauls Wohnblock hocken. Sie schüttelt den Kopf, ihre Mundwinkel zucken. »Das ist nicht nötig. Ich kann sie mir gut vorstellen.«

Schade, denkt Sophie, während sie gegen das innere Kribbeln, das durch einen stetig zunehmenden Lachreiz ausgelöst wird, ankämpft, schade, daß Mark uns nicht hören kann. Aber wenigstens wird diese aufdringliche Person jetzt eine Zeitlang Ruhe geben. Das ist alles, was Sophie braucht: Ruhe.

»Das ist unglaublich«, haucht Frau Weinzierl und beginnt, hinter und unter ihrem Stuhl nach etwas zu suchen.

Sophie hört, wie das Geräusch von Frau Weinzierls Atem von den typischen rasselnden Pfeiftönen durchzogen wird.

»Sie sollten sich nicht darüber aufregen«, tröstet sie. »Die meisten Männer sind es gar nicht wert, daß man sich über sie aufregt.«

Genau das hat auch Mark neulich zu ihr gesagt, aber Frau Weinzierl hat ganz plötzlich andere Sorgen. »Meine Handtasche!«

»Sie hatten keine Tasche dabei. Soll ich zu Dr. Mayer runterlaufen?«

Frau Weinzierl nickt, ihr Brustkorb hebt und senkt sich wie eine Luftpumpe, dann schüttelt sie den Kopf.

»Ferien«, preßt sie hervor.

»Versuchen Sie, ruhig zu atmen.« Sophie öffnet das Küchenfenster. Mit einem heftigen Schwall, als hätte sie nur darauf gelauert, strömt die Kälte in den kleinen Raum. »Ich rufe zuerst den Notarzt an, und dann laufe ich rüber und hole Ihnen Ihre Tasche. Sind die Hausschlüssel im Mantel?«

Frau Weinzierl nickt, ihr Mund bewegt sich, aber ihre Stimme gehorcht ihr nicht. Mit weit aufgesperrten Augen starrt sie Sophie nach, die die Küche verläßt.

Ferdinand Pratt parkt seinen Range-Rover an der üblichen Stelle und klettert aus dem Wagen. Seine lammfellgefütterten Gummistiefel versinken im Schnee, dessen Oberfläche eine gefrorene Kruste gebildet hat. Er läßt Leica herausspringen, die sich sofort mit gekrümmtem Rücken durch den Schnee arbeitet und Spuren aufnimmt.

»Leica Fuuuß«, ruft er. Die Hündin macht sofort kehrt und trottet auf ihren Herrn zu. Ihr Widerwillen drückt sich in einem vorwurfsvollen Blick aus, als wolle sie sagen:

Schließlich hindere ich dich morgens auch nicht am Zeitunglesen.

Pratt folgt einem schneeverwehten Pirschweg, den man jetzt nur findet, wenn man sich wirklich gut auskennt. Der Hund hält sich einen Meter hinter ihm. Sie erreichen die steil abfallende Lichtung, auf der verwilderte Obstbäume stehen, und Leica buddelt einen tiefgefrorenen Apfel aus, während ihr Herr die Kanzel inspiziert, die Christian Delp neulich repariert hat. Die Arbeit ist sauber ausgeführt, und Pratt brummt zufrieden. Wenigstens einer, auf den Verlaß ist. Er schaut zum pastellgrauen Himmel und hofft, daß das Wetter trocken bleibt. Heute abend wird er noch ansitzen müssen, er ist mit dem Abschußplan in Rückstand geraten. Typisch, denkt er ärgerlich. Im April, wenn das Jagdjahr beginnt und es zur Bockjagd geht, da treten sich die Herren im Wald gegenseitig auf die Füße. Aber je weiter das Jahr fortschreitet, desto mehr kühlt sich das Jagdfieber ab. Um den Abschuß von Kitzen und alten Ricken im Winter drängelt sich keiner mehr. Klar, da ist es draußen ungemütlich, und es gibt keine vorzeigbare Jagdtrophäe.

Pratt ist verärgert über seine Jagdkollegen. Der Herr Zahnarzt, der diesen Herbst einen Ib-Hirsch schießen durfte, ist seit zwei Wochen in Skiurlaub, der Herr Steuerberater hat angeblich Ischias, und der Herr Oberlehrer meldet sich auch nicht mehr. Sicher, dieser Winter ist deutlich kälter als normal, trotzdem ist das kein Grund, seine Pflichten völlig zu vernachlässigen. Bloß weil einem der Arsch ein bißchen friert! Memmen! Sonntagsjäger! Wenn das so weitergeht, können sie sich die Jagd in seinem Revier an den Hut stecken, alle miteinander. Es gibt genug Leute, die scharf auf ein Begehungsrecht sind. Andererseits – alle drei zahlen gut, und er braucht ihr Geld, um die Pacht finanzieren zu können.

Er seufzt, denn er hat es nicht leicht. Im Frühjahr hat ihn eine Nachbarin einen Killer genannt, weil er mitten im Revier einer wildernden Hauskatze ihr blutiges Handwerk gelegt hat. Mit einer Salve Schrot. Für die unzähligen Singvögel, die das kleine Raubtier vernichtet hatte, reichte ihre Tierliebe nicht aus. Doch als ihr Garten letzte Woche gründlich umgegraben wurde, da konnte sie gar nicht laut genug nach den Jägern schreien. Pratt kann sich ein boshaftes Grinsen nicht verkneifen. Eine Rotte Wildsauen richtet annähernd denselben Schaden im Gemüsebeet an wie ein Panzer. Er hat sich seitdem mehrere Nächte auf dem Hochsitz am Feldrand, ganz in der Nähe des Dorfes, um die Ohren geschlagen, aber die Sauen haben sich nicht mehr sehen lassen. Als hätten sie es geahnt.

Leica, das Deutsche Drahthaar, steht in gespannter Wartestellung auf dem breiten, befahrbaren Waldweg, der in den östlichen Teil des Reviers führt. Auffordernd winkt sie mit dem Schwanz.

»Hast noch nicht genug, was?« stellt Pratt fest. »Meinetwegen«, gibt er den bettelnden Augen nach. »Schauen wir mal, ob auf der anderen Seite alles in Ordnung ist.« Als hätte man eine Feder losgelassen, schnellt der Hund davon. Pratt folgt ihr den Weg entlang, der durch Traktorenspuren markiert wird. Mit einem anderen Fahrzeug kommt man momentan im Wald nicht sehr weit. Diesen Revierteil besucht Pratt nicht so häufig, denn die Wilddichte ist hier gering. Die nahe Bundesstraße ersetzt den Jäger.

Der Hund wartet an der Jagdhütte. Der vorige Pächter hat das kleine Blockhaus errichtet und als eine Art Wochenendhäuschen benutzt. Pratt bewahrt dort lediglich Werkzeug und Geräte auf.

Zwischen der Hütte und einer ausladenden Fichte parkt Rudolf Kampraths Opel. Das ist einerseits nichts Besonderes, denn Kamprath, der diesen Revierteil für die Fuchsjagd bevorzugt, parkt häufig an der Hütte. Andererseits ist es aber doch ungewöhnlich, denn normalerweise geben seine Jäger vorher Bescheid, wenn sie zur Jagd gehen. Das gehört zum guten Ton, findet Pratt. Verwunderlich ist auch die Tatsache, daß der Wagen überhaupt bis hierher gekommen ist, bei dem Schnee. Noch dazu ohne auf der kurzen Strecke vom Waldweg zur Hütte Reifenspuren zu hinterlassen. Da stimmt was nicht! Die Scheiben des Wagens sind dick zugefroren, und über der Kühlerhaube und dem Dach liegt mindestens eine Handbreit alter, festverkrusteter Schnee. Er schabt mit seinem Lederhandschuh ein Loch in die angefrorene Scheibe der Fahrertür und späht ins Wageninnere. Der Wagen ist leer. Nichts Auffälliges zu sehen. Er greift nach dem Schlüssel für die Hütte, der an einem Haken hinter dem Fensterladen hängt, und schließt die Tür auf. Das Mobiliar stammt noch von seinem Vorgänger und ist konsequent im Jodlerstil gehalten, angefangen beim Türschild mit der Aufforderung »Hax'n abkratz'n« bis hin zur Schwarzwälder Kuckucksuhr. In der Hütte ist alles so wie immer. Pratt schließt die Tür wieder ab. Wo, zum Teufel, ist jetzt der Hund? Er brüllt und pfeift, aber nichts rührt sich, nur ein Eichelhäher rätscht.

»Elendes Luder!« Fluchend folgt Pratt der Spur seines Hundes durch eine tiefe Schneeverwehung. Die Spur verläuft geradlinig einen schmalen Weg entlang, der jetzt nur noch durch ein paar schief aus dem Schnee ragende Zaunpfähle gekennzeichnet ist. Sie führt ihn über eine leichte Anhöhe und wieder bergab, in ein kleines Tal, durch das ein Bach fließt, den man unter dem Schnee nur noch erahnen kann. Das Tal öffnet sich zu einer Lichtung hin. Es ist eine ideale Stelle für die Fuchsjagd, und deshalb steht hier, am leicht erhöhten Rand der Lichtung, ein Hochsitz.

Hier findet Pratt endlich seinen Hund. Er sitzt vor der Leiter und gibt, den Kopf weit in den Nacken gelegt, einen wölfisch klingenden Laut von sich. Leica ist ein guter Jagdhund. Ihre Nase irrt sich nie.

Nur Pratt, der traut seinen Ohren nicht.

Das »Totverbellen« geschieht dann, wenn der Hund bei einer Nachsuche das verendete Stück Wild nicht apportieren kann, entweder weil es an unerreichbarer Stelle liegt oder weil es zu groß ist – letzteres ist Leicas Problem.

Am Montag ist Axel mit Frau Konradi allein in der Kanzlei. Frau Konradi nutzt das schamlos aus und serviert ihm, kaum daß er am Schreibtisch sitzt, einen »rischdische Filderkaffee« und einen Gebäckklumpen, den sie »Bobbes« nennt. Axel läßt sich heute gerne ein wenig bemuttern. Seit dem Aufwachen spürt er einen Druck im Kopf, und gleichzeitig spürt er, wie sein Hals von Stunde zu Stunde mehr zuschwillt. Auch das Schlucken bereitet Schmerzen.

»Frau Konradi, haben wir Hustenbonbons da?« Die Frage kommt als papageienhafter Laut aus seinem Hals.

»Wärde Se krank? Losse Se mol sähe.« Ehe er sich zur Wehr setzen kann, klatscht ihre kühle Hand gegen seine Stirn.

»Ei, gans haaß. Stregge Se mol die Zung raus!«

Ein fachkundiger Blick in seine Mundhöhle veranlaßt Frau Konradi zu der Aussage: »Sie missed ins Bedd!« Dort wäre Axel jetzt auch am liebsten, aber er hat heute nachmittag einen Termin am Amtsgericht, bei dem er einen fünfzehnjährigen Mofadieb verteidigen wird. Außerdem muß er hier die Stellung halten, denn Karin Mohr ist mit einem Mandanten nach Leipzig gereist, um vor Ort eine komplizierte Immobiliengeschichte zu regeln.

»So schlimm ist es nicht. Ein paar Hustenbonbons oder vielleicht einen Tee …«

Frau Konradi ist schon auf dem Sprung. »Isch hol Ihne was. Wenn Se so lang uff des Delefon uffbasse?«

Axel nickt ergeben.

»Sie hätte sich wägglich besser schone solle. Am Woche'end schaffe, des is nedd rischdisch«, rügt sie im Hinausgehen.

Es stimmt, er hat am Wochenende gearbeitet, aber nicht nur. Am Samstag und am Sonntag abend war er nochmals im Martinsviertel, auch im *Havana*, aber Karin war nicht dort und auch nicht diese Maria. Ob sie nur so zusammen wohnen, oder … Axel läuft bis über die Ohren rot an, als er sich plötzlich wieder an seinen Traum von heute früh erinnert, der ihm eine hartnäckige Morgenerektion beschert hat.

Das Telefon klingelt. Es ist ein gewisser Kommissar Förster, der dringend Frau Mohr sprechen will. Axel erklärt ihm, daß das heute nicht geht.

Förster seufzt. »Die Sache ist die: Bei uns sitzt eine Frau, die behauptet, sie habe ihren Mann umgebracht.«

»Oje«, krächzt Axel.

»Sie wollte erst gar keinen Anwalt, aber, ehrlich gesagt, die Frau kommt mir etwas wirr vor, und da hielt ich es für angebracht …« Der Kommissar macht eine Pause. Seine Stimme hört sich jung, sympathisch und erkältungsfrei an. Ein Polizist, der einen Verdächtigen drängt, seinen Anwalt zur Vernehmung zu rufen, erscheint Axel zumindest ungewöhnlich. Vor allem, wenn es sich um Mord oder Totschlag handelt. Himmel, das erste Kapitalverbrechen seiner Laufbahn, und das ausgerechnet heute! Vielleicht ist das seine große Chance? Axel, ermahnt er sich, du solltest dir weniger von diesen Anwaltsserien reinziehen!

»Ihr Bronschialdee?!« ruft ihm Frau Konradi von der anderen Straßenseite zu, als er gerade in ein Taxi steigt.

»Hat sich erledigt. Zettel liegt auf Ihrem Schreibtisch«, schreit er zurück und schlägt die Tür zu. Das Gebrüll ist seinem Hals überhaupt nicht zuträglich. »Zum Polizeipräsidium«, röchelt er kraftlos.

Langsam quält sich das Taxi durch den Matsch, und sie brauchen fast eine halbe Stunde, bis sie am Ziel sind. Das Präsidium ist ein weitläufiger Neubau, fast wie in einer richtigen Großstadt.

Das erste, was Axel in Försters Büro sieht, ist eine junge Frau, die sich hinter ihrem Schreibtisch zu einer Länge von knapp einssechzig aufrichtet, wobei sie eine Zigarette in einen überfüllten Aschenbecher drückt. Sie erinnert ihn sehr stark an Judith, obwohl Judith Nichtraucherin und blond ist. Diese hier hat lackschwarzes, kurzgeschnittenes Haar. In letzter Zeit begegnen ihm auf Schritt und Tritt Judiths, es ist schon zur Gewohnheit geworden, deshalb gelingt es ihm ohne weiteres, sie nicht allzu auffällig anzustarren, als sie auf ihn zugeht und ihm die Hand gibt.

»Ich bin Claudia Tomasetti. Mein Kollege Förster kommt gleich wieder.«

»Guten Morgen. Ich bin Axel Kölsch, der Anwalt.«

»Aus Köln?«

»Hürth.« Schon der Name klingt wie Husten.

Auf dem Schreibtisch der Tomasetti stapeln sich Akten und loses Papier zwischen Büroutensilien, gebrauchten Tassen und Gläsern, einem offenen Lippenstift, zwei schmutzigen Aschenbechern, einem grünen, angebissenen Apfel, einem Päckchen Tabak und zwei angebrochenen Tafeln Nougatschokolade. Das Ganze ist gleichmäßig mit Tabakkrümeln übersät. Das Plakat an der Wand dahinter entlockt Axel ein Lächeln: Unter einem Kometen und mehreren kleineren gelben Sternen auf tiefblauem Grund steht das Nietzsche-Zitat: »Man muß noch Chaos in sich haben, um einen tanzenden Stern gebären zu können.«

Als sich die Frau, die mit dem Rücken zu ihm vor dem Schreibtisch sitzt, umdreht, gefriert Axels Lächeln auf der Stelle: »Frau Kamprath!«

»Guten Tag«, erwidert Sophie freundlich, aber dann fragt sie: »Wo ist denn Frau Mohr?«

Axel verbirgt seinen Schrecken hinter Förmlichkeiten. »Frau Mohr ist heute verhindert. Frau Kamprath, möchten Sie, daß ich Sie anwaltlich vertrete?«

Sophie zuckt mit den Schultern, dann nickt sie, und Claudia Tomasetti bietet ihm einen Stuhl an, auf den er sich dankbar niederläßt. Er spürt, wie ihn ein Frösteln durchläuft und versucht krampfhaft die Signale seines Körpers zu ignorieren. Schließlich geht es hier um wichtigere Dinge als um seine Erkältung. Er nimmt sich zusammen und konzentriert sich auf die Polizistin, die ihn mit sorgfältig gewählten Worten über den Stand der Dinge informiert: »Gestern mittag fand ein gewisser Ferdinand Pratt, der Mann ist Pächter eines Jagdreviers im Odenwald, bei einem Reviergang die Leiche seines Jagdkameraden«, sie lächelt flüchtig, »oder wie immer man das nennt. Es handelt sich um Rudolf Kamprath. Er ist wahrscheinlich erfroren. Die Kripo Erbach ermittelt noch.«

»Frau Kamprath, das tut mir schrecklich leid«, unterbricht Axel den Rapport und sieht dabei Sophie an. Die nickt ihm nur zu.

Claudia Tomasetti fährt fort: »Die Kripo Erbach bat uns«, wieder ein Lächeln, »– es handelt sich hier um die Mordkommission – um Hilfe bei den Ermittlungen.«

»Sagten Sie nicht, er sei erfroren?«

»Die Leiche befindet sich im Gerichtsmedizinischen Institut in Frankfurt. Die Ergebnisse der Obduktion erwarten wir in zwei bis drei Tagen. Fest steht, daß die Leiche schon länger dort unten lag.« Daß sie Rudolf Kamprath in Gegenwart von dessen Frau immer »die Leiche« nennt, zeugt nicht gerade von Pietät, findet Axel.

»Dort unten? Wo unten?«

»Unter einem Hochsitz. Jagdwaffe und Rucksack fand man oben. Der gefrorene Leichnam hat vermutlich das Gleichgewicht verloren und ist heruntergestürzt. Vielleicht durch einen Sturm. Der Tote konnte anhand der Papiere vorläufig identifiziert werden …«

»Wieso anhand der Papiere?«, unterbricht Axel. »Hat Frau Kamprath nicht …?«

»Die Füchse, Sie verstehen?« antwortet Claudia Tomasetti rasch mit einem Blick in Sophies Richtung.

»Frau Kamprath gibt an, den Toten am Freitag, den zwanzigsten Dezember, zum letzten Mal gesehen zu haben. Laut ihren Angaben verließ er die Wohnung an diesem Abend, um auf die Jagd zu gehen. Auf die Frage, warum sie ihn nicht bei der Polizei vermißt gemeldet hat, antwortete sie nur: ›Ich vermisse ihn ja nicht‹.«

Sie schweigt und läßt ihre Worte wirken. Axel hat ein Bild vor Augen: Das leicht angestaubte Kamprathsche Wohnzimmer und die »HILFE FÜR BOSNIEN«.

»Und weiter?« fragt Axel, und sein Blick taucht mitten in die rosinenfarbenen Augen der Polizistin. Den Hinweis »das ist schließlich kein Verbrechen« spart er sich.

»Nun, wie gesagt, die Kollegen aus Erbach ersuchten uns um Amtshilfe, da das Umfeld des Toten hier in Darmstadt liegt. Deshalb haben wir Frau Kamprath heute morgen aufs Präsidium bestellt. Vorhin, ehe mein Kollege Förster Sie anrief, hat sie gestanden, ihren Mann umgebracht zu haben.« Claudia Tomasetti hält inne und blickt zur Tür, die soeben geöffnet wird.

»Allerdings kann sie uns nicht genau sagen, wann und wie das vor sich gegangen sein soll«, sagt die Telefonstimme von vorhin. Ein großer, pummeliger Teddybär betritt das Büro mit drei Henkeltassen voll Kaffee. Er begrüßt Axel und stellt die Tassen vor Sophie und seiner Kollegin ab.

»Eine ungewöhnliche Geschichte nicht wahr?« sagt er mit einem Seitenblick auf Sophie. Die hat die Ausführungen mit teilnahmslosem Gesichtsausdruck verfolgt. Axel bezweifelt, daß sie überhaupt zugehört hat.

»Sie sagte …«, er langt nach einem Papier auf seinem Schreibtisch, der im Gegensatz zu der Müllhalde seiner Kollegin tadellos aufgeräumt ist, »… ›ich habe ihm den Tod gewünscht, und jetzt ist er tot.‹« Förster, er dürfte etwa in

Axels Alter sein, streckt ihm das Protokoll hin. Seine Bewegungen haben etwas bärenhaft Täppisches, ein krasser Gegensatz zu den klaren, energischen Gesten, mit denen seine Kollegin ihre Worte zu unterstreichen pflegt.

Verrückt, fährt es Axel durch den Kopf, der inzwischen angefangen hat zu dröhnen. Die Kamprath ist irre. Er überfliegt das Papier und fragt ohne eine Spur von Geringschätzung. »Das ist alles?«

»Immerhin war der Mann seit fast drei Wochen verschwunden, ohne daß seine Frau das gemeldet hat.«

»Das mag ungewöhnlich sein, aber es ist kein Verbrechen.« Nun hat er es doch gesagt, und prompt antwortet Claudia Tomasetti ein wenig gereizt: »Das wissen wir auch.«

Axel taxiert Sophie von der Seite. Sie sieht eigentlich nicht aus, wie er sich eine Geistesgestörte vorstellt. Ihr goldig schimmerndes, haselnußbraunes Haar – sie muß in den letzten Tagen eine Tönung aufgelegt haben – wird im Nacken von einem bordeauxroten Seidenband zusammengehalten, demselben Stoff, aus dem ihre Bluse ist. Die Bluse, zu der sie eine schwarze Hose trägt, hat etwas Zigeunerhaftes, und Axel kommt der Gedanke, daß der korrekte Rudolf Kamprath diese Art der Aufmachung garantiert mißbilligen würde. Sie ist dezent geschminkt. Ihr Blick ist jetzt offen und erwartungsvoll, als bekäme sie hier ein Theaterstück zu sehen, das man ihr als interessant empfohlen hat. Nur ihre Hände, mit denen sie ihre Handtasche auf dem Schoß umklammert hält, verraten ihre Anspannung. Er denkt an seinen Besuch bei ihr zu Hause, als sie so selbstsicher und gelöst wirkte, während ihr Mann seit Tagen steifgefroren wie ein Fischstäbchen unter einem Hochsitz lag, Ergänzungsfutter zur mageren Winterkost ausgehungerter Füchse. Warum hat Sophie ihm damals nichts gesagt? Er wendet sich an Förster: »Wo kann ich bitte mit meiner Mandantin allein sprechen?«

»Folgen Sie mir.« Die Tomasetti steht auf, während Förster sich in seinem Bürosessel zurücklehnt. Arbeitsteilung, denkt Axel, dafür holt er den Kaffee. Als Axel hinter Sophie hinausgeht, schenkt ihm Förster einen mitfühlenden Blick, als wolle er sagen: ›Jetzt dürfen Sie sich mit dieser Irren rumschlagen.‹

Sie werden in ein kleines Zimmer geführt, in dem nur ein viereckiger Tisch mit vier Stühlen steht. Es riecht nach neuen Möbeln und kaltem Rauch.

»Einen Kaffee für Sie?« Aus einem blassen Gesicht lächelt ihm ein voller, rotgeschminkter Mund zu. Nein, da ist keine Ähnlichkeit mit Judith. Und bei näherem Hinsehen ist sie auch nicht mehr ganz so jung, wie sie auf den ersten Blick wirkte.

Axel lächelt zurück. »Hätten Sie vielleicht Tee? Nur wenn's keine Umstände macht, aber ich bin ein wenig erkältet, und da …«

»*Menta*?«

»Wie bitte?«

»Pfefferminze.«

»Ja, gerne.«

»Und ein Aspirin?«

»Das wäre himmlisch.« Schon bei der Vorstellung wird ihm deutlich besser. Sie schließt die Tür hinter sich. Für einen Moment fühlt sich Axel alleingelassen. Es ist sein erstes Gespräch mit einer Mordverdächtigen, und er hofft, daß seine Mandantin nichts von seiner Unsicherheit spürt. Wie würde Karin in diesem Fall vorgehen? Erst mal Vertrauen schaffen, denkt er.

»Eines vorweg, Frau Kamprath …«

»Sie dürfen mich ruhig wieder Sophie nennen.«

»Also gut, Sophie. Alles, was Sie mir sagen, wird streng vertraulich behandelt. Nichts dringt nach außen, verstehen Sie?«

»Wie bei einem Arzt oder einem Pfarrer?« fragt sie,

und Axel ist sich nicht sicher, ob sie ihn überhaupt ernst nimmt.

»Genau so. Jetzt erzählen Sie mir bitte der Reihe nach, was passiert ist.«

Als hätte sie es auswendig gelernt, erklärt sie: »Es ist so, wie es die Polizisten gesagt haben. Am Freitag abend vor Weihnachten ist Rudolf mit dem Auto weggefahren und nicht zurückgekommen.«

»Wohin ist er da gefahren?«

»Zur Fuchsjagd.«

»Wie spät war es da?«

»Halb acht.«

»Was haben Sie getan, als er nicht zurückkam? Ich meine, haben Sie mit jemandem darüber gesprochen?«

»Nein.«

»Haben Sie nicht nach ihm gesucht?«

»Nein.«

»Ihr Verhalten ist ungewöhnlich, da muß ich der Polizei recht geben. Was haben Sie denn die ganze Zeit gemacht? Am Wochenende und über die Weihnachtstage?«

»Nichts. Nur genäht. Ihr Sakko ist bald fertig.«

»Äh … ja, das ist … schön, aber ich meine, haben Sie nichts unternommen?«

»An Weihnachten war ich bei meinem Bruder.«

»Wie lange waren Sie dort?«

»Ich habe ihn Mittwoch abend zur Jagd begleitet und anschließend bei ihm übernachtet. Wir … er hat einen Hirsch geschossen, den mußten wir noch versorgen.«

»Versorgen?«

»Zerwirken. Die Decke abziehen, das Fleisch zerlegen …«

»Okay, okay.« Axel spürt auf einmal seinen leeren Magen. »Haben Sie mal zu Hause angerufen, ob Ihr Mann während dieser Zeit in der Wohnung aufgetaucht ist?«

Ihr »Nein« überrascht ihn nicht. »Sie haben der Polizei gesagt, daß Sie ihn umgebracht haben ...«

»Rudolf war ein Lügner«, unterbricht ihn Sophie unvermittelt. »Er hat mir die ganze Zeit verschwiegen, daß er unfruchtbar ist. Er sagte immer, es wäre meine Schuld. Aber Frau Mohr hat mir die Wahrheit gesagt.«

»Wann war das?«

»Etwa eine Woche, bevor Rudolf starb. Das genaue Datum weiß ich nicht mehr.«

»Seit wann kennen Sie und Frau Mohr sich?«

»Seit diesem Tag.«

»Haben Sie ihn wegen seiner Lüge zur Rede gestellt?«

»Nicht gleich.«

»Wann dann?«

»Später. An dem Freitag.«

»Am Zwanzigsten, als er verschwand.«

Sie nickt.

»Warum nicht gleich? Am Tag, als sie davon erfuhren?«

Sophie zuckt nur mit den Schultern. Wie soll sie ihm das erklären, wie jenen unvergeßlichen Moment der Rache beschreiben? Er würde es sicher nicht verstehen.

Es klopft sacht an der Tür. Claudia Tomasetti kommt herein und stellt eine Tasse mit dampfendem Tee und ein Glas, in dem eine Tablette leise zischelnd auf und ab taumelt, vor Axel auf den Tisch, daneben einen Pappbecher mit Kaffee für Sophie. Wortlos legt sie ein paar Zuckertüten neben den Tee. Axel läuft ein bißchen rot an und bedankt sich. Sie lächelt nachsichtig, als wolle sie sagen: ›Gestern gesoffen, was?‹, und geht wieder hinaus. Axel trinkt von dem Tee, hustet ein paarmal und wendet sich dann wieder an Sophie, die ihren Kaffee nicht anrührt.

»Sie hatten also Streit an diesem Abend, ehe Ihr Mann ging.«

»Ich habe mir an diesem Abend gewünscht, daß Rudolf sterben soll. Und jetzt ist er tot.«

»Sophie«, seufzt Axel, »das ist doch nicht Ihr Ernst. Wenn derlei Wünsche in Erfüllung gingen, dann wäre dieser Planet entvölkert, meinen Sie nicht?«

»Es ist was, das nicht jeder kann.«

Axel legt für einen Moment sein heißes Gesicht in seine eiskalten Hände. Das scheint nicht einfach zu werden. »Vergessen Sie das, Sophie. Mit dieser Masche kommen Sie nicht durch. Damit landen Sie höchstens in der Psychiatrie.«

Beide schweigen und mustern sich prüfend. Axel leert das Glas mit der aufgelösten Tablette, dann sagt er: »Frau Kamprath ... Sophie. Sie müssen mir jetzt nicht sofort die Wahrheit sagen. Vielleicht wollen Sie lieber morgen mit Frau Mohr über alles sprechen?«

Sophie schweigt weiterhin, nachdenklich, wie ihm scheint. Axel würde gerne mehr über sie und ihr Verhältnis zu Karin Mohr erfahren, aber als ihr Anwalt besteht seine Aufgabe in erster Linie darin, sie mit heiler Haut hier herauszubekommen, und genau das wird er jetzt tun, nicht mehr und nicht weniger. Zu mehr fehlt ihm heute ohnehin die Energie.

»Sophie, was ich Ihnen jetzt sage, merken Sie sich bitte gut: Sie machen keine Aussage mehr, wenn Sie nicht vorher mit mir gesprochen haben. Sollten Sie eine schriftliche Vorladung erhalten ...«

»Woran erkenne ich die?«

»Wie? Ach so. An den vielen Stempeln und dem billigen Papier. Irgendwo ist sicherlich ein Adler drauf. Wenn Sie also schriftlich oder telefonisch ins Präsidium vorgeladen werden, melden Sie sich bitte zuerst bei mir, und zwar jederzeit, ob in der Kanzlei oder zu Hause. Wenn Sie mich nicht erreichen, dann gehen Sie auch nicht hin. Am besten, Sie rufen grundsätzlich zuerst mich an, ehe Sie mit der Polizei sprechen. Ist das klar?«

»Ja.«

»Ohne vorherige Akteneinsicht machen wir keine Aussage. Wenn Sie nichts zu verbergen haben, würde ich Ihnen allerdings raten, der Polizei zu erlauben, Ihre Wohnung zu betreten und Rudolfs Sachen durchzusehen.«

Sophie nickt. »Und was sagen wir der Polizei jetzt?«

»Gar nichts mehr. Was Sie gesagt haben, ist schon mehr als genug. Und noch etwas: Kein Wort über diese rätselhaften Todesfälle in Ihrer … in unserer Nachbarschaft. Wir wollen doch keine schlafenden Hunde wecken, oder?«

Sophie lächelt und nickt. Axel ist recht zufrieden mit sich. Sein Kopfschmerz löst sich langsam auf, die Welt wird wieder klar.

»Werde ich eingesperrt?«

»Aber nein, natürlich nicht. Wenn Sie möchten, kann ich heute abend noch mal bei Ihnen vorbeikommen. Dann können wir in Ruhe über alles reden.«

»Danke«, sagt Sophie, »aber das wird nicht gehen. Ich habe heute abend schon was vor.«

Dazu fällt ihm nichts mehr ein.

»Heute fängt der Alphabetisierungskurs an«, erklärt Sophie. »Den möchte ich nicht versäumen. Ich habe wegen Rudolf schon genug versäumt.«

4

MARIA TRÄGT EINEN NACHTBLAUEN KIMONO, auf dem sich feuerspeiende Drachen recken, und ihr Lächeln wirkt bemüht. Sie erinnert Axel an Schneewittchen im Sarg: wunderschön, aber irgendwie kalt.

»Kommen Sie rein«, tönt Karins Stimme von drinnen. Sie erwartet ihn auf dem Sofa, in einer weißen Trainingshose und einer putzlappenfarbenen Wolljacke über einem figurfeindlichen T-Shirt in den ausgewaschenen italienischen Landesfarben, das die Aufschrift *Lavazza* trägt. Soll er ihren legeren Look als ein Zeichen der Mißachtung seiner Person oder als Signal einer gewissen Vertrautheit deuten? ›Axel, Axel‹, ermahnt er sich, ›als ob das jetzt nicht scheißegal wäre!‹

Auf dem niedrigen Tisch steht eine Kanne mit heißem Tee, der nach Orangen und Zimt duftet. Axel bekommt Tee in einer Schale ohne Henkel und einen Sitzplatz angeboten. Dank einer chemischen Keule aus der Apotheke fühlt er sich im Augenblick einigermaßen gesund.

»Blutorange«, sagt Maria, als sie ihm eingießt.

Die Altbauwohnung in der Liebfrauenstraße ist sparsam und in einer gelungenen Kombination aus alt und modern eingerichtet. Kein Vergleich zu der kruden Mischung aus Gelsenkirchener Barock und spätem Ikea in Frau Behnkes Dachwohnung. Es finden sich keine wertvollen Antiquitäten wie in der Kanzlei, dafür noch mehr Bilder von der Art, wie sie dort im Flur hängen: verträumte, verspielte Szenen vor einem Himmel in übermächtigem Blau. Karin hat seine Blicke verfolgt: »Ein unglaublich vielseitiges Blau, nicht wahr? Es läßt einen fast nicht mehr los.«

Wie ihre Augen, denkt Axel und sagt: »Der Koslowski ist wohl Ihr Lieblingsmaler?«

»*Die* Koslowski. Eine Maler*in* aus der Gegend.«

Das hätte er sich eigentlich denken können.

»Immer wenn ich Geld von einem unangenehmen Mandanten für einen Fall bekomme, den ich eigentlich lieber abgelehnt hätte, dann kaufe ich mir ein Koslowski-Bild. So verwandle ich schmutziges Geld in Kunst – davon erhoffe ich mir Absolution.«

»Ein minder schwerer Fall von Geldwäsche würde ich sagen.«

Karin beendet das Geplänkel mit der Aufforderung: »Lassen Sie uns über Sophie Kamprath reden.«

Er wirft einen zögernden Blick auf Maria, die sich neben Karin auf das Sofa drapiert hat und eine ihrer langen Haarsträhnen zwirbelt.

»Sie können ruhig offen sprechen, Maria ist absolut verschwiegen«, erklärt Karin. »Ich diskutiere meine besonderen Fälle immer mit ihr durch. Wenn Juristen unter sich sind, kann eine Prise gesunder Menschenverstand nicht schaden.«

Axel nickt und lächelt Maria unsicher zu. Sie sieht ihn an, doch das bleiche Gesicht mit den Tollkirschenaugen bleibt ausdruckslos wie ein Teller. Dann eben nicht. Er wendet sich an Karin. »Halten Sie es für möglich, daß Sophie ihren Mann auf irgendeine Weise ermordet hat?«

»Formulieren wir es anders herum: Ich denke, daß gewisse Männer jede Frau so weit bringen können.«

»War Rudolf Kamprath so ein Mann?«

»Meiner Ansicht nach schon.«

»Woran ist Ihre Ehe mit ihm gescheitert?«

Karin nimmt einen großen Schluck Tee. Axel ist dankbar, daß Maria offenbar nicht über jene Talente verfügt, die man Sophie Kamprath nachsagt, sonst wäre er augenblicklich entseelt vom Sessel geglitten.

»Haben Sie das von Sophie?«

»Ja. Sie nahm wohl an, ich wüßte Bescheid.« Der un-ausgesprochene Vorwurf hinter diesen Worten bleibt Karin nicht verborgen.

»Ich finde, wir sollten beim Thema bleiben«, mischt sich Maria ein, und ihrer spröden Stimme ist der verhaltene Ärger anzumerken.

»Wir sind beim Thema«, versetzt Axel patzig.

Karin ignoriert den kleinen Schlagabtausch souverän wie eine Tigerin die Balgereien ihrer Jungen und beant-wortet Axels vorausgegangene Frage: »Rudolf war und ist ein verkorkster Typ, und ich war damals sehr unsicher und naiv.«

»So wie Sophie?«

»So ähnlich. Manche Typen brauchen schwache Frauen, um sich selbst stark zu fühlen.«

»War er denn gewalttätig? Glauben Sie, daß er Sophie mißhandelt hat?«

»Er ist … war nicht der Mensch, der zuschlägt, wenn Sie das meinen. Dazu war er viel zu kultiviert. Seelische Grau-samkeit, das war sein Spezialgebiet.«

Ihrem verschlossenen Gesichtsausdruck entnimmt Axel, daß sie nicht näher darauf eingehen möchte.

»Sie haben Sophie von Rudolfs Unfruchtbarkeit er-zählt. Das hat sie schwer getroffen, zumindest hatte ich den Eindruck. Das wäre doch ein Motiv.«

Karin wischt seine Überlegungen mit einer Geste vom Tisch. »Bis jetzt haben wir nur eine Leiche unter einem Hochsitz, die keine äußeren Verletzungen aufweist, nicht wahr?«

»Keine Verletzungen ist gut. Ich habe die Fotos gesehen. Vom Gesicht war so gut wie nichts …«

»Ich meine *prä mortem*«, unterbricht ihn Karin unbeein-druckt.

Axel hat das deutliche Gefühl, daß Rudolfs Tod sie mit

Genugtuung, wenn nicht sogar mit Freude erfüllt, und sagt es ihr offen ins Gesicht.

»Das stimmt nicht ganz«, widerspricht sie, nicht im mindesten gekränkt. »Nicht Rudolfs Tod freut mich, sondern Sophies Freiheit. Es sei denn …«, sie lächelt, » … es sollte sich herausstellen, daß sie sein Schlafbedürfnis etwas unterstützt hat. Dann hätten wir ein Problem.«

»Das ist doch Quatsch«, fährt Maria schroff dazwischen, »so blöd ist doch niemand. Ist doch ganz egal, wie das Schwein gestorben ist. Ihr müßt dieser Frau auf jeden Fall helfen, damit sie nicht eingesperrt wird.«

Axel findet, und das nicht zum ersten Mal, daß Maria sich wie ein eifersüchtiges, verzogenes Gör benimmt. Aber Karin antwortet ernst: »Sie hat recht. Im Augenblick erübrigt sich jede Spekulation. Wir sollten abwarten, bis die Ergebnisse der Obduktion vorliegen. Aber eines interessiert mich doch: Was ist das für eine Geschichte mit den anderen Todesfällen, die Sie am Telefon angedeutet haben?«

Axel berichtet, was er von Frau Behnke und von Sophie selbst erfahren hat, und Karin schüttelt besorgt den Kopf: »Sie müssen verhindern, daß Sophie sich durch unüberlegte Aussagen verdächtig macht.«

»Das hat sie leider schon getan«, seufzt Axel. »Dadurch, daß sie ihren Mann so lange Zeit nicht vermißt gemeldet hat. Können Sie mir erklären, warum sie so gehandelt hat?« Axel wird sich im selben Moment bewußt, daß er seine Chefin ansieht wie ein Orakel, als wüßte sie die Antwort auf alle Fragen dieser Welt. Er kämpft um einen gleichmütigen Gesichtsausdruck und fügt hinzu: »Ich meine, selbst wenn Sophies Ehe unglücklich war und sie ihm den Tod gewünscht hat, da würde ich an ihrer Stelle doch wenigstens Gewißheit haben wollen. Aber sie … ihr Mann verschwindet, und sie unternimmt die ganzen Ferien über nichts!«

Karin reibt an ihrer Teeschale. Axel hat sich vorhin, beim Versuch, daraus zu trinken, Finger und Lippen verbrannt.

»Ferien …«, wiederholt sie.

»Wie bitte?«

»Sie sagten eben was von Ferien. Vielleicht ist das der Grund, warum sie es nicht gemeldet hat. Sie wollte, vielleicht zum ersten Mal in ihrem Leben, Ferien haben. Frei sein. Einfach in den Tag hinein leben. Es gibt Situationen, da plant man nicht, sondern ist froh, wenn man einen Tag nach dem anderen heil übersteht.«

»Das kapiere ich nicht«, gesteht Axel rundheraus.

»Sie sind ja auch noch jung«, antwortet sie. Es klingt ein bißchen von oben herab. »Sophie ahnte sicher, was für ein Durcheinander es geben würde, wenn sie Rudolf vermißt meldet: Die Polizei wird sie verhören, die Nachbarschaft wird sie bespitzeln, und sie muß sich mit Anwälten herumplagen. Dem hat sie entgegengesehen und wollte noch ein paar Tage für sich.«

»Aber dadurch machte sie sich doch erst richtig verdächtig! Das muß ihr doch klar gewesen sein!«

Karin stellt die Schale ab. »Überlegen Sie, Axel. Wodurch wird Sophies Vorstellung von unserer Welt geprägt? Sie lebt zurückgezogen, sie liest kein Buch, keine Zeitung, und das wenige, was sie durch Rudolf von der Welt kennengelernt hat, das können wir getrost vergessen. Woher also nimmt sie ihr Weltbild?«

»Aus dem Fernsehen«, antwortet Axel prompt.

»Genau. Und wer siegt im Fernsehen immer?«

»Die guten Jungs. Und Mädels«, fügt er blitzschnell hinzu.

»Oder die Gerechtigkeit, wenn Sie so wollen. Egal, wie tief die Helden im Schlamassel sitzen. Für Menschen in Sophies Lage besteht das Glück oft schon darin, einfach ihre Ruhe zu haben«, erklärt Karin. »Sie wurde ihr Leben lang von irgendwem gegängelt, weil sie als dumm galt. Wahrscheinlich glaubt sie das immer noch selbst. Und was die Gewißheit über Rudolfs Tod angeht – die hatte sie doch. Das hat sie Ihnen deutlich gesagt.«

»Sie glauben doch nicht auch an diesen Unsinn?« entfährt es Axel.

»Ein Typ wie Rudolf haut nicht einfach ab. Wenn der nicht nach Hause kommt, dann muß was passiert sein. Um das zu schlußfolgern, bedarf es keiner spirituellen Fähigkeiten. Aber vielleicht hat Sophie tatsächlich gespürt, daß er tot ist. So eine Art sechster Sinn. Ist Ihnen das auch schon zu gewagt?«

Ihr Kopf ruht in schräger Haltung auf dem Knie des gesunden Beins, das sie unter dem Schlabber-T-Shirt mit beiden Armen umschlungen hat. Ein bloßer Fuß mit zartrosa lackierten Zehennägeln schaut darunter hervor, filigran und perfekt, wie aus Marmor gemeißelt. Als würde sie ihn nie zum Gehen benutzen. Ihr Haar fließt in Kaskaden ihren Rücken hinunter, und sie schaut gedankenversunken ins Leere. Axel läßt ihren Anblick und ihre Worte auf sich wirken, während er versucht, Marias spöttisches Lächeln nicht zu beachten.

Karins letzte Frage bleibt unbeantwortet. Sie setzt sich wieder gerade hin, nimmt sozusagen eine dienstliche Haltung ein und sagt mit nüchterner Stimme: »Der Klatsch über diese anderen Todesfälle könnte ihr unter Umständen schaden. Versuchen Sie, Genaueres darüber herauszufinden, damit wir wissen, womit wir zu rechnen haben. Ich bin in solchen Angelegenheiten gerne der Polizei einen Schritt voraus. Sie wohnen ja an der Quelle.«

Axel verzieht das Gesicht. Er sieht sich bereits mit den Waschweibern des Viertels beim Kaffee sitzen. Die Erinnerung an das letzte Mal genügt ihm noch, als ihn seine Vermieterin den beiden anderen vorgestellt, besser gesagt, vorgeführt hat.

»Knöpfen Sie sich auch mal diesen Jüngling von gegenüber vor.«

Auch das noch! »Denken Sie an Mord aus Leidenschaft?«

»Könnte doch sein«, entgegnet Karin nicht ganz ernsthaft.

»Die Frau interessiert Sie sehr, nicht wahr?«

»Besonders nach dem, was ich heute über sie gehört habe. Ziemlich rätselhaft, das Ganze.«

»Allerdings. Vor allem das mit diesem Schwalbe und seinem kuriosen Unfall im Fitneß-Studio. Es ist schon ein auffälliger Zufall: Schwalbe und Kamprath wohnen in derselben Straße, beide behandeln ihre Frauen schlecht, und beide sind jetzt tot.«

»Und um beide ist es kein bißchen schade«, ergänzt Maria und wendet sich an Karin, als wäre Axel gar nicht da: »Sag mal, was passiert jetzt eigentlich mit der Witwe vom Schwalbe?«

»Sie wird abgeschoben.«

»Sie wird WAS?« schreit Maria auf. Ihre Augen sind schmal geworden, und ihre Unterlippe zittert. Doch nicht ganz so cool, wie sie immer tut, denkt Axel.

»Sie muß zurück nach Brasilien«, erklärt Karin ruhig. »Ihre Ehe besteht noch keine drei Jahre, sie hat in Deutschland kein Aufenthaltsrecht.«

»Das ist ungerecht!«

»Das ist Gesetz.«

»Scheiße ist das!« Maria knallt ihre Schale auf den Tisch.

Karin beugt sich zu ihr und legt ihr die Hand auf die Schulter. »Sie geht ja nicht als arme Frau. Sie erbt ein schönes kleines Vermögen. Ich bin gerade dabei, es vor dem Zugriff der gierigen Schwalben, die in Wirklichkeit Geier sind, zu retten.«

Marias Zorn verebbt so rasch, wie er ausgebrochen ist. Sie lehnt sich wieder entspannt zurück.

»So ein Glücksfall«, bemerkt Axel und erinnert sich, daß er so etwas schon einmal im Zusammenhang mit Schwalbes Tod gesagt hat.

»Ihr Zynismus ist hier nicht angebracht«, sagt Karin scharf.

»Verzeihung«, sagt er betont demütig und erwidert ihren Eiswürfelblick. Die Zurechtweisung, noch dazu vor Maria, ärgert ihn. Was glaubt sie, wen sie vor sich hat, einen dummen Jungen?

Als hätte sie seine Gedanken gelesen, lächelt Karin ihm aufmunternd zu und sagt: »Übrigens, was Sie bisher unternommen haben, war völlig korrekt. Aber sollte Sophie im Lauf der Ermittlungen tatsächlich unter Mordverdacht geraten, dann werden wir den Fall an einen Kollegen abgeben, der auf Strafrecht spezialisiert ist. Alles andere wäre unverantwortlich.«

»Natürlich.«

»Nur, damit Sie sich keine Illusionen machen, Axel. Die Fälle, in denen ein Frischling einen Mordprozeß erfolgreich durchzieht, gibt's nur in amerikanischen Filmen.«

»Das weiß ich. Ich bin nicht ganz so grün, wie Sie annehmen.«

»Apropos grün. Wer hat Sophie vernommen?«

»Ein Kommissar Förster.«

»Kenne ich nicht.«

»Ein ganz netter Kerl. Zumindest fair.«

»Hat die Polizei die Wohnung durchsucht?«

»Ja, gleich im Anschluß an die Vernehmung. Ich war dabei. Sophie war einverstanden, dazu habe ich ihr geraten.«

»M-mh.«

»Zwei Beamte und eine gewisse Kommissarin Tomasetti haben sich umgesehen. Vor allem in Rudolfs Schreibtisch, aber da war nichts Besonderes. Außer, daß er sämtliche Rechnungen der letzten Jahre akribisch archiviert hat. Von Auto bis Zahnbürste – alles ist dokumentiert.«

»Er war eine Krämerseele und ein Geizhals.«

»Den Schlüssel für den Waffenschrank konnten wir nicht finden, und Sophie hat keinen zweiten.«

»Es geht doch nichts über das Vertrauen in einer Ehe.«

»Sie hat nicht einmal eine Bankvollmacht«, schnaubt Axel empört.

»Das kommt häufiger vor, als Sie vielleicht glauben. Noch was, Axel«, Karin lächelt süßlich, »wie wär's, wenn Sie gelegentlich einen Ausflug in den Odenwald machen würden? Sie könnten sich präparierte Tiere ansehen …«

»Schon gut. Ich muß morgen sowieso in die Richtung. Ich treffe mich in der Nähe von Reichelsheim mit dem Gerichtsvollzieher.«

»Was gibt's denn da zu pfänden?«

»Ein Pferd.«

»Was?« »Wie bitte?« fragen Maria und Karin gleichzeitig.

»Es gehört dem Kerl, der seiner Geschiedenen seit acht Monaten keinen Unterhalt gezahlt hat und dem man keinen Lohn pfänden kann, weil er nur schwarz arbeitet. Ich fand, daß in diesem Fall etwas Bewegung nicht schaden könnte. Der Gaul kriegt morgen den Kuckuck an die Box geklebt. Bin gespannt, wie schnell das den Reiter auf Trab bringen wird.«

Karin wirft den Kopf zurück, fährt sich durch die dunklen Locken und lacht hemmungslos. Allein für diesen Anblick würde Axel jederzeit einen kompletten Zoo pfänden. Sogar Maria läßt sich zu einem Kichern hinreißen.

»Und dabei spielt der Gerichtsvollzieher mit?« zweifelt Karin.

»Er meinte zwar, so etwas hätte er noch nie gemacht, aber er tut's.«

»Habe ich dir nicht gesagt, daß er ein fixes Kerlchen ist?« sagt Karin zu Maria. Die rollt die Augen zur Decke, während Axel noch das »Kerlchen« verdauen muß. Er steht auf. »Ich gehe jetzt nach Hause, meine Erkältung kurieren. Sind Sie morgen in der Kanzlei?«

»Sicher.«

»Vielleicht möchte Sophie lieber mit Ihnen sprechen.«

»Das kann sie, aber ich werde ihr sagen, daß sie sich besser gleich an Sie gewöhnen soll. Schließlich sind Sie mein Partner.«

Mit grimmiger Freude registriert Axel, wie Marias volle Lippen zum Strich werden. Diesmal steht Karin auf und bringt ihn zur Tür.

»Warum haben Sie sich neulich überhaupt mit Sophie Kamprath getroffen?« fragt er, als sie im Flur stehen.

»Aus schnöder Neugier.«

Axel wagt sich noch einen Schritt vor. »Wußten Sie nicht schon länger, daß Ihr Exmann wieder verheiratet war? Vielleicht von Frau Konradi, über deren Kusine?«

»Ich spreche mit Frau Konradi nicht über Privates, und sie weiß nichts von meiner ersten Ehe. Ich hatte keine Ahnung, daß Rudolf noch immer in der Wohnung seiner Mutter wohnte. Immerhin ist unsere Scheidung schon zwölf Jahre her, und da wir nie zusammen hier gelebt haben, gibt es auch keine gemeinsamen Freunde. Er hatte sowieso nie welche. Es war mir gleichgültig, wo Rudolf steckt und was er macht. Bis Sie kamen.« Ihre Augen mustern ihn schelmisch. Zum Glück nimmt sie ihm sein kleines Verhör nicht übel. »Im Grunde sind Sie an allem schuld, Axel.«

»Selbstverständlich.« Er greift ihren leichten Plauderton auf und macht einen Kratzfuß. Dann deutet er mit einer Kopfbewegung in Richtung Wohnzimmer. »Ihre ... äh, Freundin kann mich wohl nicht besonders leiden.«

»Nehmen Sie's ihr nicht krumm. Sie hat mit Männern viel Übles durchgemacht.«

»Das ... das tut mir leid«, murmelt Axel.

Karin öffnet die Wohnungstür, ein Zeichen, daß die

Unterhaltung beendet ist. Axel verabschiedet sich und schlüpft in seinen Mantel, eine nicht ganz billige Neuanschaffung vom ersten Gehalt.

»Gute Nacht, Herr Anwalt. Übrigens …«

»Ja?«

»Ein schöner Mantel. Sie haben Geschmack.«

»Danke.«

Er läuft die Treppen hinunter und spaziert eine Weile herum. Sein Kopf ist heiß, und er hat das dringende Bedürfnis nach frischer Luft, obwohl diese sofort einen Hustenreiz auslöst. Die Straßen wirken verlassen. Weit ist es mit dem Nachtleben der südhessischen Metropole nicht her.

Als er plötzlich vor der schweren Metalltür mit der pinkfarbenen Aufschrift steht, fragt sich Axel, was er hier eigentlich macht. Was soll's? Ansehen kann man sich den Laden ja mal. Er hält einer Dame mit einer kindersargförmigen Sporttasche die Tür auf und folgt ihr.

»Hi!« begrüßt ihn ein Mädchen in einer lila Zweithaut. Sie steht hinter einer Theke aus Bambusrohr und spült Gläser.

»Guten Abend. Kölsch, Axel Kölsch, ich würde gerne …«

»Bei uns gibt's bloß Wasser, Säfte und Proteindrinks. Wir sind keine Kneipe!«

Axel wird schlagartig klar, daß hier ausschließlich Muskeln trainiert werden. »Ich bin Anwalt. Es geht um den Unfall von neulich.«

»Da war ich nicht da«, antwortet sie, geht zur Treppe und ruft nach oben: »Sonja! Komm mal runter.«

Eine Blonde federt die Wendeltreppe herab. Sie sieht aus, als wäre sie gerade vom Surfbrett gesprungen.

»Petra, geh rauf, da will einer ins Solarium.« Zu Axel gewandt fragt sie: »Was gibt's?«

Axel sagt erneut sein Sprüchlein auf und fügt hinzu: »Ich wäre Ihnen für ein paar Auskünfte dankbar.« Himmel, ich muß mich anhören wie ein Fernsehkommissar! Er gönnt Sonja einen strahlenden Blick. Zumindest versucht er es.

»Da gibt es nicht viel zu sagen. Plötzlich lag er da, das Gewicht auf ihm drauf, und er war tot. Die Zunge hing raus wie bei einem überfahrenen Hund.«

»Wer hat ihn gefunden?«

»Wollen Sie alle zwanzig Namen wissen?«

»Wie?«

»Die Aerobicgruppe. Die kamen gerade aus dem Ballettraum, und da lag er dann.«

»Gibt es niemanden, der in seiner Nähe war, als es passiert ist?«

»Das hat die Polizei auch schon gefragt. Warum wenden Sie sich nicht an die?«

»Ich gewinne meine Informationen gerne aus erster Hand.«

»Für wen arbeiten Sie eigentlich?« fragt sie, etwas spät, aber dafür um so mißtrauischer.

»Für die Witwe von Herrn Schwalbe. Die Lebensversicherung macht Zicken.«

»Also, die Geräte sind bei uns in einwandfreiem Zustand, da gibt's gar nichts!«

»Das bezweifelt niemand. Aber verstehen Sie, wenn es ein Selbstmord war, müssen die nicht zahlen, wenn es ein Unfall war oder gar ein Verbrechen, dann schon.«

»Selbstmord!?«

»Sie ahnen ja nicht, was Versicherungsinspektoren für wilde Phantasien haben.«

»Kommen Sie mal mit.« Wieder nimmt sie die Stufen mit Elan, diesmal nach oben, Axel zieht seinen Mantel aus und stapft hustend hinterher. Ein bißchen Sport könnte mir auch nicht schaden, denkt er. An der Uni trainierte er ab und zu Leichtathletik, aber dann kam der Winter, und dann verließ ihn Judith, und so ist es in den letzten Monaten zu keinerlei Leibesübungen mehr gekommen.

»Hier ist es passiert«, sagt sie lebhaft und deutet auf eine Nische mit ein paar kunstlederbezogenen Bänken. Ein Muskelmann steht vor dem Spiegel und taxiert Axel geringschätzig, während er ein paar Scheiben auf eine Stange schraubt. Gegenüber hängen zwei Frauen in Fußschlaufen an schrägen Brettern und kämpfen mit den Oberkörpern gegen die Schwerkraft an. Am Rudergerät schneidet ein fleischiger Mann Grimassen, während ihm der Schweiß in glitzernden Linien den Hals hinunterläuft. Im Ballettraum ist nur eine Frau, die verknotet auf einer Isomatte hockt. Es ist schon halb zehn, um zehn schließt das Studio.

Axel, in Jeans und Sakko, schwingt sich auf die Bank. Als er schon flachliegt, geht ihm der Gedanke durch den Kopf: Ob das die Bank ist, auf der Schwalbe … Er will rasch wieder aufstehen, aber da reicht ihm Sonja eine leere Stange. Axel bleibt liegen und imitiert die Stemmbewegung.

»Er bekam wohl das Gewicht nicht mehr … aua!« Ein Stich zwischen die Rippen läßt ihn zusammenzucken. Seine rechte Hand hat die Eisenstange reflexartig losgelassen, sie fällt ihm auf die Schulter.

»Was soll denn das?« keucht er und richtet sich auf. Sonja streckt ihren voll durchtrainierten rechten Mittelfinger, mit dem sie ihm soeben in die Rippen gefahren ist, in die Höhe und deutet mit der anderen Hand auf die Stange.

»Jetzt lassen Sie da mal sechzig, siebzig Kilo dranhängen. Ein kleiner Stupser im Vorbeigehen …«

»Sie haben recht.« Axel reibt sich das Schlüsselbein.

»Tut's weh?« Sie streicht ihm über den Oberarm. Ihre magentarot lackierten Fingernägel sind waffenscheinpflichtig.

»Mein Gott!« Sie zieht ihre Hand weg, als hätte er eine ansteckende Krankheit. »Ihr Trizeps! Der ist ja völlig verkrüppelt!«

»Ich bin ein wenig aus der Übung«, murmelt Axel. Der Muskelmann grinst im Spiegel.

Sonja hebt ihren Arm und spannt ihre Muskeln an.

»*So* muß das aussehen! Höchste Zeit, daß Sie was unternehmen.«

»Scheint so.« Er lächelt zerknirscht und ringt sich zu einem Kompliment über ihre Figur durch. Ihr Bauch gleicht einem Waschbrett, respekteinflößend ist das Spiel der Muskeln unter dem kondomartig anliegenden Body, die Brüste müssen sich irgendwann entschieden haben, lieber Bizepse zu werden.

»Wie wär's mit einem Eiweißdrink?«

»Meinen Sie, das nützt noch was?«

»Man weiß nie.«

Sie gehen hinunter, Axel hievt sich auf einen der Barhocker, Schwarzeneggers Pulver kommt zum Einsatz.

»Wissen Sie noch, wer an diesem Abend alles im Studio war? Die Aerobic-Gruppe ausgenommen.«

»Das wollte die Polizei auch schon wissen«, erklärt sie und rührt in dem Glas mit der milchigweißen Flüssigkeit. »Ich habe versucht, anhand der Karteikarten eine Liste zusammenzukriegen. Normalerweise lege ich die Karte raus, wenn ich den Kabinenschlüssel vergebe. So merken wir, wenn einer den Schlüssel nicht mehr abgibt. Die sind nämlich sauteuer. Glauben Sie, es war Mord?«

Sie sieht ihn erwartungsvoll an, während sie den Drink vor ihn hinstellt.

»Sie sagen das so sehnsüchtig.«

»Ja, kapieren Sie denn nicht? Ein Unfall ist furchtbar. Jetzt denkt man, unsere Geräte sind nicht sicher. Aber ein Mörder, der hier zwischen den Palmen herumschleicht – das wäre echt cool. Die Leute würden scharenweise kommen, wegen des Nervenkitzels.«

Ja, so sind die Menschen, denkt Axel und schüttelt den

Kopf. »Ehrlich gesagt«, flüstert er, »glaube ich persönlich nicht an einen Unfall.«

Sie beugt sich über die Theke und sieht ihm tief in die Augen.

»Ich auch nicht«, wispert sie.

»Könnte ich vielleicht die Liste bekommen, die Sie der Polizei gegeben haben?«

»Aber sicher«, sagt sie gönnerhaft. »Wenn es Ihnen hilft. Ich mache schnell eine Kopie.« Sie kramt in den unteren Regionen der Theke und verschwindet dann mit einem Blatt Papier hinter einem Vorhang. Axel hält die Eiweiß-bombe gegen das Licht. Sieht aus wie … Nein danke! Er beugt sich über die Theke und läßt den zähen Inhalt in die Spüle blubbern. Dann betrachtet er die schwitzenden und stöhnenden Leute an den Geräten. Zum x-ten Mal denkt er nach, ob er lediglich dem Klatsch einiger hysterischer Hausfrauen aufgesessen ist oder ob Sophie Kamprath eventuell doch eine Mörderin ist.

Sonja kommt zurück und reicht ihm eine Kopie der Liste. »Das bleibt aber unter uns«, mahnt sie.

Axel studiert die Namen. Es sind zweiunddreißig. Der Name Sophie Kamprath ist nicht darunter. Auch kein anderer, der ihm etwas sagt.

Sonja beobachtet ihn. »Na?«

Axel zuckt bedauernd die Schultern. »Sagt mir nichts.«

»Schade.«

»Sagen Sie, Sonja, war an dem Abend eine Frau im Studio, die etwas exotisch aussah? Klein, sehr schlank, hell-braune Haut …«

»Schwalbes Frau? Nein, bestimmt nicht. Das wollte die Polizei als erstes wissen.«

Axel nickt. Zeitverschwendung, was ich hier mache. Die Kripo ist schließlich auch nicht ganz blöde, und ich bin nicht Schimanski.

»Sie sagten vorher, *normalerweise* legen Sie die Karte raus, wenn Sie den Kabinenschlüssel hergeben. Gibt es noch andere Möglichkeiten?«

Genial, registriert Axel, als er Sonjas Augen aufleuchten sieht. Das hätte Schimmi auch nicht besser gekonnt.

»Manche Gäste nehmen sich schon mal selber einen Schlüssel, wenn gerade niemand hier steht.« Sie deutet auf die Reihe von Kabinenschlüsseln, die über der Theke nach Nummern geordnet hängen. Rosa Bänder für die Damen, blau für die Herren. »An dem Abend war viel los, und ich war alleine.« Es klingt, als wolle sie sich für die Disziplinlosigkeit der Kundschaft entschuldigen.

»Also könnte ein Fremder in Sportklamotten hier reinspazieren und mitmachen?«

»Das schon. Aber nicht lange. Ich kenne jedes Gesicht.« Sie legt ihren Zeigefinger an den Mund, dann sagt sie: »Zwei neue Frauen waren an dem Abend zum Probetraining da. Ich bin nicht dazu gekommen, ihre Namen aufzuschreiben. Ich habe denen gesagt, daß Connie nicht da ist. Connie macht das Training mit den Neuen. Er ist mein ... ihm gehört der Laden. Aber sie sagten, sie wären nicht zum ersten Mal in einem Studio und wollten sich bloß mal umsehen.«

Axel sieht sich ebenfalls um. Auch heute scheint kein Connie da zu sein. Er bedauert das nicht.

»Kannten sich die Frauen?«

»Ich hatte nicht den Eindruck.«

Axel holt tief Atem. »War eine davon groß, kräftig, mit braunem Haar, braunen Augen, so um die Dreißig?«

»Kann sein. Aber genau weiß ich das wirklich nicht.«

»Schade.« Ein ganz leiser Vorwurf schwingt in seiner Stimme, und Sonja senkt den Blick, während ihre kräftigen Hände einen Bierdeckel in Fetzen reißen.

»Versuchen Sie es noch mal. Sie müssen sich doch an *irgendwas* erinnern. Größe, Haare, Kleidung ... irgendeine Kleinigkeit!«

»Die andere …«

»Ja, was war mit der?«

»Jetzt fällt mir wieder ein, daß ich sie um dieses tolle Haar beneidet habe. Nicht wegen der Farbe, die war dunkel«, sie fährt sich eitel durch ihre blonden Flusen, »aber es war so lang und kräftig, ein bißchen lockig. Und dazu diese stechenden Augen … Die Figur war auch nicht übel, vielleicht eine Idee zu dürr. Genau konnte ich es nicht sehen, sie hatte so unmögliche Klamotten an. Das T-Shirt sah aus wie ein Werbegeschenk, es war eine Reklame für Espresso drauf.«

»*Lavazza.*«

»Genau!« ruft Sonja. »Sagen Sie bloß, Sie wissen, wer das war!«

»Nein«, wehrt Axel ab, während er spürt, wie seine Knie butterig werden. Zum Glück sitzt er. »Es war die erstbeste Espressomarke, die mir eingefallen ist.«

»Och, zu blöd.«

»Sagen Sie …« Axels Stimme ist heiser, und er fühlt seinen Puls rasen, »…hinkte die Frau?«

Sonja schaut ihn verdattert an. »Hinken? Nein. Das heißt, ich weiß es nicht. Ich habe sie nie gehen sehen. Die zwei standen zuerst hier, an der Theke, und später sind sie immer an den Geräten rumgestanden oder gesessen. Und die drei Schritte von hier bis zur Umkleide − da müßte jemand schon auf allen vieren daherkommen, damit es auffällt. Aber geben Sie's zu, Sie haben doch einen bestimmten Verdacht!«

Axel bringt es fertig, ihr vertraulich zuzuzwinkern. »Leider nicht«, sagt er. »Mir ist eben eingefallen, daß die Person, an die ich einen Moment lang gedacht habe, strohblond ist. So wie Sie.«

Sonja nickt betrübt. »Nein, sie war dunkelhaarig, das weiß ich sicher. Und strohblond war die andere auch nicht, das wäre mir aufgefallen.«

Gott sei Dank, Sie hat's gefressen! Axel ist auf einmal übel, er muß jetzt schleunigst aus diesem Schweißdunst heraus.

»Danke für die Auskünfte.« Er hebt das leere Glas und rutscht vom Barhocker, nicht sicher, ob ihn seine Beine auch wirklich tragen werden. »War lecker, das Zeug. Vielleicht sieht man sich mal wieder.«

»Hoffentlich«, lächelt Sonja. »Denken Sie an Ihren Trizeps.«

Dorothea Weinzierl steht im dunklen Wohnzimmer hinter ihren Topfpflanzen und schaut auf das Haus gegenüber. Alle Fenster sind schwarz, schon den ganzen Abend.

Zweimal war heute die Polizei da drüben. Das erste Mal hat sie es nicht selber gesehen, weil sie erst gegen Mittag aus dem Krankenhaus entlassen worden ist. Der letzte Asthmaanfall hatte zur Folge, daß man sie einige Tage zur Beobachtung behielt. Jetzt bekommt sie stärkere Medikamente. Nur Sophies überlegtem Handeln sei es zu verdanken, daß sie noch am Leben ist, hat ihr der Arzt versichert. Aber Frau Weinzierl weiß inzwischen nicht mehr, was sie glauben soll. Vielleicht hätte es ohne Sophie gar keinen Anfall gegeben?

Heute nachmittag hat sie die Polizisten selbst hineingehen sehen. Zwei Uniformierte und eine junge Frau in Zivil, zusammen mit Sophie und diesem Anwalt, der bei Ingrid Behnke wohnt.

Obwohl es erst morgen in der Zeitung stehen wird, weiß bereits das ganze Viertel, was geschehen ist. Der Lehrer Rudolf Kamprath wurde tot im Wald gefunden. Angeblich erfroren. Aber für Frau Weinzierl steht felsenfest: Sophie Kamprath hat ihren Mann getötet. So wie die anderen. Daß sie die ganze Zeit so tat, als wäre er verreist, ist der eindeutige Beweis. Sie fühlte sich sicher, hat uns alle an der Nase herumgeführt, diese Teufelin! Die Polizei wird ihr nichts nachweisen können. Böse Gedanken hinterlassen keine Spuren.

Aber warum hat sie es getan? Inzwischen ist sich Frau Weinzierl nicht mehr sicher, ob Rudolf Kamprath tatsächlich eine andere Frau hatte.

Sie ist sich überhaupt nicht mehr sicher, in allem, was Sophie Kamprath betrifft.

»Mein Gott«, stöhnt Frau Weinzierl auf, als gegenüber plötzlich das Licht hinter den Glasbausteinen angeht. Sie hat sie nicht einmal kommen sehen. Wie ein Gespenst. Es ist schon nach zehn, wo war sie bis jetzt? An einem solchen Tag geht die einfach abends weg. Das ist der Gipfel der Abgebrühtheit!

Frau Weinzierls Entrüstung über Sophies mangelnde Pietät ist aufrichtig. Ungleich mehr aber verübelt sie Sophie, daß die Person, die sich ihren Paul geschnappt hat, bis jetzt weder einen tödlichen Unfall erlitten hat noch von einer plötzlichen Herzschwäche dahingerafft worden ist. Im Gegenteil, »die Schlampe« ist dieser Tage munter dabei, Hochzeitseinladungen zu verschicken. Bekannte haben Frau Weinzierl davon berichtet. Fehlt nur noch, daß ich eine bekomme, denkt sie verbittert. Warum hilft diese Sophie allen anderen, nur mir nicht?

Der Gerichtsvollzieher stakst über den Hof, steigt in seinen Wagen und prescht davon. Auch Axel geht im Slalom auf den Golf zu, wobei er wie sein Vorgänger bemüht ist, nicht auf einer der gefrorenen Drecklachen auszurutschen. Der Bauer steht an der Stalltüre und schimpft. Sein Dialekt ist so ausgeprägt, daß Axel nur ein Wort versteht: »Tierquälerei«.

»In ein paar Tagen ist das Geld da, und der Gaul darf wieder raus«, hat Axel dem Gerichtsvollzieher und dem Bauern versichert. »Ansonsten wird er auf der nächsten Auktion versteigert.«

Matsch und Kuhdung hängen an seinen Schuhen, die den Verhältnissen und der Witterung nicht angepaßt sind. Sie hinterlassen Spuren auf den Autofußmatten. Er wird den Wagen gründlich säubern müssen, ehe er ihn an Karin Mohr zurückgibt. Sie hat ihn extra darauf hingewiesen: »Maria hat ihn frisch gewaschen und gesaugt, also geben Sie acht.«

Maria. Die muß viel Zeit haben. Auf Axels Frage an Karin, was Maria beruflich mache, hat Karin nur vage: »Sie fotografiert«, geantwortet. Wahrscheinlich läßt sie sich von Karin aushalten. Etwas in dieser Richtung hat auch Frau Konradi neulich angedeutet, und durch eine weitere Indiskretion der Sekretärin weiß Axel, wie sich die beiden kennengelernt haben: Es war Karins erster größerer Fall in der neu eröffneten Kanzlei. Sie vertrat Maria als Nebenklägerin in einem Prozeß gegen deren Schwager. Der Schwager hatte Maria vergewaltigt. Als ihr ihre ältere Schwester Pia helfen wollte, zertrümmerte der Ehemann seiner Gattin den Schädel am Heizkörper. Daß der Mann zur Tatzeit zweieinhalb Promille Alkohol im Blut hatte, wertete das Gericht strafmildernd. Der Totschläger erhielt drei Jahre Freiheitsstrafe.

Axel betrachtet das Gehöft im Rückspiegel, als er im Schrittempo vom Hof fährt. Der Bauer schüttelt die Faust, Dampf erhebt sich vom Misthaufen in die klare Winterluft – ein Idyll.

Am liebsten hätte er zu Karin gesagt: »Geben Sie lieber selbst acht.« Er hat sich das verkniffen. Seit gestern abend ist nichts mehr, wie es war.

Axel fühlt sich auf einmal nicht besonders gut. Er lenkt den Wagen an den Straßenrand, stellt den Motor ab und sucht nach einem Taschentuch. Seine Erkältung beginnt sich zu lösen, seine Nase läuft ständig. Er dreht die Scheibe herunter. Tief atmet er die würzige Luft ein. Sogar jetzt, bei dieser Kälte, sondern die Bäume und der Boden ihren eigenen, charakteristischen Duft ab. Er hustet. Aus seiner Aktentasche fischt er eine Landkarte, studiert die Strecke und fährt wieder los. Es sind nur zwölf Kilometer bis zu Sophies Dorf, aber er kommt sehr langsam voran. Die Landschaft schwillt an, die schmale Straße führt in engen Kurven bergauf. Oben gibt der Wald den Blick auf eine Burg frei, die auf dem benachbarten Höhenzug thront. Dann dasselbe bergab. Eine herrliche Gegend, dieser Odenwald, wenn man für Waldeinsamkeit schwärmt. Er muß an Judith denken, die ihn im letzten Frühjahr auf einer abgelegenen Waldlichtung in der Eifel verführen wollte. Berechnend und hemmungslos, wie Frauen sein können, hat sie plötzlich eine Decke aus ihrem Rucksack gezaubert, aber er hat ihr Ansinnen zurückgewiesen, aus Angst, irgendein Waldläufer könnte sie entdecken. Was für ein Riesenarsch er war! Ob Karin Mohr für solche Sachen zu haben wäre?

Drei Wildschweine brechen aus dem Gebüsch, Axel steigt auf die Bremse, der Wagen gerät ins Rutschen, die Stoßstange verfehlt um ein Haar die letzte Hinterkeule. Erst als er mit beiden rechten Reifen den aufgeworfenen Schnee am Straßenrand umpflügt, kommt er zum Stehen. Hier ist der Schnee noch weiß, obwohl es die letzten Tage kaum geschneit hat. Die Wildschweine verschwinden in einer kahlen Buchenschonung. Axel stößt die Luft aus, die er während des Bremsmanövers angehalten hat, und wischt sich über die Stirn. Die Gefahren des Waldes sind in der Tat vielfältig.

Endlich erreicht er sein Ziel. Das Dorf schichtet sich an einem Hang auf und ist größer, als er erwartet hat. Zumindest länger. Ein drei Kilometer langer Schlauch schmutzgrauer, eng aneinandergereihter Gebäude mit verklinkerten Fundamenten. Kein Grün stört die Architektur, die einen unübersehbaren Hang zu Wellblech und Eternit erkennen läßt. Gärten und Höfe verbergen sich hinter großen Toren aus Plastik mit künstlicher Holzmaserung, nur selten sieht man ein altes Hoftor aus Schmiedeeisen. Den Fußgängern steht ein Gehsteig von der Breite eines Bierkastens zur Verfügung, der jetzt allerdings zur Hälfte von aufgehäuftem Schnee beansprucht wird. Sophies Heimatdorf besitzt keinen erkennbaren Kern, auch keinen Marktplatz, nur eine Kirche, ein schmuddeliges Gasthaus mit gelben Butzenscheiben und eine Metzgerei, vor deren Ladentür eine lachende Blechsau mit Kochmütze, Kochlöffel und Ringelschwänzchen postiert ist. Sie hat ein Schild vor dem Bauch: »Eigene Schlachtung! Heute im Sonderangebot: Dörrfleisch 1,59, Leiterchen 1,89!«

Die zauberhafte Umgebung unterstreicht die Häßlichkeit dieses Straßendorfes noch zusätzlich, und die große Dorflinde – oder ist es eine Eiche? –, der man immerhin eine eigene Verkehrsinsel zugesteht, wirkt deplaziert; ein vom Zeitgeist überholtes Relikt.

Vergeblich fährt Axel bis zum Ortsende und wieder zurück. Kein Mensch, den man um Auskunft bitten könnte, zeigt sich. Die Adresse ist nicht sehr aussagekräftig: »Außerhalb 3«. Ein Wagen vom Paketdienst hält vor der Blechsau, und Axel fragt den Fahrer nach dem Weg.

Die Delps wohnen wirklich außerhalb. Am Ende des Dorfes quält sich der Golf eine steile, ungeteerte Straße hinauf. Nach einem halben Kilometer endet der Weg vor einem geduckten Bauernhaus. Axel steigt aus. Im Hof steht allerhand Gerümpel, von dem er keine Ahnung hat, ob und wofür es benötigt wird. Zur Landwirtschaft hat er, der im Schatten des allesbeherrschenden Chemiewerkes Hürth-Knappsack aufwuchs, kein Verhältnis.

Von der Fassade des Wohnhauses blättert eine scheußliche, ockergelbe Farbe, vor den oberen Fenstern baumeln mumifizierte Geranien aus grünen Plastikblumenkästen. Sechs Hühner picken im dreckigen Schnee vor einem

Verschlag aus Brettern und Wellblech, der sich an die Wand des Kuhstalls lehnt und aussieht, als würde er beim nächsten Windstoß in sich zusammenstürzen. Hinter dem Haus spreizen kahle Obstbäume ihre weißgefrorenen Äste gegen den graphitgrauen Himmel. Axel hofft, daß es nicht zu schneien anfängt, ehe er wieder in die Zivilisation zurückgekehrt ist.

Die Fenster des Kuhstalls sind mit Pappe zugestellt, vermutlich eine Maßnahme gegen die Kälte. Das Ganze macht einen armseligen Eindruck, als kämen die Besitzer mit der Arbeit nie richtig nach. Ein Hund bellt. Eine Frauenstimme bringt das Tier zum Verstummen, ehe die Haustüre aufgeht und die Frau die drei Stufen herunterkommt. Begleitet wird sie von einem Schäferhundmischling, der Axel neugierig beschnüffelt, und dem unverkennbaren Geruch nach gekochtem Sauerkraut. Von drinnen ruft eine heisere Männerstimme: »Wer ist das?«

Sie hat wenig Ähnlichkeit mit Sophie. Sie ist klein und hat ein hageres Gesicht mit ascheimergrauen Augen. Ihre Lippen sind aufeinandergepreßt, die Arme hat sie vor dem Körper verschränkt, der zwar nicht dick ist, aber eine unförmige Silhouette hat. Axel verzichtet aufs Händeschütteln.

»Guten Tag. Mein Name ist Axel Kölsch. Ich bin der Anwalt Ihrer Tochter Sophie. Darf ich hereinkommen?« Erst jetzt fällt ihm auf, daß Mittagszeit ist und er möglicherweise beim Essen stört. Wie zur Bestätigung mahnen vom Dorf herauf Kirchenglocken die Mittagsstunde an.

»Bitte«, sagt die Frau nach kurzem Zögern und geht voran, die betonierten Stufen hinauf. Im düsteren Hausflur erkennt Axel eine schmale Holztreppe, die nach oben führt, ehe sie ihn rechts in ein Zimmer weist, das von einem flaschengrünen Kachelofen beherrscht wird. An der Stange darüber hängen Damenstrumpfhosen und zwei karierte Hemden, die wohl nie mehr richtig sauber werden.

Vom Ofen geht keine Wärme aus, trotzdem ist es stickig und heiß. Der Dunst von Sauerkraut ist ausgesprochen intensiv, er dringt aus der Küche, die im hinteren Teil des Hauses liegt und durch eine offenstehende Tür mit der Wohnstube verbunden ist.

An einem rechteckigen Tisch sitzt Sophies Vater und stochert mit einer Gabel, der zwei Zinken fehlen, im Kopf einer Pfeife. Er ist ein großer Mann, soweit sich das bei einem Sitzenden beurteilen läßt. Neben ihm, auf dem rissigen Linoleumfußboden, brummt ein elektrischer Heizlüfter mit rotglühenden Spiralen. Axel reicht dem Mann die Hand, die dieser kurz und schmerzhaft zusammenquetscht. Er bleibt dabei sitzen und brummt etwas, das Axel nicht versteht. Axel stellt sich noch einmal vor und läßt sich auf einem hölzernen Stuhl ohne Polster nieder, den Sophies Mutter ihm wortlos anbietet. Unter der Tischplatte überprüft Axel verstohlen, ob die Finger seiner rechten Hand noch zu gebrauchen sind.

»Sie wissen sicher, daß Ihr Schwiegersohn tot aufgefunden wurde«, beginnt Axel und sieht dabei erst den Mann und dann die Frau an, die sich ihm gegenüber auf die Eckbank gesetzt hat.

»Ja«, sagt Frau Delp.

Der Alte nickt. Sein rundes Gesicht weist fast so viele Schrammen auf wie die Tischplatte vor ihm, auf der eine halbvolle Flasche Bier steht. Seine Augen sind klein, mit unruhig hin und her wandernder Iris. Ein beißender Geruch wie nach einem Zimmerbrand mischt sich mit dem Sauerkrautdunst aus der Küche und dem Mief nach ungewaschenen Kleidern und Körpern, als der Hausherr seine Pfeife anzündet. Axel ist froh, seinen neuen Mantel im Auto gelassen zu haben. Er ringt nach Sauerstoff, hüstelt und fragt dann: »War die Polizei schon bei Ihnen?«

»Nein«, sagt Frau Delp.

»Ich würde mich gerne mit Ihnen über Ihre Tochter

unterhalten«, wendet sich Axel an Sophies Mutter, da sie der gesprächigere Teil dieses Paares zu sein scheint.

»Wozu?« Ihre Augen blicken gleichgültig auf den verstaubten Auerhahn, der hinter dem Sitzplatz ihres Mannes an der rauchgelben Wand hängt und den Gekreuzigten über der Eckbank anbalzt. Ihre Hände liegen ruhig in ihrem Schoß, den eine blaue, fleckige Schürze bedeckt.

»Sophie hat nichts getan. Es wird Zeit, daß das Gerede endlich aufhört.«

»Welches Gerede?«

Die Frau macht eine wegwerfende Handbewegung.

»Frau Delp. Ich bin Sophies Anwalt. Ich bin da, um ihr zu helfen, falls es nötig sein wird. Bitte seien Sie offen zu mir. Niemand erfährt von unserem Gespräch. Auch Sophie nicht, wenn Sie das wünschen.«

Die Frau scheint zu überlegen. Ihre Gesichtshaut ist schlaff und fast so grau wie ihr Haar, das von einer billigen Dauerwelle zerfressen ist.

»Angefangen hat es nach dem Tod meiner Mutter …«

»Die alte Hexe!« zischt es hinter einer Qualmwolke, und Axels Bronchien reagieren prompt mit einem Hustenanfall, was aber niemanden zu einer Bemerkung veranlaßt. Ein Königreich für ein offenes Fenster! Als er sich wieder gefangen hat, fährt Frau Delp fort: »Meine Mutter hat sich mit Kräutern ausgekannt. Sie konnte auch Glieder einrenken, Ausschläge heilen und Warzen wegbeten, lauter solche Sachen. Wenn jemand aus dem Dorf was hatte, dann ging man als erstes zur kalten Sophie.«

»Warum kalte Sophie?«

Die Frau zuckt die Schultern. »Nach der Eisheiligen. Und weil sie manchmal so einen Blick hatte … Wenn sie zornig war, dann konnte sie einen angucken, mit so kalten Augen, daß einem ganz anders wurde. Deswegen haben manche Leute ihr was angedichtet. Wenn im Dorf was passiert ist, dann hat es oft geheißen, ›das hat dir die kalte

Sophie gewünscht‹. So sind die Leute halt.« Sie lächelt bitter. »Man tut ihnen jahrelang Gutes, und trotzdem fallen sie einem bei der nächstbesten Gelegenheit in den Rücken.«

»Sie lebte hier, bei Ihnen?«

»Ja. Ihr Mann – mein Vater – ist im Krieg gefallen. Sie mußte aus Ostpreußen fliehen, ich war damals noch ein Kind. Sie hat meine … unsere Kinder großgezogen. Bis zu ihrem Tod. Sie war eine gute Frau, da können die Klatschmäuler sagen, was sie wollen. Nur sich selber hat sie nicht helfen können. Gegen Krebs hilft kein Kräutlein und kein Beten.«

»Was geschah nach dem Tod Ihrer Mutter?«

»Was schon?« beteiligt sich plötzlich der Alte an der Unterhaltung, »die ist verscharrt worden, wie alle andern auch.« Offenbar stammt er aus der Gegend, denn das wenige, was er sagt, hat eine deutliche Odenwälder Klangfärbung, während seine Frau, ähnlich wie Sophie, ein ziemlich dialektfreies Deutsch spricht.

Frau Delp beachtet den Gesprächsbeitrag ihres Gatten nicht, und Axel folgt ihrem Beispiel.

»Sophie hat kaum noch was geredet und ist in der Schule schlecht geworden. Das haben wir aber erst nach ein paar Monaten gemerkt. Einmal hat sie ein Bub deswegen ausgelacht, und sie hat ihm irgendwas Böses nachgerufen. Dann ist der Bub ein paar Tage später unter einen Bus gekommen und war tot. Da haben die Leute behauptet, Sophie hätte was von meiner Mutter geerbt, aber bloß das Schlechte, und sie sei schuld an dem Tod von dem Buben.«

»Wie alt war Sophie damals?«

»Neun oder zehn.«

»Gab es noch öfter solche Vorfälle?«

»Das ist alles Unsinn. Die Leute reden halt gerne. Was sie früher meiner Mutter angedichtet haben, das war dann auf einmal die Sophie. Egal, ob jemand ein Bein gebrochen oder eine Frau ihr Ungeborenes verloren hat – Sophie soll daran schuld gewesen sein. Das ganze böse Geschwätz hat wieder angefangen, genau wie bei meiner Mutter. Sie haben das nicht offen vor mir gesagt, wissen Sie, aber das Getuschel, das habe ich trotzdem mitbekommen. Aber die Sophie tut niemandem was. Sie hat sich halt bloß anders benommen, das war alles.«

»Wie hat sie sich benommen?«

»Sie ist immer viel im Wald gewesen. Wir haben's ihr verboten, sogar Prügel hat sie gekriegt«, bei diesen Worten streift ein ausdrucksloser Blick ihren Mann, »aber sie ist immer wieder gegangen. Was hätte sie auch machen sollen? Die Leute wollten ihre Kinder nicht mit ihr spielen lassen. Und das mit der Schule, das wurde immer schlimmer.«

»Trotz Prügel«, bemerkt Axel trocken.

»Das war mein gutes Recht«, plustert sich Sophies Vater auf. »Die ist nicht dumm! Bloß bockig.«

»Wie alt war Sophie, als sie aus der Schule kam?«

»Sechzehn. Dann ist sie in die Fabrik gegangen.«

»Wann haben Sie gemerkt, daß Ihre Tochter nicht lesen und schreiben kann?«

»Die Lehrerin, die Frau Gotthard, die ist einmal gekommen«, sagt Sophies Mutter und läßt den Kopf sinken. »Aber da war es wohl schon zu spät. Sophie war schon elf oder zwölf. Er hat schon recht«, sie deutet mit den Augen auf ihren Mann, »die wollte einfach nicht.«

»Wie konnte sie dann die Schule schaffen?« fragt Axel.

»Ihr Bruder, der Christian, hat ihr geholfen. Reden Sie mit Christian. Er kennt sie von uns allen am besten.«

»Pah«, schnauft der alte Mann, und sein Gesicht ist eine einzige verächtliche Fratze. Axel wüßte gerne den Grund für die Wut, die ihn zerfrißt.

»Wann hat Sophie Sie das letzte Mal besucht?« Die Frage ist an beide gerichtet.

»An Weihnachten«, antwortet der Vater. Er stemmt sich mit beiden Armen von der Bank und rutscht ein Stück zur Seite, offenbar um zu einer Zeitung zu gelangen, die am äußersten Ende der Bank liegt. »Eine knappe Stunde, anstandshalber. Undankbares Stück. Ist jetzt was Besseres, denkt sie!« Die Pfeife fällt zu Boden, und als Axel sich nach ihr bückt, sieht er, daß die Hosenbeine des Alten kurz unterhalb der Oberschenkel abgeschnitten und nach innen umgeschlagen sind. Erneut hustend und mit rotem Gesicht legt er die Pfeife auf den Tisch.

»Herr Delp, darf ich Sie fragen, was mit Ihren Beinen passiert ist?«

»Ein Unfall«, sagt seine Frau rasch. »Ist schon fünfzehn Jahre her. Wir haben die Bäume auf einer Obstwiese gefällt. Weil sie kaputt waren. Mein Mann hat die Wiese umgepflügt, wir wollten Roggen anbauen. Da ist die Granate explodiert, direkt unterm Traktor. Die muß vom Krieg übriggeblieben sein. Hat ja seitdem keiner mehr dort gegraben. Sie hat ihm beide Beine abgerissen …«

»Die eigene Brut hat mir das eingebrockt«, unterbricht Sophies Vater den Redefluß seiner Frau und sieht Axel dabei böse an.

»Hör auf damit«, herrscht sie ihn an.

»Deine Tochter und ihr sauberer Bruder. Der sammelt doch solche Sachen! Alte Gewehre und so Zeugs, der ganze Dachboden war voll davon, ehe ich ihn mitsamt dem Krempel rausgeworfen habe!«

»Du redest Mist!« faucht sie.

»Warum hätten die beiden das tun sollen?« fragt Axel.

»Das geht Sie nichts an«, knurrt der Alte.

»Vielleicht, weil Sie sie ein bißchen zu oft geschlagen haben?« bohrt Axel nach und sieht seinem Hinauswurf gelassen entgegen.

Seine Faust klatscht wie ein Ziegelstein neben die

Bierflasche. »Was hätte ich denn tun sollen, wenn sich die eigene Tochter schlimmer aufführt wie eine läufige …«

»Halt den Mund!« kreischt seine Frau, und er verstummt augenblicklich. Zu Axel gewandt sagt sie leise: »Hören Sie nicht auf ihn.«

Axel rechnet. Als der Unfall geschah, war Sophie siebzehn. Was muß sie all die Jahre ertragen haben. Erst einen gewalttätigen Vater, dann einen verbitterten Krüppel, dazu eine ewig überarbeitete Mutter und eine Oma, die viel zu früh starb. Kein Wunder, daß sie den erstbesten, der sie wollte, geheiratet hat.

Du bist anmaßend, Axel, sagt er sich im selben Moment. Woher willst du wissen, daß Rudolf der erstbeste Mann in Sophies Leben war? Auch wenn sie deinem Schönheitsideal nicht voll und ganz entspricht, kann sie anderen durchaus gefallen haben. Nach der Bemerkung des Vaters zu urteilen, hatte es diese wohl auch gegeben.

»Schlangenbrut« flüstert der alte Mann. »Die wollten mich umbringen.«

»Du spinnst doch!«

»Züchte Raben, und sie hacken dir die Augen aus«, sagt der Alte gestelzt und setzt die Bierflasche an.

Axel steht auf. »Ich gehe jetzt besser.«

Sophies Mutter nickt erleichtert, steht ebenfalls auf und begleitet Axel zur Tür.

»Das hat er nicht so gemeint«, sagt sie, als sie im Hof stehen. »Die Granate hat nicht nur seine Beine erwischt, wissen Sie.« Sie tippt sich vielsagend gegen die Schläfe.

»Schon gut. Sagen Sie, Frau Delp, hatten Sie den Eindruck, daß Sophie glücklich war, als sie Rudolf geheiratet hat?«

Die Frau sieht ihn verständnislos an. »Glücklich?« wiederholt sie, als hätte er etwas völlig Abartiges gesagt. Offenbar hegt er für ihre Begriffe zu naive Vorstellungen vom Ehestand.

»Etwas Besseres hätte ihr doch gar nicht passieren können. Daß die einen Lehrer kriegt, das hätte doch niemand
für möglich gehalten.«

»Hat Sophie das auch so empfunden?«

»Sonst hätte sie ihn wohl nicht geheiratet. Gezwungen
hat sie jedenfalls keiner.«

»Auch nicht Ihr Mann?«

»Früher«, murmelt sie, »da war er furchtbar streng zu
den Kindern. Besonders zu Christian. Wenn der was angestellt hat, hat die Sophie oft behauptet, daß sie es war.
Weil sie weniger Schläge gekriegt hat als er. Aber nach
dem Unfall – Sie haben's ja gesehen. Was will er noch groß
ausrichten? Jetzt kann er nur noch dumm daherreden,
so wie eben. Sie dürfen auf sein Geschwätz nichts geben.«

Axel nickt. »Hat Sophie in letzter Zeit mit Ihnen über
ihre Ehe gesprochen?«

»Nein«, sie schüttelt den Kopf. »Was soll es da zu reden
geben? Man tut seine Arbeit, jeder an seinem Platz, und
fertig.«

»Wo finde ich Ihren Sohn?«

Sie beschreibt ihm den Weg und verabschiedet sich. Als
er schon am Auto ist, kommt sie nochmals aus dem Haus
gelaufen. Sie hält eine Zehnerschachtel Eier in der Hand.

»Nehmen Sie die für Sophie mit?«

»Ja«, sagt Axel, aber da fällt ihm noch etwas ein. Er zieht
eine Skizze aus der Innentasche seines Sakkos, hält sie
Sophies Mutter hin und zeigt auf die angekreuzte Stelle.

»Wie komme ich von hier aus zu diesem …« er hat
Mühe, die lässige Handschrift der Tomasetti zu entziffern.

»Zum Hochsitz an der Galgenbuche«, ergänzt Sophies
Mutter. »Da haben sie ihn gefunden.«

»Ist es weit?«

»Wenn Sie es mit dem Wagen bis zur Jagdhütte schaffen, sind es noch zehn Minuten, oder eine Viertelstunde,
bei dem Schnee.« Sie wirft einen Blick auf seine Füße.

»Aber nicht mit den Schuhchen da. Welche Größe haben Sie?«

»Dreiundvierzig.«

»Ich gebe Ihnen Stiefel von meinem Mann.« Ehe er Einspruch einlegen kann, dreht sie sich um und geht ins Haus. Nach ein paar Minuten erscheint sie mit einem Paar Stiefel. Das braune Leder ist rissig wie die Haut einer Kartoffel, die man zu lange gekocht hat.

»Danke. Ich bringe sie Ihnen so bald wie möglich zurück.«

»Wozu? Er braucht sie bestimmt nicht mehr.« Ein Lächeln spielt um ihre Lippen, und in diesem Moment erinnert sie Axel stark an Sophie.

»Richten Sie bitte meiner Tochter aus, daß sie uns Bescheid geben soll, wann die Beerdigung ist.«

»Ja«, sagt Axel. »Auf Wiedersehen, Frau Delp.«

Den Fuß auf der Bremse rutscht er die Zufahrt hinunter und fährt dann ans andere Ende des Dorfes. Ein Schild mit dem Hinweis »Tierpräparator«, das er vorhin übersehen hat, weist auf einen großen Bauernhof, der etwas von der Straße zurückversetzt liegt. Neben den Stallungen steht ein kleineres Haus. Es hat schmale Fenster und ein sehr steiles Dach, in das nachträglich zwei Fenster eingebaut worden sind. Die Entscheidung, ob er zuerst Christian Delp aufsuchen oder sich den bewußten Hochsitz ansehen soll, wird ihm abgenommen. Vor der Werkstatt parkt ein dunkler BMW mit Darmstädter Kennzeichen.

Dann also der Hochsitz.

Der Forstweg ist befahrbar, und Axel parkt an der Abzweigung zur Jagdhütte. Rudolf Kampraths Wagen ist inzwischen von seinem Platz neben der Hütte weggebracht worden.

Es ist ein seltsames, nicht sehr angenehmes Gefühl, in die Stiefel des alten Delp zu schlüpfen. Sie passen, gut sogar. Das Sprichwort »in jemandes Fußstapfen treten«

kommt ihm in den Sinn. Vielleicht geht eine negative Kraft von diesen Stiefeln aus? Jetzt reicht es! Ich bin ja schlimmer als die Weinzierl!

Die Skizze in der Hand, folgt er dem breiten Weg noch etwa zweihundert Meter, dann sieht er schon die vielen Fußspuren, die die Polizisten auf dem Pirschweg hinterlassen haben. Er folgt ihnen heftig keuchend über eine Anhöhe. Das Gehen im harschen Schnee ist anstrengender, als er gedacht hat.

Er erreicht das kleine Tal, folgt dem vereisten Bach und überquert ihn an der Stelle, an der die meisten Fußspuren zu sehen sind. Die Landschaft hat hier etwas Liebliches, sogar jetzt, wo alles im Dauerfrost erstarrt ist. Die Bäume sind märchenhaft überzuckert. Am Gegenhang befindet sich der Hochsitz. Der Schnee darunter ist zertrampelt, mehr ist nicht zu sehen. Was hast du erwartet, fragt sich Axel, Blutspuren, Leichenteile? Er klettert die Leiter hoch und setzt sich auf die schmale Holzbank. Der Sitz ist bequemer, als er aussieht, aber hier oben weht ein eisiger Wind. Er zieht den Mantel enger und schlägt den Kragen hoch. Wie kann ein Mensch so verrückt sein, hier die halbe Nacht auszuharren? Axel atmet tief ein. Es herrscht absolute Stille. Totenstille.

Ist Rudolf Kamprath hier, auf dieser schmalen Holzbank, auf der er jetzt sitzt, gestorben? Ist es eigentlich immer so ruhig im Wald? Warum hört man keine Vögel? Als würden seine Gedanken Form annehmen, fliegt von einem nahen Baum eine Krähe mit einem Warnschrei auf. Axel fährt erschrocken zusammen. Der schwarze Vogel entfernt sich mit klatschendem Flügelschlag. Axel muß an den komischen Spruch mit den Raben denken, den der Alte vorhin losgelassen hat. Krähen, fällt ihm ein, hacken ihren Opfern zuerst die Augen aus, ehe sie sich Zugang zu den Weichteilen verschaffen.

Von hier oben kann man ein Gewirr von Fuchsspuren

erkennen, gerade Linien, die kreuz und quer über das Schneefeld führen und sich im Unterholz verlieren. Wieder muß Axel an die Fotos denken, die ihm die Tomasetti gestern während der Durchsuchung der Kamprathschen Wohnung gezeigt hat, wobei sie schmunzelnd beobachtete, wie er von Bild zu Bild blasser wurde. Sadistische Person. Dabei habe ich immer geglaubt, daß Italienerinnen eher gefühlsbetont sind. Aber die nicht. Ob diese Lust am Makabren Bedingung ist, um bei der Mordkommission zu arbeiten?

Ihm ist auf einmal sehr kalt, und er findet den Ort hier gar nicht mehr lieblich. Eher unheimlich. Irgendwo hat er einmal gelesen, daß in manchen Kulturen der Glaube herrscht, die Seele eines Verstorbenen halte sich noch eine Weile an der Stelle auf, an der sie den Körper verlassen habe. Wie lange sie das wohl tut? Drei Wochen? Axel steht auf und schüttelt sich. Steifbeinig steigt er die Leiter hinunter. Für den Rückweg braucht er nur halb so lange wie für den Aufstieg.

Der BMW ist inzwischen vor der Werkstatt verschwunden. An seiner Stelle steht jetzt ein dunkelgrüner Jeep. Der Wagen ist aufgebockt, zwei Beine in schmutzigen Arbeitshosen ragen darunter hervor.

Axel parkt hinter einem riesigen Schneehaufen, steigt aus und räuspert sich, während er sich dem Jeep nähert. Zum Glück hat jemand den Hof mit Kies ausgestreut. Axel friert noch immer, die kurze Fahrt vom Wald bis hierher hat weder den Golf, noch seinen durchgefrorenen Körper aufgewärmt.

»Herr Delp?«

Die Beine geraten in Bewegung, ein Schraubenschlüssel fällt klirrend auf das Pflaster, ein massiger Körper schiebt sich unter dem Wagen hervor.

»Was ist?« Eine rauhe Stimme. Vielleicht verkatert, denkt Axel und wiederholt seine Frage nach dem Namen, obwohl er absolut sicher ist, Sophies Bruder vor sich liegen zu haben.

Der Mann steht auf. Er ist breitschultrig und überragt Axel ein gutes Stück.

»Was wollen Sie?« Die dunklen Augen, Axel kann ihre Farbe nicht genau erkennen, taxieren ihn unverhohlen. »Möchten Sie was abholen?«

»Abholen?« fragt Axel verdutzt, ehe es ihm dämmert. »Nein«, sagt er schnell, »nein, ich möchte kein Tier abholen. Mein Name ist Axel Kölsch, und ich bin der Anwalt Ihrer Schwester Sophie.«

Beim letzten Wort hellt sich Christian Delps Gesicht für einen Augenblick auf, ehe es wieder einen abweisenden Ausdruck annimmt.

Axel deutet auf die Tür zur Werkstatt. »Herr Delp, könnten wir uns vielleicht drinnen ein paar Minuten unterhalten?«

Der Mann schüttelt den Kopf. »Muß gleich weg«, brummt er unwillig.

Also weiterhin frische Luft. »Sie wissen, was passiert ist?« fragt Axel und flucht in Gedanken.

»Das ganze Dorf weiß es.«

»Hat Sophie Sie angerufen?«

»Ja. Wir telefonieren ab und zu.«

Himmel, ist der so einfältig, oder tut er nur so? »Ich meine, nach dem Bekanntwerden des Todes von Rudolf Kamprath«, präzisiert Axel förmlich.

Christian Delp überlegt kurz, dann schüttelt er den Kopf. »Nein. Ich habe Sophie angerufen.« Er lächelt vor sich hin. Er hat volle, weich geschwungene Lippen, die nicht so recht zu dem kantigen Männergesicht passen wollen. Ein attraktiver Mann, findet Axel. Nur ein bißchen verlebt und nicht sehr gepflegt.

»Jetzt geht das ja wieder.«

»Was geht wieder?«

Er bekommt keine Antwort, Christian Delp starrt über seinen Kopf hinweg ins Leere.

»Herr Delp, Ihre Mutter hat angedeutet, daß Sie Ihrer Schwester sehr nahestehen. Was hat Sophie Ihnen über den Tod ihres Mannes gesagt? Sie können mir vertrauen, ich bin zu absolutem ...«

»Nichts«, schneidet ihm Christian Delp das Wort ab. »Da gibt es nichts zu sagen. Der ist tot, fertig.«

Zur Verdeutlichung macht er eine wegwerfende Handbewegung. Jetzt, da er nur wenige Schritte von Delp entfernt von einem Fuß auf den anderen tritt, riecht Axel deutlich dessen Alkoholfahne.

»Was wollte die Polizei von Ihnen?«

»Dasselbe wie Sie. Fragen. Fragen. Fragen. Über Sophie und den Kamprath.«

»Sie mochten Ihren Schwager wohl nicht sonderlich?«

Sophies Bruder dreht sich so abrupt um, daß Axel befürchtet, er würde ihn hier einfach stehen lassen. Aber Christian Delp kniet sich nieder und kurbelt den Wagenheber herunter. In das Quietschen hinein sagt er: »Der Kamprath war ein Schwein.«

»Können Sie mir das genauer erklären?«

»Nein«, sagt er bestimmt und kurbelt weiter. Aber als er sich wieder aufrichtet, fügt er hinzu: »Ich war gegen diese Heirat. Ein so alter Kerl. Und Lehrer! Ein Klugschwätzer und ein Geizhals. Ich hab gleich gewußt: Der wird sie bloß ausnutzen. Aber sie hat nicht auf mich gehört. Diesmal nicht.« Er wirkt jetzt erregt und stößt ein zynisches Lachen aus. »Sie wollte Kinder. Unbedingt!« Sophies Bruder sieht Axel an, als warte er auf dessen Kommentar.

»Frauen sind nun mal ...«, beginnt Axel etwas verlegen, da wird er unterbrochen.

»Nicht mal das brachte er zustande.« Delp klappt den Wagenheber zusammen und verzieht den Mund, als wäre ihm bei dem Gedanken plötzlich übel geworden.

»Hat Sophie mit Ihnen über ihre Probleme gesprochen?« hakt Axel nach.

»Nein. Sie hat ihn sogar verteidigt, wenn ich was gegen ihn gesagt habe.«

»Haben Sie und Rudolf Kamprath sich manchmal getroffen? Auf der Jagd zum Beispiel?«

Christian Delp wirft sein Werkzeug in den Jeep und schüttelt den Kopf. »Nein. Jeder hat …«, er grinst flüchtig, »… hatte sein Revier. Jetzt muß ich gehen. Sonst gibt's kein Essen mehr für mich.« Er deutet in Richtung Bauernhof und setzt sich grußlos und mit ausladenden Schritten in Bewegung.

»Und schönen Dank auch, für Ihre Gastfreundschaft«, murmelt Axel. Seine Füße sind inzwischen so kalt, daß er sie kaum noch spürt. Trotzdem geht er, kaum daß Christian Delp aus seinem Sichtfeld verschwunden ist, rasch auf das kleine Haus zu und späht neugierig durch das Fenster in die Werkstatt. Es gibt nicht viel zu sehen, nur ein paar Tiere an der Wand und einen Arbeitstisch, auf dem ein Klumpen Fell liegt. Den Besuch hätte ich mir sparen können, denkt Axel verdrossen, als er zum Wagen zurückgeht.

Dann also nach Hause. Am besten gleich in die Badewanne. Schon bei dem Gedanken wird ihm wärmer. Er ist schon fast aus dem Dorf, als ihm eine Idee kommt.

»Runter mit dir«, befiehlt Anneliese Gotthard und sieht für einen Moment wie die lebendig gewordene Karikatur einer strengen, ältlichen Dorfschullehrerin aus. Sie hat ein faltiges kleines Vogelgesicht mit klaren, hellgrauen Augen. Ihr weißes Haar ist zurückgekämmt und endet an ihrem Hinterkopf in einem Gebilde, das dem Bürzel einer Ente ähnelt. Sie trägt zwei Wollkleider übereinander, dazu klobige Lederstiefel aus deren niedrigem Schaft zwei paar wollene Socken herausschauen.

Die grau-weiß gestreifte Katze, ihre Zeichnung erinnert

Axel an eine Makrele, erhebt sich träge vom Sessel. Der schäbige, krallenzerfetzte Bezug wird von einer moosgrünen Wolldecke nur unzureichend bedeckt. Anneliese Gotthard dreht sich um, nimmt den fiepsenden Blechkessel vom Herd und schüttet kochendes Wasser in einen gelben Porzellanfilter, von dem der Henkel abgebrochen ist. Der Kaffee tröpfelt in eine hellblaue Kanne. Die alte Dame sieht Axel freundlich an, während sie mit langsamen Bewegungen Tasse, Untertasse und Zuckerdose vor ihm aufbaut. Die Makrele macht es sich neben Axel auf dem Sofa bequem, wo sich bereits zwei ihrer Artgenossen herumfläzen.

»Die Katzen mögen Sie«, stellt Anneliese Gotthard fest und setzt sich ihm gegenüber in den Sessel. Axel ist froh, diese Prüfung bestanden zu haben.

»Frau Gotthard, ich möchte mit Ihnen über eine Ihrer ehemaligen Schülerinnen sprechen.«

»Ja, das sagten Sie schon. Sophie Delp, nicht wahr?«

Axel nickt. »Ich weiß nicht, ob Sie schon gehört haben, was ihrem Mann zugestoßen ist?«

»Ihrem Mann?« Sie wirkt einen Moment zerstreut. »Ach ja. Sie hat einen Lehrer geheiratet, stimmt's? Ich weiß seinen Namen nicht mehr. Aber er soll hier zur Jagd gehen.«

»Rudolf Kamprath. Er wurde gestern tot unter einem Hochsitz gefunden. Erfroren.«

Die Nachricht entlockt ihr ein tiefes Seufzen: »Ja, dieser Winter hat es in sich. Ich habe schon drei tote Meisen im Garten gefunden, und mein Holzvorrat ist bald verfeuert. Wenn das so weitergeht, muß ich welches dazukaufen, wahrscheinlich zum doppelten Preis!« Sie zwinkert ihm zu. »Die Bauern hier sind fürchterliche Schlitzohren.« Nein, denkt Axel, am Brennholz spart sie zum Glück nicht. Der Herd dient gleichzeitig als Ofen und wird mit dicken Buchenscheiten geheizt, die neben der Tür in einem Korb liegen. Er gibt eine mollige, angenehme Wärme ab, und anders als bei den Delps riecht es hier sehr gut, trotz der Katzen; eine anheimelnde Komposition aus Kaffee, Holzfeuer und den Kräutersträußen, die aufgereiht an einer Schnur über dem Herd baumeln.

»Aber ich darf nicht jammern. Ich komme mit meiner Pension gut zurecht. Es gibt so viele Frauen in meinem Alter – ich bin einundsiebzig – die müssen mit viel weniger auskommen. Aber was rede ich von mir. Sie möchten ja etwas über Sophie erfahren, nicht wahr?«

Axel lächelt. Er fühlt sich ausgesprochen wohl in der geräumigen Wohnküche ihres winzigen Hauses, und es macht ihm gar nichts aus, daß sie sich dem Gegenstand seines Interesses in mäanderhaften Windungen nähert. Er hat das Gefühl, daß in diesem Zimmer, in dem er bereits vier Katzen gezählt hat, die Zeit anderen Gesetzen folgt, und obwohl er und die Frau sich erst seit zehn Minuten kennen, fühlt er sich hier willkommen, beinahe zu Hause.

»Die Sophie war ein liebes Mädchen. Sehr still. Sie hat eine schlechte Zeit erwischt. Damals hatte ich oft über vierzig Schüler in einer Klasse. Da bleibt manch einer auf der Strecke. Sophie hätte viel Zuwendung gebraucht. Aber die hat sie nirgends bekommen, auch nicht daheim.«

»Kannten Sie Sophies Großmutter?«

»Ja, die kannte jeder. Sie ist viel zu früh gestorben. Das Mädchen hat das nie verkraftet. Die Großmutter war ihr einziger Halt. Ihre Bezugsperson, wie man das heute nennt.«

»Frau Gotthard, Sophie hat die Hauptschule als Analphabetin verlassen.« Er kann ihr diese Anklage beim besten Willen nicht ersparen.

Annemarie Gotthard nickt. »Ja, ich weiß.«

»Konnten Sie denn nichts unternehmen?«

»Was denn? Die Sonderschule etwa? Wissen Sie, was das hier, auf dem Dorf, bedeutet? ›Der geht in die Deppenschul‹, heißt es, und damit ist man Dorfidiot auf Lebenszeit. Aber Sophie war nicht dumm, ganz und gar nicht.

Wie sie sich durchgemogelt hat, alle Achtung. Deshalb dachte ich, mit einem normalen Schulabschluß wird sie vielleicht eher ihren Weg machen.« Sie zuckt mit den Schultern. »Vielleicht war's ein Fehler. Sie tat mir halt leid.«

»Sophies Mutter sagte mir, daß Sie mal mit ihr darüber gesprochen haben.«

»Ja, das habe ich versucht. Aber man wollte es nicht hören, und ich glaube, damit habe ich Sophie nur eine weitere Tracht Prügel eingehandelt. Wissen Sie, der Vater, das war ein grober Klotz, ein Familientyrann, vor seinem Unfall zumindest. Was der den armen Buben herumgehauen hat ...«

»Sie meinen Christian?« unterbricht Axel.

»Ja, Christian. Sophies Bruder. Der Christian hat seiner Schwester immer geholfen. Ich habe so getan, als würde ich nichts bemerken. Sophie konnte im Unterricht sehr kluge Antworten geben. Und zeichnen konnte die! Sie hat Tiere gezeichnet, absolut detailgetreu und in den richtigen Proportionen. Erstaunlich für ein Kind. Ich habe sie ein paarmal unter irgendeinem Vorwand nachsitzen lassen und mich mit ihr beschäftigt. Wollte ihr wenigstens das Lesen nahebringen. Aber sie war sehr unzugänglich. Als ob etwas sie blockierte und sie gar nicht lesen lernen wollte. Und irgendwann war es dann zu spät.«

Sie gießt Kaffee nach, pflückt eine rötliche Katze, die sich wie ein Kragen um sie gelegt hat, von ihrer Schulter und fährt fort: »Tja, die Delps. Eine eigenartige Familie. Die Großmutter war eine ganz besondere Frau.«

»So eine Art Kräuterhexe, nicht wahr?«

»Unsinn«, widerspricht Frau Gotthard energisch. »Kräuterhexe, was für ein Ausdruck! Die Frau hatte ein großes botanisches Wissen und ein Gespür für die Natur, das der heutigen Generation leider verlorengegangen ist.«

Im stillen amüsiert es Axel, wie sie ihn eben zurechtgestutzt hat, und er ist gespannt, wie sie seine nächste Frage aufnehmen wird: »Sagen Sie, Frau Gotthard, was ist dran an den Gerüchten, daß sie Leuten auch Böses anwünschen konnte?«

Ihr Gesichtsausdruck verhärtet sich, jetzt hat sie etwas Raubvogelartiges. »Wie Sie schon sagten: Gerüchte. Die Leute sind schnell dabei, Bosheiten über jemanden zu verbreiten. Zum Teil sind sie auch noch recht abergläubisch. Was heißt, noch. Neuerdings kommt das ja wieder groß in Mode. Früher nannte man es Aberglauben, heute heißt es Esoterik, und gerissene Scharlatane machen viel Geld mit der Dummheit und Orientierungslosigkeit der Menschen. Ein reiner Religionsersatz, wenn Sie mich fragen. Wobei man bedenken muß, daß die Magie ohnehin die Wurzel der Religion ist. Was mich dabei ärgert, ist, daß die meisten Menschen zu bequem sind, sich gewissenhaft mit diesen Themen auseinanderzusetzen. Lieber rennen sie in einen dieser dubiosen Läden, kaufen sich ein paar Taschenbücher, absolvieren übers Wochenende einen Meditations-Workshop und glauben dann, eine höhere Bewußtseinsebene erklommen zu haben.«

Sie *muß* Frau Weinzierl kennen! Axel lauscht ihrer Schmährede mit stillem Vergnügen.

»… und richtig schlimm wird es, wenn diese scheinbar Erleuchteten mit ihrem Halbwissen anderen Menschen Schaden zufügen. Wie Sophie und ihrer Großmutter. Wer hat Ihnen eigentlich diese Schauermärchen erzählt?«

»Sophies Mutter.«

»Die Frau Delp.« Sie nickt ein paarmal. »Die hat nichts von der Resolutheit ihrer Mutter mitgekriegt. Hat immer gekuscht vor ihrem Mann, sogar noch nach seinem Unfall. Hat sie Ihnen davon erzählt?«

Axel bejaht.

»Wissen Sie, ich war nie verheiratet, und ich bereue es nicht, wenn ich mich so umschaue. Kein Wunder, daß Sophie keinen von diesen Bauerntölpeln mochte.«

»Hatte sie denn Verehrer?«

»Verehrer?« Sie winkt ab. »Was wissen die schon, was Verehrung ist? Blumen, Gedichte, Komplimente, Briefe, so wie das in meiner Jugend war – ich bin nämlich in der Stadt aufgewachsen, wissen Sie –, von solchen Dingen haben die doch keine Ahnung!« Ihr Gesicht nimmt erneut diesen harten Ausdruck an. »Wissen Sie, wie die jungen Kerle hier über Frauen reden? ›Dumm fickt gut‹, ist eine ihrer gängigen Volksweisheiten. Schon allein deshalb hatte Sophie Interessenten. Sind Sie jetzt schokkiert?«

»Wie? Äh … nein.«

»Es gab aber auch welche, die es ernst meinten. Die wollten Sophie als Bäuerin, als billige Arbeitskraft, weil sie dachten, wenn eine nicht lesen und schreiben kann, dann kann sie bestimmt gut arbeiten und kommt nicht auf dumme Gedanken.«

»Aber Sophie wollte nicht.«

»Nein. Wie ich schon sagte, sie war nicht dumm. Ich glaube, sie hat auf einen gewartet, der sie aus dem Dorf rausholt. Den hat sie dann ja auch bekommen. Und jetzt ist er tot, sagen Sie?«

»Ja.«

»Er war Oberstudienrat am Gymnasium?«

»Ja«, antwortet Axel.

»Sie wird eine ordentliche Pension bekommen und kann sich damit ein angenehmes Leben machen. Endlich hat sie ihre Freiheit.«

Axel fällt ein, daß auch Karin anläßlich Rudolf Kampraths Tod von »Freiheit« gesprochen hat.

»Was Sie da sagen, klingt wie ein Mordmotiv.«

»Ich denke, er ist erfroren?«

»Genau weiß man das noch nicht.«

»Glaubt die Polizei, daß Sophie ihn umgebracht hat? Sind Sie deshalb hier?«

»Möglicherweise. Immerhin hat sie ihren Mann drei Wochen lang nicht vermißt gemeldet.«

Sie zieht erstaunt die Augenbrauen hoch. »So? Mit welcher Begründung?«

»Sie sagte, sie habe ihn nicht vermißt.«

»Dann wird es wohl so gewesen sein«, lächelt die alte Dame. »Hat er ihr denn das Lesen beigebracht?«

»Nein.«

»Das habe ich mir beinahe gedacht. Offenbar war er auch nicht besser als die Kerle aus dem Dorf.«

»Da ist noch etwas Seltsames: Angeblich wußte – oder ahnte – Sophie schon gleich am nächstem Morgen, daß ihr Mann tot war.«

»Was ist daran seltsam? Der Gedanke liegt doch nahe.«

Ehe er sich dessen bewußt wird, ist Axel mittendrin in der Schilderung der rätselhaften Geschehnisse der letzten Wochen. »...und als ich sie fragte, warum sie gleich so sicher gewesen sei, daß ihr Mann tot ist, da sagte sie: ›Ich habe ihm den Tod gewünscht, und jetzt ist er tot.‹«

Anneliese Gotthard steht auf, wirft ein Holzscheit in die Glut des Herdes, setzt sich wieder an den Tisch und wiegt den Kopf hin und her. »Interessant«, meint sie schließlich. »Wie ich Sophie kenne, würde sie so etwas nicht behaupten, wenn es nicht wahr wäre.«

»Bitte sagen Sie mir jetzt nicht, daß Sie an diesen ... diesen ... Humbug glauben.«

Sie quittiert seine Worte mit einem lehrerinnenhaft nachsichtigen Lächeln. »Sehen Sie, Axel ... ich darf Sie doch so nennen, oder?«

Er nickt.

»Sie finden nicht einmal passende Worte dafür, so fremd ist Ihnen Sophies Art zu denken. Sophie verläßt sich lieber auf ihre Gefühle und Intuitionen als auf das, was wir Tatsachen nennen. Und wie Sie mir eben schilderten, hat sie damit schon einige Male recht behalten. Um Ihre Frage zu beantworten: Natürlich glaube ich nicht an ihre zerstörerischen Kräfte. Das ist wirklich … wie sagten Sie noch?«

»Humbug.«

»Genau. Aber wäre es nicht möglich, daß Sophie manche Ereignisse, sagen wir, vorausahnt?«

Hat nicht auch Karin etwas Ähnliches gesagt? Sie nannte es einen »sechsten Sinn«. Ehe er etwas entgegnen kann, fährt sie fort: »Alles, was nicht in Formeln gepreßt und naturwissenschaftlich bewiesen werden kann, dessen Existenz leugnen wir. Im Grunde ist das ein Armutszeugnis für uns zivilisierte Menschen. Es gab und gibt noch Kulturen, die nicht so ignorant sind wie wir. In unserer modernen Welt herrscht nur noch der kalte männliche Verstand. Aber wer oder was gibt uns eigentlich die Gewißheit, daß der immer recht hat?«

Der kalte männliche Verstand. Axel ist sich nicht sicher, ob der bei ihm noch einwandfrei funktioniert.

»Haben Sie Sophie schon mal gefragt, *woher* sie es wußte?«

»Nein. So genau noch nicht.«

»Tun Sie das. Aber seien Sie unvoreingenommen, wenn Sie verstehen, was ich meine.«

»Das werde ich«, versichert Axel.

»Haben Sie mit Sophies Bruder gesprochen?«

»Ja, ich komme gerade von ihm.«

»Er hat Ihnen nicht viel erzählt, oder?« fragt sie.

»Nein. Er scheint seinen Schwager nicht sehr zu mögen.«

»Sophies Heirat hat ihn fast umgebracht«, antwortet sie, ohne nachzudenken.

»Woher wissen Sie das?«

»Das sieht man einem Menschen an.«

»Dieser Unfall damals, bei dem Sophies Vater seine Beine verlor … der Vater verdächtigt seine eigenen Kinder, ihn herbeigeführt zu haben. Wissen Sie etwas darüber?«

»Grund dazu hätten die beiden sicherlich gehabt.«

»Weil er sie so oft geschlagen hat?«

Sie läßt ein paar Sekunden verstreichen, ehe sie antwortet.

»Ja.«

Axel hat das Gefühl, daß dies nicht die ganze Wahrheit ist.

»Warum noch?«

Sie knetet in einem plötzlichen Anflug von Nervosität ihre Hände. Dann sagt sie mit erkennbarem Widerstreben: »Ich hatte manchmal den Eindruck, daß …«

Warum spricht sie nicht weiter? Sie hat doch bis jetzt kein Blatt vor den Mund genommen.

»Daß was …?«

Ihre grauen Augen sind ins Leere gerichtet. »Christian und Sophie …«

»Ich verstehe«, murmelt Axel.

Es ist kurz nach acht. Dorothea Weinzierl beobachtet, wie Sophie sich in ihrem Nähzimmer einrichtet. Sie nimmt den Deckel von der Maschine und stellt ihn auf den Fußboden, sie rückt sich den Stuhl zurecht, wählt eine Nähseide aus einer Kiste und fädelt das Garn in die Maschine. Ihre Bewegungen sind ruhig, fast schon von aufreizender Langsamkeit. Als hätte sie alle Zeit der Welt.

Die hat sie ja nun, denkt Frau Weinzierl bitter. Mein Gott, der arme Rudolf Kamprath.

Aber der Tod ihres Nachbarn ist noch lange nicht das Schlimmste. Viel schlimmer ist die Stille, die sich vom Dachgeschoß ausgehend wie ein unsichtbarer Nebel auf das Haus herabsenkt.

Sie preßt beide Hände gegen ihre pochenden Schläfen, als könnte sie so die bedrohlichen Gedanken vertreiben, die sie immer wieder überfallen, seit sie gestern nacht vergeblich auf das typische Rasseln von Marks altem Wagen horchte, auf das Geräusch des Türschlosses, das Knarren der Holztreppe, seine Schritte über ihrem Schlafzimmer.

Dann, heute morgen, die kalte Leere seines Zimmers. Sei nicht hysterisch, hat sie sich ermahnt. Was ist schon dabei, wenn ein junger Mann mal eine Nacht außer Haus verbringt? Ist doch völlig normal. Besser, als wenn er irgendwelche Mädchen hier anschleppt. Vielleicht hatte sein Auto eine Panne? Womöglich ist das alte Ding nicht mehr angesprungen, bei der Kälte. Es gibt bestimmt eine Erklärung für sein Wegbleiben. Aber warum, zum Teufel, hat er dann nicht wenigstens mal angerufen? Sie hat den ganzen Tag im Haus verbracht, obwohl sie dringend hätte einkaufen müssen. Kaum daß sie gewagt hat, zur Mülltonne zu gehen, aus Angst, dort das Telefon zu überhören. Einen Zettel hat er auch nicht hinterlassen, sie hat schon überall gesucht. Das ist nicht seine Art, nein, ganz und gar nicht.

Und jetzt beginnt schon die zweite Nacht und verleiht ihrer Phantasie Flügel.

Wo ist Mark? Was hat die da drüben mit ihm gemacht? Hätte ich doch niemals auch nur ein Wort mit ihr gewechselt. Mit dem verdammten Kleid damals fing doch irgendwie alles an. Ohne das Kleid hätte ich die Kamprath nie zum Kaffee eingeladen, und ohne dieses Kaffeekränzchen hätten sich Mark und sie womöglich nie näher kennengelernt. Natürlich ist Frau Weinzierl längst klar, daß zwischen ihrem Untermieter und Sophie Kamprath irgend etwas läuft. Dazu bedurfte es nicht einmal der anzüglichen Bemerkungen von Frau Behnke. Was die sich auch einbildet, mit »ihrem« Anwalt! Ob Mark etwas mit Rudolfs Tod zu tun hat? Sie weist diesen Gedanken weit von sich. Dieser junge Mann ist zu keinem Verbrechen fähig!

Ich habe noch einen Fehler gemacht, sieht Frau Weinzierl jetzt ein: Ich hätte der Kommissarin mit dem italienischen Namen, die heute nachmittag hier war, alles sagen sollen, die ganze Wahrheit.

Aber was ist die Wahrheit?

Vorhin hat sie nochmals einen flüchtigen Blick in Marks Zimmer geworfen, aber außer ein paar schlampig herumliegenden Kleidungsstücken ist ihr nichts aufgefallen.

Morgen, beschließt sie, falls er sich bis morgen nicht meldet, werde ich sein Zimmer genau untersuchen – aus ehrlicher Besorgnis, nicht aus Neugier –, und dann rufe ich bei seinen Eltern an oder gehe notfalls sogar zur Polizei. Denen werde ich alles erzählen. Restlos alles. Dieser Plan hat etwas Beruhigendes. Für einige Minuten verdrängt er die schreckliche Ahnung.

Noch immer starrt Frau Weinzierl in Sophies Fenster. Sophie ist aufgestanden. Sie wendet Stoffteile auf dem Zuschneidetisch, legt das Maßband an, markiert Stellen mit Schneiderkreide und zupft Stecknadeln aus dem herzförmigen Nadelkissen. Dann setzt sie sich wieder an die Maschine. Geführt von ihren Händen gleitet der Stoff unter der vibrierenden Nadel durch, fließt in ihren Schoß und bleibt dort liegen, wie eine schwarze Katze.

Irgend etwas in Sophies Zimmer ist anders als sonst. Aber was? Der große Schrank, das Sofa, der Zuschneidetisch, das Bügelbrett, die Kommode, alles steht an seinem Platz. Es ist die Puppe. Die Puppe ist größer als sonst. Der Dreifuß wird von einem langen Rock verdeckt, und sie trägt ein Tuch über … über was eigentlich?

Normalerweise hat diese Puppe doch gar keinen Kopf.

Axel sitzt vor seinem zweiten Pils und fragt sich, was er in letzter Zeit an lauter Salsamusik findet. Selbst wenn sie hier auftauchen sollte, dann ist zum einen bestimmt das unterkühlte Schneewittchen dabei und zum anderen: Was erhoffst du dir davon, Axel Kölsch?

»Hallo. Sind Sie alleine hier?«

»Ach, Sie.«

»Enttäuscht?«

»Nein, natürlich nicht.«

»Klang aber so. Darf ich?«

»Sicher.«

Claudia Tomasetti erklimmt den Barhocker neben ihm und bestellt ein dunkles Weißbier.

»Sind Sie auf Mörderfang in der Kneipe oder nur zum Spaß?« fragt Axel.

»Mörderfang macht doch Spaß, finden Sie nicht? Ich bin oft hier, weil ich gleich um die Ecke wohne.« Sie zieht ihre dunkelbraune Lederjacke aus. »Allein«, fügt sie hinzu.

Axel ist aufgestanden und bringt die Jacke zur Garderobe. Sie ist schwer, das Leder dick.

»Sieh da, ein Kavalier. So etwas bin ich gar nicht gewöhnt. Sonst habe ich den ganzen Tag mit Büffeln zu tun.«

»Ist Ihr Chef so schlimm? Mir kam er ganz umgänglich vor.«

»Sie kennen den Leiter der Kripo Darmstadt persönlich?«

»Wen? Nein, ich meine Kommissar Förster.«

»Da muß ich Ihr Weltbild leider auf den Kopf stellen. Förster ist nicht mein Chef, sondern umgekehrt. Gestatten: Kriminaloberkommissarin Claudia Tomasetti.«

»Ach du Schande!«

»Wie bitte?«

»Ich meine, entschuldigen Sie. Das wußte ich nicht. Was bin ich für ein … ein …« Er gerät ins Stottern und merkt, wie seine Wangen bis hinter die Ohren rot werden.

»Büffel? Ignorant? Macho? Suchen Sie sich was aus.«

»Verzeihen Sie mir?«

Sie lacht. »Klar doch. Strapazieren Sie Ihren Al Pacino-Blick nicht länger. Ich bemühe mich eben manchmal zu sehr, die Chefin nicht raushängen zu lassen. Das ist womöglich ein Fehler. Typisch Frau.«

»Darf ich Sie fragen, was der Fall Rudolf Kamprath macht, oder wollen Sie jetzt lieber nicht darüber sprechen?«

Axel ist darauf gefaßt, daß sie sich ziert, immerhin gehört er zur Gegenseite, aber sie antwortet prompt: »Morgen erwarten wir die Ergebnisse der Leichenschau. Heute hat sich Förster in der Schule umgehört. Laut Aussagen von Lehrern und Schülern war der Kamprath ein glatter Durchschnittstyp. Keine Macken, nichts Ungewöhnliches. Außer, daß er mit niemandem Freundschaft geschlossen hat. Es gibt nicht einen Kollegen, der ihn wirklich näher kennt. Zu den weiblichen Lehrkräften hatte er gar keinen Draht, die meisten halten ihn für verklemmt. Auch der Begriff ›Arschkriecher‹ ist mal im Zusammenhang mit dem Rektor gefallen.« Sie fängt an zu kichern. »Meinen Sie, daß das Wort ›Rektor‹ daher kommt?«

»Möglich«, grinst Axel.

»Außer der Jagd und einmal die Woche Tennis hat er anscheinend keine Interessen gepflegt.«

»Haben Sie schon die Nachbarschaft befragt?« erkundigt sich Axel betont beiläufig.

»Ja, die meisten.« Sie zieht ihren Notizblock aus der Gesäßtasche und blättert darin: »Ich hatte das Vergnügen mit den Damen Behnke, Fabian und Weinzierl sowie mit Dr. Mayer und den beiden Sprechstundenhilfen. Alle sagen mehr oder weniger dasselbe. Ein ganz normales Ehepaar, das ziemlich für sich lebte.«

»Sonst nichts?« fragt Axel und hofft, daß sie seine Überraschung nicht bemerkt.

»Ich weiß nicht recht.« Sie bläst den Rauch ihrer Selbstgedrehten über die Theke. »Die drei Vorstadtgrazien wirkten auf mich, als hätten sie die Aussagen einstudiert. Sie benutzten teilweise sogar dieselben Vokabeln: ruhig, unauffällig, zurückgezogen.«

Eigentlich ist diese vornehme Zurückhaltung der Damen gar nicht so ungewöhnlich, überlegt Axel. Die Fabian und die Behnke haben ein schlechtes Gewissen, und die Weinzierl hat Angst vor Sophie. Claudia Tomasettis nächste Frage reißt ihn aus seinen Gedanken. »Sie sind doch auch ein Nachbar der Kampraths, richtig?«

»Richtig.«

»Und? Wie war er?«

»Ich kannte ihn leider nicht. Ich wohne noch nicht lange da und bin tagsüber nie zu Hause.«

»Und was treiben Sie so am Wochenende?«

Axel räuspert sich verlegen. »Arbeiten.«

Sie gibt dazu keinen Kommentar ab. Ihr forschender Blick lastet auf ihm, als sie fragt: »Was ist mit Sophie Kamprath wirklich los?«

Axel zuckt die Schultern. »Was soll mit ihr sein?«

»Jetzt lassen Sie schon die Hosen runter.«

»Bitte?«

»Verzeihen Sie den Ausdruck. Das kommt, wenn man zuviel mit Büffeln verkehrt. Ich hätte Ihnen eben auch nichts über unsere Ermittlungen erzählen dürfen. Jetzt sind Sie dran. Irgendwas stimmt doch mit dieser Frau nicht.«

Axel seufzt. Nichts bekommt man umsonst, denkt er, schon gar nicht von Frauen. Wie gut, daß er ihr einen Ersatzköder hinwerfen kann.

»Sie ist Analphabetin.«

»Tatsächlich?«

»Ja. Deshalb lebt sie sehr isoliert. Sie befürchtet, daß die Nachbarschaft davon erfahren könnte.«

Aber so billig läßt sich Claudia Tomasetti nicht abspeisen.

»Das erklärt vielleicht ihre etwas weltfremde Art, aber nicht ihr ungewöhnliches Verhalten. Ich glaube gar nicht, daß sie ihren Mann umgebracht hat. Aber warum, verdammt noch mal, hat sie sein Verschwinden nicht gemeldet?«

»Ich weiß es wirklich nicht. Was glauben Sie denn?« gibt Axel die Frage zurück.

Claudia Tomasetti drückt die Zigarette aus und nimmt einen großen Schluck Weißbier zu sich. Sie leckt sich den Schaum von den Lippen, was Axel hinreißend obszön findet, und sagt: »Keine Ahnung. Wenn sie ihn ermordet hat, macht es keinen Sinn, und wenn sie unschuldig ist, erst recht nicht.«

Axel nimmt diese Worte erleichtert zur Kenntnis. Es scheint also doch noch Menschen, sogar Frauen, zu geben, deren Denken in ähnlich geradlinigen Dimensionen verläuft wie seines. »Der kalte männliche Verstand«, murmelt er vor sich hin.

»Was war das?«

»Ach, nichts. Wie lief denn das Verhör mit Christian Delp?«

Ihre dunklen Augen sehen ihn erstaunt an. »Ihnen entgeht nichts, was?« Als er darauf nicht antwortet, sagt sie: »Ein komischer Kauz. Säuft wohl auch ein bißchen zu viel. Kennen Sie ihn?«

»Nicht besonders gut. Ich habe einmal kurz mit ihm geredet. Er haßte seinen Schwager.«

»Und er hat was gegen Polizisten. Deshalb sagt er nur, was unbedingt sein muß. Aber manche Dinge sprechen deutlich für sich. Jedenfalls scheint mir das ein recht inniges Bruder-Schwester-Verhältnis zu sein.«

Axel sagt dazu nichts, und auch Claudia schweigt, während sie sich eine neue Zigarette dreht. Axel verfolgt nachdenklich die geschickten, ökonomischen Bewegungen ihrer kleinen, kräftigen Hände mit den kurzgeschnittenen Nägeln. Er stellt sich vor, wie diese Hände eine Pistole abfeuern.

Als sie fertig ist und Axel ihr Feuer gegeben hat, sagt sie: »So wie der Fall Kamprath momentan aussieht, deutet alles auf einen Unglücksfall hin. Vielleicht war er zu leichtsinnig und hat die Kälte unterschätzt. Andererseits – stinkt der Fall zum Himmel!«

»Sagt Ihnen das Ihr kriminalistischer Instinkt? Spüren Sie ein verdächtiges Zucken im linken Knie oder ein Kribbeln in der Magengegend?«

Sie ist taub für seinen Spott. »Das sagt mir mein *weiblicher* Instinkt«, erklärt sie mit Bestimmtheit. »Der sagt mir ganz deutlich: irgend etwas stimmt nicht mit dieser Frau.«

Oje. Die also auch.

»Tja«, seufzt Axel bedauernd, »in unserer Welt des kalten männlichen Verstandes müssen wir uns leider an die Fakten halten. Weibliche Intuitionen oder Instinkte zählen da wenig.«

»Aber sie sind manchmal hilfreich«, sagt sie und lächelt katzenfreundlich, ehe sie zum Gegenschlag ausholt: »Für morgen habe ich den Jagdpächter und Ihre Chefin zu uns ins Präsidium eingeladen.«

»Karin Mohr?«

»Karin Mohr, geschiedene Kamprath, genau die.«

»Was erhoffen Sie sich davon?«

»Vielleicht kann sie ihren Ex besser charakterisieren als seine Witwe, die ja überaus schweigsam ist.«

Diese Frau hat etwas von einem Jagdterrier, findet Axel und greift nach seinem Glas. Bissig und zäh.

»Immerhin wollte sie ihn schon einmal töten.«

Axel läßt sein Glas zurück auf die Theke sinken.

»Was sagen Sie da?«

»Rudolf Kamprath hat die Scheidung eingereicht, nachdem ihm seine Angetraute ein Messer in den Bauch gerammt hat.«

»Ist sie … wurde sie verurteilt?«

Claudia nickt. »Sie hat sich damals einen ausgefuchsten Strafverteidiger genommen, und der hat es auf ›fahrlässige Körperverletzung‹ heruntergebogen. Achtzehn Monate auf Bewährung. Was ist? Habe ich gerade Ihre Herzkönigin vom Thron gestoßen?«

Axel reißt sich zusammen und trinkt sein Bier aus. So kann er wenigstens für kurze Zeit ihrem sezierenden Blick ausweichen.

»Quatsch«, antwortet er dann und fragt: »Was war denn der Grund?«

»Er hat angeblich versucht, sie zu würgen und mit seinem Gürtel zu schlagen. Ich habe da so meine Zweifel. Über diesen Angriff steht im Protokoll der ersten polizeilichen Vernehmung kein Wort. Auch nichts über Verletzungen, kein Hinweis auf eine tätliche Auseinandersetzung. Das hat ihr der Anwalt erst später eingebleut.«

Axel muß an Karins Worte von gestern abend denken: ›Er war nicht der Typ, der zuschlägt. Dazu war er viel zu kultiviert.‹

»Wenn Sie mich fragen, war das ein versuchter Totschlag, mindestens. Aber die Gegenseite konnte ihr die Lüge nicht beweisen. Vielleicht wollten sie das auch gar nicht, wegen des Aufsehens. Rudolf Kamprath spekulierte damals auf den Posten des Stellvertretenden Direktors an seiner Schule.«

»Hat er ihn bekommen?«

»Nein, natürlich nicht. Er hat die Scheidung eingereicht und um Versetzung nach Darmstadt gebeten. Nach Hause, zur Mama, sozusagen. Ein paar Monate vor Rudolfs Eheschließung mit Sophie Delp ist die alte Dame gestorben.«

»Sie sind ja ausgezeichnet informiert«, bemerkt Axel anerkennend.

»Tja, es gibt so Tage, da arbeiten sogar wir Beamte ein bißchen was. Übrigens hat sich Rudolf Kamprath kürzlich wieder auf die Stelle des Konrektors beworben und ist abgelehnt worden.«

»Na, wenn das kein prächtiges Selbstmordmotiv ist«, witzelt Axel.

»*Piano, piano*, Herr Anwalt.« Ihr Gesicht zeigt dieses Lächeln, dem stets eine Bosheit folgt: »Wenn Ihre Chefin wegen Mordes verurteilt wird, übernehmen einfach Sie die Praxis. Ist doch *die* Chance für Sie!«

»Das ist doch absurd« schnaubt Axel.

»Nun kriegen Sie sich wieder ein! Das sollte bloß ein Scherz sein.«

»Einen Humor haben Sie …«

»Auf jeden Fall will ich die Dame morgen sprechen.«

»Sie verdächtigen doch nicht ernsthaft Karin Mohr, ihren Exmann umgebracht zu haben? Zwölf Jahre nach der Trennung? Mal abgesehen davon, daß ich mir nicht im entferntesten vorstellen kann, *wie* sie das angestellt haben soll – können Sie mir einen Grund nennen, warum sie das tun sollte?«

»Rache.«

»Wofür?«

»Acht Jahre schlechter Sex.« Claudia weiß nicht, warum, aber es bereitet ihr eine kindische Freude, ihn ein bißchen zu schockieren. Sie würde ihn zu gerne noch einmal so rot anlaufen sehen wie vorhin.

»Ich habe das immer für ein typisch italienisches Phänomen gehalten.«

»Was? Schlechten Sex?« ruft sie empört. Etliche Köpfe wenden sich in ihre Richtung, und nun ist es Claudia, die Farbe annimmt.

»Die *Vendetta* natürlich«, lächelt Axel milde.

»Eins zu eins, Herr Anwalt«, gesteht sie und schwenkt jetzt lieber rasch um: »Ich verdächtige Frau Mohr ja nicht, ich will bloß ein paar Informationen. Momentan sammeln wir alles, was wir kriegen können, egal, von wem. Machen Sie sich keine Sorgen. Wie ich euch Anwälte kenne, wird sie sich aus allem hervorragend rausreden.«

»Sie wird sich nirgendwo rausreden müssen. Sie hat mir selbst gesagt, daß ihr der Kamprath schnurzegal ist.«

»Glauben Sie immer alles, was Sie von Frauen erzählt kriegen?«

Darauf antwortet Axel lieber nichts.

»Vielleicht ist Ihrer Chefin nicht egal, daß der Kamprath vor zwei Jahren, als sie sich hier als Anwältin niederließ, eine Beschwerde bei der Anwaltskammer eingereicht hat.«

»Wegen der Sache von damals?«

»Ja. Die Beschwerde wurde zwar abgewiesen, aber die Geschichte ging natürlich bei allen Juristen und in der ganzen Stadt herum. Mich wundert, daß Sie noch nichts davon gehört haben.«

»Ich bin zu beschäftigt, um mir Gerichtsklatsch anzuhören.«

»Ich finde, sie hätte es Ihnen sagen müssen.«

Das findet Axel zwar auch, aber er sagt nichts dazu.

»Frau Mohrs Ruf bei der soliden, finanzkräftigen Klientel hat durch diese Klage sicherlich gelitten.«

Da ist was dran, denkt Axel. Claudia Tomasetti hat den Eindruck bestätigt, den er während der letzten Wochen von der Kanzlei gewonnen hat: viel zu viel Kleckerkram, der wenig Geld bringt, Scheidungen armer Schlucker, geklaute Mofas, Sorgerechtsgeschichten, Arbeitsprozesse kleiner Angestellter, Nachbarschaftskräche, Verkehrsdelikte. Wo sind die dicken Vermögensverwaltungen, wo verkehrt die Stadtprominenz, wo die ansässige Geschäftswelt? Bei uns jedenfalls so gut wie nicht. Oder nicht mehr.

»Die Kanzlei läuft hervorragend. Sonst hätte sie mich nicht einstellen müssen«, protestiert Axel schwach.

Claudia Tomasetti leert ihr Glas, diesmal ohne Schaumleckerei, und rutscht von ihrem Hocker. »Wird wohl so sein. Ich muß jetzt nach Hause, mich mal wieder gründlich ausschlafen. Ach, möchten Sie vielleicht die Kopie der Gerichtsakte von damals haben?«

»Ja. Danke.« Ähnlich muß sich Judas nach dem Kuß gefühlt haben.

»Kleiner Freundschaftsdienst. Bis morgen.«

»Ach ja?«

»Entschuldigen Sie. Habe ich vergessen, Ihnen zu sagen, daß ich Ihre Mandantin nochmals vorladen werde?«

Biest! »Ja, das haben Sie allerdings vergessen. Aber nur zu. Wir sind gerüstet.«

»Nicht doch. Das klingt so kriegerisch. Dabei freue ich mich schon auf Sie.«

»Das können wir einfacher haben«, antwortet Axel und scheitert bei dem Versuch, sie charmant anzulächeln.

»Gerne. Wenn dieser Fall gelaufen ist und Sie Ihre Chefin nicht mehr ganz so sehr anhimmeln, dann rufen Sie mich an. *Ciao*, Axel.«

Ihre Jacke holt sie sich selber. Axel ist zu verblüfft, um an derlei Höflichkeiten zu denken. Von Tag zu Tag werden ihm die Frauen, die ihn umgeben, unheimlicher.

Himmel, Arsch und Zwirn, flucht Valentin Förster kurze Zeit später in sich hinein, während er den nicht enden wollenden Schilderungen dieser Frau lauscht, die den ganzen Nachbarschaftsklatsch vor ihm ausrollt, walkt und wendet wie einen Kuchenteig. Was, zum Teufel, haben ein salbeigrünes Kleid, dreizehn geknickte Rosen und die Inkontinenz einer alten, inzwischen friedlich verstorbenen Frau mit dem Fall Kamprath zu tun? Mit dem grünen Kleid hat die Erzählung dieser Frau Weinzierl vor einer Ewigkeit begonnen, und inzwischen ist sie bei einem roten angelangt, welches sie gestern im Zimmer ihres angeblich verschwundenen Untermieters gefunden hat und das Sophie Kamprath gehören soll. Dazwischen liegen ein schwarzes Kleid, vier Leichen, unter anderem die vom Juwelier Schwalbe, und eine abhanden gekommene Person. Förster schwirrt der Kopf. Ein paar Details mögen vielleicht gar nicht so uninteressant sein, aber es ist schwer, diese unter der Lawine von Gerüchten, Verdächtigungen und Hirngespinsten herauszufiltern. Als Frau Weinzierl am Ende ihren Bericht mit den Worten: »Sie müssen was tun, diese Frau ist eine Massenmörderin«, bündig abrundet und erwartungsvoll schweigt, weiß er nicht, was er sagen soll.

»Das ist sehr interessant«, bemerkt er vorsichtshalber. Frau Weinzierl lächelt. Sie ist erschöpft, erleichtert und hoffnungsfroh, wie nach einer Lebensbeichte.

»Also, was werden Sie nun wegen meinem Untermieter unternehmen?«

»Im Moment kann ich da nichts für Sie tun. Falls er in den nächsten Tagen nicht auftaucht, sollten Sie sich an seine Familie wenden, damit die eine Vermißtenanzeige aufgibt.«

Das Lächeln weicht, ihre Augen werden groß. »Herr Kommissar, ich habe Angst. Diese Frau läßt jeden Abend ihr Licht brennen, damit ich sehen kann, wie sie näht! Sie weiß, daß nur ich Bescheid weiß über ihre finsteren Machenschaften. Sie müssen mich vor ihr schützen, Sie müssen sie einsperren, sonst gibt es noch mehr Tote!«

»Seien Sie ganz beruhigt«, antwortet Förster, »Sophie Kamprath wird noch heute zum Tod ihres Mannes vernommen werden.«

»Aber Sie sagen ihr nicht, daß Sie das alles von mir wissen, nicht wahr?«

Diese Bitte äußert sie jetzt bereits zum dritten Mal.

»Natürlich nicht.«

»Sonst bin ich die nächste.«

Er nickt ihr auffordernd zu und steht auf. »Von uns erfährt sie nichts.«

»Kann ich die Vermißtenanzeige auch sofort aufgeben?«

Die Rettung und sein zweites Frühstück vor Augen, nennt ihr Förster Stockwerk und Zimmer der zuständigen Kollegen. Sollen die ruhig auch ein bißchen Unterhaltung haben.

Frau Weinzierl löst sich von ihrem Stuhl, wobei ihr ihre Fleischesbürde offenbar zu schaffen macht.

Förster öffnet ihr die Tür des Büros und schließt sie aufstöhnend hinter ihr. Kaum hat er sich wieder an den Schreibtisch gesetzt und gierig den Deckel von seinem Diätjoghurt gerissen, kommt Claudia Tomasetti ins Zimmer. »Das war doch die Nachbarin von der Kamprath, die ich gestern vernommen habe. Was wollte die denn?«

»Eigentlich zu dir. Aber du Glückliche hattest ja den Jägersmann in deinen zarten Fängen.«

»Ja, ich bin heute ein Liebling der Götter.«

Valentin Förster versucht, die wirre Geschichte zu wiederholen, wobei er fast so lange braucht wie vorhin Frau Weinzierl. Claudia hört ihm zu, rauchend, ihr Gesichtsausdruck ist teils amüsiert, teils interessiert.

»Jetzt soll Sophie Kamprath auch noch Frau Weinzierls Untermieter auf dem Gewissen haben, und die Weinzierl fühlt sich dadurch bedroht, daß Sophie Kamprath abends näht, ohne die Vorhänge zuzuziehen!«

»O Mann!« ist alles, was seine Vorgesetzte zunächst sagt, aber nach einer Weile fragt sie: »Ermitteln die Kollegen noch im Fall Schwalbe?«

»Offiziell ja, inoffiziell nein.«

»Vielleicht sollten wir da noch mal nachhaken?«

»Wir nicht. Das kannst du machen. Ich verbrenne mir nicht die Finger.«

»Typisch.«

»Was war mit dem Jagdpächter?« lenkt er schnell ab.

»Nicht sehr ergiebig«, meint sie. »Außer, daß ich mein Jägerlatein aufgebessert habe. Weißt du, was ein ›Luderplatz‹ ist?«

»Laß mich raten: ein Ort, an dem man Weibsbilder wie dich in früheren Zeiten öffentlich gezüchtigt hat?«

»Förster! Wirklich! Ich bin immer wieder angetan von deiner Phantasie! Vielleicht sollten wir doch noch was mit-

einander anfangen. Ein Luderplatz ist ein enges Loch in
der Erde, wo verwestes Zeug reingestopft wird: alter Fisch,
Schlachtabfälle … lauter so leckere Sachen. Um Füchse
anzulocken und beim Fressen abzuschießen.«

»Wie edel doch das Weidwerk ist.«

»Ein solcher Platz ist in der Nähe des Hochsitzes.«

»Ich weiß. Steht im Bericht der Erbacher Kripo. Ist was
Besonderes damit?«

»So ein Luderplatz lockt Füchse an …« Sie greift in ihre
Schreibtischschublade und holt ein dick belegtes Salami-
baguette heraus. »Wenn es die letzten Wochen nicht ganz
so kalt gewesen wäre …« Eine Gurkenscheibe fällt auf den
Schreibtisch.

»Dann?« fragt Förster und reicht ihr einen frisch gespül-
ten Teller.

»Überleg mal. Der Kamprath war praktisch tiefgefroren.
Ich weiß nicht, wie kräftig die Gebisse von Füchsen sind.«

»Du meinst, wenn es nicht so saukalt gewesen wäre,
dann hätten sie ihn nicht bloß angeknabbert …«

»… sondern es würden bloß noch ein paar Knochen in
irgendeinem Fuchsbau liegen, und der Rest des Ober-
studienrats hätte seinen Weg durch das Verdauungssystem
sämtlicher Füchse und Krähen des Reviers genommen.«

Förster legt den Löffel hin. »Das mag ich an Frauen. Sie
sind so zartfühlend.«

»Könnte jemandem daran gelegen sein, ihn ganz verschwinden zu lassen?« fragt Claudia mit vollen Backen.

»Für seine Frau ist es besser, er wird gefunden, und es
sieht nach Unfall aus. Wegen der Lebensversicherung und
der Pension.«

»Sehr gut, Valentin. Weißt du, ich stehe auf intelligente
Männer, ich finde bloß nie einen.«

»Wie wär's mit dem Anwalt von der Kamprath?«

Sie überhört die Frage. »Andererseits – wenn die Kamprath eine Leiche verschwinden lassen will, hat sie dafür

bessere Möglichkeiten. Sie braucht ihn bloß zu portionie-
ren und in den Tiefkühltruhen ihres Bruders einzulagern.«

»Und dann?«

»Als Präparationsabfall deklariert in die Tierkörperver-
wertung. Meinst du, die gucken sich die gefrorenen
Brocken, die der Delp dort fast jede Woche abliefert, so
genau an? Das kommt alles in einen Bottich und wird zu
Kernseife.«

»Und zu Lippenstift«, ergänzt er.

»Lippenstifte sind doch aus Erdöl, oder?« Claudia schlingt
den letzten Happen ihres zweiten Frühstücks hinunter.

»Guten Appetit«, wünscht ihr Kollege und stellt seinen
halbvollen Joghurtbecher beiseite.

»Danke. Kommt eigentlich der Bericht von der Leichenschau noch vor meiner Pensionierung?«

»Bis zwölf Uhr kriegen wir ihn, großes Ehrenwort.«

»Wie spät ist es?«

Förster ist es schon gewohnt, daß sie nie eine Uhr trägt.
»Halb elf.«

»Gleich kommt die Mohr und heute nachmittag die
Kamprath.«

»Mit ihrem Anwalt«, ergänzt Förster.

5

Frau Weinzierl schlappt durch ihr Wohnzimmer und läßt sich wie eine Marionette, der man die Fäden durchgeschnitten hat, auf einen der Stühle am runden Glastisch sinken. Axel nimmt das als Aufforderung, ihr zu folgen und sich ihr gegenüber zu setzen.

»Er ist verschwunden«, beantwortet sie die Frage, die Axel eingangs gestellt hat.

»Was heißt verschwunden?«

»Fort«, präzisiert sie. Ihre Handflächen weisen dabei zur Decke, als wäre ihr Untermieter gen Himmel aufgefahren. »Am Montag morgen war er noch hier im Haus. Ich habe ihn vom Krankenhaus aus angerufen. Gegen Mittag war ich zu Hause, aber er nicht. Wir wollten am Abend zusammen zum Griechen gehen, um meine Genesung zu feiern. Er hat mich schon einmal zum Essen ausgeführt, an meinem Geburtstag. Immer ist er so aufmerksam.«

Axel verkneift sich die Frage, wer die Rechnung bezahlt hat.

»Ihm ist was passiert.« Frau Weinzierl schnieft. »Er hätte sonst angerufen.«

»Ist sein Auto auch weg?«

»Ja.«

Also keine Himmelfahrt.

»Etwas Furchtbares ist ihm zugestoßen, ich weiß es. Ich wußte es schon beim Kamprath, da wollte mir auch niemand glauben.«

Axel übersieht diskret das verdächtige Glitzern in Frau Weinzierls Augen.

»Ich war heute schon bei der Polizei. Mordkommission«, setzt sie wichtig hinzu.

»Mit wem haben Sie gesprochen?« fragt Axel ahnungsvoll.

»Mit einem jungen Kommissar. Blond, ein bißchen dick. Förster hieß er. Ich habe ihm alles gesagt. Aber …« Eine resignierte Handbewegung demonstriert ihren Unmut über die mangelnde Tatkraft der Staatsgewalt. »Sie sagen, daß es ihn gar nicht gibt.«

»Was soll das heißen?«

»Mark Bronski ist nicht sein richtiger Name.« Sie stützt die Ellbogen auf, legt das Gesicht in die Hände, und als sie wieder aufschaut, kullern zwei dicke Tränen ihre Wangen hinunter. Frau Weinzierl gewährt ihnen freien Lauf. Mit ihrem Haar, das heute dank einer großzügigen Salve Haarspray helmartig auf ihrem Kopf thront, sieht sie aus wie ein trauriger Ritter.

»Haben Sie sich denn nie seinen Ausweis zeigen lassen?«

»Wozu denn? Er besaß eine so leuchtende Aura.«

»Frau Weinzierl, haben Sie schon mal nachgeprüft, ob Ihnen auch nichts fehlt? Scheckkarten, Schmuck, Bargeld?«

»Unsinn!« Rasch wischt sie die Tränen mit dem Ärmel ihrer Bluse weg. Axel ist in Ungnade gefallen und verdient es nicht mehr, Zeuge ihrer tiefen Gemütsregung zu sein. »Nichts fehlt. Warum glaubt mir bloß niemand?«

Axel läßt diese Frage unbeantwortet. Er wird den Verdacht nicht los, daß sich hinter der Lichtgestalt ein ganz gewöhnlicher Ganove versteckt.

»Welchen Grund könnte er gehabt haben, sich unter falschem Namen bei Ihnen einzuquartieren?«

Sie zuckt die Schultern. Auf einmal wird ihr Blick wieder klar. »Warum wollten Sie ihn überhaupt sprechen?« fragt sie lauernd.

Axel beschließt die Wahrheit zu sagen. »Ich wollte herausfinden, welcher Art seine Beziehung zu meiner Mandantin, also zu Frau Kamprath, ist.«

»Beziehung?« Frau Weinzierl rümpft die Nase. »Diese Sophie hat sich in den Jungen verguckt! Kein Wunder, er ist ja sehr hübsch und außerdem charmant. Wo findet man heute noch einen jungen Mann mit Manieren? So einer läßt sich doch nicht mit einer verheirateten Frau ein, die viel älter ist als er und noch nicht einmal sonderlich attraktiv.« Sie stößt ein kurzes, eisiges Lachen aus. »Der hatte ganz andere Chancen! Einmal ist ein bildhübsches Mädchen aus dem Haus gekommen. Ich habe sie leider nur ganz flüchtig gesehen, sie ist zu rasch um die Ecke gebogen, als sie mich sah. Das war schon eher seine Kragenweite. Aber ich kann mir denken, wie das mit der Kamprath war: Er war höflich und nett zu ihr, und sie hat das mißverstanden. Als sie gemerkt hat, daß er nichts von ihr will, da hat sie ihn umgebracht. Genau wie die anderen.«

Axel holt tief Luft. Zweifellos gehört diese Frau auf die Couch.

»Verzeihen Sie«, sagt er vorsichtig, »aber das halte ich für unwahrscheinlich. Im übrigen – an dem Tag, an dem Ihr Mieter verschwand, war Frau Kamprath den ganzen Tag mit der Polizei und mit mir zusammen.«

»Am Abend war sie fort, das habe ich gesehen«, pariert Frau Weinzierl prompt. »Aber es ist völlig egal, wo sie wann gewesen ist. Diese Frau tötet mit ihren Gedanken.«

Axel verzichtet auf einen Einwand. Gleich, denkt er, wird sie Hamlet zitieren: »Es gibt mehr Dinge zwischen Himmel und Erde …«

Frau Weinzierl bekräftigt ihre letzten Worte mit einem Nicken. »Bei mir hat sie es auch versucht. Dieser letzte, schwere Asthmaanfall, das war kein Zufall.«

»Offensichtlich ist der Versuch mißlungen«, entgegnet Axel, aber auch dafür hat Frau Weinzierl eine Erklärung:

»Nur, weil ich dagegen gewappnet war. Man kann sich vor negativen Energien schützen, wenn man sensibel dafür ist. Ich weiß schon lange, was da drüben vorgeht.«

Ein bedauernswertes Opfer der einschlägigen Literatur, diagnostiziert Axel. Ob dieser Aushilfsjob im esoterischen Buchladen für sie wirklich das richtige ist? Er versucht es noch einmal mit Sachlichkeit: »Bestimmt hatte Ihr Mieter ganz handfeste Gründe, sang- und klanglos zu verschwinden. Er hat gewiß nicht nur aus Spaß unter falschem Namen hier gewohnt und dadurch Ihr Vertrauen mißbraucht. Bedenken Sie: Er ist nicht vom tödlichen Gedankenstrom getroffen worden, sondern er ist mit seinem Auto weggefahren. Was ist eigentlich mit seinen Sachen?«

»Ein Teil fehlt.«

»Sehen Sie«, lächelt Axel, ein bißchen von oben herab. Aber Frau Weinzierl überhört, was sie nicht hören will.

»Ich habe einen ganz schlimmen Verdacht. Sie hat Mark nicht bloß getötet, ich glaube, sie hat ihn …« Sie schluckt und ringt nach Luft, als würde sie gerade stranguliert.

»Hat was?«

»Sie stellt seltsame Sachen an. Mit seiner Leiche.«

Während es Axel kurzzeitig die Sprache verschlägt, kommt Frau Weinzierl in Fahrt: »Denken Sie doch an ihren gräßlichen Beruf! Ich habe sie durchs Fenster beobachtet, abends. Sie läßt die Gardinen offen, wenn sie im Nähzimmer sitzt. Das macht sie extra! Sie spielt ein teuflisches Spiel mit mir. Und dann diese Puppe …«

»Welche Puppe?«

»Die Schneiderpuppe, sie ist … sie verändert sich.«

Ich werde mir das nicht länger anhören, beschließt Axel und hört sich dennoch fragen: »Was meinen Sie damit?«

Sie beugt sich zu Axel über den Tisch und stößt hervor: »Sie präpariert ihn.«

»Oh, nein«, stöhnt Axel. »Das haben Sie doch nicht etwa der Polizei erzählt?«

»Sicher habe ich das. Aber man wollte mir nicht glauben. Die halten mich alle für übergeschnappt. Aber ich weiß, was ich gesehen habe.« Ihr feuchter Blick bekommt etwas Fanatisches. »Herr Kölsch, ich rate Ihnen etwas: Bleiben Sie dieser Frau fern, meiden Sie ihren Wirkungskreis. Gehen Sie weg, solange es noch möglich ist.«

Vermutlich war es genau diese Sorte von Leuten, die bereits Sophies Großmutter in Verruf gebracht haben, denkt Axel ärgerlich und steht abrupt auf. »Genau das werde ich jetzt tun. Und Ihnen gebe ich auch einen Rat: Sie sollten sich zwischendurch vor Augen halten, daß Sie mit solchen aberwitzigen Verdächtigungen einer unschuldigen Person großen Schaden zufügen können. Halten Sie sich bitte etwas zurück. Sie wollen sich doch keine Verleumdungsklage einhandeln, oder? Auf Wiedersehen, Frau Weinzierl!«

Ehe sie ihn zur Tür bringen kann, ist er hinausgegangen.

Ihre Schritte knallen den Gang entlang, die Tür wird aufgestoßen, zugeworfen, der Drehstuhl erhält einen Tritt, der ihn wie einen Torpedo durchs Büro sausen läßt, wobei er den Papierkorb gleich mitnimmt. Das sieht nicht nach guter Laune aus, schlußfolgert Valentin Förster hinter seiner Deckung in Gestalt eines Leitzordners.

Sie bläst sich eine Haarsträhne aus dem Gesicht, das eine cholerische Verfärbung zeigt, während sie sich eine Tasse lauwarmen Kaffee eingießt. Wie immer kümmert sie sich dabei keinen Deut um die Schweinerei, die sie neben der Maschine hinterläßt. Wie muß es erst bei ihr zu Hause aussehen, fragt sich Förster, aber er sagt nichts. Wenn sie so wie jetzt gestimmt ist, zieht man am besten den Kopf ein und wartet ab, das hat er in dem halben Jahr der Zusammenarbeit mit ihr gelernt. Er sieht sie hektisch nach einem Feuerzeug suchen und reicht ihr devot ein Streichholzbriefchen mit der Aufschrift: »Gehen wir zu Dir oder zu mir?«

Als die ersten Rauchschwaden um sie herum ihren Schleiertanz aufführen und ihre Fäuste sich wieder öffnen, wagt er einen Seitenblick.

»Sag mir jetzt nicht, daß du mich gewarnt hast!«

»Das hatte ich nicht vor«, grinst er. »Jetzt erzähl schon, was war los?«

Sie bläst die Backen auf und setzt sich in Chefhaltung – breitbeinig, den Kopf auf die linke Faust gestützt, die rechte Hand vollführt Kraulbewegungen im Schritt – an ihren Schreibtisch.

»Fräulein Tomasetti!« beginnt sie, aber dann unterbricht sie sich: »Dabei habe ich schon hundertmal drauf bestanden, mit ›Frau‹ angesprochen zu werden! Schließlich werde ich im Mai sechsunddreißig.« Typisch Stier, denkt Förster. Unbeherrscht, jähzornig … Sie fährt fort: »Fräulein Tomasetti. Ich schätze und bewundere Ihren Ehrgeiz. Die Polizei braucht junge, engagierte Frauen wie Sie. Aber daß Sie die Arbeit von einem ganzen qualifizierten Kollegenteam, Leuten mit wesentlich mehr Erfahrung, als Sie sie besitzen, anzweifeln, das geht entschieden zu weit!« Sie schickt eine Rauchwolke zur Decke und kehrt zu normaler Sitzhaltung und Stimmlage zurück. »Dann mußte ich mir den üblichen Vortrag über Teamgeist, Zusammenarbeit, Loyalität und so weiter reinziehen, während er seine Eier sortierte. Mit anderen Worten, ich soll es ja nicht wagen, meine Nase in ihren Fall zu stecken.« Sie rammt die Zigarette in den Aschenbecher, den Förster eben ausgeleert und ausgewischt hat.

»Und zur Krönung hat er mir angeboten, uns im Fall Kamprath den Kollegen Riebel hilfreich zur Seite zu stellen.«

»Oh, nein«, stöhnt er. »Das hast du davon. Ebensogut können wir eine Wanze in diesem Büro installieren.«

»Beruhige dich. Diese Katastrophe konnte ich gerade noch abwenden. Aber die Sache mit Schwalbe ist tabu.

Das ist der Preis, um unsere innige Zweisamkeit zu retten.«

Ihr Galgenhumor zeigt ihm an, daß die ärgste Wut verraucht ist, was man bei Claudia durchaus wörtlich nehmen kann.

»Vielleicht hat der Alte ja recht«, wagt sich Förster einen Schritt vor. »Es waren wirklich nicht die schlechtesten Leute an dem Fall dran.«

»Nachfragen wird man wohl noch dürfen. Eitle Mannsbilder!«

»Wie würdest du es auffassen, wenn einer − nehmen wir mal den geschätzten Kollegen Riebel − dir hinterherschnüffelt, nachdem du einen Fall so gut wie abgeschlossen hast?«

»Wenn neue Fakten aufgetreten sind …«

»Wir haben aber keine neuen Fakten. Wir haben ein paar wirre Theorien von einer durchgeknallten Nachbarin, der ihr Lustknabe entfleucht ist, und die Tatsache, daß Schwalbe und Kamprath in derselben Straße gewohnt haben. Ich glaube, die Kamprath hat den Mann nicht mal gekannt.«

»Ich werde sie fragen, darauf kannst du Gift nehmen.«

»Claudia, du solltest es dir wegen dieser leidigen Geschichte nicht mit dem Alten verderben.«

Sie sieht ihn an. Sie weiß, daß er es ehrlich meint. Er gehört nicht zu denen, die geifernd darauf warten, eine Frau in höherer Position stolpern zu sehen.

»Hast recht«, brummt sie, überraschend einsichtig. »Vergessen wir Schwalbe und konzentrieren uns auf Kamprath.«

»Wie war das Gespräch mit seiner Exgattin?« hakt Förster sofort ein, als befürchte er einen Rückfall.

Sie winkt ab. »Hätte ich mir auch sparen können. Diffuses Anwaltsgeschwätz. Irgendwie ist heute nicht mein Tag. Ist der Bericht aus Frankfurt endlich da?«

»Ja.« Förster reicht ihr die Mappe, wobei er das Fachchinesisch kurz zusammenfaßt: »Tod durch Erfrieren, etwa vier Stunden nach der letzten Mahlzeit: ›gekochtes Rindfleisch, gekochte Kartoffeln, Meerrettich, Spuren von Milchfett …‹

»Tafelspitz mit Sahnemeerrettich.«

»Ob wir jemals in der Lage wären, einen Obduktionsbericht zu verstehen, wenn deine Eltern kein Restaurant hätten?« Sehnsüchtig erinnert er sich an die marinierten Steinpilze und das *Ossobuco*, das er gegessen hat, als Claudia vor sechs Monaten ihren Aufstieg zur Oberkommissarin feierte. Seither ist er der Küche dieses Restaurants mit Haut und Haar verfallen, was sich deutlich an seiner Gürtellinie ablesen läßt.

»Mach weiter«, fordert Claudia ungeduldig.

»… außerdem Kaffee. Es sind keine Spuren von Gift oder Barbiturat nachweisbar, aber ein Bruch des linken Schläfenbeins …«

»Was war das?« Claudia wächst in ihrem Stuhl ein paar Zentimeter.

»… allerdings ist nicht feststellbar, ob dieser beim Sturz vom Hochsitz entstanden ist, oder davor.«

»*Porco dio*!« Erneut wird es laut im Büro. »Das darf doch nicht wahr sein! So was nennt sich Pathologisches Institut? Das hätte auch mein Metzger rausgefunden! Nur schneller! Bohr noch mal nach.«

Förster seufzt tief. »Habe ich schon. Sie sagen, wegen der Kälte und dem üblen Zustand der Leiche konnten die umliegenden Blutgefäße nicht …«

»Gewäsch!« unterbricht Claudia wütend.

Förster zuckt die Schultern. »Das war's, im großen und ganzen. Sollen wir die Kamprath überhaupt noch mal kommen lassen?«

Sie nickt grimmig. »Auf jeden Fall. Ich finde einfach, es gibt ein paar Tote zu viel in ihrer Umgebung.«

Axel sitzt an Sophies Küchentisch, während Sophie Tee zubereitet. Sein Kopf ist noch immer angefüllt mit Frau Weinzierls Klagen und Verdächtigungen.

»Sophie, ich werde Ihnen jetzt Fragen stellen, die Ihnen die Polizei heute nachmittag möglicherweise auch stellen wird. Ich bitte Sie um Offenheit, denn sonst kann ich Ihnen nicht helfen.«

Sophie stellt die Kanne auf den Tisch und zündet das Teelicht an. »Was möchten Sie wissen?«

»Beginnen wir ganz von vorn. Schildern Sie mir die Sache mit dem Maler.«

Sophie folgt der Aufforderung und deckt dazu den Tisch. Axel hört ihren kargen Worten zu und betrachtet dabei seine Mandantin: Sie trägt ein Strickkleid, schwarz, aber es ist eindeutig keine Trauerkleidung. Das Gestrick schmiegt sich an die Taille und zeichnet ihre runden Hüften nach, was ihre Fraulichkeit betont. Der weite Ausschnitt sitzt locker und gibt bei jeder Bewegung abwechselnd die Wölbung ihres Schlüsselbeins oder den Ansatz der vollen Brust frei, wobei ihre extrem helle, feine Haut auf reizvolle Weise mit dem tiefen Schwarz in Kontrast tritt. Das Kleid hat etwas Sinnliches, oder vielmehr die Art, wie sie es trägt. Axel kommt es vor, als ob Sophie in den letzten Tagen gelernt hätte, sich anders zu bewegen: lockerer, eleganter und gleichzeitig kraftvoller. Das Erdenschwere ist von ihr gewichen, denkt Axel und fährt sich verwirrt über die Stirn: Der Ausdruck hätte auch von Anneliese Gotthard stammen können.

»Haben Sie diesem Mann den Tod gewünscht?« fragt er, als sie mit ihrer Erzählung fertig ist.

Sophie schüttelt den Kopf. »Nein.«

»Hätten Sie es denn gekonnt, wenn Sie gewollt hätten?« Auf was für einem Niveau bewege ich mich eigentlich, fragt sich Axel im selben Augenblick.

Sie sieht ihn erstaunt an. »Würden Sie mir denn glauben, wenn es so wäre?«

»Lassen wir das mal dahingestellt«, antwortet Axel diplomatisch.

»Nein, ich habe ihm nichts Böses gewünscht. Ich war nur einen Moment wütend auf ihn, wegen der Rosen, das ist alles.«

Axel kommt auf den Tod der alten Frau Fabian zu sprechen. Zu seiner Verblüffung lacht Sophie leise vor sich hin.

»Was ist daran so lustig?«

»Das war Theater«, gesteht Sophie. »Ich habe gewußt, daß die alte Frau nur noch ein paar Wochen leben wird. Da habe ich dann so getan, als ob … na, Sie wissen es ja sicher schon. Das mit dem schwarzen Kleid und so.« Sie blickt ein wenig beschämt an ihm vorbei.

»Warum haben Sie das getan?«

Sie zögert, dann erklärt sie: »Ich wohne schon über zwei Jahre hier, aber ich habe mich nie getraut, jemanden anzusprechen. Ich weiß nicht, wie man das macht. Worüber hätte ich reden sollen? Ich hatte nie Freundinnen, auch als Kind nicht. Nachdem das mit dem Maler geschehen ist, bin ich auf einmal eingeladen worden, von Frau Weinzierl. Ich war so froh darüber, denn das hat sie vorher nie getan. Und nicht nur das: Sie hat mich auf einmal regelrecht bewundert. So etwas ist mir noch nie passiert.«

»Es brachte Ihnen Anerkennung.«

»Ja. Genau das. Als dann Frau Fabian über ihre Schwiegermutter jammerte, da konnte ich nicht widerstehen. Inzwischen tut es mir leid. Es war nicht richtig von mir.«

»Aber verständlich«, antwortet Axel. Er kann es sich gut vorstellen, wie Sophie sich gefühlt haben muß: Plötzlich war sie, die Außenseiterin, der Mittelpunkt von Frau Weinzierls Kaffeekränzchen. Da war die Versuchung groß, noch einen draufzusetzen, ehe der Maler-Bonus verpuffen würde.

»Woher wußten Sie, daß die alte Frau Fabian bald stirbt?«

Sophie deutet auf den Fußboden. »Die Praxis. Da sind im Sommer oft die Fenster auf. Wenn ich auf dem Balkon bin, kann ich hören, was im Sprechzimmer geredet wird. Etwa eine Woche bevor das mit dem Maler passiert ist, war Herr Fabian bei Dr. Mayer. Es war gegen Abend, die Sprechstunde war schon vorbei, die Mädchen gegangen. Ich habe mich über die Stimmen zu dieser ungewohnten Zeit gewundert und bin draußen stehen geblieben. Aus Neugier, ich gebe es zu.«

Axel muß lachen. So einfach, denkt er, so einfach kann sich ein paranormales Phänomen in nichts auflösen.

»Muß ich das der Polizei sagen?«

»Nur, wenn Sie auf den Tod der alten Dame angesprochen werden. Keine Angst, Ihr kleiner Lauschangriff wird die Mordkommission nicht sonderlich interessieren. Aber es bringt ein bißchen Sachlichkeit in die ganze Geschichte, und die können wir im Moment gut gebrauchen. Wissen Sie noch, was genau Sie gehört haben?«

Sophie überlegt kurz. »Herr Fabian hat gefragt: ›Wie lange noch‹ oder, nein, er hat gesagt: ›Wann ist es soweit?‹, und Dr. Mayer sagte: ›In drei Wochen.‹«

»Sind Sie sicher?« bezweifelt Axel. »Sagte er wirklich: ›In drei Wochen?‹«

»Ja, das habe ich deutlich gehört.«

»Das ist ungewöhnlich, finden Sie nicht?«

Sie sieht ihn fragend an.

»Ich meine, so eine klare Zeitangabe. Normalerweise benutzen Ärzte Floskeln wie: ›Wir müssen täglich damit rechnen‹, oder ›Ihre Mutter wird Weihnachten vermutlich nicht mehr erleben‹. Aber doch nicht: ›In drei Wochen‹. Kein Arzt legt sich freiwillig fest. Sind Sie wirklich sicher, daß er das so gesagt hat?«

»Ja.«

Axel richtet sich gespannt auf. »Was haben Sie sonst noch von dem Gespräch gehört?«

»Herr Fabian hat gesagt, daß seine Frau bald zusammenbrechen würde und daß es mit seiner Mutter nicht mehr lange so weitergehen kann. Die Antwort vom Doktor konnte ich nicht verstehen. Er nuschelt manchmal ein bißchen. Danach kam die Frage von Herrn Fabian, wann es soweit wäre.«

»Und weiter?«

»Dr. Mayer sagte so etwas wie ›gewisse Vorbereitungen auf beiden Seiten‹. Die genauen Worte weiß ich nicht mehr.«

»Und dann?«

»Dann fuhr ein Motorrad vorbei.«

»Verdammt! Verzeihen Sie.«

»Danach hat jemand das Fenster zugemacht, und Herr Fabian ist nach ein paar Minuten aus dem Haus gekommen. Da ist mir erst klar geworden, von wem sie gesprochen haben. Ich habe Herrn Fabians Stimme nämlich zuerst gar nicht erkannt, weil ich mit ihm noch nie geredet habe.«

»Sonst war niemand mehr in der Praxis?« fragt Axel. »Keine anderen Patienten?«

»Nein. Es war schon fast sechs, und um fünf ist die Sprechstunde aus. Ich habe niemanden mehr rauskommen sehen, nur den Doktor selber, kurz nach Herrn Fabian.«

Ich sollte den Doktor der Tomasetti zum Fraß vorwerfen, überlegt er. Womöglich würde sie das von Sophie ablenken.

»Glauben Sie mir, ich habe die Lügerei mit der Frau Fabian schon oft bereut«, beteuert Sophie. »Ich hätte nicht gedacht, daß das solche Folgen hat.«

»Die Folge Ihrer kleinen Scharlatanerie war, daß Frau Behnke Sie bat, das Problem Schwalbe auf ähnliche Weise zu lösen, nicht wahr?«

»Sie hat nicht gesagt, daß ich ihn umbringen soll …«

»Aber Sie haben trotzdem verstanden, was sie wollte.«

»Ja.«

Axel schüttelt den Kopf. »Was mich wundert, ist, daß die Mordaufträge noch nicht Ihren Briefkasten verstopfen.«

Sophie lächelt.

»Oder gibt es da etwas, das ich Ihnen vorlesen soll?« fragt Axel und erwidert ihr Lächeln. Dann räuspert er sich. »Kannten Sie Schwalbe?«

»Nein.«

»Und seine Frau?«

»Frau Behnke hat mir von ihr erzählt. Die Frau hat mir sehr leid getan. Wer hilft eigentlich so einer, wo kann sie hin?«

Ins Frauenhaus. Axel läuft es kalt den Rücken hinunter, Gedanken stürzen auf ihn ein, wie ein Steinschlag: die Brasilianerin. Salsamusik. Das Gespräch mit Karin im *Havana* …

»… mir im Supermarkt gesagt hat, daß er tot ist, da hat es mir nicht leid getan«, dringt Sophies Stimme zu ihm durch, und er zwingt sich zur Konzentration.

»Sophie, waren Sie jemals im *Tropicana* Fitneß-Studio?«

»Nein. Ich war noch nie in so einem Studio. Dafür hätte mir Rudolf kein Geld gegeben. Ich mache manchmal bei der Morgengymnastik im Radio mit.«

»Hatten Sie irgendwelche Vorahnungen, was Schwalbes Tod angeht?«

»Nein.«

»Aber bei Ihrem Mann ahnten Sie es.«

»Nein. Ich wußte es.«

»Was fühlten Sie? Waren Sie traurig, verzweifelt, erleichtert?«

»Ich weiß nicht recht. Ich hatte Angst, wie es mit mir weitergehen soll. Aber nur am Anfang.«

»Was heißt, nur am Anfang?«

»Zuerst wollte ich zur Polizei gehen, gleich am Morgen, als er nicht nach Hause gekommen ist. Ich habe mich angezogen. Dann habe ich mir Frühstück gemacht. Es war plötzlich so ruhig im Haus. Eine ganz andere Ruhe, als wenn Rudolf nur zur Arbeit gegangen wäre. Ruhe ist vielleicht das falsche Wort, es war eher ...«

»Frieden.«

»Ja«, bestätigt Sophie. »Frieden. Ich habe auf einmal nicht mehr nachrechnen müssen, wieviel Stunden mir bis zum Abend bleiben würden. Brauchte mir keine Sorgen zu machen, ob ihm wohl mein Essen schmecken wird, ob er gut gelaunt sein wird oder schlecht, ob ich irgend etwas falsch gemacht habe ...« Sie sieht ihn von unten herauf prüfend an. »Das verstehen Sie wahrscheinlich nicht.«

»Doch«, widerspricht Axel, »ich glaube, inzwischen verstehe ich das. Sie fühlten sich frei.«

»Ja.« Sie nickt ihm überrascht zu. »Ich habe gemerkt, daß ich auch ohne Rudolf ganz gut zurechtkomme. Zumindest für eine Weile. Jeden Abend habe ich mir vorgenommen: Morgen gehe ich zur Polizei. Aber dann, am nächsten Tag, habe ich mir gesagt: nur dieser eine Tag noch. Ich weiß nicht, wie ich das erklären soll. Je länger ich es vor mir hergeschoben habe, desto schwieriger wurde es. Als ungefähr eine Woche um war, da habe ich gedacht: Du kannst doch jetzt nicht mehr zur Polizei gehen, nach so vielen Tagen.« Sie seufzt. »Heute ist der erste Schultag. Heute wäre es sowieso vorbei gewesen.«

Ob die Tomasetti sich mit dieser Begründung zufrieden geben wird?

»Gut«, sagt er, »ich denke, das können wir der Polizei so erklären. Schließlich sind Sie nicht verpflichtet, eine Vermißtenanzeige aufzugeben. Darf ich Ihnen noch eine Frage aus privater Neugier stellen?«

Sophie nickt.

»Woher wußten Sie schon gleich am nächsten Morgen,

daß Ihr Mann tot war? Er hätte doch auch verletzt oder bewußtlos in einem Krankenhaus liegen können.«

»Ich habe es geträumt«, sagt sie mitten in seine erstaunten Augen.

»Das allein machte Sie so sicher?«

Sie sieht ihn milde an, als sei er ein Kind, das eine naive Frage gestellt hat. »Aber ja. Träume sind Wahrheit.«

»Erklären Sie mir das«, fordert Axel, »haben Sie ihn in Ihrem Traum tot auf dem Hochsitz gesehen?«

»Was ich genau geträumt habe, kann ich nicht mehr sagen. Aber als ich aufgewacht bin, da habe ich ganz sicher gewußt, daß er tot war. Und auch, daß er ruhig gestorben ist.«

»Ruhig?«

»Kein Autounfall oder so etwas.«

Seltsam, denkt Axel, wenn Frau Weinzierl ihm dasselbe gesagt hätte, hätte er es als Spinnerei abgetan. Aber Sophie glaubt er, auch wenn er es nicht versteht.

»Passiert Ihnen das öfter?«

»Nicht sehr oft. In letzter Zeit kaum noch, aber als Kind, da schon.«

»Haben Sie vom Tod Ihrer Großmutter geträumt?«

Sie zuckt zusammen, wie unter einem plötzlichen Schmerz, dann antwortet sie: »Ich habe sie tot auf einer Art Wolke liegen sehen. So habe ich mir damals den Himmel vorgestellt. Mit Engeln und so. Ich habe meiner Mutter von dem Traum erzählt, und die hat mir ein paar runtergehauen. Ich war ihr nicht böse, im Gegenteil. Ich wollte eine Strafe für meine schlimmen Gedanken.« Sie sieht ihn traurig an. »Lange Zeit habe ich sogar geglaubt, sie wäre gestorben, *weil* ich das geträumt habe. Ich habe mich furchtbar schuldig gefühlt. Ich hätte lieber mit meiner Großmutter darüber reden sollen. Es hätte ihr zwar nicht geholfen, bestimmt hat sie es selber längst gewußt. Aber wir hätten voneinander Abschied nehmen können. Warum denken Erwachsene immer, daß man mit Kindern nicht über den Tod sprechen darf?«

»Weil sie wohl ihre Kinder vor dem bewahren wollen, wovor sie selber schreckliche Angst haben«, antwortet Axel nach kurzer Überlegung. Dann fährt er fort: »Wie war das, als Ihr Vater seinen Unfall hatte? Haben Sie das auch vorher geträumt?«

Er weiß selber nicht, warum ihn der Gedanke an diesen kuriosen Unfall nicht losläßt. An dem unruhigen Flattern ihrer Lider merkt er, daß sie die Frage aufgeschreckt hat.

»Nein«, antwortet sie nach kurzem Zögern.

Axel hat zum ersten Mal das Gefühl, daß sie ihn anlügt oder etwas verschleiert.

»Haben Sie sich seinen Tod oder seinen Unfall gewünscht?«

Sie senkt den Blick. Ihre Finger umkreisen den Rand der Teetasse. »Ja«, flüstert sie, »das habe ich. Oft sogar.«

»Haben Sie etwas in dieser Richtung unternommen?«

»Was meinen Sie damit?«

»Haben Sie die Handgranate im Feld verbuddelt?« fragt Axel rundheraus.

»Nein.«

»Oder Ihr Bruder?«

»Lassen Sie meinen Bruder in Ruhe!« Sophie schnellt von ihrem Stuhl hoch. »Was soll das überhaupt? Glauben Sie, die Polizei wird mir solche Fragen stellen? Über Dinge, die schon eine Ewigkeit zurückliegen?«

»Entschuldigen Sie«, sagt Axel. »Sie haben recht, das tut vermutlich nichts zur Sache.«

»Woher wissen Sie das überhaupt?«

»Ich habe gestern mit Ihren Eltern und Ihrer Lehrerin Anneliese Gotthard gesprochen.«

Sie dreht ihm stumm den Rücken zu, verharrt am Spülbecken, ohne sich zu bewegen, eine schier endlose Minute verstreicht. Dann setzt sie sich wieder.

»Also«, sagt Axel in sachlichem Ton. »Das mit den Träumen, das lassen wir bei der Polizei lieber weg. Ich bin mir nicht sicher, ob Kommissarin Tomasetti für so ein Thema die nötige Sensibilität aufbringt.«

»Sie halten mich für verrückt, stimmt's?« fragt Sophie sachlich.

»Nein«, sagt Axel und sieht ihr offen in die Augen, »absolut nicht. Das müssen Sie mir glauben.«

Sie nickt unsicher.

»Eines muß ich noch wissen, und auch die Tomasetti wird Sie das fragen: Welcher Art war Ihre Beziehung zu dem Untermieter von Frau Weinzierl?«

Ein Lächeln hellt ihr Gesicht auf. Schon erstaunlich, registriert Axel mit grimmiger Verständnislosigkeit, was die bloße Erwähnung der Lichtgestalt bei den Damen bewirkt.

»Sagen Sie, Axel, finden Sie, daß ich aussehe wie Mona Lisa?«

»Bitte?«

»Na, die auf dem berühmten Bild …«

»Ah, ja. Ich verstehe«, schwindelt Axel. Was hat ihr der Kerl nur für Schmus erzählt? Er sieht sie an, vergleicht sie in Gedanken mit dem Bild und räumt ein: »Eine gewisse Ähnlichkeit läßt sich nicht leugnen.«

»Mark hat das auch gesagt.« Sophie kommt endlich auf seine Frage nach ihrer Beziehung zurück: »Wir sind befreundet. Ich finde ihn sehr schön.«

Eine eigenartige Antwort, findet Axel.

»Sie verstehen, daß ich das fragen muß. Denn wenn Sie ein … eine Liebesbeziehung mit ihm gehabt hätten, dann bastelt der Staatsanwalt daraus blitzschnell das schönste Mordmotiv. Juristenhirne funktionieren nun mal so«, behauptet er mit einem Augenzwinkern und fragt beiläufig: »Wissen Sie, wo die Licht … äh, der junge Mann zur Zeit ist?«

»Nein.«

»Wirklich nicht?«

»Nein. Glauben Sie mir nicht?«

»Doch, doch, ich glaube Ihnen.«

Glaubt er ihr wirklich? Geht es tatsächlich nur um Freundschaft? Ist es nicht geradezu eigenartig, daß sich Sophie nicht in ihn verliebt haben soll? Bestimmt war er der erste Mann seit ihrer Heirat, der ihr Aufmerksamkeit schenkte. Noch dazu sieht der Kerl gut aus. »Schön« hat sie ihn sogar eben genannt. Na ja. Ob er schwul ist? Wahrscheinlich. Er denkt an die Szene in der Kneipe. Nein, wie Verliebte haben er und Sophie damals nicht gewirkt, eher wie – Freundinnen. Das wäre eine Erklärung. Und gleichzeitig ein höchst befremdlicher Gedanke.

»Entschuldigen Sie, dürfte ich mal zur Toilette?« Axel steht auf, und sie zeigt ihm die Tür. Er geht tatsächlich aufs Klo, immerhin hat er im Lauf des Gesprächs drei Tassen schwarzen Tee getrunken. Aber er hat noch etwas anderes vor.

So leise wie möglich verläßt er die Toilette, bleibt im Flur stehen und horcht. Die Küchentür ist angelehnt, er hört Wasser rauschen und Geschirr klappern.

Er überquert den Flur und drückt vorsichtig die Klinke. Dabei entsteht ein leises, quietschendes Geräusch, das ihm durch Mark und Bein fährt. Egal. Jetzt oder nie! Kurzentschlossen stößt Axel die Tür auf und betritt Sophies Nähzimmer. Sein Herz klopft überlaut.

Er hat die Schneiderpuppe schon einmal gesehen und muß Frau Weinzierl recht geben. Etwas ist anders. Sie hat einen Kopf bekommen. Nur ist der leider mit einem schwarzen Tuch verhüllt. Axel tritt näher und streckt die Hand aus.

»Was machen Sie denn da?«

Er fährt zusammen. Ihre Stimme klingt wie Stahl. Diesen Ton hat er bei ihr noch nie gehört.

Mit hochrotem Kopf geht er drei Schritte rückwärts und steht ihr gegenüber, auf der Türschwelle. Was jetzt? Soll er ihr von Frau Weinzierls unsäglichem Verdacht erzählen? Und daß auch er daran glaubt, denn wie anders ist sein unmögliches Benehmen zu erklären?

»Entschuldigen Sie. Ich habe mich in der Tür geirrt.« Brillant, Herr Anwalt! Was für eine schlagfertige, intelligente Ausrede!

»Ist ja auch eine große Wohnung, da kann man sich schon mal verlaufen«, sagt Sophie und schließt dabei die Nähzimmertür mit Nachdruck.

Idiot ist das harmloseste Wort, mit dem er sich im stillen beschimpft. Er weiß, soeben hat er den dünnen Faden des Vertrauens, der ihn und Sophie verband, zerrissen.

Er schleust sich hastig an Sophie vorbei und bleibt in der Nähe der Eingangstür stehen. »Das wäre dann erst einmal alles«, sagt er betreten. Im Augenblick ist ihm nur noch an einem raschen Abgang gelegen. Er schaut auf seine Armbanduhr. »Ich muß noch in die Kanzlei. Wir treffen uns dann im Präsidium.«

»Ja«, sagt Sophie, aber sie lächelt nicht mehr.

Axel legt die Akte beiseite. »Was wollen Sie noch von meiner Mandantin? Die Sachlage ist eindeutig: Tod durch Unterkühlung. Er ist eingeschlafen und erfroren.«

»Kann sein, kann nicht sein«, antwortet sie. »Die Schädelverletzung könnte durchaus von einem Stock oder einem Gewehrkolben stammen.«

»Oder beim Sturz vom Hochsitz entstanden sein. *Post mortem*«, entgegnet Axel aufsässig. In diesem Moment betritt Kommissar Förster den Raum und hinter ihm Sophie. Axel springt auf und reicht ihr die Hand. Sie nimmt neben ihm Platz, und er setzt sie in knappen Worten über den Stand der Dinge in Kenntnis.

»Kann er jetzt beerdigt werden?« will Sophie wissen.

»Ja«, antwortet Claudia Tomasetti. »Das kann er.« Sie hält sich nicht mit Vorreden auf: »Frau Kamprath, wann haben Sie Ihren Mann zum letzten Mal gesehen?«

»Am Freitag vor Weihnachten.«

»Also am Zwanzigsten. Um welche Uhrzeit?«

»Abends. So etwa um halb acht.«

»Zu diesem Zeitpunkt hat er das Haus verlassen?«

»Ja.«

»Sagte er Ihnen, wohin er wollte?«

»Das brauchte er gar nicht. Er befahl mir, eine Kanne Kaffee zu kochen und in die Thermoskanne zu gießen. Außerdem zog er sich um und nahm die Schrotflinte mit. Das hieß, daß er zur Fuchsjagd wollte.«

»Zuvor haben Sie zusammen gegessen?«

»Ja.«

»Was gab es?«

»Tafelspitz.«

Sophies Antworten kommen rasch und klar.

»Gut. Die Aussage wird durch das Gutachten der Gerichtsmedizin bestätigt. Demnach ist der Tod zwischen dreiundzwanzig Uhr und ein Uhr eingetreten. Berücksichtigen wir Anfahrt und Fußweg, muß er etwa gegen halb neun, neun Uhr auf dem Hochsitz angelangt sein. Wie lange bleibt man normalerweise dort oben sitzen?«

»Bis man etwas geschossen hat.«

»Und wenn nichts Passendes vorbeikommt?«

»Man muß warten können. Rudolf ist oft erst nach Mitternacht von der Fuchsjagd heimgekommen. Mit oder ohne Fuchs.«

Claudia Tomasetti lächelt. Axel ist nicht wohl dabei.

»Bevorzugte Ihr Mann bestimmte Wochentage, an denen er zur Jagd ging?«

Sophie schüttelt den Kopf. »Die Jagd hängt von der Jahreszeit und vom Wetter ab, nicht von Wochentagen«, erklärt sie geduldig.

»War denn das Wetter an dem Abend günstig?«

»Ja. Es war kalt, das treibt die Füchse um. Dazu schien der Mond, und es hatte am Tag zuvor ein bißchen geschneit. Schnee und Mondlicht sind ideal für die Fuchsjagd, weil man dann fast so gut wie am Tag sehen kann.«

»Was taten Sie an dem bewußten Freitag, nachdem Ihr Mann gegangen war?«

»Ich habe gebadet, ferngesehen, und dann bin ich ins Bett gegangen.«

»Konnten Sie gut schlafen?«

»Ja.«

»Haben Sie nicht gehorcht, wann Ihr Mann nach Hause kommt?«

»Nein. Ich bin ... ich war es gewohnt, daß er spät heimkommt.«

»Wenn er zur Jagd ging oder auch sonst?«

»Wenn er zur Jagd ging.«

Was, zum Teufel, führt sie im Schild? Warum stellt sie keine Fragen zum Fall Schwalbe? Warum kein Wort über den Maler oder die alte Frau Fabian? Weiß sie etwas, wovon er nichts weiß? Etwas, das nicht in den Akten steht?

»Führten Sie eine glückliche Ehe?«

Sophie zögert zum ersten Mal. »Es ging mir gut.«

»Das war nicht die Frage.«

Jetzt reicht es Axel. »Frau Kamprath, ich gebe Ihnen den Rat, darauf nicht zu antworten.« Etwas hemmt Axel, Sophie hier, in diesem Raum, beim Vornamen zu nennen. Er wendet sich an Claudia. »Das Empfinden von Glück ist eine subjektive Angelegenheit, Frau Tomasetti. Woher soll meine Mandantin wissen, was Sie unter einer glücklichen Ehe verstehen?«

Claudia grinst. »Wir sind hier nicht im Gerichtssaal, Herr Kölsch. Aber meinetwegen, lassen wir das. Frau Kamprath, können Sie mit einer Waffe umgehen?«

»Mit welcher?« fragt Sophie zurück.

Bravo, denkt Axel, zeig's diesem Biest.

»Mit einem Jagdgewehr«, sagt Claudia Tomasetti im selben geduldigen Tonfall, in dem Sophie vorhin ihre Fragen zur Jagdpraxis beantwortet hat.

»Ja.«

»Sie begleiten Ihren Bruder häufig zur Jagd, nicht wahr?«

»Früher schon.«

»Und seit Ihrer Heirat?«

»Fast gar nicht mehr«, sagt Sophie leise.

»Frau Kamprath, wie oft waren Sie während der vergangenen drei Wochen, seit Ihr Mann verschwunden war, mit Ihrem Bruder unterwegs?«

»Dreimal.«

Die Knöchel ihrer Hände, mit denen sie sich an ihrer Handtasche festhält, werden weiß.

»Nicht öfter?« Claudia sieht Sophie herausfordernd an.

»Vielleicht auch viermal.«

»Das ergibt einen Schnitt von mindestens einmal pro Woche, für die Zeit nach dem Tod Ihres Mannes. Wie oft waren Sie während Ihrer Ehe mit Ihrem Bruder jagen?«

»Was bezwecken Sie mit diesen Rechenexempeln?« fährt Axel dazwischen.

»Dazu komme ich gleich«, antwortet sie. »Frau Kamprath, wie oft waren Sie während der letzten Monate Ihrer Ehe mit Ihrem Bruder zusammen?«

»Nicht sehr oft«, flüstert Sophie.

»Warum nicht?«

»Weil Rudolf es nicht wollte.«

»Gab es dafür einen besonderen Grund?«

»Er mochte Christian nicht.«

»Das ist aber doch kein Grund, seiner Frau zu verbieten, ihren Bruder zu sehen?«

»Wer redet denn von Verbieten?« unterbricht Axel. »Frau Kamprath hat es aus Rücksicht auf ihren Mann unterlassen, ihren Bruder zur Jagd zu begleiten. Immerhin ist es so, daß sie selber keinen Jagdschein und kein Begehungsrecht für dieses Revier besitzt. Da kommen schnell Gerüchte auf, Stichwort: Wilderei. Nach dem, was wir über Herrn Kamprath wissen, war er ein sehr korrekter Mensch, der es sicher nicht schätzte, wenn sich seine Frau am Rande der Illegalität bewegte. War es nicht so?« Am liebsten hätte er Sophie unter dem Tisch getreten. Aber sie hat auch so verstanden.

»Das stimmt«, bestätigt sie.

»Ihr Mann hat Ihnen also nicht verboten, zu Christian zu gehen?« fragt Claudia Sophie.

»Nein. Er hat es nur nicht gerne gesehen.«

»Bezog sich seine Ablehnung nur auf die gemeinsamen Jagdausflüge, oder mochte er es auch nicht, wenn Sie ihn nur so besuchten, beispielsweise, um ihm in der Werkstatt zu helfen?«

Zwei rote Flecken erglühen auf Sophies Wangen. Axel überlegt krampfhaft, wie er das Gespräch herumreißen könnte, weg von Sophies Bruder.

»Was hat denn der Bruder meiner Mandantin mit der Sache zu tun?« fragt Axel, erstens, um Sophie eine Antwort zu ersparen, zweitens, um die Tomasetti aus ihrem Hinterhalt zu locken.

»Unter Umständen einiges«, antwortet sie brüsk und sieht wieder Sophie an. »Also?«

Sie ist tatsächlich ein Terrier, denkt Axel. Sie hat sich an Sophies Schwachstelle festgebissen.

»Ich bin nur noch selten hingegangen, damit es keinen Streit gibt«, erklärt Sophie.

»Streit? Zwischen Rudolf und Christian?«

Sie schüttelt den Kopf. »Zwischen Rudolf und mir.«

»Sie sagten vorhin, daß Sie sich in Ihrer Ehe wohlfühlten. Und das, obwohl Ihr Mann Sie unter Druck setzte, damit Sie Ihren Bruder kaum noch sahen. Sophie, wieviel bedeutet Ihnen Ihr Bruder?«

»Er ist eben mein Bruder«, erwidert sie trotzig.

»Ist er nicht etwas mehr als nur Ihr Bruder?« fragt Claudia Tomasetti. Im selben Tempo, in dem sich Axels Puls beschleunigt, gewinnen die roten Flecken auf Sophies Wangen an Farbe und Fläche.

»Das ist er zweifellos«, antwortet Axel hastig. »Er war nach dem Tod von Frau Kampraths Großmutter eine wichtige Bezugsperson in ihrem Leben. Er hat ihr geholfen, sich als Analphabetin durch die Schule zu mogeln.« Er nickt Sophie auffordernd zu.

»Ja, so war es.«

»Wenn Sie als Kind Kummer hatten, dann erzählten Sie ihm davon, nicht wahr?« Die Tomasetti lächelt ihr Katzenlächeln.

Sophie nickt.

»Hat er Sie getröstet, wenn Ihre Mitschüler Sie geärgert haben?«

»Ja.«

»Hat er Ihnen dann geholfen? Hat er die Schüler verprügelt, die Ihnen böse Worte nachgerufen haben?«

»Manchmal.«

Axel hat die Nase voll. »Ich weiß nicht, ob Sie Geschwister haben«, sagt er zu Claudia Tomasetti, »Ich habe leider keine. Aber dieses Verhalten, das Sie eben ansprechen, scheint mir für einen älteren Bruder ganz normal. Was bezwecken Sie hier eigentlich? Wollen Sie, daß meine Mandantin ihren Bruder belastet, nur weil Sie unbedingt ein Verbrechen sehen wollen, wo weit und breit keines ist?«

»Okay«, lenkt Claudia Tomasetti unerwartet schnell ein, »lassen wir diese … Angelegenheit ruhen.« Aus ihrem Mund erhält das Wort »Angelegenheit« einen Beiklang, als hätte sie tatsächlich »Affäre« gesagt.

»Kommen wir zu den letzten Wochen vor Herrn Kampraths Tod. Sie haben Ihren Bruder also nicht oft gesehen, aber ab und zu doch.«

»Ja«, sagt Sophie.

»Haben Sie sich bei Ihrem Bruder über Ihre unglückliche Ehe beklagt?«

»Nein.«

Das brauchte sie wahrscheinlich gar nicht, denkt Axel. Die Phantasie eines Eifersüchtigen übertrifft ohnehin die Realität. Claudia hat sich ein wenig über den Tisch gebeugt und sieht Sophie an, als könnte sie sie mit ihren Blicken durchleuchten.

»Haben Sie ihm erzählt, daß Ihr Mann Sie daran hindert, Lesen und Schreiben zu lernen …«

»Nein«, stößt Sophie heftig hervor, doch ihre Inquisitorin fährt mit eindringlicher Stimme fort: »… daß er Sie bevormundet und Sie behandelt wie sein Eigentum? Daß er Ihnen kein Geld gibt, jeden Pfennig mit Ihnen abrechnet? Haben Sie ihm erzählt, wie unglücklich Sie sind, was für ein Fehler es war, Rudolf zu heiraten, war es nicht so?«

»Schluß jetzt!« schreitet Axel energisch ein. Unwillkürlich greift er nach Sophies Hand und drückt sie kurz. »Sie antworten darauf nicht. Niemand kann Sie zu einer belastenden Aussage zwingen, weder hier noch vor Gericht.«

Claudia Tomasetti, nicht im mindesten aus dem Konzept gebracht, lehnt sich in ihrem Stuhl zurück und zündet sich mit gelassenen Bewegungen eine Zigarette an, die sie schon vorher gedreht haben muß. So, wie man eine Requisite bereitlegt, ehe der Vorhang aufgeht. Tatsächlich kommt es Axel vor, als spiele sie Theater.

Sie beherrscht ihre Rolle. Jetzt folgt ein Szenenwechsel: Sie bläst den Rauch in die Zimmerecke und gönnt ihrem Publikum ein weiches Lächeln. Ihre nächsten Worte klingen wie die Zeilen eines zephirischen Gedichts: »Die Nacht war mondhell …«, sogar die kleine Pause ist wohlgesetzt, »… und es lag frisch gefallener Schnee.« Ihre Stimme ist cremig wie Tiramisu. Axel sieht unweigerlich das Bild einer mondbeschienenen Waldlichtung mit silbrigen Tannen vor sich. Sein Unbehagen wächst.

»Geschlossene Schneedecke und siebzehn Grad minus in der Nacht, das ist in unseren Breiten selten vor Weihnachten, nicht wahr?« Die Frage ist scheinbar an niemand Bestimmten gerichtet. Sophie ist verwirrt. Sie sieht Axel fragend an und der sagt kurzangebunden: »Das mag sein.«

»Ein idealer Abend also für die Jagd. Die Fuchsjagd. Solche Bedingungen lassen jedes Jägerherz höher schlagen, nicht?«

»Schon möglich«, antwortet Sophie.

»Benutzte Ihr Mann für die Fuchsjagd immer denselben Hochsitz?«

»Das weiß ich nicht. Ich war nie dabei.«

»Aber ich weiß es«, antwortet Claudia Tomasetti. »Vom Jagdpächter Pratt. Ihr Mann wählte fast immer diesen Hochsitz, weil sich dort ein Luderplatz befindet. Ihnen brauche ich ja nicht zu erklären, was das ist.«

Sophie nickt.

»Es war also voraussehbar, daß Ihr Mann einen solchen Abend, vier Tage vor Vollmond, zur Fuchsjagd ausnutzen würde?«

»Das ist reine Spekulation«, interveniert Axel. Er hat endlich verstanden, worauf sie hinaus will.

Claudia überhört seinen Einwand. »Ist Ihr Bruder ein guter Jäger?«

»Ja.«

»Jagt er auch Füchse?«

»Selten.«

Wieder sorgt ein rascher Themenwechsel für Irritationen: »Was glauben Sie, Frau Kamprath, wie lange muß ein Mensch bei siebzehn Grad Minus regungslos auf einem zugigen Hochsitz ausharren, um zu erfrieren?«

Beinahe hätte Axel »Einspruch« gerufen, aber er besinnt sich noch rechtzeitig darauf, wo er sich befindet.

»Das kann meine Mandantin unmöglich beurteilen, da müssen Sie schon einen Arzt fragen.«

Claudia nickt. »Laut Obduktionsbericht wurden keine Spuren von Gift oder Schlafmittel gefunden. Allerdings ist da eine Verletzung des linken Schläfenbeins …«

»Wie wir bereits festgestellt haben, kann niemand sagen, ob diese Verletzung vor oder nach dem Tod entstanden ist«, unterbricht Axel, aber Claudia läßt sich nicht beirren.

»… die unter Umständen tödlich sein kann, zumindest aber zur Bewußtlosigkeit führt. Laut Bericht war die Todeszeit zwischen elf und eins. Vielleicht hat jemand Ihrem Mann aufgelauert, ihn niedergeschlagen, und den Rest hat die Kälte erledigt. Die Person mußte bloß noch Gewehr und Rucksack auf den Hochsitz schaffen.«

»Und der Leiche den Kaffee einflößen«, ergänzt Axel.

»Den kann er schon im Auto getrunken haben«, versetzt Claudia. »Der Täter kann auch erst gekommen sein, als Herr Kamprath schon eine Weile auf dem Hochsitz saß. Er wurde heruntergelockt, oder er ist vom Hochsitz gestiegen, weil ihm die Person bekannt war.«

Axel ist ein bißchen enttäuscht von Claudia Tomasetti. Sie hätte eigentlich wissen müssen, daß sie mit dieser Geschichte nicht durchkommt. Er merkt nicht, daß er es ist, der sich auf dem Holzweg befindet, und fragt: »Wie hätte meine Mandantin denn überhaupt ins Revier kommen sollen? Sie hat kein eigenes Auto, keinen Führerschein …«

»Ich war dort.«

Wie? Hat er da eben richtig gehört?

Claudia Tomasetti sieht Sophie an. »Würden Sie das bitte wiederholen«, sagt sie freundlich und nicht sehr überrascht. Zumindest zeigt sie es nicht. Axel spürt, wie eine Faust nach seinem Magen greift.

»Ich war dort. Ich bin ihm gefolgt.«

»Sophie«, zischt Axel, »was reden Sie da?«

»Wie sind Sie ihm gefolgt?« fragt Claudia Tomasetti, aber ehe Sophie antworten kann, geht Axel dazwischen.

»Einen Moment. Ich möchte sofort mit meiner Mandantin allein sprechen.«

»Bitte«, sagt Claudia und weist mit nonchalanter Geste auf die Tür. Axel steht auf. »Kommen Sie, Frau Kamprath.«

»Nein«, sagt Sophie bestimmt. »Ich bleibe. Ich werde alles sagen. Jetzt und hier.«

Axel beugt sich zu ihr hinunter. »Sophie!« sagt er leise. »Was soll das? Das ist doch blanker Unsinn. Warum belasten Sie sich? Diese … diese Theorie der Frau Kommissarin ist nicht beweisbar. Ich bitte Sie, lassen Sie uns allein darüber reden!«

»Nein«, sagt Sophie bestimmt, »Sie lassen mich jetzt reden.« Axel setzt sich wieder hin. Er kommt sich vor wie ein Schüler, der getadelt wurde. Die Situation ist außer Kontrolle, er versteht die Welt nicht mehr.

Sophie sieht jetzt nur noch Claudia Tomasetti an. »Es gab Streit an diesem Abend. Mein Mann hat mich belogen. Er hat mir erzählt, daß seine Exfrau gestorben wäre, und er hat mir verschwiegen, daß er unfruchtbar ist. Das habe ich wenige Tage vorher von Frau Mohr erfahren. Ich haßte ihn. Ich bin meinem Mann in Marks Wagen nachgefahren. Mark ist ein Student, er wohnt gegenüber, bei Frau Weinzierl. Er hat mir einmal angeboten, daß ich das Auto haben kann, wenn ich es brauche. Ein Zweitschlüssel liegt immer im Handschuhfach, hat er gesagt, und das Auto ist nie abgeschlossen.«

»Sie können also Auto fahren?« stellt Claudia fest, als hätte sie es bereits geahnt.

»Ja«, antwortet Sophie. »Ich mußte als Kind schon Traktor fahren. Wenn ich die Strecke kenne und keine Wegweiser lesen muß, geht es.«

»Sie sind Ihrem Mann im Wagen Ihres Bekannten ins Jagdrevier gefolgt. Und dann?«

»Ich habe gewußt, wo er immer auf Füchse ansitzt. Ich bin hin und habe ihn gerufen. Er ist vom Hochsitz gestiegen, und da habe ich ihm einen großen Ast an den Kopf geschlagen.«

»Das stimmt doch hinten und vorne nicht!« ruft Axel dazwischen. »Merken Sie denn nicht, daß Frau Kamprath das nur behauptet, um ihren Bruder zu schützen? Nicht wahr, Sophie, das ist es doch?«

»Ich war allein dort«, sagt Sophie stur, aber sie sieht ihn nicht an.

»Und dann?« fragt die Kommissarin.

»Dann?«

»Ja. Wie ging es weiter?«

»Er fiel um. Ich dachte, er wäre tot. Dann bin ich gegangen und nach Hause gefahren.«

Axel schließt für einen Moment die Augen: Was bin ich für ein Idiot! Ich bin schuld an allem, ich hab's vermasselt, und zwar gründlich. Da rede ich mit ihr über mysteriöse Todesfälle und Träume! Schnüffle in ihrem Nähzimmer herum, anstatt mit ihr über das Wesentliche zu sprechen, das, was sie wirklich berührt. Der Bruder ist Sophies Achillesferse, das hat die Tomasetti glasklar erkannt, nur ich nicht, ich Trottel. Ich hätte wissen müssen, daß er der Schlüssel zu allem ist, schon nach dem Gespräch mit Anneliese Gotthard. Warum habe ich es nicht getan? Weil ich mich geniert habe, über so ein Thema zu reden. Ich habe es verdrängt, wie ein verklemmter Moralist. Jetzt bekomme ich die Quittung. Meine Klientin redet sich um Kopf und Kragen, und ich muß hilflos zusehen.

Er hat die letzten Sätze, die zwischen Claudia Tomasetti und Sophie gewechselt worden sind, nur halb mitbekommen. Es ging darum, wann Sophie beim Hochsitz angekommen ist und wann sie wieder zu Hause war, aber Sophies Angaben sind unpräzise, so daß Claudia Tomasetti jetzt zum Ende kommt: »Wir werden ein Protokoll anfertigen, das Sie dann unterschreiben. Können Sie das?«

»Ja.«

Axel wagt einen letzten Versuch: »Frau Tomasetti, ich bitte Sie! Sie wissen so gut wie ich, daß das Schutzbehauptungen sind, die gewiß keiner Prüfung standhalten. Das alles ist doch absurd!«

»Herr Kölsch, Ihre Mandantin hat soeben ein Geständnis abgelegt. Sogar …«, hier lächelt sie boshaft, »… im Beisein ihres Anwalts. Soll ich das ignorieren?«

Im Beisein ihres Anwalts. Das sitzt. Die Frau versteht es, Tiefschläge zu landen. Er ist ein Versager, sie hat vollkommen recht. Was wird wohl Karin Mohr dazu sagen?

»Frau Kamprath will ihren Bruder schützen, das ist doch offensichtlich. Sie und ihr Bruder sind, wie soll ich sagen …« Sophies Blick bringt ihn zum Schweigen. So hat sie ihn noch nie angesehen, nicht einmal vorhin, als er wie ein ertappter Dieb in ihrem Nähzimmer stand. Es überläuft ihn kalt. Er denkt an Sophies Mutter und an die Großmutter, die »kalte Sophie«. Kein Wunder, daß solche Blicke die Phantasie der Leute anregen.

Axel steht wortlos auf. Er fühlt sich gedemütigt. Aber er hat kein Recht, sich in Sophies Intimsphäre zu mischen, nicht einmal, um sie vor einer Verhaftung zu bewahren. Was ihm wahrscheinlich sowieso nicht gelingen würde.

»Frau Kamprath, Sie wissen, daß ich Sie jetzt vorläufig in Haft nehmen muß«, erklärt Claudia Tomasetti nüchtern, während sie zum Telefonhörer greift. »Sie werden binnen vierundzwanzig Stunden dem Haftrichter vorgeführt, der dann entscheidet, ob sie inhaftiert bleiben oder nicht.«

»Ja, das weiß ich«, sagt Sophie und dreht sich langsam zu Axel um, der unschlüssig hinter ihr stehen geblieben ist. »Ich hätte eine Bitte.«

»Ja?«

»Könnten Sie die Einzelheiten mit dem Bestattungs-
institut für mich regeln?«

Axel nickt stumm.

»Er kommt ins Familiengrab, zu seiner Mutter. Nehmen
Sie einen einfachen Sarg, aber nicht den billigsten. Dazu
einen Kranz mit einem schwarzen Band, auf dem mein
Name steht. Nur Sophie, sonst nichts. Und setzen Sie eine
Todesanzeige in die Zeitung.«

Für Axel klingt es, als diktiere sie ihm die Einkaufsliste
fürs Wochenende.

»Welcher Text soll in der Anzeige stehen?«

Sie zuckt die Schultern. »Suchen Sie was Passendes
aus.«

Strenge Blicke aus kalten Huskyaugen haften auf seinem
Gesicht, als Axel eine halbe Stunde später die Vorkomm-
nisse im Polizeipräsidium schildert und mit den Worten
abschließt: »Es ist meine Schuld, ich hätte vorher mit ihr
über ihren Bruder sprechen sollen.«

»Na, großartig!«

Ist das alles, denkt Axel, und gleichzeitig: Was hast du
erwartet? Lob? Trost?

Ohne ein weiteres Wort steht sie auf, geht um ihren
Schreibtisch herum und bereitet sich einen Espresso zu.

»Auch einen?«

Zum Teufel mit diesem Scheiß-Espresso! Axel merkt,
wie er wütend wird, und er weiß nicht einmal, warum.
»Nein!«

Die Maschine faucht. Als Karin mit der Tasse zurückkommt, lächelt sie, aber es ist ein oberflächliches Lächeln.
»Nehmen Sie's nicht tragisch, Axel. Mandanten tun häufig
völlig unvorhersehbare Dinge. Ich habe schon die tollsten
Sachen erlebt, sogar im Gerichtssaal. Die Leute lassen
einen manchmal ganz schön alt aussehen.«

Immerhin wirft sie ihm nicht vor, versagt zu haben. Doch wo bleibt ihre Anteilnahme an Sophies Schicksal, einer Frau, an der sie noch vor kurzem so interessiert war?

»Wie geht's jetzt weiter?« fragt Axel.

»Sophie muß ihr Geständnis widerrufen, das ist klar.«

»Das wird sie nicht tun, so wie ich sie kenne.«

»Mal sehen. Ich werde morgen selbst mit ihr sprechen und sie zum Haftprüfungstermin begleiten.«

Ihre Arroganz wurmt ihn kolossal. Klar, er hat sich nicht gerade Lorbeerkränze errungen, aber was macht diese Frau so sicher, daß ihr nicht dasselbe passiert wäre? Glaubt sie wirklich, sie braucht morgen nur zum Termin zu erscheinen, und alles löst sich in Wohlgefallen auf?

»Haben wir nicht vor zwei Tagen besprochen, den Fall einem Fachanwalt für Strafrecht zu übergeben, falls es so weit kommen sollte?«

Ihr Blick wird eine Nuance kühler.

»Trauen Sie mir etwa keine kompetente Strafverteidigung zu?«

»Doch, durchaus«, antwortet Axel gereizt, »Sie haben ja ausreichend persönliche Erfahrung damit.«

Tiefes Atemholen, dann fragt sie: »Woher haben Sie es?«

»Gerichtsklatsch.«

Ihr Blick hält seinem stand, sie sitzen sich gegenüber wie zwei Schachgroßmeister vor den entscheidenden Zügen.

»Ich hätte es Ihnen sagen sollen.«

»Finde ich auch.«

»Tut mir leid.«

Ihre Zerknirschung ist gespielt, so gut kennt Axel sie inzwischen, und diese Unaufrichtigkeit ärgert ihn. Sie ärgert ihn so, daß er, ohne zu überlegen, herausplatzt: »Sie haben mir noch mehr nicht gesagt. Zum Beispiel, daß Sie an dem

Abend, als unser Mandant Schwalbe umkam, im *Tropicana* Fitneß-Center waren.«

»Wie kommen Sie denn darauf?« fragt sie, völlig erstaunt. Ihre perfekte Schauspielerei treibt ihn noch höher auf die Palme.

»Jemand hat sich an Ihr *Lavazza*-T-Shirt erinnert.«

Ihr rechter Mundwinkel beginnt unkontrolliert zu zukken.

»Keine Sorge, die Polizei weiß nichts davon.«

»Denken Sie wirklich, ich habe den Schwalbe umgebracht?«

»Das habe ich nicht gesagt.«

»Aber angedeutet. Sie sollten allmählich etwas vorsichtiger sein, Herr Kölsch.«

Die plumpe, hilflose Drohung ist für Axel ein erdrückender und gleichzeitig bedrückender Beweis ihrer Schuld. Ihr Blick bekommt etwas Feindseliges. Das ist heute schon das zweite Mal, denkt Axel, daß ich derart vernichtend angesehen werde. Wenn das bloß keine Folgen hat!

Das Telefon schnurrt, und Karin wendet ihm den Rücken zu, während sie über die Fristverlängerung einer Räumungsklage verhandelt. Sie scheint nicht so recht bei der Sache zu sein, denn sie wiederholt sich und stellt mehrmals die gleichen Fragen, was sonst nicht ihre Art ist.

Als sie auflegt, hat sie sich offenbar entschieden, das Thema Schwalbe von der scherzhaften Seite zu betrachten. »Axel, das kann nicht Ihr Ernst sein. Was wäre ich für eine Geschäftsfrau, wenn ich einen unserer finanzkräftigsten Klienten umbringen würde?«

»An den Erbstreitigkeiten verdienen wir auch nicht schlecht«, bemerkt Axel trocken. »Aber Mord aus Geldgier traue ich Ihnen nun wirklich nicht zu.«

»Dann bleibt als Motiv wohl nur noch die Liebe«,

spöttelt Karin. Axel spürt die gespannte Wachsamkeit, die sich hinter ihrer Mokanz verbirgt.

»Oder Mitleid. Sie selbst haben mir von Schwalbes Frau erzählt.«

»Habe ich das?« fragt sie mit einer Prise Unsicherheit in der Stimme.

»Im *Havana*. Sie erwähnten damals eine Brasilianerin. Das war doch die Frau vom Schwalbe, oder etwa nicht? Sie haben sie im Frauenhaus kennengelernt. Bei Ihrer Beratungsstunde. Deshalb ist sie nach seinem Tod gleich zu Ihnen in die Kanzlei gekommen.«

»Sie vergessen, daß ihr Mann bereits unser Mandant war«, schießt Karin zurück. »Warum sollte sie sich an eine fremde Kanzlei wenden?« Axel könnte sich in den Hintern treten für dieses Eigentor.

»Ich bezweifle, ob die Frau wußte, daß ihr Mann unser Klient war«, pariert er, aber es klingt nicht einmal in seinen Ohren sehr überzeugend.

Karin hat die Situation wieder unter Kontrolle. »Mein lieber Axel«, seufzt sie, »wenn ich alle Männer umbrächte, deren Frauen mir was vorjammern, wäre ich allein damit restlos ausgelastet.«

»Sie hassen Männer wie Schwalbe …«

»Wer tut das nicht?« wirft sie ein.

»… und wie Kamprath.«

»Oh, meinen Exmann habe ich also auch auf dem Gewissen!« Ihre Stimme klingt jetzt, als hätte sie über Nacht im Eisfach gelegen: »Ich finde, langsam reicht es, Axel. Sie haben heute Ihre erste größere Niederlage erlitten. So etwas ist gewiß schwer zu verdauen. Aber das rechtfertigt noch lange nicht, daß Sie jetzt blind um sich schlagen und mit wüsten Verdächtigungen um sich werfen. Ich bitte Sie jetzt, mein Büro zu verlassen. Morgen erwarte ich eine Entschuldigung von Ihnen. Anderenfalls sollten wir darüber nachdenken, ob unser Arbeitsverhältnis unter diesen Umständen fortgesetzt werden kann.«

Axel steht auf. Mit der Miene eines Zockers, der sein Blatt auf den Spieltisch wirft, zieht er einen Schlüsselbund aus seiner Jackentasche und legt ihn ihr auf den Schreibtisch.

»Ihre Wagenschlüssel. Danke fürs Leihen.« Im Frühjahr wollte er sich ein Auto kaufen. Daraus wird wohl nichts werden. Seine Chefin noch in der Probezeit des Mordes zu bezichtigen, wirkt sich selten fördernd auf die Karriere aus.

Wortlos und ohne ihn dabei anzusehen nimmt Karin die Schlüssel in die Hand. Er ist schon an der Tür, als sie ruft: »Axel!«

Er dreht sich um. Sie steht neben ihrem Schreibtisch, genau wie damals, als er zum ersten Mal dieses Büro betreten hat.

»Wenn Sie ... falls Sie nichts anderes vorhaben, sollten Sie vielleicht heute abend noch mal mit Sophies Bruder sprechen.« Ihr Ton hat sich völlig geändert, er ist butterweich, und sie hält die Schlüssel in der ausgestreckten flachen Hand. So, wie man einem Pferd ein Stück Zucker hinhält.

Axel lächelt zaghaft. »Meinen Sie wirklich?«

»Mir ist gerade eingefallen, daß ich morgen nachmittag nicht zu Sophies Haftprüfungstermin kann, weil ich einen Klienten empfangen muß.« Die unverhüllte Lüge wird von einem mädchenhaft schüchternen Lächeln begleitet. »Sie müssen die Angelegenheit also alleine zu Ende bringen. Ich bin sicher, Sie schaffen das.«

Ist das ein Angebot zur Versöhnung? Der Preis für sein Schweigen in der Sache Schwalbe?

In ihren Augen ist jetzt keine Spur von Zorn mehr zu sehen. Wie an Schnüren gezogen geht er auf sie zu. Als er vor ihr steht und nach den Schlüsseln greifen will, schlingt sie beide Arme um seinen Hals. Ehe Axels Hirn die Schrecksekunde überwunden hat, hat sein Körper längst reagiert: Er hält ihren Körper dicht an seinen gepreßt, und ihre Lippen berühren sich.

Axel treibt den Golf durch die Kurven. Es ist kurz nach fünf, aber bereits stockdunkel, als er vor Anneliese Gotthards Anwesen parkt. Er stapft durch den verschneiten Garten, schon wieder hat er die falschen Schuhe an. Im Sommer ist dieser Garten sicher ein kleines Paradies. Er fragt sich zum wiederholten Mal, was ihn schon wieder hierher treibt. Aber Anneliese Gotthard ist einfach der einzige Mensch, mit dem er momentan über die Ereignisse reden möchte, und vielleicht kann er sich noch ein paar Ratschläge holen, wie er am besten mit Christian Delp umgeht.

Die alte Dame scheint nicht überrascht zu sein, ihn so bald wiederzusehen, und wenig später sitzt er wieder auf dem abgewetzten Sofa. Drei Katzen aalen sich um ihn herum. Für die Tiere gehört er anscheinend bereits zur Familie. Oder zum Mobiliar. Die Gastgeberin steht gekrümmt wie ein Komma im Raum, es sieht aus, als versuche sie eine Weinflasche zwischen den Knien zu zerquetschen, während sie ohne Erfolg am Korkenzieher reißt.

»Darf ich?« Axel nimmt die Flasche und den etwas krummen Korkenzieher entgegen. In diesem Haushalt ist fast alles krumm, alt und angeschlagen. Ganz anders als bei seiner Mutter, die das ererbte Porzellangeschirr nach und nach durch Billigzeug und Tupperware ersetzt hat. Axel fühlt sich in diesem Haus von einer unaufdringlichen Geborgenheit eingehüllt. Vielleicht liegt es auch nur am Duft des Holzfeuers. Ich werde noch zum Romantiker, denkt er selbstironisch und öffnet die Flasche, wobei der Korken zerbröselt. Sie schenkt den 90er *Barolo* in zwei Gläser, die nicht zusammenpassen. Mit einem Löffel fischt sie die gröbsten Korkbrocken heraus.

Währenddessen berichtet Axel im zynischen Ton der Selbstanklage von den Ereignissen des Tages. Sie unterbricht ihn nicht. Als er bei Sophies Geständnis angelangt ist, zieht sie lediglich die Augenbrauen hoch. Am Ende bittet sie ihn: »Erzählen Sie mir noch einmal genau, woher Sophie vom Tod ihres Mannes wußte.«

»Sie sagte, sie hätte es geträumt.«

»Mehr nicht?«

»Nur, daß sie am Morgen, nach diesem Traum, völlig sicher gewesen sei, daß ihr Mann tot war. Weil Träume Wahrheit wären oder so ähnlich. Klingt verrückt, nicht wahr?«

Ihr strenger Blick veranlaßt Axel, seine letzte Bemerkung umgehend abzuschwächen. »Ich meine … ungewöhnlich.« In gewissen Dingen kann die Lehrerin a. D. sehr pedantisch sein.

»Ein Traum also«, sagt Anneliese Gotthard mehr zu sich selbst und nickt dabei, als hätte Axel ihr lediglich bestätigt, was sie schon wußte. Unwillkürlich muß er an seinen Traum von heute morgen denken.

»Man sagt, daß Träume die geheimen Wünsche der Seele sind«, sagt Anneliese Gotthard.

Axel fühlt sich ertappt. Es ist dasselbe Gefühl, das er manchmal in Gegenwart von Karin Mohr verspürt: als stünden seine Gedanken auf seiner Stirn geschrieben, wie die Untertitel eines Films. Er nimmt einen gehörigen Schluck Wein.

»Sophie hat zugegeben, daß sie ihrem Mann den Tod wünschte. Ich verstehe das alles nicht«, gesteht er.

»Er hat es geträumt, also muß es wahr sein.«

»Wie bitte?«

»Eine Redewendung bei den Irokesen. Sie hatten eine hochentwickelte Traumkultur. Sie vertrauten ihren Träumen absolut und ordneten ihr Handeln ihren Träumen konsequent unter. Nur so konnte ihre Kultur einigermaßen überleben. Den Träumen in den Januarnächten, den Rauhnächten, maßen sie die größte Bedeutung bei. Deshalb fand jeden Januar eine kollektive Traumdeutung statt, an der das ganze Dorf aktiv teilnahm. Sie nannten diese Zeremonien die ›Traumriten‹. Das war ein kluges Vorgehen, denn Traumdeutung ist eine schwierige und nicht ungefährliche Sache. Der einzelne wird damit leicht überfordert oder sogar in die Irre geleitet.«

»Interessant«, sagt Axel, der mit ihrem völkerkundlichen Exkurs nichts Rechtes anzufangen weiß.

Sie sieht ihn an, als ob sie abwägen müßte, wieviel sie ihm noch zumuten kann, dann spricht sie weiter: »Was ist denn die Wahrheit, Axel? Was ist die Wirklichkeit? Das, was Sie täglich in der Zeitung lesen, im Fernsehen sehen? Was andere Ihnen erzählen? Teilweise bekommen wir die Lügen doch schon in die Wiege gelegt, denken Sie bloß mal an das Ritual der Taufe. Oder ist Ihre Wahrheit das, was Sie mit Ihren wachen Sinnen erfassen? Wissen Sie nicht, wie trügerisch und verlogen unsere Sinne sein können? Unsere sogenannte Wahrheit ist imaginär und subjektiv und unser Wissen unvollkommen.«

Als Axel dazu schweigt, nimmt sie einen Schluck Wein und fährt fort: »Vielleicht wissen Sie, daß sich Träume der Sprache der Mythen, also der Symbolsprache, bedienen. Diese Symbole, man nennt sie auch Archetypen, sind überall auf der Welt im Lauf von Jahrtausenden entstanden. Es ist die einzige Sprache, die bei allen Menschen gleich ist. Erich Fromm nennt sie die ›Sprache des universellen Menschen‹.«

»Ein faszinierender Gedanke«, stimmt ihr Axel zu und versucht, sie so behutsam wie möglich zum Gegenstand ihrer Unterhaltung zurückzuführen. »Aber Sophie …«

»Wir sollten Sophies Erklärung nicht so ohne weiteres

als verrückt abtun«, doziert Anneliese Gotthard, die offensichtlich in ihrem Element ist. »In unseren Träumen äußert sich ja nicht nur unsere animalische Natur«, bei diesen Worten lächelt sie ihn an und registriert belustigt, wie Axel rot anläuft, »sondern auch unser besseres Selbst. Manchmal sind wir im Schlaf intelligenter und weiser als im Wachzustand. Weil wir im Schlaf frei sind, keinen Gesetzen, keiner Ratio unterworfen sind. Im Wachzustand ignorieren wir viele positive Eindrücke und lassen zu, was uns verdummt. Ich denke da zum Beispiel ans Fernsehen. Wir unterdrücken Ängste, leugnen, was wir nicht verstehen, verdrängen, was uns nicht in den Kram paßt. Der Traum ist eine andere Form des Seins, und durch ihn, sofern wir ihn verstehen und richtig zu deuten wissen, gewinnen wir oft tiefere Einsichten in die Dinge. Machmal ist es von der Einsicht zur Voraussicht nur ein kleiner Schritt.« Sie lächelt wieder. »Auch wenn Sigmund Freud die Existenz präkognitiver Träume leugnet. Aber sogar der irrte sich bisweilen.«

»Sie wissen eine Menge über solche Dinge«, meint Axel tief beeindruckt.

»Ich habe ein bißchen was gelesen. Jung, Fromm und natürlich Freud. Ich habe ja viel Zeit dazu. Sie sollten sich einmal mit der Materie beschäftigen, es ist sehr aufschlußreich. Gerade für Sie, wo Sie doch als Anwalt viel mit Menschen zu tun haben.«

»Ich werde mir die einschlägige Literatur vornehmen«, verspricht Axel, »sobald diese Sache hier erledigt ist.«

Das ist für sein Gegenüber der Anlaß, sich ebenfalls konkreteren Dingen zuzuwenden: »Wie hat eigentlich Ihre Chefin auf Sophies Verhaftung reagiert?«

»Gelobt hat sie mich nicht gerade.«

»Das war auch nicht zu erwarten.«

»Morgen ist Haftprüfungstermin«, lenkt Axel schnell ab. »Was werden Sie tun?«

»Ich werde vorher noch mal mit Christian Delp sprechen und außerdem alles daran setzen, diesen Bronski, oder wie immer er heißen mag, aufzutreiben.«

Zumindest eine gute Idee ist ihm an diesem fatalen Nachmittag noch gekommen: Er hat sich an Frau Gotthards Bemerkung erinnert, wie gut Sophie zeichnen konnte. Ehe er wie ein geprügelter Hund aus dem Polizeipräsidium geschlichen ist, hat er Claudia Tomasetti aufgefordert, Sophie eine Zeichnung von Mark anfertigen zu lassen.

»Vielleicht findet man den Kerl im Bundeszentralregister«, sagt er jetzt zu Anneliese Gotthard. »Er kann vielleicht beweisen, daß Sophie lügt, was die Sache mit dem Auto betrifft.«

»Die Geschichte mit dem Auto klingt unglaubwürdig«, stimmt sie ihm zu. »Aber was heißt das schon? Das Leben übertrifft häufig die kühnsten Spekulationen.«

Wie wahr, denkt Axel und murmelt: »Ich hätte nicht gedacht, daß sie so karrieregeil ist.«

»Wer?«

»Komissarin Tomasetti. Die weiß ganz genau, daß Sophie unschuldig ist.«

»Sophie ist nur Mittel zum Zweck. Ein Köder, sozusagen.«

»Für Sophies Bruder«, ergänzt Axel.

»Er hatte die Möglichkeit und ein Motiv. Ich kann mir denken, daß er immer genau wußte, wann und wo sein Schwager bei der Jagd war. Schon, um ihm aus dem Weg zu gehen.«

»Aber wenn es nicht so war? Wenn es tatsächlich ein Unglücksfall war und Sophies Bruder nichts zu gestehen hat?«

»Dann müßt ihr Anwälte Sophie helfen.« Sie schenkt Wein nach. Er schimmert in schwerem Granatrot, duftet herb nach schwarzen Beeren und schmeckt ein wenig erdig. »Das Problem ist, daß diese Polizistin eines vermutlich nicht einkalkuliert hat: Christians Charakter.«

»Wie meinen Sie das?«

Sie sieht bekümmert aus, als sie sagt: »Was passiert, wenn Christian ebenfalls etwas gesteht, was er nicht getan hat? Er hat seiner Schwester immer geholfen, also wird er es auch diesmal tun.«

An diese Möglichkeit hat Axel noch gar nicht gedacht. Himmel, das Ganze scheint sich auf einmal zu einer Familientragödie auszuwachsen.

»Ich will Sie ja nicht rauswerfen, aber ich denke, Sie sollten tatsächlich so bald wie möglich mit Christian sprechen. Ehe er eine Dummheit begeht.«

»Sie haben recht«, sagt er und macht Anstalten aufzustehen, aber sie streckt die Hand aus. »Ihr Glas sollten Sie schon noch in Ruhe austrinken. Wäre ja schade drum.«

6

Schroff ragt das steile Dach in den Nachthimmel, alle Fenster sind dunkel. Axel parkt den Wagen vor der Haustüre. Ob er schon Bescheid weiß? Bestimmt. Die Tomasetti darf keine Zeit verlieren, wenn ihr Plan funktionieren soll. Vielleicht sitzt Christian Delp schon auf dem Polizeirevier und erzählt dort eine ähnliche Geschichte wie seine Schwester ein paar Stunden zuvor? Ist seine Geschichte die Wahrheit? Möglicherweise hat die Tomasetti gute Gründe, ihm diese Falle zu stellen, mit Sophie als Köder.

Falle – Köder, Opfer – Beute, Jäger – Polizisten. Dasselbe in Grün. Deshalb heißt es auch »Polizeirevier« und »Spurensicherung«. Wie verräterisch Sprache sein kann, entdeckt Axel, während er an die Tür klopft. Nichts regt sich. Drüben, im neonbeleuchteten Stall des Bauernhofs, hört er etwas scheppern. Axel geht über den Hof. Als sich auf sein »Hallo« niemand meldet, zwängt er sich durch die schwere Schiebetür in den Stall. Wärme hüllt ihn ein, und ein scharfer Geruch raubt ihm fast den Atem. Der Stall hat zwei Gänge und bietet Platz für mindestens sechzig Kühe. Axel kennt Kühe lediglich als schwarz-weiße Flecken neben der Landstraße. In einem Stall war er noch nie. Die Tiere stehen brav auf ihren Plätzen und glotzen vor sich in den Futtertrog, worin sich etwas befindet, das aussieht wie aufgeweichtes Frühstücksmüsli. Kiefer malmen, Ketten rasseln, Schwänze schlagen auf Holz, rhythmisch pumpt die Melkmaschine. Ab und zu erhellt das fröhliche Platschen eines Urinstrahls die dumpfe Kakophonie der Stallgeräusche. Axel wirft einen besorgten Blick auf seine Schuhe. Er fragt sich, ob Kühe im Stehen schlafen. Über den Stellplätzen befinden sich kleine Schultafeln mit den Namen der Tiere und einer Menge Daten, hingekritzelt in Kreide. Manche Tafeln zieren zusätzlich farbige Plaketten. Wofür erhalten Kühe Orden? Noch immer »hallo« rufend geht Axel in wohldosiertem Abstand an den strammen Hinterteilen von »Evita«, »Dolli«, »Hermine« und »Sandra« vorbei. Eine weizenblonde Frau in schweren Stiefeln taucht unter einer Kuh hervor, deren Schwanz hochgebunden ist. Die Frau wischt sich die Hände an ihrer blauen Latzhose ab und kommt auf ihn zu.

»Frau Heckel?«

Sie nickt. Axel stellt sich vor und fragt nach Christian Delp.

Ihre unverhohlen belustigte Miene zeigt ihm an, wie deplaziert er hier in seiner Bürokleidung wirken muß. Fehlt bloß noch, daß ich ein Handy aus der Tasche zaubere.

Sie macht keine Anstalten, ihm die Hand zu geben, was Axel mit Erleichterung zur Kenntnis nimmt. Die Frau ist ungefähr in seinem Alter, und in anderer Aufmachung wäre sie vielleicht sogar hübsch.

»Keine Ahnung«, antwortet sie. »Ins Wirtshaus geht er meistens am Freitag, mittwochs kaum. Kann sein, daß er zum Jagen ist. Weit kann er jedenfalls nicht sein. Sein Auto ist da. Der Jeep, hinter dem Stall.« Sie deutet vage in die Richtung.

»Danke«, sagt Axel und schickt sich an, diesen intensiv duftenden Ort wieder zu verlassen. Neben dem Eingang befinden sich fünf Kälberboxen, aber nur zwei davon sind belegt. Die Kälber sind nicht angekettet. Eines steht auf sehr wackeligen Beinen, und Axel entnimmt der Tafel über der Box, daß das Tier »Sabrina« heißt, Tochter von »Sandra« und erst zwei Tage alt ist. Warum sind Sabrina und Sandra nicht in einer Mutter-Kind-Box? Hat dieses Landvolk denn gar kein Herz? Eine Bemerkung liegt ihm auf der Zunge, aber er bremst sich. Die Bäuerin würde ihn im günstigsten Fall für sentimental halten, eher aber für einen arroganten Stadtmenschen, der heute die niedlichen Kälbchen bedauert und morgen *Ossobuco* bestellt.

Das andere Kalb ist deutlich größer. Es ist ein Stier mit Namen »Heribert«, Sohn von »Hermine«, sein Geburtsdatum ist der zwanzigste Dezember.

Axel zeigt auf Heribert. »Der ist an dem Tag auf die Welt gekommen, als Rudolf Kamprath starb.«

»Ja«, seufzt Frau Heckel, »der Herrgott gibt's, der Herrgott nimmt's.« Sie tätschelt Heriberts graue, feuchte Schnauze. Ihr Gesicht nimmt dabei einen weichen, beinahe zärtlichen Ausdruck an.

»Ja, der Heribert«, seufzt sie erneut. »Den Abend werde ich nicht so schnell vergessen. Den haben die Hermine und ich ganz alleine rausgekriegt. Meine erste Kälbergeburt, die ich alleine machen mußte. Und dann ist der noch quer gelegen! Ich kann Ihnen sagen! Bis zu den Achselhöhlen habe ich reinfassen müssen, damit ich den Burschen umdrehen konnte.«

»Beachtlich.« Axel schluckt.

Sie lächelt stolz. »Was blieb mir anderes übrig? Mein Mann war bei der Jahreshauptversammlung vom Schützenverein, er ist der Kassenwart, der Tierarzt ist unterwegs in den Graben gerutscht, und als ich in meiner Not zum Delp rüber bin, da lag der so besoffen auf seinem Kanapee, daß ich gern auf ihn verzichtet habe.«

»Wissen Sie noch, wann das war?«

»Als der Heribert kam? So gegen zehn Uhr abends.«

»Nein. Als Sie bei Christian Delp waren.«

»Ungefähr eine gute Stunde vorher. Mich hat schon gewundert, daß der um die Zeit nicht im Wirtshaus hockt, so wie sonst am Freitag. Wahrscheinlich war ihm da zu viel Krawall.«

»Krawall?«

»Adventssingen vom Kirchenchor. Ich war auch eingeladen, obwohl ich gar nicht singe, aber wegen der Hermine bin ich dageblieben.«

»Sie sind also gegen halb neun zu Christian Delp in die Wohnung gegangen …«

»Nein«, unterbricht sie ihn, »in die Werkstatt. Dort brannte Licht. Aber mit dem war nichts anzufangen, deshalb mußte ich die Sache allein durchziehen. Nicht wahr, Heribert?« Sie streckt ihm die Hand hin, und Heribert saugt gierig an ihrem Zeigefinger.

»Sind Sie ganz sicher, daß er betrunken war?« fragt Axel heiser.

Sie stemmt die Fäuste in die Hüften und sieht ihn mitleidig an. »Mein lieber Herr …«

»Kölsch.«

»… ich bin seit zehn Jahren verheiratet. Sie dürfen mir glauben, ich weiß, wie ein besoffenes Mannsbild aussieht! Außerdem ist mir die Schnapsfahne schon an der Tür entgegengeschlagen. Der muß schon am Nachmittag angefangen haben, so wie der beieinander war. Manchmal hat der so Anwandlungen, da schüttet er sich zu bis zum Rand, einfach so.«

»Und was taten Sie dann?«

»Dann? Dann bin ich schleunigst wieder zur Hermine gegangen. Sie ist schließlich unsere zweitbeste Milchkuh. Aber als ich nachts um elf endlich aus dem Stall rauskam, da hat's da drüben einen Schlag getan, und ich hab' gedacht: Jetzt hat's ihn die Treppe runtergehauen. Ich hab' kurz reingeschaut, und da ist er gerade in seine Wohnung hochgeschwankt. Er hat mich gar nicht bemerkt. Aber Hauptsache, die Hermine hat alles gut überstanden.«

»Ja, das ist erfreulich«, sagt Axel und tätschelt Heribert die blonden Stirnlöckchen. Ein strammes Kerlchen. Er wagt nicht zu fragen, was mit ihm geschehen wird. Wahrscheinlich *Ossobuco*. »Frau Heckel, würden Sie diese Angaben auch vor der Polizei bestätigen?«

»Warum nicht«, antwortet sie gleichmütig. »Wenn die Polizei mich danach fragt.« Sie nimmt einen Eimer mit schaumiger Milch auf. Der Anblick erinnert Axel an Cappuccino. Als es aus ihrer Brust tutet, setzt sie den Eimer wieder ab, reißt den Klettverschluß der Brusttasche auf und meldet sich mit: »Was gibt's?«.

Während die Bäuerin in einen absolut unverständlichen Dialekt umschaltet und in das Handy spricht, steht Axel etwas verloren zwischen den Rindern herum. Eine Kuh namens »Gerlinde« wendet den Kopf und blinzelt ihm kokett zu. Sehr schöne Augen. Melancholischer Blick. Axel lächelt ihr zu, Gerlinde klappt ihren speicheltropfenden Unterkiefer herunter.

Axel kommt zu dem Entschluß, daß er hier nichts mehr verloren hat. Er beendet den Flirt mit Gerlinde und verabschiedet sich von ihr und Frau Heckel mit einem saloppen Winken. Gerlinde sieht ihn traurig an, hebt den Schweif, schon zieren spinatfarbene Sprenkel die maronibraunen italienischen Schuhe. Die Bäuerin nickt ihm lediglich freundlich zu. Noch immer das Handy am Ohr, verschwindet sie in der kleinen Milchkammer, die sich an den Stall anschließt.

Axel tritt hinaus in die eiskalte Nachtluft und atmet tief durch. Den Stallgeruch wird er so schnell nicht aus der Nase bekommen, von den Kleidern gar nicht zu reden. Was wird Karin sagen, wenn ihr Auto nach Exkrementen riecht? Er zwingt sich, nicht an sie zu denken, es verwirrt ihn zu sehr. Schließlich gibt es im Moment Wichtigeres.

Christian Delp hat also ein Alibi. Claudia Tomasetti, das wär's dann gewesen, mit deinem hinterhältigen Plan! Mit schnellen Schritten geht er zurück zum Stall, wo die Bäuerin gerade aus der Milchkammer kommt. Axel deutet auf ihren Busen: »Entschuldigen Sie, Frau Heckel. Dürfte ich mal telefonieren?«

Claudia sucht auf ihrem Schreibtisch nach Tabak und Feuerzeug, als Valentin Förster den Kopf durch die Tür streckt.

»Du bist noch da?«

»Nein, was du vor dir siehst, ist mein Klon.«

»Ich habe ihn.«

»Den Bronski?«

»Wie einer bloß auf den Namen kommen kann! Er heißt Jürgen Lachmann. Wehrdienstverweigerer. Vielmehr, Totalverweigerer. Steht auf der Fahndungsliste.« Er wedelt mit Sophies Zeichnung und einem Computerausdruck vor Claudias Nase herum.

»Hör auf, der ganze Tabak fliegt weg! Das ist gut. Jetzt müssen wir ihn bloß noch finden.«

»Fahndung ist schon raus.«

»Brav«, lobt sie.

Valentin setzt sich auf die Kante ihres Schreibtisches.

»Warum hast du das gemacht?«

Sie weiß sofort, wovon er spricht. »Ich will ihren Bruder.«

»Und wenn er's nicht war?«

»Valli, du hast ihn doch erlebt, als wir ihn vernommen haben. Du hast seinen Schreibtisch gesehen, mit den gerahmten Bildern von seiner Schwester, fein säuberlich abgestaubt und frische Blümchen dazwischen. Das war ein Altar!«

»Nicht jeder kann in einer Müllhalde arbeiten«, wirft er ein.

»Und wie mimosenhaft er reagiert hat, bei jeder Frage, die seine Schwester anging.«

»Ja«, erinnert sich Valentin, »ein verschrobener Typ ist er schon. Willst du meine Meinung hören?« fragt er, und redet sofort weiter: »Dem Delp traue ich zu, daß er seinen Schwager im Streit, meinetwegen auch im Suff, erschießt. Aber ihm auflauern, ihn niederschlagen und Rucksack und Gewehr auf den Hochsitz schaffen, damit es aussieht, als ob er eingeschlafen und runtergefallen wäre ... das paßt nicht zu ihm. Wenn es tatsächlich so war, dann ist das eher die Vorgehensweise einer Frau.«

»Natürlich«, höhnt Claudia, »ich weiß, was du sagen willst: Männer töten ehrlich, Frauen heimtückisch.«

»Nein, aber ...«

»Chauvi!«

»Zicke!«

Claudia wirft ihm eine Kußhand zu. »Ich habe Hunger. Kommst du mit zu *mamma*?«

Die geschmorten Wachteln an Petersilienschäumchen mit Steinpilzen, die er letztes Mal im Restaurant der Tomasettis genossen hat, sind Valentin Förster noch in bester Erinnerung, und für das gefüllte Kaninchen mit Rosmarin würde er glatt sterben.

»Ich bin am Abnehmen.«

»Es gibt diese Woche Seezunge in Riesling, frische Rebhühner mit Trüffelfarce und Kastanienpüree ...«

Sei stark, sagt er sich, zeige Charakter und denk an den Autoreifen, der einmal deine Taille war.

»... und *Ossobuco*. Von *papa* selbst zubereitet.«

Er schüttelt den Kopf. »Was ist, wenn der Delp nicht gesteht?«

Sie schaut an ihm vorbei, ihre zuckenden Nasenflügel verraten ihm, daß sie sich längst nicht so sicher fühlt, wie sie tut.

»Einer von den beiden war's, entweder er oder sie. Wenn er es war, wird er früher oder später gestehen, wenn nicht, war sie es.«

»Du machst es dir verdammt einfach. Das ist doch sonst nicht deine Art, was ist denn los?«

Claudia antwortet unwirsch: »Gar nichts. Ich lasse mich bloß nicht gerne verarschen. Man wirft nicht ohne Konsequenzen mit Geständnissen um sich, das muß sogar eine Sophie Kamprath lernen.«

»Wurmt dich der Rüffel wegen Schwalbe immer noch? Muß jetzt unbedingt ein Mörder her? Mußt du dir dafür ausgerechnet die schwächste Person aussuchen? Du bist doch sonst so für *Fair play*!«

Statt einer Antwort drückt sie den Zigarettenstummel zwischen zwanzig anderen aus, nimmt ihre Jacke vom Haken und geht zur Tür. »Also, was ist? Kommst du jetzt mit?«

Förster steht auf und nimmt ebenfalls seinen Mantel. »Nein, heute nicht.«

Zu sensibel für den Polizeidienst, grollt Claudia. Das Schnurren des Telefons auf ihrem Schreibtisch wird vom Geklapper ihrer Absätze übertönt, als beide stumm und verdrossen den Gang entlang zum Ausgang gehen.

Ohne sich bewußt zu sein, wie und weshalb er dahin gekommen ist, findet sich Axel erneut auf der Türschwelle von Christian Delps Haus wieder. Er überhört die mahnende Stimme des Juristen in ihm und drückt die Klinke. Die Tür gibt nach. Er schaltet das Licht an, es ist ihm egal, ob die Bäuerin ihn bemerkt. Als erstes fällt sein Blick auf den Schreibtisch gegenüber der Tür, daneben steht das bewußte Kanapee, auf dem Christian Delp seine Räusche auszuschlafen pflegt. Der Raum riecht schwach nach Sägemehl und streng nach Chemikalien. Christian Delps Schnapsfahne muß wirklich beachtlich gewesen sein, wenn die Heckel sie trotzdem schon von der Tür aus wahrnehmen konnte. Aber bei Frauen ist der Geruchssinn ohnehin besser entwickelt. Und nicht nur der, denkt Axel, dessen männliches Ego in den letzten Tagen arg gebeutelt worden ist. Die Mitte der Werkstatt nimmt ein großer Arbeitstisch mit zwei Stühlen und einer verschrammten Holzplatte ein. Darauf liegt ein umgestülpter Federbalg. Die Haut ist mit Sägemehl eingestaubt, das aus einer Holzkiste unter dem Tisch stammt. Axel kann nicht erkennen, um welchen Vogel es sich handelt, das Ganze sieht aus wie ein Wiener Schnitzel im Indianerkostüm. Neben dem Federbalg liegt ein Föhn, eine Spule Garn, diverse Messer und ein Skalpell. Axel prüft seine Schärfe, wobei er sich prompt den Daumen anritzt. Er flucht leise. Von der linken, fensterlosen Wand aus beobachten Vögel mit starren Glasaugen sein Tun. Sie gruppieren sich rund um einen Hirschkopf mit ausladendem Geweih, es ist noch mächtiger als das Exemplar in Kampraths guter Stube. Ein Fuchs kauert vor dem Schreibtisch und linst hinüber zu einer riesigen Eule mit orangeroten Augen. Vielleicht ein Uhu. Manche Tiere sind fertig, andere haben noch Nadeln und Papierstreifen in Fell und Gefieder stecken. Auf einem kleineren Tisch vor dem Fenster befinden sich etliche Tuben und Töpfe mit Farben, dazu Kleber, Pinsel, Spachtel in allen Größen und eine Zigarrenkiste mit Murmeln in unterschiedlichen Farben und Größen. Erst bei genauerem Hinsehen bemerkt Axel, daß es Glasaugen sind. Eine Ente, die auf einer krummen, bemoosten Wurzel steht, ist gerade in Bearbeitung, ihr linkes Bein ist in der Farbe von künstlichem Lachs bemalt, das andere ist grau. Holzwolle quillt aus einem Karton, der neben dem Sofa steht, an der Wand darüber hängen ein paar Wiesel, Marder und ein Hamster vom Ausmaß einer Großstadtratte.

Allein beim flüchtigen Umsehen hat Axel schon vier Bilder von Sophie entdeckt. Zwei auf dem Schreibtisch, eines an der Wand, neben dem Regal mit den ausgekochten Tierschädeln und den Modellen aus Hartschaum, und eines neben dem Fenster, über dem Maltisch. Man kann sich kaum irgendwo in der Werkstatt aufhalten, ohne Sophie zu begegnen; Sophie auf einer Schaukel, die Aufnahme scheint die älteste zu sein, Sophie mit dem Schäferhundmischling ihrer Eltern auf den unteren Sprossen einer Leiter sitzend, Sophie im Schwarzweiß-Portrait,

Sophie und Christian vor einer Hauswand, an der sich ein blühender Rosenstrauch emporrankt. Ein Gefühl sagt Axel, daß dies das letzte Foto vor Sophies Heirat ist. Stolz lächelt er auf seine Schwester hinunter, die er im Arm hält. Wie sagte Claudia Tomasetti noch in der Kneipe zu ihm? ›Manche Dinge sprechen für sich.‹

Ein rot-weiß gestreifter Vorhang, der vor einer Nische angebracht ist, weckt seine Neugier. Dahinter brennt Licht, es muß zusammen mit der Deckenlampe angegangen sein. Er schiebt den Vorhang zur Seite. Auf der Ablage einer weiß emaillierten Spüle, die von zwei geräumigen Kühltruhen eingerahmt wird, stehen eine rote, ziemlich verkalkte Kaffeemaschine, eine angebrochene Packung Filtertüten und zwei Köpfe, denen die Haut abgezogen wurde. Die Augen quellen hervor, als würden sie jeden Moment aus den Höhlen kippen. Das rohe Fleisch schimmert feucht im Licht der nackten Glühbirne, die sich über den blaßgelben Kacheln der Spüle befindet. Die Gehörne sind gut entwickelt, das erkennt Axel. Was einmal die Gesichter der Rehböcke waren, schwimmt nun im Spülbecken und erinnert ihn an die Stützstrumpfhosen seiner Mutter, die sie Jahr und Tag im Waschbecken einweichte. Die Lauge riecht streng, es muß was Schärferes als Persil sein.

Axel tritt zurück, wobei er gegen eine altmodische Wäscheschleuder stößt. Die linke Kühltruhe beginnt drohend zu knurren. Rasch zieht er den Vorhang wieder zu. Wirklich ein interessanter Beruf.

Auf dem Schreibtisch liegt ein Block mit weißem Papier, darauf ein Füllfederhalter. Wer schreibt heute noch mit so etwas? Judith, fällt ihm ein, Judith hat ihre Briefe – sie unterhielt eine rege Korrespondenz mit ihren Exliebhabern – immer mit so einem Füller geschrieben. In lila Tinte.

Aber Axel kann nicht erkennen, mit welcher Tinte

Christian Delp schreibt, denn das oberste Blatt ist leer, genauso wie alle anderen.

Er setzt sich auf den Stuhl vor den Schreibtisch und grübelt: Christian Delp hat ein Alibi. Aber er weiß nichts davon. Wie reagiert ein Mensch wie er auf die Verhaftung seiner Schwester? Ganz klar, er wird Sophie helfen wollen, so wie sie ihm im Moment zu helfen glaubt. Wahrscheinlich ist das eine Reflexhandlung bei den beiden. Sie haben schon immer füreinander gelogen, nur so konnten sie sich einigermaßen im Leben behaupten. Christian und Sophie gegen den Rest der Welt. Es erscheint logisch, wie ein Naturgesetz: Christian muß seine Schwester entlasten, indem er beweist, daß er der Schuldige ist. Durch ein Geständnis seinerseits. Ob Christian seinem Schwager tatsächlich etwas angetan hat oder nicht, spielt dabei keine große Rolle. Sein Geständnis muß überzeugender sein als Sophies, anderenfalls steht sein Wort gegen das ihre. Es muß den Charakter der Endgültigkeit haben. Immer wieder klingen ihm Anneliese Gotthards Worte in den Ohren: »Sie sollten noch mal mit ihm sprechen. Ehe er eine Dummheit begeht.«

Ein schriftliches Geständnis und dann ein Selbstmord, das wäre in Christians Augen sicherlich das geeignete Mittel, um seine Schwester reinzuwaschen. Neigen Typen wie er nicht von Natur aus dazu, dramatische Dinge zu tun? Axel wird unangenehm heiß. Eine Vorstellung zwängt sich in seinen Kopf: Christian Delp, wie er, den Brief in der Tasche, das Gewehr über der Schulter, im Wald herumläuft und nach einer Stelle sucht, um … Wozu suchen? Es gibt eine Stelle, die geradezu prädestiniert ist, um ein eindeutiges, endgültiges Zeichen zu setzen: den Hochsitz.

»Warum ißt du nicht mehr?« fragt Maria vorwurfsvoll. »Hast du eine Ahnung, was für ein Aufwand es war, um diese Jahreszeit frische Erbsen zu kriegen?« Sie hat ein neues Rezept ausprobiert: Rigatoni mit Erbsen in Sahnesauce. Doch Karin hat nach wenigen Bissen die Gabel hingelegt.

Sie steht auf, geht hinüber ins Wohnzimmer und gießt sich einen Kognak ein. Maria kommt ihr nach.

»Was ist los?«

Karin setzt sich auf die Armlehne des Sessels und kippt den Kognak hinunter. »Hast du meine Karte vom Fitneß-Studio noch?«

»Ich denke schon.«

»Was heißt, du denkst? Hast du sie, oder hast du sie nicht?«

»Ja, ich habe sie noch.«

Im Herbst hat Karin die Mitgliedskarte des *Tropicana* an Maria abgegeben, weil sie selbst zu wenig Zeit zum Trainieren fand und der Vertrag erst in diesem Frühjahr ausläuft. Sie hat die Angelegenheit mit dem Besitzer des Studios unter der Hand geregelt.

»Gehst du noch hin?«

»Nein. Der Laden gefällt mir nicht.« Maria schenkt sich ebenfalls einen Kognak ein und wandert mit dem Glas im Zimmer herum.

»Du warst an dem Abend dort, an dem ich bei der Adventsfeier vom Juristenstammtisch war.«

»Kann sein. Was soll die Fragerei? Probst du für eine Verhandlung?« Maria trinkt hastig und fängt prompt an zu husten. Sie ist Alkohol nicht gewohnt, und schon gar nicht in so konzentrierter Form.

Geduldig wartet Karin das Ende des Hustenanfalls ab.

»Ich erinnere mich, daß ich beim Nachhausekommen über deine Sporttasche gestolpert bin und das nasse Handtuch und mein T-Shirt aufgehängt habe.«

»Wollen wir jetzt die Hausordnung diskutieren, oder was?« Maria zupft an einem Farn herum, der auf einer steinernen Säule vor dem Fenster steht.

»Maria, ich habe nichts dagegen, daß du dir meine Klamotten ausleihst, solange du darin keine Leute umbringst.«

Maria öffnet stumm den Mund. Sie kommt auf Karin zu und vergräbt den Kopf in ihrem Schoß. Beinahe automatisch streicht Karin mit der Hand über Marias dichtes Haar. Obwohl es sehr kräftig aussieht, fühlt es sich an wie Seide.

»Warum?« fragt Karin nach langem Schweigen.

Maria läßt sich neben sie in den Sessel fallen.

»Immer wenn du vom Frauenhaus gekommen bist und mir von deinen Fällen erzählt hast, mußte ich an Pia denken.«

Karin legt den Arm um Marias Schultern. Es ist meine Schuld, wirft sie sich vor. Maria hat das Verbrechen an ihrer Schwester noch längst nicht überwunden, auch wenn sie nicht mehr davon spricht. Ich hätte diese Probleme von ihr fernhalten sollen.

»Wie bist du auf Schwalbe gekommen? Rede ich neuerdings im Schlaf?«

»Nein. Du hast von einer Brasilianerin erzählt und daß der Typ Juwelier ist.«

»Und weiter?«

»Ich habe das nicht geplant«, beteuert Maria, »es ist einfach so passiert. Er ist da im Studio herumstolziert wie ein Gockel und hat die Frauen abgecheckt. Ich kannte ihn nicht und habe ihn nicht beachtet. Bis eine Frau, die neben mir an der Bauchmaschine saß, gesagt hat: ›Der Juwelen-Schwalbe kommt auch bloß her, um Frauen anzugaffen. Dabei hat er doch daheim so eine Kaffeebraune.‹ Da hat's bei mir geklingelt. Die Frau war geschwätzig, und nach ein paar Minuten wußte ich: Das ist das Schwein. Später, im ersten Stock, hat er dann eine Show mit seinen Gewichten abgezogen. Lag da, mit Schweiß im Gesicht, und hat gestöhnt, als ginge ihm gerade einer ab. Es war widerlich! Ich konnte nur noch an die arme Frau denken und an das

Kind. Ich habe ständig das Bild vor mir gesehen, wie sich diese Sau auf so einem kleinen Kind herumwälzt.« Maria schüttelt sich.

»Und dann?«

»Du kennst doch diese weißen Gymnastikstöcke, die man sich so in den Nacken klemmt …«

»Und so einer ist dir dann ausgerutscht«, ergänzt Karin und muß, ohne es zu wollen, ein wenig lächeln.

»Exakt zwischen die Rippen.« Maria schaut Karin ruhig in die Augen. »Es hat gut getan, wenigstens mal einen von ihnen zu kriegen. Es tut mir nicht leid.«

Karin antwortet nicht. Ihr fallen ohnehin nur Plattheiten ein wie: ›Ist dir klar, daß dein Leben ruiniert sein könnte wegen so einem Schwein? Wo kämen wir hin, wenn jeder Selbstjustiz üben würde?‹ oder ›Davon wird Pia auch nicht wieder lebendig.‹

Sie denkt daran, daß Marias Schwager möglicherweise in wenigen Wochen entlassen werden kann. Sie wird in Zukunft gut auf Maria aufpassen müssen.

Inzwischen sind beide in den Sessel gerutscht und halten sich gegenseitig fest, als säßen sie in einem zu kleinen Boot.

»Wie hast du es rausgekriegt?« will Maria wissen.

»Unser tüchtiger junger Anwalt hat Detektiv gespielt.«

»Weiß er …« Maria schnellt erschrocken hoch, aber Karin legt ihr die Hand auf die Schulter.

»Nein. Du kannst ihn am Leben lassen. Er denkt, daß *ich* im Studio war.« Sie lächelt. »Aber ich war ja beim Juristenstammtisch, das läßt sich beweisen, im Notfall. Aber dazu wird es erst gar nicht kommen.«

»Bist du sicher?«

»Die Staatsanwaltschaft hat das Ermittlungsverfahren mehr oder weniger auf Eis gelegt. Es war ein Unfall. Und unseren kleinen Petrocelli, den habe ich ganz gut im Griff.«

Axel holpert, so schnell es die vereisten Schlaglöcher zulassen, den Waldweg zur Hütte entlang. Inzwischen sind die Spurrillen so ausgefahren, daß er befürchtet aufzusitzen. Er schafft es bis zur Hütte und fährt auch noch das letzte Stück bis zur Abzweigung des Pirschwegs, den er in der Dunkelheit beinahe verpaßt. Er setzt den Wagen an den Wegrand, in einen gefrorenen Schneehaufen, aus dem er wahrscheinlich ohne Hilfe nicht mehr herauskommen wird. Aber das ist ihm im Moment egal. Wenn er schon bei Sophie so kläglich versagt hat, dann muß er jetzt wenigstens ihren Bruder vor einer Panikreaktion bewahren.

Hustend und rutschend arbeitet er sich voran. Der Himmel über dem Odenwald ist pechschwarz. Gestern war Neumond. So steht es jedenfalls in seinem Terminkalender in der Kanzlei. Was die Mondphasen in einem Terminkalender zu suchen haben, war ihm bis zu dieser Stunde unklar.

Wind kommt auf, kalt und scharf wie ein Messer. Schnee durchweicht die italienischen Schuhe.

Mond oder nicht Mond, er wird es auch so schaffen. Einfach gar nicht an die Kälte denken. Denk an was anderes. Er ruft sich die heutige Szene in Karins Büro in Erinnerung; ihre unerwartet weichen Lippen, dieser herbe Duft ihres Haars, ihr fester Körper, der sich gegen seinen drängte … Prompt spürt er ein heißes Kribbeln in seinem Bauch und noch ein Stück tiefer. Wer weiß, wohin die Sache getrieben wäre, wenn nicht Frau Konradi an die Tür geklopft hätte, um ihren Feierabend anzukündigen. Zum Glück weiß die Frau, was sich gehört.

Was hatte das zu bedeuten? Wie wird es weitergehen? Will ich überhaupt, daß es weitergeht?

Verdammt, wo geht es denn hier jetzt weiter? So langsam müßte doch diese Lichtung kommen. Die Spuren, die ihn gestern so praktisch geleitet haben, sind bei dieser Dunkelheit nicht zu erkennen. Er ahnt gerade mal die

Schatten der Bäume, und selbst das nicht immer: Schon zweimal hat er sich den Kopf an einem Ast geschrammt. Eigentlich müßte er längst da sein. Er ist schon eine halbe Stunde gegangen, das letzte Stück sogar stramm bergauf. Neulich war doch der Weg nicht so weit. Jetzt steht er auf einem Hügel, er merkt es vor allen Dingen daran, daß der Wind noch unangenehmer geworden ist. Stimmt, da war diese Anhöhe, und dahinter das kleine Tal mit dem Bach. Aber so steil war der Hügel doch gar nicht, oder? Axel muß sich, erstens, eingestehen, daß er die Orientierung verloren hat und, zweitens, daß sein exquisiter, kognakfarbener Mantel aus Kaschmir-Alpaka-Gewebe gerade so warm hält, als trüge er eine Gardine am Leib. Wie hat die Verkäuferin gesagt: »Sie brauchen hier keinen dicken Mantel. Darmstadt ist das Tor zu Bergstraße, und dort fängt bekanntlich Italien an.«

Auch die farblich abgestimmten Handschuhe aus Rentierkalbleder können nicht verhindern, daß seine Finger, einer nach dem anderen, klamm werden. Seine Zehen spürt er schon eine ganze Weile nicht mehr. Er versucht diesen lästigen Begleiterscheinungen keine Beachtung zu schenken, und stapft durch den verharschten Schnee, langsamer als am Anfang, aber gleichmäßig, wie eine Maschine. Zum Stehenbleiben ist es sowieso zu kalt.

Der Wald hört nicht auf. Wenn er wenigstens wüßte, ob er schon zu weit gegangen ist. Seine Hose ist bis hinauf zu den Knien gefroren. Mit der Kälte, die langsam in seinen Körper eindringt, sickert auch die Erkenntnis in sein Hirn: Es ist idiotisch, was ich da mache! Wahrscheinlich komme ich sowieso zu spät. Außerdem kann dieser Kerl überall sein, weiß der Teufel wo. Warum sollte er ausgerechnet zu diesem Hochsitz gehen? Weil es Täter immer wieder an den Tatort treibt? Schwachsinn! Wahrscheinlich treibt es ihn eher zu einem romantischen Plätzchen, an dem er und Sophie ihre heimlichen Stunden verbracht haben. Und noch viel eher treibt es ihn bei dieser Kälte ins warme Wirtshaus, wo er vielleicht gerade sein fünftes Bier mit Schnaps bestellt, während ich mir hier den Arsch abfriere! Welcher Mann nimmt sich heutzutage noch das Leben, um eine Frau vor dem Gefängnis zu bewahren? Dafür hat man schließlich Anwälte! Helden werden nicht mehr gebraucht. Von Frauen schon gar nicht. Bestimmt ist Christian Delp nicht halb so verrückt, wie ich ihn einschätze.

Ein bißchen spät, diese Einsicht, was, Axel Kölsch? Wenn hier einer in Panik geraten ist und verrückte Dinge tut, dann du!

Jetzt ist Schluß, sagt sich Axel, ich gehe zurück. Als hätte er ein militärisches Kommando erhalten, wendet er sich um und setzt sich wieder in Bewegung. Aber bereits nach wenigen Minuten ist er nicht mehr sicher, ob er sich noch auf der Spur befindet, auf der er gekommen ist. Er bleibt stehen und versucht etwas zu erkennen. Der Nachthimmel verschluckt die Schatten der Bäume. Nicht stehenbleiben! Immer weiter, immer vorwärts. Vorwärts? Was bedeutet vorwärts, wenn man nicht einmal weiß, woher man kommt? Eine geradezu philosophische Frage.

Bei Schopenhauer hat er einmal gelesen, daß die menschliche Existenz bloß eine Vorstellung sei, oder so ähnlich. Die genauen Worte hat er sich nicht gemerkt, weil ihm die Sache damals, als Oberstufenschüler, gar zu verrückt erschien. Ihm fällt Anneliese Gotthards Theorie über die Wahrheit ein. Bestimmt hat die auch Schopenhauer gelesen. Demnach ist das alles hier pure Einbildung? Sinnestäuschung? Die Dunkelheit, die Äste, die ihm ins Gesicht schlagen, die Nadelstiche in seinen Fingern, die Taubheit seiner Füße, die Kälte, die ihm an den Knochen nagt, die seine Eingeweide zusammenzieht und ihm den Atem nimmt, der Schmerz in seinem Brustkorb, alles ein Hirngespinst?

Zum Teufel mit Schopenhauer, der hilft dir jetzt nicht

weiter. Reiß dich gefälligst zusammen! Allmählich merkt Axel, wie er müde wird. Am liebsten würde er sich irgendwo hinsetzen. Vielleicht unter die dichten Zweige einer jungen Fichte, wo kein Schnee liegt und dieser gemeine Wind ihn nicht erreichen kann. Wo verkriechen sich eigentlich Tiere bei solcher Kälte, wie halten die sich warm?

Ich darf mich nicht hinsetzen, sagt er sich sofort. Ich darf nicht mal daran denken. Hinsetzen bedeutet aufgeben. Dann wird diese elende Kälte mich lähmen, wie ein Gift wird sie sich im Körper ausbreiten, eine Funktion nach der anderen zum Erliegen bringen, mich nach und nach mit Gefühllosigkeit erfüllen, so wie meine Füße. Was stirbt wohl als letztes? Herz? Lunge? Hirn? Axel verbietet sich solche Szenarien. Ich finde zurück, ganz bestimmt. Zurück, zurück. Immer wieder taucht das Bild von Anneliese Gotthards Küchenherd vor ihm auf. Es ist zum Inbegriff für Wärme und Sicherheit geworden.

Plötzlich wird der Schnee noch höher. Dafür kann er jetzt besser sehen. Das muß die Lichtung mit dem Hochsitz sein! Er erkennt sie wieder, er glaubt es wenigstens, hofft es. Der Wind fegt mit frischer Kraft über den baumlosen Flecken. Axel versucht so gut es geht, den hüfthohen Verwehungen auszuweichen. Krachend bricht die festgefrorene Schneedecke bei jedem seiner Schritte ein. Seine Augen gewöhnen sich an die Umgebung, und ihm ist, als ob er da oben, am Hang, die Silhouette des Hochsitzes erkennt. Der Anblick mobilisiert seine Kräfte, er geht schneller.

Er hat sich nicht getäuscht, da ist der Hochsitz. Keuchend lehnt er sich an die Leiter. Als sich sein Atem beruhigt hat, späht er nach oben. Es ist nichts zu erkennen. Zu dunkel. Außerdem ist sich Axel ziemlich sicher, daß da oben nichts ist.

Da! Da ist es wieder. Aufgeregt starrt Frau Weinzierl auf die dunklen Fenster von Sophies Wohnung. Sie hat sich also vorhin doch nicht getäuscht. Da ist ein Lichtstrahl, der pfeilschnell durch das Nähzimmer huscht, wie ein Sputnik. Was ist das, eine Kerze? Nein, eher eine Taschenlampe.

Was treibt diese Hexe denn jetzt wieder, daß sie nicht einmal das elektrische Licht dazu einschaltet? Wieder hat sie Sophie nicht nach Hause kommen sehen, hat schon gehofft, sie hätten sie dabehalten, wo sie hingehört: im Gefängnis. Aber auf die Polizei ist auch kein Verlaß, das hat sie heute morgen schon schmerzlich erfahren müssen.

Noch immer blickt sie wie hypnotisiert nach draußen. Der schmale Neumond steht jetzt genau über dem Dachfirst. Was geht da drüben vor? Der Lichtkegel hat sich in eine Zimmerecke verkrochen und schimmert jetzt kaum noch wahrnehmbar durch die Scheibe. Warum läßt sie nicht die Rolläden herunter, wenn sie nicht gesehen werden will? Nicht einmal die Vorhänge sind zu. Was ist das nun wieder für ein Theater, das sie für mich inszeniert? Eine spiritistische Sitzung? Ein satanisches Ritual? Geisterbeschwörung?

Frau Weinzierl stöhnt auf. Diese Frau treibt mich noch in den Wahnsinn! Wahrscheinlich ist es genau das, was sie will. Sie wendet sich ab und geht in die Küche, denn auf einmal spürt sie dieses trockene Kratzen in ihrem Hals, und die Luft strömt nur noch wie durch einen Schwamm gefiltert in ihre Lunge. Als sie am Spiegel vorbeikommt, erschrickt sie. Die Person da drinnen, ist das wirklich noch sie selbst? Ihr Haar zeigt am Ansatz einen verräterischen grauen Streifen und sieht aus, als wäre es auf dem Kopf explodiert. Sepiabraune Schatten liegen unter ihren geröteten Augen mit den überweiten Pupillen, die Wangen sind schlaff und käsig, bedeckt von unregelmäßigen roten Flecken, wie eine Landkarte. Der Lippenstift ist verschmiert, und ihr Kinn, das in drei Schichten in den Hals übergeht, zittert. Mit hastigen Schlucken trinkt sie ein Glas Leitungswasser und legt ihr Sprühfläschchen bereit.

»Sie macht mich fertig«, flüstert sie. »Sie will mich zerstören. Warum nur, was habe ich ihr getan?«

Am liebsten würde sie in der Küche bleiben oder sich unter die Bettdecke verkriechen, aber das Wohnzimmerfenster, vielmehr Sophies Nähzimmerfenster, zieht sie magisch an. Da ist eine Gestalt! Sie trägt ein langes Kleid und bewegt sich hin und her. Was macht sie? Fast sieht es so aus, als ob sie tanzt. Der Lichtkegel bewegt sich und fällt jetzt genau auf die Puppe. Sie trägt keinen Schleier mehr über dem Kopf. Frau Weinzierl stockt das Blut. Ihr Schrei kommt als heiseres Würgen heraus. Wie eine Betrunkene stolpert sie zum Telefon.

Langsam läßt sich Axel auf die Holzbank sinken. Herrlich, nicht mehr gehen zu müssen, wenn auch nur für ein paar Minuten. Der Wind hat nachgelassen, und ab und zu kommt die fadendünne Mondsichel hinter einer Wolke hervor. Seine Augen gewöhnen sich nach und nach an die Lichtverhältnisse. Unter ihm schimmert das Schneefeld, und der Bach ist ein krummer Scheitel, der das kleine Tal teilt. Seltsamerweise befällt ihn jetzt nicht dieses unheimliche Gefühl, das er gestern empfunden hat, als er an dieser Stelle saß. Vielleicht, so spöttelt Axel vor sich hin, hat sich Rudolf Kampraths Geist inzwischen davongemacht.

Schwerfällig zieht er seine steifen Beine hoch und legt die Arme um die Knie. Er muß an seinen Physiklehrer denken. »Die Kugel hat die kleinste Oberfläche.« Wo keine Oberfläche ist, kommt die Kälte nicht hin, jedenfalls nicht so sehr. Manchmal lernt man in der Schule doch was fürs Leben.

Wie friedlich es hier ist. Auf einmal kann er verstehen, warum jemand sich an diesem Platz die Nächte um die

Ohren schlägt. Bestimmt ging es Rudolf Kamprath gar nicht so sehr um die Fuchsfelle. Und schon gar nicht an jenem Abend. Anstatt sich nach dem Streit mit seiner Frau in einer Kneipe zu betrinken, wie es vielleicht ein nicht-jagender Ehemann getan hätte, kam er hierher. Ja, so muß es gewesen sein. Axel sieht das Bild in eindringlicher Deutlichkeit vor sich: Rudolf Kampraths Tag ist anstrengend gewesen, soweit das bei einem Lehrer der Fall sein kann, und am Abend, als er heimkommt, gibt es eine heftige Auseinandersetzung mit Sophie. Sie konfrontiert ihn mit seinen Lügen und droht, ihn zu verlassen. Wütend setzt er sich ins Auto und fährt in das Jagdrevier. In seiner Erregung denkt er nicht daran, den Jagdherrn zu informieren. Es ist eine Flucht an den Ort, an dem man ihn endlich in Ruhe lassen wird. Auf dem Marsch zum Hochsitz kann er sich bereits ein wenig abreagieren, und schließlich erreicht er den vertrauten Platz. Jetzt kann er endlich in Ruhe nachdenken. Er trinkt einen Becher heißen Kaffee, gewinnt mehr und mehr Abstand zu den alltäglichen Dingen, sein Ärger läßt nach, löst sich auf, Körper und Seele finden Entspannung. Es überkommt ihn dieses schwebende Gefühl der Empfindungslosigkeit, die Kälte spürt er jetzt nicht mehr … Dann ist er eingeschlafen, ganz friedlich.

Axel weiß, daß es so war. Die Gewißheit ist so absolut, daß sie ihn verblüfft. Er denkt an Sophies Worte: »Ich wußte, daß er tot ist. Und daß er ruhig gestorben ist.«

Axel kuschelt sich in seinen Mantel und lehnt den Kopf an den stabilen Eckpfeiler. Er friert jetzt nicht mehr. Nur einen Moment ausruhen, Kraft schöpfen. Dann gehe ich zurück, ich finde den Weg, ganz bestimmt finde ich ihn.

Das Bild von Anneliese Gotthards Herdfeuer ist das Letzte, was er wahrnimmt, ehe er sich dieser schwerelosen Leichtigkeit hingibt.

Claudia hält die Taschenlampe zwischen ihren Zähnen, während sie in Gedanken Försters Stimme hört, die etwas von einem richterlichen Durchsuchungsbefehl faselt.

Ach, Valli, wie recht du mal wieder hast. Aber falls Sophie morgen entlassen wird, ist es fraglich, ob ich den bekommen werde. Und ich will ja nur einen ganz kurzen Blick in dieses Nähzimmer werfen … Im Innern des Türschloßes knackt es leise. Claudia nimmt die Taschenlampe aus dem Mund und lächelt. Es war also doch nicht ganz umsonst, daß ich mir letztes Jahr diese Vorträge »Das sichere Haus« habe aufs Auge drücken lassen.

Der Lichtkegel tastet sich durch den Flur und verweilt an der Klinke der Nähzimmertür. Vorgestern, als sich Claudia und die beiden Beamten hier umsahen, konzentrierte sich die Aufmerksamkeit hauptsächlich auf Rudolf Kampraths Schreibtisch und den Schrank mit seiner Jagdkleidung. In Sophies Nähzimmer ist Claudia nur kurz gewesen. Trotzdem erinnert sie sich gut an die Schneiderpuppe, die als kahler Torso auf einem dreibeinigen Holzständer neben dem großen Tisch stand. Von einem Kopf, wie diese Weinzierl behauptet, war nichts zu sehen. Aber etwas anderes fiel Claudia auf: angebrochene Tuben mit Öl- und Acrylfarben auf der Kommode und ein Glas mit Pinseln. Zu diesem Zeitpunkt hatte Claudia nur den Gedanken, daß der gleichzeitige Umgang mit Farben und Stoffen in einem so kleinen Raum große Sorgfalt erforderte. Bei ihrem Hang zur Schusseligkeit wäre das garantiert schiefgegangen.

Jetzt, als sie Zentimeter für Zentimeter die Tür öffnet – sie kann sich selbst nicht erklären, warum sie so leise und verstohlen operiert –, fällt der Lichtstrahl als erstes auf die Kommode. Die Farbtuben liegen immer noch da, außerdem zwei kleine Spachtel, eine Tube Klebstoff, ein spitzes Messer und ein Föhn. Eine ähnliche Ansammlung von Materialien und Werkzeugen hat sie erst kürzlich gesehen, und sofort fällt ihr ein, wann und wo: gestern, in Christian Delps Werkstatt.

Sie macht die Tür ganz auf.

Die Weinzierl hat recht, durchfährt es Claudia, als der Strahl der Lampe die Schneiderpuppe aus dem Dunkel reißt. Da ist ein Kopf drauf. Aber es hängt ein Tuch darüber. Unwillkürlich muß Claudia an Hitchcocks »Psycho« denken, der, jedenfalls bis zu diesem Augenblick, zu ihren Lieblingsfilmen gehört hat. Was, wenn Sophie die weibliche Ausgabe von Norman Bates ist? Eine Gänsehaut fließt ihr den Rücken hinab, und sie bereut heftig, keinen Durchsuchungsbefehl beantragt zu haben. Dann wäre sie wenigstens bei Tageslicht und in Begleitung einiger Beamter hier. Und überhaupt, grollt sie, ist nur Valli schuld daran: Wenn der vorhin nicht den Beleidigten gespielt hätte, dann säße ich jetzt bei *Ossobuco* und *Barbaresco* bei *mamma* und müßte nicht im Schein der Taschenlampe auf dieses Ding da zugehen und das Tuch entfernen, um wer weiß was zu enthüllen.

Sie schöpft tief Atem. Sei nicht kindisch! Du bist die *Commissaria* und keine hysterische Gans! Mit zwei, drei entschlossenen Schritten, die Taschenlampe wie eine Waffe vor sich haltend, geht sie auf die Puppe zu, zieht das Tuch herunter und kann trotz bester Vorsätze nicht verhindern, daß ihr ein Schrei entfährt. Sie weicht zurück, als wäre sie gegen eine unsichtbare Wand geprallt und findet sich keuchend an die Toilettentür gelehnt wieder.

Dio mio, das gibt es nicht, das kann sie nicht getan haben! Ekel und Entsetzen lassen die Stehpizza, die sie unterwegs an einem Imbißstand hinuntergeschlungen hat, in ihrem Magen rotieren.

»*Mamma*!« flüstert sie und preßt kurz die Hand auf ihren Mund. »Ich glaub', ich muß kotzen!«

Sie wartet, bis ihre Nerven zu flattern aufgehört haben und sie wieder normal atmen kann. Die Übelkeit läßt nach. Erneut umklammert sie ihre Lampe. Von der halb-offenen Tür aus fängt der Lichtstrahl die Puppe ein.

Claudia kennt Jürgen Lachmann, oder auch Mark Bronski, nur von Sophies Zeichnung und vom Fahn-dungsfoto. Aber sie hat sein Gesicht schon nach einer Sekunde erkannt. Das Werk ist perfekt. Ihre Empfindun-gen pendeln zwischen Abscheu und Neugier. Am Ende gewinnt ihre Neugier langsam die Oberhand. Mit der Lampe in der einen und dem Messer von der Kommode in der anderen Hand nähert sie sich Jürgen Lachmanns *alter ego*, wobei sie das Messer vor sich hält, als könnte er sie jeden Moment anspringen. Zitternd berührt das Metall die blasse Wange und den vollen Mund. Die Lippen glän-zen feucht, wie eine frische Wunde. Zaghaft klopft sie mit dem Griff gegen den Kopf. Ein hohler Laut entsteht, und etwas, das wie Katzenstreu aussieht, rieselt auf den Parkett-boden. Beinahe hätte Claudia laut losgelacht. Sie legt das Messer weg und streicht über die römisch geformte Nase, das markante Kinn, die kalten Augen. Gips. Sie zwirbelt eine Strähne des schulterlangen Haars zwischen ihren Fin-gern. Kunsthaar. Die Augen sind aus Glas. Er trägt ein lan-ges Kleid aus einem dunklen, mattglänzenden Stoff, ein um den Hals geschlungener Schal verdeckt die Stelle, an der der Kopf mit dem Torso verbunden ist.

»Verrückt«, murmelt Claudia. Das Nachlassen ihrer in-neren Spannung äußert sich in einem nervösen Gekicher.

Wißbegierig schiebt Claudia das Kleid der Puppe nach oben. Wer weiß, bis in welches Detail Sophies Hang zum Perfektionismus geht? Aber unter dem Kleid ist alles neutral, und Claudia schüttelt den Kopf. Am meisten über sich selbst. Einem Impuls gehorchend öffnet sie die oberste Schublade der Kommode. Was im Dämmerlicht aussieht wie ein von kleinen Tieren bevölkertes Nest, sind Perücken in verschiedenen Farben und Haarlängen, im ganzen neun Stück. Dazwischen Schleifen, Bänder, Borten, Schals und Stoffreste. In der zweiten Schublade sind noch mehr Farbtuben, zwei Gipstüten, Pinsel, Messer, Spachtel, eine Packung Ton und aufgerollte Bandagen. Die unterste Schublade ist die größte. Sie beherbergt drei leicht ramponierte Köpfe von Schaufensterpuppen und einen weiteren Gipskopf.

»Ja, wen haben wir denn da«, flüstert Claudia, als sie ihn vorsichtig herausnimmt und auf die Kommode stellt. Nacheinander probiert sie dem Kopf die Perücken auf, und als die mit den dunklen, langen Locken an der Reihe ist, muß Claudia grinsen. Die schmale Nase, der strenge Mund, die elegant geschwungenen Brauen – Karin Mohr, unverkennbar. Fast noch perfekter gemacht als dieser Mark.

Ob Rudolf Kamprath von dem makabren Hobby seiner Angetrauten wußte? Ob er diesen Kopf jemals gesehen hat, und wenn ja, wie hat er reagiert?

Der Vollständigkeit halber durchforstet sie auch den Kleiderschrank nach bekannten Gesichtern, aber da sind nur Kleider. Und was für Kleider! Claudia vergißt die Gipsköpfe und jegliche Vorsicht, legt die Taschenlampe auf die Kommode, so daß sie den Spiegel anleuchtet, nimmt ein auberginefarbenes – zumindest wirkt die Farbe bei dieser Beleuchtung wie aubergine – weit schwingendes Kleid aus dem Schrank und hält es sich an den Körper.

»*Bellissima*!« Widerstrebend hängt sie es zurück und greift nach einem engen, schwarzen Abendkleid. Mein Gott, wie schön! Eines schöner als das andere. Wann zieht die Frau die Dinger an? Am liebsten würde Claudia selbst eines anprobieren, obwohl sie Kleider eigentlich nicht ausstehen kann. Sie besitzt nur wenige und trägt sie nie. Als Kind haßte sie die bonbonfarbenen Rüschenfetzen, in die *mamma* sie jeden Sonntag zwängte. Aber hier könnte sie schwach werden.

Schlag dir das sofort aus dem Kopf! Vergiß nicht, wo du

bist, sagt sich Claudia streng, während sie sich hastig aus ihrer Jeans schält und sich ein langes, nachtblaues Wunder aus einem seidigkühlen Stoff über die Schultern gleiten läßt.

Nur dieses eine.

Hingerissen wiegt, biegt und dreht sie sich vor dem Spiegel. Sie muß das Kleid in der Taille zusammenraffen, Sophie dürfte mindestens Größe 44 haben, Claudia hat 38, und außerdem ist es ihr ein gutes Stück zu lang, aber trotzdem findet sie sich wunderschön darin. Irgendwie anders. Als hätte sie soeben eine ganz neue Seite ihres Ichs entdeckt. Was wohl dieser Axel Kölsch zu dem Kleid sagen würde? Wieso augerechnet der? Was hat denn der damit zu tun? Spinne ich jetzt komplett? »Einbruch« würde der dazu sagen!

Apropos Einbruch. Nicht mal an die Gardinen habe ich gedacht. Als Kriminelle müßte ich noch eine Menge dazulernen. Am sichersten wäre es, die Rolläden zu schließen, aber das fällt womöglich erst recht auf. Rasch zieht sie die Vorhänge zu und kehrt zurück an den Spiegel.

»Und was meinst du zu dem Kleid, Gipskopf? Nichts? Auch gut.«

Hoffentlich ist die Kamprath unschuldig, denkt Claudia, sie muß mir unbedingt etwas in meiner Größe nähen.

Claudia hat schon den halben Schrank durch und trägt gerade das lange Schwarze, als ein Poltern sie herumfahren läßt, wobei sie auf das Kleid tritt. Es gelingt ihr, das Gleichgewicht zu bewahren, indem sie sich an Mark-Jürgen festhält. Der schwankt, es kracht, und schon gleicht sein Antlitz einem zersprungenen Blumenübertopf. Ein greller Lichtstrahl trifft Claudia mitten ins Gesicht, alles was sie sieht, sind bunte, tanzende Sterne. Dafür hört sie um so deutlicher die Worte: »Polizei! Nehmen Sie die Hände hoch und drehen Sie sich zur Wand!«

Das Herdfeuer. Er kann die Flammen nicht sehen, aber er
hört ihr Knistern und spürt ihre Wärme, spürt sie mit jeder
Faser, saugt sie auf. Er ist völlig entspannt. Schwerelos,
körperlos gleitet er auf einer weichen, wolligen Wolke ins
Nichts. Ist das der Himmel? Oder ein Trip?

»Ihr Kräutertee.«

Axel öffnet blinzelnd die Augen und blickt in ein faltiges Vogelgesicht mit grauen Augen. Ein stechender
Schmerz in seinen Zehen stößt ihn von seiner Wolke,
hinab in die qualvollen Niederungen der menschlichen
Existenz. Er liegt, eingepackt in die moosgrüne Wolldecke
auf dem Sofa, das nicht schwebt, sondern mit seinen hölzernen Beinen fest auf dem Fußboden von Anneliese
Gotthards Wohnküche ankert. Dafür kann er jetzt das
Feuer sehen, denn die Klappe steht offen und der Ofen
speit Hitzewellen in den Raum. Anneliese Gotthard hält
ihm eine dampfende Tasse vor die Nase, die nach nassem
Heu riecht. Er rappelt sich hoch und stützt sich auf die
Ellbogen. »Wie … Was ist?«

»Trinken!« befiehlt sie, und Axel gehorcht. Der Tee
schmeckt besser, als er riecht. Es muß viel Honig drin sein.
Axel hustet, sein Brustkorb schmerzt.

»Nur weiter!«

Er leert die Tasse in kleinen Schlucken und gibt sie ihr
zurück. Jetzt erst bemerkt er die Katzen, die es sich um ihn
herum gemütlich gemacht haben. Die Makrele macht ein
Geräusch, als hätte sie einen Motor verschluckt. An der
Stange über dem Herd hängt seine Kleidung, die Schuhe
sind an den Schnürsenkeln zusammengebunden und baumeln zwischen den Kräutersträußen über dem Herd. Er
linst unter die Wolldecke. Die Unterwäsche, die er trägt, ist
seine eigene, seine Füße verlieren sich in dicken, selbstge-
strickten Wollsocken, die kratzen, daß man damit Töpfe
scheuern könnte. Langsam, in kurzen, zusammenhanglo-
sen Sequenzen kehren die Bilder zurück, die er für einen

Traum gehalten hat. Der Hochsitz. Sein Physiklehrer. Der große Mann mit dem Gewehr. Karin Mohr, die ihm zulächelt. Zwei abgehäutete Rehköpfe. Ein Mann, der ihn eine Leiter hinunterzerrt. Eine blonde Frau mit einem Handy. Ein Männerarm wie eine Schraubzwinge. Eine lächelnde Kuh. Der Marsch durch die Dunkelheit auf bleischweren Beinen. Claudia Tomasetti, die aus einem Bierglas trinkt und sich den Schaum von den Lippen leckt. Das Gesicht des großen Mannes – er kennt es.

»Sophies Bruder hat mich gefunden, nicht wahr?«

Sie nickt. »Er war auf der Jagd und hat das fremde Auto gesehen. Er dachte an Wilderer und ist Ihrer Spur nachgegangen.«

»Wie bin ich hierhergekommen?«

»In seinem Jeep. Sie haben ihm meinen Namen genannt. Wissen Sie das nicht mehr?«

Axel erinnert sich an den Geruch eines fremden Fahrzeugs. Daß er mit dem Mann gesprochen hat, weiß er nicht mehr. Er schüttelt den Kopf.

»Was machen Ihre Füße?«

»Tun saumäßig weh.«

»Dann sind sie nicht erfroren. Wir machen gleich noch ein heißkaltes Fußbad. Und bei Gelegenheit können Sie mir ja mal erklären, was Sie da draußen gesucht haben. Aber nicht jetzt.«

Axel schweigt dankbar. Er setzt sich hin und sieht aus dem Fenster. Draußen herrscht Dunkelheit. Vergeblich sucht er nach seiner Armbanduhr. Es muß früher Morgen sein. Schlag auf Schlag füllt sich nun sein Gedächtnis. Er nutzt den Augenblick, als seine Wohltäterin Holz holen geht, um auf wackeligen Beinen zum Herd zu staksen und seinen Pullover von der Stange zu ziehen. Er mag nicht in Unterwäsche vor ihr sitzen. Seine Hose ist knittrig wie ein dreimal benutztes Butterbrotpapier, er läßt sie, wo sie ist, und schlüpft wieder unter die Sofadecke. Der kurze Ausflug hat ihn schwindelig gemacht. Ein Schüttelfrost läßt ihn erschauern. Nur noch ein kleines Schläfchen … Nein, das geht jetzt nicht. Es gilt zu handeln. Die Tomasetti muß von Christian Delps Alibi erfahren, ebenso Karin. Sie muß mit Sophie sprechen, damit die noch vor dem Haftprüfungstermin ihr sinnloses Geständnis widerruft. Und der Delp selber, der muß natürlich auch Bescheid wissen. Axel steht wieder auf und sieht sich nach einem Telefon um.

»Was machen Sie denn da?« fragt die Hausherrin fürsorglich, als sie mit einem Korb voller Holz in der Tür erscheint.

»Ich suche ein Telefon. Und meine Uhr, wo ist meine Uhr?«

»Hier.« Sie reicht ihm die Uhr, die auf dem Tisch neben einem Stapel Bücher lag.

»Sie verschwenden Ihren Holzvorrat.«

»Wenn Sie wieder auf dem Damm sind, werde ich Sie zum Hacken herbestellen.«

»Vielen Dank. Für alles.«

»Schon in Ordnung. Ich habe gerne junge Männer in Unterwäsche auf meinem Kanapee liegen.«

»Die päppeln Sie dann hoch, um sie zu vernaschen, wenn sie fit genug sind«, ergänzt Axel grinsend.

»Ganz richtig. Auch Hexen müssen sich dem Zeitgeist unterordnen.«

Axel schaut auf seine Uhr und atmet auf. Sieben. »Es ist noch etwas früh. Vielleicht kann ich erst nach Hause fahren und von dort aus telefonieren. Wissen Sie, wo mein … ich meine, Frau Mohrs Wagen ist?«

»Soviel ich weiß, hat ihn der Christian heute mittag mit seinem Jeep auf den Hof geschleppt.«

»Heute mittag?«

»Es ist jetzt sieben Uhr abends. Sie haben den ganzen Tag geschlafen, und wie ich sehe, hat Ihnen das gutgetan. Ihre Chefin weiß übrigens Bescheid, daß Sie hier …«

»ABEND? Ach du Scheiße!«

»Wie bitte?«

»Entschuldigen Sie. Darf ich mal telefonieren? Ich muß wissen, was mit Sophie los ist.«

»Im Flur. Aber ziehen Sie sich was an. Ich bringe Ihnen eine Trainingshose. Da draußen ist es eisig. Und danach legen Sie sich gefälligst wieder hin!«

Als Axel wieder ins Zimmer kommt, sieht ihn Anneliese Gotthard gespannt an. Axel setzt sich auf das Sofa und zieht sich die Decke um die Schultern. Auf einmal friert er, obwohl der Ofen nach wie vor eine Bullenhitze abgibt. »Der Richter hat Haftbefehl erlassen.«

Sie antwortet nicht. Axel geht stumm zum Fenster und sieht hinaus. Es hat angefangen zu schneien, dicke, lockere Flocken, die ganz langsam zu Boden sinken, wie ausgerissene Engelsflügel.

»Frau Kamprath, wissen Sie wirklich nicht, wo dieser Mark Bronski, beziehungsweise Jürgen Lachmann sein könnte?« Claudia sieht Sophie beinahe flehend in die Augen.

»Nein.«

»Hat er mal den Namen eines Freundes genannt, hat er Verwandte erwähnt?«

»Nein.«

»Worüber haben Sie und er sich denn immer unterhalten?«

»Über alles mögliche.«

Herrgott noch mal! Der Frau ist nicht zu helfen. Aber das Gefühl, an Sophies mißlicher Lage nicht ganz unschuldig zu sein, veranlaßt Claudia zu einem letzten Versuch: »Sophie, ich weiß, es fällt Ihnen schwer, mir zu vertrauen. Mir geht es wirklich nicht darum, dem Jungen zu schaden. Aber er ist Wehrdienstverweigerer, da versteht unser Staat leider keinen Spaß. Wenn er sich jetzt freiwillig stellt, kann ein guter Anwalt eine Bewährungsstrafe aushandeln.«

»Ich weiß nicht, wo er ist«, unterbricht Sophie. »Das alles hat mich der Herr Kölsch heute auch schon gefragt. Es tut mir leid.«

»Es tut mir für Sie leid, Sophie. Ohne seine entlastende Aussage wandern Sie heute noch ins Untersuchungsgefängnis und bleiben dort bis zur Verhandlung, ist Ihnen das klar? Ich kann Ihnen jetzt nicht mehr helfen, der Fall liegt in den Händen des Staatsanwaltes, und der kann Ihr Geständnis nicht einfach ignorieren. Selbst wenn Sie es widerrufen. Das hat Ihnen Ihr Anwalt sicher erklärt.«

Sophie nickt. »Das ist schade, wenn ich eingesperrt bleibe. Wegen meinem Kurs.«

»Kurs?«

»Dem Lese- und Schreibkurs.«

»Ach so. Ja, das ist schade.«

»Wann darf mich mein Bruder besuchen?«

Claudia schüttelt bedauernd den Kopf. »Momentan noch nicht. Aber ich werde sehen, was sich machen läßt. Ich verspreche es.«

Sophie nickt.

»Sophie, ich wollte Sie mal was fragen. Nicht als Polizistin, nur so. Als Frau.« Claudia blickt verlegen auf die graue Tischplatte zwischen ihnen.

»Was denn?«

»Warum sind Sie bei Ihrem Mann geblieben? Er hat Sie behandelt wie eine unmündige Person. Allein diese ganzen Rechnungen, die er gehortet hat … Warum sind Sie nicht schon früher gegangen? Hatten Sie Angst, nicht alleine zurechtzukommen?«

Sophie läßt ein paar Sekunden verstreichen, ehe sie sagt: »Ich hatte ein schlechtes Gewissen.«

»Sie? Aber warum denn Sie?«

»Weil ich ihn betrogen habe.«

Sofort muß Claudia an den Bruder denken.

»Ich habe ihn nur geheiratet, um von meinen Eltern

und von dem Dorf wegzukommen. Ich fand ihn nicht einmal besonders nett, von Anfang an nicht. Ich habe seine Augen nicht gemocht, seinen Gang, seine Haltung. Sein Lachen war nicht echt. Und diese ewige Besserwisserei ist mir von Tag zu Tag mehr auf die Nerven gegangen. Eigentlich war nichts an ihm, das mir gefallen hätte. Aber ich habe damals gedacht, wenn ich erst mal seine Frau bin, und von dem Dorf weg, dann gewöhne ich mich an ihn.«

»Haben Sie sich an ihn gewöhnt?«

»An manche Dinge ja, an andere nie.«

»Was war das Schlimmste?«

Sophie zögert.

»Verzeihen Sie, wenn es Ihnen peinlich ist, dann …«

»Ich mochte seinen Geruch nicht. Nicht, daß er irgendwie schlecht roch, es war mehr so ein Gefühl. Ich kann es nicht richtig ausdrücken.«

Claudia nickt. »Ich verstehe, was Sie meinen. Mit manchen Menschen geht es mir auch so.«

Sophie nickt.

»Deshalb haben Sie sich also seine Schikanen gefallen lassen. Weil Sie ihn sozusagen unter falschen Voraussetzungen geheiratet haben. Sie haben ihm vorgegaukelt, ihn zu mögen.«

»Ja. So was ist doch irgendwie Betrug.«

Bestimmt spielte der Bruder dabei eine große Rolle, vermutet Claudia. Sie muß vor ihrer Heirat permanent in Angst und mit einem schlechten Gewissen gelebt haben. Er wahrscheinlich auch. Kein Wunder, daß die beiden ein bißchen eigenartig sind.

»Und Ihr Mann? Was war bei ihm der Grund? Liebte er Sie?«

»Er brauchte jemanden, der ihn versorgt, nachdem seine Mutter tot war. Außerdem hat er gehofft, daß er als Verheirateter schneller zum Konrektor befördert wird.«

»Lieber Himmel«, stöhnt Claudia. »Mir scheint, ich bin

eine hoffnungslose Romantikerin. Ich werde wohl als alte Jungfer enden, die beharrlich an die Liebesheirat glaubt. Naja, Jungfer nicht gerade.« Claudia grinst, und auch Sophie lächelt.

»Wie konnten Sie sich das nur antun, Sophie?«

»Ich war eben dumm. Und eigentlich war Rudolf doch ein ganz normaler Mann.«

Da ist was dran, denkt Claudia. Rudolf war kein Monstrum, er war eher die Norm. Es gibt zigtausend Rudolfs.

»Außerdem wollte ich immer gerne ein Kind haben.«

»Nachdem Ihnen Karin Mohr das mit Rudolfs Unfruchtbarkeit gesagt hat, war das Maß dann endlich voll, oder?«

»Ja.«

»Hätten Sie ihn verlassen, wenn er nicht … ich meine, wenn er nicht umgekommen wäre?«

»Ja, ganz bestimmt. Warum wollen Sie das wissen?«

»Nur so. Ich interessiere mich für Menschen und ihre Gründe, warum sie so und nicht anders handeln. Liegt sicher an meinem Beruf. Nervt Sie meine Fragerei?«

»Nein.«

»Da ist noch etwas.« Claudia setzt eine zerknirschte Miene auf, die halb echt, halb gespielt ist. »Bei der Durchsuchung der Wohnung, da ist ein kleines Malheur passiert …«

Axel klettert aus der Straßenbahn. Jede Bewegung schmerzt, als hätte er einen Riesenmuskelkater.

Eigentlich wollte er noch in der Kanzlei vorbeischauen, aber er fühlt sich heute nicht in der Lage, es mit Karin Mohr aufzunehmen und hat es vorerst bei einem Telefonat mit Frau Konradi belassen. Daß auch Karin es nicht geschafft hat, Sophie aus der Untersuchungshaft zu bekommen, erfüllt ihn – bei allem Bedauern für Sophie – mit einer gewissen Genugtuung. Mag sein, daß er sich wie ein Tölpel angestellt hat, aber auch sie ist nicht die Fee, die nur mit ihrem Zauberstab zu winken braucht, um alles wieder ins Lot zu bringen.

Er kommt gerade von Sophie. Das Gespräch war unergiebig, Sophie wollte partout nichts über diesen Jürgen Lachmann herausrücken. Eine seltsame Person, denkt Axel nicht zum ersten Mal. Erst lügt sie für ihren Bruder, daß sich die Balken biegen, jetzt wahrscheinlich für diesen Kerl. Hat sie wirklich keine Ahnung, wo er steckt? Man kann nur hoffen, daß die Polizei ihn findet und daß er Sophie entlasten kann.

Langsam und steif, wie ein Greis, schleppt sich Axel die Straße entlang. Er war, wie er Anneliese Gotthard hoch und heilig versprochen hat, beim Arzt. Nicht bei Dr. Mayer, dessen Sterbequote ist ihm zu hoch. Jetzt trägt er eine Tüte voller Medikamente nach Hause. Pillen und Tees für seine Bronchitis, mit der »nicht zu spaßen ist«, wie sich der Arzt ausdrückte, Salben für seine Füße, die doch leichte Erfrierungen davongetragen haben. Er ist für die nächsten Tage krank geschrieben und sehnt sich im Moment nach nichts anderem als seinem Bett. Er steht vor Sophies Haus. Im ersten Stock sind alle Rolläden heruntergelassen. Claudia Tomasetti hat ihn über die erneute Durchsuchung der Wohnung informiert, die heute morgen stattgefunden und zu keinen neuen Erkenntnissen geführt hat.

Auf der anderen Straßenseite steht Frau Weinzierl und hat im Postboten ein willfähriges Opfer ihres ausgeprägten Mitteilungsbedürfnisses gefunden. Axel ist froh, daß sie ihn in ihrem Eifer nicht bemerkt.

Vor Sophies Gartenzaun steht das schwer bepackte gelbe Fahrrad. Axel ist schon ein paar Schritte daran vorbeigegangen, als er stutzt und sich wieder umdreht. Da war doch ein bekanntes Gesicht in der Post!

Er sieht sich verstohlen um. Der Postbote dreht ihm den Rücken zu, er hat eine Figur wie *Conan der Barbar* und verdeckt Frau Weinzierl die Sicht in seine Richtung. Im Bewußtsein, gegen mindestens drei Gesetze zu verstoßen, streckt Axel die Hand aus und läßt die Ansichtskarte in seiner Tüte verschwinden.

Jetzt hat er es sehr eilig, mit der Beute in seine Wohnung zu kommen.

Hustend sitzt er auf dem Bett und leert die Tüte aus. Die Mattigkeit ist mit einem Schlag von ihm gewichen, gelassen lächelt ihm Mona Lisa zwischen Bronchialtee und Johanniskrautöl entgegen. Er dreht die Karte um. Sie ist tatsächlich für Sophie, und außer der Adresse steht kein Text darauf. Nur eine Telefonnummer. Eine Berliner Telefonnummer.

7

»Gestern habe ich einen Anruf von Sophie bekommen«, verkündet Axel. »Sie lädt mich nächsten Samstag zu einem Essen bei sich zu Hause ein. Mit Begleitung.«

»Das freut mich«, sprudelt Claudia hervor, »ich rechne ihr hoch an, daß sie mir keine Vorwürfe gemacht hat, weil ich ihren Gipskopf zerdeppert habe.«

»Du hast ihr aber nicht gesagt, unter welchen Umständen das geschah, oder?«

»Nicht direkt. Ich hab's so hingestellt, als wäre es bei der offiziellen Durchsuchung passiert.«

»Raffiniert. Aber wer sagt dir eigentlich, daß mit der Begleitung du gemeint bist?«

Mit diebischer Freude bemerkt er, wie Claudia die Röte in die Wangen schießt.

»Meinetwegen, geh mit deiner Karin hin«, stichelt sie und steckt sich eine Zigarette an.

»Ich wollte eigentlich Frau Weinzierl bitten.«

»Was? Die Frau, wegen der ich heute arbeitslos sein könnte!« Claudia wirft die Arme in die Luft. »Es ist einfach widerlich, wenn Leute nichts anderes zu tun haben, als in die Fenster ihrer Nachbarschaft zu glotzen!«

»Hast du deswegen Probleme bekommen? Die Kollegen von der Streife müssen doch Meldung gemacht haben, oder geht eure Polizistensolidarität so weit?«

»Probleme gab's schon«, knurrt Claudia, »aber nicht mit meinem Chef, sondern mit meiner *mamma*.«

»Wieso mit *mamma*?« Axel imitiert den operettenhaften Klang, mit dem sie das Wort *mamma* ausspricht, ein Ton, in dem stets ein liebevoller Respekt mitschwingt.

»Die zwei lieben Kollegen durften, als Anerkennung ihrer Schweigsamkeit, mit der ganzen Familie bei ihr im Restaurant essen und saufen. Auf meine Kosten! Die *mamma* hat sich beklagt, die Sippschaft hätte sich sauber danebenbenommen und die anderen Gäste vergrault und das wäre das erste und letzte Mal, daß sie meine Suppe auslöffelt.«

»Besser die *mamma* ist wütend als dein Chef.«

»Das sagst du. Apropos Chef. Wie läuft's eigentlich mit deiner Chefin so?« fragt Claudia betont gleichgültig.

»Gut, aber nicht mehr lange. Wir werden uns trennen.«

»Echt?« Sie versucht, sich die Freude über diese Botschaft nicht allzusehr anmerken zu lassen.

»In beiderseitigem Einvernehmen, sozusagen. Sie hat mich mit besten Empfehlungen an Gaßmann & Degenhardt weitervermittelt. Weißt du, die Kanzlei Mohr gibt einfach noch nicht genug her, um zwei Anwälte zu ernähren.«

»Ah, so ist das«, sagt Claudia gedehnt.

»Ja, so ist das.« Axel steht vom Bett auf, bahnt sich einen Weg durch Kleider, Schuhe, CD-Hüllen, benutzte Gläser, halb geleerte Chipstüten und ganz geleerte Rotweinflaschen. »So ein Chaos«, brummt er leise. Aber sie hat es gehört.

»Man muß noch Chaos in sich haben, um einen tanzenden Stern gebären zu können«.

»In sich, ja, aber nicht um sich.«

»Wortklauber.«

Daß Claudia Nietzsche mag, gefällt ihm. Nach seiner bisherigen Erfahrung führen an Frauen gerichtete Nietzsche-Zitate in den allermeisten Fällen zu Dissonanzen. Er öffnet die Balkontüre.

»Bist du verrückt, das ist kalt!«

»Das ist nicht wahr«, widerspricht er, »es ist ausgesprochen mild.«

646

So streng die Kälte im Januar war, so frühlingshaft zeigt sich der Februar, als müsse er die Menschen für den überstandenen Frost entschädigen. Auch heute scheint eine milde Frühlingssonne durch die schmutzigen Fensterscheiben.

»Außerdem finde ich Rauchen im Bett ziemlich daneben.«

»Das ist meine Wohnung, da rauche ich wo und wann ich will!« Claudia tunkt die Zigarette in ein Rotweinglas, in dem noch ein kleiner Rest stand, wobei sie vor sich hin mault: »Wäre ja noch schöner. Eine Nacht hier und mir schon Vorschriften machen wollen!«

Axel seufzt. Ganz schön anstrengend, diese Frau. In jeder Hinsicht. Axel schließt die Balkontüre und schlüpft wieder unter die knallrote Seidenbettdecke.

»Dann geht es Sophie also gut«, lenkt Claudia ab.

»Ich denke schon. Sie nimmt jetzt Einzelstunden, um Lesen und Schreiben zu lernen.«

»Kann sie sich das leisten?«

»Ihre Nähkunst hat sich herumgesprochen. Sie nimmt inzwischen ganz saftige Preise, aber die Kundschaft wächst trotzdem. Zusammen mit der Pension wird sie bestimmt gut über die Runden kommen. Außerdem macht sie gerade den Führerschein. Mit Sondergenehmigung. Bin gespannt, ob sie das alles schafft.«

»Die schon«, meint Claudia. »Trifft sie ihren Bruder jetzt wieder häufiger?«

»Das weiß ich nicht. Aber sie ist oft ein, zwei Tage weg, also nehme ich an, daß sie bei ihm ist.«

»Eine herrlich anrüchige Sache, findest du nicht?«

»Ihr Privatleben geht mich nichts an«, wehrt Axel verlegen ab.

»Übrigens habe ich noch ein Hühnchen mit dir zu rupfen«, verkündet Claudia. »Unsere Lichtgestalt mit der sonnigen Aura, der Frauenliebling, für den du dich so eingesetzt hast, damit er wegen der Wehrdienstgeschichte nicht in U-Haft kommt, ist seit ein paar Tagen unauffindbar.«

»Oh, nein«, stöhnt Axel. »Dabei hätte alles so glimpflich ablaufen können. Ich habe ihm sogar schon eine Zivildienststelle vermittelt, und er wäre garantiert mit einer Bewährungsstrafe davongekommen. Ich verstehe nicht, wieso der jetzt abhaut! Als wir uns zuletzt gesehen haben, da erschien er mir ganz vernünftig und zuversichtlich.«

»Ja, ganz schön blöd von ihm«, pflichtet ihm Claudia bei, »wenn sie ihn jetzt kriegen, ist er übel dran. Meinst du, daß Sophie etwas weiß?«

Axel schüttelt den Kopf. »Nein. Das hätte sie mir gestern bestimmt gesagt. So ein Mist«, fügt er verärgert hinzu. »Diesmal schreibt er ihr sicher keine Karte mehr.«

»Glaubst du, daß die zwei was miteinander hatten?«

Axel zuckt die Schultern. »Wer weiß das schon.«

»Bei Sophie bin ich mir in gar nichts sicher«, bekennt Claudia. »Ich kann sonst Leute gut einschätzen, aber sie ist mir nach wie vor ein Rätsel.«

»Du meinst, du weißt nicht, ob du ihre Geschichte glauben sollst, daß sie ihrem Mann den Tod gewünscht hat«, präzisiert Axel.

»Ja. Ich weiß, es klingt verrückt, aber ich denke manchmal: Ob da nicht doch ein bißchen was dran ist?«

»Du wirst doch nicht unserer geschätzten Frau Weinzierl nacheifern?« spottet Axel.

»Blödsinn. Habe ich dir eigentlich gestern abend erzählt, daß die Ermittlungen im Fall Kamprath offiziell eingestellt worden sind?« fragt Claudia.

»Ja«, grinst Axel, »gleich als ich reinkam, weißt du nicht mehr? Es war so ziemlich das erste und letzte, was wir wie zivilisierte Menschen besprochen haben. Danach bist du mir an die Wäsche gegangen und über mich hergefallen, anstatt mich zu deiner *mamma* ins Lokal einzuladen, wie du mir ursprünglich in Aussicht gestellt hattest.«

»Du beklagst dich jetzt schon?«

»Ist es nicht besser, in die Hände eines Mörders zu geraten, als in die Träume eines brünstigen Weibes?«

Claudia macht Anstalten, ihm ein Kissen an den Kopf zu werfen, wobei ihr die Decke vom Oberkörper rutscht, was Axel ganz unruhig werden läßt. Aber mitten in der Bewegung hält sie inne und fragt: »Weißt du, was komisch ist?«

»Ein Anwalt und eine Kriminaloberkommissarin.«

»Das ist tragikomisch. Beide verdienen ihr Gehalt durch arme Geschöpfe, die vom Wege abgekommen sind. Nein, jetzt mal im Ernst. Ich habe mir den Bericht vom Labor nochmal angesehen. Der Kaffee, den der Kamprath dabei hatte, und der ihn wachhalten sollte …«

»Ja?«

»Das war koffeinfreier.«

»Tja«, sagt Axel leichthin, »einer Analphabetin passieren schon mal solche Sachen. Wie leicht kann man beim Einkaufen was verwechseln.«

Claudias Augen werden schmal. »Ich wette, daß Sophie das gewußt hat!«

»Ha! Ich sehe schon die Schlagzeile in BILD vor mir: OBERSTUDIENRATSGATTIN KILLT EHEMANN MIT KOFFEIN-FREIEM KAFFEE!«

»Sie hat es gewußt«, wiederholt Claudia grimmig. »Aber das ist jetzt egal.«

»Genau«, sagt Axel und küßt sie auf die zerwühlten Locken, »erledigt, ein für allemal. Übrigens, da ist noch eine Sache, die du dir mal ansehen müßtest. Dieser Dr. Mayer scheint mir nicht ganz koscher zu sein. Es gibt ein bißchen viele alte Damen in seiner Patientenkartei, die plötzlich an Herzversagen gestorben sind, obwohl sie vorher gar nichts am Herzen hatten.«

»Was willst du damit sagen?«

»Ich sag's dir nur, wenn du mir versprichst, daß wir den

ganzen Sonntag gemütlich zusammen im Bett verbringen.«

»Gemütlich im Bett. Was bist du bloß für ein Spießer.«

»Okay, okay«, seufzt Axel, »›Gemütlich‹ und ›Bett‹ streichen wir aus dem Protokoll. Also, versprichst du's?«

»Jetzt rede schon.«

Axel berichtet von dem präzise angekündigten Tod der alten Frau Fabian und wiederholt, was Sophie seinerzeit von dem Gespräch zwischen Dr. Mayer und Herrn Fabian aufgeschnappt hat.

Mit einem Satz springt Claudia aus dem Bett. Drohend sieht sie auf Axel hinunter, ihre Augen blitzen. Aber Axel schaut ganz woanders hin.

»Axel Kölsch!« ruft sie zornig. »*Jetzt* erzählst du mir das!«

»Hätte ich damit noch etwas warten sollen?« Axel taucht vorsichtshalber unter. »Der Doktor ist sozusagen meine Morgengabe«, japst er unter der Decke.

»Komm raus!«

»Du schlägst mich nicht?«

»Nur, wenn du's willst.«

Axel erscheint wieder. »Du siehst toll aus, so wütend im Mittagslicht. Wie eine antike Rachegöttin.«

Aber Claudia ist mit den Gedanken woanders. »Jetzt wird mir manches klar.« Sie setzt sich auf die Kante ihres französischen Betts. »Bei den ganzen Rechnungen und Kontoauszügen, da war eine Sache, die mir aufgefallen ist: Vor etwa drei Jahren hat der Kamprath für achttausend Mark Pfandbriefe verkauft und das Geld in bar abgehoben. Wir konnten keine Rechnung und keinen Hinweis finden, was er damit gemacht hat. Keine Möbel, kein Auto, kein teurer Urlaub, nichts. Wo er doch sonst jede noch so winzige Ausgabe dokumentiert hat. Und der Kamprath hat's garantiert nicht in der Spielbank verzockt. Aber jetzt, wo du das mit dem Doktor … ein paar Wochen danach ist

nämlich die alte Frau Kamprath gestorben. An Herzschwäche.«

»So ein Zufall aber auch.«

»Zufall? Das ist ein Hammer. Ich muß Valli anrufen, aber
pronto!«

Er greift nach ihrer Hand. »Denk an dein Versprechen.«

»Vom Telefonieren hast du nichts gesagt. Oder hast du
noch mehr solcher Morgengaben parat?«

Axel denkt an Schwalbe. Mit gemischten Gefühlen erinnert er sich an das bewußte Gespräch mit Karin Mohr.
Vor allem an das Ende des Geprächs.

»Leider, nein. Mir sind gerade die Mörder ausgegan-
gen.«

Sophie steht am Fenster und beobachtet, wie ihr Bruder
und der Bauer Heckel den Hänger mit Werkzeug und
Stangen beladen. Er wird sicher bis zum späten Nachmittag weg sein, überlegt Sophie, als Christian und der Bauer
auf den Traktor klettern und in einer Dieselwolke vom
Hof tuckern.

Sie geht durch die Werkstatt und schiebt den rot-weiß
gestreiften Vorhang beiseite. Auf der Spüle liegt ein Paket,
das in Plastiktüten gewickelt ist. Sie hat es schon gestern
abend aus der Tiefkühltruhe genommen, nachdem Christian ihr mit Bedauern eröffnet hat, daß er den Tag auf der
Weide verbringen muß. Christian bezahlt wenig Miete für
das kleine Haus, dafür steht er in der Pflicht, den Heckels
hin und wieder zur Hand zu gehen. Heute muß er beim
Ausbessern und Ziehen der Zäune helfen. Bald kann das
Jungvieh wieder auf die Weide.

Der Klumpen ist über Nacht aufgetaut. Sophie pellt die
Tüten ab wie die Schalen einer Zwiebel, und wirft sie in
den Abfalleimer. Als sie die letzte Hülle ablöst, hält sie für
einen Moment den Atem an.

Der Kopf hat durch das Einfrieren ein wenig gelitten.

Die Augen sehen stumpf aus, die Lider sind verknittert, was dem Gesicht einen grotesken Ausdruck verleiht. Der Mund steht offen, die Lippen werfen unnatürliche Falten. Feuchtdunkel klebt das hellbraune Haar am Schädel, die Schnittstelle am Hals zeigt einen braunen Rand, wie bei alt gewordenem Aufschnitt. Sophie beunruhigen diese Deformierungen nicht. Es gab Tiere, die schlimmer aussahen – zerfetzt von Schrotkugeln, Autoreifen oder schon im Stadium beginnender Verwesung – und denen sie trotzdem ihr natürliches Aussehen zurückgegeben hat.

Sie nimmt eine Bürste und kämmt das feuchte Haar. Ein wenig Shampoo, und es wird wieder weich fallen und glänzen. Ganz anders als diese Kunsthaarperücken.

Mit ruhigen, liebevollen Bewegungen tastet sie über die kühle, bläuliche Haut. Kleine Eisbröckchen fallen auf den Abtropf. Ein Bad in Paraffin wird die Haut wird wieder glatt und geschmeidig machen. Sie hat das Bild deutlich vor Augen: Der Teint wird schimmern wie chinesisches Porzellan, die Wangen leicht rosig, nur ja nicht zu viel, der Mund dagegen soll sich rot und prall, wie eine späte Kirsche, abheben. Die Augen werden ohnehin durch Glas ersetzt. Es gibt leider noch kein Verfahren, die echten Augen in ihrer lebendigen Schönheit zu konservieren, außer man legt sie in Spiritus.

»Du wirst schön sein. Schön für immer«, flüstert sie in das kalte Ohr, das umgeknickt am Schädel haftet.

Susanne Mischke

Die Eisheilige
Roman. 294 Seiten. SP 3053

Sophie hat viele Talente. Sie ist begnadete Tierpräparatorin, und ihre umwerfenden Kleiderkreationen verwandeln selbst ihre farblosen Nachbarinnen in wahre Schönheiten. Und seit kürzlich dieser ungehobelte Malergeselle genau im richtigen Moment vom Gerüst gefallen ist, steht Sophie sogar auch noch im Ruf, den Tod unliebsamer Mitmenschen herbeiwünschen zu können. Kein Wunder, daß sie sich in der schwatzhaften Nachbarschaft plötzlich größter Beliebtheit erfreut! Nur der kauzige Rudolf ist von der neuesten Gabe seiner Frau nicht sonderlich angetan. Denn zum einen hätte er Sophie am liebsten nur für sich allein, und zum anderen ist er sich neuerdings seines Lebens nicht mehr ganz so sicher ...

Der Mondscheinliebhaber
Roman. 255 Seiten. SP 2828

Das Leben ist zu kurz, um schlechten Sex zu haben, sagt sich die Malerin Valentine, als sich im ehelichen Schlafzimmer nichts Aufregendes mehr tut, und stöckelt hinüber zum neuen Nachbarn Ludwig: Philosoph, Gesundheitsapostel, arbeitsscheu und unzuverlässig, aber ausgestattet mit wunderbaren blauen Augen und einer göttlichen Figur. Klar, daß diese Liaison Valentines Gatte Frank nicht lange verborgen bleibt. Doch der widmet sich unverdrossen seiner Leidenschaft, kocht Ente mit Trüffel, Lamm in Kräuterkruste, Mousse au Chocolat. Plant er etwas? Bald lernt Valentine, daß der Mensch des Menschen Feind ist und die größte Bestie in einem selber steckt. Als plötzlich eine Leiche auf der Terrasse ihres Geliebten liegt, kommt nicht nur Valentines kreative Ader, sondern auch ihr Sinn fürs Praktische voll zur Geltung ...

SERIE
PIPER

SERIE PIPER

Susanne Mischke
Mordskind
Roman. 360 Seiten. SP 2631

Der fünfjährige Max ist ein wahrer Satansbraten, destruktiv und böse. Als Max plötzlich spurlos verschwindet, gerät die spießige Kleinstadt in Aufruhr, weil dies der zweite Fall in kurzer Zeit ist. Allerdings trauert niemand um ihn, nicht einmal seine Mustermutter Doris. Die sucht sich das Prachtkind Simon als Ersatz. Und ihre Freundin Paula, Redakteurin und beruflich ständig im Streß, bemerkt viel zu spät das teuflische Intrigenspiel um sich und ihren Sohn Simon.

Susanne Mischke hat mit »Mordskind« einen beklemmenden Psychokrimi geschrieben, der zugleich sarkastische Schlaglichter auf einen grassierenden Mutterschaftswahn wirft und das Dilemma zwischen Kind und Karriere mit Ironie und Einfühlungsvermögen zur Sprache bringt.

»Ein Kriminalroman der Extraklasse, lebensnah und spannungsvoll.«
Der Tagesspiegel

Stadtluft
Roman. 251 Seiten. SP 1858

Die junge, attraktive Eva flieht vor der Langeweile der Provinz nach Kreuzberg, um den Frust mit ihrem scheidungsunwilligen Lover zu vergessen und dem echten, wilden Leben zu begegnen. Dieses läßt nicht lange auf sich warten: Eine Bauchtänzerin samt ihrem rotznasigen Popper-Söhnchen, ein müsliverschlingender Therapeut, ein versoffener Maler, ein verliebter Bratpfannenvertreter und ein verdauungsgestörter Kater machen Eva die Hölle heiß.